黑龙江大学明清文学与文化研究中心

明清文学与文献

第三辑

杜桂萍 主编

社会科学文献出版社
SOCIAL SCIENCES ACADEMIC PRESS (CHINA)

目录

·诗词研究

"名士牙行"与孙默归黄山诗文之征集 …………… 杜桂萍 / 3

论查慎行"诗不分唐宋"说
——兼及初白诗"宗陆"之辨 …………… 李圣华 / 37

清初遗民诗歌的民族立场 …………… 陈水云　江丹 / 74

论南社"情志派"词
——兼说南社词之"分派" …………… 马大勇 / 95

吴省钦"城南联句会"与曹仁虎《刻烛集》 …………… 朱则杰 / 139

明代诗社文献缉考 …………… 沈文凡 / 155

汪端光年表 …………… 许隽超 / 188

·戏曲小说研究

以词为隐：沈璟生平与嘉靖以来的政治 …………… 李舜华 / 241

再论《列国志传》卷一
——以其作为过渡性文本的叙事策略研究为中心 …… 李亦辉 / 258

作为"副文本"的明清小说插图研究 …………… 陈才训 / 298

明末清初小说戏曲题材类型的相谐互借

——以时事小说与时事戏、世情小说与世情戏为例 …… 胡元翎 / 341

冒襄家班与明清之际戏曲活动

——以观剧诗为中心 ……………………………… 李 碧 / 363

·学术史研究

《红楼梦》：盘点2013 …… 李 虹 李 晶 王 慧 孙玉明 / 391

后 记 ……………………………………………… 杜桂萍 / 428

稿 约 ……………………………………………………… / 430

诗词研究

"名士牙行"与孙默归黄山诗文之征集

杜桂萍

在考察清初词史演进时,明末清初时人孙默(1613~1678)及其编辑的清代最早的一部当代词总集《国朝名家诗馀》[①]不可回避。孙默开阔的词学视野及其密集的词学活动、广泛的词学互动,成就了他在广陵词学中心形成过程中的特殊地位;其作为特定角色所发挥的无与伦比、不可取代的作用,得到了当代学者的逐步认可。[②]在编纂《国朝名家诗馀》过程中,特立独行的休宁人孙默,以"一穷老布衣,而名闻天下"[③],并非仅仅因为他对词选编纂的热衷,当然也不仅因为其词作之佳,还缘于他"海内诗文积盈箧,无人不送归山辞"[④]的行为以及潜隐其中的"名士牙行"的身份特征。即他常年以归返家乡黄山为理由征集诗词文之作,"所与游者,皆为文辞送其归"[⑤],涉及人与事众多,构成了当时扬州文坛的一道独特的风景,并促进了《国朝名家诗馀》的搜集和编纂。本文即立足于对这一文坛盛事的文献梳理和史实考察,力求还原一个真实完整的孙

[①] 黄贤忠、郭远霜认为,《国朝名家诗馀》中的词集来自孙默的搜集和整理,孙默其可能并未打算使用这个书名,《国朝名家诗馀》的名字来自张潮的诒清堂。见黄贤忠、郭远霜《〈国朝名家诗余〉版本及成书考辨》,《四川师范大学学报》2012年第4期。
[②] 如张宏生《总集纂集与群体风貌——论孙默及其〈国朝名家诗余〉》(《中山大学学报》2006年第1期)以及李丹《顺康之际广陵词坛研究》(上海古籍出版社,2008)等论文及著作。
[③] 王士禛:《祭孙无言文》,《带经堂集》卷四十九,康熙刻本。
[④] 雷士俊:《送孙无言归黄山》,《艾陵诗文钞》之《诗钞》卷上,康熙莘乐草堂刻本。
[⑤] 施闰章:《送孙无言归黄山序》,《学余堂集》文集卷八,四库全书本。

默,并借之探求当时文学生态一些易被后人忽略的细节及其对有关文学史进程、文体兴衰的影响。

一 孙默其人其事考述

孙默,字无言,号桴庵,江南休宁籍,流寓扬州。其先世居黄山下草市,父秉仲,生五子,无言为长。① 妻吴氏,早卒。② 孙默六十七岁去世,逆推三十余年,吴氏去世的时间当在孙默三十多岁许,正是清初时期,他应该也是在这个时期开始定居扬州的。子二,长曰自省,早卒,大概即是王士禛所谓"无言有子,依其族人贾汴之朱仙镇,一昔死"③ 者,次子名自益,字友三,亦为商,来往于扬州与汝宁一带,孙默去世后请汪懋麟作墓志铭者是也。

孙默曾一度经商,地点应为中州。姜宸英云:"孙子自中州还,即谋隐于其里之黄山,至见于咏歌与友人唱和者,不一而足,然至今倚徙未遂也。"④ 似乎是以扬州为落脚点经商,这与其弟弟和儿子后来亦往来于汝宁、朱仙镇和扬州的经营路线是一致的。孙枝蔚作于顺治十八年(1661)的《南乡子·赋送无言令子鲁三之汝宁》中有:"隋苑柳青青,身着班衣,劝醁醽。负米归来曾几日。消停。依旧骑驴向汝宁。"⑤ 揭示的就是这一点。大概在明末,孙默已来到扬州:"自吾辞黄山来此,其时幸饶于赀,颇能供宾客车马。自丧乱以来,倾散殆尽,而家累日益以众。"⑥ 顺治元年(1644),文德翼"客商山门人吴去非家,枕溪而卧几十旬",此际,孙默"时来访余。林皋之吟,文字之饮,聊以永日,亦顿忘时事之

---

① 汪懋麟:《孙处士墓志铭》,《百尺梧桐阁集》卷一十五,上海古籍出版社,1979。
② 汪懋麟《孙处士墓志铭》谓:"不幸母早世,父独居三十余年,人以为义。"
③ 王士禛:《祭孙无言文》。
④ 姜宸英:《赠孙无言归黄山序》,《姜先生全集》卷十五《真意堂佚稿》,光绪十五年刻本。
⑤ 孙枝蔚:《溉堂集》前集卷五,康熙刻本。
⑥ 董以宁:《送孙无言归黄山序》,《正谊堂诗文集》之《文集》,康熙刻本。

维何"①，当是因为动乱暂时回到了家乡。他后来又到扬州的原因，应该是出于"家累日益以众"的生计考虑，与他不耐寂寞、好文重交的个性当然也关系密切。王士禄康熙四年（1665）诗有"仳离廿载芜城居，云海苍茫作逋客"②，上推二十年，当在顺治二年（1645）许，应该就是孙默动乱后再返扬州的时间。

同样在康熙四年初夏，王嗣槐于西湖之滨初遇孙默，表示"余知其人二十年，未之见也"，又有"桴庵出黄山几二十年"、"居广陵且十余年"云云③，也透露出孙默离开黄山的时间为顺治二年许，定居扬州的时间则稍晚，但亦已过去十几年。孙枝蔚云："辛丑岁，无言游于广陵且十有余年矣，然后即归黄山老焉。"④ 辛丑是顺治十八年（1661），严迪昌先生据此判断"孙默始游广陵当在顺治八年之前，也即他还不到四十岁时"⑤，大致是合理的，但这只可能是孙默正式定居扬州的时间，并非"始游广陵"的时间。孙枝蔚作于顺治十四年的《送家无言归黄山》诗中，又有"十年清泪堕悲筇，异俗相亲即一家"⑥ 一句，表明他们相识已经十年，而孙枝蔚定居扬州的时间恰恰是顺治三年⑦，再次说明至少顺治三年时孙默已经住在扬州。计东曾透露了孙默某年的话语："予交游中，远者无暇论，即予流寓广陵，十七年矣。"⑧ 根据文中"顾与治（逝于顺治十七年）、王于一（逝于康熙元年）、胡彦远、侯研德（逝于康熙三年）、梁公狄（逝于康熙四年）兄弟"均已去世的记载，计东与孙默的对话应在康熙四年或之后，倒推十七年则是顺治五年（1648）或晚些时日，即其正式定居扬州的时间至迟应在顺治五年到八年之间。王追骐《送孙

---

① 文德翼：《送孙无言归隐黄山序》，《求是堂文集》卷七，明末刻本。
② 王士禄：《送孙无言归黄山歌，兼示杜茶邨》，《十笏草堂上浮集》卷一。
③ 王嗣槐：《送孙桴庵归黄山序》，《桂山堂诗文选》之《文选》卷二，康熙刻本。
④ 孙枝蔚：《送无言归黄山序》，《溉堂集》之《文集》卷一。
⑤ 严迪昌：《清词史》，江苏古籍出版社，1990，第73页。
⑥ 孙枝蔚：《溉堂集》之《前集》卷七。
⑦ 汪懋麟：《徵君孙豹人先生行状》："……先生幼颖异过人，生十二岁，随奉议公客扬州。"见《百尺梧桐阁集》卷八。
⑧ 计东：《送孙无言归黄山序》，《改亭诗文集》之《文集》卷六，乾隆十三年刻本。

无言归黄山》云:"有客邘州十六载,阖门著书行不改。"① 经考,此诗作于康熙五年(1666)秋,时王追骐暂住扬州天宁寺,与陈维崧、孙枝蔚等唱和往还,赠予孙默的诗歌应作于同期。据此,其定居扬州的具体时间可断定为顺治八年(1651),进一步接近了严迪昌先生的说法。

《扬州府志》卷之五十三(嘉庆十五年刊本)说孙默"工于诗",好友孙枝蔚也有"佳句半传邘水涯"②之誉,但颇有交谊的王士禛又意味深长地指出:"不甚为诗,而好朋友之诗"。③ 流传至今的他的诗歌作品确实不多,卓尔堪《遗民诗》收其诗四首,顾有孝《骊珠集》收其诗一首,《晚晴簃诗汇》卷三十九收其诗二首,另嘉庆《扬州府志》卷十七收有其作品《红桥园亭宴集诗》一首。不过,从当时人诗歌作品中偶尔出现的"次无言韵"一类信息分析,孙默的诗歌创作还是不少的。据记载,他曾编自己作品为《留松阁诗》④,且主要是流寓扬州期间所作:"十年诗将藉此以传,故以名。"⑤ 可惜至今未见,具体情况不详。王遒定之序云:"今而后,有慨于兴亡之故者,读《留松阁诗》,又不徒言甲申之事矣。"⑥ 可见多有动乱之境的情感表达。

徐喈凤《瑞龙吟·送孙无言归黄山》有"新翻调,唱旗亭,江南响彻,孙郎佳句"⑦,可见出他的词作应不少,惜亦流传不多,《全清词·顺康卷》亦未有收入。据李丹博士文⑧,国家图书馆藏《国朝名家诗馀》本曹尔堪《南溪词》(留松阁刻本)中有孙默词一首《蝶恋花·送顾庵次原韵》:

携手湖头春已暮。约过平山,又被秋霖误。满地尘劳凄客露。萧

---

① 王追骐:《送孙无言归黄山》,见魏宪《百名家诗选》卷四十六,康熙魏氏枕江堂刻本。
② 孙枝蔚:《送家无言归黄山》,《溉堂集》之《前集》卷七。
③ 王士禛:《祭孙无言文》。
④ (宣统)《续纂山阳县志》记载,民国十年刻本。
⑤ 王遒定:《留松阁诗序》,《四照堂诗文集》之文集卷一,康熙二十二年刻本。
⑥ 王遒定:《留松阁诗序》。
⑦ 徐喈凤:《荫绿轩词》,《全清词·顺康卷》第五册,中华书局,2002,第3108页。
⑧ 李丹:《孙默、程邃词作拾补》,《江海学刊》2007年第1期。

萧一剑天涯去。野馆浓花前日聚。笑指红桥，画舫依烟树。后夜相思荒草路。声声愁听征鸿度。

另，今存《梅村词》（留松阁刻本）卷首有孙默计划收入《国朝名家诗馀》的五十六位词人的名单，其中亦列有他自己的名字，可见他有计划刊刻个人作品集，只是未来得及实现而已。

孙默留在时人记忆中的基本印象，今主要借助数以千计的送归黄山之作得以再现。梳理众多篇什，印象深刻者有二。一是生活始终处于困窘中。汪懋麟说："自处士去休宁而来游于扬也，居一椽，从一奴，白衣青鞋，蔬食而水饮。"① 他"居阛阓中，委巷掘门，瓶无储粟"②，至有"朝餐夕炊，设或不继，赁居虎下，设或月钱不得偿"③ 的情况。康熙五年（1666）时，已经是一方名流的孙默依旧有"屡值守岁时馈米炭灯烛之资"的情况，以致孙枝蔚真心感佩他"世上纷纷媚爵位，嗜好无乃与时左"④ 的独特追求。也是在这个时期，一时名士的彭孙遹满怀深情地表达对孙默的牵念："三年岭外未归人，每念黄山处士贫。"⑤ 特别撷取的也是给予他深刻印象的"贫"。孙默的贫穷，颇值得特别说明。与很多徽州人一样，其家族亦以经商擅长，他本人、弟弟以及两个儿子都长期为商，且非一般的小本买卖，似乎不至于让孙默穷窘到令人难堪的地步。陈维崧《苏武慢·送孙郎贾汝宁无言令嗣》词是为孙默次子赴河南汝宁经商而作，其中"天中上郡，汝水雄关，仅可持筹列肆"之句，对其"持筹列肆"的经营声势颇有描绘和渲染。能够达到"持筹列肆"的水平，至少不是普通的商铺，应该足以维持生计，而孙枝蔚在分析他归黄山的原因时也提到时人的说法："无言有弟若子善治生，往来鱼盐之乡，可不必婚嫁

---

① 汪懋麟：《孙处士墓志铭》，《百尺梧桐阁集》卷一十五，上海古籍出版社，1979。
② 王士禛：《祭孙无言文》。
③ 董以宁：《送孙无言归黄山序》，《正谊堂诗文集》之《文集》，康熙刻本。
④ 孙枝蔚：《寄怀家无言吴尔世》，《溉堂集》续集卷一。
⑤ 彭孙遹：《寄怀孙无言山人》，《松桂堂全集》卷十一。

毕而后效向平也。"① 但孙默似乎长期处于入不敷出的状态，这与他笃好交游关系密切，（乾隆）《江都县志》、（嘉庆）《扬州府志》都强调他"交游四方士"、"广交游"的特征；而在编纂、刊刻《国朝名家诗余》的艰辛过程中，当不仅有"冒犯霜露、跋涉山川"②的身体发肤之痛，还有金钱方面的大量付出，尽管其过程中不乏经济实力雄厚者的赞助。③

　　孤独窘迫之中，搬家似乎已为寻常之事。方文顺治十三年（1656）为诗云："两岁之间三卜居，一童以外再无余。邻家不省谁来住，夜夜惟闻人读书。"④ 孙默搬家的次数无以为计，目前见诸友人诗词者，至少四次。魏禧与孙默康熙元年（1662）初识，至康熙二年"再来广陵，则无言已新易居，其言归黄山如旧"。⑤ 大概在康熙五年（1666），依旧致力于征集归黄山诗文的孙默又一次搬迁，以致方文有些不耐烦："尔数移居不胜贺，我又不善为祝词。"⑥ 而在此前一年，与王士禄一起游览西湖的孙默还对王嗣槐表示："吾恐从是再十年犹未得归也。"⑦ 回家，显然在筹谋之中又在计划之外。他曾给自己的新居取了一个颇为风雅的名字"半瓢居"，既以颜回之穷比附身居陋室的平静，又表达了自己对颜回式人格的无比向往，并因此而征集了不少诗词题写。应该是在去世的前一年即康熙十六年（1677），孙默完成了在扬州的最后一次迁居，此番他以"茧窝"命名新居，似乎为暗示自己日益穷窘逼仄的生活状况。也就是在这样一种境遇中，孙默没有任何预感地随死神而去，远在京城的大文豪王士禛闻知此信，不胜哀感，遗憾没能完成为其"茧窝"赋诗的任务："索予诗，未

---

① 孙枝蔚：《送无言归黄山序》，《溉堂集》之《文集》卷一。
② 邓汉仪：《〈国朝名家诗馀〉序》。
③ 如陈维崧《念奴娇·重过广陵同王西樵、孙介夫夜话，即宿西樵寓中》词后孙默评语："其年为《乌丝》一集，脍炙旗亭，昆仑别驾已为镂板行世，入予十六家词选中矣。"见《广陵唱和词》康熙刻本。
④ 方文：《孙无言广陵移居，王于一孙豹人邀予过访指壁间九韵各赋诗三首赠之》，《嵞山集》卷九，康熙二十八年刻本。
⑤ 魏禧：《送孙无言归黄山叙》，《魏叔子文集外篇》文集卷十。
⑥ 方文：《题孙无言新居》。《嵞山集》再续集卷二，康熙二十八年刻本。
⑦ 王嗣槐：《送孙桴庵归黄山序》，《桂山堂诗文选》之《文选》卷二，康熙刻本。

有以报也。"① 至于他得的是一种什么病，暂无从了解。

孙默留给时人的另一印象是"重交好文"。② 有关这一方面的评价出自不同文人之口，意义指向有时竟大相径庭。有真诚肯定其行为者，如施闰章说其"贫无所嗜，独喜交能言之士"。③ 孙枝蔚则赞赏他："世上纷纷媚爵位，嗜好无乃与时左。"④ 有话语中透射机锋者，如杜濬曾警告他："交道非一端，慎勿执词赋。"⑤ 希望他不要仅仅以诗词取人，含义丰富，意在言外；孙枝蔚《无言病起见过》诗云："耽诗情不减，取友法终宽。"⑥ 也隐含了他交往过泛的认知。最为特殊的是著名文人王士禛，一方面赞赏其"于文章朋友之嗜，不啻饥渴之于饮食"⑦，又不无讥讽地再三指出其"名士牙行"的身份，甚至在死后的祭文中也没忘记提点此事。而从这个维度理解，杜濬所谓"吾了与众异，奔竞为篇章"⑧ 的印象，就不免利益缠绕的意味，让人浮想联翩。

孙默的笃重交谊从来都是与其对于诗词的喜好密不可分的。孙枝蔚康熙十八年（1679）追忆这位"同宗"："流滞江淮鬓始华，寻常来往只诗家。"⑨ 彭孙遹也赞赏他："贫能结客知交满，老渐工诗好句多。"⑩ 他喜欢结交那些工诗善文之人，甚至发展为人生爱好，演为日常行为的规范。孙枝蔚云："须识平生心性，惟爱诗篇。不求官职，逢人索句，老至依然汲汲。……论世间，谁似吾兄，把诗过日。"⑪ 一句"把诗过日"，足以映衬其人生愿景之所在，体会出何以其家厨房最后也变成了书房："剩有粘

---

① 王士禛：《祭孙无言文》。
② 汪懋麟：《孙处士墓志铭》，《百尺梧桐阁集》卷一十五，上海古籍出版社，1979。
③ 施闰章：《孙无言六十序》，《学余堂集》文集卷九，四库全书本。
④ 孙枝蔚：《寄怀家无言吴尔山》，《溉堂集》续集卷一。
⑤ 杜濬：《赠孙无言因送之吴门》，《变雅堂遗集》之《诗集》卷一，光绪二十年刻本。
⑥ 孙枝蔚：《溉堂集》前集卷五。
⑦ 王士禛：《祭孙无言文》。
⑧ 杜濬：《赠孙无言因送之吴门》。
⑨ 孙枝蔚：《哭无言宗兄》，《溉堂集》后集卷之二。
⑩ 彭孙遹：《寄怀孙无言山人》，《松桂堂全集》卷十一。
⑪ 孙枝蔚：《瑞鹤仙·祝无言兄六十》，《溉堂集》诗余卷二。

诗壁，初为留客厨。"① 其子后来总结孙默一生的两大嗜好，也立足于此："父性朴质，无他好，惟获交天下贤人君子，罗致其诗古文词若嗜欲，以故弃百事为之，风雨寒署，死生存亡不少易。"② 的确，其"死之日犹启敝笥，理四方友朋书疏，授其子"③，真正做到了将"罗致其诗古文词"之事维系一生，认同为一种事业。

其实，这也是孙默坚持刊刻完成《国朝名家诗馀》的动力和原因。此集始刻于康熙三年（1664），康熙十七年其去世时已汇聚十七家词作，尚在有计划的展开中，如他自己所说："吾方以鸣始也，十五家倡之于前，自此而数十家而百家，兹不其先声也与？"④ 汪懋麟也证实，他"尝集诸名家词，期足百人为一选，俱未果，其属余序而先版行于世者，止十六家词"。⑤ 原"期足百人为一选"，已列出的词人名单即有五十六位，可知这本是一个庞大的编选工程，非历年之久不可完成。陈维崧曾如是描写征集过程中之具体情态："问尔作装有底急，鲥鱼正美堆冰盘。君言一事系怀抱，越中彭十今秦观。红牙小令风格妙，字字可付吴姬弹。我行适越苦为此，千里那顾行蹒跚。孙郎语竟杯已干，陈生送客春将残。"⑥ 不顾鲥鱼餐之美味，不计千里行之艰辛，只为"当代秦观"的词作早日面世，实在是关乎孙默词学贡献的上佳表述。邓汉仪《十五家词》序也涉及了孙默求词之苦的生动描述："黄山孙子无言以穷巷布衣，留心雅事，每有佳制，务极搜罗，如饥渴之于饮食，甚至舟车裹粮桢，不惮冒犯霜露，跋涉山川以求之。故此十六家之词，皆其浮家泛宅、殚力疲思而后得之者。"⑦ 可以说，《国朝名家诗馀》是孙默一生最为耗费心血的事业之一。他在搜集与刊刻中的角色并非仅仅是"集"、"校"，首先是注入了理念与

---

① 顾与治：《脍孙无言移居》，《顾与治》卷四，清初刻本。
② 汪懋麟：《孙处士墓志铭》，《百尺梧桐阁集》卷一十五，上海古籍出版社，1979。
③ 汪懋麟：《孙处士墓志铭》，《百尺梧桐阁集》卷一十五，上海古籍出版社，1979。
④ 邓汉仪：《〈国朝名家诗馀〉序》。
⑤ 汪懋麟：《孙处士墓志铭》，《百尺梧桐阁集》卷一十五，上海古籍出版社，1979。
⑥ 陈维崧：《送孙无言由吴闾之海盐访彭十骏孙》，《湖海楼诗集》卷一。
⑦ 邓汉仪：《十五家词序》。

视野的"选",从已经列出的作者名单来看,几乎囊括了清初江南地区的主要词家。此外还有品评题跋,也需要选聘名家,提升水准。凡此,显示出开阔的词学视野和高水准的鉴赏品格,以致目光严苛的四库馆臣们也不得不承认,此书"虽标榜声气,尚沿明末积习,而一时倚声佳制,实略备于此。存之,可以见国初诸人文采风流之盛"。①

值得注意的是,周边友人一再提及孙默"不扫丞相门,惟登处士堂"②,似乎他的眼里并非仅仅有名人,也包含那些非名人,对仕宦中人尤其保持了应有的距离,故杜浚有"无言居广陵,以能诗闻,布衣之士有工一诗、擅一技者,无言莫不折节下之"③的总结。在他征求的送归黄山诗文作品中,确实有很多遗民作家之作,但当朝官人及其他孜孜于仕进的文士如王士禛、邹祗谟、尤侗、宋琬等的作品,亦相当醒目。宋琬曾如此表述与孙默的关系:"每到广陵,辄蒙缱绻之雅,殷殷勤勤,迥出常情。念此远别,殊不可为怀也。"④ 与王士禄、王士禛兄弟的交好甚至成为孙默纵横捭阖于以扬州为中心的江南文坛的利器。对于视诗词为生命的孙默而言,或者更愿意借助于诗词作品之高下来评价和选择交往对象,而杜浚、孙枝蔚一类遗民友人则不断发出"取友法终宽"⑤之类的劝诫之语,彼此形成的张力和背反其实可以窥见清初遗民社会的真实形态及其复杂构成;至于孙默所具有的"名士牙行"身份而言,或者更应从现实需求的特殊维度给予理解。他基本上以这样的形象示人:淡泊名利,并不沽名钓誉。"处士独不事生产,终其身于交友文字中,未尝涉毫发私。"⑥ 魏禧致函表示:"足下无贵贱贤愚,皆出力左右之,垂二十年不倦,故声誉重于时。而足下非有势力枥附,惟好所谓能诗古文者,可不谓贤矣哉!"⑦

---

① 《四库全书总目》卷199《十五家词提要》。
② 杜浚:《赠孙无言因送之吴门》,《变雅堂遗集》诗集卷一,光绪二十年刻本。
③ 魏禧:《送孙无言归黄山叙》,《魏叔子文集外篇》文集卷十。
④ 宋琬:《与孙无言》,《安雅堂未刻稿》卷七,乾隆三十一年刻本。
⑤ 孙枝蔚:《溉堂集》前集卷五。
⑥ 汪懋麟:《孙处士墓志铭》,《百尺梧桐阁集》卷一十五,上海古籍出版社,1979年。
⑦ 魏禧:《与休宁孙无言书》,《魏叔子文集》外篇卷之六。

好友王于一去世，孙默倾力料理其后事，一时传为佳话。方文诗《赠孙无言》专咏此事：

> 我友王于一，客死于钱塘。其子方总角，伶仃寓维扬。饔飧且不给，焉能治亲丧。赖有贫贱交，念此心彷徨。为文告同志，募金得数囊。送其妻子归，轻舟抵南昌。孤柩免流落，附葬先陇旁。又搜其遗文，以托周侍郎元亮。侍郎为梓之，皎如白日光。吁嗟衰晚士，交情逐炎凉。生时或款密，死后鲜不忘。谁能似无言，高风激穹苍。我昔与王孙于一豹人，唱和八九章。合录一长卷，付君为收藏。今来重展读，雪涕沾衣裳。卷末书此诗，书罢多感伤。①

此举得到来自各方的赞赏，周亮工亦如是表示："忍向黄山去，应为好友伤。衰分稚子泪，梦接故人丧。莫叹交游绝，真增吾道光。死生生不愧，此意岂存亡。"②对他的任侠仗义之举给予了高度赞许。许楚评价他"风义几欲齐平原"③，也来自这一类印象。

从有关文献的记载看，孙默与遗民社会的交往十分频繁，可惜目前尚无法洞悉其复杂的内心世界。方文如此评价他："疏狂不识金银气，离乱犹存冰雪姿。"④孙枝蔚祝贺他六十岁生日时有："称觞多上客，是商山四皓，竹溪六逸。"⑤从不同维度肯定了他的人生趣尚。著名遗民屈大均《与孙无言书》云：

> 仆自钱塘奉别，遂与杜苍舒西入秦。非有所欲干也，欲游太华之山耳。华阴有王山史者，素爱仆诗古文，延至其家。因遣子伯佐导上

---

① 方文：《嵞山集》再续集卷一，康熙二十八年刻本。
② 周亮工：《孙无言于王于一之没，抚其幼子，经纪备至，叹古道之犹存也，感赠》，《赖古堂集》卷六，康熙十四年刻本。
③ 许楚：《题孙无言归黄山诗册》，《青岩集》卷二，康熙五十四年刻本。
④ 方文：《送孙无言归新安》，方文《嵞山集》卷九，康熙二十八年刻本。
⑤ 孙枝蔚：《瑞鹤仙 祝无言兄六十》，《溉堂集》诗余卷二。

三峰。值三月十有九日，于巨灵掌上痛哭先皇帝。雨雪满天，大风拔木，仆寒栗口噤不能言。忽思足下，不知已归黄山否？在黄山天都遇此日，不知恸哭何如也！有《三月十九日华山哭先皇帝诗》四章，奉寄足下和焉。①

因其中"钱塘奉别"一句，推断此函当写于康熙五年（1666）之夏。身在华山的屈大均值崇祯皇帝祭日而痛哭，想象着可能已归返黄山的孙默"在黄山天都遇此日，不知恸哭何如也"，足可见出彼此思想的经常沟通和故国情怀的互相认同。卓尔堪《遗民诗》收录他的诗歌作品，亦可见出时人对他的基本认知。

孙默一生，留给时人最深刻印象的还有他对故乡黄山的深刻眷恋，以及遍征送归黄山诗文所促成的广泛影响。他希望回到黄山脚下的家乡安居，始终没有实际的归隐行动，反而借助不断地征求送行诗文来重复这一心愿。年复一年的向往，日复一日的征集，孙默依旧坦然留在扬州，过着每日"应接门前车马如水流"②的生活，前后相沿几二十年。王士禄诗云："白岳更年忆隐沦，萧然且卧广陵春。"③宋琬也表示："四海交游各有赠，倾箱倒箧何其多。作者存亡半寥落，黄山客子仍蹉跎。"④这招致了时人的误解，带来了友人的困惑，孙默自己或许也一度纠结不已，留下了"乾坤去住浑无定，且向湖滨学钓鱼"⑤的无奈诗句。他最终客死扬州，多少有些悲怆的意味："虽然归到黄山下，冢墓累累日已斜。"⑥ 不过，深入这一行为深隐的支持动因，或许又当为这"悲怆"涂抹一点侥幸的色彩。当然，是文学史的"侥幸"。正是这些蔚为壮观的送归黄山诗文，牵出了文学生态结构中一个不易为人触及的重要元素，即"名士牙

---

① 屈大均：《与孙无言》，《翁山文外》，康熙刻本。
② 孙枝蔚：《寄怀家无言吴尔世》，《溉堂集》续集卷一。
③ 王士禄：《赠孙无言》，魏宪《百名家诗选》卷十七。
④ 宋琬：《送孙无言归黄山歌》，《安雅堂未刻稿》卷二，乾隆三十一年刻本。
⑤ 孙默：《寄怀梁公狄》，卓尔堪《遗民诗》，康熙刻本。
⑥ 孙枝蔚：《哭无言宗兄》，《溉堂集》后集卷之二。

行"的生存方式及其所促成的文人交往现实,为今人审视彼时的文体发展、文学作品生成机制及某些题材、某种艺术特征之形成提供了一个独特的审视角度。

二 孙默归黄山诗文之征集

孙默出生于黄山脚下之草市,其"之于黄山,十年以来,饮食梦寐,无时而不在焉"[①],最终却带着对家乡的向往和眷恋客死扬州。他去世后,儿子遗憾:"父晚年思归隐黄山,不肖孤冀生事粗理,先筑室山中,后奉杖笠归,耕田汲井以老,今已矣。"[②] 友人内疚:"黄山去扬州非有千万里之远也,竟谋归未得,亦当世贤人君子之责。而处士卒不言,以穷老死,此余之深悲而重愧焉者也。"[③] 他生前孜孜以求的归黄山诗文的征集,一定首先来自强烈的渴望归还家乡的愿望。故园荒芜,父祖祭奠,隐居山野,丹灶白云……都一次次激荡着他返回故园的渴望,可是却二十年欲归不能归、能行而不成行,这成了友人乃至不相识的时人关于他的最深刻印象。方文云:"是客来游淮海间,有诗皆送尔还山。如何不舍邗沟去,转向春江送客还?"[④] 方中发说:"世人未识先生趣,题诗只促先生去。可怜招隐亦多情,扬州歌吹空如故。"[⑤] 都集中于他归而不归的状态描述,以及有关动因的明知故问。

归黄山诗文的征集,一定是从孙默开始居留扬州就拉开了序幕。姜宸英说他"自中州还,即谋隐于其里之黄山"[⑥],或者不是虚言,但目前所见最早的送归黄山之作是顺治十三年方文的《送孙无言归新安》。[⑦] 在持

---

① 王嗣槐:《送孙桴庵归黄山序》,《桂山堂诗文选》之《文选》卷二,康熙刻本。
② 汪懋麟:《孙处士墓志铭》,《百尺梧桐阁集》卷一十五,上海古籍出版社,1979。
③ 汪懋麟:《孙处士墓志铭》,《百尺梧桐阁集》卷一十五,上海古籍出版社,1979。
④ 方文:《孙无言广陵移居,王于一孙豹人邀予过访,指壁间九韵,各赋诗三首赠之》
⑤ 方中发:《邗江送孙无言归黄山歌》,《白鹿山房诗集》卷三,清刻本。
⑥ 姜宸英:《赠孙无言归黄山序》,《姜先生全集》卷十五《真意堂佚稿》,光绪十五年刻本。
⑦ 方文:《嵞山集》卷九。

续了二十多年的征集活动中，孙默面对的主要是南来北往于扬州的士人，既有文坛耆宿，也有官场新贵，既有长期客居者，也有偶然路过之人，所谓"烟花几日扬州住，天都山人却相遇"① 也。其中包含了未曾谋面者写下的送归之作，如董俞《念奴娇·送孙无言归黄山，和曹顾庵学士韵》之上阕：

> 吾虽未见，想其人孤峭、其诗幽绝。踏遍江南江北路，磊落壮心如铁。高卧芜城，桃花春雨，啼破黄鹂舌。请君试看，道旁多少危辙。②

至于征集的方式，也是多种多样：有上门求索的，有邮筒邀约的，当然还有委托朋友代为请求的。康熙三年秋天许，孙默托表兄弟吴尔世递送诗与信给江西名士文德翼："诗与书皆述欲归黄山隐，并持赠归隐序若干，意亦欲余作之。……读序，皆名士伟人，亦未言其即归与否。"③ 文德翼有书信回应此事，并作《送孙无言归隐黄山序》相赠。或许出于某一诉求的需要，他还一而再、再而三地反复征集，至有相关作品题目出现了"再"、"又"等字样，如许珌《再送孙无言归黄山歌》等。不少作品是因为持之以恒、矢志不移而获得，如董以宁《送孙无言归黄山序》言："过常州，至请之余者再，余未有以应也。阅数年，余来扬州，先生尚在，又固请焉。"④ 再如宋琬："黄山词，六年夙诺，今方有以报命，衰迟慵懒，于此可见。足下之归，遥遥未卜，更过六年，诗与文且费数年之载，恐畏公重累，愈归不成矣。笑笑。"⑤ 六年中，孙默欲归而未归，征集之事从未停止，宋琬也心知肚明他并没有真正归去的打算。最典型的要

---

① 李稻胜：《孙枵庵饯予岱宗之游，且云将返黄山旧庐，辄题酒肆壁间，以为别》，《梅会诗选》一集卷九，乾隆三十二年刻本。
② 《全清词·顺康卷》第十册，第6012页。
③ 文德翼：《送孙无言归隐黄山序》，《求是堂文集》卷七。
④ 董以宁：《送孙无言归黄山序》，《正谊堂诗文集》之《文集》，康熙刻本。
⑤ 宋琬：《与孙无言》，《安雅堂未刻稿》卷七，乾隆三十一年刻本。

数何絜《送孙桴庵归黄山序》：

> 岁乙巳，关中孙豹人亦家广陵，向何子为乞言……迄丁未岁，江东孙介夫游广陵将归，告别于何子，又为桴庵乞言。……今戊申之夏，董子文友游广陵归，启箧出所赠桴庵言示程子、千一与何子。何子曰：桴庵归哉！桴庵归哉！越二月，何子偕程子游广陵。程子亦黄山人也，家京口二世矣。遇桴庵，话乡井风土，视戚故旧，桴庵乞赠言。①

前后四年四次征求，涉及友人如孙枝蔚、孙介夫、董以宁等皆为一时之才俊，可见孙默的坚持不懈。毫无疑问，孙默正在进行的是一场有计划的大规模的征集活动，目的性异常明确。这从方以智之侄方中发的序文可见端倪："问君诗足是何时，人缺黄冠地西粤。"当他来到孙宅，所获得的印象是："南极滇黔北蓟辽，下穷丘壑高云霄。闺里名媛方外衲，何人不赠双琼瑶。"并且已有"况复题诗客满千，十年变态何纷然"②的印象。他认为，孙默的征集不过是以归黄山为借口，力图创造一部黄山诗史，风景之奇绝，诗卷之无价，固然可以"使我对之开愁颜"，但更令他感慨的却是孙默的真实趣尚无人了解，所谓"岂知先生有深意，世间知己非容易"③是也。

关于所征集作品的具体数量，约在康熙四年或稍后，孙默如是表示："予所积同人赠归诗，凡一千七百馀首。"④此际，王士禄有诗云："赠诗满万君当归，不然且向芜城住。"⑤以应和杜浚"送诗盈万首，方许作归人"的诗句，李符也有"交尽海内名流，送诗万首"⑥之言。不过，这多

---

① 何絜：《晴江阁集》卷十八《序》，康熙刻增修本。
② 方中发：《邗江送孙无言归黄山歌》，《白鹿山房诗集》卷三，清刻本。
③ 方中发：《邗江送孙无言归黄山歌》。
④ 计东：《送孙无言归黄山序》，《改亭诗文集》之《文集》卷六，乾隆十三年刻本。
⑤ 王士禄：《送孙无言归黄山歌，兼示杜茶邨》，《十笏草堂上浮集》卷一。
⑥ 李符：《酹江月·送孙无言归黄山，用曹学士韵》，《清名家词》，上海书店，1982。

是友人的挽留之语，并非实际数字。不过，康熙九年（1670）宋琬表示"无言乞赠诗几逾六千余首，然归山尚未有期也"。① 康熙十一年（1672）施闰章为孙默作六十寿序又云："广陵处南北文人往来之交，孙子又酷好而力致之，故所得为多，篇什近万矣。"② 此际似乎已是基于实际情况的描写，可见出征集数量之多，尤其是增长速度之快。孙默去世后，为之作祭文的王士禛说："常欲归隐黄山故庐，索赠诗致数千篇。"③ 为之作墓志铭的汪懋麟也表示："处士尝索送归黄山诗，四方之作几盈数千首。"④ 如此判断，"万首"云云最终还是一种期待，或者是一个接近值。只是，孙默的征集从未有停止的意思，直到生命的末期。今所知最晚的作品是潘问奇《送孙无言归黄山三首》⑤，作于康熙十七年（1678），就是一个证明。这年的五月二十八日，他因病去世。⑥ 可以说，孙默与同时期的苏州人袁骏征集《霜哺篇》系列一样，生命不息，征求不止。⑦

归黄山诗文系列文体齐备，除了诗歌，还有词、赋、文，似乎还有图。雷士俊《题孙无言归黄山图》："杖屦意难留，君今何处去。黄山隐士多，已卜山中住。"⑧ 并且，除了直接以送归黄山为主题的诗文作品，相关的庆寿之作、祝贺乔迁之诗文等也被灌注了"归"的题旨，如施闰章《孙无言六十序》："余不欲以它言俗孙子，仍为叙未归黄山之意。"⑨ 它们构成了送归黄山诗文的复调系列，丰富了关于孙默生存状态及相关问题的认知和评价。在已经阅目的相关诗文作品中，内容繁复，主题众多，然其要旨皆未离开一个"归"字。有借送归抒发怀乡情感者，如陆寅：

---

① 汪琬：《赠孙无言归黄山二首》，《钝翁前后类稿》卷六。
② 施闰章：《孙无言六十序》，《学馀堂集》文集卷九，四库全书本。
③ 王士禛：《祭孙无言文》。
④ 汪懋麟：《孙处士墓志铭》，《百尺梧桐阁集》卷一十五，上海古籍出版社，1979。
⑤ 潘问奇：《拜鹃堂诗集》卷三，康熙刻本。
⑥ 汪懋麟：《孙处士墓志铭》，《百尺梧桐阁集》卷一十五，上海古籍出版社，1979。
⑦ 袁骏以母节子孝为主题征集《霜哺篇》诗文书画系列，规模更大，功利目的更为明确。详见拙文《袁骏〈霜哺篇〉与清初文学生态》，《文学评论》2010年第5期。
⑧ 雷士俊：《艾陵诗文钞》之《诗钞》卷下，康熙莘乐草堂刻本。
⑨ 施闰章：《孙无言六十序》，《学馀堂集》文集卷九，四库全书本。

"只今黄山不可见，老父天涯泪如霰。梦游遥赋俱不成，翘首难逢故人面。"如是，他认为孙默归隐黄山的最佳境界是"安得把茅随父傍公侧，公归乃真不可及。"① 又如潘问奇："于今折送将归客，苦忆吾庐一怆神。"② 也有表达对黄山向往之情者，梅清云："梦里分明见黄海，惆怅余怀三十载。七十二峰重复重，朵朵芙蓉青不改。欲往从之咫尺难，千年灵境空相待。"③ 还有抒发个人的羁旅之愁者，曾灿表示："惭予燕市客，六月正长征。"④ 透露出无奈而羡慕的情绪。更有人借此机缘阐释关于家乡的情结和情绪，如文德翼："君之于黄山，犹余之于庐山也。余朝而食，吾庐在焉；夕而食，吾庐在焉。苟裹粮而他适，旬时不见，夜而梦寐吾庐，亦在焉。及归，乃拱揖而笑，语之曰：别几何矣。如久霾而霁，如久魇而醒。如依父母而亲兄弟，久暌而聚首也。"⑤ 在众多的送归篇什中，人们普遍表达了对黄山之美的赞叹，云霓翻卷，山林吐翠，所谓"飞泉倒挂声潺湲，紫芝白鹿谁追攀"⑥ 也。曾经领略的，回味无穷，借之抒情；未曾莅临的，欣羡美景，向往无限。尤其是，黄山乃文人修道之最佳所在："君归好向汤泉浴，会见骨青而髓绿。容成教以驻年方，服食虚无坐紫床，道成相与随轩皇。"⑦ 更容易激发文人的向往之心。许珌《再送孙无言归黄山歌》气势磅礴，酣畅淋漓，最为得意：

　　吾闻轩辕之山何其高且雄，去天拔地八千丈，崔嵬弹压势莫当。峰峰六六宛相向，楚头吴腹如钩连。突兀离奇信殊状。上蟠虎豹跋扈之薮宅，下瞰蛟龙回旋之奥藏。吐纳元气包鸿濛，南纪星躔百神仰。传云三天子之故都在焉，没汩岚光失回响。黄帝六飞何处寻，容我浮

---

① 陆寅：《黄山歌送孙无言归黄山》，见阮元《两浙輶轩录》卷十一，嘉庆刻本。
② 潘问奇：《送孙无言归黄山三首》，《拜鹃堂诗集》卷三，康熙刻本。
③ 梅清：《维扬送孙无言归黄山》，见魏宪辑《百名家诗选》卷五十六，康熙魏氏枕江堂刻本。
④ 曾灿：《送孙无言归黄山》，《曾青黎诗集》卷四，续修四库本。
⑤ 文德翼：《送孙无言归隐黄山序》，《求是堂文集》卷七，明末刻本。
⑥ 陆寅：《黄山歌送孙无言归黄山》，见阮元《两浙輶轩录》卷十一，嘉庆刻本。
⑦ 屈大均：《送孙丈归黄山》，《翁山诗外》卷四，康熙刻本。

邱夹行仗。衣冠虽自葬桥陵,万古乌号动灵爽……①

而孙默的山居生活也因之被描绘得非常美好:"数群门外麛常过,万缕床头云自飞。涧响鸟喧春策杖,岚光松色晓披衣。"② 他们设想了孙默归里后的逍遥:"君兹归去漫劳劳,篛冠芒履道人袍。涧外风湍崖下月,知谁更听广陵涛。"③ 也想象了他日常生活的淡泊:"临风挥手一长往,高卧清泉白石里。苏门先生薄世荣,君今亦逃身后名。抱琴他日来相访,听尔鸾吟凤吹声。"④ 对于他即将开始的世外桃源般的美好生活,表达无比的艳羡与向往。显然,在漫长的征集过程中,"黄山"已经凝结为一个隐者的美好意象:"有林泉烟月、藤萝竹石之美,无城郭轮蹄、嚣尘杂沓之习;有大门石梁羽人淄流之乐,无高闶甲第贵游熏灼之气。"⑤ 成了众多文人表达归隐情怀、向往精神家园的合适载体。

对于这样一个优美所在似乎并非真的动心,构成了孙默迟迟不归行为让人难以理解的首要因素。如吴本嵩,在设想了隐居黄山的美好后,如是表达自己的困惑:"人间世,蜀道险,太行艰。漫说陆沉车马,隐廛市,游戏尘寰。倘故乡差乐,便可掉头还,何况黄山!"⑥ 姜宸英的提问更为具体:"夫宇内名山群岳之外,如龙门、雁宕、罗浮、天台、武夷、九疑,远至外国诡怪不经之地,尚有梯穷岩、航逆流、裹粮问道至之者。黄山,孙子之少长也,其视七十二峰之胜几案间物也,亦如海外三山可望而不可即,何哉?"⑦ 通往黄山的路途并不遥远,又是孙默的生长之地,为什么"可望而不可即"呢?其时,这种质问的声音已经此起彼伏,延续

---

① 许珌:《再送孙无言归黄山歌》,《铁堂诗草》卷下,乾隆五十五年刊本。
② 李沂:《劝孙无言归黄山》,见阮元辑《淮海英灵集》丁集卷一,嘉庆三年刻本。
③ 王追骐:《送孙无言归黄山》,魏宪《百名家诗选》卷四十六,康熙魏氏枕江堂刻本。
④ 彭孙遹:《作歌送孙无言归黄山故居》,《松桂堂全集》卷十。
⑤ 王嗣槐:《送孙桴庵归黄山序》,《桂山堂诗文选》之《文选》卷二,康熙刻本。
⑥ 吴本嵩:《六州歌头·送孙无言归黄山》,《荆溪词初集》,见《全清词·顺康卷》第十一册,第6447页。
⑦ 姜宸英:《赠孙无言归黄山序》,《姜先生全集》卷十五《真意堂佚稿》,光绪十五年刻本。

多年。例如："君欲归山胡不归,黄山山下有柴扉。"① "白岳移文,黄山招隐,问君何不归哉?"② 又如:"问子何不归耶?年年且住,不作芜城别。"③ 而就个人的具体理解,当然仁者见仁,智者见智,且多是围绕"非隐"与"隐"的价值选择。如王士禄:"屈子云螭思上浮,向长五岳遍邀游。与君好订青鞋约,何必黄山是故丘。"④ 丁澎也表示:"君是淮南老逋客,何惜他乡遍游屐。"⑤ 王猷定则说:"抗志高洁,岂以归不归累其心哉!"⑥ 认为,文人四海为家,以"志"为主,不必因为黄山是故乡就一定眷眷不舍,非要回去;归与不归,衡量之标准是"心"而非日常行迹,所谓"但令心在黄山中,何妨老作扬州客"⑦。另外一种意见则是"隐",因相关意象与扬州的繁华瑰丽、民风稠浊形成对立,有时甚至成了考量文人节操的一种标准。尤其是,"虽信美非吾土"⑧,中国古人向无久客而不归的传统,回家是人生的归宿,狐死首丘乃必然之抉择。凡不归者,必定有身世未了之事,或因子孙而顾虑重重,甚至存在难言之隐,人们对孙默欲归不归的原因百般臆断、多方猜测,也成了题中应有之义。彭师度说:"年年欲去,烟花留恋车辙。"⑨ 吴肃公认为:"姑求多于文词,以自豪于山。"⑩ 王嗣槐指出:"桴庵归黄山也,茅屋数椽,清谈饮水而已!使犹有城郭轮蹄、高门甲第出没,隐见于胸中,何论其不能归,即归矣安在?"⑪ 总之,对孙默的不归,不理解多,体谅者少。

关于回家的理由,孙默有过自己的解释:"凡我所为欲归者,为营两

---

① 李沂:《劝孙无言归黄山》,见阮元辑《淮海英灵集》丁集卷一,嘉庆三年刻本。
② 邹祗谟:《扬州慢·广陵送孙无言归黄山》,见邹祗谟等辑《倚声初集》卷十六,顺治十七年刻本。
③ 董元恺:《念奴娇·送孙无言归黄山和顾庵先生韵》,《苍梧词》卷九,康熙刻本。
④ 王士禄:《送孙无言归黄山歌兼示杜茶邨》,魏宪辑《百名家诗选》卷十七《王士禄》,康熙刻本。
⑤ 丁澎:《送孙无言自广陵归黄山》,见阮元《两浙辀轩录》卷四,嘉庆刻本。
⑥ 王猷定:《送孙无言歙序》,《四照堂诗文集》文集卷二,康熙二十二年刻本。
⑦ 方中发:《邗江送孙无言归黄山歌》,《白鹿山房诗集》卷三,清刻本。
⑧ 王粲:《登楼赋》,萧统编《昭明文选》第十一卷,上海古籍出版社,1986,第489页。
⑨ 彭师度:《酹江月·送无言孙子归黄山》,《彭省庐先生诗馀》,见顺康词。
⑩ 吴肃公:《送孙无言归黄山序》,《街南文集》卷十《序》,康熙二十八年刻本。
⑪ 王嗣槐:《送孙桴庵归黄山序》,《桂山堂诗文选》之《文选》卷二,康熙刻本。

先人葬也。而葬之资无从得，故久未能归也。"① 又说："回望故乡桑梓，历历在目。而吾祖若父之骨，犹依栖浅土，魂魄未安，未常不仰天椎胸以至于恸绝也。然私念岁时伏腊，尚有二三兄弟浇奠杯酒，而今则饥驱四走，亦复天各一涯。吾非人也欤？而忍不归哉？"② 他不能归、无法归的原因，似乎只是因为贫穷："广陵货贿、人物甲天下，然怜才而与予相亲爱、共饮食、通缓急者，必贫士也。即贵而能贫者，方亲爱于予，夫彼既贫矣，纵通缓急，能大周予急乎？其既贵而富，甚或未贵而富者，遥见予，则疑予之有所请也，先为煦煦相悯恤之状，即盛陈已应酬不赀之苦。若贫甚于予者，以阴箝于舌，使不得伸其意，予亦深悯之，不忍复与之言也。如是，而予安得归乎！"③ 面对别人的质疑，孙默总是表现"怃然"，流露出怅然失意的样子："我问孙子何未去，答言风尘白千虑。"④ 或者流露出归心似箭似的急迫："予所以日夜思归，如负心疾者也。"⑤ 永远不变的答复则是"今且归矣"⑥，或"行当有日，特稍待耳！幸先为我序之"。⑦ 如是，其未能归家的真正原因总是让人浮想联翩、充满狐疑。

孙默是否真的思念故乡呢？回答是肯定的。《诗经》曰："维桑与梓，必恭敬止。"没有人会不思想、眷恋自己的生长之地，所谓"何因忽起黄山情，一似黄山旧有盟"⑧，"情"的"忽起"其实是孙默"未尝一日忘黄山"⑨的内心躁动，而"盟"则源自人性中那份难以言说的文化情结。孙默命名自己的书室为"留松阁"，即是为了表达对故园的向往："吾家雷溪之侧，有松如苍虬，苓盖偃覆，夜现赤光，众鸟不敢窥。飙发则数里外如闻波涛甲马声，宋元丰间物也。吾阁峙焉。十年诗将藉

---

① 计东：《送孙无言归黄山序》，《改亭诗文集》之《文集》卷六，乾隆十三年刻本。
② 董以宁：《送孙无言归黄山序》，《正谊堂诗文集》之《文集》，康熙刻本。
③ 计东：《送孙无言归黄山序》，《改亭诗文集》之《文集》卷六，乾隆十三年刻本。
④ 雷士俊：《送孙无言归黄山》，《艾陵诗文钞》之《诗钞》卷上，康熙莘乐草堂刻本。
⑤ 计东：《送孙无言归黄山序》，《改亭诗文集》之《文集》卷六，乾隆十三年刻本。
⑥ 王嗣槐：《送孙桴庵归黄山序》，《桂山堂诗文选》之《文选》卷二，康熙刻本。
⑦ 董以宁：《送孙无言归黄山序》，《正谊堂诗文集》之《文集》，康熙刻本。
⑧ 王追骐：《送孙无言归黄山》，见魏宪《百名家诗选》卷四十六，康熙魏氏枕江堂刻本。
⑨ 施闰章：《送孙无言归黄山序》，《学馀堂集》文集卷八，四库全书本。

此以传，故以名。"① 他主持重修孙氏族谱："恐后人之蕃衍而散处不相识也，乃自彦达公而下重修正之。嘉语善行，亦著于篇。呜呼，无言交游遍海内，慷慨绸缪，情义甚笃，而其尊祖敬宗以收族者如此！"② 先后请彭孙遹、雷士俊等名士为序，以张扬家族之风。"又集孙氏凡以诗名者，欲镂板以行"③，可惜因去世而未果。好友王猷定说他"墟墓之思，伤心战磊间"④，即是对他这份浸染了浓浓的血缘之情的故园之思的深刻理解。

孙默征集归黄山诗文在当时是一件影响广泛的事。当很多人以为他是一位著名的隐者，偶然相遇后才发现他依然忙碌于热闹的名利场扬州："读四方君子赠答之词，有送桴庵归黄山文者，不一而足。心窃恨之，为不知何时游黄山，呼桴庵于三十二峰间，与言烧丹煮石事。今年初夏，访西樵王先生于湖上，则桴庵俨然在焉。"⑤ 另一些人甚至将他作为欺世盗名的典型。远在桐城的钱澄之似并不认识他，在评价友人邓朴庵的类似行为时也指出："近闻新安有山人客广陵，欲归黄山，要人为文，送之文既成帙，迄今二十余年，山人犹在广陵，犹乞文不已。翁之与客饮别，得毋亦类是乎？"⑥ 凡此，与同时其他诗文中"君何不向黄山归"⑦ 的声音形成互文，集中指向孙默征集送归黄山诗文之目的所在。实际上，归庄在康熙二年（1663）时的话已是一针见血："不必归，不欲归，是以久言归而未即归。"⑧ 他认为，归乃"返本之义"，孙默的问题在于，他的"本"到底是什么？直接指出他的归与不归关涉其"本"即人生追求问题。也就是说，"归"不过是一种借口，深层目的则是一种温情脉脉的利益诉求，征集归黄山诗文就带有服务于这一利益诉求的内蕴。

---

① 王猷定：《留松阁诗序》，《四照堂诗文集》之文集卷一，康熙二十二年刻本。
② 雷士俊：《孙氏重修族谱序》，《艾陵诗文钞》之《文钞》卷六，康熙莘乐草堂刻本。
③ 汪懋麟：《孙处士墓志铭》，《百尺梧桐阁集》卷一十五，上海古籍出版社，1979。
④ 王猷定：《送孙无言归歙序》，《四照堂诗文集》文集卷二，康熙二十二年刻本。
⑤ 王嗣槐：《送孙桴庵归黄山序》，《桂山堂诗文选》之《文选》卷二，康熙刻本。
⑥ 钱澄之：《邓朴庵燕客记》，《田间文集》卷十《记》，康熙刻本。
⑦ 屈大均：《送孙丈归黄山》，《翁山诗外》卷四，康熙刻本。
⑧ 归庄：《送孙无言归黄山序》，《归玄恭遗著》，民国十二年刊本。

三 "名士牙行"与孙默的征集活动

孙默去世后,名重一时的文人王士禛为其撰写祭文,高度评价其"大抵忘机而任真,尚名义而鄙荣利"①;但也同样是这位怀有"一死一生,交情如昔"②之感的生前友人,最早公开表达了对其"名士牙行"身份的暗讽,并且传播久远:

> 《老学庵笔记》,嘉兴闻人滋自云作门客牙、充书籍行。近日新安孙布衣默,字无言,居广陵,贫而好客,四方名士至者,必徒步访之。尝告予欲渡江往海盐,询以有底急,则云欲访彭十美门,索其新词,与予洎邹程村作,合刻为三家耳。陈其年维崧赠以诗曰:"秦七黄九自佳耳,此事何与卿饥寒。"指此也。人戏目之为"名士牙行"。吴门袁骏字重其,亦有此名,康熙乙巳曾渡江访予于广陵。③

其实,早在康熙二年(1663)春天,同为王士禛和孙默好友的孙枝蔚已经有了类似说法:"最忆吾宗野鹤姿,逢迎处处足相知。只今名士牙行少,能似嘉兴儒者谁。"④ 诗之后注亦提及陆游《老学庵笔记》,并云:"王西樵考功尝戏谓无言有嘉兴老儒之风。"道出他的印象来自王士禄。可见"名士牙行"一语最先来自王士禛之兄,而周边很多友人都知道并且认可这一评价。

牙行,或曰牙人,旧时为买卖双方说合交易而从中收取佣金者;而"名士牙行",则显然是热衷名士与名士、名士与非名士之间的交接联络,并从中获取利益的一类人,其涉及内容当包括了与文人有关的编选、撰

---

① 王士禛:《祭孙无言文》,《带经堂集》卷四十九。
② 王士禛:《祭孙无言文》,《带经堂集》卷四十九。
③ 王士禛:《居易录》卷六,《王士禛全集》第五册,齐鲁书社,2007,第3488页。
④ 孙枝蔚:《春日怀友》之十四,《溉堂集》前集卷九。

作、抄写、评点、介绍等文事类活动。孙默"贫而好客"①，乐于交往，又能说会道："谈笑封侯，纵横游说，贱彼仪秦舌。"② 很适合优游于文人圈中，充当沟通联络、出谋划策、牵线搭桥一类的角色，而其所热衷的诗词编辑、刊刻评点类工作，则提供了接触大量文人的有效机会与最佳路径，利于他借此获取利益和声名。不止一位文人描述过孙默日常生活中的送往迎来之频："朝一客至，即叩诸闻人之门曰：某某来。暮一客至，又扣之不倦。"③ 倒屣相迎之态栩栩如生。王士禛从另一维度总结了这种纷至沓来的状态："四方名士过广陵者，必停帆伏轼问孙处士家，屏车骑造谒。"④ 其实，这已经是名噪一时之际的孙默，他为营造这样一种状态而付出努力的细节则往往散落到了历史的另一面。康熙三年，孙默打算去苏州拜访金俊明、徐枋，杜濬作《赠孙无言因送之吴门》以别，以"以子勤访索，当不忧踰垣"⑤ 来肯定孙默的勤勉与坚持，即便如徐枋这样性格峻介、键户不与人交往的隐者也不难见到。康熙四年（1665），孙默得识大名鼎鼎的王士禄，彼此相交甚欢。王士禄"爱无言之为人，与之遍访鹤林、招隐诸名胜；既而入吴适越，亦挟与俱"。长达一年多的相与宴饮游赏，对扩大孙默的声名作用很大："凡客西湖三月，四方名士，或因考功以识无言，或因无言以识考功，二人者，交相重也。"⑥ 以致兄长去世后，王士禛时时处处流露出爱屋及乌式的关爱："予在京师，虑无言贫老，无以给馕粥，有故人为榷使，以无言姓字语之，既而终不往见也。"⑦ 凡此，都在客观上形成了助力"名士牙行"的作用，今所存康熙四年、五年时的送归黄山诗文最多，与王士禄之间的"交相重"显然关系密切。

名士牙行，当不仅仅局限于名士之间的牵线搭桥，搭建一条名士与非

---

① 王士禛：《居易录》卷六，《王士禛全集》第五册，齐鲁书社，2007，第3488页。
② 李符：《酹江月·送孙无言归黄山，用曹学士韵》，《全清词·顺康卷》第13册，中华书局，2003，第7513页。
③ 汪懋麟：《孙处士墓志铭》，《百尺梧桐阁集》卷一十五，上海古籍出版社，1979。
④ 王士禛：《祭孙无言文》，《带经堂集》卷四十九。
⑤ 杜濬：《赠孙无言因送之吴门》，《变雅堂遗集》之《诗集》卷一，光绪二十年刻本。
⑥ 王士禛：《祭孙无言文》，《带经堂集》卷四十九。
⑦ 王士禛：《祭孙无言文》，《带经堂集》卷四十九。

名士之间的桥梁更为重要，这是名人需要的，也是非名人渴望的。这一方面，孙默显然认知清楚，独具慧眼："见通人大儒，即折节愿交；而于寒人崎士工文能诗或书画方伎有一长，必委曲称说，令其名著而伎售于时也，然后快。以故四方知名及伎能之士多归之。"① "委曲称说"的辛苦与"令其名著而伎售于时"的成功之间，究竟包含了多少利益因子，今天已难以具体感知，不过确实转化成了当时很多文人的共识："孙无言久客扬州，无不知扬州有孙先生也。"② 孙默因之成了一方之名士。凡到扬州者，必须拜访他，否则便可能信息不便，沟通不畅，方向不明。所以，联络各方、拥有"人气"是"名士牙行"制胜的第一法宝。康熙四十二年（1703），孙默去世已二十五年之久，著名文士汪扶晨致信张潮尚有如此遗憾："今日扬州，求一孙无言以通南北声气，不可得矣。"③ 孙默式人物的缺乏，竟然导致"南北声气"之阻滞，彼时文坛之寥落可以想见，其在扬州一带举足轻重的地位亦可见一端。

如果将"人气"理解为一种人和之巧，除此之外的天时、地利之便同样是"名士牙行"生成不可或缺的要素，这其实也是孙默留恋扬州不忍遽然离去的重要原因。扬州为清初时最为有名的大都会之一，当南北交通之要冲，商贾驻足，冠盖云集，经济发达，为天下人向往之富丽繁华之地。"其致者，非四方仕宦车舟往来之经历，则富商巨贾悠闲之子弟，征贵贱、射什一之利，调筝弄丸，驰骋于狗马声伎而豪者耳。其他则皆穷无所恃、赖游手以博衣食者也。"④ 这是一个由各类型淘金者组构而成的名利场，除了商人、仕宦者，就是不计其数、不名一文"穷无所恃、游手以博衣食者"。浇薄、享乐的表象下是名利的泛滥，同时又提供了各种各样的生存机遇。战乱后即迁居于此的孙枝蔚有诗云："广陵不可居，风俗

---

① 汪懋麟：《孙处士墓志铭》，《百尺梧桐阁集》卷一十五，上海古籍出版社，1979。
② 董以宁：《送孙无言归黄山序》，《正谊堂诗文集》之《文集》，康熙刻本。
③ 顾有孝：《骊珠集》。
④ 姜宸英：《赠孙无言归黄山序》，《姜先生全集》卷十五《真意堂佚稿》，光绪十五年刻本。

重盐商。"① 然因机遇而来的大大小小的诱惑亦难以抗拒,他直至终老都不曾离去。彭孙遹"江南奏销案"罹祸后四处游历,数度到达扬州,谋求生存之道也是最为重要的因素。姜宸英在反思自己徘徊不忍离开扬州的原因时表示:"顾予非以饥驱,必不来此。"② 他因此而理解孙默迟迟不回黄山的行为,表示:"贫贱之于人,虽若可恨,若予与孙子遇合,亦何负哉!"③ 显然,"趋利"是众多文人来到这里的一个直接动因,只不过获利的方式因为人的资质、条件、追求而有所不同而已。本来因经商客居扬州的孙默,"无他好,惟获交天下贤人君子,罗致其诗古文词若嗜欲,以故弃百事为之,风雨寒暑,死生存亡不少易"④;借助文人之间的交往博取一点利益,成就自己的爱好和追求,最终成了他获取生存资源的最重要的手段之一。而扬州不仅是一个名人聚集的地方,也是一个非名人愿意停留的所在,恰恰提供了这样的条件和机遇,成就了他充当"名士牙行"的人生角色。魏禧说:"广陵故利薮,豪俊非常之人失志无聊,恒就利以自养,而天下之欲因是以愿见其人者,又往往寄迹于此。故广陵非独商贾仕宦之都会,亦天下豪俊非常之人之都会也。"⑤ "名士牙行"一定是经济发达、文化繁荣的产物,一定要首先在名士即"豪俊非常之人"间的交往关系和利益诉求中生成;"广陵大都会,四方来众宝"⑥ 的特殊地位,孕育了这样的职业和人。孙默借助其地,适逢其时,又选择了合适的方式诸如编纂《国朝名家诗馀》、征集送归黄山诗文等,彼此助力,互为因果,进而风生水起:"广陵处南北文人往来之交,孙子又酷好而力致之,故所得为多,篇什近万矣。"⑦ "名士牙行"这个特殊的文学史现象也应运而生。

---

① 孙枝蔚:《李屺瞻远至,寓我溉堂,悲喜有述》。
② 姜宸英:《赠孙无言归黄山序》,《姜先生全集》卷十五《真意堂佚稿》,光绪十五年刻本。
③ 姜宸英:《赠孙无言归黄山序》,《姜先生全集》卷十五《真意堂佚稿》,光绪十五年刻本。
④ 汪懋麟:《孙处士墓志铭》,《百尺梧桐阁集》卷一十五,上海古籍出版社,1979。
⑤ 魏禧:《送孙无言归黄山叙》,《魏叔子文集外篇》文集卷十。
⑥ 汪懋麟:《赠计甫草》。
⑦ 施闰章:《孙无言六十序》,《学馀堂集》文集卷九,四库全书本。

经济发达之于扬州文坛的成长与繁荣毋庸讳言,这方面的当代研究成果十分丰富,不胜枚举。其作为一个选胜赋诗之地,因为扬州推官王士禛的身体力行和大力倡导而积聚了人气,更见活力,亦不必饶舌;姜宸英曾以"广陵之风雅复振矣"① 来评价王士禛的贡献,实为切中肯綮之语。彼时,扬州地区的各类编选活动十分频繁,牟利者欲借此见利,谋名者望因此成名,孙默亦不失时机地在同一时期进入这个充满了名利诱惑的领域。不少论者谈及其所编《国朝名家诗馀》对邹祗谟、王士禛《倚声初集》在编选理念、方式甚至评语方面的模仿、沿袭与借鉴,或者可以理解为他在初涉此道时的匆促和幼稚,这在康熙三年完成的《三家词》中有明显的反映。不过,《国朝名家诗馀》出版后影响甚好,为一切的逐渐改观赢得了从容与自信;之后陆续问世的词集在表达孙默日趋成熟的词学观念的同时,其实更透射出他交往范围的扩大,以及有意借之网罗当代名人的动机。如为陆求可《月湄词》作评者,包括吴伟业、王士禄、宋琬、王士禛、陈维崧等56人,人数之多,阵容之豪华,均为一时之最。这种有意为之的标榜声气之举,显然也是为了顺应"名士牙行"的实际需要,孙默本人正于此际声名鹊起当与此关系密切。其他大大小小的编选、联络活动也存在类似的因子。如为同乡吴尔世之母六十大寿征集诗文,王嗣槐《新安胡孺人寿序》:"新安吴子尔世,其母胡孺人春秋六十,乞言于当世贤士大夫。诗歌篇什洋洋乎,照丹青而谐金石,声满天地矣。"② 他介绍说"因友人孙桴庵征辞于余",而他之所以答应此事,"因籍手以报桴庵,使颂于孺人之前"。③ 王猷定《吴母胡孺人六十寿序》也说:"今秋八月之望,为孺人生辰。先是余友孙默偕延支顾余,乞言为寿。"④ 再如雷士俊《与孙无言》书:

---

① 姜宸英:《广陵唱和诗序》,《湛园未定稿》卷四,《姜先生全集》。
② 王嗣槐:《桂山堂诗文选》之《文选》卷二,康熙刻本。
③ 王嗣槐:《桂山堂诗文选》之《文选》卷二,康熙刻本。
④ 王猷定:《四照堂诗文集》之《文集》卷三,康熙二十二年刻本。

拙稿已定，呈政方武城传，亦书送赞五矣。盐政国家大事，方公之言于盐政，甚为切中，故述之最详。而浮课套搭常股存积等字，叙事语，应如此质实。质则明，实则信也。至于小论，绝不与本人，但因上疏言盐政而旁及之耳。史传有此体文，虽不工，却非妄作者。兄与赞五一道此。施尚白序表二作，欲得一览馆事，须广向人言之。然岁已暮矣，恐亦无济也。

施尚白即施闰章，雷士俊顺治十八年作有《施愚山观海集序》，见《文钞》卷五，应该就是这封书牍中所及。凡此，都证明了孙默所进行的穿针引线的行为。尽管还没有资料直接揭示孙默如苏州的"名士牙行"袁骏一样的商业属性明确，但充当中介而又毫无利益可期显然也是难以令人置信的，与他曾经作为商人的身份特征也存在过大的疏离。陈维崧"韦庄牛峤好词句，此事何与卿饥寒"[1]的戏谑之语，其实已隐约透露出此类活动与"饥寒"的微妙关系。据目前掌握的文献，孙默繁忙的牵线搭桥活动并非每一项都直指"名士牙行"的利益诉求，但其中包含的利益链还是非常清晰的。如"名士牙行"吴尔世之母六十寿诞，"君家称寿，海内文章走"[2]，也进行了大范围的征集活动，其中王世禄、王猷定等名人的寿序诗文多由孙默为之介绍而撰写，而孙默的一些征集之作如文德翼《送孙无言归隐黄山序》等也得益于吴尔世的大力帮助。再如，进入《国朝名家诗余》的很多作者和评点者都是送归黄山诗文的撰稿者，许多人并非情愿地创作了送归作品。董以宁谈及《送孙无言归黄山序》的写作云："至请之余者再，余未有以应也。阅数年，余来扬州，先生尚在，又固请焉。"[3]考序文创作时间为康熙七年夏，正与孙默编辑《蓉渡词》完成同时，可见如没有《蓉渡词》编辑对声名的巨大促进作用，董以宁当

---

[1] 陈维崧：《送孙无言由吴闻之海盐访彭十骏孙》，《迦陵词全集》卷九。
[2] 王士禄：《千秋岁·为吴尔世寿母》，《炊闻词》。
[3] 董以宁：《送孙无言归黄山序》，《正谊堂诗文集》之《文集》，康熙刻本。

不会放下身段答应序文的写作。终于让这位"著书满家,天下称之"① 的名人创作了送归黄山序文,不仅达成了孙默"欲得余文"② 的目的,还促成了另一位名人何絜《送孙桴庵归黄山序》的完成;而何絜最终答应此事,已经过了孙枝蔚、孙介夫的两次牵线,直到好友董以宁从中说合才终于完成,其中之效益岂是一句"徒为名高"③ 可以了得!显然,是"名"与"利"的消长与平衡掌控着交往的过程,并促成了利益链的形成与延展。所谓"君子爱财,然取之有道",以"道"的名义获取名利才是文人更愿意接受的方式,"名士牙行"的一些关键性特征往往为含情脉脉的面纱遮蔽本是题中应有之义。事实上,孙默们所发挥的正如今天文化经纪人的作用,终极目的只是达成交往双方的某种名利性诉求,自己亦从中亦获得或名或利的价值。可以想见,在"名"的愿景和"利"的收益之间,一些于"名人高士"群体中所进行的以情感投资为特征的行为有时更适合古代中国的人情社会,也更易为一般文人所接受,孙默之于很多中下层文士亦倒屣相迎、孜孜不倦、倾力相助,应该就有这一层面的考虑。

　　孙默倾后半生之力而进行的送归黄山诗文征集活动,是他一生最为引人注目的另一件大事,持续时间之长、涉及人数之众,尤其是所形成的"遁世之遗老,兴国之硕彦,无不萃荟一时"④ 盛况,堪为文坛奇观。因其行为并非"行事准于礼,揆于义",符合常情,征集过程中又日益彰显膨胀的利益诉求,招致时人的议论纷纷。有的似不明所以的口吻,如方文:"君归故里寻常事,作底名人俱赠诗?"⑤ 其实已经透露出对孙默言而无信之举的不满:归返故里乃人之常情,为什么到处请人赠诗,且无休无止呢?有的则毫不讳言其目的,如董以宁:"度先生不过欲得余文耳,岂

---

① 杨岱:《蓉渡词序》,见董以宁《蓉渡词》卷首,《国朝名家诗馀》本。
② 董以宁:《送孙无言归黄山序》,《正谊堂诗文集》之《文集》,康熙刻本。
③ 董以宁:《送孙无言归黄山序》,《正谊堂诗文集》之《文集》,康熙刻本。
④ 卢见曾:《渔洋山人感旧集序》,见王士禛《感旧集》卷首,乾隆刻本。
⑤ 方文:《送孙无言归新安》,《嵞山集》卷九,康熙二十八年刻本。

真有意于归哉！"① 宋琬的回答更见尖刻："待满词人饯别诗，真归矣！任山灵见诮，百罚奚辞。"② 还有的人直刺入骨，揭示出名利之心在统领一切，如方中发言："先生掩卷还太息，私心未足归无日。"③ 丁澎《送孙无言归黄山》也有"蜗角浮名如戏耳"④ 的规劝。一则名，一则利，对于孙默而言大概都来自扬州这个名利场给予他的巨大诱惑，让他难以抗拒、无法转身，又必须承受由困窘、误解和思乡情切捆绑在一起的生存与发展之苦。不过，借助征集活动所带来的盛名及其衍生出的价值，毕竟使自己身价倍增，远近闻名，发展成为扬州文坛不可或缺的"声气"人物，以致"士大夫往求于兹，争欲造先生之庐，一聆言笑，以与于清流之目然，徒为名高而已"。⑤ 其名气效应和增值意义，都不是所谓的"故园情结"可以相提并论的，"黄山"终究不过是他于名利场中日夜怀想的一份特殊的精神资源。

因此，尽管很多人体会到了孙默"殆将归隐而不可得"⑥ 的隐衷，对于"不可得"的具体内容，往往不得其要。王猷定认为是"遭时若此"，并给予充分的理解："丈夫不得志而归，与不得志而不归，迹异心同。"⑦ 朱鹤龄诗云："到处逢迎一蒯缑，云山几点蓼花秋。岩滩百丈清泠水，深照奚囊万种愁。"⑧ 以战国时怀才不遇的冯骦作比，表达了理解同情之意；"到处逢迎"一语则也涉及了生存方式之揭示，与"名士牙行"的身份特征形成了必要的张力。与出身于市井平民的苏州"名士牙行"袁骏不同，孙默更具备了文人的一些素质和情怀，获得的收入也多用来扩大再生产，编辑《国朝名家诗馀》耗费了他的日常积蓄是可以肯定的。所以他永远

---

① 董以宁：《送孙无言归黄山序》，《正谊堂诗文集》之《文集》，康熙刻本。
② 宋琬：《沁园春·送孙无言归黄山》，《安雅堂未刻稿》之《入蜀集》下，乾隆三十一年刻本。
③ 方中发：《邗江送孙无言归黄山歌》，《白鹿山房诗集》卷三，清刻本。
④ 丁澎：《扶荔词》卷一，康熙五十五年刊本。
⑤ 董以宁：《送孙无言归黄山序》，《正谊堂诗文集》之《文集》，康熙刻本。
⑥ 施闰章：《孙无言六十序》，《学馀堂集》文集卷九，四库全书本。
⑦ 王猷定：《送孙无言归歙序》，《四照堂诗文集》文集卷二，康熙二十二年刻本。
⑧ 朱鹤龄：《送孙无言归黄山二首》，《愚庵小集》卷六，四库全书本。

没有袁骏后期生活的那种"小康"状态,生活中颇多难以启齿的柴米油盐问题,"穷窘"一直伴随他到生命的终点。著名文人施闰章数次准备黄山之游而未果,对孙默的行为也深表不解:"予谓广陵地膻而嚣,鱼盐估客之所辐辏也,介在江海之间,烽火无宁岁。而黄山为天帝之都,仙人之窟宅,其去此而归也,盖宜夕脂车朝命驾,使人追之不及,安俟送为?予之不果往,孙子之未遄归,其毋乃皆有所不得已与!"①当他游历黄山回来,对孙默的理解多了一层:"竹庐茅舍,十九榛莽,非松餐术食、猨狖为群者不可久居;又无好事者能为孙子筑一亩之宫,其不能归卧也,审矣。"②他认为孙默只能留在扬州。其实,更多的人将他的不归具体化为贫穷,这也是他最终客死扬州的原因。如董以宁:"朝餐夕炊设或不继,赁居庑下设或月钱不得偿,则先生不肯以告,客亦不肯以问也。谁遂能为先生谋归计,而且襄其大事哉!"③孙默去世后,王懋麟如此反思:"黄山去扬州非有千万里之远也,竟谋归未得,亦当世贤人君子之责。"④将他不归的原因归咎于时代性的病症,也算是一种高屋建瓴的理解吧。

现代学者多接受这一观点,朱丽霞教授认为"因为其买山造屋之资未能凑足,终于一生奔走衣食,归隐未能如愿","孙无言声言欲归,只不过是一种生存策略","他真正的意图,是希望通过'送行'之举,谋得归隐之资"。⑤这未尝不是一个切实的理由,但更关键的是他实际上没有归隐的准备,反而有久住的行动,最确凿的证据就是多次更换住处,即使是日益逼仄。尤其是,弟弟和儿子常年经商,似乎能够在一定程度上缓解经济上的困窘。孙枝蔚《送孙无言令子鲁三之汝宁》诗云:"负米高贤事,斑衣孝子情。"⑥肯定了其子辛苦的侍亲行为。与此同时,借助于穿

---

① 施闰章:《送孙无言归黄山序》,《学馀堂集》文集卷八,四库全书本。
② 施闰章:《孙无言六十序》,《学馀堂集》文集卷九,四库全书本。
③ 董以宁:《送孙无言归黄山序》,《正谊堂诗文集》之《文集》,康熙刻本。
④ 汪懋麟:《孙处士墓志铭》,《百尺梧桐阁集》卷一十五,上海古籍出版社,1979。
⑤ 朱丽霞:《会向黄山去,栖迟意泊如——〈送孙无言归黄山〉的经济学诠释》,《中国韵文学刊》2008年第4期。
⑥ 孙枝蔚:《溉堂集》前集卷五,康熙刻本。

针引线、牵线搭桥一类的名士牙行行为,其经济生活也会获得一定程度上的补充和丰富。所以陈维崧所谓"韦庄牛峤好词句,此事何与卿饥寒"①,并非真的不理解孙默的行为,而是因为理解其艰辛以及与"饥寒"的密切相关,才有如此戏谑之语。此句曾被时人和后来者多次引用,其实也包含了对其身份属性的强调和暗讽。

而孙默的难耐寂寞,其实与名士牙行的日常活动习惯相关,送往迎来,四处游走,传递消息,沟通有无,构成了他的生活常态。汪懋麟耳闻目睹孙默的生活:"朝一客至,即叩诸闻人之门曰:某某来。暮一客至,又扣之不倦。处士长身高足,深目朗眉,服被甚古。见其风日,以扇障而疾行衢巷,或踯躅霜雪泥淖,知必四方客至,而处士为之来叩也。见即出卷秩阔袖中,累累曰:'此某某作也。'如是者,自壮至老如一日。"② 故施闰章疑惑:"孙子好交游,重文辞,其能人寂寞之乡离群而索处乎?"③ 王士禛也表示:"或曰无言喜宾客,厌寂寞,其不归黄山必矣。"④ 一个反问,一个"或曰",都揭示了他不归黄山的可能性,习惯于当下的必然性,其中暗含意蕴之丰富足可与"名士牙行"的行为属性形成互文。孙默收集数以千计的送归黄山作品,正是他四处游走所依凭的最佳载体和重要平台之一。如"逡巡再拜如有求,爱我诗声多慨慷"⑤,给人留下的印象并不好,年辈晚于他的李骐有诗云:"逢客索句不肯放,赠诗盈卷君未还。"⑥ 往往"因袖中出诸名士送归之序及诗各若干首"⑦ 以求赠送。每当与人相遇,征诗的目的也非常明确。初次与方中发见面,留下的印象便是"登堂便订忘年交,仓皇揖罢开诗卷",以至方中发疑惑:"欲归不归复何为,逢人但索黄山诗。"⑧ 有时甚至追逐到践行船上,陈维崧《将

---

① 陈维崧:《送孙无言由吴阊之海盐访彭十骏孙》,《迦陵词全集》卷九。
② 汪懋麟:《孙处士墓志铭》,《百尺梧桐阁集》卷一十五,上海古籍出版社,1979。
③ 施闰章:《送孙无言归黄山序》,《学馀堂文集》卷八。
④ 王士禛:《祭孙无言文》,《带经堂集》卷四十九。
⑤ 许珌:《再送孙无言归黄山歌》,《铁堂诗草》卷下,乾隆五十五年刊本。
⑥ 李骐:《题孙无言黄山诗卷》,《虹峰文集》卷五,康熙刻本。
⑦ 归庄:《送孙无言归黄山序》,《归玄恭遗著》,民国十二年刊本。
⑧ 方中发:《邗江送孙无言归黄山歌》,《白鹿山房诗集》卷三,清刻本。

发·关舟中赠黄海孙无言》：“孙郎追饯出城边，邀我高吟黄海篇。"此行客心已远：“客缆犹迟隋苑潮，归心已到瓜洲树。"但是，还是为他写下了"月明徒有还山梦，白鹿青猿思杀人"①的慰藉之语。王嗣槐认为，如果真正归返黄山故里，必须做到心灵纯净，真正摒弃扬州的繁荣风月："使犹有城郭轮蹄、高门甲第出没，隐见于胸中，何论其不能归，即归矣安在？"②孙默恰恰是无法涤洗那些名利之念，才无法下定归隐之心，终生徘徊纠结于名利场与精神故乡之间的。

结　　语

世事变化万千，孙默归黄山诗文的征集活动始终如一，直到康熙十七年（1678）撒手人寰，终于"归葬白岳"③。送归黄山诗文系列，从发生到完成几近三十年，集中了不同类型文人的多种文体的作品，或者回忆黄山，或者想象黄山，其中倾注了文人的艺术想象、人生诉求和逞才竞技的心理。如归庄所云："言人人殊，要于归黄山之旨，发挥无馀。"④众多作品以一种集体无意识的形式透射出彼时士人的精神风貌，生动、丰富而含蕴着深刻的历史感。孙默本人则借助这一主题的征集活动而名声蔚然，成就了一代"名士牙行"的身份及其在扬州文坛上的影响。康熙十八（1679）年，同是歙县乡亲且亦寓居扬州的闵麟嗣编撰完成了《黄山志定本》八卷，集历代黄山志书之大成，以体例精当、搜罗宏富完备著称于世，但对于孙默征集的众多的送归黄山诗文则视而不见，一概摒弃，以致邓孝威非常遗憾地表示："送无言诗丈有绝妙者，而志中不录，今恐零落殆尽。"⑤读到此书的孔尚任也感慨不已："忽忆山人孙无言，归山有愿不

---

① 陈维崧：《将发·关舟中赠黄海孙无言》，《湖海楼诗集》卷一。
② 王嗣槐：《送孙桴庵归黄山序》，《桂山堂诗文选》之《文选》卷二，康熙刻本。
③ 汪懋麟：《孙处士墓志铭》，《百尺梧桐阁集》卷一十五，上海古籍，1979。
④ 归庄：《送孙无言归黄山序》，《归玄恭遗著》，民国十二年刊本。
⑤ 孔尚任：《闵宾连寄所辑黄山志赋答》评语，见《湖海集》，康熙介安堂刻本，卷三。

肯遂。索言赠行满橐囊，七卷书中无一字。爱山定须真住山，山灵岂可借声势。"① 认为是孙默借黄山造势的行为促成了"七卷书中无一字"的遗憾，其中可以体会到与孙默多有交往的闵麟嗣对其假山人行为的无比厌恶，当然也是彼此交往不睦的一个证据。与此同时完成的还有《孙处士墓志铭》，同样自乡人和名流之手。作者汪懋麟亦在文中表达了对"山人"的不满："假高蹈不仕，阴托王公贵人，弋名利以自丰者，从来处士之习也。"但认为孙默"独不事生产，终其身于交友文字中，未尝涉毫发私"，并非"弋名利以自丰者"，显然有为其正名的题旨。他指出："黄山去扬州非有千万里之远也，竟谋归未得，亦当世贤人君子之责。而处士卒不言，以穷老死，此余之深悲而重愧焉者也。"② "深悲而重愧"，不仅揭示了孙默一生的悲剧性，更重要的，厘清了他与"山人"的本质不同，肯定他并非如很多假山人一样汲汲于名利双收。实际上，作为一位被视为"名士牙行"的人，孙默与山人的距离到底有多大，与假山人的差距又在哪里，这是一个别具意趣和空间的话题。他显然不符合真山人以归隐山林为人生诉求的定义，孜孜以求于名利场之种种透射出的是对"名"的过于爱重，又与一般山人唯利是图的本质存在一定的不同。尤其是他对诗文的特殊爱好及其彰显出的顺应时代风尚的文学追求，又与"名士牙行"类行为构成了一定程度的背反。事实上，孙默的不可或缺在其生前已被多次提到。宋实颖阅读宋琬《送孙无言归黄山》词后表示："无言布衣结客，为芜城东道主，倘果归黄山，便是广陵散绝矣。珠帘云海，何如廿桥名月耶？余欲反荔翁词以为留行。"③ 的确，在繁复热闹的扬州文坛，不仅需要王士禛一样引领风气的大人物，也需要孙默一类勤于联络彼此、沟通南北声气的小人物，既能顺应因经济发达而导致的"附庸风雅"的文化需求，在文坛领袖、文化名人或准名人与"愿意购买而且有能力购买"

---

① 孔尚任：《闵宾连寄所辑黄山志赋答》，见《湖海集》，康熙介安堂刻本，卷三。
② 汪懋麟：《孙处士墓志铭》，《百尺梧桐阁集》卷一十五，上海古籍出版社，1979。
③ 宋实颖：《二乡亭词》，康熙留松阁刻本。

其文化产品的"平民百姓、缙绅富豪以及地方官吏"[①]之间牵线搭桥，促成其事，又能敏感到时代的风尚与审美的诉求，与文坛领袖们互相呼应，互为表里，各司其职，共同架构一代文学兴盛之巨厦。因此，就孙默而言，其存在不仅在乎编辑刊刻了《国朝名家诗馀》，更重要的是借助于这部清代最早的词总集及其送归黄山诗文的征集，调动并引导了一批文人的创作走向及积极性，促进了词体的繁荣和发展，振兴了一些实用性文体如序跋、碑传的复兴乃至传统的诗歌文体新质素、新特征的形成，并凝聚为一种推动扬州文坛发展的巨大力量。这其中，"名士牙行"的角色特征及操作策略显然与有功焉；而从这个视角来理解，孙默的身份是任何一种其他角色无法替代的，其特殊的文学史意义实不可忽略。其时，已荣登全国性文坛盟主的王士禛在提及孙默之死时曾感慨道："无言遂已长夜，海内风雅大寂寞矣。读此掩卷久之，兼复痛我西樵也。"[②] 一方面讥其为"名士牙行"，另一方面又感慨其之于文坛生态的巨大作用，恰恰从一个特殊维度反映了"名士牙行"之于清初文化生活的巨大影响。彼时，活跃于文坛的类似人物并不少见，杜濬、张潮、邓汉仪、王晫、顾与治等人或多或少都具备这样的质素，施闰章说顾与治"一意攻古文词，与四方名士贤豪深相结"[③]，其实也暗含了对其"名士牙行"身份的指认。有关的文献记载亦不乏其穿针引线的记载，如钱谦益："金陵顾与治来告我，曰：'梦游与莆田宋比玉交，夫子之所知也。比玉殁十余年矣，梦游将入闽访其墓，酹而哭焉。比玉无子，墓未有刻文，敢以请于夫子。'"[④] 然如孙默一样相对专业者毕竟凤毛麟角，尤其是采用编纂《国朝名家诗馀》和征集送归黄山诗文之策略所促成的诸多利益诉求，或者不是今人的想象力完全能够触及的。许楚送孙默诗云："胡为毕志栖穷岩，此道外人终不

[①] 陈平原：《从文人之文到学者之文》，三联书店，2004，第34页。
[②] 孙枝蔚：《溉堂集》前集卷九《春日怀友》之十四"家无言默"王士禛评语。
[③] 施闰章：《顾与治传》，《学馀堂集》文集卷十七传行状，文渊阁四库全书本。
[④] 钱谦益：《宋比玉墓表》，《牧斋初学集》卷六十六墓表一，四部丛刊本。

晓。"① 如果将"栖穷岩"改为"征诗草",变成"胡为毕志征诗草,此道外人终不晓",或者更为贴切。丰富的历史细节背后,人的心灵活动往往因为太多的遮蔽而难以把握,后人有时只能借助历史的必然性获得结论,而因为经济文化发达水平的限制,以及伦理文化之于人的诸多规定性,"名士牙行"更为丰富的特征和意义还有待进一步的准确揭示。好在他们的所作所为并非毫无痕迹和规律,且他们的当下传人所谓文化经纪人的行为方式和活跃程度,也足以给我们借助现实的文化构成反观历史的资本。从历史延续性的角度审视那个不够成熟的"职业"及其时代,又何尝不是今日经济文化领域的一件幸事?

作者简介

杜桂萍,女,黑龙江伊春人,文学博士,2012年度长江学者特聘教授,黑龙江大学文学院二级教授、博士生导师,黑龙江大学明清文学与文化研究中心主任,主要从事明清文学研究,曾出版《清初杂剧研究》《文献与文心:元明清文学论考》等专著。

---

① 许楚:《题孙无言归黄山诗册》,《青岩集》卷二,康熙五十四年刻本。

论查慎行"诗不分唐宋"说*

——兼及初白诗"宗陆"之辨

李圣华

摘　要：浙西为清初宋诗风兴盛的三大坛坫之一。查慎行早嗜好"拟宋"，主于"拟苏"。这与查氏家族的诗歌氛围、浙西诗人崇尚宋诗的风气有着密切的关系。慎行"拟宋"遭到朱奇龄的批评。黄宗羲讲学海昌，海宁士人从学如流。慎行接受梨洲经史之学，论诗则传"诗不分唐宋"之说：必有其"本根"，自见"真性情"，"归于自然"，而不斤斤于学唐学宋。"诗不分唐宋"说的根基是浙东之学。在黄宗羲等人的影响下，慎行《慎旃集》取法杜陵诗史。黄宗炎所评"步武分司"、"追踪剑南"俱未落在实处。然后世沿袭"追踪剑南"之说，误以为慎行"宗陆"。事实上，慎行三十而后提倡"诗不分唐宋"，出入唐宋诸大家，诗歌得力于杜、白、苏三家为多。"诗不分唐宋"说，在清诗史上具有重要的意义，不仅推动了浙诗派的大盛，也引发了清诗风气的变革。

关键词：查慎行　"拟宋"　"诗不分唐宋"　"宗陆"　杜、白、苏三家

　　查慎行为清初诗坛大家，其江湖寒士诗与"诗不分唐宋"说体现了

---

* 本文系国家社科基金重大招标项目"浙东学派编年史及相关文献整理与研究"（10&ZD131）研究成果之一。

康熙诗坛的新动向。"诗不分唐宋"说源本于黄宗羲，根柢于浙东之学，自成体系，与王士禛"神韵"说一样，成为康雍时期一种独立的诗学思想。历来学者关注慎行好宋诗的倾向，而忽略全面探讨其诗学。考察慎行诗学观的形成及其与浙东诗学、学术的关系，澄清其"拟宋"之旨及"宗陆"问题，将有助于深入认识清初诗风与诗学的嬗变形态。

一 查慎行与清初宋诗风及其早年"拟宋"

康熙朝诗坛兴起一股强劲的宋诗风。这股风潮有三大中心：一是浙西，二是吴中，三是山左。三大地域的代表诗人李良年、王士禛、曹贞吉、汪琬、朱彝尊、查慎行等人先后聚集京华，借助于京师坛坫，将宋诗风潮吹向大江南北。但各地域诗人所标榜的宋诗风自有内容，旨趣亦异。清初浙诗大抵可分为三大主流：一是黄宗羲为代表的浙东学人诗一派，二是朱彝尊、查慎行等人为代表的浙诗一派，三是西泠十子一派。前二者渐合流，成为浙诗表率，后者接迹云间，与云间派的命运一样，康熙中叶后式微，后世杭州诗人亦渐归流朱、查之浙派。浙西两大主流最初都取法唐音，在吴之振、李良年、陆嘉淑、查慎行等人鼓吹下，诗格始大变。对于这一点，清人朱彭、王昶早已有所认识。王昶《钱塘朱贡生青湖》云："浙江诗派近难论，独有青湖迥绝伦。传得旧闻教后进，西泠十子本湘真。"注云："青湖云：陈卧子先生司李绍兴，诗名既盛，浙东西人士无不遵其指授，故张纲孙等所撰《西泠十子诗》皆云间派也。毛西河幼为卧子激赏，故诗俱法唐音。竹垞初年亦然，至康熙中叶始为宋诗。盖自查悔馀兄弟及吴孟举辈出，而传格始大变也。"① 不过，朱彭所谓朱彝尊初年取法唐音，后转倡宋诗，有所未确。朱彝尊一生未倡言宋诗。查慎行亦不专主宗宋，而是提倡"诗不分唐宋"之说。

---

① （清）王昶：《春融堂集》卷二十四，清嘉庆十二年塾南书舍刻本。朱青湖名朱彭，字亦俴，钱塘贡生，著有《抱山堂诗集》十卷。钱泳《履园丛话》卷六《青湖先生》："武林名士半出其门。"

在黄宗羲康熙十五年（1676）讲学海昌之前，海宁与嘉兴确实流行着浓郁的宋诗风气。如蕺山门人陈之问，黄宗羲《绿萝庵诗序》说他"喜苏诗，共罄胸怀，谁云猜忤"。① 而提倡宋诗最有力者，海宁为慎行妻父陆嘉淑，嘉兴为与慎行同辈的李良年、李符，以及石门吕留良、桐乡吴之振等人。陆嘉淑著有《须云阁宋诗评》二卷。康熙二年（1663），吴之振、吕留良、吴自牧编选《宋诗钞》，康熙十年（1671）刊成。李良年鼓吹宋诗，与汪琬、王士禛、曹申吉论诗，更坚定了尊宋的态度。《题宋人诗后》云：

> 三唐已渺典型在，俨然金石万古垂。有明晚叶吁可怪，弃厥根本寻其枝。小儿开口笑宋诗，岂知良工意惨淡。能事不贵师藩篱，江南仆射最清越。坐我晓峡听参差，自馀西昆斗纤冶。掩仰百味谁能訾，孤山先生野鹤姿。北有巨野王元之，一顾扫绝粉与脂。揄扬真仁得欧九，词源驶稳开涟漪。苏梅有才宦不达，正可犄角欢同时。或弄水石去官后，或制锦字西南夷。梅古而澹苏磊砢，二公标许非人知。循其涯者南阳维，馀子不足当挺蠡。是时子瞻出峨嵋，脱辔千里难为羁。豫章对树中原旗，以我壁垒当神奇。同宫异响臆所取，宛丘鸡肋皆予归。后山嗑榻未可哂，一字不肯前人随。临川淮海且高束，太欠跌宕犹矜持。当年碁布十数公，更爱丹稜兼具茨。自从赤羽限天堑，太乙独照江之陲。翻然词笔走光怪，不与王气相摧移。尤杨范陆接袂出，排压半壁声名驰。世于游也无间然，石湖特妙田家词。新安夫子谢雕刻，乃是四始元音遗。宣献石屏各佳手，病翁冰雪无点疵。瓯江秀色可揽结，四灵窈窕扬风规。布衣而工知者谁，富春滩头歌且悲。短竹欲碎愁军谘，遗编一束山鬼泣。百年弃掷轻蛛丝，呜呼往哲秋云高，愧从井底论妍媸。少小只解弄柔翰，鼓柁欲涉无津涯。藏书万卷发未

---

① （清）黄宗羲撰、平慧善校点《南雷诗文集》，《黄宗羲全集》第十册，浙江古籍出版社，1993，第95页。

半,劫火到处宁吾私。拟抛生事访遗帙,手欲缮辑力已疲。今晨何晨夕何夕,夜光明月纷累累。锦幨香袭且归矣,兹事定可千秋期。作诗聊寄耳食者,蚍蜉撼树将奚为?①

此诗康熙十一年(1672)作于黔中。吴之振《次韵答梅里李武曾》其一云:"王李钟查聚讼场,牛神蛇鬼总销亡。风驱云障开晴昊,土蚀苔花露剑芒。争诩三唐能唪哧,敢言两宋得升堂。眼中河朔好身手,百战谁来撼大黄?"②

查慎行无从结识鼓吹宋诗的钱谦益、孙枝蔚,与王士禛、汪琬亦未谋面。与吕留良、吴之振则曾相识,读过《宋诗钞》。他颇推重吕留良,康熙二十二年(1683)《挽吕晚村征君》:"屠龙馀技到雕虫,卖艺文成事事工。晚就人谁推入室,早衰君自合称翁。"③尽管慎行与吕留良直接交往的载记不多,但我们从其族侄查昇与吕留良的交往中可推而知之。查昇与慎行同生于顺治七年(1650),早年同学共游,所作《寄语溪某,次黄梨洲原韵》三首其一云:"曾记先生策我勤,空惭老大亦何云。幸无眰睞看时辈,尚欠磨砻在典坟。"其三云:"同异相争竟若何,喜君卧稳不相过。闭门抱膝山人少,蚁附蛾投处士多。"④诗题中的"语溪某",即吕留良。

慎行与李良年的交往多有文献可征。嘉兴李氏与海宁陆氏联姻,陆嘉淑为李良年表叔。⑤李良年年长于慎行,论辈分则属平辈。康熙十三年(1674)前后,《寄查韬荒、夏重、德尹兄弟》云:"念君磊落好兄弟,家在龙山黄叶村。久阙寄书秋雁笑,忆曾纵酒雪灯昏。传闻易改新烽火,耕

---

① (清)李良年:《秋锦山房集》卷四,《四库存目丛书》第251册,据清康熙刻、乾隆续刻李氏家集四种本影印,第66页。
② (清)吴之振:《黄叶村庄诗集》卷四,清康熙刻本。
③ (清)查慎行撰、周劭校点《敬业堂诗集》卷四《西江集》,上海古籍出版社,1986,第116页。
④ (清)查昇:《宫詹公存稿》,《清代诗文集汇编》第177册,据民国三十年武林叶氏抄本影印,上海古籍出版社,2011,第86页。
⑤ (清)李良年:《西湖呈陆冰修表叔》,《秋锦山房集》卷一,《四库存目丛书》第251册,第30页。

凿粗安旧荜门。见说耽游闲送日,岁寒丘壑肯相存。"① 康熙十九年(1680)秋,慎行在铜仁赋《秋怀诗》十六首,第五首怀李良年:"板舆自草《闲居赋》,骏骨何心羡筑台。讶许客来论旧雨,能令人妒是奇才。对门瓦屋相望住(注云:谓斯年、分虎),称意溪花一笑开。还有江山传好句,青莲曾到夜郎来(注云:长水李秋锦)。"② 康熙十二年(1673),李良年游曹申吉贵州幕府,故云"青莲曾到夜郎来"。据"对门瓦屋相望住",慎行早已结识李斯年、李符。康熙二十九年(1690),慎行还与李良年应徐乾学之邀入橘社书局纂修《大清一统志》。

慎行青年时期喜好宋诗,显然是其父查崧继推重苏轼、陆嘉淑、李良年等人昌言宋诗影响下的一种结果。由于喜爱宋诗,慎行与弟嗣瑮、从兄查容等人还有一起"拟宋"之事。表兄朱奇龄因作《与表弟夏重、德尹书》,批评"拟宋"习气。这是康熙前期一篇重要的论诗文字,值得引起关注:

> 日与右朝同泛鸳湖之棹,谈及昆玉一堂唱和,诗文盈帙,其乐可知。且知昆玉拟宋人诗益工,一洗旧习,尤见才人之善变。仆不知诗,亦常深恶七子之徒拟似唐诗,肖其形貌,绝无性情,雅欲变之而不能。今得足下辈一廓清之,力矫斯弊,甚快,甚快!然仆窃有说焉,敢为昆玉陈之。夫言,心声也。因其性情之所发而咏叹之,则谓之诗。……观《诗三百篇》,虽愚夫愚妇、里巷浅末之言,皆成至妙。何者?有其真也。自世之为诗者迷真而逐妄,矜其奇,炫其学,锻炼于字句之间,以为可以惊愚而骇俗,所求愈工,而所失愈远,诗之无性情自此始矣。故诗无问体格,贵得其性情之真而已。得情性者,必以自然为宗。……彼忽焉慕唐,忽焉慕宋之心,亦好新而已矣。夫文章无古今,又焉得有唐、宋哉!得其真,则唐犹宋也。李杜

---

① (清)李良年:《秋锦山房集》卷五,《四库存目丛书》第251册,第85页,又见李稻塍《梅会诗选》一集卷十一,清乾隆三十二年寸碧山堂刻本。
② (清)查慎行撰、周劭校点《敬业堂诗集》卷二《慎旃集中》,第48页。

固多见性之句，王、孟、韦、柳亦有至情之诗。不得其真，则宋犹唐也。且其粗率俚鄙，更足以伤风雅，又奚取于宋而学之？若以为风气使然，则尤无谓。夫诗以言志，一人自有一人之志，不相假借，奈何因风气而移？……故愿足下作诗，求其性情之真者而已，无为风气所惑。犹忆昔年同学诸公，方酷慕唐人之诗，仆曾以宋诗为言，诸公皆笑其妄。今诸公崇尚宋诗，而仆更为异论，得无疑其相刺谬乎？非也，昔人有言：世人无常，而徐公有常。仆窃以之自况，倘不以为狂言否？闻韬荒亦极力拟宋，请以斯言质之。①

朱奇龄，字与三，号拙斋，朱朝瑛从子，海宁人。钱塘诸生，康熙三十年（1691）恩贡。著有《拙斋集》五卷、《介亭诗草》、《周易蠡测》、《春秋测微》十三卷、《文献通考续补》等集。朱奇龄之母，即查大纬长女，慎行之姑。书中所说"昔年同学诸公"，盖指吟社诸子吴蓉虚、赵子宣、陈琰、徐盛全、查容等人。诸子酷慕唐人，朱奇龄称道宋诗，为诸子所笑。迨诸子"崇尚宋诗"，朱奇龄又发为"异论"。究其深意，盖在于倡导诗得"性情之真"，"必以自然为宗"。

清初诗人标举宋诗目的何在？一个最简明直截的答案，就是一反明中叶以来诗歌潮流，推陈出新，革除诗坛之弊。② 据朱奇龄论诗书，慎行兄弟初亦学唐人，后在宋诗风作用下，标榜"拟宋"，厌学唐之肤熟，欲变革求新。慎行兄弟酷慕宋诗，朱奇龄担心其不重性情，迷真逐妄，矜奇炫学，徒求字句之工，故劝说"求其性情之真者而已，无为风气所惑"。慎行兄弟当有书答之，惜不存。

朱奇龄与慎行兄弟商证诗学，发生在海昌讲会创立前不久。那么，慎行兄弟"拟宋"具体有何特点呢？"二查"康熙十八年（1679）前之诗删汰殆尽，查容之作亦不传，但借助查昇之诗，尚可推知其"拟宋"主

---

① （清）朱奇龄：《拙斋集》卷一，清康熙介堂刻本。
② 参见拙文《汪琬诗学思想管窥》，《中国诗学》第15辑，人民文学出版社，2011，第192页。

于"拟苏"。

顺治三年(1646),查崧继抗清失败归里,筑学圃而隐。查昇为学圃唱和人物,《饮家叔祖逸远斋头,用东坡韵》云:

> 夏日闲过处士门,高谈今古道逾尊。人从患难思朋友,学到渊源得祖孙。茶熟香消新活计,松风荷月晚来村。东坡桂酒君家富,瓮酿初开色未浑。①

崧继、慎行、嗣瑮父子三人同时用东坡韵之作俱不存,此诗独具认识价值,反映了一段家庭唱和的真实情况。嗣瑮好东坡诗,查昇作有《德尹叔和坡字韵,兼有会心语,口占次答》。②范骧曾将慎行、嗣瑮比于"两苏"③,既是赞其才华不下苏轼、苏辙,又隐含"二查"好苏诗之意。"两苏"之名传于浙西。查昇《寄他山、朗山两叔》云:"两叔声名压两苏,池塘草合唱酬多。"④嘉兴徐寅,字虎侯,号秋田,长于篆刻,为嗣瑮镌"前身子瞻"之私章。查昇则有"前身端合是东坡"之句。《喜他山、朗山两叔札至,各有诗属和,再用前韵》:"前身端合是东坡,徐子新镌心印多(注云:徐子虎侯镌前身子瞻赠朗山叔)","肚皮不合时宜久,诗赋其如小道何"。⑤康熙三十八年(1699)五月七日,慎行五十初度。嗣瑮次二苏生日唱和诗为寿,慎行《五十生日,德尹次二苏兄弟生日唱和诗为寿,次答二首》其一结云:"结习顾未忘,时犹弄诗笔。"⑥联系上引查昇诸诗,可解其意。

如上所考,慎行"拟宋"主于苏轼。他喜好苏诗,历时三十年为作注,

---

① (清)查昇:《宫詹公存稿》,《清代诗文集汇编》第177册,第68页。
② (清)查昇:《宫詹公存稿》,《清代诗文集汇编》第177册,第68页。
③ (清)查慎行:《跋范文白先生楷书四十二章经后》,《敬业堂文集》卷上,上海:中华书局,民国排印本,第23~24页。
④ (清)查昇:《宫詹公存稿》,《清代诗文集汇编》第177册,第66页。
⑤ (清)查昇:《宫詹公存稿》,《清代诗文集汇编》第177册,第67页。
⑥ (清)查慎行撰、周劭校点《敬业堂诗集》卷二十六《杕家集》,第722~723页。

撰成《苏诗补注》五十二卷。《四库提要》评云："现行苏诗之注，以此本居最。"郑方坤评云："所注苏诗，抉摘穿穴，得未曾有，实能为髯公道出胸臆衷事。"[①] 补注苏诗之役始于康熙十二年，正可与"拟宋"相印证。

顺便指出，作为学圃唱和人物与浙诗派的重要诗人，查昇也是查氏家族"拟宋"中的一员，趣好亦在苏诗，作有《午日用东坡韵》等诗。康熙二十七年（1688）成进士，仍不忘"拟苏"。康熙二十八年赋《己巳长至日对雪，用东坡尖叉韵十首》。

二 "诗不分唐宋"说的由来与内涵

尽管慎行好苏诗终生不易，但诗学观非一成不变，"拟宋"仅能概括他青年时期的一段诗学追求。换言之，"拟宋"尚是初白诗学的一个阶段性特征。初白诗学的成熟形态乃是"诗不分唐宋"。考察慎行从"拟宋"到"诗不分唐宋"的变化，应强调海昌讲学的意义。就现存材料来看，我们对朱奇龄批评慎行兄弟"拟宋"的效果尚难作一确切的评价，而黄宗羲给海宁诗人尚宋带来的显著转变则是可确知的。作为黄门亲炙弟子，慎行学问传浙东一派，诗文亦得梨洲嫡传，"诗不分唐宋"说是清代诗学史上一种独立的诗学观念，不同于明清诗人常说的兼采唐宋，它的形成与黄宗羲浙东之学有着密切的关系。

康熙十五年二月，黄宗羲应海宁知县许三礼之请，讲学海宁北寺，查慎行、嗣瑮、陈诇、陈翼等人从学。会讲之初，黄宗羲就告诫海昌门人要"读书穷理"，儒者一也，不当析文苑、儒林、理学、心学为四，必"举实为秋，摘藻为春"以抵夫文苑，"钻研服、郑，函雅故，通古今"以造夫儒林，从而"发之为文章，皆载道也；垂之为传注，皆经述也"，如此则将见裂之为四者"自诸子复之而为一"。[②] 按黄宗羲的逻辑，"拟宋"

---

① （清）郑方坤：《本朝名家诗钞小传》卷三《敬业堂诗钞小传》，《清代传记丛刊》第24册，台北明文书局，1985，第325~328页。
② （清）黄宗羲：《留别海昌同学序》，《黄宗羲全集》第十册，第627~628页。

不过是"析之者愈精,而逃之者愈巧"。这促使慎行进行深刻的反思,意识到诗之为道,贵于有本。

黄宗羲并不厌弃宋诗,但认为诗道至阔,"海涵地负",而非斥于唐或胶于宋者所能体认,因此反对"主奴唐宋"。《张心友诗序》云:

> 余尝与友人言诗,诗不当以时代而论,宋、元各有优长,岂宜沟而出诸于外,若异域然。即唐之时,亦非无蹈常袭故弃其肤廓而神理蔑如者,故当辩其真与伪耳。徒以声调之似而优之,而劣之,扬子云所言伏其几、袭其裳而称仲尼者也。此固先民之论,非余臆说,听者不察,因余之言,遂言宋优于唐。夫宋诗之佳,亦谓其能唐耳,非谓舍唐之外能自为宋也,于是缙绅先生间谓余主张宋诗。噫!亦冤矣。且唐诗之论亦不能归一。宋之长铺广引盘折生语,有若天设,号为豫章宗派者,皆原于少陵,其时不以为唐也。其所谓唐者,浮声切响,以单字只句计巧拙,然后谓之唐诗,故永嘉言"唐诗废久,近世学者已复稍趋于唐"。沧浪论唐,虽归宗李、杜,乃其禅喻,谓诗有别材,非关书也,诗有别趣,非关理也,亦是王、孟家数,于李、杜之海涵地负无与。①

时人传言黄宗羲"主张宋诗",此序自鸣冤情,指出论诗不当"以时代而论",唐、宋、元各有所长,宋诗与唐诗无根本区别。从根本上说,这种观点来自所提倡的"诗之为道,从性情而出"。黄宗羲力抬以"似不似唐"来评价诗人。《寒村诗稿序》云:

> 寒村之诗出,人皆笑之,即知之者,亦谓其在江门、定山之间,而不喜之,以其不似唐也。余以为惟寒村始可以言唐诗矣,似不似之

---

① (清)黄宗羲撰、平慧善校点《黄宗羲全集》第十册,第48~49页。

论,所以去之更远……诗之为道,从性情而出。性情之中,海涵地负。①

所言"性情",不仅指人之七情,还指向性理。《马雪航诗序》云:

> 吾人诵法孔子,苟其言诗,亦必当以孔子之性情为性情,如徒逐逐于怨女逐臣,逮其天机之自露,则一偏一曲,其为性情亦末矣。故言诗者,不可以不知性。夫性岂易知也,先儒之言性者,大略以镜为喻,百色妖露,镜体澄然,其澄然不动者为性,此以空寂言性。而吾人应物处事,如此则安,不如此则不安,若是乎有物于中,此安不安之处,乃是性也……程子言性即理也,差为近之。然当其澄然在中,满腔子皆恻隐之心,无有条理可见,感之而为四端,方可言理。理即率性之为道也,宁可竟指道为性乎?……彼知性者,则吴楚之色泽,中原之风骨,燕赵之悲歌慷慨,盈天地间,皆恻隐之流动也,而况于所自作之诗乎?②

黄宗羲释"性情"通于其论学。《马虞卿制义序》又云:"昔之为诗者,一生经、史、子、集之学,尽注于诗。夫经、史、子、集,何与于诗?然必如此而后工。"③ 时人笑郑梁诗简陋,知之者亦不过论其在陈献章、庄□之间。陈、庄之诗被称为"陈庄体",乃理学家之诗,在世人眼里,与唐人"不似"。黄宗羲却不以为然,认为"惟寒村始可以言唐诗矣",原因就在郑梁之诗"从性情而出"。《姜山启彭山诗稿序》赞叹"吾越自来不为时风众势所染"④,拈王阳明、徐渭等人作论,以为越中诗人自有"性情"、"学问"。梨洲之学近承刘宗周,接绪王阳明,由元明金华之学

---

① (清)黄宗羲撰、平慧善校点《南雷诗文集》,《黄宗羲全集》第十册,第53页。
② (清)黄宗羲撰、平慧善校点《南雷诗文集》,《黄宗羲全集》第十册,第91~92页。
③ (清)黄宗羲撰、平慧善校点《南雷诗文集》,《黄宗羲全集》第十册,第71页。
④ (清)黄宗羲撰、平慧善校点《南雷诗文集》,《黄宗羲全集》第十册,第58页。

上溯南宋浙东之学，融合程、朱，远追孔、孟。其诗学亦承浙东一脉。宋濂、王袆、苏伯衡、胡翰、方孝孺等人标举"风雅之遗"，"诗有本"，欲合诗、文、道为一。① 如方孝孺《谈诗五首》其一云："举世皆宗李杜诗，不知李杜更宗谁。能探风雅无穷意，始是乾坤绝妙词。"其三云："发挥道德乃成文，枝叶何曾离本根。末俗竞工繁缛体，千秋精意与谁论？"② 总之，黄宗羲认为浙东之学自成一系，浙东之诗"有本"，可谓真诗；鼓吹诗人之真精神，以为人之精神皆有所寓，不受唐、宋门户所限，"精神所注"，出入唐、宋，始可成一家之言。③

朱奇龄批评"拟宋"，与黄宗羲的一些观点相通。盖奇龄幼育于伯父朱朝瑛，而朱朝瑛师事黄道周，私淑刘宗周，为浙东学派流亚，奇龄传其家学。所不同者，黄宗羲更注重诗有本根，"性情"不离于"学问"。

慎行、查容等人可以说是"忽而学唐，忽而摹宋"。从朱奇龄的批评，到黄宗羲的传教说法，慎行清晰地意识到"拟宋"的局限性，有意承师说，大力提倡"诗不分唐宋"。

康熙二十二年四月，慎行闻梁佩兰道过吴门，买舟往访之。《吴门喜晤梁药亭》云：

> 知君力欲追正始，三唐两宋须互参。皮毛洗尽血性在，愿及有志深劘勘。拙诗与君不同调，小言未可夸詹詹。④

梁佩兰，字芝五，号药亭，南海人。早年从学陈邦彦，博学多才。入清后，与屈大均、陈恭尹主盟岭南诗坛，并称"岭南三大家"。著有《六莹堂集》。这首诗有两点值得注意：一是开篇"仆家海东君海南，海道相距三千三"，化用黄山谷诗句；二是与梁佩兰商讨诗学，自知诗路相异，

---

① 参见拙著《初明诗歌研究》，中华书局，2012，第17~70页。
② （明）方孝孺：《逊志斋集》卷二十四，明崇祯刻本。
③ （清）黄宗羲：《靳熊封诗序》，《南雷诗文集》，《黄宗羲全集》第十册，第59页。
④ （清）查慎行撰、周劭校点《敬业堂诗集》卷四《遄归集》，第103~104页。

强调"三唐两宋须互参"。唐宋"互参"尚是表,主于"性情"与"学问"则是里。《赵功千漉舫小稿序》云:

> 盖诗之为道,虽发于性情,而授受渊源,必推所自。学之贵有本也如是夫!①

所谓诗道"贵有本",正体现了慎行接受黄宗羲诗学后的变化。

慎行为表兄朱彝尊所作《腾笑集序》尤值得细味。朱彝尊编选《腾笑集》,集前仅录二序,首为慎行序,次为自序,皆作于康熙二十五年。慎行《腾笑集序》云:

> 其称诗最早,格亦稍稍变,然终以有唐为宗,语不雅驯者勿道,正始之音不与人以代兴之业。此琏所窃窥于先生,尝欲广诸同好,而因举私见以质之先生者也。②

其时慎行名位文章与朱彝尊相去甚远,朱彝尊邀序显然有为延誉之意。《腾笑集》至康熙三十年后始刻成③,删去初编时所收文章,仅保留诗作,卷首仍冠以这篇论文为主的序。慎行拈"终以有唐为宗"为说,意竟何在?笔者认为,其意盖在纠偏。康熙中期尚宋益盛,以宋诗倾唐诗者不乏见,慎行故申明"以有唐为宗"。他晚年在《曝书亭集序》中还说:"其称诗以少陵为宗,上追汉魏,而泛滥于昌黎、樊川,句酌字斟,务归典雅,不屑随俗波靡,落宋人浅易蹊径。"④ 所谓"宋人浅易蹊径",即是流于字面、格调,而轻于性情、根本。"终以有唐为宗"与不屑"落宋人浅易蹊径",含有深义,既是对朱彝尊之诗的客观评价,也是对黄宗羲诗学

---

① (清)查慎行:《敬业堂文集》卷中,第11页。
② (清)朱彝尊:《腾笑集》,上海古籍出版社,1979,第3~4页。
③ 参见《腾笑集》"出版说明",上海古籍出版社,1979,第2页。
④ (清)查慎行:《敬业堂文集》卷中,第6~7页。

的阐扬。

慎行晚年论诗有所变化，而不离于"诗不分唐宋"。康熙四十年，他意绪颓唐，欲参禅终老。永福寺诗僧得川来问诗法，慎行《得川叠前韵，从余问诗法，戏答之》："唐音宋派何须问，大抵诗情在寂寥。"① 得川所问大抵关涉宗唐、宗宋。慎行的回答是"诗不分唐宋"。他皈依佛典，性情归于"寂寥"，"寂寥"又是僧家诗本色当行，故云。

在黄宗羲影响下，论诗发生变化的不只是慎行兄弟，还有陈翼、陈訏等海昌讲会门人，以及陆嘉淑、郑梁、查昇等人。陈翼为陈确长子，"诗亦率意为之，不事组织为工"，尝曰："世人忽而学唐，忽而摩宋，总属无谓。吾自适吾意耳，何问唐、宋？"朱奇龄深服其言，"以为可与言诗"②。陈訏为陈之问子，"诗喜韩、苏，而归于少陵。既选《宋十五家诗》以矫世之伪为唐者，复选《唐省试诗》《杜诗》以救世之托为宋者"③。徐世昌《晚晴簃诗汇》卷三十九："吴退庵曰：'宋斋为黄梨洲门人，又与查初白同里友善，故文格、诗格俱有所受。'"④

尤值得一提的是陆嘉淑与郑梁。陆嘉淑与查崧继俱黄宗羲老友，黄宗羲在海昌与陆、查多有唱和。陆嘉淑晚年论诗亦有变化。为慎行作《慎旃集序》，反对诗分唐宋，批评为唐诗、宋诗争立门户的做法：

> 余应之曰：子之诗，自附于《陟岵》诗人之义，夫亦知诗人之根柢乎？……此固风雅之本原，而非流俗之咏唱也。今之称诗者，挟持唐宋，颂酒争长，各为门户，余窃以为皆非也。夫诗何分唐宋，亦别其雅俗而已……夏重诗已见许前辈，春华之藻，恃本根之不拔耳。根之盛者，其枝干日益繁，《慎旃》之诗，夏重之本末存焉。⑤

---

① （清）查慎行撰、周劭校点《敬业堂诗集》卷二十八《缏经集》，第771页。
② （清）朱奇龄：《亡友陈敬之传》，《拙斋集》卷二。
③ 道光《海宁州志》卷十一《儒林·文苑》。
④ 徐世昌：《晚晴簃诗汇》，民国退耕堂刻本。
⑤ （清）查慎行撰、周劭校点《敬业堂诗集》附录，第1756~1757页。

标举风雅本原、六义之旨，由此指出诗实不分唐宋。所谓"春华之藻，恃本根之不拔耳"，可与黄宗羲对海昌门人的告诫对观。慈溪郑梁，字禹梅，师事黄宗羲，深得器重。著有《寒村诗文集》。康熙六年（1667），黄宗羲重修证人讲会。五月，郑梁来学，黄宗羲授以《子刘子学言》《圣学宗要》诸书。郑梁"自焚其稿，不留一字，而名是年后之稿曰《见黄稿》"。① 黄宗羲《寒村诗稿序》赞赏郑梁之诗"不似唐"，而"自与唐合"。② 康熙二十四年秋，郑梁为慎行作《慎旃二集序》，鼓吹师说：

  世衰学丧，风雅道沦，言宋言唐，言魏言汉，纷纷聚讼之徒，类皆饮渖拾唾。正如家僮路乞，各张势豪所，有以相矜诩，而不自知其妻孥安在。彼岂不闻虞廷言志之说哉？势利薰溺，情性销亡，只句单词，哗世取宠，自谓言志而其实无志之可言也……彼区区以韩、欧、苏、陆之间拟之者，犹皮相矣。③

批评争唐争宋之习，有其具体的针对性，即康熙间激烈的唐宋之讼。据序末"慨然喜其与余有合也。《易》曰：'同声相应。'"郑梁的观点为慎行认同。二人共推相知，论学论诗相合。慎行《酬别郑寒村》："一篇削稿辱佳序（注云：寒村临行为余序《慎旃二集》），七字留诗惭属和"，"甬东同学屈指论，往往传经接师座（注云：余与寒村俱出黄门）"。④ 陆嘉淑、郑梁之变可印证慎行入海昌讲会后诗学观的变化。

  慎行的"诗不分唐宋"说，虽是沿承梨洲之论，但并非没有独立的见解与特殊的诗史价值。如前所说，"诗不分唐宋"是一种独立的诗学观念，并演变为一代诗学思潮。黄宗羲是这一思潮的"宗主"，慎行是重要

---

① （清）黄炳垕撰、吴光校点《黄梨洲先生年谱》，《黄宗羲全集》第十二册，浙江古籍出版社，1994，第41页。
② （清）黄宗羲撰、平慧善校点《南雷诗文集》，《黄宗羲全集》第十册，第53页。
③ （清）查慎行撰、周劭校点《敬业堂诗集》附录，第1758页。
④ （清）查慎行撰、周劭校点《敬业堂诗集》卷六《假馆集上》，第175页。

的鼓吹手与践行者。清代浙诗派缘此自具面目。黄宗羲以学问见长,慎行以诗见长,二人相辅相成,始造就了浙诗派大盛的局面。

抑有更可论者,慎行的"诗不分唐宋"说本源于浙东学术,遂与王士禛论诗渐分两途。王士禛厌学唐肤熟而昌言宋诗,复因拯弊,由宋入唐,在唐宋诗法间游走变换,且倚重严羽"妙悟"说。慎行入国子监,列名渔洋门人,而不依附"神韵"说,殆传黄宗羲"诗不分唐宋"之说使然。①

三 查慎行"宗陆"之辨

数百年来,诗论家喜称道慎行"宗陆",以为其诗近于南宋诗人陆游。这一说法并不可信,然迄今未见有质疑者,此简作辩说。

浙西是康熙朝推毂宋诗风的三大坛坫之一,在辨析慎行是否"宗陆"之前,有必要厘清浙西诗人究竟推尊哪些宋诗人。吴之振推许梅尧臣、黄庭坚、杨万里。《嘉兴府志》卷三十六《人物志·文苑》称其"学宋人不专一家,于圣俞、山谷最为吻合"②。《宋诗钞》纂录杨万里之诗多达一千八百馀首。李良年《题宋人诗后》历述北宋林逋、王禹偁、欧阳修、苏舜钦、梅尧臣、苏轼、黄庭坚、陈师道、王安石、秦观,南宋尤袤、杨万里、范成大、陆游、朱熹、楼钥、戴复古、刘子翚、王十朋、永嘉四灵、谢翱、郑思肖等数十人。陈之问好苏轼,子陈订编选《宋十五家诗钞》十六卷,徐世昌以为"铨择具有意指,与吴孟举《宋诗钞》、曹六圃《宋百家诗存》足相方驾"。③《宋十五家诗钞》选录梅尧臣、欧阳修、曾巩、王安石、苏轼、苏辙、黄庭坚、范成大、陆游、杨万里、王十朋、朱熹、高翥、方岳、文天祥之诗。选梅、欧、王、二苏、黄、范、陆、杨,固无

---

① 参见拙文《查慎行与王渔洋交游及相关诗史问题考辨》,《江苏师范大学学报》2014年第5期,第9~15页。
② 《嘉兴府志》卷三十六《人物志·文苑》,哈佛大学汉和图书馆珍藏本。
③ 徐世昌:《晚晴簃诗汇》卷三十九,民国退耕堂刻本。

可非议，选王十朋、高翥入十五家，则显有标榜浙诗之意。李良年称"临川淮海且高束，太欠跌宕犹矜持"，陈订却将王安石列入宋十五家。"尤杨范陆"为中兴四大家，李良年称"尤杨范陆接衽出，排压半壁声名驰"，然陈订弃尤袤不录。由此可知，浙西诗人提倡宋诗，各陈己见，并没有统一的标准。当然，梅、欧、苏、黄、朱、陆是其共推的大家。浙西一时推崇陆诗者甚多。又如秀水盛大铺，字匏仲，号匏庵，集里中人为竹林诗社，"其诗初沿七子派，后学皮陆，晚乃似放翁"。① 桐乡沈中栋，字隆九，国子生，"诗宗范、陆"。② 海盐杨昆，字近仁，国子生，赋诗"源本少陵，出入于陶、苏、杨、陆。海宁查他山见其诗，击节曰：'三百年无此作矣'"。③ 海盐陈浦，字纬天，著有《蝉吟集》，"诗似陆剑南"。④ 他如盛远等人，亦师法陆游。那么，慎行是否也尊陆呢？

最早提出慎行追踪陆游者，是慎行的父执黄宗炎，《慎旃集序》云：

> 余卖药海昌，查子夏重屡有诗酬和，寻其佳处，真有步武分司、追踪剑南之堂奥者……夏重视彼，犹孤凤独鹤，翱翔于百鸟鸡群中，可谓横绝一时者矣。⑤

黄宗炎，字晦木，馀姚人，黄宗羲之弟。黄宗羲讲学海昌，宗炎则卖药至，往来查崧继学圃唱和。⑥ 慎行赋诗、研《易》并得黄宗炎之传。康熙十九年《秋怀诗》第三首怀黄宗炎，将其比于伯夷、叔齐。康熙二十二年冬，黄宗炎将卜居河渚，邀慎行赋诗。慎行作《黄晦木先生从魏青城宪副乞买山资，将卜居河渚，有诗十章志喜，邀余同作，欣然次韵，亦如

---

① 《嘉兴府志》卷三十五《人物志·文苑》。
② 《嘉兴府志》卷三十六《人物志·文苑》。
③ 光绪《海盐县志》卷十七《人物传四·文苑》。
④ 光绪《海盐县志》卷十七《人物传四·文苑》。
⑤ （清）查慎行撰、周劭校点《敬业堂诗集》附录，第1755页。
⑥ （清）查昇：《集学圃呈黄先生晦木》，《宫詹公存稿》，《清代诗文集汇编》第177册，第74页。

先生之数》十首。《慎旃集》是慎行刻传的第一部诗集。黄宗炎《慎旃集序》作于康熙二十一年九月至二十二年冬之间,谓慎行步武白居易、追踪陆游,当今诗人以风流自命,标榜远法汉魏,日空千古,大多徒有外表,而慎行不同于流俗,不轻议古人,"知作者苦心"。黄宗炎论陆诗,与黄宗羲相近。康熙十五年,黄宗羲《朱岷左先生近诗题辞》云:"尝读陆务观《入蜀记》,揽结窈冥,卷石枯枝,谈之俱若嗜欲,故剑南之诗,遂为南渡之巨子。"① 晚年所作《陆鉁俟诗序》还说:"放翁以圆熟易豫章之粗豪,为艺文未坠之领袖,不必出之一隅一辙也……鉁俟之诗远有端绪,自剑南以至石溪、文虎,代有诗人。"②

与黄宗炎同时,李良年亦有将慎行比于陆游的说法。《与查夏重》云:

> 天末幕府,新历战场,晖凤就禽之日,陈徐记室之年。盾鼻马鞍,濡毫渍墨,岂止杜陵夔后、放翁入蜀。奉教无由,不免色飞心动耳。③

此书作于康熙二十一年秋至二十二年间。继而大肆宣扬慎行诗近陆游的是王士禛、杨雍建。王士禛《慎旃集序》发挥黄宗炎之语说:

> 姚江黄晦木先生常题目其诗,比之剑南。余谓以近体论,剑南奇创之才,夏重或逊其雄,夏重绵至之思,剑南亦未之过,当与古人争胜毫厘。若五七言古体,剑南不甚留意,而夏重丽藻络绎,宫商抗坠,往往有陈后山、元遗山风。后山凌厉峭直,力追绝险;遗山矜丽顿挫,雅极波澜。吾未敢谓夏重所诣,便驾前贤,然使起放翁、后

---

① (清)黄宗羲撰、平慧善校点《南雷诗文集》,《黄宗羲全集》第十册,第20~21页。
② (清)黄宗羲撰、平慧善校点《南雷诗文集》,《黄宗羲全集》第十册,第86~87页。
③ (清)李良年:《秋锦山房外集》卷二,《四库存目丛书》第251册,第239~240页。

山、遗山诸公于今日,夏重操螫弧以陪敦槃,亦未肯自安鲁郑之赋也。①

杨雍建《慎旃集序》则云:

夫以白面书生,年未及壮,弱不胜衣,骨稜稜出衣表,乃能骯髒自喜如此,则已龌龌竖儒异矣。顾复戎旅之顷,不废吟啸,握槊赋诗,磨盾草檄。……浣花工部,不履行间;淮蔡军谘,羌无篇什。庶几小益之戎装,竟传剑南之诗句,藻采横飞,绮思艳发,抑又多焉,何其壮也。②

康熙二十三年夏,慎行游学京师,冬日送别王士禛奉使祭告南海,出《慎旃集》乞序。据杨雍建《慎旃集序》:"今年夏重入游太学,而余适膺召命,归佐夏官,因复留之邸舍。夏重乃裒其行旅之诗,梓之问世。其豫章之吟,别为一集。题曰《慎旃》,盖取诗人行役之义。"慎行京师谋梓《慎旃集》乃在康熙二十三年。翌年夏,陆嘉淑也来到京师。慎行因"同学友人欲梓其集燕中",又乞陆嘉淑作序。《慎旃集》、《慎旃二集》(即《西江集》)刻成于康熙二十四年。是年七月,王士禛使毕返京,九月循例乞假归省,临行前撰《慎旃集序》,有"归而夏重《慎旃》二集已裒然成卷帙矣","援笔以完宿约"之语。王士禛读《慎旃集》的感觉是近体接近陆游,尚可并论,五七言古则无从论矣,于是将之追比陈师道、元好问。

后世沿黄宗炎、王士禛、杨雍建之说,乃至有慎行近体"宗陆"之评。如《四库总目·敬业堂集提要》云:

---

① (清)查慎行撰、周劭校点《敬业堂诗集》附录,第1753页。
② (清)查慎行撰、周劭校点《敬业堂诗集》附录,第1754~1755页。

集首载王士禛原序，称黄宗羲比其诗于陆游。士禛则谓"奇创之才，慎行逊游；绵至之思，游逊慎行"。又称其五七言古体有陈师道、元好问之风。今观慎行近体，实出剑南，但游善写景，慎行善抒情；游善隶事，慎行善运意，故长短互形，士禛所评良允。至于后山古体，悉出苦思，而不以变化为长；遗山古体，具有健气，而不以灵敏见巧，与慎行殊不相似。核其渊源，大抵得诸苏轼为多。观其积一生之力，补注苏诗，其得力之处可见矣。明人喜称唐诗，自国朝康熙初年，窠臼渐深，往往厌而学宋，然粗直之病亦生焉。得宋人之长而不染其弊，数十年来，固当为慎行屈一指也。

引述王士禛序，将黄宗炎误作黄宗羲，此毋庸辩。四库馆臣大抵认同王士禛的说法，复加发挥，得出"慎行近体，实出剑南"之论。乾嘉诗人推尊慎行者甚夥，"乾隆三大家"之一赵翼《瓯北诗话》卷十论查诗，专作一卷，有云：

要其功力之深，则香山、放翁后一人而已。①

初白近体诗最擅长，放翁以后，未有能继之者。当其年少气锐，从军黔楚，有江山戎马之助，故出手即沉雄踔厉，有幽并之气。中年游中州，地多胜迹，益足以发抒其才思，登临怀古，慷慨悲歌，集中此数卷为最胜。②

以初白律诗与放翁相较，放翁使事精工，写景新丽，固远胜初白，然放翁多自写胸膈，非因人因地，曲折以赴，往往先得佳句，而足成之；初白则随事随人，各如其量，肖物能工，用意必切，其不如放翁之大略在此，而较放翁更难亦在此。③

---

① 郭绍虞编选、富寿荪校点《清诗话续编》，上海古籍出版社，1999，第1300页。
② 郭绍虞编选、富寿荪校点《清诗话续编》，第1315页。
③ 郭绍虞编选、富寿荪校点《清诗话续编》，第1316页。

清人张维屏《国朝诗人征略》卷十九录《四库提要》语及《瓯北诗话》第一、三则①，盖于慎行学陆之说无异议。朱庭珍《筱园诗话》卷上亦称"诗宗苏、陆"。李元度《国朝先正事略》卷四十《查初白先生事略》沿述云："著《敬业堂集》五十卷，梨洲先生尝以比陆放翁。"②清末民初的张燮恩《掬绿轩诗话》卷二抄贩云："初白游黄梨洲门下，梨洲尝比之以陆放翁。"③

问题是初白诗与"放翁体"有几分相像？事实上，慎行接触陆游诗集并不早，且无意效法。我们之所以这样说，有四条相关的证据。

一是《敬业堂诗集》所收第一首"拟陆"之作，尚是康熙六十一年（1722）所咏《七十三吟》。慎行"拟宋"主于苏诗，今所见早期"拟宋"有关材料，未有"拟陆"一类的记载。查嗣瑮与慎行诗趣相同，《查浦诗钞》亦少见"拟陆"之作，尤其是中年前的作品，更是罕见。

二是慎行现存最早的一部诗集《慎旃集》，即黄宗炎、王士禛、杨雍建序评"追踪剑南"之集，既未见和陆韵或效"放翁体"之题，亦未见诗注中提及陆诗。《慎旃集》追踪杜陵，而非剑南。关于这一点，下文有述，此不赘说。

三是自康熙十二年起，慎行留意注苏，其时尚未读到《渭南集》。《苏诗补注例略》自述云："余于苏诗，性有笃好，向不满于王氏注，为之驳正瑕瓃，零丁件系，收入箧中，积久渐成卷帙。后读《渭南集》，乃知有施注苏诗。"④

四是据《馀波词》自注及用典，慎行康熙二十三年前读过《老学庵笔记》，而不熟于《渭南集》。《馀波词上》收词共122首，《馀波词下》收词111首，《馀波词补遗》收词5首，共计238首，其中用前人诗句、

---

① （清）张维屏：《国朝诗人征略》卷十九，清道光十年刻本。
② （清）李元度：《国朝先正事略》，清同治刻本。
③ 韩芳、黄强：《稿本〈掬绿轩诗话〉校订》，《中国诗学》第16辑，人民文学出版社，2012，第248页。
④ （清）吴骞：《拜经楼藏书题跋记》卷五《苏诗补注》，清道光二十七年刻本。

词句、典事作注者共有 39 首。这 39 首中，23 首用唐代诗人诗句或典事：征引唐代诗人之句为注者有 18 首，计引孟浩然诗句 1 次，李商隐诗句 2 次，李白诗句 4 次，白居易诗句 5 次，杜甫诗句 3 次，李贺诗句 3 次，元稹诗句 2 次，杜牧诗句 1 次，万楚诗句 1 次，李峤诗句 1 次，韩愈诗句 1 次，皎然诗句 1 次，马异诗句 1 次，陆龟蒙诗句 1 次，刘得仁诗句 1 次。用宋人诗句或典事的作品共 11 首，其中 9 首征引诗句为注，计引杨万里诗句 2 次，苏轼诗句 4 次，文可诗句 1 次，曾巩诗句 1 次，张耒诗句 1 次，刘贡父诗句 1 次，王安石诗句 1 次，史绳祖诗句 1 次，陆游诗句 1 次。所引诗句涉及北宋六人：苏轼、文可、曾巩、张耒、刘贡父、王安石；南宋三人：杨万里、陆游、史绳祖。慎行以为"词出于诗"，自注征引唐、宋诗人之句的情况也能反映其诗歌嗜好。征引陆游诗句作注，只见于康熙五十二年辞归后的《西地锦·咏苔》。此前之词曾两次引《老学庵笔记》作注。《曲游春·清明黔阳城外作》一首注云："蛮人以鼻饮钩藤酒，见《老学庵笔记》。"《桂枝香·辛卯十二月，武英殿书局告竣，停免内直，填此自嘲》一首注云："周子充云：'省官不如省吏，盖嫌俸薄也。'见《老学庵笔记》。"

康熙十八年至二十一年，慎行游幕黔阳，携苏诗一编自随，如其《苏诗补注例略》所云"补注之役，权舆于癸丑，迨己未、庚申后，往还黔、楚，每以一编自随"。基于以上考察，我们可以得到一个大胆的结论，即康熙二十三年前，慎行未曾细读《渭南集》。

《慎旃集》以诗为史，取法杜陵。黄宗炎对此自非不知，却独论"追踪剑南"，笔者以为盖有两大原因。一是慎行游幕，出入兵伍，与陆游入四川宣抚使王炎幕府，投身军旅不无相近。如慎行在贵阳初平之际写下《滇南从军行八首》《军中行乐词十首》。陆游亦多咏从军乐。近人梁启超《读陆放翁集》云："诗界千年靡靡风，兵魂销尽国魂空。集中十九从军乐，亘古男儿一放翁。"二是慎行游幕之诗与陆游入蜀诗，多即目成篇，属纪行之咏。至于李良年所说"盾鼻马鞍，濡毫渍墨，岂止杜陵夔后、放翁入蜀"，杨雍建所说"庶几小益之戎装，竞传剑南之诗句"，与黄宗炎将慎行比于陆游的第一个原因相近。

慎行之诗与"放翁体"区别是十分显著的。因此,王士禛读《慎旃集》的感觉遂不无"迷离"。那么,他为何不弃"追踪剑南"的说法?这与他援陈师道、元好问作比的初衷是一致的,即提倡宋诗。换句话说,王士禛从黄宗炎、杨雍建的论人论事为主转移至专论慎行取法、诗风。

这样看来,无论黄宗炎序,还是王士禛序,都难免不尽符合实际。对于黄宗炎的说法,陆嘉淑、郑梁的认识远较王士禛及后来的赵翼等人为清晰。陆嘉淑《慎旃集序》云:"吾友黄晦木先生喜而序之,为奖许其所已至,而勉惜其所未至","晦木老友以为上武分司而下追射的,一言为智,知其不轻借游扬也。"① 他没有接着"追踪剑南"的话题说下去,而是申明《慎旃集》源本"风人之遗",序末"且请更质诸晦木"亦深有意味。郑梁《慎旃集序》谓"慎旃之意"可复续"风雅一道",批评"皮相"韩、欧、苏、陆,与陆嘉淑一样,盖不赞同时人在"拟苏"、"拟陆"上大做文章。

至此可以下一论断:慎行早期未尝"宗陆"。王士禛、赵翼及四库馆臣称慎行取法陆游,多臆测、附比之词。诗论家以为然,作者未必然。尽管慎行对王士禛的说法未提出不同的意见,且后来在《瓣香诗集序》中评价友人盛远之诗还有借用,谓"已乃溯江涉湖,水浮陆走,凡六七千里。耳目闻见,足以发抒盘礴之气,向之怫郁沉苦者,一变而为纵横灏衍,有陆放翁、元裕之之馀风"②,但他中岁后亦未尝"宗陆"。

慎行晚年则偶效"放翁体"。康熙五十三年(1714),隐于林下,取范成大田园杂咏之体赋《村家四月词十首》,其四云:"费他三幼占风色,二月前头早卖丝(注云:三幼,即三眠也。见放翁诗自注)。"③《敬业堂诗集》多用东坡、乐天故事、诗韵,而用杜韵、韩韵、温韵的例子也不乏见,而独少用陆韵及诗句之作。这组村家词用陆诗作注,属第一次出

---

① (清)查慎行撰、周劭校点《敬业堂诗集》附录,第1756~1757页。
② (清)查慎行:《敬业堂文集》卷中,第10页。
③ (清)查慎行撰、周劭校点《敬业堂诗集》卷四十二《齿会集》,第1260~1261页。

现。慎行晚年熟读邵雍、杨万里、陆游之集，诗中自注屡引剑南诗句及故事为解。康熙六十一年《七十三吟》四首效陆游同题，其四云："我笑山阴老学庵，闲中往往好高谈。隔年甫乞宫祠禄，又叹穷愁七十二（注云：陆放翁年七十二，再乞领宫祠。其诗云：'七十人言自古稀，我今过二未全衰。'明年又作《七十三吟》，则云：'发无可白方为老，酒不能赊始是贫。'何前后自相戾也）。"① 雍正二年（1724）《题张楚良扪腹图二首》其一云："风前消暑列犀簪，饭后摊书到竹林。若向画中论相法，可知扪腹有三壬（注云：用刘梦得、陆放翁诗中语意）。"② 雍正三年《庭前牵牛卯开辰萎，真可谓之顷刻花，今早偶摘一朵，平置盆池水面，至日落，鲜艳如初，戏作三绝》其二云："曾从天启读宫词，美酒浇来萎稍迟。不独内家堪插鬓，而今才信放翁诗（注云：天启朝宫人喜插此花，晨起用酒灌其根，开时稍耐久。陆剑南诗有'插鬓熠熠牵牛花'之句）。"③ 这一年秋又写下《中秋夕客散偶成，末句用剑南成语》。雍正四年（1726）赋《二月二日效放翁体》：

  一月阴寒惨不舒，风光也解转庭除。门开雾野三竿日，冰跃盆池二寸鱼。倾倒空箱旋晒药，揩摩涩眼试看书。吟成吟用龟堂格，犹记年当十七初（注云：放翁有"常忆年初十七时"之句，乃其七十七时所作）。④

这是慎行诗集中第一次出现"放翁体"字面，时年已七十七。从诗风上来说，确接近于"放翁体"，但又与《馀生集》《漫与集》及其他诸集的风格有些不相近。

  慎行晚效"放翁体"，尚不能作为中岁后师陆的依据，更不能作为早

---

① （清）查慎行撰、周劭校点《敬业堂诗续集》卷二《漫与集下》，第1578页。
② （清）查慎行撰、周劭校点《敬业堂诗集补遗》，《敬业堂诗集》，第1740页。
③ （清）查慎行撰、周劭校点《敬业堂诗续集》卷四《馀生集下》，第1657页。
④ （清）查慎行撰、周劭校点《敬业堂诗续集》卷三《馀生集上》，第1671页。

期"宗陆"之证。黄宗炎、王士禛等人的评价未全落到实处,此可不必再论。这里还有一个相关联的问题,即康熙朝是否有"宗陆"的诗人?回答是肯定的,慎行友人曹贞吉就是"学苏宗陆"的代表。曹贞吉,字升六,又字升阶,号实庵,安丘人,长慎行十六岁,工诗词,名入"金台十子"。康熙二十三年,与慎行结识都门。明年自中书舍人出为徽州同知,慎行作《木兰花慢·送曹升六舍人佐郡新安》,此后二人少有见面。曹贞吉效"放翁体"之诗,见于王士禛编选的《十子诗略》卷三《实庵诗略》,题曰《忽见,效剑南体》,诗云:

> 忽见山形喜欲狂,宁知千里隔渠阳。家贫年尾难偿债,儿病床头自检方。梦觉莲庐终幻剧,舟浮竹叶且徜徉。吾生偶尔同萍梗,不必青州是故乡。①

这无疑是一首效"放翁体"的佳作。曹贞吉还作有《读陆放翁诗偶题五首》:

> 放翁文藻艳当时,开卷临风一吊之。
> 忆得镜湖投老日,杖藜欹帽自吟诗。
> 锦官城外柳如丝,急管声催酒满卮。
> 怪底逢人夸蜀乐,一生得意剑南诗。
> 未了功名志可悲,青山别驾老边陲。
> 一般不信先生处,学射山头射虎时。
> 学仙学剑未为奇,三万牙签手自治。
> 儿子相看俱不恶,真能诵得老夫诗。
> 玉局祠官百万钱,古人优老政堪传。

---

① (清)曹贞吉撰,王佩增、宋开玉校点《曹贞吉集》,山东大学出版社,1994,第150页。

一囊粟共侏儒饱，自是文章愧前贤。①

又，《别放翁诗》诗云：

晤对此翁久，临歧殊黯然。诗如天半鹤，人是地行仙。
气盛游梁日，缘深入蜀年。镜湖三十载，风月足流连。

康熙诗人好放翁者，无逾曹吉贞。以上六首诗收入《珂雪斋二集》。《珂雪斋二集》是曹贞吉的第二个诗集，由其弟曹申吉与李良年编定，收录康熙八年二月至康熙十一年四月之诗。② 曹吉贞不仅学陆，而且取法苏轼。他与李良年交往数十年，商证诗词，相互推挹。在尚宋一点上，二人趣味相投。李良年《曹升阶珂雪集序》云：

予读曹舍人升阶《珂雪集》，窃喜诗教之复振也。……升阶之诗，发源初盛，折入于眉山、剑南，无摹拟之迹，而动与之合，可谓矫然风气之外者。窥先生之意，宁特以自工其言，抑亦转移风尚，将有籍于此也。③

与曹贞吉相类，李良年推重陆诗，李符亦然，作有《书怀和龚蘅圃，用放翁韵》二首。④ 这样看来，慎行后来的效陆，已有先行者。但与曹贞吉不同，慎行无意"折入"剑南，以陆诗为宗。曹贞吉、李良年皆王士禛好友，共扬扢宋诗风。王士禛论慎行诗，沿黄宗炎"追踪剑南"之语，

---

① （清）曹贞吉撰，王佩增、宋开玉校点《曹贞吉集》，第92~93页。
② （清）曹贞吉撰，王佩增、宋开玉校点《曹贞吉集·前言》，第7页。
③ （清）李良年：《秋锦山房集》卷十四，第172~173。按：《曹贞吉集·前言》引此序，题作《珂雪二集序》，云："先生之诗，发源于初盛，而折入眉山、剑南，无摹拟之变而动与之合，可谓矫然风气之外者。"（第7页）
④ （清）李符：《香草居集》卷五，《四库存目丛书》集部第252册，据康熙至乾隆刻李氏家集四种影印，第49页。

发挥己意,非出于偶然。关于这一段诗史,向未见拈出详论者,姑略作勾稽,赘附于此。

四 出入唐宋,得力于杜、白、苏为多

浙诗派的"诗不分唐宋"说主要内涵有三:得"真性情";"归于自然";诗有"本根"。在慎行看来,真诗一也,不当因宗唐或学宋而区分为二。然诗人又各具性情,诗歌面目因人而异。就慎行而言,其诗出入唐宋,得力于杜少陵、白乐天、苏东坡三家为多。所谓听其言而观其行,从诗歌创作角度,我们可以更深入地认识慎行"诗不分唐宋"的观念。

(一) 由苏入杜

慎行"拟宋"之前,主于唐音,追扬挖宋诗风,拟宋人诗甚工。由于朱奇龄的批评,尤其是师事黄宗羲,慎行从"拟宋"的行列逸出。从现存早期的三部诗集《慎旃集》《遄归集》《慎旃二集》,我们可清晰地看到他放弃"拟宋"习气,包括"拟苏"的嗜好,转型之初更多地效法了杜陵诗史。

入贵州巡抚杨雍建幕府三年,慎行吟咏甚富,《慎旃集》三卷近于一部杜陵诗史,标志其诗歌创作的第一个高峰。南京与新老遗民唱和,《赠胡星卿先生,胡之先东川侯海,其子观尚南康公主》《题余鸿客金陵览古集》咏沧桑之变,赞扬遗民气节。《登金陵报恩寺塔二十四韵》《金陵杂咏二十首》凭吊前明遗迹,感慨兴亡。三藩之乱,江南与湘楚一带的社会状况与百姓生活,虽有史料笔记可考,但生动形象的全景记载还在诗文中。慎行《芜湖关》《游兵营》《汉川道中纪所见》纪写乱离景象;《白杨堤晚泊》写照长江沿岸百姓的生活境况;《麻阳运船行》反思黔阳乱未尽平之际,百姓苦于赋役,而官兵骄逸的问题,事皆按实,语极沉痛,绝去藻缋。《咏史八首》七律咏吴三桂覆亡,非仅为纪闻,实具有补史之功。歌行《水西行》《乌山战象歌》《中山尼》追踪杜陵,《中山

尼》一篇笔力近于吴伟业《圆圆曲》《听女道士卞玉京弹琴歌》。自黔阳返里的《遁归集》一卷、游幕西江的《慎旃二集》一卷，则是《慎旃集》的馀绪。如《偏桥田家行》《晚登偏桥玄都观后阁》感慨兵燹，《长沙杂感四首》《木末亭谒方文正、景忠烈两公祠》咏史感今，皆卓荦不群。

三部诗集效法杜陵之意甚明，康熙十八年《渡荆江》云："乱离光景逢人问，或有新诗当纪闻。"① 以诗为"纪闻"，换言之，即以诗为史。康熙二十年春在贵阳作《自正月以后不得德尹消息，用少陵远怀舍弟颖观等一首六韵》。《杨大中丞寿谦诗八十韵》则有"诗狂容杜甫，操狭笑淳于"之句。② 慎行"追踪杜陵"，也有其来历，最重要的一点即得力于黄宗羲等遗民提倡的"诗以补史之阙"。黄宗羲《万履安先生诗序》云："今之称杜诗者以为诗史，亦信然矣。然注杜者，但见以史证诗，未闻以诗补史之阙，虽曰诗史，史固无藉乎诗也。逮夫流极之运，东观兰台，但记事功，而天地之所以不毁，名教之所以仅存者，多在亡国之人物。……庸讵知史亡而后诗作乎？是故景炎、祥兴，《宋史》且不为之立本纪，非《指南》《集杜》，何由知闽、广之兴废？非水云之诗，何由知亡国之惨？非白石、晞发，何由知竺国之双经？陈宜中之契阔，《心史》亮其苦心；黄东发之野死，宝幢志其处所，可不谓之诗史乎？元之亡也，渡海乞援之事，见于九灵之诗。而铁崖之乐府，鹤年席帽之痛哭，犹然金版之出地也，皆非史之所能尽矣。明室之亡，分国鲛人，纪年鬼窟，较之前代干戈，久无条序。其从亡之士，章皇草泽之民，不无危苦之词。以余所见者，石斋、次野、介子、霞舟、希声、苍水、密之十馀家，无关受命之笔，然故国之戚尔，不可不谓之史也。"③《慎旃集》之诗，人抵沿梨洲之波追踪杜陵诗史，对读黄宗羲《南雷诗历》，即可得到清晰的认识。梨洲之诗简质有实，调取苍老。初白诗尚嫌稚嫩，但质实苍老处已有乃师

---

① （清）查慎行撰、周劭校点《敬业堂诗集》卷一《慎旃集上》，第27页。
② （清）查慎行撰、周劭校点《敬业堂诗集》卷三《慎旃集下》，第70~71页。
③ （清）黄宗羲撰、平慧善校点《南雷诗文集》，《黄宗羲全集》第十册，第47页。

之风。

由苏入杜，构成慎行接受"诗不分唐宋"说后的第一次变化。

(二) 复归苏诗

康熙二十三年，查慎行初游都门，在朱彝尊、杨雍建、王士禛、朱之弼、明珠等人延誉下，声名渐起京华，交结海内名家，征歌逐酒，诗风有变，不复杜陵诗史面貌。引起这一变化的原因是多样的：首先是人生道路的改变。慎行祖大纬、父崧继皆孤节遗民，慎行早年恪守家训，不事科举干禄，年十九稍习举子业，三十尚未进学，乃出入幕府。及捐纳入国子监，应顺天乡试，人生道路尽改。其次是师承交游的变化。慎行早年师辈多遗民耆旧，查继佐、黄宗羲、黄宗炎、陆嘉淑俱其著者，赋诗深受遗民诗影响。追入渔洋门下，交结田雯、谢重辉、王又旦、颜光敏等金台人物。诸子不标榜杜陵诗史，王士禛还欲变化遗民宗杜之风而昌言宋调。复次是"时"、"地"环境的变化。三藩之乱平定，清王朝进入一个新的历史时期，帝都又是特殊之地，慎行自难在此高歌杜陵纪写乱离之音、慷慨沉郁之调。

"拟苏"已是旧习，"学杜"也成往事，面对都门纷杂的诗家竞声的局面，慎行一方面尝试融入，一方面又保持较独立的个性。融入的表现，即热情参与诗坛酒会，争韵斗奇；保持个性的表现，即宣扬"诗不分唐宋"，不追逐尚宋之风。这一情形一直延续到康熙二十八年《长生殿》案发。《长生殿》案带来巨大冲击，将他推向江湖寒士的境地。人生再次发生戏剧性的变化，诗歌道路也待重做选择。此前在朱奇龄的批评与黄宗羲的引导下，慎行放弃"拟宋"，然犹未舍苏诗之好，出入幕府，随携《东坡集》，留意补注苏诗。缘此结习，他重寻诗路时回归苏诗。

"前身端合是东坡。"康熙三十年，慎行与弟嗣瑮怀着壮心已老的心态杜门里居。嗣瑮四十初度，慎行长两岁，《德尹四十初度二首，同润木作》其一云："四十平头齿未龃，谁教辛苦逐风埃。祝君此日无多语，正要飞腾暮景来（注云：少陵诗：'四十明朝过，飞腾暮景斜。'）。"其二云:"蒲柳桑榆各老成,一杯相属话生平。十年多少回头事,我是苏家白发兄(注云:用东坡寿子由诗中语)。"① 前一首化用杜陵诗句,后一首借用东坡之语,耐人寻味。康熙三十二年再入都门,明珠招下榻自怡园,《冗寄集》自题云:"自夏历冬,大约园居之日多,城居之日少。东坡诗语似为余设也。"② 康熙三十五年三月客安庆,程仕闻讯来会,慎行《程松皋得余所寄诗,即夕自桐城命驾过皖,次东坡喜刘景文至韵》云:"别来三岁遽如许,尚不作达宁非迂","有情相对且尽醉,只恐酒醒仍江湖"。③ 次东坡诗韵,放笔抒写寒士心迹,颇得苏轼放浪恣意之致。是年夏自安庆游九江,作《花洋镇阻风,望小孤山,借东坡慈湖峡五首韵》。康熙三十七年春游湖州,赋《雨中游飞英寺,次东坡稀字韵》《登道场山,次东坡先生旧韵》,追摹东坡在湖州放达心迹,得其意神。翌年春独居,作《连雨不止,独居小楼,和陶杂诗十一首,但借其韵,不拟其体也》。和陶之盛始于二苏。苏轼作有《和陶诗》四卷。苏辙《追和陶渊明诗引子》说他谪居儋耳,葺茅而居,书来告曰:"吾于诗人无所甚好,独好渊明之诗。……然吾于渊明,岂独好其诗也哉!如其为人,实有感焉。"和陶诗为诗家所尚,代不乏人。慎行和陶盖受苏轼启发。所谓刚性多忤,故不免挫折、饥寒,此苏轼"如其为人,实有感焉"之意,慎行和陶亦然。康熙三十九年再游京师,唱和多假东坡诗句面目示人,如《无功索题蒹葭书屋图,用东坡寄傲轩韵》:"浮名一鸡肋,小挫讵云辱。夜枕梦江湖,晨餐辞辇毂。"④《题西斋图二首,图为王石谷作》其一云:"画图酷爱王摩诘,诗味澹如苏密州(注云:东坡集中《西斋》诗,密州所作。西溟以为黄州,非也)。"其二云:"独有吾诗真被压,更无一句敌坡仙。"⑤ 友人亦将之比作"坡仙"。康熙四十年(1701)春离都南返,

---

① (清)查慎行撰、周劭校点《敬业堂诗集》卷十三《劝酬集》,第347页。
② (清)查慎行撰、周劭校点《敬业堂诗集》卷十七《冗寄集》,第458页。
③ (清)查慎行撰、周劭校点《敬业堂诗集》卷二十一《皖城集》,第594~595页。
④ (清)查慎行撰、周劭校点《敬业堂诗集》卷二十七《过夏集》,第737页。
⑤ (清)查慎行撰、周劭校点《敬业堂诗集》卷二十七《过夏集》,第746页。

请禹之鼎绘《初白庵图》。自号"初白",取东坡"身行万里半天下,僧卧一庵初白头"之意。初白庵虽未筑就,但慎行决意"洗心皈释典"①,结束江湖载酒生涯。他参禅礼佛,很大程度上就是效法苏轼,躬行东坡之路。

自康熙三十年至康熙四十一年冬召入南书房,慎行赋诗以东坡面目写心,以东坡情志为寄托。这十馀年也是撰成《苏诗补注》的主体时间。致力于苏诗注补,寄心于东坡之诗,所作颓唐放笔,仿佛可见东坡之态。沈德潜评云"得力于苏"。②但应指出,慎行回归苏诗,已与此前"拟宋"颇有不同。盖不复重形似,而重风神洒宕之趣,写照"夜枕梦江湖"人生。其旨也不离于"诗不分唐宋"。如效苏轼和陶,借"旧瓶"来装康熙朝江湖寒士的"新酒",自为真诗,不人云亦云。

(三) 晚年合白、苏为一

黄宗炎《慎旃集序》称慎行"步武分司"、"追踪剑南",不唯"追踪剑南"之语未落到实处,"步武分司"亦然。不过,与接触《渭南集》甚晚不同,慎行对白诗早已熟悉。康熙十八年前所作《沁园春·友人邀余赋闺中杂事,分得三题》第三首《席》注引白居易"六尺白藤床"之句。③康熙二十三年《题惠研溪峥嵘集,次汪蛟门原韵三首》其三云:"赖是老元偷格律,知音此外断无人(注云:'每被老元偷格律',乐天语也。蛟门举似研溪,故借作转语)。"④康熙二十八年冬,赠徐乾学所作《奉送玉峰尚书徐公南归五十韵》有"乐天名位似"之句。⑤尽管如此,他还是无意效"乐天体"。王士禛不喜杜少陵,也不喜乐天,如赵执信《谈龙录》所说"阮翁酷不喜少陵,特不敢显攻之,每举杨大年'村夫

---

① (清) 查慎行撰、周劭校点《缮经集》自题,《敬业堂诗集》卷二十八《缮经集》,第761页。
② (清) 沈德潜:《清诗别裁集》卷二十,清乾隆二十五年教忠堂刻本。
③ (清) 查慎行撰、周劭校点《敬业堂诗集》卷四十九《馀波词上》,第1429页。
④ (清) 查慎行撰、周劭校点《敬业堂诗集》卷五《逾淮集》,第157页。
⑤ (清) 查慎行撰、周劭校点《敬业堂诗集》卷十一《竿木集》,第294页。

子'之目以语客。又薄乐天而深恶罗昭谏"①，恐也给慎行带来一些舆论影响。

在《长生殿》案冲击下，慎行浪迹江湖。这促使他回归苏诗，同时也成为"步武分司"的催化剂。康熙三十一年九月，自九江知府朱俨幕府归，感白居易谪居江州，《客船集》自题云："乐天《琵琶行》自述迁谪之情，托于送客而不著其姓字，未必果有其人也。今余与恒斋别，正值枫叶芦花之候，恒斋官况不异于左迁，别后倘有诗见及，其毋使人疑此客为乌有子虚乎？"②《留别恒斋太守，次见送原韵》云："芦花枫叶残秋路，不听琵琶亦黯然。"③自此一发不可收拾，康熙三十二年夏在自怡园作《对雨戏效白乐天体四首》，其一云："比时如对雨，最好是江船。"其二云："此时如对雨，最好是湖心。"其三云："此时如对雨，最好是农家。"其四云："此时如对雨，最好是深山。"④效"乐天体"，心境、诗味与白居易相通，慎行成为康熙诗坛白诗的继承者之一。

愈近晚年，慎行好白诗愈甚，直将"前身"比乐天，诗也呈现白、苏合流之态。明人袁宗道喜好白、苏之集，名其斋曰白苏，著有《白苏斋类集》。慎行并推白、苏，其意与袁宗道不尽同，康熙四十七年《分咏诗人居址得东坡》云："东坡本属宜宾郡，桃李阴从郡囿收。前辈风流传白老，后为名胜擅黄州（注云：白乐天为忠州刺史，于郡囿东坡手种桃李，往往见于诗句。苏公自谓出处老少粗似乐天，东坡之号，实本于白，非偶合也）。平生得力在忧患，此地何心系去留。大似高鸿向寥廓，雪泥指爪记曾否？"⑤是年僦居京师城南道院，退直之馀，迹若退院僧，唯好吟咏。康熙四十八年（1709），移居宣武门外槐籐，与汤右曾等人发起一场效"乐天体"唱酬活动。汤右曾自洛中寄示《重修香山寺记石刻拓

---

① （清）赵执信撰，赵蔚芝，刘聿鑫校点《赵执信全集》，齐鲁书社，1993，第537页。
② （清）查慎行撰、周劭校点《敬业堂诗集》卷十六《客船集》，第433页。
③ （清）查慎行撰、周劭校点《敬业堂诗集》卷十六《客船集》，第433页。
④ （清）查慎行撰、周劭校点《敬业堂诗集》卷十七《冗寄集》，第459页。
⑤ （清）查慎行撰、周劭校点《敬业堂诗集》卷三十六《道院集》，第1000页。

本》,慎行《汤西厓前辈自洛中寄示重修香山寺记石刻拓本》云:"云泉旧境缘曾结(注云:白乐天《香山寺》诗:'且共云泉结缘境,他生应作此山僧。'),山水初心后果偿(注云:'幸为山水主,是偿初心复始愿之候也',语出乐天《重修寺记》中)。公是乐天还记否? 前题多在畅师房。"①十月作《拟乐天一字至七字体,以题为韵,分得帘字》:"帘。傍槛。依檐。防客见。避花嫌。平铺湘簟,斜搭吴襜。额飘风细细,钩映月纤纤。更无人处垂地,但有香时透奁。试问阴阴芳树底,后堂玉笛是谁拈?"②明年元日试笔效"乐天体",题作《庚寅元日试笔戏效乐天体》。汤右曾有诗和元日试笔,慎行再作《汤西厓前辈见和元日试笔,再叠奉酬》《立春前一夕小饮西厓寓斋,三叠前韵》,继而有《汤纳时表弟次前韵见寄,四叠韵》《刘若千前辈枉和新编,五叠前韵奉答》《六叠前韵答楼村同年》《七叠前韵答刘大山同年》《八叠前韵答同年吴南村》,皆在是年正月。

自康熙五十一年(1712)春以病乞假,至翌年七月得引疾归,慎行寓居京师,受困风疾,借诗消病,有《长告集》《待放集》。《长告集》自题云:"昔白香山守苏州时,年甫五十八,而退居之计已决。其诗有'长告虽当百日满,故乡元约一年回'之句。未几果归,又十年而风疾作。余今年六十有三,患病在前,请假在后,出处之际,有愧昔贤多矣。"③对比白居易守苏州,年甫五十八怀退居之计,解官十年才得风疾,自己六十二岁即得风疾,犹因循未归,自觉不安。慎行病中将心事寄于看花,亦是迹类乐天。如《二月朔日碧桃花开》:"无数绯桃蕊,齐开仲月初。人情方最赏,花意已无馀。"④《盆中新种幽兰忽吐一花,病枕喜作十二韵》:"静女晨妆淡,幽人翠袖寒。香来殊不意,梦好却无端。"⑤《德

---

① (清)查慎行撰、周劭校点《敬业堂诗集》卷三十七《槐簃集上》,第 1018 页。
② (清)查慎行撰、周劭校点《敬业堂诗集》卷三十七《槐簃集上》,第 1037 页。
③ (清)查慎行撰、周劭校点《敬业堂诗集》卷四十《长告集》,第 1115 页。
④ (清)查慎行撰、周劭校点《敬业堂诗集》卷四十《长告集》,第 1118 页。
⑤ (清)查慎行撰、周劭校点《敬业堂诗集》卷四十《长告集》,第 1119 页。

尹招同人饮寓庭紫藤花下》："忽然落蕊堕杯面，香入醉魂愁欲醒。十年万事经眼见，况此旅寓如邮亭。"①《同年王楼村尝梦至一处，梅花满庭，有一老人杖而入，以杖数树云，此十三木以付汝，汝若饥时，但吃梅花，便是神仙地位也，觉而属禹司宾慎斋画十三本梅花书屋图，壬辰四月，楼村官罢，将出都，以图索句，作歌赠之》："幻中生幻想非想，身外有身知不知。君今罢官归有期，蓬蓬彤开梦者谁。"②《自怡园藤花》："撷之复湘之，谓有啖花癖。"③《自怡园荷花四首》其一："已离大地炎埃外，尚在诸天色相中。未免情多丝宛转，为谁心苦窍玲珑。"其四："老衲山中移漏处，佳人世外改妆时。白头相对归心切，欲卷江湖入小诗。"④

在慎行的带动下，京师诗人喜用白、苏诗韵唱和。如康熙五十一年立秋后的樵沙道院之集，慎行、嗣瑮、嗣庭兄弟与林佶、顾嗣立等十馀人与会，共用乐天诗韵赋诗。⑤ 由于患风疾，书写不便，慎行多口占成篇，并觉得这样更近于苏、白，怡然自得。《槐簃集》《长告集》用乐天诗韵之作，数量超过用东坡诗韵，从中可窥慎行晚年的心境与诗趣。

慎行十年文学侍从生涯，后五年沉湎于效"乐天体"，《槐阴露坐》《对镜览发》以及大量的看花诗，诗、禅合一，平中有奇，自具一段精神，既得乐天自适风神，又不乏东坡洒宕，称得上合白、苏为　了。

（四）老来效杜"漫与"

慎行而立之年由苏入杜，四十而后复归苏诗，兼效白诗，虽不复标榜诗史，却不忘杜诗之好，常引杜陵诗句为自注，化用杜诗典事。自翰林院辞归，更有老来再"学杜"之事。

---

① （清）查慎行撰、周劭校点《敬业堂诗集》卷四十《长告集》，第1125页。
② （清）查慎行撰、周劭校点《敬业堂诗集》卷四十《长告集》，第1127页。
③ （清）查慎行撰、周劭校点《敬业堂诗集》卷四十《长告集》，第1128页。
④ （清）查慎行撰、周劭校点《敬业堂诗集》卷四十《长告集》，第1143页。
⑤ （清）查慎行：《立秋后七日偕周桐野、宫恕堂、钱绸庵、张日容、缪湘芷、林鹿原、顾侠君、郭双村、家查浦、润木两弟再集樵沙道，用白香山游开元观韵》，《敬业堂诗集》卷四十《长告集》，第1151页。

虽说"我与我周旋久",不过慎行的每一次变化都有新的内容。《慎旃集》追踪杜陵诗史,老来则取老杜"漫与"之意。致仕返里,慎行名心尽扫,林下闲吟唱酬,率真自然。《漫与集上》自题云:

> 少陵云:"老去诗篇浑漫与。"俗本多误与为兴。东坡先生用之,云"清篇真漫与",叶入语韵,可证兴字之缪。余年衰才尽,从前愧乏惊人之句,已镂板问世,悔莫能追,自兹以往,当日就颓唐,不知馀生尚阅几寒暑,更得几首诗也。①

在他看来,"漫与"、"漫兴"只是一字之差,意思却有根本的不同。慎行还流露出"自悔"的心态,谈及"从前愧乏惊人之句,已镂板问世,悔莫能追",欲"日就颓唐"。这种心态与杜甫也有相近之处。上元二年,杜甫在《江上值水如海势,聊短述》中写道:"为人性僻耽佳句,语不惊人死不休。老去诗篇浑漫与,春来花鸟莫深愁。新添水槛供垂钓,故著浮槎替入舟。焉得思如陶谢手,令渠述作与同游。"想从"诗苦"中得到解脱。慎行读杜,体味诗苦,自感人生苦境,寄情"漫与",何尝不是寻求人生与诗歌的双重解脱。慎行"漫与"之诗适心而发,适意而止,与乐天的自适、东坡的洒宕,异曲同工。从这一意义上说,慎行晚年将杜、白、苏合而为一了。

(五)趣在尝新,博采众长

"自笑年来诗境熟,每从熟处欲求生。"② 慎行出入唐宋,常是厌熟喜生,追求新境,晚年犹然喜欢尝试新事物,兴趣盎然。康熙四十八年至四十九年在京效白、苏之际,复博效唐宋诸家,赋《畅春园杏花次李义山旧韵》《齿痛借用昌黎韵》《从院长乞园中新笋,次昌黎和侯协律咏笋二

---

① (清)查慎行撰、周劭校点《敬业堂诗续集》卷一《漫与集上》,第1523页。
② (清)查慎行:《涿州过渡》,《敬业堂诗集》卷二十《游梁集》,第551页。

十六韵》《刘若千前辈招集听雨楼,用少陵重过何氏园林五首韵》。致仕后,出入杜甫、白居易、苏轼、黄庭坚、杨万里、陆游、邵雍诸家。效杜、白、苏、黄不必论,效"放翁体"前已述之,此略说效"康节体"、"诚斋体"。

康熙五十五年(1716),慎行究心于点勘《毛诗》,《夏课集》佳作不多。有趣的是,他不忘诗中求新,《冬课吟效击壤体二首》即是。其一云:"炳烛馀光已可知,假饶闻道敢云迟。故人问我三冬课,六十年前上学时(注云:顺治丙申,余七岁,方就傅)。"其二云:"画前有易易如何,删后无诗诗倍多。更向谁边讨消息,水从冰后不生波。"① 《知止吟效康节体》作于雍正三年四月,诗云:"知止聊从止足征,床堪跌坐几堪凭。瓶花落后休迎客,禅杖闲来侍定僧。俯听蛙池怜叫跳,仰看鹊路笑飞腾。呼儿试问春苔色,绿上庭阶又几层。"② 游粤归来,勤于著述,研易治经,于宋人理学多有参商。这首效"康节体"之作,颇得悟理之趣。

慎行今存效"诚斋体"之诗,见于《粤游集上》,作于康熙五十六年冬自南雄往韶州道中,共两题。第一题《偶阅杨诚斋南海集,途中多赋桃花,且有梅花应恨我来迟之句,余度岭,正值梅放时,戏效其体作一绝》:"我来时候异诚斋,不见桃花只见梅。博得口占诗一句,千枝齐向腊前开。"③ 第二题《晚过始兴江口,再效诚斋体二首》其一云:"始兴江口水平川,从此通流到海边。我是渔船钓竿手,又携簑笠上楼船(注云:昨唤吉安渔船至赣,今所坐乃广州楼船。按楼船之名见《汉书》,今仍此名,不必皆官舫也)。"其二云:"一重山转一重湾,不出孤帆向背间。行过前湾试东望,夕阳多在隔溪山。"④ 不过,一些粤游绝句不标明效"诚斋体",风致却较以上效作更为接近。如《英山二首》其一云:"曾从画法见礬头,董巨馀踪此地留。渐入西南如噉蔗,英州山又胜韶

---

① (清)查慎行撰、周劭校点《敬业堂诗集》卷四十六《夏课集》,第 1346～1347 页。
② (清)查慎行撰、周劭校点《敬业堂诗续集》卷三《馀生集上》,第 1647 页。
③ (清)查慎行撰、周劭校点《敬业堂诗集》卷四十七《粤游集上》,第 1376～1377 页。
④ (清)查慎行撰、周劭校点《敬业堂诗集》卷四十七《粤游集上》,第 1377 页。

州。"其二云:"一拳一角总峰峦,可惜天教落百蛮。好事吴儿浑未识,买园只凿石公山。"① 《舟中即目》云:"屋角菜花黄映篱,桥边柳色绿摇丝。分明寒食江南路,剩欠桃花三两枝。"② 慎行不仅效"诚斋体",自订诗集也与之相类。康熙四十七年正月至五月之诗编为《还朝集》,自题云:"昔杨诚斋自江西召还,陆务观有相贺归馆之作,今集中所载《朝天续集》,此其时也。后五年从江东赋归。果若术士言,则余之退休亦不远矣。"③ 查为仁《莲坡诗话》云:"所著《敬业堂集》,中分小集,多至十馀种,宋人惟杨诚斋有之。"④

这里应强调的是,慎行出入唐宋诸名家,而所好与性情所近还是在杜、白、苏三家。杜甫《戏为六绝句》其六云:"别裁伪体亲风雅,转益多师是汝师。"⑤ 慎行博采众长,不拘于一端,而自见性情,正体现了其"诗不分唐宋"的见解。康熙二十八年(1689),黄宗羲在《安邑马义云诗序》中说:

嗟乎!南方岂有诗家?南方之无诗也,非无诗也,夫人而能为诗也。夫人而能为诗,则自信其诗,于是僻固狭陋之病,盘结胞胎,即使陶、谢诏之于前,李、杜、王、孟鞭之于后,不欲盼其帷席,是安得有诗乎?……昔诚斋自序,始学江西,既学后山五字律,既又学半山老人,晚乃学唐人绝句;后官荆溪,忽若有悟,遂谢去前学,而后涣然自得。夫诚斋之所以累变者,亦不敢自信之心为之也。⑥

---

① (清)查慎行撰、周劭校点《敬业堂诗集》卷四十七《粤游集上》,第1381页。
② (清)查慎行撰、周劭校点《敬业堂诗集》卷四十七《粤游集上》,第1381页。
③ (清)查慎行撰、周劭校点《敬业堂诗集》卷三十五《还朝集》,第964页。
④ (清)王夫之等撰:《清诗话》,上海古籍出版社,1999,第482页。
⑤ 康熙六十年秋,查慎行《题武进杨笠乘孝廉诗卷二首》其一云:"少陵上下古今意,多在成都十一篇(注云:杜集中《戏为六绝》及《解闷》五首皆在成都时作,元裕之《论诗三十章》仿此)。爱尔论诗续元后,不曾馀浑拾前贤。"见《敬业堂诗续集》卷二《漫与集下》,第1569页。
⑥ (清)黄宗羲撰、平慧善校点《南雷诗文集》,《黄宗羲全集》第十册,第69页。

黄宗羲批评"主奴唐宋",主张诗人自出真精神。这篇诗序提出当有"即此不敢自信之心,便自诗家三昧也",纠正"僻固狭陋之病"。慎行得黄宗羲诗法,出入唐宋,"不敢自信",其后遂能博采众长,"涣然自得"。

作者简介

李圣华,男,文学博士,浙江师范大学人文学院教授、博士生导师,浙江省重点研究基地江南文学研究中心首席专家,主要从事明清诗文、古典文献研究,曾出版《晚明诗歌研究》《方文年谱》等专著。

清初遗民诗歌的民族立场

陈水云 江丹

摘 要：清初遗民诗人持守"夷夏大防"的儒家观念，存道救亡，在社稷倾颓异族入侵之时，悲慨愤激，效一己之力奋勇抗争，对抗清兵之入侵与征服，牺牲生命而在所不惜；国亡之后不忘国仇家恨，愤于异族压迫之酷烈，哀民生之多艰，多有秘密奔走，积极参与抗清运动，以图恢复，相与砥砺志节，坚持操守，坚持民族气节；在奔走无力、复国无望后选择了无奈退隐、老于布衣，著书立说，以图民族精神之不亡、民族文化之保存，以待终有一日，河山重归，日月重明。他们以诗描写明末清初的动荡局面和抗清战争，称颂抗清英雄遗民节士，表现了国家沦亡之痛、生灵涂炭之悲、江山易代之恨，复国之志、亡国之悲、故国之思、忧民之情、悯世之心都见于诗中，而在这些情感背后是遗民诗人坚定的民族立场。

关键词：遗民诗 民族立场 抗清斗争 复国之志

明清易代，满族入侵中原，作为异族取代了代表着华夏正统的明王朝，素有儒家"夷夏大防"观念的明遗民对此难以接受。明遗民数量之巨，远胜宋遗民，民国初年孙静庵所编《明遗民录》"所载至八百馀人，而所遗漏者，尚汗漫而不可纪极也"。[①] 支撑起遗民心志的是他们坚定的

---

① 孙静庵：《明遗民录》，浙江古籍出版社，1985，第372页。

民族立场。遗民既已无意于科举仕途，其才华诗书之气无所附丽，多化为诗作，以诗写心志情感，记一代史实，存道以救亡，本文即旨在阐述清初遗民诗歌的民族立场。

一 "存道"：清初遗民诗人的创作宗旨

甲申之变，崇祯帝自缢煤山，以身殉国。继之而来的乙酉之变，国柄丧于异族之手，这对素有"华夷大防"思想的汉族臣民是无法接受的残酷现实，如归庄《除夕七十韵》所咏："万古痛心事，崇祯之甲申。天地忽崩陷，日月并湮沦。"在遗民看来，代表汉族正统的明朝的覆灭有如天地崩陷、日月湮沦，纲纪不存、文明沦丧，无道之野蛮异族的统治，使这个国家和民族从此沉入漫漫黑夜之中。值此国难，士人各有选择，选择接受异族统治出仕新廷的，其心态和原因颇为复杂，在今天看来，不能简单地斥其为背叛故国，更何况价值观各有异同，他们中的许多人选择了这一途径以实现其自我价值和兼济天下的儒家理想，这是无可指责的。相比于降清之人，遗民选择了做"世间不可少之人"。

何谓明遗民？以明遗民黄宗羲自己的定义而言："遗民者，天地之元气也。然士各有分，朝不坐，宴不与，士之分亦止于不仕而已。"[①] "止于不仕"可以是遗民身份的根本规定。在他们看来，明清易代不是简单的朝代更迭，而是意味着夷狄夺天位，使天下沦丧于夷狄之手，乃顾炎武之谓"亡天下"。在天下将亡之际，他们纷起参加抗清活动，反抗清朝野蛮的民族征服和民族压迫，意味着坚守汉民族统治的合法性，坚守民族立场意味着存道救世，以待天下重归正统。王猷定云："古帝王相传之天下，至宋而亡，存宋者，遗民也。"[②] 宋亡与以往朝代更迭的不同在于，宋亡意味着汉

[①] （清）黄宗羲：《谢时符先生墓志铭》，《南雷文约》卷一，民国扫叶山房《黎洲遗著汇刊》本。

[②] （清）王猷定：《宋遗民广录序》，《四照堂文集》，《四库未收书辑刊》卷一（集部第5辑第27册），《北京出版社，2000，第166页，影印康熙二十二年刻本。

民族统治权的丧失,异族入主中原即中国之亡,这反映了明遗民普遍具有的"明亡而中国亡"的思想,遗民"存宋"实即存民族道义、民族精神。屈大均说:"世之芸芸者,方以一二逸民伏处草茅,无关于天下之重轻,徒知其身之贫且贱,而不知其道之博厚高明,与天地同其体用,与日月同其周流,自存其道,乃所以存古帝王相传之天下于无穷也哉。"① 道存则天下存,遗民以存道者自居,异族统治之离道使天下沦丧,遗民存道在于存天下,以待天下归于正统。关于"道统"与"治统",王夫之也有一段精辟的论述:"天子之位也,是谓治统;圣人之教也,是谓道统。"② 当"天子之位"丧于夷狄之手,治统已沦,延续"道统"的责任就落到受圣人教化的儒者身上,"帝王之统绝,儒者犹保其道以孤行而无所待,以人存道,而道可不亡"。③ 道存则民族精神不灭,民族精神不灭则天下就有重建的可能,遗民正是以此强烈的"以人存道"的民族意识来自勉自励。④

正如学者赵园所说,"诗在明亡之后,不啻为士人的一种生存方式"。⑤ 对于无意于科举仕途的遗民来说,诗歌成了生命的寄托,亦最能代表遗民文化、反映遗民心志。遗民诗人身逢危乱之世,感于国仇家恨、黎民苦难,将诗歌创作推向空前繁盛。清初遗民诗歌是清初诗歌最有价值的一部分,屈大均云:"今天下善为诗者多隐居之士,盖隐居之士能自有其性情,而不使其性情为人所有。"⑥ 屈大均所言"隐居之士"即指遗民,遗民不曾屈节事清,故其行与其情为一,性情真则诗多能抒其情。遗民诗歌的价值正来源于此,"不少诗人,具有坚贞的气节,参加过抗清斗争,

---

① (清)屈大均:《书逸民传后》,《屈大均全集》,人民文学出版社,1996,第394页。
② (清)王夫之:《读通鉴论》卷十三,《船山全书》第10册,岳麓书社,2011,第479页。
③ (清)王夫之:《读通鉴论》卷十三,《船山全书》第10册,岳麓书社,2011,第568页。
④ 以现代眼光来看,王猷定、王夫之、顾炎武等人的思想带着一定程度的种族主义色彩,但如果采用对历史"了解之同情"的态度,还原到当时的历史语境中去,则不能苛责其狭隘保守,一个人的认知是受时代环境局限的,"夷夏大防"的观念产生的现代的多民族平等和睦共存的意识还不可能产生的历史年代里。就当时来看,顾炎武、王猷定、王夫之等人关于民族的认知已经很具有超越性了,超迈于狭隘意义上的"忠君"观念,不能简单地看作忠于朱明王朝的表现,而是意味着坚守民族大义。
⑤ 赵园:《明清之际士大夫研究》,北京大学出版社,1999,第452页。
⑥ (清)屈大均:《见堂诗草序》,《翁山文外》卷二,康熙刻本。

失败后，在清朝生活得相当长久，或削发为僧，或流亡各地，发之于诗，或抒故国之情，或写民生之苦，无不慷慨悲凉，虽无意求工，而给人以深切的感染力量"。① 遗民诗作深切的感染力来自遗民诗人对一代悲怆历史的真切体验。

在清代，大量的遗民诗作多遭禁毁，留存至今已所存无几，但透过今天还能看到的部分遗民诗作，仍能一窥易代史实，一探遗民心志。邓汉仪《诗观初集序》云："铜马纵横，中原尽为荆榛，黎庶悉遭虔戮，于是乎神京不守，而庙社遂移。有志之士，为之哀板荡、痛黍离焉。"② 明亡之末，中原荆榛、黎庶遭戮、庙社变移，持有复国之志的遗民诗人，如何能对这种民族劫难无动于衷？易代之初，"狂冠鼠窜于秦中，列镇鸱张于淮甸，驯至瓯闽黔蜀之间，兵革罔靖，而烽燧时闻"。③ 遗民诗人对"狂冠鼠窜"、"列镇鸱张"之异族入侵者如何能不心怀愤怒？明清易代的沧桑巨变，通过他们的如椽之笔呈现于遗民诗篇。

支撑起遗民心志的是他们存道救亡的民族意识，而遗民诗歌则淋漓尽致地表现了遗民的强烈的民族情感。无论是书写兴亡之感叹，还是追怀故国河山，无论是以诗言复国之志，还是哀民生之多艰，这不同的遗民诗歌主题、不同的遗民心志，均体现了一致的民族立场。

基于存道救亡的民族意识，遗民诗人普遍推崇"诗史"说。黄宗羲有言："今之称杜诗者，以为诗史，亦信然矣。然注杜者，但见以史证诗，未闻以诗补史之阙，虽曰诗史，史固无藉乎诗也。逮乎流极之运，东观兰台，但记事功，而天地之所以不毁，名教之所以仅存者，多在亡国之人物。血心流注，朝露同曦，史干是而广矣。犹幸野制遥传，苦语难销，此耿耿者，明灭于烂纸昏墨之余，九原可作，地起泥香，庸讵知史亡而后诗作乎？"④

---

① 刘大杰：《中国文学发展史》下册，上海古籍出版社，1982，第 1167 页。
② （清）邓汉仪：《诗观初集》，康熙年间慎墨堂刻本。
③ （清）邓汉仪：《诗观初集》，康熙年间慎墨堂刻本。
④ （清）黄宗羲：《万履安先生诗序》，《南雷文约》卷四，民国扫叶山房《黎洲遗著汇刊》本。

认为诗可补史之缺，天地之不毁、名教之所存在遗民史诗中，遗民诗人承担起存道的作用。杜濬论诗则说道，"世称子美为诗史，非谓其诗之可以为史，而谓诗可以正史之讹也"。①"他认为，诗歌作为'诗史'的价值，不只是以诗的方式来复现历史，而是以其'真'的属性克服了历史的'臧否不公，传闻不实'之弊，具有'可以正史之讹'的现实意义。"② 屈大均也主张："士君子生当乱世，有志纂修，当先纪亡而后纪存，不能以《春秋》纪之，当以诗纪之。"③ 遗民诗人自觉地承担起修史职责，史不能纪的，以诗纪之，"以诗存史"、"以诗补史"、"以诗正史"，意在存道。在民族压迫严重的历史条件下，以纠正清初官方组织编写的"伪史"，遗民诗起到了存史的作用，可谓"诗史"，记录民族危亡之时高尚的民族品格，"反映易代之际惨痛的史实与民族共具的感情"。④ 从这个角度讲，清初遗民倡言"诗史"，目的在于以诗存信史，以诗补删削之史，以诗正史之讹，以诗存道，从而表现遗民诗歌的民族立场。

二 诗以抒怀：表现民族立场的不同诗歌主题

清初遗民诗人是儒家文化孕育出的汉族精英，汉族正统的"夷夏大防"观念已深入他们的整个认知道德体系。在社稷倾颓异族入侵之时，他们悲慨愤激，效一己之力奋勇抗争；国亡之后不忘国仇家恨，愤于异族压迫之酷烈，哀民生之多艰，多有秘密奔走，参加军事抗清活动，以图恢复，相与砥砺志节，坚持操守，完善人格以善终。他们以诗描写明末清初的动荡局面和抗清战争，称颂抗清英雄、遗民节士，表现了国家沦亡之痛，生灵涂炭之悲，江山易代之恨，复国之志、亡国之悲、故国之思、忧

---

① （清）杜濬：《程子穆倩放歌序》，《变雅堂文集》卷一，康熙刻本。
② 陈水云：《杜濬与清初遗民诗学》，《古代文学理论研究》第二十辑，华东师范大学出版社，2002。
③ （清）屈大均：《东莞诗集序》，《屈大均全集》，人民文学出版社，1996，第279页。
④ 袁行霈：《中国文学史》第4册，高等教育出版社，1999，第248页。

民之情、悯世之心亦时见诗篇,而所有这些情感的背后是遗民诗人坚定的民族立场。

1. 感于兴亡,心怀故国

遗民诗人故国之情的强烈表现,首在矢志复国,恢复故明在于恢复象征着道统圣治的汉族正统地位。基于这样坚定的民族立场、清醒的民族意识和深挚的民族情怀,遗民诗人无时无刻不心怀复国之志。"文士独好武,常怀投笔志。"(归庄《卧病》)诗人本是书生,以功名为念,但国难之时,如何能独善其身而不顾国家民族之危难?遗民诗人纷纷参与抗清活动,连牺牲生命都在所不惜。沈士柱以交通郑成功于顺治十六年被诛,其作于狱中的《闻有长流之信拟出塞曲》,显露出芒锋的锐气:"今将齐诗书,买刀系马头。"他意欲买刀杀敌而后快,其对异族的仇恨,其强烈的民族情感,流溢于字里行间。顾炎武作于顺治四年的《精卫》,亦寄托了他的复国心志:"我愿平东海,身沉心不改。大海无平期,我心无绝时。"在当时国土多已沦入清军之手的形势下,各地抗清力量渐次失败,诗人以"精卫"自喻,表现自己不屈的意志,誓将异族驱逐的决心。李邺嗣乐府诗《善哉行》,"明明华汉,下烛微躯……臣靡不死,复兴夏室",情调悲凉怆楚,仍希望以不死之衰躯效力于驱逐夷狄、恢复华夏正统。李沛诗《人日雾过樊汉》意在言外:"江汉何时净,乾坤此日迷。白头飘短发,俯仰望朝曦",希望"江汉"早"净","乾坤"破"迷",渴望"朝曦"能至,是直接抒发"复明"之意。

"个人的生活史总是被纳入从中可以获得自我认同的那个集体的历史。"[①] 遗民诗人多是汉族士子,接受的是儒家"道统"观念,以求取功名兼济天下为人生理想,自我价值的实现与自我认同归属于明王朝所代表的汉族正统统治之下,明朝覆灭,汉祚衰微,满族统治颠覆了遗民诗人的整个价值体系,在他们看来这是"亡天下",其表现出来的民族情感即为

---

① 〔英〕安东尼·史密斯:《民族主义:理论 意识形态 历史》,叶江译,上海人民出版社,2006,第2页。

抗拒满族统治,希望恢复正统,而明朝是正统的象征,所以他们前仆后继,志在复国。他们这种复国之志以及为复国秘密奔走,参与抗清活动的行为,在诗歌中多有记录,可谓"以诗纪史"。以诗纪一代之史,不忘清廷征服之初的野蛮暴虐,将民族反抗的声音和行为记录下来,作为一种精神世代激励着这个民族,使华夏文明得以不坠,使遗民代表的坚守不屈、反抗民族压迫与统治之民族精神得以保存延续。

凭吊故垒、凄哭先帝,也是遗民诗人抒发民族情感的重要方式。作为明王朝象征的南京,是遗民诗人寄托故国之思、追思前朝明帝的重要凭吊之地,南京梅花岭史可法史阁部祠墓也是遗民诗人民族情怀的寄托之地,遗民多以此为象征作为诗之主题或意象。顾炎武一生多次谒明陵,作有如《恭谒孝陵》等诗云:"流落先朝土,间关绝域身。干戈逾六载,雨露接三春。患难形容改,艰危胆气真",这是一种故国之思的强烈表达,既反映了当时顾炎武易服改容正在从事抗清秘密活动,也表现了顾炎武坚定的抗清心志。仅就崇祯自缢身亡日三月十九日而言,遗民诗人如顾炎武、屈大均、冷士嵋、方文等多人作有《三月十九日》同题诗奠哭崇祯,三月十九日已成为一种民族情感表达的符号。作于史可法墓前追怀抗清英雄的诗作则同样多,如刘城《哭史公》、李沂《史阁部墓》、陆延抡《过史相国坟》等。余国贤《宝刀歌》叹道:"沧桑人代屡变更,青山黄土埋英杰。"明清易代,多少忠烈义士浴血奋战,反抗异族野蛮入侵和民族压迫,大义凛然,慷慨赴死,以身殉国。他们以自己的生命谱写了一曲壮志悲歌,以自己的精神鼓舞着存世遗民坚守民族立场,坚持抗清斗争。刘城《哭史公》:"大臣谁死国,贼子哭燕台。力竭告无罪,魂招誓不回。到今真取义,自古所难才。南渡从前有,惟公独可哀。"痛悼南明将领史可法,表彰其节义忠魂。方文哭其为参加抗清起义而被捕入狱身亡的从侄方授的组诗《水崖哭明囧子留》(方授字子留,号明囧)其六云:"河山犹未归尧禹,痛尔飘零先白头。"(子留有"河山若不归尧禹,从此飘零到白头"之句)方文在颂赞方授品格时,更悲于河山犹未归于尧禹正统。

遗民诗人并不是一味愚忠于前朝故国,在痛诉亡国之痛、故国之思的同时，更站在民族立场上对亡国进行了反思和批判。王一翥《闻京师遗事》："说到煤山不忍闻，海棠枝上结愁云。可怜将相谁筹国，阉竖公然典禁军。"崇祯以九五之尊殉国，让遗民诗人痛悼心伤，但其治国治军策略的严重失误和明亡有直接关系，宦官监军，残害忠良、摧抑英杰，致用将无人、战事失利、国家颓亡，都和崇祯帝刚愎自用、猜忌心重及重用宦官有关。徐映薇的七绝组诗十九首《甲申乙酉间事》以省净笔墨描绘了令人触目惊心的南明弘光朝廷的覆灭，如其二："圣主焦劳酒色中，元臣谈笑善良空。江干钲鼓连天震，不备燕云备楚风。"末注："时正与江督袁继咸构难。"大敌当前，君臣上下目光短浅如此，苟且偷一时之安与快，君主还在贪恋酒色，朝臣忙于内讧，昏聩如此，怎不令人痛心疾首！阎尔梅诗《刺金陵》遣责窃权祸国的马士英、阮大铖等人，讽刺俯首媚敌的南明降臣，"公卿将相变胡服，降旗猎猎对钟山"。

反思亡国，感于兴亡之诗作皆情感充沛强烈，可谓"发愤抒情"之作，少温厚和平之音。申涵光即直言："温柔敦厚诗教也，然吾观古今为诗者，大抵愤世嫉俗，多慷慨不平之音。"① 黄宗羲也是持"发愤抒情"诗学观点的代表之一："其疾恶思古，指事陈情，不异熏风之南来，履冰之中骨，怒则掣电流虹，哀则凄楚蕴结，激扬以抵和平，方可谓之温柔敦厚也。"② 黄宗羲反对以委蛇颓堕、厌厌无气为温柔敦厚，认为真正的温柔敦厚是哀怒皆出于情而不假发敛。这样的诗学观是直接着眼于现实的诗学观，反映了遗民诗人对现实的关注，对国家民族命运的关切。

2. 砥砺名节，坚守心志

为了使明遗民承认其统治地位的合法，对明遗民特别是声名卓著的才学之士，清廷采取了或怀柔或强迫的手段逼其出仕，或督促其出山应诏，或逼迫其参加科考，世事多艰，遗民守志自洁特见艰辛。随着时间的流逝，复国无望，这种守志就显得更为艰难和可贵。

---

① （清）申涵光：《贾黄公诗引》，《聪山文集》卷二，康熙刻本。
② （清）黄宗羲：《万贞一诗序》，《南雷文定四集》卷一，康熙黄氏家塾本。

徐映薇《自题小像》其二："萧然披野服，不欲混官裳。发白愁窥镜，心丹甘向阳。蒲团如有悟，麈尾亦堪商。默默跏趺坐，应惭谋稻粮。"宁为野民，也不欲披清廷官服，直欲以自己的民族气节愧死变节事清的贰臣。顾炎武赠傅山的诗《又酬傅处士次韵二首》其二写道："愁听关塞偏吹笳，不见中原有战车。三户已亡熊绎国，一成犹启少康家。苍龙日暮还行雨，老树春深更着花。待得汉庭明诏近，五湖同觅钓鱼槎。"他们有共鸣的心声，怀抱的是"天下兴亡，匹夫有责"之心，相信终有一日能复汉祚，待到日月重明则功成身退。杜濬《送归玄恭归吴》诗写道："别离三十年，想见各皤然。……客中吾送子，江上水连天。世界多荆棘，行行必慎旃。"杜濬以诗歌与三十多年未见的老友归庄共勉，坚决不为清廷利禄所诱，坚持正直的民族气节。从"世间多荆棘，行行必慎旃"可看出，世道多艰，心志难守，唯有行行慎旃，才能不堕初志，不变节，守住遗民立场。阎尔梅在事清故友胡谦光劝说他入仕时毅然割袍断交明志，作《绝贼臣胡谦光》痛骂屈节事清的胡谦光为"贼臣"："贼臣不自量，称予是故人。""生死非我虞，但虞辱此身。"表明自己的高洁志向，甘守贫苦、不堕心志，生死非我所虑，所虑唯在辱没名节，可见诗人不同清朝统治者合作态度之坚决，民族立场之坚定。崇祯十一年于苏州府承天寺井中发现的宋遗民郑思肖的奇书《心史》成为很多遗民诗人歌咏的意象，遗民诗人多以郑思肖自况。如顾炎武《井中心史歌》："独力难将汉鼎扶，孤忠欲向湘累吊。著书一卷称《心史》，万古此心心此理。"诗赞宋亡后郑思肖仍坚持民族气节，以此自况，"同心同调复同时"，期望天下重归正道，并借批判宋末投降元朝之叛臣蒲寿庆、黄万石，以讽刺投降事清的亡明旧吏。归庄《读心史七十韵》中有云："昔人亦有言，板荡识忠臣。臣节固其宜，所难在逸民。"抒发自己不畏艰险固守遗民心志的决心。

遗民诗歌是遗民心志的直接抒发，遗民既重名节，则在诗学上主张贵真，强调个人性情与诗歌之情的统一。遗民诗人申涵光感慨"真诗久寂寞"（《与张逸人覆舆》），既是对明末以来诗坛缺乏真气的诗风的批评，也是直指当下,批评贰臣诗人其人与其诗的严重背离。遗民诗人魏禧推崇"诗以真性情为贵",① 强调诗写诗人之真情真意。可以说,这种贵真的诗学主张体现了遗民诗人的民族立场,从个人名节与诗情诗志的统一出发,强调诗写性情,写当下当时之社会现状,反对逃避现实缺乏真意的拟古。正是遗民诗人对真诗的推崇,使得清初诗歌得到繁荣发展,忠实地记录了一代遗民心志,揭露了严酷的社会现实和矛盾。

3. 诗书乱离,系心民瘼

明末的战乱让山河大地满目疮痍,清兵一路南下残酷的民族屠杀,在江南地区制造了一桩桩惨案——扬州十日、嘉定三屠……清廷的酷烈盘剥更使得中原地区民不聊生,薙发令、八旗圈地、逃人法等系列严酷的民族压迫政策使举国百姓民不堪命,还有饥荒、水灾等灾害使得百姓无以生存、纷纷逃难,遗民诗人以诗歌记载了这一段异族定鼎初期的罪行给汉民族带来的深重苦难。这一段民族的血泪史又如何能用清廷宣称的"王师解民倒悬"来美化?

清兵征服江南的过程是一段野蛮残暴的历史,先以武力破城,后强推薙发令,以使江南人心理上屈服,接受其统治。对此,江南士人义愤填膺,纷起反抗,誓不与清廷合作。身历昆山战乱的诗人归庄就以大量诗作如《伤家难作》《虏围昆山甚急,时两嫂及诸从子女皆在城中》《悲昆山》《哭万年少五首》《断发二首》《避乱》等,记录这一段血淋淋的历史,清兵铁蹄践踏江南的残暴永远地刻在江南诗人归庄的心中,使他无论如何不能接受清廷的统治,一生心怀反抗。家国大变带来诗人个人人生历程和生命体验的巨变,所谓"国家不幸诗家幸","士虽才,必小不幸而身处厄穷,大不幸而际危乱之世,然后其诗乃工也"。② 归庄自检其诗,"出以示人,有见赏者,率感遇之作十三四,忧时之十六七"。③ "感遇""忧时"当为感于国家之大难,忧国民民族之不幸,诗歌表现如此深沉强

---

① (清)魏禧:《徐祯起诗序》,《魏叔子文集》卷九,嘉庆重刻《宁都三魏全集》。
② (清)归庄:《归庄集》卷三,上海古籍出版社,1984,第182页。
③ (清)归庄:《归庄集》卷三,上海古籍出版社,1984,第182页。

烈的情感主题,自然是忧愤深广,感人至深,不可谓不工。

遗民诗人徐夜在清军入关占领济南攻打新城时,一家七口为国殉难,其母为免受辱坠井身亡,其外祖家四十余口全遭屠戮,他目睹了流血漂橹,家园成废墟,从此,一生不忘国仇家恨,参与抗清斗争,多与顾炎武等志士相往来。徐夜本人对明王朝并无多少好感,作品中少见"忠君"之意,他坚持反清复明,出于对异族入侵的仇恨,出于他在家难国难中感受到的切肤之痛。他在《己卯济南与王佃石族寓》一诗中以哀凄之笔写下:"一有招魂意,悲秋更不同。龙蛇争道左,人鬼半城中。"半城百姓皆死难,往日城池变作鬼城,游走活动的只有被他斥为龙蛇的残暴野蛮的清兵。吴嘉纪《挽饶母》写扬州十屠:"忆昔芜城破,白刃散如雨。杀人十昼夜,尸积不可数。伊谁蒙不戮?鬼妻与鬼女。红颜半偷生,含羞对新主。城中人血流,营中日歌舞。谁知洁身者,闭门索死所。"清兵杀人如麻,扬州已成鬼城,尸横遍野,血流成河,而清营犹日日歌舞。这样的民族灾难是不可磨灭的,这样的民族仇恨也不是时间能抹去的。民族遭难,多少骨肉分离,黄泉相隔。乙酉秋钱澄之联合浙江嘉善钱棅起兵抗清,事败,妻儿遇难,作《伤心诗》追悼,"屈指吴江死别时,孤情此日已全痴。……平生儿女钟情甚,此际黄泉舐犊无?三十年来底事忙?梳头一半已成霜。……飘零莫忆家园事,记得团圆夜绕床",凄苦悲怆。顺治十六年"己亥通海大案",郑成功、张煌言水师占领镇江,一时遗民多有暗中接应,以图恢复明室,后兵败撤退,清廷大肆镇压支持、迎奉郑氏者。冷士嵋作有《海天别》记己亥之役,写了郑师败退之际,大量壮丁跟着退守而去,"父兮叫号母兮啼","不敢相亲只相视"。战争给百姓带来"城里纷纷出城死","奔号投窜城东西"的灾难,黎民遭难,如何不悲!

顾炎武《劳山歌》中有云:"古言齐国之富临淄次即墨,何以满目皆篙蓬?"悲慨于山河破碎、满目疮痍,曾经的富庶之地如今举目望去,遍生篙蓬,令人无限凄凉。李沂诗《野望》笔致凝练简洁,哀苦之情重,一派凄凉:"风卷蓬根野日昏,含凄倚杖望孤村。村中昨夜逃亡尽,还有催租吏打门。"清官吏盘剥之酷竟至于斯,人已连夜逃尽,催租吏犹来打门。如吴嘉纪诗《凄风行,伤饥灶也》写饥荒:"生计断绝,老人幸先就下泉。孩提无襦,长随母眠;阿母眠醒,腹馁不得眠。壮者起望西邻,乞食尘市,不复来还。"此诗以白描铺叙手法写平民的饥荒惨状,生计断绝,孩提无襦,灶无炊烟,饿殍满地,一句"老人幸先就下泉"让人惊心动魄,遭此饥荒,逝者反比生者幸运,可见生存之艰难惨苦到了何等地步!壮者乞食,不复来还,这饥馑之年,又有哪里能乞到食?也不知是饿死途中还是沦为流民,家中苦等之妻儿寡母濒临饿绝之态可想而知。

遗民诗人这些感时伤怀、忧国忧民之诗忠实地记录了一代史实,在清初民族压迫严重之际,诗歌承担起保存历史真相的"诗史"责任。如黄宗羲所言:"诗与史,相为表里者也。故元遗山《中州集》窃取此意,以史为纲,以诗为目,而一代人物赖以不坠。"[①] 史亡然后诗作,遗民诗人以诗为生命,一生心血流注,是把诗当作史来书写的,以诗存信史,将史所不及纪、不得纪、不敢纪之社会现实与情感以诗纪之,这正是遗民诗人民族意识的体现。

三 诗以见志:表现民族立场的不同志向类型

在清初,多有遗民纷起参加抗清斗争,效力于南明、海上等抗清势力,密谋复国,以复正统;也有部分遗民选择了或隐于山野,或遁入空门,然心不忘故国,感于民族苦难,系心民瘼,并时与抗清遗民暗相往来。随着时间的流逝,清王朝统治日趋稳固,遗民理智上早已无可奈何,非常清醒地意识到复国之梦早已随雨打风吹去,但情感上这种作为心理支撑的复国之梦的念想依然未灭,依然心系故国,持对清廷自始至终不认同的态度,以全己之人格,无愧立于天地间。这是一种深沉的民族尊严感,是一种时间的流逝、空间的破裂都无法磨灭的强烈的民族情感。概以论之,从遗民诗歌中可见出表现遗民民族立场的几种不同的心态与志向类

---

① (清)黄宗羲:《姚江逸诗序》,《南雷文定四集》卷一,康熙黄氏家塾本。

型，一为志士勇毅，救亡图存；二为布衣守志，逃禅避世；三为著述以存道，遣怀以终老。

1. 志士勇毅，救亡图存

顾炎武有"亡国"与"亡天下"之论，代表了遗民诗人共同的民族意识："有亡国，有亡天下，亡国与亡天下奚辨？曰：易姓改号谓之亡国。仁义充塞，人将相食，谓之亡天下。……是故知保天下，然后知保其国。保国者，其君其臣，肉食者谋之；保天下者，匹夫之贱与有责焉耳矣。"①"亡国"仅意味朝代的灭亡，而"亡天下"则意味着汉族的天下沦丧于异族之手，保汉之天下，匹夫有责，遗民志士奔走抗清，救亡图存，正是基于这种民族危亡感。

顾炎武本人可谓南北忠节义士的灵魂，其诗"身留烈士后，迹混市儿中"（《高渐离击筑》）是其一生写照，顾炎武曾寄身贩夫走卒间，秘密往来于南北，沟通联络各方抗清势力，一生立志恢复明朝的汉族统治。他曾把希望寄托在南明政权身上，《感事》七首其二写道："缟素称先帝，春秋大复仇。告天传玉册，哭庙见诸侯。诏令屯雷动，恩波解泽流。须知六军出，一扫定神州。"诗作中表达了他对福王的拥立，描绘出紧张激烈的战斗氛围，表现了他收复失地的信心。《京口即事》其一诗也写道："河上三军合，神京一战收。祖生多意气，击楫正中流。"当时顾炎武过镇江（古称京口），时值史可法督师扬州，顾炎武作诗将史可法比作西晋时期渡江北伐誓复中原的志士祖逖，并对他寄予厚望："大将临江日，中原望捷时。"并以汉末王粲自况，表达从军杀敌、收复中原的理想，"从军无限乐，早赋仲宣诗"（《京口即事》其二）。"顾炎武的诗是他'取天下者，必居天下之上游而后可以制人'的理想和实践的行迹载录。"② 顾炎武后半生不断北上并居于晋北秦中，与其经营晋北关中的战略思想有关，作于顺治十六年的《江上》一诗就表达了此种思想："宋义但高会，

---

① 《日知录集释》，岳麓书社，1994，第471页。
② 严迪昌：《清诗史》，浙江古籍出版社，2002，第293页。

不知用兵奇。顿甲守城下，覆亡固其宜。何当整六师，势如常山蛇。一举定中原，焉用尺寸为！天运何时开，干戈良可哀。愿言随飞龙，一上单于台。"他认为郑成功应该向淮北、鲁豫一线及赣、鄂腹地纵深挺入，固守以求发展。康熙元年，顾炎武虚岁五十，写有《五十初度时在昌平》，表达十七年过去了，河山光复的希望渐渐破灭，虽心境苍凉，身世浮萍，但作为一种不灭的信念，仍希望终有一日能收复旧山河，家国归于正统："远路不须愁日暮，老年终自望河清。"

屈大均也是心怀复明之志的遗民诗人之一，被好友杜濬赞为"古鲁仲连之流"，有"不肯帝秦"之气骨，"秦"这一意象在遗民诗歌本就多用来隐射"清"，实为赞其有抗清之志。屈大均年未及冠即在清兵陷广州时参加了陈邦彦、陈了壮组织的反清起义，忽儒忽僧，后远涉秦、赵、燕、代，多有参加秘密抗清活动，"半生游侠误，一代逸民真"（《春山草堂感怀十七首》），可概其平生。作于顺治十五年的《鲁连台》可鉴其心志："一笑无秦帝，飘然归澥东。谁能排大难，不屑计奇功？古庙千秋月，荒台万木风。从来天下士，只在布衣中。"诗人以鲁仲连精神自况，鲁仲连义不帝秦，高风亮节，功成不屑封赏，这正是屈大均的心志所向，义不事清，希望能效一己之力，恢复国统，则可悄然隐退。最后一联道尽遗民劲节心声，遗民布衣可守志，"以天下苍生为己任"，"天下兴亡，匹夫有责"。屈大均一生致力于复明事业，几十年之经历皆见于其诗，"隐于山中者十年，游于天下者二十餘年，所见所闻，思以诗文一一载而传之"。[①] 顾炎武有亡国与亡天下之论，屈大均同样认为天下之存在以心存史："心存则天下存，天下存则春秋亦因而存。"[②] 而表现心志的则在诗歌，心所感的内容应该包括严肃广阔的一代史实，这就使得遗民诗歌的内容更深广，反映了明室存亡之际的社会现实，亦表遗民之心志。

[①] （清）屈大均：《二史草堂记》，《翁山文钞》卷二，《屈大均全集》，人民文学出版社，1996。
[②] （清）屈大均：《二史草堂记》，《翁山文钞》卷二，《屈大均全集》，人民文学出版社，1996。

阎尔梅一生散尽家财，奔走抗清，矢志复国。在清兵南下之初，他即破财练兵，以抗清兵，后入史可法幕；南京败亡后，又与万寿祺起兵抗清，又入山东抗清榆园义军，均告失败。阎尔梅曾建言史可法联合南明政权与农民起义军共同抗清，惜于史可法未采纳，以致速败。其《已矣歌》《书史阁部署中》《发云龙山北望呈史阁部》《予既劝阁部西行矣，至象山复留不进，因再劝之》《刺金陵》《惜扬州》等都是写于这一时期的诗作。阎尔梅对史可法督师江北时的军事政策深为不满，主张收复河南、山东等北方失地，但史可法没有采纳。"出师将半载，犹未度黄河"，"一水不能过，中原何处复"，就是对史可法的批评和规劝。与阎尔梅一同起义的万寿祺，本是风流名士，无愚忠、"穷则独善其身"等儒家观念，也不曾遭家难，国破之时毅然起兵抗清，正是基于源出华夏文化的民族正义感。抗清失败后改僧服，"锡杖访才杰"（归庄《哭万年少五首》），寻找浙东义士，奔走于江淮间，以图恢复。万寿祺虽已归禅，心绪难宁，《闻雁》五律诗道："天涯沦落者，半夜起彷徨。"依然心忧恢复之事未见有成。浙东慈溪人魏耕曾于乙酉夏参与湖州起义，失败后逃亡他乡，多与海上郑成功、张煌言有联络，曾献计于二人，又沟通各路武装势力，潜返家乡后与钱缵曾、朱士稚等人多有密谋。康熙元年因"通海案"被捕杀害，妻儿亦自尽，株连甚广。魏耕《弹铗歌》云："不见城中达官骑大马，杀人多者居上头。"愤慨于当日的杀人侵略者如今横行城内，俨然是达官贵人。《湖州行》云："安得圣人调玉烛，再似隆庆万历中。天下芸芸安衽席，万国来朝大明宫。"依然心怀壮心，希望能恢复故国，百姓再无愁困，安居乐业，盛世太平。

没有哪个朝代像清初那样开国几十年间反抗不断，忠烈之士纷纷为明朝赴国难，遗民节士奔走山野，一生矢志复国。有明一代，明朝对士人的刻薄寡恩他们并非不知，但故明在士民的心中是华夏正统的代表。人的认识不可能超越时代，遗民们对故明的追思和种种反清复明之军事活动体现的是对异族暴虐的反抗，站在超越了朝代更迭之见的民族立场上，维护道统，力挽天下于不堕。从历史的客观性来看，清廷兵力雄厚，江山已固，抗清军事活动结果可知，顾炎武、屈大均、阎尔梅、万寿祺、魏耕等人的奔走是徒劳的，是无法改变大局的。从这个意义上说，他们的抗清行为就具有了崇高的悲剧意味，是一种"明知不可为而为之"的民族大义之举，其"信念的坚定、意志的坚毅，能不说是民族文化和精神极可贵的积淀的一种表现？"①

2. 布衣守志，逃禅避世

以邢昉、吴嘉纪等为代表的布衣诗人，隐居守志，"生活于平民层面，志洁趣高，品格自持而不阿谀附势"。② 还有一大批遗民诗人迫于清廷的薙发令、软硬兼施逼迫出仕等民族压迫，选择了逃禅避世，其逃禅本于不向异族清廷屈服之心，以守心志。布衣诗人和遗民诗僧，其诗作都浸润着深厚的家国兴亡之感，以及深蕴于其中的超越了偏狭的君国观念的民族忧患意识。

邢昉被誉为"布衣诗人第一"，一生甘于贫寒，守志不移，"耻与尘俗俯仰"（卓尔堪语）。邢昉明亡前即痛心于世道污浊，不愿浮沉于浊世；明亡后更是持志守节，坚决不与降清又广事结交以延誉的诗苑文坛大老相往来，但绝非超然物外，一心未尝忘天下，"可说是隐逸文化在民族危亡之际的那个特定历史背景下的典型表现者"。③ 邢昉虽隐居于苏皖交界的石臼湖，但与遗民志士多有来往，始终心系家国。邢昉于乙酉秋作悼诗《闻戴敬夫由越入闽》哀悼奔走抗清、绝食而亡的好友戴重："湖县忽离群，兵车谅未闻。揭竿真草草，暴骨竟纷纷。秋隔苕花岸，心悲建业云。遥思于役意，不为武夷君。"由诗可知戴重湖州兵败负伤后曾入闽图再振。邢昉不同于矢志抗清的志士，更关心民本，伤悼生民之情深，"揭竿真草草，暴骨竟纷纷"。《广陵行》祭扬州十日屠："城中流血迸城外，十家不得一家在。"当年杀戮，流血成川，黎民遭难，十室九空。邢昉诗祭亡灵，亡灵魂魄已茫茫，反是生者最苦。邢昉心虑生民，表现出一种基于

---

① 严迪昌：《清诗史》，浙江古籍出版社，2002，第 238 页。
② 严迪昌：《清诗史》，浙江古籍出版社，2002，第 136 页。
③ 严迪昌：《清诗史》，浙江古籍出版社，2002，第 94 页。

关注苍生的民本情怀。

吴嘉纪是一位"不傲公卿不苟同"高志自守的布衣遗民。他在前明并无显赫功名,但作为儒士,强烈的民族正义和家国兴亡感充塞胸怀,他的诗,林昌彝在《海天琴思录》中援钟嵘《诗品》论诗语"以骨气奇高为诗品第一"许之。洪亮吉《道中无事偶作论诗绝句二十首》以吴嘉纪与顾炎武并论:"偶然落笔动天真,前有亭林后野人。金石气同姜桂气,始知天壤两遗民。"金石的坚毅是顾炎武的精神写照,而姜桂的清苦甘辛正是野人布衣的形象再现,道出二人的精神品格,皆为能持大节者。吴嘉纪的遗民心志可从组诗《冶春绝句和王阮亭先生》中隐微见出,此组诗本是酬和王士禛之作。康熙三年,王士禛清明修禊,在扬州红桥主持了一次著名的诗酒酬唱活动,林古度、杜濬、张纲孙、孙枝蔚等遗民诗人都应邀参加了,在扬州这个曾遭大屠杀的城市举办这样的活动,显出对家国之感的淡漠,而吴嘉纪的和诗冷峻凄怆,其家国情怀,其民族立场都见于中。《冶春绝句》第九首:"杂管繁弦奏野航,听来声调是《伊》《凉》。边关子弟江南老,今日曲中逢故乡。"此诗最堪玩味,边关子弟即八旗北兵,《伊》《凉》曲其实就是"胡音",吴氏巧借边塞诗之意,看似抒发北兵的思乡之情,实则是含蓄地表现扬州城控之严,表达的是家国河山落入异族之手的悲慨之情。从扬州城控之严中也可以看出当时清廷的民族压迫,感觉到扬州士民的不忘故国之心。第十一首:"寒烟生处有归鸦,短棹残阳各去家。依旧笙歌满城郭,黄昏留与玉勾斜。"此诗写的本是春景,"以乐景写哀",哀情更著,一派凄凉肃杀。"玉勾"本指宫人坟丛,此处泛指乱坟葬地,斜阳落在乱坟之上,给人死寂荒凉之感。诗中最值得玩味的是"依旧笙歌"四字,扬州本是歌舞场,当日城破,十日屠戮,而今又恢复了笙歌管弦之音,旧朝已去,江山易主,哪里是"依旧"!"依旧"一语里分明是诗人的无限凄楚悲愤之意,对故国的无限怀念。最震撼人心的是第十首:"冈北冈南上朝日,落花游骑乱纷纷。如何松下几抔土,不见儿孙来上坟?"如何不见?后嗣已绝!怎不让人想起乙酉年的十日屠戮!吴嘉纪以自己的布衣平民视角写了大量哀民生疾苦之作,如

《李家娘》《难妇行》写百姓遭受的清兵杀掠之苦,《凄风行,伤饥灶也》写百姓遭饥荒之苦,《流民船》《挽船行》《邻翁行》等诗写船民徭役之苦,《临场歌》《归东淘答汪三韩过访五首》等诗写农民受勒逼租税之苦。吴嘉纪作为布衣平民,站在民生角度,关心的是整个民族底层人民的疾苦和生存之艰,这就使得他的目光超越了褊狭的君国观念,具有了深广的社会历史内涵,其民族立场并不仅仅体现为对故国旧朝的眷念追思,更深地表现为对整个民族的悲悯。

遗民李确明亡散尽家财,退居山中,每岁必赋三月十九日诗,一生不受新贵资助,以穷老饿死终。其悼友诗《赋伤郑婴垣冻死》也是自己的写照:"贫居傲性不干人,楚楚衣冠迥绝尘。昨夜雪中骑蝶去,白云堆里一遗民。"李确与友人坚守名节,真正做到了质本洁来还洁去,尽管一冻死雪中、一饿死令人扼腕,但其名节、其民族大义却令人景仰。

遗民李瀚甲申后逃于禅,然不剃发。其诗写血泪心伤之情,意蕴深长,《伤春曲》二绝最耐咀嚼:"池塘春草绿依依,万古愁魂唤不归。羡杀南来鸿雁影,月明天外一行飞。""隔城三里水之涯,中有秦人几百家。末许外来窥渡处,至今不肯种桃花。"羡鸿雁是因为它们能自由飞翔在"月明"中,意即能不受清廷统制,而"我"徒有此心而不得如愿。"不肯种桃花"意谓不改心志,表达了诗人不妥协新朝的坚贞品格,寄心"月明"。清廷统治早已坚固,现实已然如此,复国无望,此身不可逃,《春夜书怀》正是抒写遗民此种怅苦心境的诗作:"村舍独愁人,寒窗坐一灯。余生同短烛,世态更春冰。避地思何往?低头愧未能。长怀无限恨,不觉泪沾巾。"此身无处可往,低头愧悔,是愧复国无望,还是愧忍辱偷生于异族统治之下?不得而知。无限恨都在不言中,而此生依然无待,唯同短烛,燃尽便了,世态如此,如春冰难消,遗民心境之苦、生存之艰、守志之难皆见于诗中。

遗民文化作为华夏文化的一部分,融入了儒家道统的君臣纲常观念和个人平衡功名仕途追求与个人人格精神自由完善的取舍观。可以说,无论是选择布衣守志还是逃禅避世,他们都放弃了仕途追求,都以人格的完善与名节自持为尚,坚守民族大义,"其行洁,其志哀,其迹奇,其幽隐郁结,无可告诉之衷,可以感鬼神而泣风雨"。①

3. 著述以存道,遣怀以终老

明遗民既有强烈的"夷夏之防"观念,则在思想上必然有恢复汉民族统治的愿望,志在复国。随着康熙盛世的到来,清廷的统治日趋稳固,反清势力逐渐削弱直至败亡,复国之梦渐渐破碎,强烈的民族情感逐渐内化到人格操守上,正如严迪昌先生所言:"从深层意义言,真遗民大抵以心志人格之自我守持与完善为旨归。"② 从根本上说,守住民族大义是坚持人格操守、坚决不仕清廷的内驱力。而这种坚守是艰难的,清廷多有"博学鸿词科"等怀柔政策软硬兼施地逼迫遗民改志,连顾炎武也不得不规劝弟子潘耒说:"处此之时,惟退惟拙,可以无患。"③ 处此之时,遗民多选择了退拙姿态,著述以存道,遣怀以终老。

遗民冷士嵋兄冷之曦原系史可法牙将,乙酉南都破后在丹阳组织起义,兵败身死。冷士嵋也参加了这场起义,家破后他"终身白衣冠"(杨宾《亡友》),不入城市,蓑衣箬笠,"痛胜国之天不复见";竹杖芒鞋,"痛胜国之地不复履"。冷士嵋晚年所作《梦里青山图为桐上人题》二首凄寒萧瑟:"竹屋蒲团万壑东,萧然一幻坐来空。十年尘虑都亡尽,留得青山入梦中。""片云孤鹤寄人间,莫把画图看作画,心自禅空梦自闲。画中山是梦中山。"此时已是康熙四十三年,正好也是甲申年,上距明亡整一甲子,康熙盛世的繁华早已击碎一切幻梦,遗民多已弃世,尘虑早亡,此身如寄,只有梦里河山聊以慰残生。

阎尔梅毁家散财,为抗清斗争奔走十几年,终归失败,意识到南明政权已是回天乏力,复国之梦已不可实现,他选择"生且为顽民",不与清廷合作,携子隐居于虞城县小乔集,了此余生。方文在有人劝诫他谨言时作《客有教予谨言者,口占谢之》诗回答:"野老生来不媚人,况逢世变

---

① 孙静庵:《民史氏与诸同志书》,《明遗民录》,浙江古籍出版社,1985,第374页。
② 严迪昌:《归"奇"顾"怪"略说》,《古典文学知识》2001年第4期。
③ 顾炎武:《答次耕书》,《亭林文集》卷四,《亭林先生遗书十种》,康熙吴江潘氏刻本。

益嶙峋。诗中愤懑妻常戒,酒后颠狂客每嗔。自分馀年随运尽,却无奇祸赖家贫。从今卜筑深山里,朝夕渔樵一任真。""自分馀年随运尽"一句表其心态,本是野老不媚人,更何况遭此世变,国既破亡,身无顾忌,馀生已不在意,随运而尽,却为"一任真"的情怀。

著述以存道是遗民诗人应对时势已去、复国无望的另一种心态。抗清斗争失败以后,遗民诗人承担起了儒士的存道责任,著说立说,致力于民族精神文化的保存和传承,"胜国钜儒谁遁迹,躬耕述作唯遗民。遗民不只徒避世,著书万卷无其伦"(张笃庆《沈遗民先生著书歌》)。王夫之即为此类遗民诗人的代表,王夫之满怀忠贞报国之心,早年追随南明,参加抗清活动,后退隐著书,以书存道,"故国余魂长缥缈,残灯绝笔尚峥嵘"(《病起连雨》),立志于保存和传扬民族文化。"天地到今归隐士"(曾灿《赠方尔止》),此"天地"可谓民族正统之天地,使此天地能存正在遗民,遗民在民族危难之际自觉地承担起保存民族文化、传承民族精神的责任,也就承担起了"存古帝王相传之天下于无穷"的使命。钱澄之《田间杂诗》之一是遗民存道心志的写照:"长夜不能寐,多年只独栖。心全为《易》耗,时复著《诗迷》。"李邺嗣《甬上寄怀邓孝威二首》:"避地非无事,闲中撰述多。桃花分世界,鸥鸟生烟波。乱后文章在,人间甲了过。只怀吾友健,翘首一高歌。"虽然此生已不可见天下重归正统之日,但终有一日,日月复明,山河重归,存道存天下的责任在遗民,著述撰文的意义正在于此,是遗民心志的另一种表现。

明清易代,满清政权取代了代表华夏正统的明王朝的统治,这对素有"夷夏大防"观念的遗民诗人是一个难以接受的残酷事实。他们痛心于天下沦落异族之手,愤慨于异族的野蛮入侵给汉民族带来的深重苦难,不满于满清的种种民族压迫政策,本着"存道"、"存天下"的民族责任意识,多有纷起抗争以救天下之义举,死难牺牲者众;更悲于民族遭此大难,系心民瘼,哀民生之多艰,为黎民百姓遭难而痛悲不已。随着时间的流逝,清廷统治日趋巩固,存世遗民诗人在奔走无力、复国无望后选择了无奈退隐、老于布衣,著说立说,以图民族精神之不亡、民族文化之保存,以待终有一日，河山重归，日月重明。诗以见志，展卷读其诗，还能强烈地感受到遗民诗人的民族情怀和民族责任意识，感受到遗民诗人坚定的民族立场。在今人看来，除去"夷夏大防"等具有时代性的观念意识，遗民诗人的民族精神依然值得今人感佩，是我们民族和国家的宝贵财富。

作者简介

陈水云，男，湖北武穴人，武汉大学文学院教授、博士生导师，从事明清文学研究，曾出版《清代前中期词学思想研究》《清代词学发展史论》等专著。

江丹，女，湖北荆州人，武汉大学文学院博士生。

论南社"情志派"词

——兼说南社词之"分派"

马大勇

摘　要： 无论就"南学"还是从词史的角度而言，南社词研究都显得相当冷寂。南社词群大略分可为"情志"、"格律"与"情格兼重"三派，"情志派"词人以黄人、柳亚子、林庚白、傅尃等为中军，以宁调元、高旭、高燮、李叔同、胡怀琛等为副翼，构成了晚清民国词坛一支引人瞩目的劲旅。

关键词： 南社　情志派　黄人　柳亚子　林庚白　傅尃

南社词光气腾跃，而为世沉埋者久矣！在"南学"日趋热火的总体背景下[①]，南社词研究之冷寂则一直未有大的改观，有关词史著论或置而不谈，或一笔带过，至数年前汪梦川博士《南社词人研究》长篇论文出，始补填其空白，而可耕耘之馀地尚多，值得学界倾心关注。比如，如何对笼统的"南社词"进行群体划分就成为本编伊始必须面对的大问题。汪梦川着眼于社会身份，将南社词人区界为政坛词人、学者词人、名士词人三大群体，再向下划分小类，如"政坛词人"下分政要、烈士、南社领袖三小类，"学者词人"下分词学名家、其他国学名家、科学家三小类，"名士词人"下分耆旧词人、鸳鸯蝴蝶派词人、艺坛词人三小类。若再加

---

① 马大勇：《20世纪旧体诗词研究的回望与前瞻》，《文学评论》2011年第6期。

单列一节的"女性词人",则汪氏将南社词人分为十个左右子群体。

如此区界自有其清晰简便之好处,而亦有难以回避之缺欠。即若干造诣颇深、极具特色的词人——如庞树柏、傅尃、蔡守、胡怀琛等——因其外部身份不甚明确而难以归类,从而易被人遗忘。能否从词本位出发,寻找一条更理想的区界途径呢?陈水云的《南社论词之两派及其词学史意义》可为我们提供相当的启益。陈文以为,南社论词大致存在两种倾向:一是以柳亚子为代表的反常州派,一是以庞树柏为代表的常州派追随者。前者是南社内部的"革命派",后者是南社内部的"保守派"。前者推崇北宋的浑厚豪健词风,后者标榜雕琢醇雅词风。① 这一描述当然是基于词体自身特质的。在陈文的启发之下,且考虑到词学理论与创作的同一性,窃以为南社词人可大略分为"情志"、"格律"与"情格兼重"三"派"。②

必须说明的是,所谓"派",首先非严格意义之指称,实乃创作理论倾向略近之归属性称谓;其次,"派"乃就其主导倾向而言,并非绝对。"情志派"大约相当于论词的反常州派,较推崇浑厚豪健词风,更侧重情志、情感功能的发抒,虽不废声律,而不过求其深细,故归类时首先考虑情感迸发的烈度。如黄人各体兼长,但也应归入此"派"。"格律派"大约相当于论词之常州派追随者,标榜雕琢醇雅词风,虽亦不废情志,而于格律则尤其措意。如庞树柏情志毕露,但还是归入此"派"。"情格兼重派"则在两者间看不出太明显的差异,大致取其折中平衡而已。如此划界固然是根据词人的个人表述和有关史实之记载,而亦结合了一定的阅读感受作出综合判断。其缺欠或较汪梦川先生之划界法尤明显,争议也必不少,缚于才力心力,只能暂且如此处置,以俟高明。

准此理路,则情志派之代表词人可举出黄人、柳亚子、高旭、高燮、林庚白、傅尃、李叔同、王钟麒、胡怀琛、陈蜕、叶楚伧等,并加之

---

① 陈水云:《南社论词之两派及其词学史意义》,《文与哲》2005年第7期。
② 汪梦川:《南社词人研究》,南开大学博士学位论文,2007。汪文中其实也注意及此,其第四章《南社词人之交游管窥》"小结"部分有相关论述。

"南社旧头领"金天羽；格律派之代表词人可举出庞树柏、邵瑞彭、陈匪石、叶玉森、蔡守、寿玺、易孺、陆崤南、胡先骕等；情格兼重者则以吴眉孙、王蕴章、姚鹓鶵、张素、俞锷、陶牧、胡颖之、沈宗畸、潘飞声、杨锡章、徐珂等为代表。以下仅简述"情志派"诸君。

一 "寸心万古情魔宅"：论黄人词附周实、宁调元、杨铨

南社"情志派"代表人物当首推享有"一代奇人"之誉的黄摩西。黄人（1866~1913），初名振元，字慕韩，中年改名人，系慕黄周星之为人，以周星尝用此名，意欲附之之故。字摩西，号蛮、野蛮、野黄、梦闇、诗虎、江左儒侠、兰君仙史等甚多，江苏常熟人，十六岁成诸生，与吴梅交好，又与庞树柏等结"三千剑气社"。光绪二十六年（1900）东吴大学堂建立，与章太炎同任文学教习，撰著中国第一部文学通史，凡三十六册，一百七十余万字，为"中国文学史"著述系列的开山之一。[①] 又撰《东亚文化史》《中国哲学史》等，并编成中国现代第一部百科全书《普通百科新大词典》，与沈粹芬等编就《国朝文汇》，凡二百卷，收作者一千三百馀人，文逾万篇。一代文献，赖此以存。宣统元年（1909）入南社，民国二年（1913）因忧愤国是而发狂，病逝于苏州疯人院。词集名《摩西词》，都八卷。另有《西河词选》一卷。

黄摩西为晚近文化大师，自诗词、小说以至名学、法律、医药、内典、道笈，莫不穷究，而尤以奇行奇情擅名于世。郑逸梅记述得很生动，如说其"少治道家言，日啖朱砂，常数日不睡，数日不食，独游山中，

---

① 王永健：《中国文学史的开山之作》，《中国雅俗文学》第 1 辑，江苏教育出版社，1998。郑逸梅《南社丛谈》称该书"凡二十九厚册，清季东吴大学以铅字有光纸印行，用作教材，坊肆未曾流行，故见者甚少"，中华书局，2006，第 295 页。勇按：孰为首部国人自撰《中国文学史》为近年来学术界一段公案，争议颇纷纭，详可参见王水照《国人自撰中国文学史"第一部"之争以及学术史启示》（《中国文化》第二十七期）、周兴陆《窦、林、黄早期三部中国文学史比较》（《社会科学辑刊》2003 年第 5 期）等。

往往入夜，趺坐岩树下面。友朋促席，剧谈不绝，客倦仆，他却精神饱满，忘了崦嵫日落"，又记其执教东吴，"前三排学生都不愿坐，因为他不栉不沐，发出一种很难闻的怪气息。可是他上课时滔滔汩汩，趣味横生，却颇有吸引力，于是学生们纷纷带了香料来解秽"，又记"武昌兴师，他奋然欲有树立，一日出门乘火车，两足忽蹇，大哭而归……发狂疾，首触铁丝网，流血满面，以家藏钱牧斋《有学集》精本拭秽"。又记其室名为"揖陶梦梨拜石耕烟室"，意示仰慕明末黄淳耀、黄宗羲、黄道周、黄周星等本家先贤，并悬一联云："黑铁裔神州，盘古留魂三百里；黄金开鬼市，尊卢作祟五千年"。① 从这些行迹中——包括其带有奇异色彩的死亡——我们当可辨认出自竹林诸贤以迄徐渭、龚自珍、蒋敦复等传统"狷狂"文人的影子，而黄氏也确实在词集中遍和龚自珍、蒋敦复诸家词，且恢奇谲怪犹有过之。② 如此"光焰万丈，自不可遏……奥衍古拙，如入灵宝娜嬛"之奇人③，自不屑屑于声律间讨生活，而必然奔涌腾踏，情志恣肆。读其词，不得不从此着眼。

可先读其《凤栖梧·自题词集后》，既自道词心，亦可见其风格：

> 寸心万古情魔宅，积泪成河，积恨如山叠。愿遣美人都化月，山河留影无生灭。　　月堕西头终费觅，后羿长穷，羞受纯狐忆。飞上青天无气力，彩毫一掷长虹直。

急骤的情感与诡异的意象之叠加，诚然是光怪陆离、不可方物，而要旨当然在于充满"魔"力之"情"。情之为物，能令泪积成河，恨积如山，虽经"山河留影无生灭"之寂寥空幻，最终仍化作笔下"彩毫"，宅于寸心。此

---

① 郑逸梅：《南社丛谈》，中华书局，2006，第294页。
② 《摩西词》八卷，含《和龚定庵无著词》《和龚定庵怀人馆词选》《和龚定庵影事词选》《和龚定庵小奢摩词选》《和龚定庵庚子雅词》《和龚定庵集外词》《和张皋文茗柯词》《和蒋剑人芬陀利室词》八种各一卷。
③ 吴梅评语，见郑逸梅《南社丛谈》，中华书局，2006，第294页。

种奔腾的笔墨自是需要过人才调，而尤不能匮缺异常沉厚的情志的。

对于这个元好问揭出万古疑惑的"情"字，也是龚自珍"宥"之不已、唯有"尊"之的"情"字①，黄摩西当然三致意焉。《木兰花慢》一首亦是与"情魔"纠葛难解的佳作，其"纯狐"意象的反复出现似也不是巧合：

> 问情为何物，深似海、几人沉。算麝到成尘，蚕空遗蜕，生死相寻。英雄拔山盖世，也喑哑、叱咤变哀吟。何况痴男怨女，天荒地老惜惜。　　沾襟。有千丝万缕系双心。总慧多福少，别长会短，欢浅愁深。无论人间天上，便一般、煮鹤与焚琴。牛女离长间岁，纯狐寡到如今。

自捣麝成尘，春蚕丝尽，写到项王虞姬、牛郎织女的人天生死，几乎是一篇具体而微的"情赋"。其所揭示的"慧多福少，别长会短，欢浅愁深"、"无论人间天上，便一般、煮鹤与焚琴"的"情"之真相令人惊悚，内里也含蕴着深刻的悲哀。此种关于"情"之悟解自与摩西情性相关，而也与其经历不无关联。

有文献记载，摩西曾痴恋吴中女子程雅倓，即词中所谓"安定君"。雅倓色艳而情痴，常以《石头记》晴雯、巴黎茶花女自况。尝张艳帜，为某伧所纳。旋以大妇不容，下堂奉母，居吴之紫兰巷。摩西见而悦之，女亦恋而不能舍，居年余，以幽忧死，年才二十三耳。摩西曾作挽联哭之曰："凤凰非竹实不食，梧桐不栖，大好姻缘，偏输与月下花前，蠹蜂痴蝶；烛龙以展视为昼，合睫为夜，无多光景，最难堪人间天上，别鹄离鸾。"② 此联语中之"情"与词中之"情"当可互参。其《霜花腴·重过

---

① 龚自珍：《长短言自序》："情之为物也，亦尝有意乎锄之矣。锄之不能，而反宥之。宥之不已，而反尊之。"
② 郑逸梅所记有出入，如云雅倓夫家欲将其卖入平康，雅倓惊骇走避，郁郁而终。又云摩西挽联长达四百馀字，为挽联之创举。

安定君宅,和梦窗自度曲韵》更是对这段情事的直接抒写,语致幽峭而真挚逾恒,并未因追步梦窗声韵而损情伤气:

> 客年此日,醉绮筵,瑶钗止挂臣冠。影里鸾容,梦中牵谱,而今梦影都难。沈腰渐宽,谁道声、珍重花前。算重来、倚棹斜阳,暮秋深老紫兰寒。　绾别绿杨如旧,只流莺坐处,早换凉蝉。镜阁尘缄,屧廊苔绣,无繇再奏红笺。峭风送船,倩寒鸿、孤吊婵娟。剩钿阶、手种幽棠,断肠成独看。

至于《声声慢》一篇系过安定君浮厝处而作,那种"天长地久有时尽,此恨绵绵无绝期"的沉痛直追纳兰容若悼亡诸作而能上之:

> 茑花似血,惨绿凝鬘,长眠知否伤春。未稳荃泥,输他劫火齐云。休听鲍家诗唱,雨潇潇、都化啼痕。呼不起,纵香心未灭,麝已成尘。　寒食椒浆谁酹,算死还薄命,生早离魂。此恨绵绵,消磨地老天昏。便乞蘅芜种梦,恐姗姗、来也非真。蝶飞去,甚精灵、还蜕坏裙。

对黄摩西情事之分析并非赘语,而是为说清其"情而魔"的心态的由来。这种"情"小而言之在乎男女,大而言之则在天下苍生。南社那一代才士,拥有此种江山美人二合为一之心态者颇不在少数。这既是传统精英文化长期酵化的结果,也是二十世纪初期特殊历史阶段的独异折光。《贺新郎》一首即是由"美人"而"骏马",而最终放大至"莽乾坤"的深情篇什,在《摩西词》中很具代表性,也特为后世读者所称道:

> 一例伤迟暮。记连宵、鸡声灯火,振衣同舞。绿绣芙蓉青纛竹,种种无聊心绪。问旧日、豪情几许。骏马美人成一哭,莽乾坤、无我飞扬路。肯学写,新眉妩。　平生忧患文章误。尽聪明、休教熏

染，簪花吟絮。天意未容兼福慧，多少温云柔雨。只让与、痴儿盘据。君早成名渠早嫁，怎相逢、仍作伤心语。诉不尽，飘零苦。

此词一组共四首，前有总题曰："雅侬避仇，寄屋吾室。娇稚未化，啼笑无端。革庵来作颇致微词，赘此解嘲"，本篇为其三，可见仍为雅侬而作。实则不介入男女风怀者，那种深情也是一以贯之，毫无逊色的。如《洞仙歌·前题和慧珠韵》：

神州沉矣，问天公何苦，做尽伤心赚今古。剩青山一半，收拾英魂，算配得、江左梅花阁部。　　漳江风浪恶，惨绿愁红，欲采芙蓉已秋暮。破碎旧山河，青骨红颜，总付与、无凭气数。正此际、重看劫灰燃，有壮士耰锄，美人桴鼓。

所谓"前题"系指题吴梅名作《风洞山传奇》，句末且有小注云："前年粤西建义，女将黄九姑等甚勇鸷"，那是由剧本中瞿式耜、张同敞等抗清之英魂联想及辛亥革命前广西会党起义中的谢三妹、蓝达边、黄九姑等女性革命先驱了。"壮士耰锄，美人桴鼓"，此类江山美人集于一手的题材为黄人最感兴味，写来自是豪情激荡，不能自抑。吴梅该剧唱词有"弄得我神思颠倒，惹得我心情烦恼。短哭长歌，奔走呼号。没人来瞧，越教我心痒难搔。因此上椒浆桂醑，向西风把祖国魂招"之名句[①]，黄人《洞仙歌》情怀略似，实际也正与其"桴鼓"相应。

面对"破碎旧山河"，一代才士心中当然有整顿的热望，可也不无"惨绿愁红"的怅惘。故《鹊桥仙》的穷途末路并非古典时代常见的嗟老叹卑，《水调歌头》的缥缈游仙也非一般性的好奇炫技习气，其中分明闪动着新的特定时空里新智识群体的新声音。所谓"二十世纪词史"，其真正光焰也即大抵在是：

---

① 吴梅：《风洞山传奇·先导》。

吹箫也可，碎琴也可，只有滥竽计左。舐丹鸡犬尽飞升，却剩得、闲鸥一个。　青山难买，青鬘难买，莫问炉中芋火。西风落叶大江萍，算一样、飘零似我。

玉塵输一斛，下局定何如？造雷布雾未了，争秘幻人书。山下呼龙种草，海上骑鱼采药，谁解忆蘼芜？一钓六鳌去，覆溺渺愁予。
上清字，还丹诀，总无须。女娲炉底焰冷，怎怪杞人愚？不赴钧天广乐，不叙真灵位业，煮石隐匡庐。笺注混沌谱，鸡犬莫相呼。

最后还应读《金缕曲》三首叠韵之作，这是用传统方式吹响的嘹亮激扬的号角，长歌当哭，气魄如排山倒海，从黄摩西身上可以分明看出民主革命先驱们弃旧图新、不惜殒身的豪情盛慨。百年以下读之，仍令我们悚然动容：

鬓发萧萧矣！问千年、古人满眼，疏狂谁似？火色鸢肩空自负，一个布衣而已。算造物、生才多事。云气压头风雨恶，拥琴书、歌哭空山里。泪化作，一江水。　少年旧梦无心理。再休提，龙标画壁，羊车过市。李志曹蜍生气绝，若辈安能相士？只当作、挥金浪子。哀乐伤人真不值，剩此身、要为苍生死。愁万斛，且收起。

三载吴门矣！十眉图、任翻新样，终嫌不似。路鬼揶揄山鬼笑，飘泊从今可已。只未了、狂奴心事。留得红妆知己在，尚甘心、憔悴缁尘里。吹绉了，一池水。　抱琴羞向朱门理。问何如、春风鬓影，当垆蜀市。俊眼明于三五月，解向风尘求士。天使慰、孤穷才子。莫虑秋来消渴疾，对芙蓉、山黛堪忘死。呼地下，长卿起。

客里秋来矣！旧吴宫、乌啼鹿走，略存形似。一自五湖人去后，帆影屐声都已。便演出、六朝故事。直到西风干菜叶，更春灯、燕子荒烟里。千载梦,去如水。　　沧桑过眼无人理。尽消魂、画船照夜,香车薰市。珠换清歌金换笑,谁识吹箫奇士?论风气、原开西子。水软山温天久醉,便英雄、到此都心死。胥郭外,怒涛起。

"哀乐伤人真不值,剩此身、要为苍生死"、"莫虑秋来消渴疾,对芙蓉、山黛堪忘死"、"水软山温天久醉,便英雄、到此都心死"。就遣词铸语而言,三个"死"字韵已足够奇幻无方,三篇叠韵长调更是天花乱坠、万玉哀鸣,不让龚定庵专美于前,而我们又岂能只从语词表面去领略那隐含背后的博大深湛的情怀呢?

还需说到南社两位著名烈士宁调元与周实。与黄人一样,太一、实丹两位亦是"寸心万古情魔宅"的深情者。在为民主革命而凋谢的短短英俊年华中,词成了他们寄寓芬芳悱恻情怀的重要载体。

宁调元(1883～1913)[①],字仙霞,号太一,湖南醴陵人,华兴会、同盟会会员,萍浏醴起义爆发后,太一自日本回国策应,被捕系狱三年。"刻意治学问,暇则酌酒赋诗,歌声琅琅出金石,若忘其为囚人也者。"[②]出狱后赴北京主编《帝国日报》,在上海创办《民声日报》。二次革命期间赴武汉参与讨袁起义,以"内乱罪"遇害于武昌。著有《太一遗书》,以狱中之作为多,内存《明夷词钞》一卷。周实(1885～1911),字实丹,又字剑灵,号无尽,别署山阳酒徒,江苏淮安人。武昌起义后与阮式共谋响应于淮安,集会数千人,宣布光复,为县令姚荣泽所诱杀。有《无尽庵遗集》,存诗四卷近六百首,词一卷四十余首,另有北曲《清明梦》一套。

柳亚子评周实云:"余观实丹烈士生平,盖缠绵悱恻多情人也。一朝见危授命,慷慨慕义,奋为鬼雄。贤者不可测,亦足为我南社光也"[③],

---

[①] 宁调元生年有1885年、1884年、1873年等说,应以杨光辉考证为准,见其《宁调元生年考》,《近代史研究》1980年第2期。
[②] 柳亚子:《南社丛选·文选》卷九《宁烈士太一传》。
[③] 柳亚子:《南社丛选·文选》卷九《周烈士实丹传》。

此语其实也同样适用宁调元等。"不惜头颅利天下,誓捐顶踵拟微尘"、"重重草木羞依附,莽莽荆榛待剪除"①,心志情怀,二人略似,就诗词论,则太一胜于实丹,为南社极引人瞩目的一家。先读宁调元《减兰》:

  一天情绪,遇着西风吹作雨。雨雨风风,听到黎明耳也聋。
好事休说,好月易圆行复缺。猛些回头,各散芳筵各自愁。

高旭《愿无尽斋诗话》称太一词"写感情处尤顿挫入神,令人低回欲绝"②,本篇好处确实在于"顿挫",几乎一句一转,而意脉勾连,全以神行,语致又极其流动,毫无滞涩,非有过人之"才"与"情"不能办。《南乡子·己酉闰花朝》也是言情之什,同样顿挫流美,可喜之极。置之《饮水词》中,可乱楮叶:

  终夜不曾眠,雨打梨花月似烟。一个花朝愁不了,偏偏,又把花朝逢闰年。 独自倚床前,何限心情锦瑟边。已是今生缠缚苦,千千,莫再相逢兜率天。

如果说以上两首色笑如花,那么《醉太平》代表的则是太一词风肝肠似火的另一面,语势促急险峻,兔起鹘落。"来狼去羊"四字最见精悍:

  风横雨狂,销魂断肠。夜阑无奈秋凉,又更长漏长。 颓垣断墙,来狼去羊。思量多少兴亡,付愁乡醉乡。

宣统元年(1909)秋,太一在狱中作《忆秦娥·伤别词》十首,

---

① 宁调元《丙午冬日出亡,作于洞庭舟次》;周实《民立报出版日少屏索祝爰赋四章》之一。
② 高旭:《高旭集》,社会科学文献出版社,2003,第563页。

未久,又作《后伤别词》,前有小序云:"余著《伤别词》成后,饮酒半斗,微有豪兴。因检近人词数卷,随手翻阅,或且朗诵。至徐女士《金缕曲》一阕,因词涉璇卿,不禁泣不能成声。夫璇卿与余不过一面之识,路人皆知,诚不审其何以伤心至此也。岂所谓兔死狐悲耶。因补成一阕,以媵其后",序中"徐女士"应指徐自华,"璇卿"系秋瑾字。本篇不算甚佳,然有史料价值,能留存烈士群体一帧心影,故也值一读:

伤离别,虹桥载酒当时节。当时节。徐娘虽老,豪游能说。
偏偏好事多磨折,一生一死交情绝。交情绝。江山如此,泪珠盈睫。

实丹词总体不及太一,而特色不可掩。在南社中人大多接受龚自珍浓重影响的背景下,周实最为明确地推崇发挥龚氏的"尊情"之说。在《无尽盦尊情录叙》中,周实说自己"梦梦然检龚子书读之,反复细绎,沉疴若失,然后服龚子之言,其功胜药石万万也",并把"情"推衍到"摩顶放踵,披肝沥胆,莹然相见于性情之中"的大境界。① 《水龙吟·题钝剑花前说剑图》最能体现这份情致:

十年奔走风尘,竟无位置英雄地。花光灿烂,剑光腾跃,豪情难抑。狐兔猖狂,鲸鲵吞蚀,青锋谁拭?任嫣红姹紫,娇娆开遍,风月事,休提起。　　聂政专诸而后,有何人、更精此技?横磨十万,纵横摧剪,那时狂醉。四座皆惊,群芳欲笑,谈何容易?算风流雄俊,无双问胆,落花神木?

于"花前"看"嫣红姹紫,娇娆开遍",可是当"狐兔猖狂,鲸鲵吞蚀",怎还能沉溺于"风月事"?于是有"横磨十万,纵横摧剪"、"风流

---

① 周实:《无尽盦尊情录叙》,《南社丛刻》第三集《文选》。

雄俊"的"说剑图"之作，这正是南社精神的传神写照。

"风月事"中，实丹也同样饱含深情。实丹苦恋名晓澄、号棠隐之邻家女，而棠隐父贪鄙，将其许配一病入膏肓之富家子，棠隐"素不耽饮，至此遂以酒自遣，酒酣辄背人长喟曰：'星命之说，为有识者所深辟，然如余之所遇，又将何说以解之'"。① 未久，其夫病殁，棠隐亦郁郁终，年仅二十一岁。实丹现存词中，为棠隐所作不少，诸如《琴调相思引·秋海棠》《念奴娇·咏泪》《金缕曲·七夕伤逝》等皆是②，而以《喝火令·追悼棠隐》一首为最佳：

鹣鲽相依久，鸳鸯小别难。茜窗并坐怯春寒。那料风风雨雨，玉树遽摧残。　　泪染襟成血，琴焚曲罢弹。几生重睹佩珊珊。记得旧时，记得旧时欢。记得杏花天气，红袖倚阑干。

杨铨（1893～1933）与宁调元、周实一样具烈士身份，论词亦是雄放而兼悱恻的深情人，可合并论之。杨铨字宏甫，号杏佛，江西清江（今樟树）人。毕业于上海中国公学后赴美留学，与任鸿隽等创办《科学》月刊，组织中国科学社，为中国管理科学拓荒者之一。回国后历任南京高师、东南大学教授。1932 年在上海与宋庆龄、蔡元培等发起中国民权保障同盟，任总干事。1933 年 6 月 18 日与其子杨小佛驾车外出，被特务枪杀于上海亚尔培路。鲁迅因有悼念名作云："岂有豪情似旧时，花开花落两由之。何时泪洒江南雨，又为斯民哭健儿"。杏佛词作不多，搜集仅可得三十余首，而气质不凡，自其间可窥见其"衽席苍生男子事"（《贺新凉·送苇煌返蜀》）的博大襟抱。试读其《贺新郎·题亚子分湖旧隐图》：

---

① 周实：《棠隐女士小传》，《南社丛刻》第三集《文选》。
② 《棠隐女士小传》称棠隐"生平爱秋海棠若性命，尝引以自况，因字秋澄，号棠影，别号棠隐"。

一勺分湖水。问年年、扁舟选胜，俊游能几。乱世不容刘琨隐，满眼湖山杀气。更谁辨、渔樵滋味。莫便声声亡国恨，运金戈、返日男儿事。风与月，且丢起。　　征尘黯黯中原里。四千年、文明古国，兴亡如此。燕子东飞江潮哑，儿女新亭堕泪。何处是、扶危奇士。不畏侏儒能席卷，怕匹夫、不解为奴耻。肩此责，吾与子。

《分湖旧隐图》是柳亚子寄意图系列之名作，自 1913 年起至 1920 年止，有图画 21 幅，陆子美、黄宾虹、余天遂、楼辛壶、顾悼秋、朱剑芒、王大觉、蔡哲夫、周人菊、李涤、陆更存等绘，傅屯艮、马君武、蔡寅、朱剑芒、陈陶遗、陈定、周承德等题端，计 38 幅，题咏则多达 234 件。①杏佛词为题咏之一，立意高远，胸怀深沉之至，为其笔下最富才情之作。

同调《吊季彭自溺》亦是一往深情之作。季彭为任鸿年字，又字百一，曾任《新中华报》总编辑，以言论触犯当局，避难走西湖，不久竟蹈烟霞山井中死。其好友张光厚经理其丧，成诗三十首哭之。②杏佛此作长歌当哭，感人处不在张诗之下：

　　九地黄流注。叩苍穹、沉沉万象，当关豺虎。呕尽心肝无人解，惟有湘灵堪语。忍独醒、呻吟终古。眼见英雄成白骨，好头颅、未易苍生苦。心化血，血成雨。　　一泓浊井埋身处。赋招魂、胥潮呜咽，蜀鹃凄楚。河汉精灵归华岳，谁向清流吊取。但冉冉、斜阳西

---

① 李海珉:《柳亚子与分湖旧隐图》,《寻根》2011 年第 3 期。李文云:"柳亚子先生有作图寄意的喜好，他常常把自己的回忆、思虑、憧憬等种种情思，化作形象的构思，请人绘成图画，然后征集题咏，汇集成册。他的一生此类作图有 13 件。最早的是《梦隐第二图》，作于 1912 年；最晚的是《东都谒庙图》，1944 年开始酝酿，完成于 1945 年。《分湖旧隐图》是柳亚子请人所作的第二图。"
② 张光厚，字天民，号荔丹，四川富顺人，与雷铁厓、俞剑华友善，尤与任百一为莫逆交。袁世凯称帝，光厚讽刺诗甚多，如："暗里黄袍已上身，眼前犹欲托公民。"又："寻常一个筹安会，产出新朝怪至尊。"又："欲把河山挽冕旒，安心送尽莽神州。"又："甘拚人心充国贼，强牵妖孽当祯符"，足以代表南社社友反袁斗争中大无畏精神。见郑逸梅《南社丛谈》，中华书局，2006，第 447 页。

去。试向中原男子问,有几人、不欲臣强虏。生愧死,死无所。

杏佛特擅长《贺新郎》一调,《康桥词》中此调可称异彩缤纷,是亦南社情志派一标志性词牌也。最后读其《今晨复咯血,右目尽肿,枕上戏作别君词,愿含笑读之,勿自伤也》一篇:

万事从今已。七年来、食贫饮恨,负君到底。自古良缘天总妒,那有鸳鸯不死。况大地、风波如此。吾已厌醒求独醉,向十洲、三岛谋生计。吾甚乐,君休忆。　他生仍愿为连理。愿同生、竹篱第舍,三家村里。尔我性情须略改,莫更互相猜忌。最好是、一团和气。君插山花吾牵犊,樵歌中、不识人间事。天地大,吾与子。

夫妻间情意柔厚,自词题已可显见。"尔我性情须略改,莫更互相猜忌"一句尤具新意,虽规诫而备至爱怜,自来赠妻词中所未有。最可贵者,"戏作别君词"中并非徒有一己悲欢,"况大地、风波如此。吾已厌醒求独醉,向十洲、三岛谋生计"等句仍有沧海横流之英雄本色,怀抱可钦。读此不能不令人有"天下才子半南社"之叹。

二 "灵气胸中未已"[①]: 论柳亚子词附金天羽、陈去病、高旭、高燮、高增

柳亚子诗名极盛,词远不及,后人评价也不甚高。钱仲联《近百年词坛点将录》点其为"地囚星旱地忽律朱贵",位次颇低,评语亦含蓄,褒贬不见痕迹。刘梦芙《冷翠轩词话》则评得直截:"剑气腾虹,钟声震旦,盖力学稼轩、龙川者。然磅礴有余,沉厚不足,譬若黄河之怒泻,未

[①] 柳亚子:《金缕曲·哲夫作枯笔山水一小帧见赠,为订交》,词见后文。

成沧海之深宏，仅得稼轩之一体耳。"① 二位先生所说不无道理，惟柳氏作为南社第一主将，对社内外影响巨大，无人可比。其词虽不及诗之斑斓多姿，亦情志郁勃，自有一段灵气盘旋胸中，不可磨灭。胡朴安《南社丛选》只自《丛刻》任意选七首，殊不能代表柳氏成就地位。"三驾马车"相较，陈、高二位终觉略逊一筹，故以柳氏领一军，陈高附之。高燮词数量颇大，成就也高，远在高旭之上，姑且附而谈之。林庚白与柳氏恩怨纠葛，而终归于同调，其词性灵洋溢，故附其后。傅钝根词成就颇高，名声不及，难以自将一队，亦附后并谈。

自今存柳氏一百四十馀首词而观之，其在1907年较早用力于倚声乃系受到高旭之影响②，且走的婉约流美一路。如"意中人，眼中泪，镜中天"、"身成骨，骨成灰，灰成烟"（《行香子·感旧和慧云韵》）、"省识韶华如许，珠帘卷起重重"、"不怪好春易谢，怪他来也匆匆"（《木兰花慢·花朝和慧云韵》）、"便是闲愁，一往情深不自由"（《丑奴儿令·春夜写感和慧云韵》）云云皆是也。也在同年，以《解佩令·题竹垞词》《虞美人·题定庵词》《虞美人·题稼轩词》为标志，柳氏明显调整了学词的方向，初步建立起宗五代北宋、尊苏辛之宗趣。

对此，他在《南社纪略》中有明言："我以为唐五代的词最好，北宋次之，而南宋为最下。理由呢，是唐五代的词纯任自然，虽有词藻，也还不至于雕琢；而一到南宋，便简直是雕章琢句的时代了。北宋处于过渡的地位，当然是比上不足，比下有余。"③ 民国初在致高旭的信中也鲜明地对大鹤山人等表示不满，斥之为"伪体"，称"其病亦坐一涩字，往往一句中堆砌无数不相联络之字面，究之使人莫测其命意所在，甚有本无命意者。此盖学白石、玉田，而画虎不成者也"，于是有言曰："宁学苏、辛，勿学姜、张。盖学苏、辛而不似，犹有真性情；学姜、张而不似，徒以艰

---

① 刘梦芙：《二十世纪中华词选》，黄山书社，2008，第378页。
② 词集开篇"和慧云（按即高旭）韵"者连续九首。案：今存柳氏词最早为《满江红·题风洞山传奇》，作于1905年，风格悲壮。此处以其用心作词之1907年为上限。
③ 柳亚子：《词的我见》，《磨剑室文集》，上海人民出版社，1993，第1106页。

深自文其浅陋，欺人而已。"①

本着如此见地，柳氏大肆张扬辛稼轩"慷慨悲歌"、"屠鲸制虎"的忧患沉雄精神，径称之为"吾师"、"铜琵铁板此真才"②，故谈辛稼轩接受史，柳氏当岿然为重镇。其实倘能透过一层看，由于才性学养等方面原因，被他誉为"三百年来第一流，飞仙剑客古无俦"的龚定庵对其影响更甚。且看《百字令·剑华以吊蒋君希刚词见示，悲而和之》：

新词读罢，便茫茫百感，辘轳终日。说道英才零落尽，阳九偏逢奇厄。搏虎无成，封狼遗憾，魂逐秋风歇。病魔无赖，天也何曾怜惜。　　最愁怜我卿卿，惺惺惜惜，此意真凄切。我有一言君记取，生死无须分别。剩水残山，行尸走肉，一样伤心绝。不如归去，鬼雄长啸呜咽。

本篇为1907年作，"最愁"数句、"剩水残山"数句中那种决绝沉痛而兼缠绵婉曲的语致绝似定庵，而稍远稼轩，带有着清末乱象特具的质地。1909年之《金缕曲·哲夫作枯笔山水一小帧见赠，为订交》系与蔡守订交之作，以极冷寂景物与极热烈心境对写，笔势开张中有严整内敛，也正是定庵所擅场，大有其同调词《癸酉秋出都述怀有赋》风神③：

拔地奇峰起。笑平生、郑虔三绝，君真多事。挥洒烟云来腕底，

---

① 柳亚子：《与高天梅书》，《太平洋报》1912年4月10日。郭长海辑《柳亚子文集补编》，社会科学文献出版社，2004，第106页。

② 柳亚子：《为人题词集》："慷慨悲歌又此时，词场青兕是吾师。裁红量碧都无取，要铸屠鲸制虎辞。"《酒酣，梁任为余言南宋词人以稼轩为第一，余子不足道，余甚佩之，又感当世词流议论多与余见相左，因成此示梁任》："南宋词人谁健者，瓣香同拜幼安来。文场跋扈侬独，风气沦亡要汝开。紫色哇声都闰位，铜琵铁板此真才。别裁伪体吾曹事，下酒何辞醉百杯。"

③ 定庵词云："我又南行矣。笑今年、鸾飘凤泊，情怀何似？纵使文章惊海内，纸上苍生而已。似春水、干卿何事？暮雨忽来鸿雁杳，莽关山、一派秋声里。催客去，去如水。华年心绪从头理，也何聊、看潮走马，广陵吴市。愿得黄金三百万，交尽美人名士。更结尽、燕邯侠子。来岁长安春事早，劝杏花、断莫相思死。木叶怨，罢论起。"

灵气胸中未已。看枯木、寒山如此。尘海茫茫无我席,算此身、合向山中死。负汝者,有如水。　　故人万树梅花里。记当年、卜邻有约,而今何似?恨海精禽填不得,付与凄凉眉史。侬已厌、伤心滋味。只恐人间无此境,便夸娥、移也非长计。图一幅,且休矣。

至于《浣溪沙·八月晦日夜梦中作》一组五首,全以"梦魂何处是江南"句作结,词情或艳丽妩媚,或奇幻飞腾,更是逼真定庵,为其集中罕见高境。可读三、五两首:

　　草色裙腰一道蓝,堤边杨柳绿毵毵。相逢上巳正春三。　　红凤亲描羞并颈,黄鹂同听擘双柑。梦魂何处是江南。

　　忏悔狂禅只自惭,箫心剑态更休谈。烟霞泉石近来耽。　　青史青山双蜡泪,黄花黄叶一茅庵。梦魂何处是江南。

由此可见龚定庵对于柳亚子乃至对南社深刻影响之一斑,所谓"灵气胸中未已",自辛稼轩直至龚定庵传来的"灵气"确乎是贯穿于柳氏一部分词作中的。当然,柳氏也不止此一种笔墨,其《磨剑室词三集》以《金缕曲》词牌二十一叠"叟"字韵大都才情舒展,烂漫可观,虽不无应酬习气,亦大有陈维崧、曹亮武等阳羡风味。① 其中《悼黄晦闻》一首颇具史料价值,可一读:

　　太息分宁叟。蓦惊心、松凋竹陨,岁寒时候。一恸龚生天年夭,耿耿精灵难朽。剩向笛、凄凉怀旧。绝笔阳秋遗憾在,怎黄书、未续薑斋手。民史约,总辜负。　　江湖卅载论交久。镇难忘,吹箫说

---

① 陈维崧、曹亮武等均善叠韵。陈氏《念奴娇》"月"字韵一叠十首,《贺新郎》"罅"字韵一叠十五首,曹亮武《贺新郎》"马"字韵则一叠数十。

剑，王前卢后。龙战玄黄沦万劫，世态移星换斗。更莫问、斓斑古绣。凭仗筹安搜佚史，证名场、风谊名山寿。君傥鉴，奠杯酒。

晦闻，黄节字，1935 年 1 月病逝。早在写下这首词的前一年，柳亚子为董每戡《词钞》作白话文序。在序中，他有这样的自白："我以为'词'的确是落伍的了，已成为没有着落的尸骸了。在现在，还要来哼几句，只是表现着小布尔乔亚'眷恋过去'的意识而已。我自己，便是这一种不可救药的人。"① 如此武断地破旧图新，在柳亚子乃是自以为合乎时代潮流的进步文学观的体现。在此前后，他曾声称"新诗的文学价值比旧诗高，我是想学做新诗而没有做好的"，又称赞郭沫若、蒋光慈的新诗，后来更断言"旧体诗的命运，不出五十年"。② 以旧诗驰骋数十年，到头来竟如此颠覆旧诗坛坫，这当然是值得探究的问题，本文为免枝蔓，姑不予置评。可以看到的事实是，此后数年，柳氏词确乎数量减少，而佳作也不易见。1949 年后，柳亚子虽成为"能吟写旧体诗的二三人之一"③，而如"不是一人能领导，那容百族共骈阗"、"落魄书生戴二天，每吟佳句舞翩跹"之类也已开了"歌德派"、"老干体"之先声了。早年才情横绝、灵气飙发的大诗人，最终搁置健笔，以牢骚衰飒终局。如此曲线不能不令人横生感喟。还可读 1942 年所作《浣溪沙·见芙蓉一枝，忽有所感，漫拈是解》，这是柳氏后期妙品，可为其词坛生涯画上最后的惊叹号：

---

① 柳亚子：《每戡词钞叙》，《盛京时报》，1934 年 3 月 12 日。郭长海辑《柳亚子文集补编》，社会科学文献出版社，2004，第 209 页。
② 柳亚子：《我对于创作旧诗和新诗的感想》，《创作的经验》，天马书店，1933。转引自《南社史长编》，第 623~626 页。事实上，自 1923 年发起新南社以来，柳氏思想已站在新文化运动一边，拥护白话文，对"整理国学"等主张表示异议。叶楚伧等曾对此表示不满。见柳亚子《新南社成立布告》，《南社纪略》，第 100~103 页。
③ 柳亚子：《我对于创作旧诗和新诗的感想》，《创作的经验》，天马书店，1933。转引自《南社史长编》，第 623~626 页。事实上，自 1923 年发起新南社以来，柳氏思想已站在新文化运动一边，拥护白话文，对"整理国学"等主张表示异议。叶楚伧等曾对此表示不满。见柳亚子《新南社成立布告》，《南社纪略》，第 100~103 页。

绝代名花字拒霜，秋江冷艳断人肠。龙蟠虎踞奈沧桑。　　剑底模糊苌叔血，灯前妩媚丽华妆。人间天上太凄凉。

金天羽非南社中人，亦未加入同盟会等组织，但他"主张革命最早，尽力革命最多"①，实为彼时革命文学之一面大纛，其精神当为南社之前驱。按说"桀骜不驯之柳亚子"为金氏高足，南社创立不该无此人。据亚子说，缘故盖在于金氏与结拜兄弟陈去病意见不合，性气不投，遂至于分镳。② 基于上述"貌离神合"之渊源，钱仲联先生《南社吟坛点将录》点金天羽为"旧头领托塔天王晁盖"，以为"似较亚子、怀琛之录以此席归蔡孑民者为妥切"，是也，因可附于柳亚子后，陈去病前。

金天羽（1874～1947），又名天翮，字松岑，号鹤望，别署爱自由者、金一等，江苏吴江人。早年肄业于江阴南菁书院，光绪二十四年（1898）荐试经济特科，辞不赴。后在上海与章太炎、蔡元培等论交，参加爱国学社，曾翻译宫崎寅藏宣传孙中山革命事迹的《三十三年落花梦》和俄国虚无党史《自由血》等书，并创作《孽海花》之开头部分，后乃由曾朴续成。入民国，任江苏省议员、江南水利局局长、上海光华大学教授等职，并与章太炎、陈衍、李根源等创办国学会，卒后门人私谥贞献先生。著有《天放楼诗文集》，诗文均负一时重名。钱基博称许其诗"天才横肆，极不喜所谓同光体，越世高谈，自开户牖"，以为晚近"异军突起，为诗坛树赤帜者"。③ 郑逸梅则以为其文"刚健排奡，一洗拖沓庸弱之习，有时作高逸语，令人作天际真人之想"，因而胜于其诗。④ 与此相比，天羽《红鹤词》仅三十一首⑤，其自谓"非吾所专业"，诚然，但成就不低，论词也别有意味。

---

① 李根源：《雪生年录》，周录祥《天放楼诗文集前言》，上海古籍出版社，2007，第3页。
② 柳亚子：《自撰年谱》。
③ 《现代中国文学史》，引自《天放楼诗文集》附录，第1391页。
④ 郑逸梅：《逸梅杂札》，引自《天放楼诗文集》附录，第1393页。
⑤ 天羽自言为三十二首，然末首《梅花雪月操》非词体。

《红鹤词自序》作于1944年甲申，堪称金氏晚年对词学有关问题的总结性思考。文中他先回顾自己少年填词，受到老师顾询愚警诫为"绮语障"因而"屏弃词学且三十余载"的经过，至于重操词业，则因"欧战敉平，中外学者争言解放，余欲适用于《词律》，因稍复为之，亦不敢苟为同异也"。① 这句简短的表述背后大有深意：第一，"欧战敉平，中外学者争言解放"时即新文化运动如火如荼之时；第二，词在天羽眼中成为"解放"的工具而用之，这说明，其思想与胡适等是站立在同一平台上的；第三，"苟为同异"四字中其实包含对胡适借词体创白话新诗的批评，金氏自己是不以为然的；第四，正因不"苟为同异"，要遵守词的规则，而又不认同白话新诗，找不到通途，所以兴趣缺缺，浅尝辄止，故仅三十首便掷笔不为。

也正因为执"解放"之意，金氏在条理词律产生革变的过程后有掷地有声语："立法者主乎严，用法者期乎通，苟不大背先民之矩矱，斯已矣！奚必循声逐影，构成破碎不文之作，使伶工不能歌，学士无由诵，然后谓之才乎？"② 这里虽未明言"情志"二字，而自然是与其"诗人之心，因其时而变"、"诗人之心，因其世而变"之说相通同的。③ 即便置之今日，也不啻为株守格律者的一剂良效猛药，难怪钱仲联先生说他"通人之论，振聋发聩"了。④

钱仲联在《近百年词坛点将录》中给了金氏"天伤星行者武松"的崇高位置，虽嫌过誉，但称其《水龙吟·罗汉观瀑图》《台城路·病起入都会大雪亮吉招游中山陵光景奇绝》《壶中天·灌口二郎神庙》等为"石破天惊之作，足令彊邨大鹤缩手"还是很确当的。不妨读前两首：

九天垂下银虹，悄无声向澄潭底。毒龙潜寐，醒来便到，人间游

---

① 《天放楼诗文集》，第1014页。
② 《天放楼诗文集》，第1014页。
③ 见其《梦苕庵诗存序》，又见《惜旷轩诗序》等。
④ 《近百年词坛点将录》。

戏。佛说降龙，戒阿罗汉，来持半偈。到雁山胜处，龙湫瀑下，结四果，安禅地。　十丈危崖如洗，抱龙都、苍寒水气。朝阳光射，珠玑万斛，幻成霞绮。静极投虚，惛惛天籁，雷霆收起。笑普陀山趾，潮音圣洞，百灵狂沸。

高寒别有人间世，长安万家声悄。银海无澜，瑶林绝影，人坐玉峰清啸。飞花四绕。数八代兴亡，去如高鸟。酒暖旗亭，沥醑归趁暮寒好。　牛头未改天阙，堵波双玉立，瞻对云表。宝志禅空，蒋侯神去，皓鹤归来能吊。思心旷渺。便挥斥寒门，烛龙开耀。病眼登临，忍寒风骨峭。

还值得注意的是金氏词中数首自制曲如《名园绿水》《醉溪山》《鹤回翔》《小西湖》等，水准如何还可再讨论，这是其为"解放"大旨而作出的努力则是可以肯定，也应予珍视。

"南社首功"[①] 陈去病（1874～1933）论词亦反常州、主情志。《中国公报》连载之《病倩词话》对"梦窗派"提出过批评，也对龚自珍颇致景仰之忱[②]，可觇其倾向。然陈氏虽有《笠泽词征》之辑，并刊刻陆辅之《词旨》，其意乃在乡邦文献，于词创作本身用力甚少，今传《巢南词》仅四十余首，未见高明。"三驾马车"中，真堪与柳亚子云龙征逐于词苑者当数高旭。

高旭（1877～1925），字天梅，又字剑公、慧云、哀蝉、钝剑等，前后凡五六易。早年与叔高燮、弟高增创办《觉民》杂志，宣传反清革命，

---

① 南社入社书第一号为陈去病。
② 《病倩词话》批评光绪词坛风气云："隶事僻奥，摘词窒塞，有类射覆，无当宏旨。虽使阅者终篇毕览，亦瞢然莫名其妙。此正玉田所讥质实是也，其于骚雅清空之旨得毋背欤"；又赞肯龚自珍云："此外虽作者林立，然终属规行矩步，依人作计，以为能事略尽此矣，从无有越出恒轨，而拔戟自成一队者"。转引自陈水云《南社论之两派及其词学史意义》，《文与哲》2005年第7期。按：据陈文，《病倩词话》分为两部分，一部分连载于1910年1月《中国公报》，一部分连载于1917年9月《民国日报》。殷安如辑《陈去病诗文集》与郭长海辑《陈去病诗文集补编》皆未收《中国公报》部分。

后东渡日本，就读于法政大学。1905年加入同盟会，担任江苏省主盟人。回国后参与创立中国公学、健行公学、钦明女校、神交社等，并发起南社，《南社启》即出其手笔。辛亥后任金山军政府司法长、众议院议员等职。1923年国会召开，投票后数日，上海《申报》、《民国日报》公布贿选议员名单，高旭赫然在列。柳亚子当即发电报："骇闻被卖，请从此割席。廿载旧交，哭君无泪，可奈何"，旋被开除出南社。高旭早年为激发民气，曾以一夜之力伪造石达开遗诗二十首，革命气概轩昂之极。至末路以"猪仔议员"污名而终，变化特悬殊，故后人亦颇疑之。① 毋论真相若何，其内心之撕裂当可想见。翌年冬，高旭返乡，酗酒度日，"益颓然自放，每酒酣耳热，抚今吊古，长歌当哭"。② 再次年七夕病卒，年仅四十九岁。

高旭才华艳发，于柳亚子赠其"白衣骂座三升酒，红烛谈兵万树花"一联中可见风概。其诗"初近仲则、船山，稍变而为定庵，再变而为仲篯、瓶水"③，今存千余篇。词有八集，自甲辰年（1904）《徂东词》起，迄辛亥、癸丑间（1911～1913）《微波词》《浮海词》止，加之今人补遗，可得一百六十余，数量稍多于柳亚子。另著有《愿无尽庐诗话》，其中涉及词人词事者不少。

高旭论词语不多，自其题写《十大家词》六言绝句可窥见大旨。《十大家词》选于1909年，内含李煜、苏轼、秦观、周邦彦、辛弃疾、姜夔、张炎、刘基、王夫之、龚自珍十人，其中称许少游"婉约"、清真"善描物态"、白石"骚雅"，犹为常言。至于看重后主"亡国音哀"、东坡"琼楼玉宇多情"、稼轩"高论狂歌"、玉田"有泪盈盈"、青田"凄然如许"、薑斋"字字伤心"，则一种"性情论"已脱颖而出。对于龚定庵，高旭极致推奖："难写回肠荡气，美人香草馨馨。定公是佛转世，几曾泪

---

① 郭长海《高旭集·前言》、汪梦川《南社词人研究》皆有辨，不详注。
② 高镠：《高天梅先生行述》，《高旭集》，社会科学文献出版社，2003，第679页。
③ 高镠：《高天梅先生行述》，《高旭集》，社会科学文献出版社，2003，第679页。"仲篯"似当为"仲瞿"，王昙字。

没心灵"，宗法心仪之意尽在言表，而其自作词工力则较定庵相去甚远，诸如《清平乐·红阑干畔》之叶韵混乱、《虞美人·落梅》之句法伧劣，皆可觇见其底蕴之不足。① 即能稍得定庵词之奇趣者，亦多不耐咀嚼。钱仲联先生《近百年词坛点将录》点高天梅为"天暴星两头蛇解珍"，评其功力"殊胜于柳"，位置如此之高，殊不易理解。

高旭部分词篇自内里勃发出民主革命先驱之侠烈情怀，足资辨识，最可珍贵。如《百字令·巢南见示永历钱索题，且云：仆尽精力于帝至矣，此殆天阴有以报我耶？其言可哀也》：

此钱堪爱，待持浇杯酒，唏嘘同吊。三百余年无恙否，字迹斑然深窈。何物迂儒，瞿张殉后，努力如公少。老天有眼，殷勤贻以相报。　　回想惨淡南云，烹龙炮凤，哀事凭谁告。不信金瓯都破坏，剩这团团完好。德祐春秋，义熙甲子，并是人间宝。伤心帝子，精魂那日归了。

南社中人治南明史当然也不是留恋几百年前不成器的小朝廷，而是借以为兴汉排满一类民族大义张目。因而诸如《牡丹亭》这样的"风月戏"，也居然能被看出"华夷之辨"的大主题来，不合情理，但很真实地表呈出心态。②《高阳台·题牡丹亭传奇》下片云：

可怜作者无知己，把艳词当作，种姓难明。大好中原，何堪吹换膻腥。华夷不辨天何意，诉奇愁、下笔魂惊。古来今，卿亦伤心，侬亦伤心。

---

① 《清平乐》上片云："红阑干畔，鸾梦凤吹乱。行到玉梅花下伫，知否何郎憔悴。"《虞美人》句云："半杯酒滴泪如麻，似此丰姿该葬玉钩斜。"
② 同时高燮亦有类似言论，称《牡丹亭》某些字句"感慨激烈，如郑所南《心史》中诗句"，或者为二人相互影响之故。见《高燮集》，中国人民大学出版社，1999，第15页。

《水调歌头》系为哀悼在广西遇"暴客"而死的友人陆仲炳而作，字里行间有黄仲则风神，为高旭词集中不多见的神完气足之作：

今后且休说，凄绝桂林秋。只恨高丘无女，热血洒征裘。苦受敝车羸马，耐尽残羹冷炙，岂为稻粱谋。终投豺虎窟，死矣复何求。
山阳笛，正哀怨，怕登楼。仆将何以堪此，生小便工愁。一臂鬼雄相助，尽挽银河倒泄，洗却旧神州。君亦首应点，犹笑我狂不？

另值得一提者，高旭最后词集《浮海词》十四首系赓和李后主原作而成，曾在南社词苑引起较大影响，诸如邵瑞彭、王蕴章、陈匪石、高增、刘鹏年等皆有和作，可觇一时风会之所趋。

与高旭同调而成就较胜者是小他一岁的族叔高燮。高燮（1878～1958），字时若，号吹万、寒隐等，早年鼓吹民族革命，辛亥后既不满时局，亦对新文化运动表失望，因于1912年与其甥姚光等创立国学商兑会，出版《国学丛选》，以"发明孔学之真"自任。[1] 一生治学精髓最在《诗经》，其闲闲山庄藏《诗经》有关宋元铅椠、善版孤本千余种，堪称海内独步。[2] 著有《吹万楼诗集》《文集》《日记节钞》《读诗札记》《感旧漫录》等数十种，今其后裔高铦等辑为《高燮集》，较为赅备。高燮曾于1921年编成《拜鹃楼词》，后又编选《吹万楼词集》，拟为文、诗之续，而手稿早佚。今集中收词二百余，系年编辑。

高燮《答王杰士书》明言自己"于其声音节奏之微，茫然不知也……不能为词，则亦不敢轻与人谈词学"[3]，去除自谦成分，大体言实。《答马适斋书》几乎是仅见的论词语："诗文词于今日但当有新理想，不

---

[1] 《高燮集》，中国人民大学出版社，1999，第15～33页。参见其辛亥后所撰《论学书》十三篇。
[2] 抗战时期高燮避难上海，藏书大多遭掳掠。新中国成立后，他将劫馀《诗经》珍本转赠复旦大学图书馆收藏，并将其他近两万册藏书悉数捐献上海文管会。
[3] 《高燮集》，中国人民大学出版社，1999，第402页。

可有新名词。苟一人新名词,便觉有伤雅驯,而于词尤甚……言宜曲而忌巧,意宜真而忌雕"①,亦常言耳,不大看得出倾向。其实,从《论学书》之十一很能窥见高燮之整体文艺观,也即能明了其对词之见解:"情之至者,能使天地失其久,金石失其坚,生死失其间,而山川失其阻深也……是故自其有情者而观之,则一庭一院,一帘一几,一灯一研,一卷一轴,一丝一竹,一香一茗,皆足以恼其感官……苟无情则道德不生,苟无情则才智不灵","尊情"之意,灼然可见,词也自然走的重情志一路。故其自题《拜鹃室词》之《锦缠道》云:

剩锦零丝花样,请君休笑。饰时妆、原非了了。南窗自绣伤心稿,明月深宵,奇泪盈怀抱。 步庭前树底,将身拜倒。冷清清、残魂缭绕。苦向啼鹃说,身世凄凉,与尔真同调。

吹万是直言自己不懂"饰时妆"的,之所以"拜鹃",乃是因为"身世凄凉"、"奇泪盈怀抱"之故,而那"啼鹃"何尝不是长歌泣血的民主革命先驱之形象呢?本篇作于1907年,五年后,吹万以《忆旧游》一调题写周实遗集,其中也有"料碧血长埋,千年定化啼杜鹃"之语。这还是借"啼鹃"意象而言情,《减兰·鹓雏以所著红豆书屋近词见示,赏以小词》更开篇就点出"深情如是,愿种漫天红豆子。两字相思,葬向心头一点痴",其赏深情、重深情之心境,于斯历历可辨。

持此观念,吹万词呈现出的乃是重"意"而不甚重"格"的性灵风貌,其题写高旭《花前说剑图》与《秋风图》的《百字令》和《新雁过妆楼》就都是深解这位"老侄"心曲的佳作,较之高旭自题更胜一筹。作于壬戌(1922)正月的《南楼令》也笔致疏快无留滞,颇见才性:

急景逼残冬,兼旬雪更风。感劳生、人似征鸿。已到今年人日

---

① 《高燮集》,中国人民大学出版社,1999,第404页。

近,依旧是,雨濛濛。　　船尾响丁东,闲愁特地浓。倚篷窗、梦也惺忪。见说明朝春又至,惊老大,忒匆匆。

吹万词最受时人好评者乃作于乙酉(1945)的《望江南词》六十四阕,孙儆(沧叟)之评或涉吹捧,但点出"灵敏清空"、"闲雅古淡"、"看似寻常而语语确切,笔笔超脱"等语亦很见眼光。① 其小序意味即颇深长:

……闲闲山庄为余一手所营,吟啸忘忧,山林坐享,冀长作农夫以没世。奈骤惊浩劫之弥天,虽敝庐犹存,而百物荡尽。自避乱离乡,于今七载,追维往昔,觉四时之景,靡不可爱,飞潜动植,无一不足系我怀思。遂亦效颦,藉为止渴。积以日月,共得六十有四阕。处羁旅之地,而写洄溯之情;穷欢愉之辞,而屏愁苦之语。所自信言皆真实,意出肺肝,读者亦相喻于音声之外者耶?

弥天浩劫,避乱七载,作者以六十四首的大篇幅追念旧庐景象,尽述其"靡不可爱"、"系我怀思"之处,可谓"穷欢愉之辞"了,其实"愁苦之语"不也全都被映照出来?可以想象,当文坛同人读到这一组"言皆真实,意出肺肝"的"山庐小史"②,心头被唤起的那种对家园的眷恋该是何等缱绻缠绵,又怎能不"相喻于音声之外"?且读其中数首:

山庐好,临水野人家。笋为雷多齐破箨,芦缘春涨碧抽芽。新竹数竿斜。

---

① 《高燮集·编纂前言》,中国人民大学出版社,1999。
② 《高燮集》,中国人民大学出版社,1999,第849页。本组词"自识"。

山庐好，一笑物能容。傲慢向人鹅步稳，迷离对我兔睛红。何必辨雌雄。

山庐好，策杖一盘纡。草际跃过青蚱蜢，路旁蹲得老蟾蜍。物态野而迂。

山庐好，生意盎然长。鸡抚群雏争护母，猫生一子宛如娘。物类亦慈祥。

山庐好，物各养其天。池面曝晴鱼入定，枝头避暑鸟参禅。莲叶正田田。

山庐好，与物共闲舒。栩栩蘧蘧人是蝶，洋洋圉圉我非鱼。或者不能如。

山庐好，耕读慕商须。学稼艰难常有愿，勘诗风雨亦成图。识字老农夫。

雷多笋破，春涨芽抽；池鱼入定，枝鸟参禅……小小山庐，真是天趣盎然，生机勃发，作者笔墨中不徒于"飞潜动植"蕴涵深情，其实也将哲思化的人生况味收藏在其间了。然而至组词最后一篇，作者有惊人的一笔：

山庐好，虽好不思归。劫后残书聊可读，穷来赁庑倘堪栖。故里且休提。

"故里且休提"，这是对自己辛苦营造的家园幻影之全盘解构！如一记猛然撞响的暮钟，这一殿末之篇将沉溺在田园梦境中的读者倏然拉回到离乱劫火中来，令人惊悚，大汗淋漓。抗战时代的文人心曲繁多，无疑的，高吹万为之增添了外貌"欢愉"而内蕴苍凉的一种旋律，因而也成就了自己特异的词坛位置。

自高旭、高燮还应附谈高增。高增（1881～1943），字卓庵，别号佛子，著有《自怡轩诗草》《澹安诗存》《古井词》《啸天庐词存》等，豪宕婉曲兼而擅之。如《高阳台·题桃花扇传奇》云："唱彻春灯，笺传燕子，当年帝子多情。夜夜元宵，管他棋局纵横。深宫粉黛知多少，却无端、感慨平生。忽传来、胡马南侵，魂梦都惊。南朝往事何从说，只风流孽债，送了神京。谁赋同仇，防边但有空城。沧桑恨，付渔樵话，算人间、第一伤心。细推论，天遣云亭，写此凄清"，诚所谓"哀艳之音"也。①《金缕曲·日来连接警告，百感交集，再叠楚伧韵以写我忧》一篇当作于南社首次雅集后不久，激扬感愤，是辛亥前南社同人"心史"之一种侧影：

> 一觉邯郸道。猛回头、四郊多垒，羽书驰到。大宛康居齐入寇，愤把界碑推倒。枉金币、年年修好。鹿走中原悲劫运，让群雄、争向围场噪。可容得，南山老。　　剥肤漫说时犹早。恨萤萤、依然醉卧，妖氛谁扫。跨上昆仑敲法鼓，义勇军声何杳。思救国、人前高叫。唇齿相依君解否，怕秦亡、韩魏将图赵。拚蹈海，此生了。

三 "诗狂"林庚白与"湖湘巨子"傅尃附刘鹏年

"诗狂"林庚白不仅因作诗讥刺鲁迅而闻名遐迩②，与柳亚子也是交

---

① 高旭：《愿无尽庐诗话》，《高旭集》，社会科学文献出版社，2003。
② 林庚白对鲁迅有恶毒谩骂，亦有极高评价，应不在"不饶恕"之列。详见陈漱渝《剪影话沧桑之霹雳火林庚白》（上海远东出版社，2008）及谢泳《鲁迅与林庚白》（《文汇读书周报》2011年9月5日）等。

接甚密，恩怨重重。诸如曾因讥刺柳名望不足而导致二人绝交，又因论诗不合遭柳氏杖逐①，可见交恶之状。然而言其主流，则柳亚子对林氏可谓推崇备至，且随着时间推移而评价愈高。1949 年，柳亚子在持赠陈叔通的《丽白楼自选诗》上题字云："庚白一代天才，造诣甚深，非曼殊所能企及，方驾杜陵，岂狂语哉"，对林自命古今第一的说法竟无异议②，此为眼高于顶的柳氏生平罕见之事。渊源如此之深，故应接柳亚子后略谈林庚白之词。

林庚白（1897~1941），原名学衡，字浚南，又字众难，自号摩登和尚，福建闽侯人。宣统元年（1909）十三岁时即在北京师范大学堂肄业，辛亥革命后被推为众议院议员和非常国会秘书，民国六年（1917）为众议院秘书长时年方弱冠。后引退蛰居上海，研究欧美文学和中国古诗，创办《长风杂志》，以杜甫自况即在此时。1932 年重入政界任立法委员，1941 年偕妻挈子迁居九龙。未久夜归遇日军，遭射杀。林氏精命理，于当时享大名，因预测年末有大祸而避居香江，未料仍罹非命之难，故人有"相人不能自相"、"劫数难逃"之叹。今传有《丽白楼遗集》，中有词七十馀首。

林庚白填词为诗文馀事，既不甚措意，故唯求情志之达，而不甚重格律。如《兰陵王·送精卫赴法兼讯璧君夫人》《锦堂春慢·雨窗书感》等皆偶一为之，笔致亦颇疏快不雕琢。其词以言情之什最见特色，虽时涉亵笔，然性灵洋溢，真挚处能令人心怦然而动，是得力于纳兰而去其幽忧者。南社词苑，别是一家。试读其《浣溪沙·忆旧》：

  鬟角眉心几点愁，乱蝉阴里绿如油。湖滨曾共系兰舟。 雪夜记同摩托卡，晚春看打乒乓球。不堪往事数从头。

---

① 郑逸梅：《南社丛谈》，中华书局，2006，第 46 页，亦有说柳氏杖逐乃因林庚白追求其次女柳无垢之故，见张明观《因何"细故"杖逐林庚白》，《柳亚子史料札记》，上海人民出版社，2008。
② 参见姜德明《柳亚子与林庚白》，《姜德明书话》，北京出版社，1997，第 74 页。

"忆旧"为俗滥常题,"不堪往事数从头"云云尤其无新意,然而点缀入"摩托卡"、"乒乓球"两事,不仅出新,且在具体情境中传递出异样真切的怀思。举重若轻,是为妙品。类此者还有《点绛唇·春晚有感》:

重叠心情,四年更比三年紧。爱憎悲悯,并作心头刃。 拚不思量,又被春愁引。千回忍。镂肝雕肾,只换深深吻。

其实纯以古典言情者亦佳,不必非借现代语汇始见其能。如《临江仙·深宵有忆》:

扬尽楼头春色,三年长是萧寥。轻寒帘幕可怜宵。泪痕深浅雨,心绪去来潮。 曾记几回相见,含嗔如怨还娇。自家烦恼种愁苗。当时真错过,今夜恁无聊。

笔调行云流水,情感顿挫起伏,置之《饮水词》中亦无逊色。这几首词大抵作于三十年代初,所记乃是与张静江之女张蒨热恋事。前文说"时着亵笔",其实自现代人立场看来,自"性"而"爱",无可厚非,放浪直白或者有之,亦不必作卫道士面孔而大张挞伐,更何况这些作品亦不乏楚楚动人之态?如《小庭花·晚思》:

半面亭亭乱发垂,眼波难趁汽车飞。思量莫是那人儿。 蹑足记曾亲素履,将身愿更作中衣。也教消得一生痴。

"蹑足记曾亲素履,将身愿更作中衣",确乎"艳"而近乎"淫",不过既可追溯到陶渊明《闲情赋》的思致,落脚点又在于"一生痴",还算是含蕴的。若《浣溪纱·有忆》四首与《浪淘沙·有觊》之大胆则不亚于郁达夫的《沉沦》了,然而也自有其胜处。最起码,那种不假掩饰的名士才气是真实的，也有几分可爱。

当然，如果仅是此类"性灵"，则林庚白之轻薄才人形象就更加坐实。在词中，他也偶作悉心民瘼国是题材，虽不多，水准则颇高，读之可领略其人的复杂阔大情怀。如作于1933年的《浣溪沙·沪滨竹枝词》之四：

> 如雾楼台见万鸦，买邻墨吏竞浮家。江南开遍米囊花。　鬓面劳农饥欲死，胁肩贾客乐无涯。汽车虎虎夕阳斜。

米囊花，为罂粟之古称。以此为核心，作者构筑起"万鸦"、"墨吏"、"劳农"、"贾客"交织的密集意象群，看似客观，而稍稍点染"饥欲死"、"乐无涯"字样，即悲愤全出，锋芒毕露。竹枝词而有此深意，大是不凡。1935年，日本在华北地区紧密布局，咄咄逼人，策划了"华北五省自治"等一系列侵略活动，力图使其成为下一个"张作霖时代之东北"。面对空前严峻的民族危机，林庚白奋然执笔，写下《水调歌头·闻近事有感》：

> 河北不堪问，日骑又纵横。强颜犹说和战，处士盗虚声。拚却金瓯破碎，长葆功名富贵，草草失承平。岂独岳韩少，秦桧亦难能。
> 尊国联，亲北美，总求成。横磨十万城下，依旧小朝廷。古有卧薪尝胆，今有金迷纸醉，上下尚交征。安得倚长剑，一蹴奠幽并。

经过开篇之短暂过渡，作者即把矛头对准"强颜犹说和战"的"处士"，"岂独岳韩少，秦桧亦难能"十字是加一倍写法，可谓讽刺入骨。下片愈益激昂，以古之卧薪尝胆与今之纸醉金迷相对照，"小朝廷"苟且求安之状和盘托出。末二句怒发冲冠，神采直接辛稼轩、陈同甫。日后这位轻狂才子终以烈士结局，自此篇中已能窥见消息。要之，林庚白词作不多，然而从内容到笔法，都确乎有其不可磨灭的光焰。

与林庚白可并骋词坛者是与柳亚子、高旭等声气相通的湖湘巨子傅尃。傅尃（1883～1930）[1]，又名熊湘，字文渠，一字君剑，别署钝根，后因与王钝根同号，乃改为屯艮或钝安。[2] 湖南醴陵人。少时师事王先谦、吴德襄，后留学日本弘文学院。光绪三十二年（1906）与宁调元等在上海创办《洞庭波》杂志，与胡适等编辑《竞业旬报》，鼓吹推翻帝制。萍浏醴起义失败后回醴陵，任教各中学堂，并主编《长沙日报》等。辛亥革命后，因在报刊著文反袁遭通缉，后任湖南省参议员、中山图书馆馆长、安微省棉税局局长等职。著有《离骚章义》《段注说文部首》《国学概略》《国学研究法》等。

傅尃为南社发起人之一，与高旭、柳亚子等都保持着密切交谊。他"在南社内讧时为维护团结局面旗帜鲜明地支持柳亚子；在南社群龙无首时力挺姚光；在社事萧条时苦心孤诣地经营南社长沙分社……并在南社没落之时力倡中兴南社并最终建立南社湘集"[3]，因而在南社发展过程中具有特殊重要的地位。钝安文采照人，诗词俱佳，《南社丛选》收录其诗102首，仅次于陈去病，还在柳亚子之上。有才有情，有势有力，总非凡响。词见之《南社丛刻》者多达159首，仅次于邵瑞彭、叶玉森、俞剑华三家，而今人裒辑《傅熊湘集》，竟置《南社丛刻》《南社词集》于不顾，加辑补仅得44首，殊非钝安词全貌，因而"缠绵哀艳，深沉绵邈"之类评价过于潦草，实未能探得其词心。[4]

其实傅氏作于甲寅（1914）的《钝庵词自序》对于自己的风格师承说得已很清楚："岁戊申始习填词，疏于律，不能细也。明年客长沙，时时过太一狱中，会无俚，则相与绝胫为之。泛滥唐宋，而颇规稼轩……窜

---

[1] 傅尃生卒年有异说，如郑逸梅定为1884～1934年，应以刘鹏年《傅钝安先生年谱》（《傅熊湘集》后附，湖南人民出版社，2010）为准。
[2] 郑逸梅：《南社丛谈》，中华书局，2006，第287页。
[3] 郝丽秀：《南社湖湘巨子傅尃研究》，山东大学硕士学位论文，2011，第34页。
[4] 颜建华编校《傅熊湘集》，湖南人民出版社，2010，第8页。其词辑补曾据《南社丛刻》，然仅补二首，不知何故。

存十一,大半酒后耳热呜呜之歌,聊记因缘,未可绳墨。"① 自此可知,钝安填词不仅重情志,且也是以辛老子为职志的一家。其词大有稼轩神采的应首推《西江月·放言十首》,试读其一、三、五、八、九:

把笔写愁无限,及时行乐常稀。浮生只合醉如泥,时事不消说起。　海上仙山缥缈,眼中梦境离奇。白云苍狗总堪疑,何物能令公喜。

曲晓风残月,数声铁板铜琶。兴酣落笔走龙蛇,谁信曲高和寡。　世事水中捞月,人情雾里看花。浮生一半寄红牙,笑骂由他笑骂。

雁以失鸣见杀,木缘臃肿而夭。周将材与不材间,而后从今知免。　老子犹龙远矣,仲尼若狗累然。潜龙无闷狗堪怜,尝得蒸豚一胾。

披发酒边高叫,昂头天外闲游。奇情一纵意难留,自笑吾狂依旧。　眼底东南云气,掌中西北神州。新亭泣涕请君收,消个夷吾终有。

儵忽早知地哑,灵均枉恨天聋。窍难开凿问难通,偏又会将人弄。　占谶告余以臆,岂惟大块梦梦。人间亦有物相同,释策谢之口懂。

此一组通体精悍,首首可读,此处姑举其半而已。第一首述时事之迷惘;第三首自表词心;第五首称老庄而讽仲尼,极皮里阳秋之至;第八首

---

① 颜建华编校《傅熊湘集》,湖南人民出版社,2010,第569页。

关注东南运气与西北神州，怀抱悲怆；第九首仍称引庄子，饱含愤世之意。"庄周曼衍，宋玉悲凉"，此皆所谓"酒后耳热呜呜之歌"①，很能看出钝安词光怪恣肆、深得辛派家法的一面。

钝安词中"规稼轩"而颇具神韵者还有《水龙吟·海上旅怀》《金缕曲·与痴萍饮后……》《摸鱼儿·用稼轩韵》《临江仙·雪词谓其妇劝勿作诗……》等，然皆不如《水调歌头·小除夕僧寺写忧》：

百岁为吾待，三十等闲过。一年一度除夕，值甚悔蹉跎。只恐茫茫来日，长是有愁如织，白发误人多。努力鞭乌兔，寄语促羲和。

食无鱼，醉无酒，和无歌。无端忽被僧戒，皈命礼弥陀。空说吾家有妇，何自为谋斗酒，馋煞老东坡。休矣公无怒，且唱定风波。

本篇不乏苏辛笔意，而思致尤自黄仲则"茫茫来日愁如海，寄语羲和快著鞭"、"苍苍者天，生我何为，令人慨慷"等名句中来，故而沉郁真挚逾恒，为钝安词之上品。受清人影响者还有《浣溪沙·集定庵句》一组五首：

好梦如云不自由，是仙是幻是温柔。碧桃花底醉春游。　世事沧桑心事定，他生缥缈此生休。人间无地署无愁。

昙誓人天度有情，风花未免太纵横。羽琌安稳贮云英。　别有狂言谢时望，更何方法遣今生。美人规劝听分明。

尘劫成尘感不销，神魂十丈为飘飖。珠帘揭处环佩摇。　一寸春心红到死，四厢花影怒于潮。万千哀乐集今朝。

---

① 组词小序。

冉冉修名独怆神，少年哀乐过于人。谁疑臣朔是星辰。　　客气渐多真气少，词人零落酒人贫。空山徙倚倦游身。

负尽狂名十五年，梦回清泪一潸然。金釭花烬月如烟。　　烈士暮年宜学道，才人老去例逃禅。著书何似观心贤。

此处选录钝安五首集句词应说明两个问题。第一，"集句"能否算是正规的创作样式，负载感情并被赋予审美价值，从而跻身大雅之堂？作为"引用"这一修辞方式的引申，集句发展了它本身带有的"移情"意味，将原有情境下蕴蓄的情感转移并应用于新的情境。其结果一般有二：（A）原有抒情功能被削弱；（B）出现转化后的"新情感"，进而呈显新的审美情态。而无论结果是A还是B，抒情功能的得以挥发应是无疑义事。探讨"集句"的抒情价值尤应关注B类情况。宋末文天祥被俘幽囚，自杜甫诗中集成五言绝句二百首。在《自序》中文天祥雄辩地阐明了三点。（1）集句可以获致"但觉为吾诗，忘其为子美诗"、"非有意于为诗"的效果，这无疑是"集句"所能达到的最理想境界。（2）能达如此境界的表层原因是"凡吾意所欲言者，子美先为代言之"，深层原因则是"情性同"耳！（3）那么，建立在"情性同"基础上的集句相对于原创，其抒情、记史、审美等一系列功能不仅可以不被削弱，反而可能在变异中得到强化。此为认知集句价值的重要起点。

第二，"集龚"在南社是相当普遍的现象。切勿以为"集龚"只是文人的偏嗜或游戏文字就一带而过、忽略不提甚至大张挞伐，那将会导致我们漏掉这一现象中包孕着的很丰富的文学信息乃至文化信息。首先，研究"龚自珍与近现代文学"、"龚自珍接受史"等课题，"集龚"是一个必须强烈关注的焦点；其次，"集龚"代表着一代文化精英对定庵的高度评价。诗史上自来有"集陶"、"集杜"等风气，"被集者"必须在人格、艺术两个层次被"集者"高度认同。那么换言之，在南社同人的心目中，龚定庵的诗歌成就必已跻身于诗史的"第一流"地位,且与自己息息相通,才具备"被集"的资格;再次,这些"集龚"者或为革故鼎新的民主先驱,或为眼高于顶的当代才人,他们形成"推崇"某一诗人的共识谈何容易!然而这个诗人不但有,而且出自诗歌史上向来被忽视乃至蔑视的清代!这难道不是从一个层面上反射着清代诗歌尚被我们漠视的成就吗?

有鉴于此,数年前笔者尝写有《朱彝尊〈蕃锦集〉平议——兼谈"集句"之价值》《南社诗人的"集龚"现象》等文,对上述问题有所梳理。① 此处另生枝蔓,征引文中大意,目的乃为唤起对"集句"、"集龚"现象之关注,亦为傅钝安的集句词"正名"。在此前提下反观上引五词,除每篇四、五句对仗极佳,特值称道,全篇亦透露出定庵与钝安"情性"之"同"。以前贤诗句的外壳运载自家心事,而有自家面目,这样的"集句"无疑值得称道,且足可代表钝安词的最高水准。

傅尃特重隐居之乐,其致柳亚子书云:"卜居万山中之一茆,捐妻子,弃友朋,块然独处,名其林曰繁霜,署其阿曰息影,字其居曰鹪借,文其卧曰梦甜,读书灌园,长眠饱食,风梳露沐,木居豕游。"② 其《一痕沙》与《浣溪沙·山庄晚眺》当作于此时,朴厚真切,功力独深:

买得良田二顷,便合此间长隐。分半种桑麻,半种花。 前面青山如画,时有白云来下。高处两三峰,是章龙。

远树微茫一剪平,夕阳斜衬断霞明。晚来天色界红青。 溪涨一痕浇菜雨,村喧十里打禾声。歇凉人爱坐瓜棚。

---

① 分别见《南京师范大学文学院学报》2003 年第 3 期、《中华活页文选》2004 年第 11 期。
② 颜建华编校《傅熊湘集》,湖南人民出版社,2010,第 338 页。

刘鹏年（1896~1963）为傅尃高足，词亦颇佳，姑附谈之。鹏年字雪耘，父泽湘、叔刘谦均为南社成员，时号"三刘"，而以鹏年才调最为可观。乃师钝安逝后，鹏年主持南社湘集，颇著劳绩。著有《鞭影楼词存》，凡一百三十余篇，殿后者已作于抗战胜利时，足可览其平生心迹。鹏年在追和高旭《浮海词》的《叙》中说："春光九十，客路三千。独处寡欢，凄然欲绝。别无消遣，惟嗜诗馀。细数名家，首推后主……本红豆相思之旨，写青衫羁旅之悲。景杂缀夫春秋，语半涉夫离合。虽镜花水月，人将认幻为真；然灯灺酒阑，我且长歌当哭"，言语间栩栩然有"情志"二字，自作也大多能副此宗旨。如早年作《浣溪沙》，为绮丽风华的言情之篇，隐约有龚定庵的笔意：

　　偶落吟鞭偶驻车，红榴西畔是儿家。零欢断梦一些些。　　任说君恩深到骨，争知侬影瘦于花。频年芳草满天涯。

《蝶恋花·欧会闭幕，倚此志悲》作于巴黎和会结束后，虽披言情外衣，走比兴寄托的老路，而主旨劲直，并不晦涩。词云：

　　啮臂前盟深几许，软语商量，转触檀郎怒。谣诼无端来众女。抛人冷冷清清处。　　薄命如花侬自主，把定芳心，不嫁瞿塘贾。化作冤禽东海去。人天缺恨从头补。

其词中尚多关乎人事者，彩笔纷披，情致耿耿，不徒具史料价值而已。如题写同乡王芃生《天荒地老图》的一首《水龙吟》：

　　人间何处埋愁，千生万劫来兹地。榛烟锁梦，苔衣绣碧，猿啼鹤唳。石不能言，天犹待补，岁时谁计。任朝朝暮暮，风风雨雨，无人唤、挤酣睡。　　回首当年身世，误浮名、鬓丝憔悴。美人骏马，青灯黄卷，消磨才气。薜荔山阿，桃花溪水，闲情空寄。对沧桑幻影，高歌一曲，慰荒凉意。

王芃生为民国时代著名的外交家，抗战爆发后主持成立国际问题研究所，从事对日情报工作，以曾对德军进犯苏联、日本偷袭珍珠港及日本投降等重大事件作出准确预测著称于世。王氏亦富文人情怀，曾著《小梅溪堂诗存》。刘鹏年词为题图之作，自"天荒地老"之标目以及"美人骏马，青灯黄卷，消磨才气"等语当可勾勒出王氏不大为世人留意的另一层面，而词笔之幽丽荒寒也多得力于楚骚，很富湘地特质。

"白屋诗人"吴芳吉与刘鹏年同龄，曾激赏刘氏"红树爱冬晴"之诗句。1932年吴芳吉去世，鹏年因有《玉漏迟·题吴白屋遗书》之作，深切表达了对这位"剩墨零缣，犹带海潮悲壮"的"长往""诗人"的怀思。相较之下，其《长亭怨慢·洞庭先生以所存先师钝安先生诗札手迹数纸见示，盖劫馀之遗也。属为题词，怆然赋此》一篇悼念先师，其情更深，笔更重。洞庭为李澄宇字，是亦南社名辈，政绩文事两臻高境者①：

正吟瘦、楚天秋影。泪眼西风，夜灯红暝。旧梦凄迷，广陵遗响未堪听。文人珠玉，空换取、贫和病。埋恨向青山，怅望逝水，茫茫无尽。　　愁损。自人天多故，觥误永和觞咏。零缣断楮，系知己、死生情分。徵定论后有千秋，留片羽、转怜馀烬。好笼护深深，化鹤归来犹认。

---

① 李澄宇（1882~1955），字洞庭，湖南岳阳人。民国初期为陆军少将，后弃武从文，与傅尃、谢晋、姚大慈、姚大愿合称"湘中五子"。曾任湖南省政府秘书长、美立湖滨大学教授、国立湖南大学教授等。著有《万桑园诗》《未晚楼诗稿》《未晚楼诗话》《未晚楼词》《未晚楼词话》等。

四　情志派馀论：李叔同、胡怀琛、
　　王钟麒、陈蜕、叶楚伧

论南社情志派词还不得不提及李叔同、胡怀琛、王钟麒、陈蜕、叶楚伧等，他们别有名世之长，词作不多，然而性灵洋溢，成就影响或不弱于前述诸子。

李叔同（1880～1942）早年入南社，以诗词书画名世，并为学堂乐歌、话剧之奠基人。晚岁出家，法名演音，号弘一，乃近代律宗重振之中流砥柱式人物，亦遂为中国百年文化巨子之一。其词仅存十一首，然而"缠绵慷慨，两擅其胜"①，元气淋漓，足树一帜。先读《满江红·民国肇造志感》：

皎皎昆仑，山顶月、有人长啸。看囊底、宝刀如雪，恩仇多少。双手裂开鼷鼠胆，寸金铸出民权脑。算此生、不负是男儿，头颅好。

荆轲墓，咸阳道；聂政死，尸骸暴。尽大江东去，馀情还绕。魂魄化成精卫鸟，血花溅作红心草。看从今、一担好河山，英雄造。

民国肇造，李叔同正值而立年，自开篇的"有人长啸"至煞拍的"看从今、一担好河山，英雄造"，字字句句皆可见出一代民主先驱的淋漓意气、慷慨襟抱，读之令人感奋不已。《喝火令·哀国民之心死也》笔致走婉曲缠绵一路，忧患深沉，不让杜牧《泊秦淮》专美于前："故国鸣鹎鴂，垂杨有暮鸦。江山如画日西斜，新月撩人、透入碧窗纱。陌上青青草，楼头艳艳花。洛阳儿女学琵琶，不管冬青一树属谁家，不管冬青树底、影事一些些"。1905年东渡日本留学时作《金缕曲·留别祖国并呈同学诸子》亦为李氏名篇："披发佯狂走。莽中原、暮鸦啼彻，几株衰柳。破碎河山谁收拾，零落西风依旧。便惹得、离人消瘦。行矣临流重太息，说相

---

① 钱仲联：《光宣词坛点将录》。

思、刻骨双红豆。愁黯黯,浓于酒。漾情不断淞波溜。恨年年、絮飘萍泊,遮难回首。二十文章惊海内,毕竟空谈何有?听匣底、苍龙狂吼。长夜凄风眠不得,度群生、那惜心肝剖。是祖国,忍孤负?""披发佯狂走"的姿态见之文化史程者指不胜屈,然而这一次则是为"收拾""破碎河山",为"度群生",为不"孤负"自己的祖国,如此兼有缠绵慷慨之胜、能令"志士为之作气"① 的词篇不正标举出"二十世纪词史"之特质吗?

值得特别一说者还有其传唱百年而未衰的学堂乐歌名作《送别》。②这篇歌词实质亦为词之变体,只消将其简单分片:"长亭外,古道边,芳草碧连天。晚风拂柳笛声残,夕阳山外山。天之涯,地之角,知交半零落。一瓢浊酒尽馀欢,今宵别梦寒"即可看出,其格律非常接近《阮郎归》,且录一首晏几道作品以资比较:"旧香残粉似当初,人情恨不如。一春犹有数行书,秋来书更疏。衾凤冷,枕鸳孤,愁肠待酒舒。梦魂纵有也成虚,那堪和梦无"。两首词字数、句式略同,唯《送别》将《阮郎归》起首的七字句减去一字,拆成三三句式。另将下片前三句的平韵变成仄韵,且转换韵部。词之滥觞即为应歌,则李氏此作既颇新颖,亦可谓饶有古意了。③

胡怀琛(1886~1938),字寄尘,胡朴安之弟,安徽泾县人。以童子试不避清帝讳被黜,从此深恶科举。宣统间任《神州日报》编辑,鼓吹革命。此后辗转多家报社,于新闻界颇著名声,并任职沪江大学、商务印书馆、上海通志馆等。有《国学概论》《墨子学辨》《老子学辨》《托尔斯泰与佛经》《中国文学史略》《修辞学发微》等文史哲著作百馀种,为一代通人。词不多作,见之《南社丛刻》者仅可得十馀首。胡氏学殖富厚,词则毫无头巾气,多以白话表其性灵,这当与其曾致力于新诗创作与

---

① 钱仲联:《光宣词坛点将录》。
② 据邱景华《李叔同与〈送别〉》,该篇作于1915年任教杭州第一师范时期,旋律采自美国作曲家约翰·奥格威的《梦见家和母亲》。
③ 参见拙作《〈送别〉并非现代诗——兼谈中学教师的古典文学修养》,《中华活页文选(教师版)》,2005年7、8期合刊。

传播有关。① 如《浣溪沙·夜雨》："有个愁人睡不牢，芭蕉风雨夜潇潇。新凉如水一灯摇。往事悲欢都过了，管他哀乐到明朝。只难消受是今宵"，发语轻巧随意，丝毫不假涂饰，而"管他哀乐到明朝"的放达背后乃是"只难消受是今宵"的沉慨，情绪折叠，语势顿挫，即便与蒋竹山《虞美人·听雨》《一剪梅·舟过吴江》相比也无逊色。其《罗敷媚》同题之作佳处略同，则不妨准"郑鹧鸪"、"贺梅子"之先例，称其"胡夜雨"也：

芭蕉叶上宵来雨，已算凄清。不彀凄清，添个寒螀抵死鸣。

纸窗竹箪人无睡，坐到天明。听到天明，愁与秋潮一样平。

胡氏《浣溪沙·答莼农》虽是戏语，也有味道："问我缘何不作词，今将心事告君知。非关偷懒故装痴。愁绪绵绵情絮絮，斜风片片雨丝丝。原来最怕说相思。"这位声称"怕说相思"而"不作词"的胡寄尘其实正是不可多得的性灵词人，南社词群当据一席之地。

再谈王钟麒（1880～1914）。钟麒字毓仁，号旡生，别署天僇生等，安徽歙县人，生长扬州。光绪末入新闻界，为《神州日报》等多家报纸主笔，于诗、文、小说、戏曲皆能，著有《恨海鹃声谱》《孤臣碧血记》《郑成功》《血泪痕传奇》等，另有《论小说与改良社会之关系》《剧场之教育》等论文，为较早运用现代文艺理论阐述小说戏曲的社会作用者，颇具开创意义。

民国初，钟麒寓沪，以抨击西洋电车遭侦探搜逻，避难扬州，愤郁而终，卒前作《长别诸知好书》，内有"文人末路，千古伤心，生为无告之民，死作含冤之鬼"句，可见其激扬性情。② 他题写自撰《血泪痕》传奇的《摸鱼儿》与题写《藤花血》传奇的《满江红》皆语势奇横，心潮跌宕，是词中最见心志之作。《摸鱼儿》上片云："又无端、几番惆怅，阿

---

① 胡怀琛为最早投入新诗写作与批评者之一，民国八年（1919）曾编写《长江黄河》《自由钟》等通俗诗集，自费印售，1923年即出版《新诗概说》，为新诗张目。可参见赵黎明《胡怀琛与民国之初的新文学教育》，《中国文学研究》2011年第4期。

② 郑逸梅：《南社丛谈》，中华书局，2006，第113页。

谁写入粉牒。赚侬多少酸辛泪，洒向西风黄叶。君听彻。君不见、行间都是鸳鸯血。声声凄切。有一缕幽魂，飞来卷里，一读一鸣咽"，酸辛幽戚之感愈转愈深，不必读其戏文，亦足泣下。《满江红》则更激烈，词云：

> 如此江山，问世事、从何说起。看门外、铜驼无恙，夕阳如矢。惨雾横空燐火碧，西风扑地芙蓉紫。猛回头、换了小朝廷，心如死。
>
> 家国恨，空羞耻。身尚在，差堪喜。似鬼神来告，吾仇至矣。把剑伤心聊一哭，投杯壮志仍千里。看等闲、谈笑起风云，空馀子。

钟麒少年英俊，故多言情之什，亦颇见特色，《齐天乐·金河子》虽涉艳情，而笔势飞动，直接朱彝尊、董以宁诸贤。《鹧鸪天·纪事》则活色生香，甚具朱彝尊《静志居琴趣》的神采：

> 月暗花梢露气浓，轻开画槅两三重。口含密意先神会，画尚销魂况夜逢。　纤手颤，泪珠融，偎人半晌太匆匆。明朝众里分明见，别样矜严更不同。

本文最后谈《苏报》创始人陈蜕与显宦词人叶楚伧。陈蜕（1860~1913），字蜕庵，江苏阳湖（今常州）人。曾纳粟为江西铅山知县，以教案被劾，罢官后退居上海。① 光绪二十六年（1900）购得上海《苏报》产权，遂锐意经营报业。"苏报案"发生，被列入逮捕名单，东逃日本，与孙中山、陈少白等革命党人结识。辛亥后主持《太平洋报》《民主报》笔政，旋病逝。有《蜕翁诗词刊存》等。② 蜕庵不以词名，然《南社词集》载其《临江仙·遣春词》一组七首，笔调摇曳，极性灵之至，亦有大感

---

① 郑逸梅：《南社丛谈》，中华书局，2006，第211页。郑逸梅说其上峰旗人德馨贪婪好货，他耻隶其下，遂挂冠去。

② 郑逸梅：《南社丛谈》，中华书局，2006，第101页。彼时有两陈蜕，另一为浙江诸暨人。《南社诗集》《词集》编纂时，曾将两人作品误编为一，见郑逸梅说。

喟。兹录其六、七两首：

> 抛却已经抛却，思量尽自思量。情丝减短不添长。夜阑闻叹息，休信梦荒唐。　记取坡仙曾道破，鸟声烟景匆忙。朝云抔土送斜阳。道旁谁氏墓，树上有鸳鸯。

> 仔细推寻世法，千年万里榛芜。脚踪蜿曲尽随趋。分明人宛在，惆怅又何如。　健者忘情明达悔，情生情灭情虚。君看充栋汗牛书。一从施卓死，宋玉亦登徒。

叶楚伧（1887~1946），原名宗源，字卓书，因父字凤巢，故别字小凤。以"楚伧"笔名行世，又常别署叶叶，江苏吴江人，为午梦堂叶氏后裔。早年毕业苏州高等学堂，民国成立后先后创办《太平洋报》《生活日报》《民国日报》等，为名报人。1923年参与发起新南社，旋被选任国民党第一届中央执行委员，并任上海执行部常委兼青年妇女部长，为"西山会议派"要员。南京国民政府成立后，历任江苏省政府主席、国民党中央党部宣传部长、国民政府立法院副院长等显职。

楚伧浮沉报坛宦海，词人身份为其小节，虽入春音社时也偶尔阑入"格律派"畛域，但大抵意到笔随，不以雕饰为能。如《百字令·题仓海心太平草庐》：

> 小朝廷定，便西湖驴背，自称老矣。丈六梨花无敌手，海内如罄者儿。盘马燕然，传书邛棘，得意当如此。太平庐里，行看投袂而起。
> 丈夫别有文章，韬铃以外，露布万言耳。千古满江红一阕，辉映无双青史。橡笔霜寒，剑花铁冷，血作交河水。东门献馘，问是主人不是。

仓海，即丘逢甲。《马关条约》签订后，逢甲迭电清廷，反对割让台湾，并倡建"台湾民主国"，组义勇队，誓死抗日。兵败后由闽返粤，定居故里，营建"培远堂"、"心太平草庐"、"念台精舍"、"岭云海日楼"等，其慷慨心志如龙泉挂壁，中夜长鸣。叶氏词开篇即以百战归来的韩世忠为参照，西湖驴背与丈六梨花对写，笔致极其贴切精神。"太平庐里，行看投袂而起"、"千古满江红一阕"云云，也与逢甲的"亢然高歌"、"太平梦想"两相契合。① 在大量题写心太平草庐的诗词中，这一首堪称杰特之作。身丁乱世，楚伧词中不少此种雄健之音，《夜半乐·自题破碎江山》《满江红·金陵》《贺新郎·送荷公之吴》等皆是，《念奴娇·黄海凭栏》尤为激楚：

　　水天一色，有鲸波百丈，奔腾而出。一匹鲛绡新世界，容我凭栏独立。远岫横云，雄风吹水，下有蛟龙窟。天吴无恙，掉头摇尾江侧。
　　回首山水零星，烟波上下，满目云天抹。仗剑三边功业歇，愁杀燕然山石。子弟江东，兵氛河朔，残局谁收拾。今朝过汝，相期无负他日。

辛亥革命中，楚伧曾任广东北伐军司令姚雨平的秘书长，草拟《北伐誓师文》，后任参谋长，参与固镇、宿州两大战役。尽管从军生涯不长，胸襟气度自然有别于一般文人，因而"子弟江东，兵氛河朔，残局谁收拾"云云也非清谈空言，那是藏着一分真切的豪情的。

作者简介

马大勇，男，吉林农安人，文学博士，吉林大学文学院教授、博士生导师，主要从事清及现当代诗词研究，曾出版《清初庙堂诗歌集群研究》《二十世纪诗词史论》等专著。

---

① 丘逢甲《叠韵再题心太平草庐图并答温丹铭》："亢然远慕太平世，高歌金石深山中"、"捷然与世无一可，太平梦想能躬逢"。

吴省钦"城南联句会"与曹仁虎《刻烛集》

朱则杰

摘 要：清代乾隆中期，"江左"诗人程晋芳、赵文哲、阮葵生、董潮、吴省钦、陆锡熊、曹仁虎、严长明、汪孟鋗、吴省兰、沈初、王昶十二人，曾在京中结为"城南联句会"，先后举行过十九次集会唱和。有关作品，既或多或少散见于部分成员的诗歌别集，又比较集中地收在曹仁虎的《刻烛集》内。而关于"城南联句会"的起止时间、成员总数，与有关作品的收录情况、内部作者等，各种文献存在不少错误、不妥的记载与处置，因此有必要进行系统的考察和梳理。

关键词：清诗 结社 吴省钦 城南联句会 曹仁虎 《刻烛集》

联句作为诗歌创作的一种特殊形式，每次必有两位以上（含两位）的诗人参与。因此，从结社、集会、唱和的角度来看，联句至少属于集会唱和，并且还有可能属于结社过程中的集会唱和。而有一种结社，甚至全部以联句作为集会唱和的形式，通常即可以称作"联句会"。本文考察一个乾隆年间活动于京师的吴省钦"城南联句会"，同时对曹仁虎辑《刻烛集》以及其他若干成员的诗歌别集做一些相应的订正或补充。

---

* 本文系教育部人文社会科学研究一般项目（编号：13YJA751074）、全国高等院校古籍整理研究工作委员会直接资助项目（编号：1362）、浙江省哲学社会科学规划重点课题（编号：13NDJC024Z）同名"清诗续考"的阶段性成果之一。

一　吴省钦"城南联句会"

吴省钦《白华前稿》，卷三十四、三十五、三十六为诗歌小集《城南集》一、二、三，编年依次为乾隆二十八年"癸未"（1763）、二十九年"甲申"（1764）、三十年"乙酉"（1765）。① 小集开头有作者自序，大略说：

> 联句……至李汉编韩昌黎诗，以《城南联句》为首……盖震之也。予既与璞函移寓西砖胡同，其地在悯忠寺后，于今城近西南，克期订友，共举此会。……故凡与此会者，皆宜编入本集；其馀则鳞次互编，非喧客之夺主也。②

本小集所收诗歌，并非都是联句之作。不过，凡是"此会"所产生的联句之作，确实都集中在本小集内。为明了起见，现将这批作品的标题全部抄录于次：

1. 《早秋集法源寺联句，用昌黎会合联句韵》③
2. 《蒲萄联句》④
3. 《嘉靖宫扇联句》⑤
4. 《永乐庵访菊联句》⑥
5. 《食蟹联句》⑦
6. 《斗鹌鹑联句》⑧

---

① 此集诗歌编年，卷首目录用干支纪年，内文用太岁纪年。
② （清）吴省钦：《白华前稿》，载《续修四库全书》第1448册，影印乾隆刻本，第134页。
③ （清）吴省钦：《白华前稿》，载《续修四库全书》第1448册，影印乾隆刻本，第134页。
④ （清）吴省钦：《白华前稿》，载《续修四库全书》第1448册，影印乾隆刻本，第135页。
⑤ （清）吴省钦：《白华前稿》，载《续修四库全书》第1448册，影印乾隆刻本，第136页。
⑥ （清）吴省钦：《白华前稿》，载《续修四库全书》第1448册，影印乾隆刻本，第137页。
⑦ （清）吴省钦：《白华前稿》，载《续修四库全书》第1448册，影印乾隆刻本，第138页。
⑧ （清）吴省钦：《白华前稿》，载《续修四库全书》第1448册，影印乾隆刻本，第139页。

7.《九月十三日,陶然亭作展重阳会,即送董东亭归海盐联句》①

8.《十二月十日,楷素轩盆中芍药联句》②

——以上卷三十四

9.《杏酪联句》③

10.《集程鱼门拜书亭,观藏墨联句》

11.《集陆耳山新居联句》④

12.《冰床联句》

13.《集绿卿书屋,赋京师食品联句》十首⑤

14.《毡车联句》

15.《祀灶联句》⑥

——以上卷三十五

16.《闰花朝小集联句》⑦

17.《忆竹联句》

18.《忆桂联句》⑧

19.《觉生寺大钟联句》⑨

——以上卷三十六

上列凡十九题,对应十九次集会唱和。根据首尾诸题的标题及其在集内的编排次序,可以推测这个联句会始于乾隆二十八年癸未的"早秋",终于乾隆三十年乙酉的秋冬之际,前后活动时间约两周年强。

---

① (清)吴省钦:《白华前稿》,载《续修四库全书》第1448册,影印乾隆刻本,第140页。
② (清)吴省钦:《白华前稿》,载《续修四库全书》第1448册,影印乾隆刻本,第141页。
③ (清)吴省钦:《白华前稿》,载《续修四库全书》第1448册,影印乾隆刻本,第144页。
④ (清)吴省钦:《白华前稿》,载《续修四库全书》第1448册,影印乾隆刻本,第149页。
⑤ (清)吴省钦:《白华前稿》,载《续修四库全书》第1448册,影印乾隆刻本,第150页。
⑥ (清)吴省钦:《白华前稿》,载《续修四库全书》第1448册,影印乾隆刻本,第152页。
⑦ (清)吴省钦:《白华前稿》,载《续修四库全书》第1448册,影印乾隆刻本,第154页。
⑧ (清)吴省钦:《白华前稿》,载《续修四库全书》第1448册,影印乾隆刻本,第156页。
⑨ (清)吴省钦:《白华前稿》,载《续修四库全书》第1448册,影印乾隆刻本,第158页。

这个联句会的成员，据作品正文统计，并依其在各题作品中第一轮联句出现的先后次序，共有程晋芳（鱼门其字，号蕺园）、赵文哲（字升之，璞函其号，又号璞庵）、阮葵生（号吾山）、董潮（东亭其号）、吴省钦（字冲之，号白华）、陆锡熊（字健男，耳山其号）、曹仁虎（字来殷，号习庵）、严长明（字冬友，一作东有）、汪孟鋗（字康古）、吴省兰、沈初（号云椒）、王昶（号兰泉）十二人。① 他们都原籍"江左"——江苏（含今上海）、浙江、安徽，与会期间都在朝廷做官或应试科举。但各人参与联句既有早有晚，又有多有少。现在依据有关作品，制成如下这份表格；表格中的题目仅截取两个代表字，同时将下文将要叙述的曹仁虎辑《刻烛集》题目次序一起先列在这里，主体部分的数字则为各人在各题作品中第一轮联句出现的次序。

年份	题序 白华前稿	刻烛集	人序 作者 题目	1 程晋芳	2 赵文哲	3 阮葵生	4 董潮	5 吴省钦	6 陆锡熊	7 曹仁虎	8 严长明	9 汪孟鋗	10 吴省兰	11 沈初	12 王昶	总人次
乾隆二十八年癸未	1	0	会合	1	2	3	4	5	6							6
	2	6	蒲萄	1	2	4	7	5	8	3	6					8
	3	7	宫扇	1	3	4	6	7	3	5		2				8
	4	5	访菊	2	4	3	6	5	7	1			8			8
	5	4	食蟹	1	2	3	4	5	7	6						7
	6	8	鹁鹑	3	1	4	5	2	7	6			8			8
	7	9	重阳	2	5	3	4	6	7	1			8			8
	8	14	芍药	6	5			1	4	2	3					6
乾隆二十九年甲申	9	17	杏酪	1	4			2	6	3			5			6
	10	18	藏墨	2	6			3	7	4	5			1		7
	11	11	新居	7	5	8		2	4	3	1		6			8
	12	13	冰床	5	6			4	3	2	1			7		7
	13	10	食品	5	1			3	7	2				6		7
	14	12	毡车	1	3			7	6	2	5			4		7
	15	15	祀灶	7	2			3	6	1	5			4		7

---

① 括注各人字号，仅限本篇征引文字内出现者。

续表

年份	题序 白华前稿	刻烛集	人序\作题者目	1 程晋芳	2 赵文哲	3 阮葵生	4 董潮	5 吴省钦	6 陆锡熊	7 曹仁虎	8 严长明	9 汪孟鋗	10 吴省兰	11 沈初	12 王昶	总人次
乾隆三十年乙酉	16	16	花朝	3	7			1	4	5	2			6		
	17	2	忆竹	2	7			1	5	3	4			6		
	18	3	忆桂	6	1			7	3	5	4			2		
	19	1	大钟		3			4	7	1	5			6	2	
合计	19	18		18	19	8	7	19	19	18	12	1	4	10	1	136

从这份表格可以看出，联句发起的时候亦即第一题作者，只有程晋芳、赵文哲、阮葵生、董潮、吴省钦、陆锡熊六个人；其中完整参加十九题联句的作者，又只有赵文哲、吴省钦、陆锡熊三个人。联系前引吴省钦《城南集》自序"予既与璞函移寓西砖胡同"云云，同时考虑到赵文哲、陆锡熊两人的诗集都没有保存相关作品（参见下文），所以我们将这个联句会的代表人物即定为吴省钦。

关于这个联句会，吴省钦《白华后稿》卷首《年谱》仅乾隆"二十八年癸未三十五岁"条有简略记载：

> 是年，与璞庵、兰泉、鱼门、东亭、云椒、吾山、耳山、习庵及弟兰为联句之会。①

这里不但将数年之事并为一处，而且于成员遗漏严长明、汪孟鋗二人。倒是程晋芳《勉行堂诗文集·勉行堂文集》卷四《书董东亭册子后》，有关叙述相当具体、生动：

> 此余亡友东亭董君笔也。……方其官庶常时，余与今侍读吴白

---

① （清）吴省钦：《白华后稿》，载《续修四库全书》第1448册，影印嘉庆十五年石经堂刻本，第495页。

华、中允曹习庵、比部阮吾山，同年汪康古、赵璞函、严冬友、陆耳山辈，皆分列馆阁，兼纂修事；入直多暇，则以文酒往来，为联句会，月必再三集。集时选题，定一人操管，六七人构思，各书所得，择善者从之，众咸谓可乃登诸纸。或摇颔蹙眉，抵案狂笑，各极其态，不自觉也。他人句成，有更易不遽入选者。东亭瘦骨珊然，张目兀坐，良久乃得一二句，举坐悉惊叹以为不可及，命亟书之，不能摇撼只字。比东亭告归，余偕璞函辈作展重阳会，联五言长律饯之，盖自是东亭与吾辈诀矣。东亭归后，同人复为诗会一年。乙酉以还，各以事牵，乃中辍。①

按董潮于乾隆二十八年癸未举进士，改翰林院庶吉士；九月假归浙江海盐，次年即卒。《勉行堂诗文集·勉行堂诗集》卷十六《哭董东亭四首》之四尾联自注说："去年九月十三日，同人作展重阳会联句送东亭南归，距今适一年。"② 而这里称"东亭归后，同人复为诗会一年"，则属于泛言，实际有约两年时间，至乾隆三十年"乙酉"年内结束。前列第十六题《闰花朝小集联句》，在此数年之内只有"乙酉"才闰二月，亦可为证。这与吴省钦《白华前稿》有关诗歌编年，可以说并不矛盾。

特别值得注意的是，程晋芳在这里明确称这个联句会为"诗会"。虽然其所说"月必再三集"，按之前列联句诸题，除第一年第一题"早秋"至第七题"九月十三日"之外频率大都没有这样高，但结合前引吴省钦《城南集》自序"克期订友，共举此会"云云一起来看，这个联句会的集会唱和确实具有一定的规律性，有着明显的结社形式和意图。因此，这个联句会应该可以认定为一个诗社，而不同于唐代韩愈（昌黎其号）等人"城南联句"那样的集会唱和。钱大昕《潜研堂集·文集》卷四十三为曹

---

① （清）程晋芳撰、魏世民校点《勉行堂诗文集》，黄山书社，2012，第772~773页。
② （清）程晋芳撰、魏世民校点《勉行堂诗文集》，黄山书社，2012，第413页。

仁虎而撰的《日讲起居注官翰林院侍讲学士曹君墓志铭》，即直接称之为"诗社"。① 它的名称，参照吴省钦《城南集》和下文所述沈初《城南联句集》的命名，即可称作"城南联句会"。

至于"城南联句会"的成员，程晋芳这里所举同样并不完备。即以董潮在时的前七题而论，也还遗漏吴省兰一人。但因其末添有一个"辈"字——相当于现代汉语的"等"字，所以并不成其为问题。而后来如杨钟羲《雪桥诗话三集》卷七据这段文字敷衍为诗话，直接称董潮"在京师，日与吴白华、曹习庵、阮吾山、程蕺园、汪康古、赵璞函、严冬友、陆耳山为联句会"②，省去这个"辈"字，这就变成错误的了。

"城南联句会"成员中的赵文哲、曹仁虎、王昶三人，都是稍前沈德潜所定"吴中七子"中的人物，占全部成员的四分之一。其中的曹仁虎，虽然第一次联句没有参加，但其后各方面表现特别活跃。乃至如吴省钦《白华前稿》卷三十九《习庵叠韵催联句之会，再和》二首标题以及其二正文第三句"但求折简吟同社"所示③，在乾隆三十四年"己丑"（1769）仍然怂恿吴省钦重举此会。只可惜那时候其他成员"各以事牵"，或者远离京师，甚至接连谢世，所以这个联句会也就不只是"中辍"，而是彻底结束了。

二 曹仁虎《刻烛集》

"城南联句会"的作品，目前所见即以吴省钦《白华前稿》保存最多，其次则为曹仁虎辑《刻烛集》。但《刻烛集》本身，以及后世各种相关叙述，存在不少错误。

---

① （清）钱大昕撰、吕友仁标校《潜研堂集》，上海古籍出版社，1989，第782页。有关文字详后。
② （清）杨钟羲撰、佚名校点《雪桥诗话三集》，北京古籍出版社，1991，第276页。另其上文："董东亭……画学黄大痴、舒云亭。季试，武原拔取之……"应标点作："董东亭……画学黄大痴。舒云亭季试武原，拔取之……"，见第275页。武原系海盐别称。
③ （清）吴省钦：《白华前稿》，载《续修四库全书》第1448册，影印乾隆刻本，第186页。

《刻烛集》起初有乾隆四十四年己亥（1779）曹仁虎家刻本（参见下文），该本笔者未见其书。嘉庆年间吴省兰将其辑入听彝堂刻《艺海珠尘》石集（乙集），后来《丛书集成初编》据以排印，则十分通行，随处可得。

《刻烛集》所收都是"城南联句会"的作品。但如前表格所示，其总数只有十八题，而缺少曹仁虎没有参加的第一次联句之作。又各题编排次序，与《白华前稿》几乎全然不同。特别是《白华前稿》最末第十九题《觉生寺大钟联句》，《刻烛集》排在最初第一题[①]；该题联句由曹仁虎起句，这很可能是一个微妙的原因。

不过，《刻烛集》所收十八题作品，就每题第一轮联句进行对比，可以发现有关作者及其先后次序与《白华前稿》完全一致。因此，除去个别文字出入以外，《刻烛集》的作品总体上应该也是真实可信的。

围绕《刻烛集》，后世各种相关错误可谓五花八门，有的还直接关系到"城南联句会"的史实。

嘉庆初年王鸿逵据王昶"口授"为曹仁虎而撰的《曹学士年谱》，乾隆"二十九年甲申三十四岁"条说：

> 是年至丙戌，先生在京，与同乡、同年诸公作联句诸诗，著有《刻烛集》。[②]

这里将"城南联句会"的起止时间定为乾隆二十九年甲申至三十一年丙戌（1766），等于整体后移了一年。这个说法，此后一再被其他学者相沿袭，包括某些今人的相关论著。然而如前所述，董潮在乾隆二十八年癸未就已经假归离京，绝不可能次年才参与此会。另外吴玉纶《香亭文稿》卷三有一篇《曹习庵刻烛集序》，开头就说：

[①] （清）曹仁虎辑、佚名断句《刻烛集》，载《丛书集成初编》第1794册，第1页。
[②] （清）王鸿逵：《曹学士年谱》，载《北京图书馆藏珍本年谱丛刊》第106册，影印嘉庆蓝丝栏抄本，第494～495页。

> 戊戌孟冬，曹宫允习庵于消寒席间出《刻烛集》一卷示余，属为序，盖自癸未至乙酉与诸同人京邸联句诗也。①

这里"戊戌"为乾隆四十三年（1778），此序盖为家刻本而作，但不知家刻本是否有收，丛书本则明确未载。而其中叙及"城南联句会"的起止时间，正作"癸未至乙酉"。至于王昶，他曾经将此序辑入《湖海文传》卷三十二，这个时间也作"癸未至乙酉"②；而再次附入嘉庆《直隶太仓州志》卷五十六《艺文·五》"嘉定县·国朝"曹仁虎《咏典堂诗》诸集之后，这个时间却改作"甲申至丙戌"③，则其误与《曹学士年谱》相同。

又清末民初叶德辉撰《郋园读书志》，卷十集部别集类有"《刻烛集》一卷、《炙砚集》一卷（乾隆己亥家刻本）"条，开头说：

> 《刻烛集》一卷，乾隆甲申至丙戌，曹仁虎与青浦王昶、上海赵文哲、南汇吴省钦、江宁严长明、平湖沈初、上海陆锡熊、歙县程晋芳、山阳阮葵生、海盐董潮、南汇吴省兰、秀水汪孟锅、吴江陆燿，在都门各种联句之作也。《炙砚集》一卷，则乾隆庚寅消寒雅集，分题所得各诗录为一卷也。④

这里涉及"城南联句会"的起止时间，同样称"甲申至丙戌"，不知是辗转取自《曹学士年谱》，抑或是家刻本《刻烛集》收有吴玉纶该序而把"癸未至乙酉"改成了"甲申至丙戌"，或者另外还有诸如嘉庆

---

① （清）吴玉纶：《香亭文稿》，载《续修四库全书》第1451册，影印乾隆六十年滋德堂刻本，第486页。
② （清）王昶：《湖海文传》，载《续修四库全书》第1668册，影印道光十七年经训堂刻本，第678页。
③ （清）王昶纂修嘉庆《直隶太仓州志》，载《续修四库全书》第698册，影印嘉庆七年刻本，第165页。
④ （清）叶德辉撰、杨洪升点校《郋园读书志》，上海古籍出版社，2010，第495页。

《直隶太仓州志》之类的来源，但总之都是错误的。并且叙及《刻烛集》联句作者亦即"城南联句会"的成员，末尾还多出陆燿一人。而如前所述，所见丛书本《刻烛集》在作者方面与《白华前稿》完全一致，都没有陆燿其人。其他各处所见"城南联句会"作品，作者也无出《白华前稿》之外。陆燿本人的《切问斋集》[①]，最末两卷诗歌全无联句之作，至少也不能从正面证明他曾经参与此会。叶德辉的这个说法，究竟是确实依据家刻本《刻烛集》，还是由于某种疏忽，目前不得而知，但至少值得怀疑。

《郋园读书志》该条下文，还引到前及钱大昕《日讲起居注官翰林院侍讲学士曹君墓志铭》，有关文字说：

> 君……在京华，与馆阁诸同好及同年友为诗社，率旬日一集，或分题，或联句，或分体；每一篇出，传诵日下，今所传《刻烛》、《炙砚》二集是也。[②]

这里《炙砚集》毋论，《刻烛集》因其所收全部是联句之作，而联句作者必定在两人以上，因此就其性质而言，既可以视为别集，也可以视为总集，并且还可以进一步视为"城南联句会"的会诗总集（缺少第一题另当别论）。而无论别集、总集乃至会诗总集，《刻烛集》正如《炙砚集》一样，总体上都属于诗集。曾见今人编著的《上海文学通史》，第一编《上海古代文学史》第四章《清代的上海文学》第四节《学者型诗人的崛起》第五部分《王昶、曹仁虎与赵文哲》，叙及曹仁虎著作时说：

> 曹仁虎……的学术声誉虽不像王鸣盛、钱大昕、王昶那么高，但

---

① （清）陆燿：《切问斋集》，载《四库未收书辑刊》第十辑第19册，影印乾隆五十七年晖吉堂刻本。
② （清）叶德辉撰、杨洪升点校《郋园读书志》，上海古籍出版社，2010，第495页。

也是一位学者型的诗人,著有《七十二候考》一卷、《刻烛集》一卷、《转注古音考》、《蓉镜堂文稿》等。文学作品则有《宛委山房诗集》、《春礬瑶华唱和集》、《秦中杂稿》、《辕韶鸣春集》等。在当时同王鸣盛、钱大昕一起被称为"嘉定三才子"。①

这里将《刻烛集》夹在《七十二候考》与《转注古音考》之间,又与下文的"文学作品"相对举,显然是误将此集当成了学术著作。至于"文学作品"中的所谓《春礬瑶华唱和集》《辕韶鸣春集》实际分别是三种、两种诗集,则可参见《郎园读书志》该条所引墓志铭下文有关标点。

此外如今人柯愈春先生所著《清人诗文集总目提要》,卷二十九曹仁虎名下叙及《刻烛集》,称其"今……未见……传世"②,则属于另一种类型的错误。

三 其他成员作品收录情况

联句作为集体创作的作品,不但每位作者都有收入本集(别集)的资格,而且理当收入各自的本集。"城南联句会"十二位成员,人人有集传世。但各人参与此会的联句之作,收录情况却十分复杂。其中吴省钦、曹仁虎两家,上文叙述已详。赵文哲与该时段对应的《媕雅堂诗续集》③、阮葵生《七录斋诗钞》④、陆锡熊《篁村集》⑤,都未见收录;吴省兰《听彝堂偶存稿》,据卷首总目,其卷二十六至卷三十二为"古今体诗",却

---

① 邱明正:《上海文学通史》(上册),复旦大学出版社,2005,第217~218页。
② 柯愈春:《清人诗文集总目提要》(上册),北京古籍出版社,2002,第737页。
③ (清)赵文哲:《媕雅堂诗续集》,载《四库未收书辑刊》第十辑第26册,影印乾隆五十六年刻本。
④ (清)阮葵生:《七录斋诗钞》,载《续修四库全书》第1445~1446册,影印稿本。
⑤ (清)陆锡熊:《篁村集》,载《续修四库全书》第1451册,影印道光二十九年陆成沅刻本。

恰恰"嗣刻"无果①，自然也未收录。馀下六家，现在逐一考察于次，间或还可以为前述此会的某些情况提供佐证。

（一）程晋芳

如前表格所示，程晋芳在"城南联句会"中共有连续十八题作品（缺最末第十九题），并且有六题特别是开头三题都由他起句，为所有成员之冠。今人整理的《勉行堂诗文集》，其中《勉行堂诗集》以及《蕺园诗集》都未见收录；末尾新增《诗文辑补》，最末仅据王昶辑《湖海诗传》卷三十二程晋芳名下诗歌辑补第三、第五两题。② 其他十六题，则可进一步据吴省钦《白华前稿》予以补足。

（二）董潮

董潮有《红豆诗人集》，系后人所辑纂。其卷十八为诗歌"补遗"，笼统包含乾隆二十八年"癸未"、二十九年"甲申"的部分作品，最末收有"城南联句会"第二至第七凡六题③，但还缺少第一题。又已收这六题，编排次序与吴省钦《白华前稿》、丛书本《刻烛集》都不尽相同，不知是否别有来源。

（三）严长明

严长明今传《严东有诗集》，其中相关的编年诗歌小集《归求草堂诗集》凡六卷，止于乾隆二十八年"癸未"。该年他在"城南联句会"所作，仅第二、第八两题，而都已经收在卷六④，编年正相吻合。唯第二题

---

① （清）吴省兰：《听彝堂偶存稿》，载《清代诗文集汇编》第394册，影印乾隆至嘉庆刻《听彝堂全集》本，第416页。
② （清）程晋芳撰、魏世民校点《勉行堂诗文集》，黄山书社，2012，第833~837页。第三题标题，《湖海诗传》省称《宫扇联句》，而"宫"字误作"官"，当改，见《续修四库全书》第1626册，影印嘉庆八年（1803）三泖渔庄刻本，第214页。
③ （清）董潮：《红豆诗人集》，载《清代诗文集汇编》第365册，影印道光十九年董敏善刻本，第220~224页。
④ （清）严长明：《严东有诗集》，载《续修四库全书》第1450册，影印民国元年郎园刻本，第637、639~640页。

《蒲萄联句》，据前列表格应作于"早秋"之后，而这里却排在本年时间比较明确的《六月中旬，移宣武门内，与毕秋帆前辈同寓；谈宴之馀，偶有感兴，漫赋四律》之前①，不无参差。至于后两年参与联句的另外十题作品，则可以视为《严东有诗集》的佚作。

（四）汪孟锅

汪孟锅在"城南联句会"中仅有第三次联句一题，已收入其《厚石斋集》卷十一②，编年也正是乾隆二十八年"癸未"。

（五）沈初

沈初从第九题开始参与联句，其后只缺第十一题，一共有十题。这批作品，都收入其《兰韵堂诗集》卷五《城南联句集》③，小集前面并有自序，有关文字说：

> 岁甲申、乙酉间，江左诗人有联句之会，余亦与焉。久都遗忘，近从《白华前稿》中见之。回忆故人聚首如前日事，屈指逝者过半，感慨系之。因录入集中，编为一卷，曰《城南联句集》。④

据此可知，这批作品都辑自吴省钦《白华前稿》。唯关于起止时间，这里称乾隆二十九年"甲申"、三十年"乙酉"，乃是就沈初本人参与联句而言，因此并无错误。而关于此会成员的籍贯，这里概括为"江左"，则很能见出这方面的特点。

---

① （清）严长明：《严东有诗集》，载《续修四库全书》第1450册，影印民国元年郎园刻本，第638页。
② （清）汪孟锅：《厚石斋集》，载《清代诗文集汇编》第348册，影印乾隆秀水汪氏刻《秀水汪氏家集》本，第319页。
③ （清）沈初：《兰韵堂诗集》，载《四库未收书辑刊》第十辑第23册，影印乾隆刻本，第45~52页。
④ （清）沈初：《兰韵堂诗集》，载《四库未收书辑刊》第十辑第23册，影印乾隆刻本，第45页。

（六）王昶

王昶与汪孟鋗一样也只有一题作品，但系最末第十九题，说明他此前并没有参加。该诗收入其《春融堂集》卷九《闻思精舍集》①，题作《同曹来殷、赵升之、陆健男、严东有、沈云椒（初）、吴冲之（省钦）观觉生寺大钟，联句一百八韵》。考《春融堂集》诗歌，编年总体上比较笼统。本卷包含乾隆三十年"乙酉"、三十一年"丙戌"、三十二年"丁亥"凡三年的作品，内部不再明确分标年份，不过各年之间的界限还比较清楚。其中个别作品编年明显有误，例如编在第一年"乙酉"的《腊月八日侍直阐福寺作》②，以其正文自注"是月十六日立春"对照已故郑鹤声先生编《近世中西史日对照表》③，应该是作于第三年"丁亥"。但本题联句之作，将错就错而排在《腊月八日侍直阐福寺作》之前第二题，编年倒正相吻合，季节也基本一致。只可惜王昶参与联句之后，这个"城南联句会"也就结束了。

《春融堂集》所收本题，正文内作者与诗句的对应关系却完全乱套。前述收有本题的吴省钦《白华前稿》、丛书本《刻烛集》以及沈初《兰韵堂诗集》，正文都是曹仁虎起第一句；王昶续第二句，再起第三句；以下诸人仿王昶，续一句起一句；最后七句一人一句。④ 并且王昶曾经将其辑入《湖海诗传》卷二十五曹仁虎名下，情况同样也是如此。⑤ 而《春融堂集》却将其改为每人顺序两句一韵，并且起、结两韵都定为王昶自己所

---

① （清）王昶：《春融堂集》，载《续修四库全书》第1437册，影印嘉庆十二年塾南书舍刻本，第433～434页。
② （清）王昶：《春融堂集》，载《续修四库全书》第1437册，影印嘉庆十二年塾南书舍刻本，第435页。
③ 郑鹤声：《近世中西史日对照表》，中华书局，1981，第505页。
④ （清）吴省钦撰《白华前稿》，载《续修四库全书》第1448册，影印乾隆刻本，第158～160页；（清）曹仁虎辑、佚名断句《刻烛集》，载《丛书集成初编》第1794册，第1～3页；（清）沈初撰《兰韵堂诗集》，载《四库未收书辑刊》第十辑第23册，影印乾隆刻本，第50～52页。
⑤ （清）王昶：《湖海诗传》，载《续修四库全书》第1626册，影印嘉庆八年三泖渔庄刻本，第119～120页。倒数第四句"毋怆凭吊情"后，脱漏作者"省钦"。

作，通篇作者全部打乱。考《湖海诗传》本卷曹仁虎名下，和前述卷三十二程晋芳名下，以及卷二十七严长明、卷二十八沈初名下分别收录第十一题、第十题联句之作①，都以起句作者作为归属，这是属于总集编纂的一种体例；而收入各自的别集，正如前述诸家，是根本不需要考虑这一点的。《春融堂集》这样处理，其间的微意，很可能就像曹仁虎辑《刻烛集》将本题由最末第十九题改为最初第一题一样，在于突出自己在联句中的地位。但这个做法，却分明属于今天所说的"学术造假"。文人争名，竟然具体到如此细节，的确不免悲哀。

以上所见"城南联句会"各家作品，都没有超出吴省钦《白华前稿》十九题之外。由此看来，此会联句之作，另有遗漏的可能性基本不存在。同时，从所述严长明、汪孟锅、王昶三家本集作品编次来看，《白华前稿》各题的编年及排序，总体上应该也是值得相信的。不过，有关各家作品，在文字上除个别已经叙及者以外，也还时有出入，甚或明显错误。例如第十三题《集绿卿书屋，赋京师食品联句》十首，丛书本《刻烛集》总标题作《同人集绿卿书屋，赋得京师食品联句十首》②；而小标题第五首《固安栗》、第八首《昌平黄鼠》③，卷首目录则误作《昌平栗》《固安黄鼠》④，两个地名刚好颠倒。即使是《白华前稿》，类似错误也不能尽免。例如第四题《永乐庵访菊联句》，第二轮"培莳别勤怠，围绳界周遭"两句后面，就脱漏作者"文哲"。⑤ 因此，综合各方面情况来看，如果能够以《白华前稿》为基础，再以其他各家别集及总集做校勘，重新整理一种《城南联句集》，那将不仅有助于文献的建设，而且有助于此会的考察。目前最为遗憾的，就是家刻本《刻烛集》，不知是否还存在人间。

---

① （清）王昶：《湖海诗传》，载《续修四库全书》第1626册，影印嘉庆八年三泖渔庄刻本，第151、156~157页。
② （清）曹仁虎辑、佚名断句《刻烛集》，载《丛书集成初编》第1794册，第11页。
③ （清）曹仁虎辑、佚名断句《刻烛集》，载《丛书集成初编》第1794册，第12、13页。
④ （清）曹仁虎辑、佚名断句《刻烛集》，载《丛书集成初编》第1794册，第11页。
⑤ （清）吴省钦：《白华前稿》，载《续修四库全书》第1448册，影印乾隆刻本，第137页。

作者简介

朱则杰，男，文学博士，浙江大学传媒与国际文化学院国际文化学系教授、中国古代文学专业博士生导师，从事清代诗歌研究，曾出版《清诗史》《清诗考证》等专著。

明代诗社文献缉考

沈文凡

宋、元时期文人结社已蔚然成风,至明代而炽盛。明代文人结社几百家。[①] 诗人结社同声,入社会友;拈韵分题,迭唱互吟;挥毫执鞭,选胜立帜;社谊论学,清议讽时,形成时尚潮流。这是推动文学尤其是诗歌创作不可缺少的动力,具体到对诗体尤其是排律诗体的促进作用更为直接。

一　宋元明诗人的诗社观文献

宋代以来,诗人就争相入社,趋之若鹜地参与诗社活动,而诗歌唱和是社集的最主要内容。很多诗人在诗中都表达了入社及参加社集活动的强烈愿望。如欧阳修"唱高谁敢投诗社,行处人争看地仙"(《答端明王尚书见寄兼简景仁文裕二侍郎二首》)[②];王安石"相思每欲投诗社,只待春蒲叶又书"(《和杨乐道见寄》)[③];释觉范"愿为西崦邻,投名入诗社"

[①] 郭绍虞先生统计为176家,郭绍虞《照隅室古典文学论集》上册《明代的文人集团》,上海古籍出版社1983年。李圣华先生统计为213家,李圣华《晚明诗歌研究》,人民文学出版社2002年。
[②] 欧阳修:《文忠集》卷五十七,文渊阁四库全书本。
[③] 王安石:《临川文集》卷二十二,四部丛刊景明嘉靖本。

(《雪霁谒景醇时方堤捍水修湖山堂复和前韵》)[1];李处权"一坐关山百念灰,德邻诗社许徘徊"(《奉怀养源士特似表》)[2];吴芾"得闲正好寻诗社,乘兴何妨上钓舟"(《和王夷仲至日有感》)[3];吴芾"不来山下寻诗社,即向湖中棹酒船"(《和蒋无退怀湖山》)[4];周必大"已寻诗社盟,更许食期戒"(《次韵赵公直赏心亭醵会古风》)[5];袁说友"欲放酒肠愁酒病,强投诗社阙诗声"(《呵笔》)[6];许纶"暂肯闻闲入诗社,来篇三复叹南容"(《再用韵酬居甫》)[7];陆游"数僧也复投诗社,零落今无一二存(梅山)"(《故山》)[8];戴复古"携刺投诗社,移船傍酒家"《访严坦叔》)[9];戴复古"白首归来入诗社,犹思渭北与江东"(《次韵谷口郑东子见寄》)[10];陈造"我投诗社名,拜手敢貌敬"(《吴节推赵杨子曹器远赵子野携具用韵谢之》)[11];孙应时"犹喜逢君结诗社,如何别我向糟丘"(《寄高司户》)[12];吴泳"春来亦欲寻诗社,却怕诗工与道妨"(《张仁溥寄游沧浪诗用韵一首非为沧浪作也》)[13];韩淲"着眼尘网外,纳身诗社中"(《送赵推官衡州》)[14];陈着"古声不入唐诗社,会饮宁知杜酒村"《侄溥酒边呈诗二首因次韵》)[15],等等。

明代朱朴,约明武宗正德十年前后在世,正德嘉靖间,与文徵明、孙一元相唱酬。他的"神交千里梦已接,诗社百年情独深"(《赠张惟爱秀

---

[1] 释觉范:《石门文字禅》卷六,四部丛刊景明径山寺本。
[2] 李处权:《崧庵集》卷五,民国宋人集本。
[3] 吴芾:《湖山集》卷七,清文渊阁四库全书本。
[4] 吴芾:《湖山集》卷八,清文渊阁四库全书本。
[5] 周必大:《文忠集》卷一,清文渊阁四库全书本。
[6] 袁说友:《东塘集》卷七,清文渊阁四库全书本。
[7] 许纶:《涉斋集》卷十,民国敬乡楼丛书本。
[8] 陆游:《剑南诗稿》卷二十一,清文渊阁四库全书补配清文津阁四库全书本。
[9] 戴复古:《石屏诗集》卷二,四部丛刊续编景明弘治刻本。
[10] 戴复古:《石屏诗集》卷六,四部丛刊续编景明弘治刻本。
[11] 陈造:《江湖长翁集》卷六,明万历刻本。
[12] 孙应时:《烛湖集》卷十九,清文渊阁四库全书本。
[13] 吴泳:《鹤林集》卷三,清文渊阁四库全书补配清文津阁四库全书本。
[14] 韩淲:《涧泉集》卷三,清文渊阁四库全书本。
[15] 陈着:《本堂集》卷二十一,清文渊阁四库全书补配清文津阁四库全书本。

才》)①，表达了宋元以来，直至明代，诗人对诗社的向往、依恋、难以割舍的情怀。诗人既已入社，就感受到诗社是诗歌创作活动的好去处：如范仲淹律诗"含毫看不足，诗社好生涯"（《次韵和刘夔判官对雪》)②；陈师道"欲入帝城须帝力，且寻诗社着诗勋"（《寄亳州何郎中二首》)③，李之仪"不惟诗社顿光辉，枝上分明过于昔"（《彦行和梅诗甚工辄次元韵》)④。在诗社中，最能显示诗人的才华，诗人要建立诗勋，诗社是重要的展示平台。如贺铸"甲子夏，与彭城诗社诸君分阅唐诸家诗，采其平生，人赋一章，以姓为韵，君虞益字也，见《从军诗》序"，"君虞兴圣孙，诗律早专美"《读李益诗》)⑤，许景衡七言律诗"诗社若容追故事，未饶五字有长城"（《再和戴尧卿游灵隐》)⑥；张纲"诗社纵添新句法，醉乡难觅旧交游"（《归乡》)⑦；王之道五言古诗"近来诗社争相胜，幽讨冥搜字字工"（《秋日野步和王觉民十六首》)⑧；王庭珪撰律诗七言"老去无才可致君，强从诗社立奇勋"（《次韵张子家见访惠诗》)⑨，诗人在此诗小序中说："仆尝为逐客，故以台州自况"；刘子翚"似闻诗社多何逊，盍试招邀共一杯"（《次韵张守梅诗》)⑩；韩淲五言律诗"江湖千里宽，交游尽诗社"（《次韵盖友》)⑪；元蒲道源七言古诗"兹辰雄篇肯见示，要使诗社盟无寒"（《九日翰林薛学士出旧寄李述之长句次韵》)⑫；明杨基（1325～1378）七言绝句"诗社当年共颉颃，我才惭不似君长。可应句好无人识，梦里相寻与较量"（《梦故人高季迪三首》)⑬。诗社的

---

① 朱朴：《西村诗集》卷下，清文渊阁四库全书本。
② 范仲淹：《范文正集》卷三，四部丛刊景明翻元刊本。
③ 陈师道：《后山集》卷六，宋刻本。
④ 李之仪：《姑溪居士前集》前集卷一，清文渊阁四库全书本。
⑤ 贺铸：《庆湖遗老诗集》卷二，民国宋人集本。
⑥ 许景衡：《横塘集》卷四，清文渊阁四库全书本。
⑦ 张纲：《华阳集》卷三十五，四部丛刊三编景明本。
⑧ 王之道：《相山集》卷十四，清文渊阁四库全书补配清文津阁四库全书本。
⑨ 王庭珪：《卢溪文集》卷十七，清文渊阁四库全书本。
⑩ 刘子翚：《屏山集》卷十六，明刻本。
⑪ 韩淲：《涧泉集》卷八，清文渊阁四库全书本。
⑫ 蒲道源：《闲居丛稿》卷二，元至正刻本。
⑬ 杨基：《眉庵集》卷十一，四部丛刊三编景明成化刻本。

诗歌创作多是以赛诗会的形式出现的，因此诗人在诗艺的切磋上尤其下工夫。

二 明人诗文别集中出现的诗社文献

八社、白社、大社、几社、广社、兰社、方社、西社、云社、今社、甘社、从社、仁社、芳社、合社、书社、南社、里社、关社、吴社、雅社、震社、酒社、萍社、持社、烟社、鸿社、鄂社、梅社、偶社、洛社、瀛社、精社、复社、莲社、吟社、萃社、净社、耆社、家社、燕社、鄩社、念社、萃社、湖社、青社、亳社、联社、遛社、赤社、益社、观社、狂社、删社、榆社、鸥社、栎社、治社、霞社、柳社、冰社、奕社、潄社、越社、粤社、褉社、白门社、白榆社、白沙社、白鹿社、白莲社、白下社、白鸥社、白云社、青溪社、青霞社、青山社、青门社、青梧社、青松社、青桂社、青莲社、青藜社、青墩社、黄曲社、黄川社、黄玉社、紫霞社、紫芝社、金芳社、金陵社、金莲社、金陵社、金粟社、金兰社、清词社、素盟社、环翠社、绿槐社、霞中社、霞心社、三洲社、三山社、五笥社、六子社、六生社、息六社、七襄社、八城社、九峰社、九莲社、千秋社、东山社、东林社、东华社、湖东社、西湖社、西峰社、西林社、西关社、西园社、西泠社、竹西社、水西社、海西社、南方社、淮南社、南屏社、市南社、北门社、芙蓉社、莲花社、胜莲社、兰花社、兰亭社、握兰社、御兰社、桃花社、梅花社、采菊社、花朝社、丛桂社、柳州社、蕙圃社、瑶华社、莆大社、葡萄社、宝华社、茂梧社、花萼社、春草社、禅藻社、岁寒社、薛萝社、鹊起社、鹰扬社、鸡鸣社、龙蟠社、攀龙社、虎斋社、龙城社、龙泉社、石门社、石君社、禹门社、蓟门社、海门社、确园社、荆园社、啸园社、澹园社、冶园社、云山社、小山社、吴山社、藤山社、孤山社、越山社、檽山社、岘山社、锡山社、阳山社、仰山社、芝山社、狮山社、山茨社、慧林社、肇林社、醉竹社、榆林社、肇林社、华林社、木奴社、武林社、竹林社、泊台社、霜台社、昆台社、燕台社、雪堂社、竺城社、匡庐社、彷村社、塔用社、蓬莱社、斋头社、丰城社、海虞社、海沧社、湖头社、鉴湖社、江南社、琅玕社、颖上社、秋涛社、凌波社、澄波社、言溪社、渊溪社、濮溪社、江干社、洪江社、塔江社、玉河社、沧洲社、洛如社、淡成社、清凉社、净淡社、渭崖社、潮音社、水田社、蕉池社、率滨社、河亭社、浮邱社、横江社、文雅社、文台社、文会社、文起社、弘文社、文虹社、文脊社、联文社、云从社、云间社、临云社、法云社、玄云社、丛云社、云溪社、云簪社、广陵社、广应社、广因社、天界社、兴举社、兴严社、丰干社、丰崖社、干岳社、来香社、香严社、琴香社、慧香社、崇雅社、雅游社、确尔社、剑光社、维扬社、饮和社、明业社、明亲社、真率社、口吟社、朝暾社、放生社、雄飞社、栖贤社、招隐社、离支社、君肇社、固围社、观德社、吴兴社、膺锡社、昆易社、会稽社、常熟社、豫章社、秣陵社、大冶社、证修社、王侯社、耋老社、聚奎社、宴雅社、率真社、崇雅社、合璧社、远公社、夕庵社、放歌社、权公社、尊经社、书经社、天衢社、垆头社、白门诗社、白门之社、三山月社、四明乡社、四明易社、五经还社、大观亭社、秦淮大社、新城大社、凤冈大社、小瀛洲社、崇雅小社、文昌书社、文昌诗社、文笔山社、云林诗社、水经香社、同人谱社、禾城大社、东山茆社、北门吟社、西湖吟社、西湖秋社、湖南吟社、湖南雅社、南园梅社、南园旧社、岭南法社、东郭白社、东吴诗社、东湖合社、江北应社、竹西旧社、甬东越社、北溪古社、孤山诗社、孤山旧社、孤山新社、孤山吟社、岘山雅社、吴山诗社、横山诗社、碧山吟社、粤秀山社、金粟山社、休粮山社、怡山莲社、新柳诗社、诗经应社、平远堂社、金积园社、金精吟社、滤湖诗社、鸳湖初社、鸳水诗社、浮峰诗社、紫霞诗社、霞中吟社、燕台耆社、凤台书社、鹿门书社、耀奎堂社、剑光阁社、克斋诗社、萧园和社、芳树轩社、玉树轩社、花萼斋社、逸林斋社、补汉攻社、秦淮旧社、读易堂社、锌锌轩社、华严经社、富溪吟社、林仪部社、求仁书社、霞中后社、栖贤莲社、萝县阁社、静明斋社、湄浦吟社、麟溪义社、仓龙城社、玄揽轩社、诃林净社、三春九夏社、太弋山房社、六一避暑社、江阴四子社、君子亭合社、豫章九子社、复碧山吟社、绩栖贤莲社、丰口草堂社、大雅堂春社、仙源众欢社、盟鸥堂初社、长安古意社、庐山是谁社、含绿堂吟社、龙宫卿云社、苓山放生社。

三 诗社活动与诗歌创作文献

1. 明代诗文别集中有关"诗社序跋"的文献

诗社序跋是最直接透视诗社的原始材料，是评介明代诗社活动的丰富文献资料，有关诗社的序跋就是对诗社的宗旨、性质、范围、方式及效果等的介绍性质的文章，因为绝大多数序跋是写给当时的诗社成员看的，所以它的真实性是不容置疑的。如结合诗人诗社创作活动，感受就会更贴近。我们归纳统计如下：

白社：汪道昆（1525~1593）《白社寻盟小引》[1]，张萱（万历中举于乡）《白社稿后序》[2]，黄汝亨（1558~1626）《白社草序》[3]；

锡社：杨起元（1547~1599）《贺制府如翁陈公祖荣膺锡社诗序》[4]；

诗社：陈际泰（1567~1641）《诗社序》[5]；

广社：薛冈《海内名公广社序》[6]；

有社：李日华《书徐伯润别有社卷后》[7]；

念社：文翔凤（万历三十八年进士）《念社草序》[8]；

月社：赵世显（万历癸未进士）《月社序》[9]；

---

[1] 汪道昆：《太函集》卷二十六，万历十九年金陵刊本。
[2] 张萱：《西园存稿》卷十六，康熙四年序刊本（内阁文库本）。
[3] 黄汝亨：《寓林集》卷七，天启二年武林黄氏原刊本。
[4] 杨起元：《重刻杨复所先生家藏文集》卷二，万历间杨氏家刊本。
[5] 陈际泰：《巳吾集》卷二，清初李来泰白下刊本。
[6] 薛冈：《天爵堂文集》卷二，崇祯间刊本。
[7] 李日华：《李太仆恬致堂集》卷三十六，明末刊本。
[8] 文翔凤：《东极篇皇极篇南极篇》南极篇第九宗祭文，万历四十七年刊本。
[9] 赵世显：《芝园文稿》卷二，万历三十四年闽中赵氏原刊本。

几社：姚希孟（万历四十七年进士）《几社诗文合刻序》①；

治社：倪元璐（1594~1644）《治社八子集序》②；

大社：赵维寰《与大社诸士》③；

从社：熊开元（天启五年进士）《从社制义序》④；

赤社：鹿善继（1575~1636）《赤社丹邱卷序》⑤；

关社：陈仁锡《关社选序》⑥；

匡社：沈承《匡社叙》⑦；

益社：葛麟《益社小引》⑧；

酒社：张维新《酒社序》⑨；

仁社：胡直赞《仁社三逸图赞有序》⑩；

今社：黄端伯《今社选序》⑪；

合社：陈继儒《徐起卿繇拳合社文选叙》⑫；

白鹿社：王光美《白鹿社草序　王稚登》⑬；

白鸥社：钱希言（约1622年在世）《蓟门白鸥社草序》⑭；

青溪社：陈文烛《青溪社稿序》⑮，吴子玉《青溪社续刻引》⑯，李若

---

① 姚希孟：《姚孟长全集》五十三卷、《响玉集》卷之九，崇祯间苏州张叔籁刊本。
② 倪元璐：《倪文贞集》卷六，乾隆间写文渊阁四库全书本。
③ 赵维寰：《雪庐焚馀稿》卷八，崇祯二年刊本，据尊经阁文库影印。
④ 熊开元：《鱼山剩稿》卷五，清初嘉鱼金敦澄刊本。
⑤ 鹿善继：《鹿忠节公集》卷七，清重刊本。
⑥ 陈仁锡：《无梦园遗集》卷三，崇祯八年古吴陈氏刊本。
⑦ 沈承：《毛孺初先生评选即山集》卷一，天启六年原刊本。
⑧ 葛麟：《葛中翰遗集》卷十一，光绪十六年敦本堂罗氏刊本；葛麟附录《益社草原序一　虞玉树》、《益社草原序二　庄雅》、《益社草原序三　吴堂》（《葛中翰遗集》卷十二，光绪十六年敦本堂罗氏刊本）。
⑨ 张维新：《馀清楼稿》卷十六，万历间刊本。
⑩ 胡直赞：《衡庐精舍藏稿》续卷五，乾隆间写文渊阁四库全书本。
⑪ 黄端伯：《瑶光阁正集》卷九，嘉庆二十年企瑶山馆刊本。
⑫ 陈继儒：《陈眉公先生全集》卷七，崇祯间华亭陈氏家刊本。
⑬ 王光美：《王季中集》十卷白鹿社草，明刊本（内阁文库本）。
⑭ 钱希言：《松枢十九山》讨桂编卷十五，万历二十八年刊本（内阁文库本）。
⑮ 陈文烛：《二酉园诗集》续集卷三，万历十二年龙膺刊本。
⑯ 吴子玉：《大鄣山人集》卷八，万历十六年江夏黄正蒙校刊本。

讷（万历甲辰进士）《潘景升青溪社草序》①；

青霞社：方应祥（万历四十四年进士）序文（诗文）《题青霞社草》②；

清词社：伍瑞隆《清词社序》③；

黄曲社：韩应嵩（1524～1598）《黄曲社草序》④；

黄川社：冯梦祯（1546～1605）《题黄川社草》⑤；

黄玉社：何宗彦（万历二十三年进士）《黄玉社稿序》⑥；

紫芝社：吴子玉（嘉靖间贡生）《吴长公紫芝社诗序》⑦；

紫霞社：陈文烛（1535～1594）《紫霞社稿序》⑧；

芙蓉社：王世贞（1526～1590）《芙蓉社吟稿序》⑨，陈子龙（1608～1647）《韩水部芙蓉社序》⑩；

八城社：商辂（1414～1486）《八城社学诗序》⑪；

九峰社：陈继儒《九峰社草序》⑫；

广因社：艾南英（1583～1646）《国门广因社序》⑬；

文起社：董应举（万历二十六年进士）《文起社序》⑭；

文会社：郭之奇《文会社序》⑮；

---

① 李若讷：《四品稿》卷五，万历四十三年刊本。
② 方应祥：《方孟旋先生合集》文集卷二，明末盟津李氏刊本；《青来阁初集》卷之八，万历四十五年原刊本。
③ 伍瑞隆：《临云集》卷六文部，天启四年序刊本（内阁文库本）。
④ 韩应嵩：《太室山人集》文集卷八，万历三十二年韩光祜晋陵刊本。
⑤ 冯梦祯：《快雪堂集》卷三，万历四十四年黄汝亨等金陵刊本。
⑥ 何宗彦：《何文毅公集》卷七，崇祯年刊本，据尊经阁文库影印。
⑦ 吴子玉：《大鄣山人集》卷五，万历十六年江夏黄正蒙校刊本。
⑧ 陈文烛：《二酉园诗集》文集卷五，万历十二年龙膺刊本。
⑨ 王世贞：《弇州山人四部稿》卷六十六文部，万历五年吴郡王氏世经堂刊本。
⑩ 陈子龙：《安雅堂稿》卷三，明末刊本。
⑪ 商辂：《商文毅公全集》卷二十二，万历间西吴韩敬校刊本。
⑫ 陈继儒：《白石樵真稿》卷一，崇祯九年华亭章台鼎刊本。
⑬ 艾南英：《天佣子文集》卷十三，康熙间刊本。
⑭ 董应举：《崇相集》十八卷序一，启祯间刊本。
⑮ 郭之奇：《宛在堂文集》卷二十三，崇祯十一年序刊本（内阁文库本）。

文虹社：伍瑞隆《文虹社序》①；

云山社：叶向高（1559～1627）《云山社祠记》②，吴寅《云从社序》③；

玄云社：郑怀魁《九月八日玄云社集诗序》④；

水田社：赵维寰（万历庚子举人）《水田社草序》⑤；

丛云社：陶崇道《丛云社课序》⑥；

七生社：屠隆（1542～1605）《梅娄馆七生社草叙》⑦；

小山社：顾起元《小山社草序》⑧；

夕庵社：韩锡（崇祯庚辰，闽人）《夕庵社义叙》⑨；

西泠社：屠隆《西泠社集叙》⑩；

荆园社：周怡（1506～1569）《荆园社籍序》⑪；

琅玕社：李维桢（1547～1626）《琅玕社摘草序》⑫；

鉴湖社：罗万藻《鉴湖社序》⑬；

藤山社：陈衎《藤山社学志序》⑭；

放生社：释道忞《北都城南放生社序》⑮；

龙蟠社：李鼎《龙蟠社同萌序齿录序》⑯；

---

① 伍瑞隆：《临云集》卷五，天启四年序刊本（内阁文库本）。
② 叶向高：《苍霞草》卷十一，万历至崇祯间递刊本。
③ 吴寅：《吴虎侯遗集》文卷二，崇祯（己巳）二年孙阂基砚北斋刊本。
④ 郑怀魁：《葵圃存集》卷十，万历年刊本，据尊经阁文库影印。
⑤ 赵维寰：《雪庐焚余稿》卷上，崇祯二年刊本，据尊经阁文库影印。
⑥ 陶崇道：《拜环堂文集》卷二，明末刊本。
⑦ 屠隆：《栖真馆集》卷十一，万历间刊本。
⑧ 顾起元：《懒真草堂集》义部卷十五，万历四十六年刊本。
⑨ 韩锡：《韩子》二十卷丙寅集，崇祯七年刊本（内阁文库本）。
⑩ 屠隆：《栖真馆集》卷十，万历间刊本。
⑪ 周怡：《讷溪先生文录》卷一，明隆万间刊本。
⑫ 李维桢：《大泌山房集》卷十九，万历间金陵刊本。
⑬ 罗万藻：《小千园全集》卷三，旧钞本。
⑭ 陈衎：《大江草堂二集》卷十二，崇祯十七年闽中陈氏家刊本。
⑮ 释道忞：《布水台集》卷八，清初刊嘉兴藏本。
⑯ 李鼎：《李长卿集》卷五，万历四十年豫章李氏家刊本。

狮山社：吴时行《狮山社序》①；

濮溪社：朱一是《濮溪社集序》《临云社集序》②；

素盟社：倪元璐《题素盟社刻》③；

彷村社：李陈玉（撰有《三易大传》七十二卷）《彷村社稿序》④；

梅花社：缪昌期（1562~1626）《梅花社草序》⑤；

南岳社：蔡献臣（万历戊申在世）《黄邑侯南岳社稿序》⑥；

秋涛社：陈勋（1560~1617）《秋涛社义序》⑦；

香严社：黄汝亨《香严社记》⑧；

言蹊社：陈龙正（崇祯甲戌进士）《言蹊社序》⑨；

芝山社：杨瞿崃（万历丁未进士）《芝山社草序》⑩；

阳山社：陈仁锡《阳山社二十八则》《玩月后山房剪烛邀诸君子修莲社品山中位置时广德友沈君翰次日行》⑪；

春草社：成靖之《春草社艺序》⑫；

耋老社：温纯（1539~1607）《耋老社图序》⑬；

耆英社：温纯祭文十一首《耆英社同祭学博马冶溪兄文》《祭征君王子德社兄文》⑭；

横江社：顾起元《横江社草序》⑮；

---

① 吴时行：《两洲集》卷四，崇祯八年天都吴氏原刊本。
② 朱一是：《为可堂初集》文卷十一，顺治十四年海宁朱氏原刊本。
③ 倪元璐：《倪文贞集》卷十六，乾隆间写文渊阁四库全书本。
④ 李陈玉：《退思堂集》卷十二，崇祯年刊本，据尊经阁文库影印。
⑤ 缪昌期：《从野堂存稿》卷三，崇祯十年江阴缪氏刊本。
⑥ 蔡献臣：《清白堂稿》卷五，崇祯年刊本，据尊经阁文库影印。
⑦ 陈勋：《陈元凯集》卷二，天启二年序刊本（内阁文库本）。
⑧ 黄汝亨：《寓林集》卷八，天启二年武林黄氏原刊本。
⑨ 陈龙正：《几亭文录》卷一，崇祯四年原刊本。
⑩ 杨瞿崃：《栖霞山人石室稿》卷四文部，天启癸亥序刊本（内阁文库本）。
⑪ 陈仁锡：《无梦园集》江集三，崇祯六年刊本。
⑫ 成靖之：《云石堂集》卷十二，崇祯间刊本。
⑬ 温纯：《温恭毅公文集》卷八，崇祯十二年西京温氏家刊本。
⑭ 温纯：《温恭毅公集》卷十七，乾隆间写文渊阁四库全书本。
⑮ 顾起元：《懒真草堂集》文部卷十六，万历四十六年刊本。

海门社：汤宾尹（1568～?，万历二十三年会试第一）《海门社草序》①；

虎斋社：丘兆麟（1572～1629）《刻虎斋社草叙》②；

澄波社：郑怀魁《澄波社草序》③；

胜莲社：虞淳熙（万历十一年进士）《胜莲社约》④；

莲花社：黄端伯（崇祯元年进士）《庐山学公莲花社序》⑤；

金莲社：龙膺《观来石金莲社序》⑥；

远公社：岳元声《庐山重新远公社序》⑦；

聚奎社：黄端伯《聚奎社序》⑧；

御兰社：徐钟震《御兰社征文檄》⑨；

金精吟社：徐阶（1503～1583）《金精吟社序》⑩；

西湖秋社：茅坤（1512～1601）《西湖秋社诗序》⑪；

新柳诗社：陈继儒《跋新柳诗社卷》⑫；

鸳水诗社：李日华（万历二十年进士）《鸳水诗社初刻序》⑬；

鸳水月社：李日华《鸳水月社编序》⑭；

辈辈轩社：李光缙（万历乙酉领乡荐第一）《题辈辈轩社草》⑮；

耀奎堂社：汪有泉《耀奎堂社草序》⑯；

---

① 汤宾尹：《睡庵稿》文集卷五，万历间刊本。
② 丘兆麟：《学余园初集》卷三，万历间秀水洪梦锡校刊本。
③ 郑怀魁：《葵圃存集》卷十三，万历年刊本，据尊经阁文库影印。
④ 虞淳熙：《虞德园先生文集》卷之二十二，天启三年钱塘虞氏口务山馆刊本。
⑤ 黄端伯：《瑶光阁文集》文集卷一，崇祯间刊本。
⑥ 龙膺：《纶㴠文集》卷二，光绪十三年龙氏家刊本。
⑦ 岳元声：《潜初子文集》卷四，明刊本（内阁文库本）。
⑧ 黄端伯：《瑶光阁正集》卷十，嘉庆二十年企瑶山馆刊本。
⑨ 徐钟震：《雪樵文集》不分卷，手稿本。
⑩ 徐阶：《少湖先生文集》卷二，嘉靖十三年延平刊本。
⑪ 茅坤：《白华楼藏稿》续稿卷七，嘉靖四十三年万历十一年递刊本。
⑫ 陈继儒：《白石樵真稿》卷十八，崇祯九年华亭章台鼎刊本。
⑬ 李日华：《李太仆恬致堂集》卷十四，明末刊本。
⑭ 李日华：《李太仆恬致堂集》卷十五，明末刊本。
⑮ 李光缙：《李衷一先生文集》卷七，崇祯十年序刊本（内阁文库本）。
⑯ 汪有泉：《汪有泉集》五卷天游草，万历二十二年序刊本（内阁文库本）。

岘山雅社：徐献忠（1483～1559）《岘山雅社集序》①；

燕台耆社：姜宝（1514～1593）《燕台耆社图序》②；

凤台书社：单守敬《凤台书社录后序》③；

芳树轩社：姚希孟《芳树轩社序》④；

五经还社：朱一是（年六十二卒）《五经还社序》⑤；

萧园和社：凌义渠（1593～1644）《萧园和社序》⑥；

金粟山社：王宇（1417～1463）《金粟山社草序》⑦；

文昌诗社：吴伯与（万历四十一年进士）《文昌诗社序》⑧；

花萼斋社：罗大纮（万历十四年进士）《花萼斋社草序》⑨；

宠章寿社：龚用卿（1500～1563）《宠章寿社序》⑩；

玉树轩社：何三畏（万历十年举人）《玉树轩社草序代》《林仪部社草序》⑪；

栖闲莲社：汤显祖（1550～1616）《栖闲莲社求友文》⑫；

求仁书社：邹元标（1551～1624）《求仁书社志序》⑬；

霞中后社：郑怀魁《霞中后社诗卷序》⑭；

东吴诗社：葛麟《东吴诗社启》⑮；

甬东越社：文翔凤《甬东越社序》⑯；

---

① 徐献忠：《长谷集》卷五，嘉靖四十四年袁汝是等松江刊本。
② 姜宝：《姜凤阿文集》卷五，明刊本，据尊经阁文库影印。
③ 单守敬：《东皋初草》卷三，万历四十年序刊本（内阁文库本）。
④ 姚希孟：《姚孟长全集》响玉集卷九，崇祯间苏州张叔籁刊本。
⑤ 朱一是：《为可堂初集》文卷九，顺治十四年海宁朱氏原刊本。
⑥ 凌义渠：《凌忠介公集》卷五，乾隆间写文渊阁四库全书本。
⑦ 王宇：《乌衣集》卷二，天启四年刊本（内阁文库本）。
⑧ 吴伯与：《素雯斋集》卷五，天启间原刊本。
⑨ 罗大纮：《紫原文集》卷三，明末集庆堂刊本。
⑩ 龚用卿：《云冈公文集》琼河稿山居集卷十五，蓝格旧钞本。
⑪ 何三畏：《新刻漱六斋全集》卷十七，万历间刊本。
⑫ 汤显祖：《翠娱阁评选汤若士先生小品》卷二，明刊本。
⑬ 邹元标：《邹南皋集选》卷四，万历三十五年余懋衡刊石城周氏博古堂印本。
⑭ 郑怀魁：《葵圃存集》卷十二，万历年刊本，据尊经阁文库影印。
⑮ 葛麟：《葛中翰遗集》卷七，光绪十六年敦本堂罗氏刊本。
⑯ 文翔凤：《翠娱阁评选王季重先生小品》卷二，明刊本。

静明斋社：钟惺《静明斋社业序》①、《霞中后社诗卷序》②；

麟溪义社：沈师昌《麟溪义社约》③；

四明乡社：王应鹏《四明乡社录叙》④；

仙源众欢社：周怡《书仙源众欢社籍后》⑤；

六一避暑社：张凤翼（嘉靖四十三年举人）《六一避暑社序》⑥；

长安古意社：谭元春（1586~1637）《长安古意社序》⑦；

庐山是谁社：黄端伯《庐山是谁社序》⑧；

瑞公霞心社：岳元声《瑞公霞心社约语》⑨；

盟鸥堂初社：黄承玄（万历十四年进士）《盟鸥堂初社序》⑩；

续栖贤莲社、萝县阁社：汤宾尹《续栖贤莲社求友文》《萝县阁社义序》⑪；

四明易社、观社：黄端伯《四明易社序》《观社序》⑫；

葡社、林仪部社：刘日升（庐陵人，万历庚辰进士，官至应天府尹）《周季清葡社草序》⑬；

秣陵社、金陵社：顾起元（1565~1628）《秣陵社草序》《金陵社草序》⑭；

慧香社、暹社：黄淳耀（1605~1645）《侯记原慧香社册序》《暹社

---

① 钟惺：《翠娱阁评选钟伯敬先生》文集卷二，崇祯九年钱塘陆氏刊本。
② 钟惺：《葵圃存集》卷十二，万历年刊本，据尊经阁文库影印。
③ 沈师昌：《餐胜斋集》卷四，天启二年麟溪沈氏家刊本。
④ 王应鹏：《定斋王先生文略》一卷，明蓝格抄本。
⑤ 周怡：《讷溪先生文录》卷九，明隆万间刊本。
⑥ 张凤翼：《处实堂集选》卷八，明刊本（内阁文库本）。
⑦ 谭元春：《新刻谭友夏合集》卷八，崇祯六年古吴张泽刊本。
⑧ 黄端伯：《瑶光阁正集》外集卷二，嘉庆二十年企瑶山馆刊本。
⑨ 岳元声：《潜初子文集》卷十，明刊本（内阁文库本）。
⑩ 黄承玄：《盟鸥堂集》卷六，崇祯元序刊本。
⑪ 汤宾尹：《睡庵稿》文集卷六，万历间刊本。
⑫ 黄端伯：《瑶光阁正集》卷七，嘉庆二十年企瑶山馆刊本。
⑬ 刘日升：《慎修堂集》卷八，泰昌元年原刊本。
⑭ 顾起元：《懒真草堂集》文部卷十四，万历四十六年刊本。

题辞》①；

昆易社、关社：陈仁锡（天启二年进士）《昆易社序》《关社序》②；

西湖诗社、文笔山社：沈守正（1572～1623）《西湖诗社序》《文笔山社小引》③；

鹊起社、鹰扬社：梁云构《鹊起社序》《鹰扬社序》④；

六生社、拂云斋书经社：高攀龙（1562～1626）《六生社草序》《拂云斋书经社草序》⑤；

广社、观德社：张采（1596～1648）《广社序》《观德社序》⑥；

金积园社、蓟门社：谢肇淛（万历二十年进士）《金积园社草序》《蓟门社草序》⑦；

息六社、文台社：徐标（天启五年进士）《息六社序》《文台社序》⑧；

弘文社、雄飞社：李光元《弘文社草序》《刻雨邑雄飞社草序》⑨；

燕社、莆大社：郑大白《燕社文序》《莆大社文序》⑩；

持社、明业社：罗万藻（天启七年举人）《持社序》《汝南明业社序》⑪；

木奴社、金陵社、鸡鸣社：祁承煠（万历甲辰进士）《木奴社草序》《邹道卿金陵社咏序》《鸡鸣社草序》⑫；

淡成社、芝社、江阴四子社：李维桢《淡成社草序》《芝社社稿序》

---

① 黄淳耀：《陶庵集》陶庵文集卷二，康熙十五年嘉定张懿实刊本。
② 陈仁锡：《无梦园集》车集三，崇祯六年刊本；《陈太史无梦园集初集》马集三，崇祯六年序刊本（内阁文库本）。
③ 沈守正：《雪堂集》卷五，崇祯三年武林沉氏家刊本。
④ 梁云构：《豹陵二集》卷十一，明刊本（内阁文库本）。
⑤ 高攀龙：《高子遗书》卷九上，崇祯五年嘉善钱士升等刊本。
⑥ 张采：《知畏堂文存》卷三，康熙十三年金起麟校刊本。
⑦ 谢肇淛：《小草斋文集》卷五，天启刊本（内阁文库本）。
⑧ 徐标：《小筑迩言》卷十一，崇祯间原刊本。
⑨ 李光元：《市南子》卷十一，崇祯间钟陵李氏家刊本。
⑩ 郑大白：《克薪堂诗文集》文集卷三，崇祯刊本，据尊经阁文库影印。
⑪ 罗万藻：《小千园全集》卷二，旧钞本。
⑫ 祁承煠：《澹生堂集》卷七，崇祯六年山阴祁氏家刊本。

《江阴四子社稿序》[1]；

栎社、岘山社、文雅社：沈演《栎社篇叙》《岘山社初集叙》《文雅社约序》[2]；

来香社、甬东越社、萃社、朝暾社：王思任（1574～1646，万历二十三年进士）《来香社草叙》《甬东越社叙》《萃社草叙》《夏韩云朝暾社自删叙》[3]；

随社、偶社、平远堂社、瀛社：艾南英《随社序》《偶社序》《平远堂社艺序》《瀛社初刻序》[4]；

几社、确尔社、剑光社、广应社、诗经应社、云簪社、洛如社、确园社、震社、海虞社：张溥（1602～1641）《云间几社诗文选序》[5]，《确尔社稿序》《剑光社刻序》[6]，《广应社序》《广应社再序》[7]，《诗经应社序》《诗经应社再序代宋澄岚》《云簪社序》[8]，《应社十三子序》《洛如社序》[9]，《确园社稿序》[10]，《震社序》[11]，《陶公济海虞社选序》[12]；

禾城大社、七襄社、滮湖诗社、言溪社、有社、读易堂社：李日华《沈伯远刻禾城大社序》《七襄社制义序》《滮湖诗社会言序》《言溪社草序》《项又新读易堂社义序》[13]；

太弋山房社、同人谱社、合社、豫章九子社、东山社、新城大社、禹门社、复社、偶社、诗社、芳社：陈际泰《太弋山房社序》《同人谱社序》《君子亭合社序》《豫章九子社序》《东山社序》《新城大社序》《禹

---

[1] 李维桢：《大泌山房集》卷二十六，万历间金陵刊本。
[2] 沈演：《止止斋集》卷四十六，崇祯六年刊本，据尊经阁文库影印。
[3] 王思任：《王季重先生文集》卷三，明刊本（内阁文库本）。
[4] 艾南英：《天佣子文集》卷十四，康熙间刊本。
[5] 张溥：《七录斋别集》卷一，明刊本，据尊经阁文库影印。
[6] 张溥：《七录斋别集》卷二，明刊本，据尊经阁文库影印。
[7] 张溥：《七录斋论略》卷二，崇祯间刊本。
[8] 张溥：《七录斋论略》卷三，崇祯间刊本。
[9] 张溥：《七录斋论略》卷四，崇祯间刊本。
[10] 张溥：《七录斋诗文合集》古文近稿卷三，明末刊本。
[11] 张溥：《七录斋诗文合集》古文近稿卷四，明末刊本。
[12] 张溥：《七录斋诗文合集》古文近稿卷六，明末刊本。
[13] 李日华：《李太仆恬致堂集》卷十六，明末刊本。

门社序》《复社序》《合社序》《偶社序》《诗社序》《芳社序》。①

2. "结社"时的诗歌创作活动文献

明代诗社所反映的诗社活动的情形通过诗的载体存留下来,明代炽热的诗社活动,留下了很多珍贵的文献资料。其中用诗的形式记载诗社活动,是其中的大宗。

宋濂(1310~1381)《跋匡庐结社图》②;刘麟(1474~1561)五言律诗《湖南结社》③;林春泽(1480~1583)《相山宋相周必大结社祀唐司户参军杜审言旧有诗人祠》④;程诰(约明孝宗弘治中前后在世)《寻访诸友将结社天都峰下畲子元复郑子思祈过溪上见招适值予山游归》⑤;吴维岳(1514~1569,嘉靖十七年进士)《家大人乞归与尚书南垣刘翁及谢政诸乡老结社岘山兹示题翁行窝诗四首依韵敬和却呈翁》⑥;韩应嵩(1524~1598)七言律诗《与陈直卿结社就饮其家分赋得字》⑦;范钦(嘉靖进士)五言律《夏日期张缨泉袁池南张石里结社湖上》⑧,七言律《己卯六月三日张缨泉袁池南张石里结社于月湖草堂四首》⑨;梁辰鱼(约1521~约1594)五言律诗《王舜华结社娄曲英云卿自海上投之》⑩;田艺蘅《夏日郊居得工部吴明仲信有天目结社晚节同心之约》⑪;吴国伦(1524~1593)七言律诗《怀志宗侯建白云楼与诸王孙结社称诗有作见怀率尔赋赠》⑫,《惟远应时累日问诗而诗日益进因与吾儿结社通真观予嘉其志赋此赞之》⑬;俞安期七言律诗《徐兴公高景倩陈叔度王永畏赵子含郑

---

① 陈际泰:《太乙山房文集》卷四,崇祯六年绣谷李士奇校刊本。
② 宋濂:《宋文宪公全集》卷三十九,嘉庆十五年金华府学刊本。
③ 刘麟:《刘清惠公集》卷一,万历三十四年湖州知府陈幼学刊本。
④ 林春泽:《旗峰诗集》卷七,朱格抄本。
⑤ 程诰:《霞城集》卷十二,嘉靖间刊天启二年修补本。
⑥ 吴维岳:《天目山斋岁编》卷十一,嘉靖四十三年序刊本(内阁文库本)。
⑦ 韩应嵩:《太室山人集》文集卷三,万历三十二年韩光祜晋陵刊本。
⑧ 范钦:《天一阁集》卷九,万历十九年原刊本。
⑨ 范钦:《天一阁集》卷十四,万历十九年原刊本。
⑩ 梁辰鱼:《鹿城诗集》卷三,旧钞本。
⑪ 田艺蘅:《香宇初集续集》卷九,嘉靖刊本,据尊经阁文库影印。
⑫ 吴国伦:《甔甀洞稿》卷二十八,万历十二年三十一年兴国吴氏递刊本。
⑬ 吴国伦:《甔甀洞稿》卷六十三,万历十二年三十一年兴国吴氏递刊本。

孟麟元夕结社万岁塔寺》①；胡应麟（1551～1602）七言律诗《郑太初明府过访赋赠先是明府大父光禄君与惟敬惟寅及余辈结社长安今三十余载故人寥寥独光禄巍然晚境并此寄怀》②；袁宗道（1560～1600）今体《结社二圣寺》③；谢廷赞五言律诗《署中崔登吾徐斗南二寅丈下问剧谈因绪言结社事并拉钟中散》④；杜文焕（神宗时以荫累官宁夏总兵）序，《与镜亭上人结社序》⑤；曹学佺（1574～1646）《庐山五老峰结社疏》⑥；钟惺（1574～1624）题跋《题默公庐山结社卷》⑦；何乔远（万历丙戌进士）《泉城西偏诸子结社名曰西社内弟遴卿与焉其日相期不至乃承诸子见怀以所作诗》⑧；何宗彦（万历二十三年进士）《结社小引》⑨；阎尔梅（1603～1679）七言律诗《河亭结社得三十余人限涛亭两韵分赋是日余作酒主二首》⑩；唐汝询（约明熹宗天启前后在世）五言律诗《倪懋父邀余结社还自上海夜集》⑪，七言律诗《唐元常欲就余结社神交者数载余因访之而赠以诗》⑫，七言律诗《金吾王元泰欲邀余结社叩阁不值却寄》《泊舟练川夜雨怀社中诸友》⑬；黄端伯（崇祯元年进士）《和陈公虞庐山结社诗》⑭；陈益祥（崇祯末贡生）五言律诗《赵仁父宾嵩馆结社余以缞绖不赴二首》⑮；王光美《孤松上人从赤城过永嘉因结社东山赋赠》⑯；郭正

---

① 俞安期：《翏翏集》卷三十四，万历末年刊本。
② 胡应麟：《少室山房类稿》卷六十一，万历四十六年刊本。
③ 袁宗道：《白苏斋类集》卷四，明写刊本。
④ 谢廷赞：《霞继亭集》三卷集之上，万历间刊本。
⑤ 杜文焕：《太霞洞集》卷二十六，天启间原刊本。
⑥ 曹学佺：《石仓全集》八十八卷文稿卷四，明刊本（内阁文库本）。
⑦ 钟惺：《翠娱阁评选钟伯敬先生》卷八，崇祯九年钱塘陆氏刊本。
⑧ 何乔远：《镜山全集》卷九，崇祯十四年序刊本（内阁文库本）。
⑨ 何宗彦：《何文毅公集》卷七，崇祯年刊本，据尊经阁文库影印。
⑩ 阎尔梅：《阎古古全集》卷四一，民国十一年排印本。
⑪ 唐汝询：《酉阳山人编蓬集》卷十七，万历间原刊本。
⑫ 唐汝询：《酉阳山人编蓬集》卷十八，万历间原刊本。
⑬ 唐汝询：《酉阳山人编蓬集》卷十九，万历间原刊本。
⑭ 黄端伯：《瑶光阁文集》诗集卷四，崇祯间刊本。
⑮ 陈益祥：《采芝堂文集》卷五，万历四十一年序刊本（内阁文库本）。
⑯ 王光美：《王季中集》十卷白鹿社草，明刊本（内阁文库本）。

域五言绝句《结社龙翻石》①；邵启泰《人日同李君锡程太冲杨不弃罗伯伦许观父结社飞瑕阁喜王德载至分莺字》②；徐应亨《浣花泾（王将军仲升时同结社）》③；王士昌七言绝句《伯度侄同卢叔度结社云峰余不及偕为寄四绝》（《镜园藏草》卷之十五）④；赵善鸣七言古诗《武陵童泰石孝庑张公祖之同年友也曾与予结社燕中单骑来吉信宿金牛诗以赠之》⑤；郑大白《饮吴斯协亭上武林何僭臃亦至斯协里中结社二十年从尊大人宦襄邸筑墓》⑥；李宗城《春日同王新伯沈农长经行一魏如叔邓彰甫痛饮舟中得风字时有结社者未赴》⑦；蒲秉权五言律《与四一上人及诸友结社山房用其韵酬之二首》⑧；刘理顺五言律诗《金刚寺结社》⑨；释昙英《小止禅兄过兴善寺见访兼结社盟》⑩；余翔五言律诗《新秋招诸子结社囊山得西字》⑪；薛光瑜《结社》⑫。

3. 诗人"入社"时的诗歌创作文献

刘麟（1474～1561）《丁未春召张石川入社》（《坦上翁集》不分卷）⑬，五言古诗《招石川入社》⑭；顾应祥（1483～1565）五言古《丁未春社昆山张允清纳言愿来入社刘司空以诗招之纳言和之录以见示次韵奉答》⑮；李开先（1502～1568）五言律诗《归休家居病起蒙诸友邀入词社

---

① 郭正域：《合并黄离草》卷十三，万历四年刊本。
② 邵启泰：《邵道卿集》卷二白下稿，万历三十八年序刊本（内阁文库本）。
③ 徐应亨：《徐伯阳诗文集》吴越集卷一，万历至崇祯间递刊本。
④ 王士昌：《镜园藏草》卷十五，万历己未年刊本，据内阁文库藏影印。
⑤ 赵善鸣：《巢云馆诗集》卷八，明庐陵赵氏刊本。
⑥ 郑大白：《克薪堂诗文集》诗集卷九，崇祯刊本，据尊经阁文库影印。
⑦ 李宗城：《李汝藩诗稿》续稿卷四，万历四十三年序刊本（内阁文库本）。
⑧ 蒲秉权：《硕薖园集》卷二，启祯间刊本。
⑨ 刘理顺：《刘文烈公全集》卷四，光绪二十四年杞县官廨刊本。
⑩ 释昙英：《昙英集》卷三，明末阆峰居刊本。
⑪ 余翔：《薜荔园诗集》卷二，乾隆间写文渊阁四库全书本。
⑫ 薛光瑜：《薛润甫集》《枕上篇》一卷，崇祯三年序刊本（内阁文库本）。
⑬ 刘麟：《坦上翁集》不分卷，宣统二年乌程沈氏睹秘簃钞本。
⑭ 刘麟：《清惠集》卷一，乾隆间写文渊阁四库全书本。
⑮ 顾应祥：《崇雅堂全集》卷一，万历三十八年跋刊本（内阁文库本）。

二首同韵》①；钱薇（1502~1554）五言古诗《长兴韦南茗寄诗邀入社赋答》②；许应元（1506~1565）七言律诗《癸丑闰三月余将入粤社中诸君枉集于陷堂分韵得残字》③；方凤（正德三年进士）《送小山之任兼邀入社》④，《寿徐浅庵同年兼邀入社》⑤；欧大任（1516~1595）五言律诗《喜梁师说李少偕入社得情字》⑥，七言律诗《招彦国仲登二子入社得欢字》⑦；吴子玉律七言《邀篆阁朱比部任光禄诸君邀入青溪社》⑧，《招吴太学殷父入昆台社》⑨；汪道昆五言排律《招李太史来少仙入社》⑩；七言律诗《首春招丁明府入社》⑪，《招章元礼入白榆社》《招周公瑕入白榆社》《秋闰招徐茂吴入社同宰公赋》《招长卿入社》⑫，《宛陵吕相君历新都招入社二首》《招吴翁晋入白榆社》⑬；邓元锡（1529~1593）五言律诗《雨中汤县主往西仓发粜是岁饥余斥数金籴稻入礼》⑭；皇甫汸（嘉靖八年进士）七言律诗《顾给舍于杨山构别业已诗期余入社而召命适至赋此奉赠》⑮；张九一（1533~1598，嘉靖三十二年进士）七言律诗《闻汝用执门人礼入社谭诗喜而赋之》⑯，五言排律《朱俨之广文人大吕社因赋》《闰十一月晦日集大吕社得青字二首》⑰；梁有誉（嘉靖二十九年进士）

---

① 李开先：《李中麓闲居集》卷二，嘉靖间原刊黑口本。
② 钱薇：《海石先生文集》一卷，万历四十二年海盐钱氏家刊本。
③ 许应元：《陷堂摘稿》卷四，嘉靖四十年福建官刊本。
④ 方凤：《改亭存稿》卷九，崇祯年跋刊本（内阁文库本）。
⑤ 方凤：《改亭存稿》续稿卷四，崇祯年跋刊本（内阁文库本）。
⑥ 欧大任：《欧虞部集》思玄堂集卷四，清初刊本。
⑦ 欧大任：《欧虞部集》思玄堂集卷六，清初刊本。
⑧ 吴子玉：《吴瑞谷集》卷十，万历间新都吴守中等刊本。
⑨ 吴子玉：《吴瑞谷集》卷十，万历间新都吴守中等刊本。
⑩ 汪道昆：《太函集》卷一百十二，万历十九年金陵刊本。
⑪ 汪道昆：《太函集》卷一百十六，万历十九年金陵刊本。
⑫ 汪道昆：《太函集》卷一百十七，万历十九年金陵刊本。
⑬ 汪道昆：《太函集》卷一百十八，万历十九年金陵刊本。
⑭ 邓元锡：《潜学稿》卷十六，崇祯间刊本。
⑮ 皇甫汸：《皇甫司勋集》庆历诗稿卷十四，万历二年刊本，据宫内厅书陵部影印。
⑯ 张九一：《绿波楼诗集》卷八，康熙三十四年大吕书院刊本。
⑰ 张九一：《绿波楼诗集》卷九，康熙三十四年大吕书院刊本。

五言排律《喜梁李二山人入社》①；龙膺（1560～1619）七排《塞上归辱禹制中行襄父招入木奴社分得三肴六韵》②；何乔远（万历丙戌进士）《至日治具寒茅谢修之初入社》③，《亨融至泉中诸子邀之入社亨融会以急事骤返怅然赋寄》④；黄克晦（约明神宗万历中在世）《夏日月台乘凉兼有新入社之欢》⑤，七言绝句《旧时诸公入社例有诗招之谨僭成二绝以奉南黎公并求和》⑥；陆君弼（万历中贡生）《招许灵长入社》⑦；《招杨道行职方入兴严社》⑧；《仲夏理上人藏经院同夏玄成诸君招三原梁君旭入社时久旱喜雨得阶字》⑨；顾起纶（万历间在世）七言律诗《归自都下山阴陈大见寻入社别后寄酬》⑩；游朴（万历时在世）七言律《潘景升自鄂至郢入口山社会又从臞僧学禅迫岁乃欲为嵩少之游赋诗以留之》⑪；曹学佺（1574～1647）《郑辂思招入霞中社》⑫，《招启美入洪江社》⑬；谭元春（1586～1637）五言律《齐王孙屦招入社不赴作诗谢之》⑭；阮大铖（约1587～1646）《喜宗白入城修等社得群字》⑮；来复（万历四十四年进士）七言律诗《中秋邀刘叔定入社》⑯；陈一元（天启初起历应天府丞）五言排律《秋集平远时楚孝廉米良昆入社》《至日龚克广社集南园楚柴吉民吴

---

① 梁有誉：《兰汀存稿》卷三，嘉靖四十四年原刊万历间增刊附录本。
② 龙膺：《龙太常全集》纶澼诗集九芝集卷十二，光绪十三年龙氏家刊本。
③ 何乔远：《镜山全集》卷四，崇祯十四年序刊本（内阁文库本）。
④ 何乔远：《镜山全集》卷十，崇祯十四年序刊本（内阁文库本）。
⑤ 黄克晦：《黄吾野先生诗集》卷三，乾隆二十五年序刊本（内阁文库本）。
⑥ 黄克晦：《黄吾野先生诗集》卷五，乾隆二十五年序刊本（内阁文库本）。
⑦ 陆君弼：《正始堂诗集》文集卷二十辛丑稿，万历间刊本。
⑧ 陆君弼：《正始堂诗集》文集卷二十一，万历间刊本。
⑨ 陆君弼：《正始堂诗集》文集卷二十三，万历间刊本。
⑩ 顾起纶：《泽秀集》卷六，嘉靖四十五年吴郡朱氏竹素斋刊本。
⑪ 游朴：《藏山集》卷九，明历四十五年刊本（内阁文库本）。
⑫ 曹学佺：《石仓全集》天柱篇，明刊本（内阁文库本）。
⑬ 曹学佺：《石仓全集》西峰集诗卷之下，明刊本（内阁文库本）。
⑭ 谭元春：《新刻谭友夏合集》卷十九，崇祯六年古吴张泽刊本；《谭友夏诗集》卷五，明末刊本。
⑮ 阮大铖：《咏怀堂诗集》外集乙部，郗公钟室钞本。
⑯ 来复：《来阳伯集》卷十三，天启间金陵刊本。

陈元着松阳叶机仲入社》①；茅维桂帖《丛桂引招海阳潘庚生永嘉何无咎洞庭劳维明长洲徐声远入社》②；陆宝（明末清初）七言排律《周孚尹董两函招入诗社病不能赴答以八韵》③；纪克扬（明末清初）《请井旅东入社启》④；费元禄七言律诗《庐山僧至得但澹生萧潇然书招余入莲花社》⑤；谢锥七言律诗《冬日集顾不盈邸中喜吴澹然徐翁似二比部入社》⑥；安绍芳七言律《洞庭徐征君结社苏门皇甫司勋张太学咸枉招入社时方归自都门衣尘未浣不果赴因寄征君兼呈司》⑦；朱一是《谢友人招入社书》⑧；徐敷诏六言律诗《次柏溪见忆之韵招前江入社》⑨；何出图拟古五言《曹生以贫故不入社投近体三章聊赋此以答之》《哭社友杜月洲》⑩；阮自华五言古诗《刘长秀入社作》⑪；俞安期七言律诗《奉酬汪司马伯玉先生招入白榆社》⑫；郑邦泰五言诗《冬日社集薛老庄吴兴茅孝若初入社分得十三覃》⑬。

4. "开社"时的诗歌创作活动文献

刘麟（1474～1561）七言律诗《开新社》⑭；黎民表（嘉靖十三年举人）五言律诗《冬日梅华堂开社招君肃寅仲公补少仲仲登公绍开先诸子》⑮；徐𤊹（1570～1642）五言律诗《赵仁甫开社宾嵩堂分得四豪》⑯，

---

① 陈一元：《漱石山房集》卷四，明刊本（内阁文库本）。
② 茅维：《茅洁溪集》卷二十三，崇祯间茅氏凌霞阁刊本。
③ 陆宝：《悟香集》卷二十四，顺治间刊本。
④ 纪克扬：《丽奇轩文集》卷二，乾隆间重刊本。
⑤ 费元禄：《甲秀园集》卷十五，万历三十六年刊本。
⑥ 谢锥：《百一斋草》卷六，明刊本（内阁文库本）。
⑦ 安绍芳：《西林全集》卷六，万历四十七年句吴安氏墨颠斋刊本。
⑧ 朱一是：《为可堂初集》文卷一，顺治十四年海宁朱氏原刊本。
⑨ 徐敷诏：《徐定庵先生文集》卷六，万历四十四年胡继升校刊本。
⑩ 何出图：《云藜稿》卷八咏集，明刻清印本。
⑪ 阮自华：《雾灵山人诗集》卷四，万历二十二年序刊本，据内阁文库藏影印。
⑫ 俞安期：《翏翏集》卷三十二，万历末年刊本。
⑬ 郑邦泰：《蓼园集》卷四，天启四年刊本（内阁文库本）。
⑭ 刘麟：《刘清惠公集》卷二，历三十四年湖州知府陈幼学刊本。
⑮ 黎民表：《瑶石山人稿》卷七，隆间写文渊阁四库全书本。
⑯ 徐𤊹：《鳌峰集》卷十一，启五年南居益福建刊本。

《夏日高景倩直社郑湘潭竹园避暑分得八齐》[1]，七言律诗《元夕开社于万岁寺分得七虞》[2]；曹学佺《赵仁甫芝园开社分韵》[3]，《元夕开社邀诸王孙词客集李参军汝大江楼观火树分得山字》[4]，《人日陈泰始开社》[5]，《阆风楼开社送顾君药薛楚材还姑苏小引》[6]，《安荩卿开社平山草堂得十三元韵》[7]，《中秋后一日开社神光寺赋得今日良宴会分微韵》《林懋礼社集登高》[8]，《人日开社浮山堂观妓共享寒字　是日城中迎春》[9]，《中秋开社津门楼引》[10]，《雨后西湖开社安荩卿携具》[11]，《三石亭开社喜刘浣松顾与治初至徐兴公黄贞吉陈昌箕林祖直陪》[12]，《黄基玉开社山楼即事》[13]，《洪江开社招张玄逸》[14]，《登妙高峰即事是日寒食开社》[15]；邵捷春（万历四十年进士）五言古诗《上巳曹能始开社西湖修禊余值张令君过集不果赴二首》[16]；陈一元（天启初起历应天府丞）七言律《新正十一日开社观灯得三爻》[17]，《文启美至自吴门曹能始开社西峰亭共享二萧》[18]；潘一桂（1623年有送冯梦龙诗）《鸿社初开诸公同韵二首》[19]；茅元仪（约崇祯中在世）《辛未初度曹能始丈人开社三山荷亭集同孙子长学使陈泰始京兆郑

---

[1] 徐𤊹：《鳌峰集》卷十，启五年南居益福建刊本。
[2] 徐𤊹：《鳌峰集》卷二十，启五年南居益福建刊本。
[3] 曹学佺：《石仓全集》八十八卷续游藤山诗，明刊本（内阁文库本）。
[4] 曹学佺：《石仓全集》桂林集卷之三，明刊本（内阁文库本）。
[5] 曹学佺：《石仓全集》西峰集诗卷之下，明刊本（内阁文库本）。
[6] 曹学佺：《石仓全集》西峰集文部卷之上，明刊本（内阁文库本）。
[7] 曹学佺：《石仓全集》赐环篇卷之上，明刊本（内阁文库本）。
[8] 曹学佺：《石仓全集》赐环篇卷之下，明刊本（内阁文库本）。
[9] 曹学佺：《石仓全集》八十八卷，明刊本（内阁文库本）。
[10] 曹学佺：《石仓全集》西峰六五诗集卷之下，明刊本（内阁文库本）。
[11] 曹学佺：《石仓全集》西峰六篇诗，明刊本（内阁文库本）。
[12] 曹学佺：《石仓全集》西峰六九诗集，明刊本（内阁文库本）。
[13] 曹学佺：《石仓全集》古希集诗部卷之上，明刊本（内阁文库本）。
[14] 曹学佺：《曹能始先生石仓全集》六十一册西峰集诗卷之下，明刊本（内阁文库本）。
[15] 曹学佺：《瓿余》七卷，清初可闲堂汇刊本（内阁文库本）。
[16] 邵捷春：《剑津集》卷二，明刊本（内阁文库本）。
[17] 陈一元：《漱石山房集》卷五，明刊本（内阁文库本）。
[18] 陈一元：《漱石山房集》卷六，明刊本（内阁文库本）。
[19] 潘一桂：《中清堂诗集》诗集卷三，崇祯间刊本。

汝交刺史》①,《陈泰始京兆开社观演李白彩毫记同马季声徐兴公郑汝交倪柯古陈叔度高景倩林懋礼》②;俞安期五言排律《悦师义师开黄曲社于伏牛山黄曲峰》③;安绍芳七言律《王□昌太史开社丁园分得茅字》④;区大相七言律诗《黎惟敬秘书新开东林社与诸客同过》⑤;何乔远《水陆寺重修余辈开诗社焉》(《镜山全集》卷之十一)⑥;查应光《喜开芳社联交》⑦;郑邦泰五言诗《次日再集平远台时台政落成因开社以纪胜得十一真》⑧;叶国华社题《人日开社》⑨;许友(约康熙十三年前后在世)五言律诗《七夕开社岸船》⑩,七言律《上巳日桑溪开社》⑪。

5. 诗人直社时的诗歌创作文献

李时成(成化十七年进士)五言绝句《郑孟□直社镜澜阁观灯限五言绝句》⑫;曹学佺《上巳薛园修禊分得三肴陈泰始直社》《徐兴公郑汝交郑孟□直社平远台避暑分得五微韵台傍亭榭时尽修复》《安荩卿七夕直社平远台侦因国丧移期八月初七日始成各赋八韵》⑬,《三月二日舍弟能证西湖直社》《五月朔日直社西湖》《北楼安荩卿直社》《七月朔日徐兴公直社九仙观》《八月十二日直社南园看塔灯》《上元日康季鹰直社园中》《立春日陈泰始直社华堂观妓仍用寒字》《渔公吉民直社冶园共享荷字》《九月之望安荩卿直社闻钟馆为其子弥月》⑭,《八音诗》(以下二首徐兴公直社)、《半岭园闻莺》(郑思阖直社)、《平台阅兵》(林子真直社)、

---

① 茅元仪:《石民横塘集》卷一,明刊本(尊经阁影印本)。
② 茅元仪:《石民横塘集》卷二,明刊本(尊经阁影印本)。
③ 俞安期:《翏翏集》卷十八,万历末年刊本。
④ 安绍芳:《西林全集》卷九,万历四十七年甸吴安氏墨颠斋刊本。
⑤ 区大相:《区太史诗集》卷二十二,崇祯十六年刊本。
⑥ 何乔远:《镜山全集》卷十一,崇祯十四年序刊本(内阁文库本)。
⑦ 查应光:《丽崎轩诗集》卷二,崇祯十二年休宁查氏家刊本)
⑧ 郑邦泰:《蓼园集》卷四,天启四年刊本(内阁文库本)。
⑨ 叶国华:《胹木斋诗草》卷一,崇祯十六年序刊本(内阁文库本)。
⑩ 许友:《米友堂诗集》卷三,明刊本(内阁文库本)。
⑪ 许友:《米友堂诗集》卷四,明刊本(内阁文库本)。
⑫ 李时成:《白湖集》卷九,崇祯年刊本,据尊经阁文库影印。
⑬ 曹学佺:《石仓全集》八十八卷夜光堂近稿,明刊本(内阁文库本)。
⑭ 曹学佺:《石仓全集》八十八卷,明刊本(内阁文库本)。

《双溪流觞分得四言平字体》(王玉生王粹夫直社)、《泛舟西湖到北庵得多字》(黄伯宠直社)、《三月晦日集塔影园送春》(王元直当社)、《初夏澄澜阁得微字》(康季鹰直社)、《薛老峰　陈惟秦陈伯孺共直社分赋乌石山一景》《集河郑氏别业》(高敬和直社)、《赋得白云抱幽石》(已下二首赵仁甫直社)、《芙蓉露下落》(小园直社赋)、《七夕》(董叔允直社凌宵台)、《瑶华社诗分得钗字》《十六夜集平远台看月歌》(王相如直社)、《邻霄台大社》(阮坚之招)①，《陈泰始直社》《兴公直社无菊星史不至》《腊月朔日安荩卿直社屏山看绯梅》②，《安荩卿直社平山》《石仓林建侯直社赋席上二物送周爱粲还甬东》《刘渔仲直社漱石山房》③，《三月三日西湖修禊　安荩卿直社》④，《元夕立春黄三卿直社分得四豪》《廿二日陈泰始直社观灯并放火树分得十一尤韵》《晦日郑维宁直社共享灯字》《花朝洪中翰汝含直社》《花朝洪中翰汝含直社》⑤，《宋山君直社古杏轩谈海事有感》《陈盘生直社西湖》⑥，《倪柯古直社西湖》⑦，《上巳郑惟嘉直社灵山其子审之侍》⑧，《安荩卿直社东城楼看迎春》⑨，《癸未元夕直社李子素河上居主客凡十八人有序》《济儿直社西峰池馆即事》《洪江社四咏有序》《癸未上巳李子素直社城楼即事》⑩，《都闻安荩卿直社署中》《周元修直社惜阴轩》《林孔异直社亦庐》⑪；徐㷍五言律诗《夏日高景倩直社郑湘潭竹园避暑分得八齐》⑫；邵捷春(万历四十年进士)五言律诗《花朝陈泰始直社城南别业二首》⑬，七言律诗《吉民鱼仲携璧姬直社池上小

---

① 曹学佺：《石仓全集》芝社集，明刊本（内阁文库本）。
② 曹学佺：《石仓全集》西峰集诗卷之上，明刊本（内阁文库本）。
③ 曹学佺：《石仓全集》西峰集诗卷之下，明刊本（内阁文库本）。
④ 曹学佺：《石仓全集》赐环篇卷之上，明刊本（内阁文库本）。
⑤ 曹学佺：《石仓全集》赐环篇卷之下，明刊本（内阁文库本）。
⑥ 曹学佺：《石仓全集》六三诗集，明刊本（内阁文库本）。
⑦ 曹学佺：《石仓全集》六四诗集，明刊本（内阁文库本）。
⑧ 曹学佺：《石仓全集》西峰用六篇诗，明刊本（内阁文库本）。
⑨ 曹学佺：《石仓全集》西峰六九诗集，明刊本（内阁文库本）。
⑩ 曹学佺：《曹能始先生石仓全集》古希集诗部卷之上，明刊本（内阁文库本）。
⑪ 曹学佺：《石仓全集》古希集诗部卷之下，明刊本（内阁文库本）。
⑫ 徐㷍：《鳌峰集》卷十，天启五年南居益福建刊本。
⑬ 邵捷春：《剑津集》卷四，明刊本（内阁文库本）。

堂时吉民将归楚中》《中秋直社冶园观定光塔灯得三肴》①；陈一元（天启初起历应天府丞）五言古《上巳清明西湖修禊安荽卿直社》②，七言律《人日直社》③，七言律《九月望日直社观彩毫剧分得三江》④；陈鸿七言律诗《安荽卿直社藤山看梅》⑤，七言绝句《兴公直社无菊作画代赏有咏》⑥；王士昌七言律《元夕隆弼二儿治具邀履直社兄过斋头观灯履直先赋步韵奉答》⑦；郑邦泰五言诗《赋得故烧高烛照红妆　徐兴公直社》《赋美人焦二首　林雪直社》《九日社集　曹能始先生直社》《赋得灯下竹影　陈叔度直社》《上巳西园社集　陈泰始先生直社》《冬日社集薛老庄吴兴茅孝若初入社分得十三覃》⑧；许友（约康熙十三年前后在世）七言律《花朝直社石林》《东胡茂生直社》⑨。

6. 社友聚集时的诗歌创作文献

张宁（景泰五年进士）五言古诗《王汉昭招予社友辈赏雪即席纪事》⑩；郑岳（1468～1539）五言律诗《秋日邀诸社友泛舟》《春仲邀社友宿梅陇晨登壶山次林颐晦韵》⑪，七言律诗《秋夕偕社友燕集》《诸社友枉顾南山新祠》⑫，五言古诗《秋日偕社友游溪声阁》⑬，七言古诗《暮春邀社友游东山》⑭；李奎（与李攀龙、徐中行、谢榛为诗社，共唱和）七言律诗《春日途中寄西湖社友》《马怀玉席上留别玉河社友》⑮；谢榛

---

① 邵捷春：《剑津集》卷六，明刊本（内阁文库本）。
② 陈一元：《漱石山房集》卷一，明刊本（内阁文库本）。
③ 陈一元：《漱石山房集》卷五，明刊本（内阁文库本）。
④ 陈一元：《漱石山房集》卷六，明刊本（内阁文库本）。
⑤ 陈鸿：《秋室编》卷六，顺治七年刊本（内阁文库本）。
⑥ 陈鸿：《秋室编》卷八，顺治七年刊本（内阁文库本）。
⑦ 王士昌：《镜园藏草》卷九，万历年刊本，据尊经阁文库影印。
⑧ 郑邦泰：《蓼园集》卷四，天启四年（1624）刊本（内阁文库本）。
⑨ 许友：《米友堂诗集》卷四，明刊本（内阁文库本）。
⑩ 张宁：《方洲集》卷四，乾隆间写文渊阁四库全书本。
⑪ 郑岳：《山斋吟稿》卷二，嘉靖十七年柯维熊校刊本；《山斋文集》卷四，乾隆间写文渊阁四库全书本有前1首。
⑫ 郑岳：《山斋文集》卷六，乾隆间写文渊阁四库全书本。
⑬ 郑岳：《山斋文集》卷一，乾隆间写文渊阁四库全书本。
⑭ 郑岳：《山斋文集》卷二，乾隆间写文渊阁四库全书本。
⑮ 李奎：《李伯文诗集》二卷卷上，嘉靖间刊本。

(1495~1575）七言律诗《次汝锡夏日宴社友之韵》①，七言古体《梦徐子与吴明卿同渡漳河吊古因思社友存殁半志悲》②；袁仁（正德年间在世）五言绝句《十七夜月社友以杜工部秋月仍圆夜江村独老身为韵余得月字》③；朱朴（明武宗正德十年前后在世）《重阳独酌怀社中诸友》《顾子重过海上同宿东林用社韵为别》，集句《寄社友九首》（萝石隐翁时在禹穴）（石门秀师）（朴居柱史）（南野上舍）（勾溪外史）（西皋太守）（海村麀使）（紫峡隐士居峡川）（石林上人）④；王叔杲（1517~1600）《玉河桥白燕和社中诸公》《衙斋对菊寄故山诸社友》⑤；韩应嵩（1524~1598）七言律诗《社友李比部袭美及李君实索王光州使君五马朝天图诗兼述使君伯仲一时大雅》⑥；王家屏（1536~1603）七言古诗《寿社友郭可川文学八帙》，五言排律《寿社友李石岭文学八帙》⑦，七言绝句《赠郭河滨社友纲敝不能收发为制新网遗之走笔戏赠四绝》⑧；王世懋（1536~1588）《关神像赞为陆重科诸社友作》⑨；王道行（嘉靖廿九年进士）《社中七子歌》《赠仲川仲江文谷先生社友》⑩；茅坤（与汤显祖大体同时）《五言律诗陈竹庐之投西湖吟社也甫旬即辞去且闻其南游金陵北谒阙里陟泰山然后归》《社友李珠山六人携酒圣水禅房宴集》⑪；张凤翼（嘉靖四十三年举人）七言律诗《挽刘景夷社友》《挽冯熙口社友》⑫；朱察卿（隆庆六年卒）五言律诗《九日卧病寄社友》⑬；杜文焕（神宗时以

---

① 谢榛：《四溟山人全集》卷十二，万历三十二年赵府冰玉堂重刊本。
② 谢榛：《四溟山人诗》卷二，万历四十年盛氏临清刊本。
③ 袁仁：《一螺集》卷四，万历二十四年序刊本（内阁文库本）。
④ 朱朴：《西村诗集》二卷卷下，万历二十九年海盐朱氏重刊本。
⑤ 王叔杲：《玉介园存稿》卷四，万历二十九年跋刊本（内阁文库本）。
⑥ 韩应嵩：《太室山人集》文集卷三，万历三十二年韩光祜晋陵刊本。
⑦ 王家屏：《王文端公诗集》卷上，万历四十年至四十五年山阴王氏家刊本。
⑧ 王家屏：《王文端公诗集》卷下，万历四十年至四十五年山阴王氏家刊本。
⑨ 王世懋：《王奉常集》文部卷二十二，万历十七年吴郡王氏家刊本。
⑩ 王道行：《王明甫先生桂子园集》卷一，万历间刊本。
⑪ 茅坤：《白华楼藏稿》吟稿卷六，嘉靖四十三年万历十一年递刊本。
⑫ 张凤翼：《句注山房集》卷六，万历天启间刊配补孙传庭校刊本。
⑬ 朱察卿：《朱邦宪集》卷二，明云间朱长世等重刊本；万历六年序刊本（内阁文库本）。

荫累官宁夏总兵)七言古诗《云中郡歌简诸社友》①,五言律诗《郊亭口占留别杜实吾任起莘张正吾傅光远王子亮郝野鹿孟述之诸社友》②,七言律诗《同余望之陈赤侯周爰发洪子常释三学诸社友共享蝉字周以儒兼道学以释而离禅相对忘言》③;张萱(万历中举于乡)七言近体《初春偕社友呈邵大夫》《初秋社友夜过寄隐轩》《大慧寺社集》《五日天坛社集》《邀集社友南山观瀑》④,《与社友米仲诏》⑤;曹学佺《社友李子山索赠》⑥;何三畏(万历十年举人)《祭社友方众父学宪文》⑦;尹伸(万历廿六年进士)《祭向初封社友》⑧;支如玉(万历二十八年举人)《春日寄社友朱尔兼任采石》⑨;吴亮(万历辛丑进士)《送蒋盘初守信州尊公曾令宜阳守建成而厉邑四令尹皆同社友也以末句调之》⑩;杨师孔(万历二十九年进士)《先君礼友熊瑞宇十年别去一日长安相晤椿庭阒疾庭桂已芳有怀严亲赋赠》⑪,《社友薛千仞六十偶以家难遄归赋此志别》⑫;来复(万历四十四年进士)五言古诗《天启改元之新正社友梁君土舍弟驭仲从关中至审云分署访视余相见喜慰诗以纪情》⑬,五言律诗《简苹允执明社》《和社友尊生诸长房广居三王孙渡渭枉顾郊园之作次韵》⑭,《喜社友胡含素家弟驭仲同至都门》⑮,《君肇主社赋得渌波馆》《花朝汝谦招社中诸君余晚至被酒独留诸君各先后散用同花字》⑯,《中秋日同社

---

① 杜文焕:《太霞洞集》卷七,天启间原刊本。
② 杜文焕:《太霞洞集》卷十,天启间原刊本。
③ 杜文焕:《太霞洞集》卷十四,天启间原刊本。
④ 张萱:《西园存稿》卷六,康熙四年序刊本(内阁文库本)。
⑤ 张萱:《西园存稿》卷三十七,康熙四年序刊本(内阁文库本)。
⑥ 曹学佺:《石仓全集》古希集诗部卷之上,明刊本(内阁文库本)。
⑦ 何三畏:《何氏居庐集》卷八,万历刊本(内阁文库本)。
⑧ 尹伸:《自偏堂集》文集卷五,崇祯刊本,据尊经阁文库影印。
⑨ 支如玉:《半衲庵笔语》卷四,崇祯间刊本。
⑩ 吴亮:《止园集》卷七,天启元年序刊本。
⑪ 杨师孔:《秀野堂集十种》十卷竹韵篇,天启间原刊本。
⑫ 杨师孔:《秀野堂集十种》十卷尘香集,天启间原刊本。
⑬ 来复:《来阳伯集》卷四,天启间金陵刊本。
⑭ 来复:《来阳伯集》卷七,天启间金陵刊本。
⑮ 来复:《来阳伯集》卷八,天启间金陵刊本。
⑯ 来复:《来阳伯集》卷十,天启间金陵刊本。

友醸饮石九鼎馆》①，七言律诗《喜社友张孺充应乡荐》②，《过潮赠王奕兰明府兼简赵学博二君皆社友时赵留潮廨》《旱后有感社友梁君参筑石堰成二首》③；汪廷讷（1573～1619）五言律《春日登荆山怀松萝诸社友》④，《春日同诸社友小集坐隐园即事》⑤；黄廷鹄（万历末人）《社友王元瑞撰》⑥；唐汝询（约明熹宗天启中在世）五言古诗《社友集长舆丈潜玉斋分咏明月照积雪余闻嗣赋》⑦；王若之七言律《社友闲至城湖泛酌》⑧；沈孝征七言律诗《人日乔父母毂侯招同社友钟秉文彭孟公洎郑思泉偕集》⑨。

四 排律体式运用与诗社诗歌创作文献

明代诗人在诗社活动中，有很多现场诗歌竞技。这些活动促进了诗人诗艺的提高。排律创作从结构布局等角度来说，是比短篇诗的创作难度大。但明代诗人运用此体乐此不疲。有大量的佳构。谢榛（1495～1575）五言排律《冬夜北园同社中诸友赋得宵字》⑩；尹台（1506～1579）五言排律《秋日同诸讲友会社堂遂游梅田洞有作》⑪；莫如忠（1509～1589）五言排律《闻秋声有感寄同社诸公》⑫；茅坤《五言律诗陈竹庐之投西湖吟社也甫旬即辞去且闻其南游金陵北谒阙里陟泰山然后归》《冬月再过西

---

① 来复：《来阳伯集》卷十一，天启间金陵刊本。
② 来复：《来阳伯集》卷十二，天启间金陵刊本。
③ 来复：《来阳伯集》卷十四，天启间金陵刊本。
④ 汪廷讷：《坐隐先生集》卷五，万历三十六年环翠堂刊本。
⑤ 汪廷讷：《坐隐先生集》卷九，万历三十六年环翠堂刊本。
⑥ 黄廷鹄：《希声馆藏稿》十卷，崇祯十年序刊本（内阁文库本）。
⑦ 唐汝询：《酉阳山人编蓬集》卷十二，万历间原刊本。
⑧ 王若之：《佚笈姑存》诗卷下，顺治二年东海傅敏编刊本。
⑨ 沈孝征：《玄畅阁集》卷六，万历四十年序刊本（内阁文库本）。
⑩ 谢榛：《四溟山人全集》卷十六，万历二十四年赵府冰玉堂刊本；万历三十二年赵府冰玉堂重刊本；《四溟山人诗》卷七，万历四十年盛氏临清刊本；十卷乾隆间写文渊阁四库全书本。
⑪ 尹台：《洞麓堂集》卷八，乾隆间写文渊阁四库全书本。
⑫ 莫如忠：《崇兰馆集》卷五，万历刊本，据尊经阁文库影印。

湖未及候社中诸友简寄》《休宁道中读乡社碑》《社友李珠山六人携酒圣水禅房宴集》①；马自强（1513～1578）五言排律《题燕台耆社图为马侍御乃翁》②；梁有誉（1519～1554）五言排律《仲冬朔日修复山中旧社得寒字》《喜梁李二山人入社》③；梁辰鱼（约1521～约1594）五言排律《同诸社友过周婺州东林精舍十二韵》④；吴子玉排律五言《赋美人走马青溪社中席上拟题作》⑤；张九一五言排律《朱俨之广文入大吕社因赋》《闰十一月晦日集大吕社得青字二首》⑥；赵统（登嘉靖十四年进士）五言排律《秋旱社后三日夜雨顷寒述怀五十韵 时方邸报有倭狄二寇》⑦；韩应嵩五言排律《赴凌波社中途值大风雨雷电交作》⑧；汪道昆五言排律《招李太史来少仙入社》⑨；黎民表（嘉靖十三年举人，其诗与梁有誉、欧大任齐名）五言排律《修复山中旧社》⑩；王家屏五言排律《寿社友李石岭文学八秩》⑪；茅维（与同郡臧懋循、吴稼竳、吴梦阳并称四子）五言排律《己未秋仲晋叔入山对月山楼同忆允兆翁晋二社长赋得八韵》《能证林异卿龚克广并伎卓姬刘姬社集薛老庄分得六麻》《泰高景倩陈泰始曹能始洪汝陈惟泰卿郑汝交陈叔度陈振狂释定生并伎卓姬社集平远台得四支》《留别社中诸公仍限八韵》《哭同社李常宣孝廉二十韵》《归途忆吴用修李清远湛侯徐振之四社丈代柬十五韵兼示山中口恺两儿》⑫，五言排律《送曹元甫金宪澌西同张圣标许真长诸社丈饯之报国松下先得八韵》《社集张

---

① 茅坤：《白华楼藏稿》吟稿卷六，嘉靖四十三年万历十一年递刊本。
② 马自强：《马文庄公文集选》卷十五，万历四十二年关中马氏家刊本。
③ 梁有誉：《兰汀存稿》卷三，嘉靖四十四年原刊万历间增刊附录本。
④ 梁辰鱼：《鹿城诗集》卷一，旧钞本。
⑤ 吴子玉：《吴瑞谷集》□三卷，万历间新都吴守中等刊本。
⑥ 张九一：《绿波楼诗集》卷九，康熙三十四年大吕书院刊本。
⑦ 赵统：《赵骊山先生类稿》卷十八，明钞本；万历三十一年渭上杨氏刊本。
⑧ 韩应嵩：《太室山人集》文集卷五，万历三十二年韩光祜晋陵刊本。
⑨ 汪道昆：《太函集》卷一百十二，万历十九年金陵刊本。
⑩ 黎民表：《瑶石山人稿》卷九，乾隆间写文渊阁四库全书本。
⑪ 王家屏：《复宿山房集》卷一，明刊本（内阁文库本）；排印本；万历间廖铺等刊本；《王文端公诗集》卷上。
⑫ 茅维：《十赉堂丙集诗部》卷四，启祯间吴兴茅氏刊本。

圣标马仲良谭友夏于寓邸限赋六韵明日立冬兼送友夏明发得销字》①，七言排律《哭吴翁晋社长二十韵》②；俞安期（1550~1627）五言排律《瞿伯明熊惟远徐幼鱼吴倕倩皋倩诸子结青桂社成赋赠十四韵》③，《不羁宗侯招同少连伯明叔融士简尊生季凤伯闻诸子社集祭杜少陵》《伯明宗侯邀同诸子社集时尊人携群从在坐率尔成篇》《伯闻主社分咏秦中文士得傅仲武》《天子鄘须弥庵同吴瑞穀余食其不其詹公抑社集十二韵分得天字》《悦师义师开黄曲社于伏牛山黄曲峰》④，五言排律《过槜李辱夏伯荅诸同社邀同王德载钱虞伯分日宴集赋谢八韵》⑤，《社中分赋得四更山吐月》《七月六日李丰城汝昌主社各赋得皎皎河汉女分韵得十灰》《腊月八日同诸子斋集定社于董子祠》⑥，《小春社集赋朔风吹飞雨》《蒋子良席上赋得绝世有佳人赠王姬小昭》《重阳后一日同社诸子登佛楼山因憩饮上园亭待乔姬玉翰不至分韵得一先》《十月廿三日再举石君社代董小双贺乔玉翰生辰分韵得二萧》⑦；陈文烛（1535~1594）五言排律《紫霞社得书字》⑧；王圻（嘉靖四十四年进士）七言律诗《紫山甬东方石三社长夜话用紫山韵》《赠隆阳社长暨王夫人八袠双寿》，七言排律《谒林太仆社祠》⑨；徐显卿（隆庆二年进士）五言排律《陪祀帝社稷有述　阁试》⑩；徐𤊹五言排律《茅孝若至闽诸同社邀集平远台赋别予方楚游未及预会追和八韵》《仲秋五日安荅卿主社再集平远台分得八庚》⑪；张萱（万历中举于乡）七言排律《夏四月九日社集李将军园亭》⑫；杜文焕五言排律《奉赠阮集

---

① 茅维：《十赍堂丙集诗部》卷五，启祯间吴兴茅氏刊本。
② 茅维：《十赍堂丙集诗部》卷十，启祯间吴兴茅氏刊本。
③ 俞安期：《翏翏集》卷十七，万历末年刊本。
④ 俞安期：《翏翏集》卷十八，万历末年刊本。
⑤ 俞安期：《翏翏集》卷十九，万历末年刊本。
⑥ 俞安期：《翏翏集》卷二十，万历末年刊本。
⑦ 俞安期：《翏翏集》卷二十一，万历末年刊本。
⑧ 陈文烛：《二西园诗集》卷七，万历十二年龙膺刊本。
⑨ 王圻：《王侍御类稿》卷十五，万历间上海王氏家刊本。
⑩ 徐显卿：《天远楼集》卷七，万历间刊本。
⑪ 徐𤊹：《鳌峰集》卷十二，天启五年南居益福建刊本。
⑫ 张萱：《西园存稿》卷十，康熙四年序刊本（内阁文库本）。

之社丈求序小草》，七言排律《宝华山社诗十二韵》①；黄克晦五言律《北游刘别社中诸友》《将发端州先报社中诸友》，五言排律《夏日月台乘凉兼有新入社之欢》②；曹学佺《中秋夜招集诸子泛舟山池因宿夜光堂分得五言排律体四豪韵》③；徐中行（？～1578）五言排律《题刘司空顾司寇张银台诸公湖南雅社卷》④；蔡复一（1576～1625）五言排律《赴秦伯起社集晴往雨归别后伯起长孺更酌联句和之》⑤，七言排律《都门约伯瑾归山结薜萝社余先谒告可二岁所伯瑾继归儿余忧居矣谈次怆然赋别》《社中诗不用牡丹别赋长律》⑥；邢云路（万历八年进士）七言排律《生日集同社友》⑦，邢昉（1590～1653）五言排律《九日龚孝生社集秦淮市隐园同邓孝威杜于皇纪伯紫余澹心限三十韵》⑧；黄景昉（1596～1662）五言排律《笋江书院成呈黄季毁社长》⑨；虞淳熙（万历十一年进士）五言排律《中秋西湖社集分韵得齐字一百韵附僧孺百韵》，七言排律《龙江书院宴集一百韵即席成　附僧孺百韵》《李本宁观察雕同纬真开之茂梧社集灵隐赋得飞字》⑩；谢肇淛（万历二十年进士）五言排律《端阳日陈幼孺过饮草堂因怀同社得咸字》⑪；陈鸿《冬日邀吴兴茅孝若社集薛老庄》《霜降日社集维摩室赏菊分韵》《冬至前一日同社集灵山草堂》《正月十七夜曹能始携具龙首亭邀西江黄元常及诸同社共享灯字》⑫；赵重道五言排律《苕溪道上怀齐学博社长》⑬；王光美《同社集知白斋分七言排律得苍

---

① 杜文焕：《太霞洞集》卷十七，天启间原刊本。
② 黄克晦：《黄吾野先生诗集》卷三，乾隆二十五年序刊本（内阁文库本）。
③ 曹学佺：《曹能始先生石仓全集》六十一册夜光堂近稿，明刊本（内阁文库本）。
④ 徐中行：《天目先生集》卷六，万历十二年张佳胤浙江刊本。
⑤ 蔡复一：《遯庵诗集》诗集卷五，明刊本。
⑥ 蔡复一：《遯庵诗集》诗集卷六，明刊本。
⑦ 邢云路：《泽宇先生诗集》卷八，万历十八年临汾杨起元刊本。
⑧ 邢昉：《石臼后集选》卷一，民国二十九年毗陵董氏刊本。
⑨ 黄景昉：《瓯安馆诗集》卷十五，明刊本（内阁文库本）。
⑩ 虞淳熙：《虞德园先生文集》诗集卷六，天启三年钱塘虞氏口务山馆刊本。
⑪ 谢肇淛：《下菰集》卷四，万历间刊本。
⑫ 陈鸿：《秋室编》卷五，顺治七年刊本（内阁文库本）。
⑬ 赵重道：《文南赵先生三余馆集》卷三，万历四十四年荆溪赵氏家刊本。

字》①；施经五言排律《挽钱玄石社友》②，七言排律《寄故园孙越山福三溪任虞川祝九山李白湖郎草桥张草窗邓东溪王南桥朱九疑姚江门陈松山诸社长》③；陈子龙（1608～1647）五言排律《几社稿》④；马之骏（万历三十八年进士）五言排律《家时良招同社集聊园看桂值雨限韵》《见同社和驰马美人诗意觉未罄再迭旧韵一首》⑤，五言排律《与遗民社兄述别一百韵》，七言排律《病中招遗民社兄晚谈偶得邓中丞长律便次其韵口占拨闷仍索遗民同赋》⑥；汤有光（1611年组织山茨社）五言排律《范司勋异羽招同社中诸公游狼五之黄泥山陈巨野范封翁两公先还》《五日范司勋异羽邀同陈太朴诸公结山茨社即事十二韵同限四支》《正闲上人邀同太朴子明啸父异羽梦叟仲和山茨社斋会得心字》《中秋后一日异羽邀同社中诸子过山茨社再访伯麟》《立春日范异羽携白尔亨诗集见过命校却邀社中诸子小饮分得歌字》《舟中独酌写闷寄社中诸子》⑦，五言排律《异羽邀同新安范穆其及社中诸子集水月阁分得灯字时闻白尔亨讣》，七言排律《同社中诸子携妓过北山访冒伯麟晚泛城河分得双字》⑧；陈一元（天启初起历应天府丞）五言排律《七夕后一日社集西城楼》《同范穆其曹能始陈振狂徐惟起陈轩伯诸同社集郑吉甫斋中小饮迟小双不至分得六麻》《集同社于景升楼限用升楼二字》⑨，五言排律《秋集平远时楚孝廉米良昆入社》《至日龚克广社集南园楚柴吉民吴陈元着松阳叶机仲入社》⑩；徐士俊（约崇祯中在世）五言排律《巳卯季秋旬有二日霜台社集水一方居诸君子竞为

---

① 王光美：《王季中集》十卷白鹿社草，明刊本（内阁文库本）。
② 施经：《虎泉诗选》卷四，嘉靖四十三年刊本。
③ 施经：《虎泉漫稿》卷四，嘉靖三十六年原刊本。
④ 陈子龙：《陈忠裕全集》卷十八，嘉庆八年簳山草堂刊本。
⑤ 马之骏：《妙远堂全集》卷十一盈集，天启七年新野马氏金陵刊本。
⑥ 马之骏：《妙远堂全集》卷十二昃集，天启七年新野马氏金陵刊本。
⑦ 汤有光：《汤慈明诗集》卷二十五，天启二年通州知州周长应刊本。
⑧ 汤有光：《汤慈明诗集》卷二十六，天启二年通州知州周长应刊本。
⑨ 陈一元：《漱石山房集》卷三，明刊本（内阁文库本）。
⑩ 陈一元：《漱石山房集》卷四，明刊本（内阁文库本）。

联句余独赋五言排律一百韵》①；郑怀魁五言排律《转饷永平赋答同社》②；朱翊钧五言排律《安城氏文仲侄孙载酒郡南城赶招集社中诸人观雨湖竞渡得炎字》③；黎遂球（崇祯举人）五言排律《东皋同诸先生上人社集分赋得素馨花灯》，七言绝句《游丝曲四首禅藻社作》（《莲须阁集选》卷之一）④；阮自华五言排律《雨登广照山社作》《密雨集景行楼社作》《小夕集雾灵山看雪分得一先社作》⑤；李之世五言排律《社集咏知风草》《清源庵作诗社》⑥；陆宝（明末清初人）七言排律《周孚尹董两函招入诗社病不能赴答以八韵》⑦。

作者简介

沈文凡，男，文学博士，吉林大学文学院教授、博士生导师，从事唐宋文学研究，曾出版《排律文献学研究》等专著。

---

① 徐士俊：《雁楼集》卷八，顺治间刊本。
② 郑怀魁：《葵圃存集》卷三，万历年刊本，据尊经阁文库影印。
③ 朱翊钧：《广燕堂集》卷十八，崇祯元年刊本（内阁文库本）；天启六年序刊本（内阁文库本）。
④ 黎遂球：《莲须阁集选》卷一，民国二十九年毗陵董氏刊本。
⑤ 阮自华：《雾灵山人诗集》卷七，万历二十二年序刊本，据内阁文库藏影印。
⑥ 李之世：《鹤汀诗集》卷五，乾嘉间覆刻万历间刊本。
⑦ 陆宝：《悟香集》卷二十四，顺治间刊本。

汪端光年表

许隽超

乾隆十三年（，1748）一岁

汪端光，初名龙光，字剑潭、涧昙，号烟客、雨禅居士，江苏扬州府仪征县人。原籍安徽徽州府歙县，居丛睦坊。祖汪玉璋，祖母吴氏。父汪长祉，母梁氏。

民国《歙县志》卷十《人物志·遗佚》云："汪端光，原名龙光，字剑潭，又字涧昙，丛睦坊人。乾隆举人，官广西镇安府知府。"雨禅居士，见吴蔚光《小湖田乐府》卷三《百字令·寄汪剑潭》词。

《嘉庆十年乙丑科会试同年齿录》载汪全德履历："曾祖玉璋，太学生，诰赠奉政大夫。曾祖母吴氏，诰赠太宜人。祖长祉，太学生，诰赠奉政大夫。祖母梁氏，诰赠太宜人，有《畹香楼诗稿》。"

五月，生于扬州府城。

汪端光生年，据《江苏艺文志·扬州卷》定。武穆淳《读画山房文钞》卷二《汪剑潭先生八秩寿序代》文有云："明年五月，为先生八秩诞辰。"知生辰在五月。

由国子监助教官广西南宁府同知，庆远、镇安府知府。晚主扬州安定、乐仪书院。斋名扫红阁。工书能画。著有《禅雨山房诗词》《涉江集》《过江集》《越游诗稿》诸小集，《花魂词》《剑潭诗钞》等。

道光《重修仪征县志》卷三十一："汪端光，字剑潭。少颖悟，八岁应童子试，十馀龄入泮。乾隆辛卯顺天举人，南巡召试，授国子监学正。后选授广西百色同知，历署柳州、平乐、庆远等处知府，民情疾苦，属吏勤惰，了如指掌。补授镇安府知府，未几，以京宦时事挂吏议，解组回里。其时修理《全唐文》，阿侍郎延订总校。历主安定、乐仪书院讲席，得士最多。道光元年，以次子全德署江西布政使，恭遇覃恩，授二品衔。所著《据梧书屋诗钞》十六卷、《诗馀》六卷、《家状》。"

王昶《春融堂集》卷十六《题汪孝廉剑镡端光〈禅雨山房诗词〉后》诗三首，乾隆四十三年秋作。翁方纲《复初斋诗集》卷二十一《题汪剑潭〈涉江集〉》诗，乾隆四十五年三月作。吴蔚光《小湖田乐府》卷四《题汪大〈过江集〉》词，乾隆四十五年作。杨芳灿《芙蓉山馆诗钞》卷三《送汪剑潭归扬州，即题其〈越游诗稿〉后》诗。

翁方纲《复初斋诗集》卷十七《题汪剑潭孝廉诗卷二首》诗，其一"蒙蒙如雾是花魂"句自注："剑潭有《花魂词》最工。"张云璈《简松草堂诗集》卷五《慰汪学正剑潭悼亡，即题其〈花魂词〉后十首》诗。法式善《槐厅载笔》言汪端光尚著有《剑潭偶笔》。

同治《续纂扬州府志》卷二十二《艺文上》载："《据梧书屋诗钞》十六卷，《诗馀》六卷，汪端光撰。"未见。汪之选《小诗龛诗集》卷四《题涧县先生书札后》诗："涧翁今书家，书法极苍老。不择笔而书，其妙在潦草。一字如一押，字字皆生造。结交十年来，翰墨颇不少。藏诸箧笥中，爱玩若至宝。临摹虽不能，亦以志交道。"

乾隆二十年（乙亥，1755），八岁

父卒。首应县试。

父汪长祉卒，母梁氏有哭诗。

梁兰漪《畹香楼诗稿》卷一《哭夫》诗，小序有云："十载深情，一朝永诀。五龄幼女，罔知南北东西；八岁娇儿，未识诗书礼乐。"母梁氏

时年二十九岁。

母梁氏携赴仪征应县试。

梁兰漪《畹香楼诗稿》卷一《送端儿真州小试》诗:"离乡今十载,帆影认青山。"

道光《重修仪征县志》卷三十一:"汪端光,字剑潭。少颖悟,八岁应童子试,十馀龄入泮。"

乾隆三十年(乙酉,1765),十八岁

里居。春应召试不第。

春,应召试不第。

梁兰漪《畹香楼诗稿》卷一《乙酉春,端儿应召试不第归,雨窗书感》诗。

写《望春图》,母梁兰漪题诗。

梁兰漪《畹香楼诗稿》卷二《题端儿〈望春图〉》诗。缪祖培《修月词》中,有《浪淘沙·题汪剑潭〈望春图〉》《虞美人·题汪剑潭望春图》词。

乾隆三十一年(丙戌,1766),十九岁

里居。

九月初九日,与储润书、器之、汪中等集乐善庵。

汪中《汪容甫遗诗》卷五《九日江上逢储玉琴。昔与玉琴、器之、剑潭九日集乐善庵,日暮求酒不得,黯然而散,今忽已十年,有悲前事,因作此诗》诗。汪中为汪端光族兄。

乾隆三十二年(丁亥,1767),二十岁

里居。

五月，俞大鼎有词贺其二十初度。

俞大鼎《选梦词》之《沁园春·汪剑潭二十初度》词："走马裁诗，于今十载，方当妙年。正终军名早，请缨频切；陆郎才重，《文赋》争传。倚玉怜君，分笺命我，风雨怀人对晚天。关情处，甚桃花千尺，流水潺湲。孟家门巷三迁。曾再拜登堂见母贤。想金针伴读，和丸窗下；玉梳待漏，咏絮灯前。演就骊驹，教成雏凤，翠羽霜蹄碧树穿。丹山外，有桐花万里，着意高骞。"

乾隆三十三年（戊子，1768），二十一岁

江南乡试落第。

九月十一日，江南乡试榜发，落第。

梁兰漪《畹香楼诗稿》卷二《戊子秋，端儿下第书怀八首》诗。

本年，族兄汪中有诗叹其移居。

汪中《汪容甫遗诗》卷二《剑潭移居》诗："身世飘零我自嗟，十年三见汝移家。苍苔行处冰犹滑，社燕归时日未斜。秋雨尚沾邻院叶，春风欲动过门车。最怜月出琴停夜，相对寒梅一树花。"

乾隆三十四年（己丑，1769），二十二岁

里居。

本年，族兄汪中有赠诗。

汪中《汪容甫遗诗》卷三《寄弟端光》诗："白华秀岩谷，孝子心苦悲。幸逮百年养，食贫常阻饥。浃辰被淋雨，道路人迹稀。子无一金产，何以自支持？立身苟不愧，贵贱同所归。有才不用世，天意安可知？吾生方多忧，相见未有期。爱子千金躯，令名无已时。"

乾隆三十五年（庚寅，1770），二十三岁

里居。

九月，鲍之钟有诗赠别。

鲍之钟《论山诗选》卷四《赠汪剑潭》诗二首，其一："情多原不碍孤高，年少偏教感郁陶。贫与文章俱到骨，人从珠玉更吹毛。衣香暖接荀郎座，草色青怜庾信袍。闻道谢庭佳咏在，自将诗礼课儿曹（自注：'太夫人工诗。'）。"其二："不见君诗五六年，重来所向更无前。珠光甓社犹含蚌，明月璚楼自满天。老大才穷真可念，飘零心苦亦堪怜。风流独有秦淮海，收得珊瑚铁网先（自注：'谓西岩观察。'）。"西岩观察，指秦黉。

乾隆三十六年（辛卯，1771），二十四岁

秋，以附监生举顺天乡试。

乾隆三十六年举顺天乡试。钱大昕序汪母诗集。

钱大昕《畹香楼诗序》文："维扬汪孝廉剑潭，力学嗜古，而尤工于诗。比来京师，不数月，而诗名隐然出诸老宿之右。询其师承所自，则曰：'某不幸孤露，吾母授以经书，俾稍有成立。吾母性好吟咏，间示以诗法，因得粗窥作者之旨。'一日，出其母夫人《畹香楼诗稿》相示，神韵渊澈，无绮靡卑弱之调。剑潭天才固超逸，然非得诸内教，安能成之早而诣之深若此？窃观古今巾帼之秀，垂名竹帛者，未易偻指数，要其归有两端。或以才艺擅名，或以节义见重，春华秋实，兼之者盖鲜。虽然，松柏介如，其独立，其黛色苍皮，自秀于凡木也；圭璋皭然而不滓，其浮筠旁达，自异于它石也。三家村叟，目不识一丁，食味别声而外，了无所长，虽无缨绂之累，岂得遽以隐逸许之哉！夫人幼习诗礼，及丧所天，抚孤全节，备历人间坎坷，终能教其子为名下士。贞蕤雅操，已足贻我管彤，而诗格之工，又能驾若兰令娴而上之，岂非兼古人之所难者乎？"

九月，顺天乡试榜发，登贤书。

台北内阁大库档案，载广西巡抚汪日章嘉庆十年九月十三日题本，引汪端光呈称云："窃卑职年五十岁，江苏扬州府仪征县人。由附监生，中式乾隆辛卯科顺天举人。"

道光《重修仪征县志》卷三十一:"汪端光,字剑潭。少颖悟,八岁应童子试,十馀龄入泮。乾隆辛卯顺天举人。"

乾隆三十七年(壬辰,1772),二十五岁

由都旋里。谒李质颖。

秋,由都门返里。旋谒两淮盐政李质颖,李为代谋生计。

梁兰漪《畹香楼诗稿》卷二《壬辰秋,端儿归自京邸。虽博一第,依然秋风羸马,行李萧条,茅屋青灯,守贫如旧。无意中谒两淮鹾政李公,兼持予〈畹香楼集〉进阅。李公一见,谬加称赏,既而叹曰:"有母如此,有子如此,而不能菽水养亲,安居肄业,是谁之过欤?"随代营南门缙绅坊数椽之地以家焉,又代谋薪水,俾得衣食无亏,风雪无愁矣。爰赋四绝以谢》诗。按,李质颖乾隆三十五年四月由长芦盐政调两淮盐政,四十年二月迁安徽布政使。

十二月,洪亮吉来访。

汪端光《丛睦山房未刻诗稿》之《锡山舟中寄洪稚存》诗有云:"壬辰之冬十二月,与君踏遍扬州雪。敝帽羊裘微躄行,来从泗上风霜洌。苦为先人营葬事,粥琴卖剑城中市。草泽空思马鬣封,买舟谁换牛眠地?"(《丛睦山房未刻诗稿》,南开大学图书馆藏钞本)

吕培《洪北江先生年谱》本年条:"十一月,以两世六棺未举,归奉先生祖父母及午峰府君,叔父云上、君佐两先生,叔母赵孺人柩,葬于城北前桥村新茔。是冬,以所负多,访蒋编修士铨、汪孝廉端光于扬州。编修解橐金助之,乃得归,已迫除夜矣。"

乾隆三十八年(癸巳,1773),二十六岁

秋,入安徽学政幕,旋辞去。

七月，过金陵，至随园谒袁枚，题其《随园雅集图》。

袁枚辑《随园雅集图题咏》，载汪端光《题随园雅集图》诗二首，汪端光跋云："癸巳七月，将游天都，过白下谒简斋太史，遂得窥其园。太史以《随园雅集图》示观。"

七月，至徽州，入安徽学政朱筠幕。月底与洪亮吉辞幕，由杭返里。

洪亮吉《更生斋诗余》卷二《摸鱼子·龚克一邀游夕照庵，即展其令弟紫树殡》词，下片"江干旧侣今谁在"句自注："癸巳秋，予与剑潭、紫树同客姑孰，至宣城始别。"

洪亮吉《更生斋文乙集》卷二《平生游历图序》云："右《江艇劈潮图》第八。此图亦癸巳七月杪，在新安学使行廨，意有不合，即买舟同汪助教端光从新安江东下。一路分风劈流，蹈窜凌涧，青嶂四合，红林万株，惝恍幽奇，与宣、歙、台处诸山水迥别。过七里泷，上东西台，助教不能登陟，皆在山半以待。将抵钱唐，忽海潮猝至，舟倒退三十里，五鼓稍杀，始劈潮而下。泊候潮门，陟万松岭，至西子湖，游览竟日，夜即宿湖心亭。寒甚，与助教咏'琼楼玉宇'之章，彻晓不寐。濒行，复从湖头买菱角、芡实，归里为太宜人寿。"

秋，母梁氏率全家祭扫先君。

梁兰漪《畹香楼诗稿》卷二《癸巳秋，率儿婿女媳扫夫子墓》诗。

本年，梁兰漪有诗致谢李质颖。

梁兰漪《畹香楼诗稿》卷二《去岁蒙薩政李葆岩大人乐育之仁，曲加勤恤，既获宁居，兼得菽水之养，又赐"才节双全"之额。今岁重荷公仁，又为筹画经纪，娶妇嫁女，以次就绪。仁风惠泽，感激令人涕下，又赋长律四章以谢》诗。

乾隆三十九年（甲午，1774），二十七岁

里居。

春，黄景仁游扬州，有唱和。

黄景仁《两当轩集》卷十九《金缕曲·次韵赠剑潭》词。

七月，偕卢叔谐、钱世锡泛舟三贤祠，饮杏园。

钱世锡《麂山老屋诗集》卷十《初秋偕卢叔谐、汪剑潭泛舟至三贤祠，晚归饮杏园，次剑潭韵二首》诗。

本年，原配毕氏卒，洪亮吉、张云璈有诗慰之。

《嘉庆十年乙丑科会试同年齿录》载汪全德履历："前母毕氏，原任永兴县知县花江公女，太子太保、湖广总督秋帆公侄女，诰赠宜人。"洪亮吉《附鲒轩诗》卷五有《慰汪孝廉端光悼亡》诗。

乾隆四十年（乙未，1775），二十八岁

冬，赴都。

春，偕金兆燕、鲍之钟、陈熙平山堂赏梅，分韵赋诗。

陈熙《腾啸轩诗钞》卷五《春雨初霁，汪剑潭孝廉招同金棕亭广文、鲍雅堂舍人放舟之平山堂看梅，分韵得人字》诗。

冬，赴京，法嘉荪、詹肇堂有诗送之。

法嘉荪《饭珠轩遗集》卷 《送汪剑潭之津门》诗。詹肇堂《心安隐室词集》卷一《摸鱼子·赠汪剑潭，即送之都门》词，同卷有《百字令·晤俞玉铉，得汪剑潭书》词。

途遇黄景仁于东阿，并辔北上。

黄景仁《两当轩集》卷十一《东阿道中逢汪剑潭》诗。来春献赋，乃汪端光、黄景仁等此行动因。

十二月二十六日，朱筠、何青招同翁方纲、程晋芳、程瑶田、丁迢鸿、吴省兰、吴兰庭、吴蔚光、洪榜、汪端光、温汝适、黄景仁、金翀、杨揆诸人饮陶然亭，分韵赋诗。

吴蔚光《素修堂诗集》卷七《朱学士筠、何明经青招同翁学士方纲，程主事晋芳、孝廉瑶田，丁孝廉迢鸿，家助教省兰、孝廉兰庭，洪孝廉

榜、汪孝廉端光、温舍人汝适、黄秀才景仁、金秀才翀、杨上舍芬灿饮于陶然亭，分得乱字，时十二月二十六日也》诗。

乾隆四十一年（丙申，1776），二十九岁

客都门，考取国子监学正学录。秋，返里。

二月十二日，与吴蔚光、何青、赵秉渊、黄景仁、金翀、杨揆等集钱敬熙、钱元熙寓斋，分韵赋诗。

吴蔚光《素修堂诗集》卷七《花朝偕何二明经青、赵大上舍秉渊、汪大孝廉端光、黄二秀才景仁、金九秀才翀、杨二上舍芬灿集钱二上舍敬熙、钱五上舍元熙寓，以"今十二日为百花朝"为韵，分得为字》诗。

二月十五日，温汝适、冯敏昌招同翁方纲、朱筠、程晋芳、洪朴、陈本忠、陈本敬、李威、黄景仁、何青、汪端光等法源寺晚饭。

翁方纲《复初斋诗集》卷十三《二月望日，篔坡、鱼山治具招同笥河、鱼门、素人、伯思、仲思、畏吾、仲则、数峰、剑潭晚饭法源寺二首》诗。

六月二十四日，朱筠偕弟子黄轩、邹玉藻、程晋芳、洪朴、王琎、李威、汪端光、吴蔚光、黄景仁、何青等游忏园。

何青《遂初堂诗集》卷上《立秋日，朱笥河先生率同门黄小华修撰、邹西麓编修、程鱼门吏部、洪素人比部、王昆霞、李畏吾两中翰、汪剑潭学正、吴竹桥上舍、黄仲则秀才游忏园，即席留别，时将之共城家兄官署》诗二首。

六月，去都旋里，杨揆、吴蔚光等有词送行。

汪端光《丛睦山房未刻诗稿》之《锡山舟中寄洪稚存》诗有云："炎炎六月整归鞍，匏系何因为一官。口嚼凉冰过易水，手挥雨汗度桑干。"知抵里后即罹恙，九月始愈。

杨揆《桐华吟馆词稿》卷一有《金缕曲·送汪大剑潭归扬州》词，吴蔚光《小湖田乐府》卷三有《金缕曲·次韵送汪剑潭》词。

秋，返里，友人罗聘为写小照，仇梦岩题首。

仇梦岩《贻轩诗集》卷首汪端光《秋人集序》有云："忆丙申秋，罗子两峰为予写照，秋人（仇梦岩）以隶书题帧首云'疏窗金粉六朝人'，其爱余特甚。一时明子春岩、黄子小松、朱子豹泉、储子玉琴、吴子凤诏、方子笠塘暨家兄绣谷皆在焉，湖山之宴，裙屐纷如，称极盛矣。……嘉庆己卯之夏，丛睦弟汪端光识。"

本年，考取国子监学正、学录。

台北内阁大库档案，载广西巡抚汪日章嘉庆十年九月十三日题本，引汪端光呈称云："窃卑职年五十岁，江苏扬州府仪征县人。由附监生，中式乾隆辛卯科顺天举人。四十一年，考取国子监学正学录。"按，汪端光所考取之国子监学正、学录，亦仅具候补资格而已，事应在春或夏。

乾隆四十二年（丁酉，1777），三十岁

夏，就婚南昌。冬，北上京师。

春，吴蔚光有词寄之。

吴蔚光《小湖田乐府》卷三《百字令·寄汪剑潭》词："雨禅居士，仆蔚光再拜，别来尤恙。近日扬州春似锦，定到粉妆深巷。水槛随鸥，风帘伫蝶，总是清闲况。茶天笋地，又添多少酬唱。　最好绣㡅移时，画裙拂处，花为人齐放。一线过江眉色翠，看饱平山堂上。小话留宾，高吟奉母，此乐真相让。蓟门游子，可怜惟有南望。"

春，偕何青访王文治于京口。

王文治《梦楼诗集》卷十四《江剑潭偕何数峰雨中过访寓斋，留饮竟夕，命家伶度汤临川〈还魂〉〈邯郸〉二种曲，翌日剑潭制词见赠，凄怨温柔，感均顽艳。余弗能为词，以诗答之》诗。

夏，买舟由浙赴赣，就婚新建曹氏。

黄锡麒辑《蔗根集》卷一汪端光《过严州》诗，"二十五年真可待，烟鬟螺髻梦湘灵"句自注："余丁酉岁曾游浙东。"

汪端光《丛睦山房未刻诗稿》之《常山赠邑令宫应乾　县属浙省，界南昌》四首、《赠江西廉访冯康斋先生》、《答蒋心馀先生》四首、《与蒋修隅明经》诸诗，皆是行所作。新建为南昌府首县。

七月，过常州，晤洪亮吉。

汪端光《丛睦山房未刻诗稿》之《锡山舟中寄洪稚存》诗有云："草草杯盘横夕照，榜人催发南昌棹。竹树昏黄执手迟，柳丝长短分襟早。"

冬，由南昌返里，有诗赠江昉。

汪端光《送江橙里楚游，时余归自南昌，将游日下》诗，载黄锡麒辑《蔗根集》卷一。

冬，北上京师，行前与金兆燕、秦黉、程名世诸师友集紫玲珑阁，多有赠行之什。

汪端光《丛睦山房未刻诗稿》之《集紫玲珑阁留别诸同社》诗。

秦黉《石研斋集》卷八《雨中集紫玲珑阁送汪孝廉端光北上，分得十五咸二首》诗。金兆燕《棕亭诗钞》卷十七《紫玲珑阁送汪剑潭北上》诗。程名世《思纯堂集》卷十三《冬日雨中集紫玲珑阁，送汪剑潭孝廉北上》诗。

乾隆四十三年（戊戌，1778），三十一岁

在都。春，应会试，落第。

三月，杨懋珩延杨芳灿、汪端光、施晋、余鹏翀、武亿、黄景仁等校书京师扬州会馆，颇得诗酒之乐。

杨芳灿《杨蓉裳先生年谱》本年条："正月十六日，偕从兄抡北上，三月朔抵京。大廷尉王述庵先生，在蜀中见余诗文，激赏之至，是相见欢甚，留住寓斋数日。适江西杨桐舫懋珩进士充四库馆总校，延余校勘书籍，遂移寓扬州会馆，与黄仲则、汪端光、施雪帆晋、俞少云鹏翀同寓，张荨楼、述庵先生〔宅〕、赵渭川希煌、韦友山佩金亦时相过从，诗词唱和，或隶事属对，剪灯煮茗，每至夜分不倦也。"

秋，翁方纲有题诗。

翁方纲《复初斋诗集》卷十七《题汪剑潭孝廉诗卷二首》诗，其一："一名千骑要同论，糁绿东风旧酒痕。却嬾残秋江上雨，蒙蒙如雾是花魂（自注：'剑潭有《花魂词》，最工。'）。"其二："小变团蒲浣绮罗，天花禅雨散江波。春城正有听钟处，闭合冯郎可奈何！"

冬，朱筠有诗怀之。

朱筠《笥河诗集》卷十六《戊戌岁晚怀人八首》诗，其三《汪剑潭端光》诗："寂寞才人滞水村，故园尚倚九峰尊。虚斋乐府徒相媚，绕郭花丛不见魂。风月无期人易老，江湖有信语余温。转因改岁思君切，灯后琴前影欲昏。"

乾隆四十四年（己亥，1779），三十二岁

里居。

三月，秦黉题《南游草》。

秦黉《石研斋集》卷九《题汪孝廉端光游草后二首》诗，其一："生花笔走浣花笺，写尽新春晚夏天。绝妙词如姜白石，再来人是李青莲。"其二："慈母占乌望眼赊，镜边温峤已还家。袖中一卷《南游草》，抵得忘忧蠲忿花。"

三月，洪亮吉偕弟北上，助以行资。

洪亮吉《卷施阁集》卷一《扬州别汪大端光》诗。

秋，洪亮吉寄以长诗。

洪亮吉《卷施阁集》卷一《代书寄汪大端光八十韵》诗。

乾隆四十五年（庚子，1780），三十三岁

在都门，会试下第。

正月初三日，寓莲花寺，作《一萼红》词，吴蔚光和之。

吴蔚光《小湖田乐府》卷四《一萼红·和汪剑潭正月初三寓莲花寺作》词。

吴蔚光《素修堂诗集》卷十二《词人绝句》诗，其六"红衾如水莲花寺，传唱新声《一萼红》"句自注："庚子正月，（汪端光）寓京师莲花寺。"吴蔚光《小湖田乐府》卷四《一萼红·戏简汪大剑潭》词。

三月，翁方纲、吴蔚光题《涉江集》。

翁方纲《复初斋诗集》卷二十一《题汪剑潭〈涉江集〉》诗："斯人不得第，空叹就官迟。狼籍掀篷句，蹉跎中酒时。兄凭诗训故，谓庸夫。友待史然疑。谓洪稚存。莫便收狂气，灯红雨似丝。"

吴蔚光《小湖田乐府》卷四《一萼红·题汪大〈过江集〉》词："玉和珠，落九天风唾，光照卫郎车。绿水如油，青山是黛，娭春一叶舟孤。把几许、残金零粉，配浓香、化出小猊炉。尽君肠断，醉分真假，梦别亲疏。　踏遍裙腰芳草，更莺三四个，花百千株。倾国佳人，过江名士，相逢两不能无。我欲倩、秋娘纤手，作奚囊、比目绣文鱼。为贮多情诗句，密结流苏。"

秋，邀余鹏年等集书斋。

余鹏年《梦笺诗屋诗》卷二《剑潭书斋小集》诗。

十月，黄景仁有诗怀之。

黄景仁《两当轩集》卷十五《德州怀汪剑潭》诗。黄景仁时随程世淳赴山东学政任。

乾隆四十六年（辛丑，1781），三十四岁

里居。

七月，题黄家凤小集。

黄家凤《鼓棹吟》卷尾有汪端光题词二首，署"辛丑秋七月，读九箫先生纪游小集，漫识二首并正。弟端光草"，尾钤"剑潭"白文长方

印。

七月，有诗寄吴蔚光。

吴蔚光《素修堂诗集》卷十《汪孝廉端光书来，兼示道中新什》诗。

乾隆四十七年（壬寅，1782），三十五岁

长子生。

七月初一日，长子汪全泰生。

嘉庆甲子科《顺天乡试同年齿录》载："汪全泰，字春序，号竹海，行大。乾隆壬寅七月初一日未时生。江苏扬州府仪征县监生，民籍。"汪全泰母为汪端光继室曹氏。

乾隆四十八年（癸卯，1783），三十六岁

会试落第。夏，游武昌。

三月，会试落第南归，纪昀有诗送之。

纪昀《纪文达公遗集·诗集》卷十《送汪剑潭南归》诗。

欲游武昌，张云璈有诗送之。

张云璈《简松草堂诗集》卷八《送汪剑潭之楚中》诗。又，张云璈《倦寻芳·春日简汪学正剑潭》词，载王昶《国朝词综二集》卷一，或为本年春作，姑附于此。

洪亮吉扶黄景仁柩过武昌，有词哭之。

汪端光《夜合花·武昌旅舍晤洪稚存，闻黄仲则殁于山西道中，哀而有作》词，载黄葆树等编《黄仲则研究资料》。

七月，与毕怀图、法嘉荪、王嵩高、程瑶田、洪亮吉等游梅子山，有诗。

黄锡麒辑《蔗根集》卷一载汪端光《梅子山喜晤洪稚存，时稚存归自西安，道出武昌，相遇于此》诗，有"襄阳帆转汉阳渡，先我十日来

此住"。又,"缔衣水佩五六人,高若群仙聚烟岛"句自注:"时毕花江先生、法辛侣、王少林、程易田、潘若庵在座。"

乾隆四十九年(甲辰,1784),三十七岁

春,应江宁召试未中。

二月,吴蔚光有诗寄怀。

吴蔚光《素修堂诗集》卷十三《春日寄怀汪剑潭、杨荔裳、周笙间、洪稚存、赵味辛、黄药林,时皆会试在都》诗。依行程,汪端光实未与此科会试。

三月,至江宁应南巡召试,未中。以蒋知廉介,与吴嵩梁订交。

吴嵩梁《石溪舫诗话》卷一:"汪端光,字剑潭,江都人。有《沙江》《晚霞》《才退》诸集。剑潭诗多凄艳哀响,词尤刻而善入,读之移人。予于乾隆甲辰献赋江南,因蒋君湘雪订交,今二十有六年矣。"按,乾隆帝六巡江浙,于江宁召试江苏、安徽、江西士子,蒋知廉列二等,赏缎二匹。汪端光、吴嵩梁等未中。

十二月二十五日,次子汪全德生。

嘉庆甲子科《顺天乡试同年齿录》载:"汪全德,字修甫,号竹素,行二,乾隆甲辰十二月二十五酉时生。江苏扬州府仪征县副贡生,钦取内廷宗学教习。"是日当1785年2月4日。

乾隆五十年(乙巳,1785),三十八岁

客河南巡抚毕沅幕。

秋,毕沅有《木瓜四首》诗,诸幕友和之。

毕沅辑《木瓜唱和诗》,卷首有乾隆五十四年九月朱(火鼎)《木瓜倡和百首诗序》。正文首列毕沅原唱四首,后录李棨、蒋果、林守鹿、孙星衍、杜昌意、胡文铨、邵晋涵、王复、吴之瀛、蒋光世、张再英、方正

澍、吴泰来、洪亮吉、汪端光、张朝元、徐镳庆、沈思诜、陆学稼、王思济、毕宪曾、狄坤、周孝垣、胡江同题之作，共诗百首。

《木瓜唱和诗》载汪端光诗四首，汪端光《丛睦山房未刻诗稿》亦载此四诗。

本年，题毕太夫人诗集。

载张藻《培远堂诗集》卷首，为七绝六首。按，张藻为毕沅母氏，所撰《培远堂诗集》四卷，卷首王昶、严长明序，袁枚、褚廷璋、汪端光、张郝元等题词。

乾隆五十一年（丙午，1786），三十九岁

客毕沅幕。夏，旋里。

正月十三日，偕方正澍、孙星衍、胡文铨游相国寺，有作。

汪端光《丛睦山房未刻诗稿》之《丙午试灯日，同方子云、孙渊如、胡衡斋游大梁相国寺。时渊如将赴西安，衡斋欲还都下，余亦即返广陵，爰作诗记事，并慰子云之独留云》诗。

正月十八日，与张朝元、毕怀图、方正澍、胡文铨、孙星衍、沈思诜、毕宪曾、徐镳庆等。

汪端光《丛睦山房未刻诗稿》之《十八日再游相国寺，同人集征怀堂演剧，即送王藕夫归太仓》诗。方正澍《子云诗集》卷六《同人于相国寺演剧，饯王藕夫东归》诗，其二："明日关河怅只身，沙平草浅曳归轮。知君翻羡羁游乐，赌酒征歌十一人（自注：'时同客大梁节院者，为毕抚五、张吾山、毕花江、朱秋岩、汪剑潭、胡懋斋、孙渊如、沈春林、毕静山、徐朗斋，暨予共十一人。'）。"

夏，由开封返里，有诗呈赵翼。

赵翼《瓯北集》卷三十《汪剑潭自汴归，见示汴中古迹诗，戏和博浪沙一首》诗。汪端光《丛睦山房未刻诗稿》有《汴城古迹十二首同方子云作，即效其体　录六首》诗，赵翼时主扬州安定书院讲席。

乾隆五十三年（戊申，1788），四十一岁

里居。

六月十六日，江昉招金兆燕、蒋宗海、吴梅查、罗聘、汪棣、汪端光、汪启淑、陈春渠、何琪等集净香园。

何琪《小山居稿》卷二《六月十六日，江橙里招同金棕亭、蒋春农、吴梅查、罗两峰，汪对琴、剑潭、秀峰，陈春渠集净香园》诗。

十月，与闵华、沙维杓、金兆燕、汪启淑、吴珏、汪棣、吴锡麒、何琪、朱方蔼、王复等红桥宴集。

金兆燕《棕亭词钞》卷四《金缕曲·初冬同闵玉井、沙白岸、汪秀峰、吴并山、汪对琴、吴谷人、何春渚、汪剑潭、朱春桥、王秋塍泛舟红桥看黄叶》词。朱方蔼《春桥草堂诗集》卷八《冬日同汪比部对琴、金博士棕亭、闵上舍玉井、汪水部秀峰、汪学正剑潭、何文学春渚、吴庶常谷人红桥宴集》诗。

乾隆五十四年（乙酉，1789），四十二岁

春，会试下第，南旋返里。

闰五月二十二日，有札致吴锡麒。

吴锡麒纂辑之《有正味斋朋旧函牍》中，载汪端光札："尊寓相见后，复承枉顾未遇，怅甚！弟以目疾日炽，未能常过高斋，榜后随人南反，侘傺之余，艰于寸步。复未面罄，顾言草草如此，至今耿不能忘了。日来碌碌里门，毫无美状，倚楼看镜，镇日茫然，不知何日了却此生！慧业文人，何以教我？归路舟中，同钱唐张公少有所作，久病呻吟，固应尔尔。乃张公好事，欲付梓人，求知同好。兹顺带数张求正，幸哂教之，庶不负千里属望之意。并候近祺，不戬。谷人先生阁下。小弟汪端光顿首。闰五廿二。"钱唐张公，谓张云璈。

秋，洪亮吉有寄诗。

洪亮吉《卷施阁诗》卷八《有人都者，偶占五篇寄友》诗，其五《汪学正端光》诗："自君居京华，令我懒入山。君虽不能游，喜我穷跻攀。陟险虑我危，悬树惊我顽。尝坐白石边，静日待我还。复恐相背驰，时唤林壑间。每挈酒与肴，解我饥渴颜。共艇泛钓台，同车出昭关。七十二盘岭，三百六十滩。时登仙人峰，时上毛女坛。我狂不可遏，藉子为捉拦。不然险上天，失足性命残。纪游实雄奇，君诵皆循环。别君居三年，过山亦不诣。以此厚怨君，君时当一嚱。"

乾隆五十五年（庚戌，1790），四十三岁

在京，补授国子监学正。

夏，周有声有寄诗。

周有声《东冈诗剩》卷六《寄汪剑昙端光学正》诗："径僻从苔没，迟君几日中。迹怜羁客似，名与选人同。斫地哀何极，调铅句最工。圆荷正浮叶，刚好作诗筒。"

冬，法式善招伊秉绶、汪端光、何道生、罗聘饮诗龛，罗聘作图。

伊秉绶《留春草堂诗钞》卷二《时帆学士招同江剑潭助教端光、何兰士水部道生、罗两峰山人小集诗龛，两峰作图》诗。

冬，与洪亮吉、万应馨、孙星衍、罗聘、杨揆、洪梧、储润书等集上尊康爵之斋，分韵。

储润书《秋兰馆烬余剩稿》卷二《洪稚存编修、万华亭大令、孙渊如水部招同罗两峰山人、杨荔裳舍人、洪桐生吉士、汪剑潭国博集上尊康爵之斋，即席分韵》诗。

十二月，王复招罗聘、徐大榕、洪亮吉、杨梦符、汪端光、崔筠客、储润书、余鹏年、万应馨、张彤等集孙星衍宅，罗聘作《天寒雅集图》，诸人分韵。

储润书《秋兰馆烬余剩稿》卷二《王秋塍大令招同崔筠客宫赞、杨

六士仪部、洪稚存编修、孙渊如水部、徐惕庵太守、汪剑潭国博、万华亭大令、张蓴楼、余伯扶两孝廉,罗两峰山人集惜阴秉烛之堂,两峰作图,以"载酒有人问字,打门无吏催租"分韵得打字》诗。

本年,补授国子监学正。

台北内阁大库档案,载广西巡抚汪日章嘉庆十年九月十三日题本,引汪端光呈称云:"窃卑职年五十岁,江苏扬州府仪征县人。由附监生,中式乾隆辛卯科顺天举人。四十一年,考取国子监学正学录,五十五年补授学正。"按,《钦定国子监志》卷四十六《官师志六·官师表》"学正"栏载:"汪端光,见助教,乾隆五十五年任。"据《钦定国子监志》卷四十一,国子监学正秩正八品。

乾隆五十六年(辛亥,1791),四十四岁

官国子监学正。

八月初一日,王友亮移居横街,与汪端光毗邻。

王友亮《双佩斋诗集》卷七《八月初一移居横街,用元遗山长寿新居韵三首》诗,其二云:"博得高堂笑,迎门鹊语偕。纱幮先供佛,斗室强名斋。书列三层架,图悬百丈崖。东邻词客近,晨夕好书怀。谓汪剑潭助教。"

乾隆五十七年(壬子,1792),四十五岁

官国子监学正。

本年,金学莲有赠诗。

金学莲《三李堂集》卷二《放歌赠汪剑潭助教端光》诗。

乾隆五十八年(癸丑,1793),四十六岁

由国子监学正升助教。

本年，升任国子监助教。

台北内阁大库档案，载广西巡抚汪日章嘉庆十年九月十三日题本，引汪端光呈称云："窃卑职年五十岁，江苏扬州府仪征县人。由附监生，中式乾隆辛卯科顺天举人。四十一年，考取国子监学正学录，五十五年补授学正，五十八年升任助教。"按，《钦定国子监志》卷四十五《官师志五·官师表》，"六堂助教"栏载："汪端光，江苏仪征人，乾隆五十九年任。"此依汪端光自述。国子监助教秩从七品。

乾隆五十九年（甲寅，1794），四十七岁

官国子监助教。

正月十五日，偕吴锡麒、罗聘、李骥元、张道渥、杨伦、孙星衍、王芑孙、刘锡五、李銮宣、张师诚、李如筠、何道生、徐镳庆、张问陶等饮法式善诗龛，分赋。

法式善《诗龛图》手卷，设色纸本，见北京泰和嘉成拍卖有限公司2008年秋季艺术品拍卖会图录。其中汪端光题识手迹云："碧涧羹清佐五辛，蓬莱都现宰官身。光明月放诗中界，料峭风含醉里春。乔木故家原有自，梅花归梦正无人。六街箫管调中气，一夜香泥百革新（自注：'上元夜老夫子大人招饮诗龛，同人宴集分韵得人字，恭求钧诲，受业汪端光拜手。'）。"尾钤"端光之印"。

徐镳庆《玉山阁诗选》卷五《正月十五日，法庶子式善诗龛分赋。宴集者，钱塘吴谷人锡麒、扬州罗两峰聘、江都汪剑潭端光、四川李凫塘骥元、张水屋道渥、阳湖杨西禾伦、孙渊如星衍，长洲王惕甫芑孙，山西刘澄斋锡五、李石农銮宣，湖州张兰渚师诚，大庾李介夫如筠，灵石何兰士道生。不至者，江宁王荇亭友谅、阳湖赵味辛怀玉、安徽洪桐生梧、灵石何砚农道冲、常熟言皋云朝标、吴江王兰江祖武、江阴王廷庚苏。先去者，遂宁张船山问陶。得开字》诗。

本年，邵葆祺题其词稿。

邵葆祺《桥东诗草》卷十《题汪剑潭词稿后》诗："锦字回环锦瑟篇，箫声凄断磬声圆。天留彩笔倾当代，我熟词名已十年。才大不妨官倍冷，情深应被佛犹怜。阶前羡煞双雏凤，各有新诗万口传。"

乾隆六十年（乙卯，1795），四十八岁

官国子监助教。春，应礼闱未售。

正月，偕王友亮、赵怀玉、伊秉绶、陈思贤、刘锡五、何道生、张问陶、吴文照、戴聪、刘嗣绾等饮吴锡麒壶庵。

刘嗣绾《尚䌹堂诗集》卷二十三《吴谷人先生招同王葑亭、汪剑潭、赵味辛、伊墨卿、陈梅垞、刘澄斋、何兰士、张船山、吴香竹、戴春塘集壶庵》诗。

二月初六日，应孙星衍、魏成宪之招，与罗聘、吴锡麒、屠绅、邵晋涵、王友亮、赵怀玉、伊秉绶、方体、朱文翰、张问陶、叶绍楏集孙星衍寓斋。

吴锡麒《还京日记下》载："（乾隆六十年二月）六日，晴，孙渊如、魏春松踵消寒之会，招同罗两峰、屠笏岩、邵二云、王葑亭、赵味辛、汪剑潭、伊墨卿、方茶山、朱沧湄、张船山、叶琴柯集于樱桃传舍。"

三月十七日，邵晋涵招吴锡麒、孙星衍、赵怀玉、汪端光、张问陶小集。

张问陶《船山诗草补遗》卷四《三月十七日，邵二云侍读招同吴谷人编修、孙渊如刑部、赵味辛中书、汪剑潭助教集双藤簃看花》诗。

三月，应会试，荐而未售。

张师诚《一西自记年谱》云："乾隆六十年乙卯，三十四岁。京察，引见，奉旨记名以道府用。旋蒙恩点充会试同考官，得士李继可、潘世璜、沈成渭、萧鸿图、冯瀚、陆梓等六人，荐卷中多知名士。不孝谨按，荐卷中，如翰林学士全椒吴山尊先生鼒，内阁侍读学士德化蔡云桥先生

炯，翰林全椒汪艾堂先生庚，吴县沈书山先生酉，漕督上元朱幹臣先生桂桢，太守仪征汪剑潭先生端光，文章经济，均负盛名。"

嘉庆元年（丙辰，1796），四十九岁

官国子监助教。

四月，为许嘉猷题《春江放棹图》，许时落第南归。

许嘉猷《许顺庵老人自述年谱》载："嘉庆元年丙辰，三十九岁。春应礼部试。余卷在山东宋侍御沛澍房，力荐，又以额溢见遗。韩廉泉为余写《春江放棹图》，吴谷人太史、汪剑潭助教端光、张船山太史问陶俱有题咏。四月出都，五月抵家。"

九月，邀曹德华、杨之灏、杨揆、张彤、吴阶等饮寓斋。

余鹏年《梦笺诗屋诗》卷五《同曹山甫、杨簣山、杨荔裳、张萼楼、吴次升饮汪剑潭寓斋，醉赋二律》诗。

嘉庆二年（丁巳，1797），五十岁

官国子监助教。

闰六月二十日，偕章学濂、法式善、何道生、罗聘、曹锡龄、马履泰、洪亮吉、赵怀玉、叶绍楏、冯戬、伊秉绶、熊方受、张问陶、孔传薪、金学莲、周厚辕、宋鸣琦、谭光祜等积水潭观荷。

谭光祜《铁箫诗稿》卷一《立秋后五日，章京县学濂招同祭酒先生法式善、水部何先生道生、罗山人聘、曹御史锡龄、马比部履泰、洪编修亮吉、赵舍人怀玉、汪博士端光、叶编修绍楏、冯司务戬、伊比部秉绶、熊检讨方受、张检讨问陶、孔广文传薪、金上舍学莲、周编修厚辕、宋仪部鸣琦诸人于李西涯旧宅泛舟观荷。冯司务手持司业王叟世芳百十三岁所书扇，罗山人即于扇后写王叟小像，同人各题句。马比部诗曰："清波门里逢翁话，积水潭边又画翁。三十年来弹指过，始知身住电光中。"祭酒

先生法式善以此诗二十八字分韵,余得翁字。是日同人要余吹铁箫,酒酣各题余白夹衫,诗画几满,醉墨淋漓,洵可乐也》诗。洪亮吉《卷施阁文乙集续编》有《游积水潭看荷花序》文。

九月十九日,偕何道生、赵怀玉、伊秉绶、石韫玉、宋鸣琦、李传熊、贾崧、谭光祜、吴树萱集周厚辕寓斋,作展重阳会。

谭光祜《铁箫诗稿》卷二《何水部道生、洪编修亮吉、赵舍人怀玉、汪博士端光、伊比部秉绶、石修撰韫玉、宋仪部鸣琦、李中允传熊于周编修厚辕寓斋饯贾生崧作展重九会,且招余言别,醉中歌此径归》诗。

嘉庆三年(戊午,1798),五十一岁

官国子监助教,保送仓差,引见记名。

春,伊秉绶招同罗聘、法式善、马履泰、汪端光、李銮宣、蒋攸铦等,饯送魏成宪出都。

魏成宪《清爱堂集》卷八《余将出都,伊墨卿邀同罗两峰聘、法时帆式善、马秋药履泰、汪剑潭端光、李石农銮宣、蒋砺堂攸铦晓过崇效寺看花,归集寒玉斋饯别》诗。

六月初九日,法式善邀曹振镛、王宗诚、石韫玉、汪端光、何元烺、何道生、马履泰、文宁、金学莲、孙仁渊、宋鸣琦、叶绍楏、张问陶、周兆基、伊秉绶集西涯旧址,为李东阳做生日。

法式善辑《诗龛声闻集续编》中,载赵怀玉《戊午六月九日,梧门祭酒邀同人于西涯旧址为李文正作生日》诗,后为曹振镛、王宗诚、石韫玉、汪端光、何元烺、何道生、马履泰、文宁、金学莲、孙仁渊、宋鸣琦、叶绍楏、张问陶、周兆基、伊秉绶同题之作。汪端光所作为《贺新凉》词一首。

七月,张问陶有题赠。

张问陶《船山诗草》卷十四《读汪剑潭端光诗词题赠》诗:"诗材词料总兼金,捡点闲愁酝酿深。宛转九环随妙笔,横斜五色绣灵心。敲来瘦骨谁知马,听到哀丝欲废琴。手爇名香低首拜,廿年粗笨悔狂吟。"

本年，保送仓差，引见，奉旨记名。

台北内阁大库档案，载广西巡抚汪日章嘉庆十年九月十三日题本，引汪端光呈称云："五十五年补授学正，五十八年升任助教。嘉庆三年保送仓差，带领引见，奉旨记名。"

嘉庆四年（己未，1799），五十二岁

国子监助教俸满，保举外用。

七月初七日，与吴树萱、宋鸣琦、谢振定、何道生、戴敦元、万承纪集赵怀玉寓斋。

黄锡麒辑《蔗根集》卷一汪端光《七月七日立秋，赵味辛舍人招同人为迎秋之会，即席分赋》诗。

十一月二十三日，跋袁通《捧月楼绮语》。

袁通《捧月楼绮语》卷尾汪端光《捧月楼绮语跋》，署"嘉庆己未岁冬至前三日，真州汪端光剑潭甫"。

本年，与礼亲王、郑亲王、成亲王、法式善、王芑孙、钱泳等集于郑亲王惠园。

《梅溪先生年谱》云："嘉庆四年己未，先生（钱泳）四十一岁。在京师，有礼亲王、郑亲王、成亲王皆能诗，好文墨，闻先生名，介法时帆祭酒式善召先生及汪剑潭端光、王惕甫芑孙集于惠园。惠园者，郑邸也。"

本年，助教俸满，保举外用。

台北内阁大库档案，载广西巡抚汪日章嘉庆十年九月十三日题本，引汪端光呈称云："五十五年补授学正，五十八年升任助教。嘉庆三年保送仓差，带领引见，奉旨记名。四年分，助教俸满，复保举外用。"

嘉庆五年（庚申，1800），五十三岁

二月，补授大运西仓监督。九月，除广西同知。

二月，补授大运西仓监督。

台北内阁大库档案，载广西巡抚汪日章嘉庆十年九月十三日题本，引汪端光呈称云："五十五年补授学正，五十八年升任助教。嘉庆三年保送仓差，带领引见，奉旨记名。四年分，助教俸满，复保举外用。五年二月，补授大运西仓监督。"

三月初三日，胡稷招赵怀玉、邵葆祺、张问陶、张若采、许会昌等修禊，分赋。

张若采《梅屋诗钞》卷四《庚申三月三日，胡砚农员外招同赵味辛、邵寿民两舍人，汪剑潭助教、家船山检讨、许鹤汀孝廉修禊于丰宜门外草桥僧舍，归饮梦鹤轩，分得七古限绿字一首》诗。

九月十六日，吏部带领引见，奉旨发往广西。

《嘉庆帝起居注》本年九月十六日条："（吏部）又将遵旨拣发广西试用同知、知州、通判、知县等员拣选，得记名同知、现任国子监助教汪端光等带领引见。奉旨：'同知汪端光，知州瑞昌，通判武尔衮布，知县叶嘉猷、杨学照、佟镐、张浙，俱着发往广西差遣委用。'"

偕吴锡麒、秦瀛、赵怀玉、张问陶、姚椿集法式善诗龛。

秦瀛《小岘山人诗集》卷十三《法时帆侍讲招同吴谷人宫庶、张船山检讨、赵味辛舍人、汪剑潭司马、姚春木上舍宴集诗龛，船山先有作，和韵纪事》诗二首。

去都前，赵怀玉、张问陶、乐钧、许会昌、金学莲、邵葆祺、吴嵰等有赠行之作。

赵怀玉《亦有生斋词集》卷三《齐天乐·送汪剑潭之官粤西》词。

张问陶《船山诗草》卷十五《送汪剑潭司马之粤西，并送大竹全泰竹素小竹全德竹海》诗。乐钧《青芝山馆诗集》卷十二《送汪剑潭司马端光之官广西二首》诗。许会昌《醉二白斋遗稿》卷下《赠汪司马剑潭先生之官粤西》诗二首。金学莲《三李堂集》卷五《汪助教简放广西同知，诗以送之》诗。邵葆祺《桥东诗草》卷十二《送汪剑潭司马之官粤西》诗二首。吴嵰《红雪山房诗钞》卷二《送汪剑潭端光助教之官桂林司马，并简其令子竹海全泰、竹素全德上舍》诗。

九月，偕杨瑛昶出都。

杨瑛昶《燕南赵北诗钞》卷四《潞河旅次与剑潭夜话，有怀船山，时船山分校北闱》诗。杨瑛昶本年四月升直隶永定河道北运河同知。

归里省墓，汪潮生、黄金有词送行。

汪潮生《冬巢词集》卷一《送家剑潭之任粤西刺史》词。黄金《送汪丈剑潭之粤西》诗，载王豫辑《群雅集》卷三十四。

嘉庆六年（辛酉，1801），五十四岁

春在里，七月抵桂。冬，赴百色同知任。

二月初四日，吴嵩梁过扬州，与曾燠、汪端光、邵骥、王芑孙、金学莲等集题襟馆。

吴嵩梁《香苏山馆诗集》卷四《辛酉仲春四日过广陵，晤曾宾谷运使，留宿题襟馆，并招汪司马剑潭、邵大令无恙、王学博惕甫、乐明经莲裳、金手山秀才小集，即席赋谢》诗。

七月十八日，抵广西省城桂林。

台北内阁大库档案，载广西巡抚汪日章嘉庆十年九月十三日题本，引汪端光呈称云："（嘉庆）五年二月，补授大运西仓监督。九月内拣选，带领引见，奉旨：'汪端光着发往广西，以同知差遣委用。钦此。'嘉庆六年七月十八日到省，委署思恩府百色同知，题署南宁府同知。"时广西巡抚谢启昆，布政使清安泰，按察使公峨，学政钱楷。

十一月初八日，与王尚珏招钱楷、李秉礼、欧阳辂泛舟至还珠洞，归饮泋波岩下僧舍。钱楷已有诗留别诸人。

钱楷《绿天书舍存草》卷五《十一月八日，汪剑潭郡丞、王若农大尹，招同李松甫比部、欧阳涧东孝廉泛舟至还珠洞，观石刻米襄阳像及襄阳题名，归饮泋波岩下僧舍三首》诗。同卷《留别六首》诗，其二《汪剑潭司马端光》诗："人海藏身久，穷愁觅句时。兹来吾又去，后会更何

期？吏隐能忘瘴，情多尽入诗。江山好如此，天与炼新词。"

冬，赴百色同知任。

据第一历史档案馆藏两广总督吴熊光、广西巡抚恩长嘉庆十三年九月二十六日《奏请以南宁府同知汪端光升署镇安府知府事》录副折，汪端光于嘉庆"六年七月到省，委署思恩府百色同知"。

次子全德乡试中副车。

高鹗《月小山房遗稿》之《竹素来谒又赠》诗："珊珊玉骨本玲珑，小谪飞仙事偶同。笑我从将夸老辈，彭宣今在后堂中。"

序江周《赤城缘传奇》。

汪端光《赤城缘传奇序》文，载上海图书馆藏稿本《赤城缘传奇》卷首。

嘉庆七年（壬戌，1802），五十五岁

任百色同知。

春，以近作寄谢启昆，谢有题诗。

谢启昆《树经堂诗续集》卷八《汪剑潭司马以近诗寄阅，辄题四绝》诗。观第二首"冬春边地气如炎"句，第四首"清风定感夜郎侯"句，知汪端光时仍在百色同知任上。汪端光孙彦树娶谢启昆孙女。

秋，次子全德来粤西省亲。

阮亨《瀛洲笔谈》卷八："吾乡汪小竹全德，剑潭先生令嗣也，与哲昆竹海全泰齐名，人称二竹。壬戌秋，小竹省亲粤西，道出武林，留止浃旬……后二年，小竹举于顺天，出余兄门生河南吴编修其彦之门，亦佳话也。"

嘉庆八年（癸亥，1803），五十六岁

在百色同知任。

二月二十四日，洪亮吉有诗寄之。

洪亮吉《更生斋诗》卷六《二月廿四日，程文学赞皇、吉士赞宁、王上舍豫招往平山堂探梅，即席感赋一首，即寄汪司马端光广西，并近柬储明经润书、汪秀才文锦》诗。

十月，尤维熊过百色，谭诗唱和。

尤维熊《二娱小庐诗钞》卷四《百色登舟喜晤汪剑潭司马，兼读新诗，因题其后》、《隆安以上，山多奇妙，汪剑潭以诗仇之，余反其意》诗。尤维熊《二娱小庐词钞》卷二《金缕曲·剥塞登舟，喜晤汪剑潭司马，挑灯话旧之余，各出新词互相订定，临别填此调赠行，途中次和以寄》词。

嘉庆九年（甲子，1804），五十七岁

秋，署南宁府同知、庆远府知府，充广西乡试监试官。

七月二十六日，接印署理南宁府同知。旋委署庆远府知府，九月十五日始卸南宁府同知事。

台北内阁大库档案，载广西巡抚汪日章嘉庆十年九月十三日题本，引江端光呈称云："嘉庆六年七月十八日到省，委署思恩府百色同知。题署南宁府同知，七月二十六日在省接印署理，八月十五日奉文试署。委署庆远府知府，于九年八月初三日署理，九月十五日卸南宁府同知事。系接署庆远府在先，交卸南宁府同知在后。"

八月初六日，入闱监广西乡试。时吴鼒为主考，不得见，各有诗。

汪端光《丛睦山房未刻诗稿》之《甲子之秋，山尊先生典试粤西。时余摄庆远守，监试闱中，秘院清严，莫相闻讯，殊有天上人间之感。疏灯遥夜，今昔异情，是用作歌，以代怀想》《八月十五夜试院坐月》诗。吴鼒时为广西乡试正考官，副考官为张志绪。

据《嘉庆九年广西乡试题名录》，时监临官为桂抚百龄，外提调官为藩司恩长，外监试官为臬司王家宾，提调官为左江道岳山，监试官为署庆

远府事南宁府同知汪端光。

九月，长子全泰、次子全德北闱同榜得隽。

据嘉庆甲子科《顺天乡试同年齿录》，汪全泰中第四十三名举人，汪全德中第一百二十一名举人。

嘉庆十年（乙丑，1805），五十八岁

署庆远、平乐府事。
四月二十五日，次子全德成进士。

《清实录》嘉庆十年四月条："戊寅，上御太和殿。传胪，赐一甲彭浚、徐颋、何凌汉三人进士及第，二甲徐松等九十六人进士出身，三甲叶申万等一百四十四人同进士出身。"汪全德名列二甲第十六名。

五月初四日，次子全德改翰林院庶吉士。

《清实录》嘉庆十年五月条："丁亥，引见新科进士。得旨，一甲三名彭浚、徐颋、何凌汉业经授职外，徐松、李兆洛……汪全德、孙源湘……着改为翰林院庶吉士。"

第一历史档案馆藏汪全德嘉庆二十五年二月初六日《奏为奉旨补授江西吉南赣宁道谢恩事》折中自言"十年乙丑科进士，改庶吉士"。

九月初二日，卸署庆远府事，旋接署平乐府知府。

第一历史档案馆藏广西巡抚汪日章嘉庆十年八月二十日《奏为委任汪端光署理平乐府知府事》折："广西巡抚臣汪日章跪奏，为委署知府循例奏闻事。窃照平乐府知府清柱，于本年二月内接准部文，准其调补泗城府知府，所遗平乐府缺，即以俸满撤回之泗城府知府崔景仪补授。当经前护抚臣恩长以崔景仪先经奏委护理左江道篆。该员系俸满人员，卸事后例应送部引见，到任需时。其平乐府缺，查丞倅等员俱经委署府篆，一时遴委乏人，奏请将清柱暂留平乐府任，俟各实缺知府到任，委署各员交卸后，另行遴委接署，再饬清柱前赴调任。钦奉朱批：'着照所请行。钦此。'钦遵在案。兹查各府实缺知府先后到任，委署各员亦已陆续交卸，

所有平乐府缺，应即委员接署，以便清柱前赴泗城调任，用专责成。今据藩、臬两司详称，新任庆远府知府汤藩已经到省赴任，原署该府事南宁府同知汪端光即可交卸，请令接署平乐府印务前来。臣查同知汪端光，系江苏举人，由国子监助教俸满，保举外用，于嘉庆四年拣发广西，九年二月，题署南宁府同知。其平日居官政事，臣到任未久，不能深悉。查前抚臣百龄奏委署理庆远府折内，出具端方明敏考语，复核该员署任一载，办理地方事件，尚无贻误，堪以委署平乐府印务。除檄饬遵照外，谨会同督臣那彦成恭折具奏，伏乞皇上睿鉴。谨奏。嘉庆十年八月二十日。"嘉庆帝朱批："览。"

据第一历史档案馆藏广西巡抚恩长嘉庆十二年《呈本年广西司道府各员考语清单》，汤藩嘉庆十年九月初二日到庆远府知府任，汪端光交代后即赴署平乐府任。

十二月十八日，奉旨实授南宁府同知。

据第一历史档案馆藏两广总督吴熊光、广西巡抚恩长嘉庆十三年九月二十六日《奏请以南宁府同知汪端光升署镇安府知府事》录副折，嘉庆十年十二月十八日，汪端光奉旨实授南宁府同知。

本年，长子全泰来桂省亲，表弟潘志华有书求援。

周仪暐《夫椒山馆诗》卷七《乙丑报罢，将由江南之粤东，出都留别二十二首》诗，其二十一《汪大竹海》诗，题注"全泰。时将省侍粤西"。黄锡麒辑《蔗根集》卷三潘志华《代书诗四章寄平乐太守表兄汪剑潭》诗。潘志华书或即由汪全泰携来。

嘉庆十一年（丙寅，1806），五十九岁

署平乐府事。

春，洪饴孙有诗怀之。

洪饴孙《青埵山人诗》卷六《春雨怀人诗五十首》，其十《汪剑潭先生》诗："廿载成新论，桓谭老郡丞。一官依桂海，双桨下湘陵。官南宁

同知。艳曲调《金缕》，孤怀绽玉冰。游山诗百幅，写尽剡溪藤。"洪饴孙，友人洪亮吉长子。

秋，偕欧阳涧东过李秉礼，饮酒谈诗。

李秉礼《韦庐诗外集》卷一《喜汪剑潭、欧阳涧东见过》诗。欧阳辂《涧东诗钞》卷五《奉酬汪司马端光寄示诗集》、《奉酬敬之郎中喜同汪司马过访》诗。

嘉庆十二年（丁卯，1807），六十岁

署庆远、柳州府事。

本年，署庆远府知府。

台北内阁大库档案，载广西巡抚恩长嘉庆十二年九月二十六日题本，内称汪端光为"署庆远府事南宁府同知"。

十二月，署柳州府知府。

第一历史档案馆藏广西巡抚恩长嘉庆十二年十二月十九日《奏为委任汪端光署理柳州府知府事》折："广西巡抚臣恩长跪奏，为委署知府循例奏闻事。窃臣接准督臣吴熊光咨会，浔州府通判蔡桓武，系两广盐运使蔡共武同祖堂弟，现已奏明回避等因。查蔡桓武现署柳州府事，应即委员接署。查有南宁府同知汪端光，老练安详，办事稳妥，历署府篆，办理裕如，堪以委署。除檄饬遵照外，臣谨会同督臣吴熊光恭折据奏，伏祈皇上睿鉴。谨奏。嘉庆十二年十二月十九日。"

嘉庆十三年（戊辰，1808），六十一岁

署柳州、庆远府事。

四月二十二日，次子全德散馆，以主事用，签分工部。

第一历史档案馆藏汪全德嘉庆二十五年二月初六日《奏为奉旨补授江西吉南赣宁道谢恩事》折："十三年散馆，以主事用，签分工部。"《清

实录》："引见乙丑科散馆人员。得旨：……宗室惠端、和桂、张志廉、汪全德、王珙、马瑞辰、陈俊千、洪耀、童璜、张锡谦、聂铣敏、于克家，俱着以部属用。"

九月初一日，柳州府知府李杭到任，得代回省。

据第一历史档案馆藏广西巡抚恩长嘉庆十三年《呈本年广西司道府各员考语清单》，李杭于本年九月初一日到柳州知府任，汪端光当交代后回省复命。

九月二十六日，吴熊光、恩长奏请将汪端光升署镇安府知府。

第一历史档案馆藏两广总督吴熊光、广西巡抚恩长嘉庆十三年九月二十六日《奏请以南宁府同知汪端光升署镇安府知府事》录副折："两广总督臣吴熊光、广西巡抚臣恩长跪奏，为烟瘴府缺需员，仰恳圣恩，俯准升署，以俾地方事。窃照镇安府知府凝图报丁母忧，经臣恩长于嘉庆十三年七月十二日具题开缺。该府壤接越南，汉土杂处，抚绥不易，系极边烟瘴专难题调要缺，五年俸满，在任候升。非能耐烟瘴之员，不克胜任。臣恩长与藩、臬两司于内地知府内逐加确查，非现居要缺，即人地不宜，一时无可调补之员。伏查雍正七年钦奉上谕，凡遇烟瘴地方缺出，向例调补者，若有可以题升之员，具题请旨升授。钦此。又例载粤西烟瘴各缺，不必计俸，惟才优与能耐烟瘴之员，即准升调等因。兹查有南宁府同知汪端光，年五十三岁，江苏仪征县举人，由国子监助教保举外用，于嘉庆五年九月内拣选引见，奉旨：'汪端光着发往广西，以同知差遣委用。钦此。'于六年七月到省，委署思恩府百色同知，题署今职，先赴署理。九年八月十五日奉文试署，十年十二月十八日奉旨实授。历经奏署平乐、庆远、柳州等府印务。该员安详老练，操守廉洁，能耐烟瘴，以之升署镇安府知府员缺，实属人地相宜。该员父母俱故，并无应侍老亲，参罚亦在十案以内，核与升用之例相符，合无仰恳圣恩，俯准将汪端光升署镇安府知府。如蒙俞允，照例给咨送部引见，恭候钦定，仍照例试看，期满如果称职，另请实授。所遗南宁府同知员缺，系内地腹俸专难简缺，粤西现有试用人员，应请扣留在外，容臣等另疏题署。所有汪端光历任内参罚案件，谨另缮清单，恭呈御览。臣等往返札商，意见相同，理合会折具奏，伏祈皇上睿鉴，饬部议覆施行。谨奏。九月二十六日。"嘉庆十三年十一月初一日奉朱批："吏部议奏。钦此。"按，折内言汪端光官年五十三岁，较实年少八岁。又，两广总督吴雄光嘉庆十三年《呈本年广西省提镇司道府各员考语清单》内云："镇安府知府，现以南宁府同知汪端光奏补，尚未准部覆。"另据第一历史档案馆藏广西巡抚恩长嘉庆十三年八月二十四日《奏为太平府同知隆泰委署镇安府知府事》录副折，时镇安府知府由隆泰暂署。

十二月初，委署庆远府印务。

台北内阁大库档案载嘉庆十三年十二月吏部移会："嘉庆十三年十二月十四日，奉上谕：'湖北施南府知府员缺，着杨毓江补授。钦此。'又广西巡抚恩长等奏，庆远府知府汤藩委署浔州府知府，南宁府同知汪端光委署庆远府知府等因一折，同日奉朱批：'览。钦此。'均于十五日抄出到部。"据第一历史档案馆藏广西巡抚恩长嘉庆十三年《呈本年广西省司道府各员考语清单》，庆远府知府汤藩十二月初二日署理浔州府印务。

嘉庆十四年（己巳，1809），六十二岁

署镇安府篆。

本年，署镇安府知府。

台北内阁大库档案，载大学士管理吏部、理藩院事务庆桂嘉庆十四年二月初五日题本："查现任南宁府同知汪端光，升署镇安府知府，尚未赴部引见。应俟汪端光引见准升后，所遗南宁府同知员缺，准其将试用同知史棠署理。"

嘉庆十五年（庚午，1810），六十三岁

由粤返里。

春，卸镇安府篆返里，李秉礼有赠诗。

道光《重修仪征县志》卷三十一，言汪端光"补授镇安府知府，未几，以京宦时事挂吏议，解组回里。"按，汪端光并未赴部引见，故其守镇安亦为暂署，而非补授。据第一历史档案馆藏广西巡抚钱楷嘉庆十五年《呈广西省司道府各员考语清单》，本年四月，新任镇安府知府李杭到任，其抵任前，钱楷当委员暂署府篆。李秉礼《韦庐诗外集》卷二有《送汪剑潭归扬州》诗。

秋，程得龄过扬州，同观《牡丹亭》，有酬唱。

程得龄《枣花楼诗略》卷二《邗上喜晤汪剑潭太守端光，赋赠，兼呈令子竹海孝廉全泰、竹素工部全德》诗："想泛桃潭春复秋，一朝萍合水中流。且乘游舫寻欧迹，遑论官名夺柳州。桑民怪不官柳州，谓不忍夺子厚名。吏隐身兼耆宿重，诗书泽衍俊才优。庭前玉树琼条茂，斧藻从新造选楼。"后附汪端光和作，其中"韦家老我去苏州"句自注："余方解组归自粤西。"

本年，法式善有诗怀之。

法式善《存素堂诗二集》卷四《题交游尺牍后　现在之人》诗，其二十九《汪剑潭司马》诗："潦倒长安二十年，广文先生无一钱。清才奈贫兼病，天与贤郎晚节劲。断句清比王渔洋，长篇丽过田山畺。小词当代竟无匹，抗手只许杨蓉裳。"

嘉庆十六年（辛未，1811），六十四岁

扬州郡城里居。

闰三月十二日，偕江溎、蒋知节、贵征、吴锡麒、洪梧、赵怀玉等泛舟湖上，至桃花庵看牡丹。

赵怀玉《亦有生斋诗集》卷二十七《立夏前二日，江户部溎、汪太守端光、蒋广文知节、贵观察征招同吴祭酒锡麒、洪太守梧泛舟湖上至桃花庵看牡丹，用东坡泛颍韵》诗。

七月，偕金学莲筱园看芍药，有《一萼红》词。

乐钧《一萼红·汪剑潭、金手山诸君携校书风珠筱园看芍药，各制此调。余顷自都门还邗上，辄为继声，局外环中，别有深感，时辛未七月也》词，载丁绍仪辑《国朝词综补》卷二十一。

十二月初十日，吴锡麒招江涟、洪梧、蒋知节、汪端光、贵征等集小南香馆，饯送赵怀玉。

赵怀玉《收庵居士自叙年谱略》本年条："腊八日大雪，同人夜饮寓舍，有诗。十日，吴谷人祭酒锡麒招同江涟、洪梧、蒋知节三同年，汪太守端光、贵观察征饯于小南香馆，各有赠句，余亦有诗。"

十二月二十七日，洪梧招吴锡麒、汪端光、贵征、蒋知节、乐钧等集安定书院，约题《黄山图》。

乐钧《青芝山馆诗集》卷二十《十二月廿七日，洪桐生太守梧招同吴谷人祭酒锡麒、汪剑潭太守端光、贵仲符观察征、蒋秋竹孝廉集安定书院作消寒第三会，同题石峰和尚〈黄山图〉》诗。

嘉庆十七年（壬申，1812），六十五岁

里居。

三月初二日，洪梧招吴锡麒、江涟、贵征、石韫玉、汪端光、程世淳、吴文照、刘逢禄、秦恩复、陈用光、刘嗣绾、乐钧等梅花岭修禊。

乐钧《青芝山馆诗集》卷二十一《三月二日，洪桐生太守招同吴谷人祭酒、江漪塘民部、贵仲符观察、石琢堂廉镇、汪剑潭太守、程澄江侍御、吴香竺大令、刘申甫孝廉，秦敦夫、陈石士、刘芙初三太史古梅花岭修禊》诗。

三月初九日，继昌招吴锡麒、汪端光、刘嗣绾、陈用光、乐钧、张漾等泛舟湖上，饮桃花庵，分韵。

乐钧《青芝山馆诗集》卷二十一《三月九日，继莲龛观察招同谷人祭酒、剑潭太守、芙初、石士两太史、张子澜秀才漾，泛舟湖上，饮于桃

花庵，以"桃花潭水深千尺"分韵得深字》诗。

十一月十五日，洪梧招汪端光、贵征、沈钦韩集梅花书院，分赋。

汪端光《十一月十五日夜，桐生先生招登古梅花岭为消寒第一会，集七律限心字二首》诗，载汪之选辑《淮海同声集》卷二。沈钦韩《幼学堂诗稿》卷十《冬至前四日，桐生太守招同剑潭太守、仲符观察集梅花书院，分韵》诗。

十二月，次子全德补工部主事。

第一历史档案馆藏汪全德嘉庆二十五年二月初六日《奏为奉旨补授江西吉南赣宁道谢恩事》折："十七年十二月，补都水司主事，充会典馆总纂官，本部则例馆提调官。"

嘉庆十八年（癸酉，1813），六十六岁

里居。

二月二十日，洪梧招吴锡麒、汪端光、杨兆鹤、张问陶、朱文来游平山堂。

张问陶《船山诗草补遗》卷六《二十日，洪桐生同年招同吴谷人祭酒，汪剑潭、杨警斋两太守，朱质园吉士游平山堂即席作》诗。

三月，偕吴锡麒、继昌、张问陶、乐钧、吴清皋等饮安定书院，分赋。

乐钧《青芝山馆诗集》卷二十二《吴谷人祭酒招同继莲龛观察，张船山、汪剑潭两太守集安定书院，郎君小谷与焉，分得人字》诗。

四月十二日，偕廖寅、吴锡麒、贵征、江涟、洪梧、屠倬、乐钧、吴鼒等饯送倪琇于桃花庵。

吴鼒《吴学士诗集》卷四《立夏后六日，家谷人师命同仲符观察、漪塘农部，桐生、剑潭两太守，琴坞大尹集桃花庵看牡丹，送竹泉漕使还朝，分韵得衣字》诗，是诗亦载吴鼒《抑庵遗诗》卷七。

嘉庆十九年（甲戌，1814），六十七岁

里居。

二月，次子全德升工部员外郎。

第一历史档案馆藏汪全德嘉庆二十五年二月初六日《奏为奉旨补授江西吉南赣宁道谢恩事》折："十九年二月，升都水司员外郎。"

闰二月十五日，清明，祭扫先茔，归访甘亭上人于桃花庵，复邀江涟、洪梧、贵征来饮，有作。

汪端光《闰二月十五日清明，余祭扫先茔，复过桃花庵访甘亭上人。时值甘亭竹榭落成，邀同江漪塘农部、洪桐生太守、贵仲符观察小饮修篁之下，即为甘亭赋之，并慰程半人上舍》诗，载汪之选辑《淮海同声集》卷二。

三月初三日，招梁春泰、袁承福、许之翰等修禊虹园，有作。

许之翰《说文堂诗集》卷二《上巳日，梁筱素、汪剑潭、袁啸竹诸公招集虹园修禊，分韵》诗。

三月，次子全德充会试同考官。

第一历史档案馆藏汪全德嘉庆二十五年二月初六日《奏为奉旨补授江西吉南赣宁道谢恩事》折："十九年二月，升都水司员外郎。三月，充甲戌科会试同考官。"《清秘述闻续》卷一三同考官类"嘉庆十九年甲戌科会试"条："工部员外郎汪全德，字修甫，江苏仪征人，乙丑进士。"

阿克当阿延校《全唐文》，与诸名士诗酒流连。

吴锡麒《有正味斋词续集》卷二《一萼红·余七十生日，承诸同人各以此词为赠，余愧不敢当，既述余感，且以答所贻云》词，其二自注："甲戌五月，奉旨以唐人文集发扬州校刊，计明年五月可期蒇事。时总其成者，盬政阿公厚庵。分校者，云南谷西阿际岐，湖南唐陶山仲冕，广东李小松钧简，江西刘金门凤诰，江南孙渊如星衍、洪桐生梧、石琢堂韫玉、汪剑潭端光、江漪塘涟、秦敦夫恩复、贵仲符征、黄阆峰文辉、赵芸浦佩湘、程漱

泉寿龄、吴山尊鼒,浙江钱次轩栻,直隶施琴泉杓,浙江莫葆斋晋、陈小孟鸿墀,而锡麒亦预其列焉。自来维扬宾客之聚,未有盛于此时者矣。"

九月十四日,与吴锡麒、李钧简、廖寅、施杓、贵征、洪梧、顾广圻、吴鼒等集桃花庵作展重阳会,分赋。

吴锡麒《有正味斋诗续集》卷八《十四日招同李小松京尹钧简、廖复堂都运、施琴泉学士杓、贵仲符观察,洪桐生、汪涧叟两太守,顾涧蘋上舍广圻,家山尊学士集桃花庵,作展重阳会,以"白露暧空,素月流天"分韵,余得白字》诗。

嘉庆二十年(乙亥,1815),六十八岁

里居。

九月初九日,邀吴锡麒、阿克当阿、廖寅、洪梧、贵征等载酒湖上,有词寿吴鼒。

吴鼒《百萼红词》卷上《一萼红·嘉庆乙亥九月十日,为予六十初度。先一日,剑潭邀同谷人师、厚庵直指、复堂都转、桐生前辈、仲符同年觞之湖上,调此阕为寿,次韵奉答》词,后附汪端光原作。

十月初六日,有词赠吴鼒,吴鼒和之。

吴鼒《百萼红词》卷上《一萼红·立冬前二日,剑潭病起示秋雨见怀之作,语太凄切,次韵报之》词。吴锡麒《有正味斋词续集》卷二《一萼红·山尊读汪剑潭秋夜词,音调凄惋,吟讽不休,邀余同赋,再叠前韵》词。

凌霄招同吴锡麒、江端光等游筱园,归集停云馆,有作。

凌霄《蒲上题襟集》卷十二《一萼红词·偕吴谷人锡麒、汪剑潭端光、郑柿里兆珏、金手山学莲游筱园遇雨,归集停云馆,舟中同作》词。

十一月,与洪梧招孙星衍饮梅花书院。

孙星衍《冶城集》卷上《洪太守梧、汪太守端光招饮梅花书院,出〈九日行庵文宴图〉索题,马氏玲珑山馆物也》诗。

嘉庆二十一年（丙子，1816），六十九岁

里居。

十一月十六日，与梁春泰、张镠、程元聪、汪之选诸人集许之翰斋，同赋月当头诗。

许之翰《说文堂诗集》卷二《十一月十六日，筱素、剑潭、半人、荷衣诸老辈小集草堂，补赋月当头诗》。

十二月十九日，僧大醇邀汪端光、程元聪、张镠、汪之选、汪穉泉、汪韵泉、许之翰、李少白、金学莲、沈绿舫、潘宗艺暨释清恒、懒堂、雪斋、智林等集希贤诗社，祝东坡生日。

释清恒《借庵诗钞》卷七《十二月十九日，桃花庵僧大醇邀汪剑潭、程半人、张老姜、汪月樵、汪穉泉、汪韵泉、许春卿、李少白、金手山、沈绿舫、潘小江暨懒堂、雪斋、智林集希贤诗社祝坡公生日》诗。

嘉庆二十二年（丁丑，1817），七十岁

里居。

正月初七日，偕吴锡麒、江涟集吴鲁宅，观文徵明《石湖闲泛图》。

李佐贤《书画鉴影》卷六《文待诏石湖闲泛图卷》条，吴锡麒跋："丁丑人日，暮桥大兄招同江漪塘、汪涧畕雪小集，出观文待诏石湖卷子，约赋长句，即呈教正。谷人弟锡麒。"

二月初八日，偕吴锡麒、江涟、屠倬、陈鸿寿、汪之选、黄金等集平山堂。

汪之选《小诗龛诗集》卷一《丁丑仲春八日，奉攀吴谷人、江漪塘涟、家畕涧端光诸先生，屠琴坞倬太守、陈曼生鸿寿司马、黄小秋典籍平山堂赏玉兰花同赋》诗。是诗亦载汪之选辑《淮海同声集》卷二十。吴锡麒《丁丑仲春八日，汪月樵招同江漪塘涟、汪剑潭端光、陈曼生鸿寿、

屠琴坞倬、黄小秋金集平山堂赏玉兰花同赋》诗,载汪之选辑《淮海同声集》卷一。

夏,鲍文逵有诗祝寿。

鲍文逵《野云诗钞》卷十《寿汪剑潭先生七十》诗二首。其一:"仙蒲香拥木兰舟,文选楼边即祖洲。海内风骚归一老,膝前迈过共千秋。名尊象郡诗同壮,集配龙溪体便遒(自注:"宋汪藻。")。大好竹西觞客处,榴花四照月悬钩。"其二:"纷纷冠盖苦逢迎,谢笑言嗔总盛名。不道漓江前太守,依然国子旧先生。马蹄秋水闲中味,鹚首春山物外情。小草未忘栖遁志,化萤也傍老人明。"

嘉庆二十三年(戊寅,1818),七十一岁

里居。

三月二十八日,与许之翰等集桃花精舍。

许之翰《说文堂诗集》卷二《三月廿八日,同人集桃花精舍,汪剑潭太守携龙井茶至,僧大醇汲桃花泉试之》诗。

八月,次子全德分校北闱。

第一历史档案馆藏汪全德道光五年正月二十二日《奏为奉旨准予大计卓异加级回任候升事》折有云:"二十三年八月,充戊寅科顺天乡试同考官。"

嘉庆二十四年(己卯,1819),七十二岁

里居。

二月,次子全德升工部营缮司郎中。

第一历史档案馆藏汪全德道光五年正月二十二日《奏为奉旨准予大计卓异加级回任候升事》折有云:"二十四年京察,经大学士曹振镛等保列一等,奉旨记名。二月,升营缮司郎中。"《明清档案》载大学士、工

部尚书曹振镛嘉庆二十四年二月十四日奏折："营缮司郎中员缺，着拟正之汪全德补授。所遗员外郎员缺，着拟正之吴孝铭补授。"

四月初八日，偕同人集桃花庵，饯送汪之选。

汪之选辑《小诗龛同人唱和偶存集》卷下汪端光《同人桃花庵小集，即送月樵明府北上》诗二首，其一"万竹已参三佛未"句自注："是日佛诞。"

十二月初二日，与钱杙、潘宗艺、程元聪、胡长庚、吴子乔、许敬、汪载勋、黄梦余、汪韵泉、许之翰等集汪之选小诗龛，消寒分咏。

汪之选辑《小诗龛同人唱和偶存二集》卷上《嘉平月初二日，同人集小诗龛消寒分咏》，题下录钱杙《煮雪》、汪端光《护兰》、潘宗艺《炙砚》、程元聪《煨芋》、胡长庚《补裘》、吴子乔《围炉》、许敬《烘梅》、汪载勋《闻雁》、黄梦余《数雅》《剪韭》，许之翰《尝酒》，汪之选《糊窗》诸诗。

嘉庆二十五年（庚辰，1820），七十三岁

里居。

二月初五日，次子全德补授江西赣南道，次日有折谢恩。

第一历史档案馆藏汪全德嘉庆二十五年二月初六日《奏为奉旨补授江西吉南赣宁道谢恩事》折。

六月，与大醇上人、汪之选、吴箫、张镣、程元聪、潘宗艺等集桃花庵浮筠舫迎秋。

汪之选《小诗龛诗集》卷二《大醇上人招同家涧畕、吴山尊两先生，老姜、半人、小江浮筠舫迎秋》诗。

道光元年（辛巳，1821），七十四岁

里居。

正月，次子全德署江西布政使。

第一历史档案馆藏江西巡抚璩彌道光元年正月初八日《奏为委令汪全

德署理江西藩司王泽护理赣南道事》附片云："再，藩司嵩孚所遗印务，查赣南道汪全德才具明敏，办事勇往，堪以委署。其赣南道印务，赣州府知府王泽老成醇谨，亦堪就近兼护。除檄饬遵照外，合并附片陈明。谨奏。"

二月二十日，陈文述、陈裴之父子招汪端光、阮亨、宋葆淳、刘人直、张鸿书、王人树等饮衙署。

阮亨《珠湖草堂诗钞》卷四《辛巳二月二十日，陈云伯大令文述、小云司马裴之招陪汪剑潭太守端光，宋芝山葆淳、刘古愚人直两孝廉，张开虞刺史、王善才少府人树官斋春宴》诗。陈文述时令江都。

八月二十一日，人醇上人招钱栻、吴蘦、汪端光、顾广圻、阮亨、李琪、程元聪、许之翰等集桃花庵，公祀欧阳修。

汪之选《小诗龛诗集》卷二《六月二十一日为欧阳文忠公诞辰，大醇上人招同钱次轩、吴山尊、家涧畕、顾千里、阮梅叔、李少白、程半人、许春卿诸君集桃花庵，公祀称觞》诗。

十一月，次子全德回赣南道任。

第一历史档案馆藏汪全德嘉庆二十五年二月初六日《奏为奉旨补授江西吉南谢恩事》折："道光元年正月署江西布政使，是年十一月回任。"

本年，以次子全德署江西布政使，覃恩授二品衔，有诗纪之，黄纯叚有和作。

汪端光《咏燕纪庆作》诗二首，载凌霄辑《钟秀集》卷一。道光《重修仪征县志》卷三十一："道光元年，（汪端光）以次子全德署江西布政使，恭遇覃恩，授二品衔。"

黄纯叚《草草草堂诗选》卷下《和汪剑潭咏燕原韵二首 时以恭遇覃恩，令嗣小竹观察请封，蒙赐二品顶戴》诗。

道光二年（壬午，1822），七十五岁

里居。

春，曾燠邀熊方受、程赞清、李秉钺、李周南、汪端光、宋葆淳、阮

亨等饮于官斋。

阮亨《珠湖草堂诗钞》卷四《曾宾谷中丞燠招同熊介兹观察方受、程定甫廉访赞清、李蕙圃观察秉钺、李冠三秋曹周南、汪剑潭太守、宋芝山孝廉官斋春宴》诗二首。

九月初十日，偕钱栻、熊方受、谢坤僧院观菊。

谢坤《春草堂集》卷四《九月十日陪钱次轩、熊介兹两观察，汪剑潭太守僧苑观菊》诗。

谢坤《春草堂诗话》卷六："扬州有梅花、安定两书院，仪征又有乐仪书院，皆大吏聘请公卿致仕者主讲其中。余所见者，吴谷人祭酒、吴山尊学士、熊介兹、钱次轩、谢椒石三观察，洪桐生、汪剑潭两太守，及左大中丞杏庄先生，皆一时名公卿也。大中丞有《杏庄诗钞》，吴祭酒有《有正味斋全集》，皆以板行于时。熊观察刻有《白芍药诗》一册，吴学士刻有《一萼红百首》词稿，其他皆有未刻稿本。独汪太守诗词为扬郡翘楚，奈中道失散，亦无人为之珍惜。呜乎！声韵之学，虽属小道，亦足以征一代文献。"

本年，校订《陈克斋先生集》。

《陈克斋先生集》，宋陈文蔚撰，张伯行重订，汪端光校字，道光间敦礼堂刻本。

道光三年（癸未，1823），七十六岁

里居。

四月，偕曾燠、程赞清、黄承吉、李周南、阮亨、张鸿书等饮筱园，有作。

汪端光《癸未初夏，同程定甫、黄春谷、李冠三、阮梅叔、张问樵陪曾宾谷中丞看筱园芍药，即席赋呈》诗，载黄锡麒辑《蔗根集》卷一。

八月十四日，夜偕熊方受、程赞清泛舟瘦西湖。

程赞清《藕绿轩诗集》卷二《中秋前一夕，汪剑潭太守招同熊介兹

方受前辈湖上泛月》诗。同卷《诗盟》诗,"老健群推执牛耳"句自注:"谓剑潭先生。"

十一月十六日,次子全德接管赣关桥税务。

第一历史档案馆藏江西巡抚程含章道光三年十二月二十一日《题报赣南道汪全德接管赣关桥税务日期事》题本。

本年,次子全德大计卓异。

第一历史档案馆藏江西巡抚毓岱道光四年七月十二日《奏为委任郑祖琛护理江西赣南巡道印务等员缺事》折有云:"窃江西赣南巡道汪全德于道光三年大计卓异。"按,第一历史档案馆藏江西巡抚阿霖道光二年《呈江西省现任藩臬道府等官考语清单》中云:"分巡吉南赣宁兵备道汪全德,年壮才明,办事勇往,加以历练,即结实可靠。"

道光四年(甲申,1824),七十七岁

里居。

七月十九日,偕曾燠、程赞清游双树庵。前数日,有诗束曾燠,曾燠有和作。

曾燠《赏雨茅屋诗集》卷十七《汪剑潭以诗招赴隆庆庵小饮,次韵奉谢》诗二首,其二:"淮海推风雅,先生老学庵。犹书悬腕字,时有解颐谈。计不随人作,心偏好我甘。平生数知己,酬唱徧东南。"同卷有《汪剑潭、程静轩邀游双树庵迎秋小酌,归简以诗》诗。程赞清《藉绿轩诗集》卷二有《立秋后五日,同宾谷中丞、剑潭太守游双树庵,次中丞韵》诗。

闰七月,次子全德以卓异赴京引见离任。

第一历史档案馆藏江西巡抚毓岱道光四年七月十二日《奏为委任郑祖琛护理江西赣南巡道印务等员缺事》折有云:"窃江西赣南巡道汪全德于道光三年大计卓异,准部咨令引见,应即委员接护,以便汪全德交代进京。"

武穆淳代江西学政李宗昉撰序寿汪端光。

武穆淳《读画山房文钞》卷二《汪剑潭先生八秩寿序　代》文："道光岁次甲申，为今皇帝御极之四年，海隅臣工，寅畏圣谟，政通人和，登轶唐虞。维时江西抚臣程公月川，则首以吉南赣宁道汪君小竹治绩膺卓异，特荐小竹尊甫前官广西镇安府知府用小竹官，晋阶为通奉大夫，即海内所奉为词宗剑潭先生者也。明年五月，为先生八秩诞辰，僚侪辈谋所以寿先生，而又念小竹将膺不次迁除，转无由以伸达悃忱，于是属某预为介寿之词，藉小竹入觐之役，道出梓里时献焉。某以辛酉选贡，与小竹为同年生，及官京师，于先生又为后进。尝闻先生幼时即负诗坛重望，当时如袁简斋、王兰泉诸前辈，已引为忘年交。嗣毕秋帆制军开府河陕，宏奖名流，一时才俊之士洪稚存、孙渊如辈，经籍词章，震耀一时。而先生颉颃其间，亦终无所抑让。今制军所刊行之《吴会英才集》，盖以先生为首屈焉。先生既登贤书，累试南宫不第，用考取，得官国子监学政。先生本清贫，在官时尝僦南城横街，矮屋几不避风雨。比邻即故刑部尚书某公第宅，门徒烜赫，趋走杂沓，舍前豢养骏马麟次，先生出入，每逶迤微行，以避蹴踢。夙兴入太学为诸生讲授所业，夜则督课两子，漏挝三鼓，犹不绝咿唔声。未几，先生子大竹、小竹同时中乙榜，小竹又联翩取上第，由庶常供职水部，今且任监司，而旧邻之势焰寂如矣。盖毋论识与不识，皆能以先生之德，卜其后之必有以大也。先生官太学既久，积俸外擢广西百色镇分防同知，洊升镇安府知府。居恒每以朋友为性命，廉俸所入，挥霍纷拿，度支几不给。小竹官京师时，有为谋假官房栖止者，需价五百金，小竹专走请命于镇安官署，筹措迄终岁，卒空函返焉。先生恬淡性成，屏绝富贵之习，甫逾六旬，即决计引退，优游林下，颐养天和以自适。扬郡本人文渊薮，安定书院前掌教者为祭酒吴君榖人，先生既里居，当道复敦延主讲，先生精神矍铄，口讲指画，一如少壮时。迄今人文蔚起，咸藉藉然谓无愧于皋比席者，有'前吴后汪'之谣云。先生姿禀既高，复殚见洽闻，所著文章歌诗，皆足传后。而尤工于填词，清虚灵拔，不袭浓腴一语，善度曲者谓先生词句当在宋人张玉田、姜白石之间，历元明以来，可以集词家之成。国朝朱竹垞虽为先生所服膺，犹夫子自道之言也。某尝考古之跻堂介寿者，不于诞日而于元辰。故王公上寿之歌曰：'百福四象初。'又曰：'四气新元旦。'凡臣之祝其君，宾朋之宴交友，多以岁之始行之。今去先生诞辰须易岁矣，而僚倅等跃跃然欲侑兕觥之忱，不可已也。某因就素所谂知者，胪举之以为先生寿。且亦使世之知享大富贵而又兼寿考者，皆由其操持所自致，而积累余庆之说，可以操券而获也。某方将按试抚州，匆遽诠次，不足以为先生添颊上毫，然自以为幸无谀美之词，或可与小竹共信，而不致见厉于先生也与？是为序。"武穆淳，武亿子，时任江西试用知县。按，序中有"某方将按试抚州"句，李宗昉道光四年十二月二十一日《奏为科试南昌等府州并沿途情形事》折中云"七月初试毕南昌府，闰七月考试抚州。"

九月初一日，偕许之翰、陈裴之、阮亨等集桃花庵，饯送陈裴之，各有诗。

许之翰《说文堂诗集》卷七《甲申九月朔日，同汪剑潭太守、陈小云司马、阮梅叔明经桃花庵看菊，各赋七律一首。小云将有白下之行，即以送别，用剑潭太守韵》诗。

道光五年（乙酉，1825），七十八岁

里居。

正月二十日，次子全德以卓异引见，奉旨加一级，回任候升。

第一历史档案馆藏汪全德道光五年正月二十二日《奏为奉旨准予大计卓异加级回任候升事》折有云："臣由吉南赣宁道大计卓异，经吏部于道光五年正月二十日带领引见，奉旨：'准其卓异，加一级，仍注册，回任候升。钦此。'"据江西巡抚成格道光五年七月初一日《题报赣南道汪全德回任接管赣关关务日期事》题本，汪全德本年五月初九日回任，其由京返赣途中，例当归里省亲。

二月十六日，黄盛修、潘宗艺等集桃花庵，以病未赴，有诗。

黄盛修《来雉斋诗集》卷三《寒食日，桃花庵嵰雪上人泛舟城北，迎余与潘小江秀才宗艺集庵中，听雨田、古峰两上人弹琴。汪剑潭先生以微疴未能赴约，遣人持诗来谢，依体作四绝句》诗。

道光六年（丙戌，1826），七十九岁

春，为《淮海英灵续集》题签。

阮亨、王豫辑《淮海英灵续集》卷端，署"道光丙戌春，汪端光题"。

六月，卒于里第。秦恩复、黄承吉、许之翰、程赞清、汪之选、金学莲有挽章。

秦恩复《享帚词》卷四《玲珑四犯·汪剑潭先生挽词》词："鹤怨空山，怅过眼、抟沙身世如寄。电影驹尘，诗酒也供憔悴。何用老去逃禅，便绣佛、可谙真谛？尽烧猪玉版，同参却有，子瞻风味。暮年词赋惊人丽。擘蛮笺，洛阳争贵。名场宦海归虚幻，销尽峥嵘气。留得与健与闲，长领略、溪山点缀。付瓣香一寸，萦旧梦，心如醉。"

黄承吉《梦陔堂诗集》卷二十六《挽汪剑潭先生》诗："白鹤苍松俨送迎，风姿怀抱属天成。影缨西序蓬瀛望，剖竹南州岭峤声。词省高华双玉树，诗墙巩固一金城。宦程归兴如相约，杖屦平生万里情（自注：'先生官粤与予同时，又适同岁归里。'）。"

程赞清《藕绿轩诗集》卷三《哭汪剑潭先生》诗三首，其一："逍遥竟赴大罗天，戚里惊闻涕泪涟。萧寺曾听黄叶雨，练湖同泛绿杨烟。难寻旧日莺花约，未卜他生翰墨缘。犹忆银河秋络角，画屏无睡擘吟笺（自注：'每岁七夕，偕同人过小斋赋诗，以画屏无睡待牵牛分韵。'）。"其二："才人领郡最风流，万卷书藏万里舟。毒雾炎氛千岭瘴，苍藤密箐百蛮秋。诗名太重官声掩，雅度虽宽直道留。粤右至今传德化，政成啸咏爱登楼。"其三："老成雕谢近尤加，一个何堪又弱耶！病里长篇词汗漫，

惠来短札字欹斜。素琴挂壁三春梦，孤笛临风两鬓华。怕向黄公垆下过，暮云萧瑟散啼鸦（自注：'前数日，犹以和宾谷中丞诗见示。'）。"

许之翰《说文堂诗集》卷二《哭汪剑潭先生》诗四首。其一："一月三闻击钵声，招来七子聚江城。东都尚齿征胡杲（自注：'谓梁筱素先生。'），北海忘年进祢衡（自注：'社中翰年独少。'）。太息同人皆故鬼（自注：'先生继梁筱素、程半人丈，闵春樊孝廉、王修庵盐尹、张老姜上舍，先后归道山，惟小子一人仅存。'），零丁后死哭先生。茫茫四望亭空在，路指西州不忍行。"其二："解组归来鬓未华，文章经济总堪夸。好官百粤传千古，名士三苏占一家。子舍俱荣森桂树，孙枝叠见长兰芽。买舟携榼招寻惯，看尽平山四序花。"其三："去年诗废《蓼莪》章，公唱虞歌到草堂（自注：'乙酉十月，先严见背，先生赐予慰唁弥挚，手书挽歌，有"数居生死存亡外，事在神仙寿考中"一联，遂成绝笔。'）。谏语知几多解脱，椷书绝笔敛锋铓。同称三老尊无比，各有千秋死不妨。记得灵前曾对语，两人都算寿而康。"其四："屡蹈危机忆往时，感公为我力排之。青莲幕下依黄祖，白刃丛中说项斯。四海交疏知己少，九天灵在报恩迟。北山马鬣高封处，岁岁清明奠一卮。"

汪之选《小诗龛诗集》卷六《挽家剑潭先生》诗："广陵耆旧首相推，福寿全归未是哀。三径交游容我附，初秋时节吊公来。时当因公至扬。文章久已传贤嗣，花月何妨老逸才。欧字苏词藏满箧，从今珍惜忍重开。"

金学莲《竹西客隐草堂集》卷八《剑潭归道山，以诗悼之》诗："千古秦淮海，新词最断肠。秋风渐摇落，冷月已昏黄。赁屋比邻洽，安贫意味长。自今来往歇，门掩读书堂。"按，是诗后二题为《立秋 七月四日》诗。

本月，次子全德丁忧离任。

江西巡抚韩文绮道光六年六月二十九日《奏为赣南道汪全德丁忧请简放等事》录副折有云："窃照江西赣南巡道汪全德，据称闻讣丁父忧，容臣另行专疏具题。所遗印务，应即遴员接护……六月二十九日。"

十一月，陈裴之有诗怀之。

陈裴之《澄怀堂诗集》卷十四《江上停云诗》，其五十四《原任广西太平太守江都汪公涧昙端光》诗："辇下昔齐名，声华重联璧。君在京师，与张船山齐名。岂知诗才好，远过宝鸡驿。膝下双凤凰，谓竹素、竹海两世丈。云逵厉修翮。老作烟江渔，蕢洲夜吹篷。君犹工填词。"按，《江上停云诗》诗前有小序，作于"道光丙戌嘉平朔日"，陈裴之或未闻汪端光讣音。

下葬日，潘宗艺有挽章。

黄锡麒辑《蔗根集》卷十潘宗艺《丛睦汪公大葬，外姻会葬者拟制挽歌，悲怆之余，敬成四韵》诗："坠月明丹旐，苍烟暗戟门。最难将尽夜，苦忆未酬恩。露草迷行迹，风花点泪痕。平生受诗法，供得赋招魂。"汪端光下葬日不详。

道光九年（己丑，1829）

本年，次子全德卒。

程赞清《藉绿轩诗集》卷四《哭汪小竹》诗三首，其一"雁行古道凄风断"句自注："令兄旬日前北上赴选。"其三"剧怜婚嫁营初毕，五岳仙𫐄竟不停"句自注："前月甫为令嗣完姻。"

道光十年（庚寅，1830）

本年，陈文述有诗题汪端光遗稿。

陈文述《颐道堂诗》卷二十八《涧昙先生遗稿，潘生小江所手辑也，感题一首，兼吊令子竹素观察》诗："飞花寒食满春城，回首英游似隔生。佳句久传何水部，新词争唱柳耆卿。乌衣旧巷怀人梦，白夹诸郎感旧情。同是扶风门下士，尊前那不涕纵横！"

陈文述《颐道堂外集》卷三《寒夜怀人诗，用滦河秋夜怀人诗体》诗，其十一："天下情一斛，君定得八斗。爱君缠绵词，读之不去口。两郎并才俊，亦复难抗手（自注：'汪剑潭司马。'）。"

道光十六年（丙申，1836）

秋，阮亨以汪端光遗诗四卷示严廷中，属录入诗话。

严廷中《药栏诗话乙集》云："仪征汪剑潭太守端光，名重一时，诗稿未付梓，散失甚多。阮梅叔明经搜罗其诗若干首，于所著《瀛舟笔谈》《淮海英灵续集》《琴言集》中录存，可谓不负亡友矣。丙申秋，梅叔以太守诗四卷示余，属为录入《药栏诗话》中。"

十月，黄锡麒辑刻《蔗根集》，录汪端光诗九十二首。

《蔗根集》，道光十六年清美堂刻本。

徐嘉《味静斋诗存》卷五《与工季樵锡蕃太史话别》诗："长安今雨好怀开，白面王郎共举杯。几辈文章怜覆瓿，一时亲旧叹燃灰。销除燕赵悲歌气，磨炼渊云著作才。苦念外家书饱蠹，塞鸿河鲤日低徊（自注：'君为仪征汪氏婿。汪自剑潭先生暨大竹、小竹、梦梧诸丈，三世著述皆未梓。今春，梦梧丈亦归道山。'）。"

光绪二十一年（乙未，1895）

本年，《汪氏家集》梓行。

《汪氏家集》，王锡蕃辑，上海飞鸿阁书林石印本，计四种七册。包括梁兰漪《畹香楼诗稿》二卷，汪全泰《铁盂居士诗稿》四卷，汪滋树《据梧吟馆诗集》二卷，汪佩珩《桐花吟馆诗存》一卷。

作者简介

许隽超，男，黑龙江大学文学院教授、博士生导师，黑龙江大学明清文学与文化研究中心研究人员，从事明清文献与文化研究，曾出版《黄仲则年谱考略》等专著。

戏曲小说研究

以词为隐：沈璟生平与嘉靖以来的政治*

李舜华

摘　要：嘉靖以来，君权的嚣张，阁权的更迭，其结果是一步步加剧了士大夫的离心；而万历朝的政局更为诡谲多变，以至于百官相互攻讦，门户之祸大起，可以说，当时言官与政府势同水火，其根本原因已不在于具体事件与具体个人，而在于整个体制的崩坏。相应地，从沈汉因嘉靖初李福达之狱而断然弃官以来，至其子孙沈嘉谋与沈侃，三代人的出处选择直接影响了沈璟。沈璟在父辈期许下，少年登科，因立储疏而名满天下，又因卷入顺天府试案而弃官家居，在历尽宦途风波后，深感才高受嫉、是非难明，沈氏最终萌生出一种彻底的绝望。他的以词（曲）为隐，一方面，试图以重构曲学来重新接续诗文复古的精神；另一方面，却以寄遁曲学消解了复古诗文之道；最终，又以了断尘缘消解了曲学之道。从今天来看，沈氏考音定律的意义更在于学术本身，他的复古尚元实际上是用治史的方式，而且是考据（源）的方式来治曲，《南九宫十三调曲谱》的出现，也正是晚明博学考据之风渐次兴起的表征之一，也成为晚明曲学独立的标志之一。

关键词：沈璟　汤沈之争　晚明曲学　晚明政治　复古思潮

---

* 本文为国家社会科学基金一般项目"明代乐学与曲学研究"（项目批准号：11BZW060）、全国高校古籍整理委员会项目《明史·乐志》及相关音乐文献之笺证"（项目批准号：0515）的阶段性成果。

汤显祖与沈璟无疑是晚明曲坛最引人瞩目的人物，无论王骥德所勾勒的"汤沈之争"，其事实真相如何，所谓一主"格律"一主"才情"，这其间所隐寓的曲学内涵及其衍变，直接成为我们重构晚明曲学的关键所在。长期以来，研究界扬汤而抑沈，因此，重新发明沈璟的曲学意义，进而重考汤沈之争，是为当务之急。问题在于，如果从一开始，王骥德等人对汤沈曲学的解读就已经有所偏差，那么，我们今天如何联系当时士林精神与文学思潮的大变局，重新抉发汤沈曲学意义及其所隐喻的精神内涵？或者，以沈璟为主体，发明汤沈时代，即嘉靖万历时期的政治变动，以进一步了解汤沈二人何以最终都选择了曲学作为精神寄遁的场所，并形成不同的曲学观念，是为第一步。

一　从沈璟诸传说起

沈璟（1553～1610），字伯英，号宁庵。吴江人。万历二年（1574），以弱冠登科，观政兵部，授该部职方司主事，后转礼部仪制司主事、员外郎，调吏部考功司、验封司员外郎。万历十四年（1586）疏请立储，降行人司正。旋复原职，升光禄寺丞，万历十六年（1588）因涉顺天府试，遂为清誉所困，次年，沈璟以疾乞归，从此开始了家居二十年的词曲生涯，自号词隐生[①]，四年后中京察罢官。[②]

沈璟一生最终以曲著名，尤以曲律著名，于此，评价最高的是与之同

[①] 徐朔方先生《沈璟年谱》，以为沈璟即从此年开始创作戏曲，号词隐生可能也是自这一年开始。收入《晚明曲家年谱》第一卷，浙江古籍出版社，1993，第307、308页。

[②] 汤显祖（1550～1616）比沈璟长三岁，却迟至万历十一年（1583）方中进士，历任南京太常博士、詹事府主簿、礼部祠祭司诸职，万历十九年（1591），因上疏弹劾大学士申时行等，被降为广东徐闻县典史，后改任浙江遂昌知县。万历二十六年（1598）乞归，三年后罢。万历十五年（1587），汤显祖将未完成的《紫箫记》（约作于万历五年秋至七年秋）改为《紫钗记》，也不妨将这一年视为其词曲生涯的真正开始，与沈璟开始致力词曲生涯时间大致相当。不同的是，沈璟的词曲生涯是在万历十七年（1589）后觑破宦途生涯后开始的，是谓以词为隐，自号词隐生；而汤氏四梦，完成于万历十五年至万历二十九年（1601）之间，集中书写了他一生对宦情的执著与幻灭，是谓因情而生，亦因情而死。

时而稍晚的王骥德。今人最熟知的沈璟小传及汤沈之争说便出自王氏笔下：

> 松陵词隐沈宁庵先生讳璟，其于曲学法律甚精，泛澜极博，斤斤返古，力障狂澜，中兴之功良不可没。先生能诗，工行、草书。弱冠魁南宫，风标白皙如画。仕由吏部郎转丞光禄，值有忌者，遂屏迹郊居，放情词曲，精心考索者垂三十年。雅善歌，与同里顾学宪道行先生并畜声伎，为香山、洛社之游。所著词曲甚富，有《红蕖》、《分钱》、《埋剑》、《十孝》、《双鱼》、《合衫》、《义侠》、《分柑》、《鸳衾》、《桃符》、《珠串》、《奇节》、《凿井》、《四异》、《结发》、《坠钗》、《博笑》等十七记。散曲曰《情痴呓语》、曰《词隐新词》二卷，取元人词易为南调，曰《曲海青冰》二卷。①

在这一小传中，王骥德突出地肯定了沈璟在曲学领域的中兴之功，称其曲学法律甚精，并一一细数其相关的词曲创作，其宦途生涯及其能诗、工行草只是一笔带过而已。另外，吕天成《义侠记序》也特别称颂词隐先生如何"表章词学，直剖千古之谜"，"一时吴越词流……遵功令唯谨"等，同样历数自己与半野主人如何乞得沈氏曲作，手授副墨或梓行天下。

然而，我们发现，沈璟曲名的日益彰显，以及其曲作与曲谱的广泛流传，恰恰得力于以王、吕为代表的吴越曲家的积极推许，有意味的是，"汤沈之争"的最早传诵者也是王骥德与吕天成。王、吕二人与沈璟同时，然而，他们关于"汤沈之争"的叙述与事实颇有出入，个中原因，很可能就源于王、吕有意无意的虚构。王、吕等吴越曲家对沈璟的曲作有着特别的热情，然而，沈璟本人于其曲名似乎并不甚措意，譬如，《义侠记》等的刊行，大半倒是为人强索而去的，沈氏自己对其曲作的流传

---

① （明）王骥德：《曲律》卷四，中国戏剧出版社，1983，第164页。汤沈之争也始见于是书，同书对沈璟曲学多有评论。吕天成"新传奇品"因此将沈、汤并列为上之上，并首沈而次汤。（明）吕天成撰、吴书荫校《曲品校注》，中华书局，1990，第37页。

其实并不是完全赞同的。①

那么，真实的沈璟其面目究竟如何呢？不妨从沈氏诸传说起。我们发现，那些由师友与后人所撰写的传记祭文，却勾勒出一个与王、吕笔下迥然不同的沈璟形象。《家传》中道：

> 公性善读书，闭门手一编，悠然自得，一日不亲缥湘，若无所寄命者。公不善饮，又少交游。晚年产益落，户外之履几绝，乃以其兼长余勇，尽寄于词……公之文企班马，诗宗少陵，书则行楷久珍于世，乃一不以自炫，而徒以词隐名，此其意，岂浅夫所能窥哉！壮年犹不废山水花月之游，晚则屏居深念，与世缘渐疏，意默默不自得矣。②

姜士昌在应沈璟之子沈自铨为沈璟作传时，末云：

> 公里居，绝无当世志，第以其感慨牢骚之气发抒于诗歌及古文辞。然郁郁不自得，竟卒。姜生曰：沈公高志节、恬进取人也。既被推择居铨衡地，遭遇天子明圣，偕诸君子发抒其忠义慷慨，谪散秩小官，有洛阳少年风，九牧之士多慕称之。沈公恒用肮脏自快，长者为行，殊不使人疑，乃不幸为柄文者累，人亦竟疑沈公，沈公能无怏怏齐志长逝哉！③

家传与姜传尽管详细不同，却均是史笔，不过叙列沈氏一生事迹，而寄慨于传末而已。而沈懋孝《祭宁庵沈尚宝文》却是一段声情并茂的文字：

---

① （明）吕天成《义侠记序》道："始先生闻梓《义侠传》，'此非盛世事，亟止勿传'。"徐朔方辑《沈璟集》附录，上海古籍出版社，1991，第923页。
② （清）沈始树辑《吴江沈氏家传·宁庵公传》，江庆柏编《江苏人物传记丛刊》第42册，扬州广陵书社，2011，第95页。
③ （明）姜士昌：《雪柏堂稿·明故光禄寺丞沈公伯英传》，前揭《沈璟集》附录，第909页。

嗟乎，人生暮晚，正如寒林坠叶，满目萧疏。迥盼四十年前海内知交，百无一二者矣。……忆昔甲戌南宫校士，首得雄文而裁之。君魁天下于妙年，美姿杰格，举朝望之以为玉树琪花也，谁不赏余之藻拔者。①

此文从嗟叹暮景萧条始，续写沈璟入梦，梦醒闻讣，于是追叙沈氏大魁以来，如何精吏治、肃朝章，又如何建竑议，正纲常，一朝被贬，鸿名鹊起：

入仕不十年，贤声满天下，岂不与贾长沙伯仲者哉。盛德宜人，才高得忌，两者互为伸屈，亦吾道消长之常耳。爱之者不能扶于前，而忌之者遂得操其末。夫孰非天之为也！

此后，复叙归田之后，相与作山水之游，啸歌于吴越之间，"师友之乐，亦足以忘其老矣"；末了，方转入对沈璟一生的慨叹：

余所惜君有淹通练达之才，用不满其才；有中正清华之望，官不副其望，天之琢磨君亦良薄矣。谓宜与之上寿，偿所不足，而寿复仅仅若斯者，此何解也！然使君当日周旋乎三吴东越诸相知间，稍一濡足，今亦化作从风之叶，人人且吐之矣。今君超然评论，矫矫风节，早退善藏，为当世重，乃天所为厚与之德，饶与之名，所得者不既多乎！

……诗礼世传，田园芜落。高标厚谊，久乃见真。乡人信焉，国史记焉，足称不朽于士君子之林矣。呜呼，修短数也。若以论于千古，直云霄一毛耳。长言送君，再作来生之案。爱君怀君，音响仆

---

① （明）沈懋孝：《长水先生文钞》，《四库禁毁书丛刊·集部》，北京出版社，1997，第366~367页。

绝。思之不得,哽咽气绝。余老矣,不能复言矣。一生交谊,如此已矣。

这三篇文字,叙述体裁不同,叙述者也各异,然而,与王骥德所撰不同的是,这三篇都将笔墨的重心放在沈璟一生的政治际遇及其精神世界上;同时,这三篇文字的立意又各有不同,恰恰涉及三个层次,而隐喻了嘉靖以来文人士夫性命思考的变迁。第一,《家传》强调沈璟虽然"文企班马"、"诗宗少陵"、书法也久珍于世,却一不自炫,但以"词隐"名,"此其意,岂浅夫所能窥哉";也正是因为内心款曲非常人所知,以至于晚年与世缘渐疏,默默不自得。第二,姜传简劲,仅云"第以其感慨牢骚之气发抒于诗歌及古文辞。然郁郁不自得,竟卒",并不曾提及沈氏如何寄情词曲。第三,沈懋孝祭文更一字不及沈氏文学,只是慷慨其生平,初以为才高见忌,不用于时,是为大痛;次以为如若周旋于士林,汲汲于剖白是非,稍一不慎,只怕便如从风之叶,为世所轻;像沈氏那样,早退善藏,德化乡里,方能乡人信焉,国史记焉,足称不朽;末了却又道,生死荣枯,修短数也,"若以论于千古,直云霄一毛耳"。行文至此,便有万缘俱空之意,如此已矣,如此已矣,所馀者,惟满纸呜咽、情深一往罢了。这三篇文章,当以祭文最早,姜传次之,家传最晚。① 其间所隐寓的性命思考大抵有三:第一,宦途险恶,积极用世而不得,遂以才高见嫉之贾谊作喻;第二,以复古文辞自任;第三,弃文辞而寄情词曲。由此来看,《家传》特别标榜沈璟以词隐名,即称道其擅曲,倒是后来的故事了。

值得注意的是,姜、沈二人在文章中都将沈璟与汉初被贬逐长沙的"洛阳才子"贾谊——后者因此曾写下著名的《吊屈原赋》与《鵩鸟赋》,最终抑郁而亡,而成为才高见嫉的典型——联系起来,以为天下之士亦皆因此而称慕沈氏。或许只有理解到这一层,方能真正理解沈氏何以

---

① 这三篇文章,沈懋孝祭文是在接到讣告后所写;姜传是姜氏遇到沈璟之子自铨后所撰,当时沈璟已卒;而《家传》中沈璟传文已在天启之后。

折入曲学之门。可以说，沈璟正是在才高遭嫉后，一方面，试图以重构曲学来重新接续诗文复古的精神；另一方面，却以寄遁曲学消解了复古诗文之道；最终，又以了断尘缘消解了曲学之道。不管沈氏主观意愿如何，他的曲学却已拓开了一代风气。

问题在于，如果仅仅说到寄遁词曲，自以嘉靖间康海与李开先等人为典型①；那么，沈璟的意义又是什么呢？譬如，说词曲只是沈璟历尽宦途风波后的遁身之所，这一层并不难以理解，康海如此，李开先也如此；那么，第一，为什么沈璟散尽了诗文、书法，所存皆不过曲作及曲学而已，这已迥然不同于康海，笔者曾经指出，康海只是以曲抒愤，其一生精神所贯实为一部《武功县志》；第二，为什么沈璟晚年又与世缘渐疏，于其曲作曲学流传似乎也并非真正措意，这又不同于李开先，李开先是以曲自放，自北曲而南曲，自杂剧而传奇而小曲，皆极力揄扬，而积极鼓吹"真诗乃在民间"。那么沈璟呢，沈璟的以词（曲）为隐，究竟昭示了什么？

二　沈璟的生平、家世与思想

欲发明沈氏思想之曲折，恐怕还得联系其家世与生平，从嘉靖以来的政治说起。正德十六年（1521），兴献王世子朱厚熜继位，是为嘉靖皇帝。嘉靖帝在位四十八年，主要事件有二，一是议礼，二是崇道。笔者曾经指出，嘉靖帝为重建继位的正当性，以尊崇本生为号，大肆制作，就其根本原因而言，在于彰显"礼乐征伐自天子出"，其明确的政治取向决定了更定祀典的根本精神，只能是张扬君权，贬抑师道，实际上也就是摧抑士大夫集团用以抗衡君道的精神食粮，朝廷遂日益成为小人报复奔竞的场所。②此后，嘉靖由事天变为奉道，怠政养奸，严嵩以进青词进阶，但以

---

① 关于正嘉时期康海与李开先等人的曲史意义，笔者已有探讨，参李舜华著《礼乐与明前中期演剧》，上海古籍出版社，2006，第247~288页。
② 参前揭李舜华著《礼乐与明前中期演剧》，第243~246页。

揣摩帝意为是非，遂得以专国政十四年，为祸尤剧。可以说，嘉靖以来，君权的嚣张，阁权的更迭，其结果是一步步加剧了士大夫的离心。沈璟曾祖沈汉的际遇便是嘉靖历史的一个缩影。

吴江沈氏仕宦自沈汉开始。沈汉乃沈璟曾祖，字宗海，号水西，《明史》有传，今存《水西奏疏》，附沈璟《谏立储书》（有目无文）。正德十六年进士，以谏诤著称，屡忤权贵。嘉靖初年李福达狱起，事关永定侯郭勋，郭勋因此而极力曲护，沈汉即上疏抗言道："祖宗之法不可坏，权幸之渐不可长，国之大臣不可辱，贼之妖妄不可赦"，最后受廷杖，削籍为民，居家二十年卒。晚岁郭勋败，尚书毛伯温有意推举沈汉返朝，沈汉上书请辞，始终未出。书云："……始仆少时自负颇重，初在谏垣，与闻政事，即欲乘时有所建白，以佐天子维新之治，然不审机宜，不识忌讳，首劾张桂，继弹席霍，末言张寅，触犯武定。之数臣者，皆天子之肱股，所亲任而信之者也。仆以疏远小臣，一旦深言若此，得无犯疏间亲之戒哉。则虽投之荒裔，置之重典，自人言之，孰不为固当然者，然赖主上明圣，止于落职，生还故乡，实出意外。而此数人怨之骨髓，则未尝一日忘情于不肖也。以故得罪以来，食不甘味，眠不安席，忧惶交集，唯恐再罹法网，以无自解于天下。此明公之所熟闻者也。向使不肖冥顽不悛，则当道之人承望风旨而下石者有之矣，安能笑傲园池竹石之间，有此今日也哉。古之仕者有二，大者行道，小者为贫。仆自受恩，首违孔子信而后谏之义，继此东归，戮力耕艺，家有余财可以自给。上之不能行道于是时而取高位，次之无所贫乏以待禄资。仆于二仕无一可者，优哉游哉，为圣世之逸民，足矣……"[①] 书中明确标榜，古之仕者有二，大者行道，小者为贫；既然天子不明，忠贞不能见信，则其道不行，不如退而以耕艺自济，优游天下，帝力何有于我哉！沈汉在觑破种种政治险恶后，最终以决绝的态度摒弃了仕途经济的道路，而以在野逸民的姿态与朝廷矫然相抗。嘉靖初年，以李福达狱牵连最广，而沈汉始终处于风浪之尖上，因此，沈氏的

[①] （清）沈始树辑《吴江沈氏家传·太常公传》，第22页。

知机而退，以及对出处的重新思考便成为一种典型。《上伯温书》正不妨视为嘉靖以来天下士大夫离心朝廷的一道檄文。

沈汉在狱时，一应俱是三子嘉谋照料。嘉谋，即沈璟祖父，从此一生以治产业为务，晚年请为乡饮祭酒，也坚拒不赴。《家传》对他的叙写特别强调了两点。一是仁孝廉直，是之为"隐德"。以孝事亲，以仁行世，以廉直正身，"文学虽逊伯仲两兄，而质行过之"。二是知休咎而好黄冠养身之术。"为国子生时，年近五十谒京师，每以许负相法言人休咎，多奇中，名大噪"，"好习静，见黄冠辈辄倒屣下榻，客之累月不倦，亦稍能守其术，以故年齿独迈……临终神识了了不乱"。① 在《家传》的叙述中，曾经亲历父亲狱事的沈嘉谋，几乎是一个勘破政治风波的智者。

然而，历史是如此的曲折与往复，待到沈璟的父亲沈侃之时，世事便颇有不同了。据《家传》记载，大约沈嘉谋于家政不甚措意，多委任于沈侃。侃"弱冠始知力学，当其下帷刺股时，日夕伊吾至忘寝食。殴血羸瘠不为辍功"，数试而不第，"长子璟成进士数年，犹以青衿赴北雍，率次子瓒蓬首青衣，蹩躠棘闱中以冀一遇，而竟不售，其志亦足悲矣"。从《家传》的记载中，我们无法确证沈侃弱冠始知力学，以及后来执著于功名，是否来自主持家政的压力；传中只是明白说道，沈侃因为致力举业，不善治生，晚年家产渐次中落，且族中争竞之事日多，一介书生，唯以义勇自任，而又不善于斡旋，最后病脾而死——这一病脾其实也就是今天所说的抑郁成疾。②

从沈汉、沈嘉谋到沈侃，这三代人的出处选择极为典型，对沈璟的影响应该是极为深远的。沈汉家居二十年卒，死后又二十年，至隆庆三年（1569），方褒赠太常寺少卿，其子嘉谋大约也在此时方荫得上林苑监嘉署署丞一职，这时，沈璟已经十七岁，遵父命师从归安唐枢与吴兴陆稳。其中，唐枢乃湛若水弟子，嘉靖五年（1526）进士。他和沈汉一样也因

---

① （清）沈始树辑《吴江沈氏家传·守西公传》，第38页。
② （清）沈始树辑《吴江沈氏家传·瀛山公传》，第69~70页。

李福达事被谪为民,至隆庆初方始复官,以年老加秩致仕。《家传》称唐、陆二公皆十分器重沈璟,时人多以国士待之,以为异日庙堂瑚琏之器。也许三代人的期待已经太久,沈侃一生都生活在一种极度的焦虑之中,所以他督课子弟极严。① 万历二年,他在送沈璟赴京应试前,特别写下一首诗,道是:"春光渐觉闲中老……此去燕台须努力,莫教汗血后鸣珂。"② 这一年,年方二十二岁的沈璟高中二甲五名,赐进士出身,授兵部职方司主事。万历八年(1580),沈嘉谋卒;十年(1582),沈侃卒。嘉谋父子一生活在沈汉被贬,也即嘉靖一朝政治风波的阴影下,二人的弃世可以说标志了一个时代的结束;在三代师长的厚望下,年轻的沈璟开始登上他新的历史舞台。

然而,这时的政局较之于嘉靖却更为诡谲多变。万历十年,即沈侃去世的那一年,张居正死亡,万历亲政,朝事大变。其酿祸之源恰在张居正本人。当居正执政时期尚能守嘉隆之旧,甚或胜之。然而,张居正明于治国,昧于治身,为推行其改革而集权于一身,不惜以毁书院、禁讲学而公然与天下清流相抗,实以法家之手段裁抑儒学之精神③;因此,尽管张居正成功地打压了夺情论中的异己力量,但后来的反弹也更为激烈,以至于

---

① "居常叹曰:'古人有出万死一生,起微贱立功名者。今吾属徒以一编历三冬占毕帖括,雍容以取科第,其劳逸难易为何如。'以故训督诸子严急,不遗余力,长子璟考绩封章下日,次子瓒京兆得隽之,报狎至,公已病脾不起矣。"(前揭《吴江沈氏家传·瀛山公传》,第69页)。
② (明)沈侃:《春日焦山与璟儿言别兼勖瓒儿》。转引自徐朔方《沈璟年谱》,收入前揭《晚明曲家年谱》第一卷,第299页。
③ 耿定向称张居正"左袒韩商,弁髦孔孟"(《耿天台先生文集》卷11《奉贺元辅存斋先生八十寿序》,《四库全书存目丛书》集部131,齐鲁书社,1997,第292~293页);王世贞也道张氏"天资刻薄,好申韩法,以智术驭天下"(《嘉靖以来内阁首辅传》卷七,《丛书集成初编》,中华书局,1991,第103页)。这一姿态便是"在皇帝一元化统治下,为天下万民补救和强化明朝专制体制"(见沟口雄三《中国前近代思想的演变》,索介然、龚颖译,中华书局,2005,第336页)。邓志峰进一步指出,清流对张居正的反抗实际上表明张居正已经不再被认可为外廷的领袖,相反却是皇帝与宦官集团的代言人,张居正不是君主,却推行"君道",而以摧抑当时江南渐次兴起的"师道"运动为首务(邓志峰:《王学与晚明的师道复兴运动》,社会科学文献出版社,2004,第377、394页)。由此来看,既然张居正是以强硬手段打压异己来推行改革,那么,他与士林对立势在必然,至于改革的具体成效如何并不重要。

张氏一旦身死便立即被追夺官阶,子孙罹难。此后,言官与政府之间日相水火。万历帝自亲政以来,愤居正专断,更恣意怠政,一任百官相互攻讦,门户之祸大起,一时朝臣之间此进彼退,往往党同伐异,恩怨相构,以至于政令反复,是非难明。孟森论曰:

> 万历间言官封奏,抗直之声满天下。实则不达御前,矫激以取名者,于执政列卿诋毁无所不至,而并不得祸,徒腾布于听闻之间,使被论者愧愤求去,而无真是非可言,此醉梦之局所由成也。①

积极欲有所为的沈璟,在入仕不久后便不由自主地卷进了这一场醉梦之局中。

沈璟仕途生涯的转折,其要有二。第一是疏请立储事。万历十四年,宠妃郑氏因生皇子常洵进为皇贵妃,此前王恭妃生皇子常洛(即后来光宗),不加封,朝廷内外谓万历将废长立爱,而议论哗然。时任吏部员外郎的沈璟疏请立储,并议及进封郑氏,不封王氏,有独进之嫌。万历帝大怒,命降三级,贬行人司司正,旋复官。前后有姜应麟、孙如法俱因此被贬。其时,首辅申时行等率同列数请册立东宫以重国本,帝皆不听,贬谪沈璟等人不过略示惩略而已。当时适逢旱霾,帝诏直言,当时郎官上疏,语涉郑妃,帝不堪扰。时行请帝下诏,令诸曹建言止及所司职掌,听其长择而献之,不得专达。帝大悦。于是,一方面,言者蜂起,皆指斥宫闱,攻击执政,另一方面,万历帝却一概置之不理,以此门户之祸愈烈,后人也多以此论时行之非。第二是顺天乡试案。万历十六年,沈璟为顺天府试同考官,升光禄寺丞。次年,言官高桂指摘科场情弊,词连首辅申时行婿李鸿及大学士王锡爵子王衡,弹劾主考官黄洪宪,饶伸更上疏要求罢斥王、申。黄洪宪辨疏则诿过于下,道李鸿、屠大壮等人系沈璟所取云云。一时廷臣互讦。王、申、黄等人一再辞职,乞归省,俱不允,最后,饶伸

---

① 孟森:《明清史讲义》,中华书局,1981,第274页。

革职,高桂调边。沈璟也于是年告病返乡,《家传》道,"疾愈而林泉之兴甚浓。虽无癸巳之察,固亦不出矣",居家二十年而卒。天启初,追录国本建言诸臣,赠光禄寺卿。

其实,顺天府试一案,其根本不在于有无科场情弊,而在于攻击时政本身,因此矛头直指申、王二人。高桂初上疏时,即明确说道:"自故相(张居正)之子先后并进,一时大臣之子遂无有能见信于天下者。今辅臣王锡爵之子素号多才,岂其不能致青云之上,而人疑信相半,亦乞并将榜首王衡与茅一桂等一同覆试,庶大臣之心迹益明。"[1]饶伸言辞尤为激烈:"自舒鳌、何洛文中张居正之子,人犹以为骇也。及三子连占科名,而辅臣乃遂成故事,于是戴光启沈自邠并收二相子,而恬不知怪。一时用事,大臣乘此而得所欲者不可胜数也,然未有大通关节肆无忌惮如黄洪宪之为者,以为一第不足以为重,则居然举首矣。势高者无子则录其婿,利重者非子则及其孙矣……臣又见大学士王锡爵之辩疏……字字剑戟……巧护其私以凌轹正直,欺诳皇上,其势又将为居正之续矣。"[2] 万历五年、八年两场科考,大学士张居正子嗣修、懋修先后得中榜眼、状元,天下哗然,当时汤显祖才名已显,却也因不肯趋附张氏而连连落第。顺天乡试案的兴起,科场不能见信于天下,是为直接原因;同时,执政者不能见信于天下,则为根本原因。自居正以来,阁权积重,因此,时行自上台以来务为宽大,以矫居正之非,史称一时"收始老成,布列庶位,朝论多称之";也正是因为时行务为宽大,旧时"言路为居正所遏,至是方发舒"。然而,言路既开,指摘者也日众,尤其是年轻一辈,往往指责时行但为宽大,却不能有所作为,譬如在立储一事上长期未有结果,甚至指摘时行逆揣帝意,济其怠荒,不一而足。申时行虽然外示博大有容,心中未免不善。细察万历时期士林对申时行的指摘,其实与正德时期对李东阳的指摘

---

[1] (明)高桂:《科场大坏欺罔成风乞清积蔽以快人心疏》,收入(明)吴亮《万历疏钞》卷三十四制科类,《四库禁毁书丛刊》史部 59 册,北京出版社,1997,第 486 页。

[2] (明)王世贞撰、魏连科校《弇山堂别集》卷八十四"科试考四",中华书局,1985。第 1610 页。

颇有几分相似；然而，廷臣之间彼此攻讦，"昔之专恣在权贵，今乃在下僚；昔颠倒是非在小人，今乃在君子。意气感激，偶成一二事，遂自负不世之节，号召浮薄喜事之人，党同伐异，罔上行私"①，甚则朝是而暮非，尤为荒诞。

撇开申时行不论，当时同样处于舆论之尖上的王锡爵、王衡父子，与申婿李鸿，他们一生的遭遇更让人滋生出一种人情反复无常的感慨来。王锡爵在张居正夺情一事中，慨然为当时清流之首，力救吴中行、赵用贤等，与张居正交恶，当时年方十七的王衡即赋《归去来兮辞》，名动京师。锡爵道："吾不归，将无为孺子所笑。"② 次年遂以省观告归，声望日隆，待居正败后，方始还朝。然而，顺天府一试，王衡高居榜首，却为言官所劾。锡爵性刚负气，以为大辱，连章辨评，出语忿激，遂与廷论相忤。锡爵也曾数次请辞，俱慰留不遣，万历十九年（1591），因偕同列争册立不得，乞疾告归，事在汤显祖上疏后。万历二十一年（1593），时行死，帝诏还朝，七辞不允，遂为首辅。然而，锡爵与言官之间的矛盾却始终不能缓解，才一年即因赵南星、赵用贤被斥诸事，不能自明，又一次引疾乞休，后来再有诏请，皆阖门养重，不复再出。王衡自恨"披以至丑之名，至辱之行"③，作《郁轮袍》诸剧以抒愤；自称九年不就礼部试，直到其父致仕六年后，即万历二十九年，方才应试，得中榜眼，其年已四十一岁。当时，"房师温太史（纯）语之曰：余读兄戊子乡卷时，甫能文耳，不谓今日结衣钵之缘。王为悯然掩袂"。④ 不久，即请终养归里，不复再出。如果说顺天府试后，王衡的人生充满了一种悲剧色彩，那么，李鸿的结局却颇有几分悲壮。李鸿，在万历二十三年得中进士后，任上饶知县七年，万历三十年因抗税使被评削籍，归后五年卒，声誉鹊起。⑤ 姜士

---

① （清）张廷玉：《明史》卷二二九，中华书局，1974，第6001页。
② （清）王衡：《缑山先生集》陈继儒序，《四库全书存目丛书》别集类179，齐鲁书社，1997，第555页。
③ （清）王衡：《屠赤水遗部》，《缑山先生集》卷二十二，第198页。
④ （清）沈德符：《万历野获编》卷十六《王李晚成》，中华书局，1959，第425页。
⑤ （清）冯桂芬：《（同治）苏州府志》卷八十七，清光绪九年刊本。

昌为沈璟做传，便特别道："于是柄文者偶举执政子婿，致群哗。公殊不自意以同考被疑，然公不置一语辩也。公升光禄寺丞，谒告归，所谓执政子婿者，竟举于南宫，谒选得令，以抗税使罢，于是人往往有谅公者矣。"①

然而，万历时期政治的复杂，人情的翻覆，是非的不明，远远不止于此。譬如，当时抗言执政的典型，除高桂、饶伸外，还有汤显祖。万历十九年，时任南京礼部祠祭司主事的汤显祖上《论辅臣科臣疏》，弹劾申时行及亲申派杨文举、胡汝宁等，道："前十年之政，张居正刚而有欲，以群私人嚣然坏之。后十年之政，时行柔而有欲，又以群私人靡然坏之。"②顺天乡试案中，高、饶最终因胡汝宁弹劾披罪，汤氏疏中直斥胡氏乃"虾蟆给事"，为饶伸鸣不平。疏上，批道："汤显祖以南部为散局，不遂已志，敢假借国事攻击元辅。本当重究，姑从轻处了。"③ 不久，降徐闻县典史。沈璟少年登科，为申时行弟子，身为顺天府同考官；而汤显祖一开始即不党附执政者，以至于科场连年不利，后来他对申时行的弹劾也正是弹劾张居正的继续。可以说，汤沈二人在一开始就站在了完全相反的立场上。不过，这只是具体政治态度的不同，论及私交，二人却并未因此而交恶。譬如，汤显祖被谪，沈璟弟沈瓒专门有诗饯行，道是"直道无忧行路难，古来虚语徒相宽。……何处相期觅远音，云中鸣雁多归翼"。④而沈璟归后，以词曲消遣，对汤显祖的《牡丹亭》也始终推崇，这倒令人联想起杜甫对李白的思忆来。万历十九年，沈璟因疏请立储被贬而名满天下，才数年，便因牵连顺天府试而为清誉所困。万历二十一年，复中察典，大约以闲居不谨罢官。当时掌察典者为赵南星，赵氏也因此忤执政，

---

① 参前揭姜士昌《雪柏堂稿·明故光禄寺丞沈公伯英传》。
② （清）汤显祖撰、徐朔方校《汤显祖全集》卷四十三，北京古籍出版社，1998，第1275页。
③ 中研院历史研究所校《明实录》卷二三六"神宗显皇帝万历十九年"条，上海书店（影印），1982，第4374页。
④ （明）沈瓒：《汤祠部义仍上书被遣，长句送之》，（清）沈祖禹、沈彤辑《吴江沈氏诗集录》卷三，清乾隆五年刻本，转引自徐朔方撰《汤显祖年谱》，前揭《晚明曲家年谱》第一卷，第308页。

黜为民，与邹元标、顾宪成号为海内三君。然而，赵南星本人在重新忆及这场京察时，却颇为痛悔："癸巳之私见，冒昧出山，为人所挟。同门之友，肺腑之亲，俱不得免，而身亦随之。由今观之，天下竟未太平，亦有何益。生子勿作考功郎也。事已往矣，因老师道及，伯英辄复戚戚于心。夫伯英得无以星为恶人乎？星今者须发白十之七，衰矣。正似当今之世，何弓招之敢望乎？"① 由此可见，万历朝的政局，执政者与批评者，彼此冲突，其根本已不在于个人，而在于整个体制的崩坏，无论是申时行、王锡爵、李鸿、王衡、沈璟、汤显祖，朝野上下，几乎都不由自主地卷进了这一场醉梦之中，无数地挣扎与呐喊，均归于徒劳。

小　　结

"畏人间轻薄纷纷"，"朝同兰蕙，暮变荆榛"（《埋剑记》第一出《提纲》【行香子】），终朝醉梦，一旦梦醒，从此后，"袖手风云，蒙头日月，一片闲心休再热"（《红渠记》第一出【千秋岁引】）。② 沈璟一生，因父亲沈侃寄望殷殷，积极进取，自垂髫起便游于祖父辈之间，不久文名大张，少年登科，因疏请立储而名满天下，又因卷入顺天府试而自请还乡，其仕途曲折颇似曾祖沈汉之境遇；居家复困于人情纷扰，家产益落，而一以仁德待人，虽有非意相加、以怨报德之事，也一笑置之，并改字聘和以自况，如此行世又大有祖父沈嘉谋之风。只是沈璟重新将祖上三代心境一一历尽之后，其醒世之念也越发殷切了：

万事几时足，日月自西东。无穷宇宙，人如粒米太仓中。一裘一葛经岁，一钵一瓶终日，违者旧家风。更著一杯酒，梦觉大槐宫。又何须，吓腐鼠，叹冥鸿。神奇臭腐，从来造物也儿童。休说须弥芥

---

① （明）赵南星：《赵忠毅公诗文集》卷二十三，明崇祯十一年范景文等刻本。
② 分别见前揭徐朔方辑《沈璟集》，第155、5页。

子，看取鹍鹏斥鷃，小大若为同。但问红牙在，顾曲擅江东。①

可以说，在历经正德嘉靖之变局后，万历时的沈璟已远非正德间前七子——譬如康海——那样热情与天真，也不如嘉靖间李开先那样，在觑破尘障后，迅速以另一种热情投入世俗的歌唱中；从一开始，沈璟便深谙明哲保身之道，他虽欲有所为，却是如履薄冰般登上历史舞台，"沈公恒用肮脏自快，长者为行，殊不使人疑"，但最终不由自主卷入了是非之中，姜氏所谓"为柄文者所累"②，实际直指当时万历朝的政局，如上所云，万历朝政局之混乱根本在于整个政治体制的崩坏，也正是因此，沈璟等人在数度浮沉后，最终萌生的是一种彻底的绝望。③ 他的以词（曲）为隐，即不同于康海的以曲抒愤，也不同于李开先的以曲自放，却是以一种寂寞萧条的姿态渐渐与世俗隔绝。因此，对沈璟来说，创作词曲只是一种闲消遣，尽管那其中对朝政的不满极为隐忍，他也以为非盛世事，不宜刊行传世；他更多地将精力放在曲律上，试图复宋元之雅音以律当下之俗唱，然而，对于自己的定谱是否合时，又始终心存疑虑。④ 实际上，王骥德、吕天成等人对沈氏的推崇，以及世俗曲坛的鼓吹始终无法消释沈璟内心的寂寞。沈璟最终以消解尘缘消解了自己的曲学，而以杜门谢客的方式固守了一种不见知于世俗，亦不肯流于世俗的姿态。从今天来看，沈氏考音定律的意义更在于学术本身，他的复古尚元实际上是用治史的方式，而且是考据（源）的方式来治曲，《南九宫十三调曲谱》的出现，也正是晚明博学考据之风渐次兴起的表征之一，也成为晚明曲学独立的标志之一；同时，从理论上与精神上引领了当时考音定律的风气，晚明的曲坛也因之而日新

---

① （明）沈璟：《水调歌头·警悟》，收入前揭《沈璟集》，第 895 页。
② 前揭（明）姜士昌《雪柏堂稿·明故光禄寺丞沈公伯英传》。
③ 沈璟的绝望不仅来自仕途本身，更重要的是，来自对仕途风波中人情反复、是非难明、不能自解于天下的心理创伤；同时，居家之时，家族乡里的种种矛盾也进一步加深了这种对世俗人情反复、是非难明的创伤体验。后者本文不加详论。
④ （明）沈璟《答王骥德》道："所寄《南曲全谱》，鄙意僻好本色，殊恐不称先生们意指，何至慨焉辱许叙首简耶！"前揭《沈璟集》附录，第 900 页。

月异。

万历十七年，沈璟乞疾归，将二十年岁月寄于词曲之间；万历二十二年，沈璟之弟沈瓒也落职还家。万历二十五年，《家传》道："岁在丁酉，公以宁庵公从事音律，二子未免失学，因躬为塾师以课之。一门之内，一征歌度曲，一索句寻章，论者比之顾东桥兄弟云。"[①] 正德时期，顾璘（东桥）曾官至尚书，后退居南京，构息园以终老，成为前七子复古运动备受挫折后，进一步向江南发展的典型，这一向江南发展的过程同时也是复古思潮渐次消解的过程；沈璟一生仕途的曲折，与顾璘颇有相似之处，其于文学史的转折意义其实也与顾璘相似。也只有将沈璟置入整个晚明复古思潮消长的背景中，其词曲创作及其曲学思想方可能得到进一步的了解。当然，这是后话。

作者简介

李舜华，女，江西广昌人，文学博士，华东师范大学中文系教授。曾出版《礼乐与明前中期演剧》《明代章回小说的兴起》等专著。

[①] （清）沈始树辑：《吴江沈氏家传·定庵公传》，同上，第98页。

再论《列国志传》卷一[*]

——以其作为过渡性文本的叙事策略研究为中心

李亦辉

摘　要：从历史演化的角度看，《列国志传》卷一是介于《武王伐纣平话》与《封神演义》之间的过渡性文本；从文本自身的角度看，《列国志传》卷一初步具有以正统叙事整合民间叙事的特征。较之《武王伐纣平话》，《列国志传》卷一具有正统叙事的某些特征，这主要表现为两点：一是深受崇实黜虚的信史观念的影响，二是对仁政、忠君等儒家政治伦理的强调。但同时，《列国志传》卷一对以往武王伐纣故事中怪力乱神的因素并未完全剔除，而是适度加以保留，并将其纳入正统叙事的框架之中。明代中后期历史小说领域内以信史为尚的文学观念和"按鉴演义"的编撰方法，对该书叙事特征的形成起到了决定性作用。

关键词：《列国志传》　《武王伐纣平话》　《封神演义》　正统叙事　民间叙事

《列国志传》系明人所撰长篇历史演义，明余邵鱼撰，编写于明嘉靖、隆庆年间或万历前期，原刊本未见，今存明万历年间重刊本数种。本

---

[*] 本文系黑龙江大学博士启动基金项目"武王伐纣故事文本形态嬗变研究"的阶段性成果。

文所依据版本，系潭阳三台馆余象斗万历三十四年丙午（1606）重刊本，这是现存最早的《列国志传》刊本。①全书约二十八万字，所述故事起自武王伐纣，迄于秦并六国，历时八百年，系宋元平话之后较系统地演述春秋列国故事的历史小说；卷一约三万三千字，主要讲述商周易代的历史，整体框架"按先儒史鉴列传"，亦羼入一定数量荒诞不经的情节。学界一般认为，《列国志传》卷一是继《武王伐纣平话》之后，武王伐纣故事的再度集成，也是由《武王伐纣平话》过渡到《封神演义》的中间环节，对《封神演义》的成书有重要影响。如孙楷第《跋馆藏新镌陈眉公先生批评列国志传》②、周贻白《〈武王伐纣平话〉与〈列国志传〉》③、柳存仁《元至治本〈全相武王伐纣平话〉、明刊本〈列国志传〉卷一与〈封神演义〉之关系》《陆西星、吴承恩事迹补考》④、曾良《〈列国志传〉与〈武王伐纣平话〉》⑤等文，主要从故事源流的角度考察了《列国志传》卷一与《武王伐纣平话》和《封神演义》之间的关系，但这些考察多着力于故事源流，缺少艺术与文化层面的观照，纵使偶有涉及也无意作深入探讨。就现存"封神"系列作品而言，《列国志传》卷一不仅在故事源流方面具有从《武王伐纣平话》向《封神演义》过渡的特征，在艺术风貌和文化意蕴方面也是如此。其主要表现，是该书已经具有折中正统叙事与民间叙事的倾向，初步呈现以正统叙事整合民间叙事的叙事特征，既对怪力乱神的因素予以适度保留，又将其纳入儒家话语系统之中。本文拟主要从《列国志传》卷一依违于历史与传说之间的叙事策略、革命与忠君相

---

① 本文引用《列国志传》中的文字，均依余邵鱼《春秋五霸七雄列国志传》（影印三台馆万历三十四年丙午重刊本），《古本小说集成》，上海古籍出版社，1990。
② 孙楷第：《跋馆藏新镌陈眉公先生批评列国志传》，《国立北平图书馆馆刊》，第四卷第五号。
③ 周贻白：《〈武王伐纣平话〉与〈列国志传〉》，《周贻白小说戏曲论集》，齐鲁书社，1986，第15~28页。
④ 〔澳〕柳存仁：《元至治本〈全相武王伐纣平话〉、明刊本〈列国志传〉卷一与〈封神演义〉之关系》，《新亚学报》1959年8月第四期第一卷；《陆西星、吴承恩事迹补考》，《中华文史论丛》1982年第2期。
⑤ 曾良：《〈列国志传〉与〈武王伐纣平话〉》，《明清小说研究》1997年第1期。

矛盾的文化特征及其过渡性叙事特征的成因等三个方面,揭示该书从《武王伐纣平话》到《封神演义》之间的过渡性叙事特征。

一 《列国志传》卷一的艺术构思与叙事风格

余邵鱼在《题全像列国志传引》中申明《列国志传》的创作宗旨:

> 士林之有野史,其来久矣。盖自春秋作而后王法明,自纲目作而后人心正。要之,皆以维持世道,激扬民俗也。故董丘以下,作者叠出。是故三国有志,水浒有传。原非假设一种孟浪议论,以惑世诬民也。盖骚人墨客沉郁草莽,故对酒长歌,逸兴每飞云汉;而扣虱谈古,壮心动涉江湖。是以往往有所托而作焉。凡以写其胸中蕴蓄之奇,庶几不至淹没焉耳。奈历代沿革无穷,而杂记笔札有限,故自三国水浒传外,奇书不复多见。抱朴子性敏强学,故继诸史而作《列国传》。起自武王伐纣,迄今秦并六国,编年取法麟经,记事一据实录。凡英君良将、七雄五霸平生履历,莫不谨按五经并《左传》《十七史纲目》《通鉴》《战国策》《吴越春秋》等书而逐类分纪。且又惧齐民不能悉达,经传微词奥旨复又改为演义,以便人观览。庶几后生小子开卷批阅,虽千百年往事莫不炳若丹青,善则知劝,恶则知戒。其视徒凿为空言以炫人听闻者,信天渊相隔矣。继群史之遐纵者,舍兹传其谁归?①

从这一段序言中,我们可以见出余邵鱼在作《列国志传》时既矛盾又通达的创作观念。他一方面对"徒凿为空言以炫人听闻者"持不屑的态度,赞赏"编年取法麟经,记事一据实录"的创作态度;另一方面,又为

---

① (明)余邵鱼:《春秋五霸七雄列国志传·题全像列国志传引》,上海古籍出版社,1990,第1~5页。

"假设一种孟浪议论"的《三国》《水浒》辩护,认为这些小说系沉郁草莽的骚人墨客"写其胸中蕴蓄之奇","往往有所托而作"。这其中虽有矛盾,但同时也是一种重实而不黜虚的通达的文艺观念,因为在他的意念中,文艺作品的终极目的是"维持世道,激扬民俗",使读者"善则知劝,恶则知戒",所以无论是"记事一据实录",还是"假设一种孟浪议论",只要能服务于教化民心的终极目标,就都可以被接受。《列国志传》卷一的文本形态颇能体现这一创作观念:历史部分更接近正经正史所载,并开始向理学文化精神靠拢;野史传说部分依旧荒诞不经,预示着民间文化蓬勃的生机。这一文本形态呈现折中正统叙事与民间叙事的倾向,具有处于《武王伐纣平话》与《封神演义》之间的过渡性特征。以下主要从艺术构思回归正经正史、实际编撰兼采民间传说和叙事风格的折中取向等三个方面,对该书的折中性叙事策略予以说明。

(一)"按先儒史鉴列传"

《列国志传》的创作理念和艺术构思颇受当时通行的"信史"观念的影响,即历史演义的创作要符合史实,传播史实,而不应凭空蹈虚,荒诞不经。是以余邵鱼在《题全像列国志传引》中提出"编年取法麟经,记事一据实录"的编撰方法,在《列国志传》卷 中,又着重申明"按先儒史鉴列传"的编撰原则①,并仿照通鉴体标明"起自商纣王七年癸丑至戊寅二十六年事实"。余象斗在《题列国序》中则盛赞该书"毫无舛错",堪为"诸史之司南,吊古者之鹢寿"。可见《列国志传》的编者特别注重历史演义的信实性,这也必然会在《列国志传》中有所体现。具体到我们所要讨论的《列国志传》卷一,较之《武王伐纣平话》,编者秉持"按先儒史鉴列传"的原则,对许多虚构人物与神异情节予以删削,而增加一些史有明文的情节,在整体艺术构思上确实有回归正史的倾向。这一倾向主要体现在人物设置和情节设计两个方面。

---

① 按:《列国志传》卷七卷首亦题"按先儒史记列传"。

1. 人物设置

殷郊[①]本系民间虚构的人物,但在《武王伐纣平话》中占据主人公位置,成为贯穿全书始终的核心人物;姜子牙反居其次,成为第二主人公。与主人公的设置相应,《武王伐纣平话》有两条重要的叙事线索,一是殷郊成长复仇的线索,一是姜子牙伐纣兴周的线索,前者为主,后者为辅。[②] 以一个民间虚构的人物作为讲史平话的第一主人公,这显然是有悖于正经正史的民间写意。宣称"按先儒史鉴列传"的《列国志传》,对这种"徒凿为空言以炫人听闻"的做法自然不能苟同。于是在《列国志传》卷一中,殷郊逊位为与雷震子、辛甲、南宫适等人物地位相当的次要角色,姜子牙名正言顺地担当起第一主人公的重任。

按照《列国志传》"记事一据实录"、"按先儒史鉴列传"的编撰原则,殷郊这样一个虚构的角色本应被删除。但或许是因为关于伐纣故事的历史记载过于贫乏,舍此则无以成篇;或许是因为殷郊这一角色深受民众喜爱,不写则民意不快,所以《列国志传》卷一还是将其纳入伐纣故事之中。但与此同时,《列国志传》卷一也对殷郊的故事予以改造,这主要体现在两个方面:一是删减,《武王伐纣平话》中大量具有民间怪异色彩的情节皆删削不用,仅取其平实可信者,以史传的笔法写出;二是改造,将纣王诛杀殷郊的情节改为贬其去守潼关,将殷郊手刃纣王的情节改为纣王鹿台自焚,其杀敌立功的情节和次数较之《武王伐纣平话》也大为缩减,而让辛甲、南宫适等历史上真实存在的人物有更多杀敌立功的机会。在经过这样的改造后,殷郊在全书中所占的篇幅缩减了,重要性也降低了,仅是伐纣故事中一个居于被动地位且谨守礼法、缺乏生气的反殷归周的义士而已。

在殷郊这一民间虚构人物逊位的同时,既在历史上真实存在又在民间

[①] 《武王伐纣平话》写作殷交,《列国志传》和《封神演义》皆写作殷郊,本文一律写作殷郊。

[②] 参见拙文《怪力乱神的多源汇聚——论〈武王伐纣平话〉的整体艺术构思及其民间叙事特征》,《温州大学学报》(社会科学版) 2011 年第 6 期。

颇有影响的姜子牙当仁不让地成为故事的第一主角。这主要表现在四个方面。

其一，出场时间的提前。在《武王伐纣平话》中，姜子牙出场的时间是在全书的约二分之一处，这与编者并未把他设定为全书的第一主人公，而在其前用大量篇幅叙述殷郊的成长和逃亡有关。但在《列国志传》卷一中，姜子牙出场的时间明显提前了，约在整个故事进展到三分之一处。这一方面是因为编者削减了一些民间传说色彩较重的内容，尤其是殷郊的故事；另一方面是因为编者采用半文半白、相对简约的语言形式，也节省了一定的篇幅。姜子牙出场时间的提前，尤其是通过削减《武王伐纣平话》第一主人公殷郊的"戏份"的方式使姜子牙的出场时间大幅提前，表明该人物在全书中的重要性的增强。

其二，线索作用的凸显。叙事文学的主人公，不只是占据全书的主要篇幅，还应当具有结构全书的线索作用。在《武王伐纣平话》中，编者是以殷郊的成长经历作为结构全书的核心线索；在《列国志传》卷一中，编者则改以姜子牙的人生道路作为结构全书的核心线索，起到了贯穿始终、结构全书的线索作用，整个伐纣故事正是以姜子牙形象为核心展开构思和进行创作的。这一点为其后的《封神演义》所继承。

其三，在灭纣兴周过程中重要性的加强。虽然姜子牙在《武王伐纣平话》中占有仅次于殷郊的重要地位，但由于该书着意刻画殷郊的形象，加之叙事的粗疏简略，都在一定程度上削弱了姜子牙的重要性。《列国志传》卷一则扭转了这一格局，极力凸显姜子牙在灭纣兴周过程中的重要作用。这主要体现在两个方面。一是文王对子牙的礼遇和伐纣兴周大略的制定，二是武王对子牙的礼遇和子牙在伐纣战争中的重要作用。从中可见《列国志传》卷一对子牙的角色定位，不是善用阴谋、略通韬略的谋士，而是助文王行仁政、安天下的帝王之师；在伐纣战争中，子牙统率三军、运筹帷幄，对战争的推进和胜利起到了决定性的作用。

其四，个人道德色彩的加强，与整个故事以仁易暴的思想倾向一致。《武王伐纣平话》具有暴力革命、以暴易暴的思想倾向。《列国志传》卷一对《武王伐纣平话》这一倾向予以改造,使整个故事更具儒家圣王革命、以仁易暴的思想倾向。与这一倾向相一致,书中无论是写子牙未遇、隐居磻溪,还是写子牙归周、率军伐纣,都着力凸显其儒家仁者的形象特征。如写文王二伐崇侯虎,子牙张贴榜文于崇城外,一则示崇侯虎之罪:"蛊惑商王,陷害百姓,蔑侮父兄,不敬长上,决狱不平,百姓尽力,不得衣食,此所谓为臣不忠,为子不孝,不可为民父母";二则表伐崇之师乃仁义之师:"今西伯侯亲率大兵五万,前来与民除害,曾诫三军,入城之日,毋得杀人,毋坏房屋,毋伐树木,毋伤六畜,有犯一件,斩首不赦。"伐崇胜利后,"左右请斩崇氏父子,灭其社稷",子牙认为不可:"崇侯虎作乱,此来正欲除暴也,焉可覆其社稷。"遂斩崇侯虎,释其子崇应彪,立其为后。通过这些描写,编者赋姜子牙形象以儒家道德理想主义色彩。其伐崇,只为除暴安民,不为争城掠地,不是以暴易暴,而是以仁易暴,所行的完全是儒家仁政王道的路线,与全书的思想正相契合。

总之,在《列国志传》卷一中,姜子牙形象已经毫无争议地转变为伐纣故事的第一主角,具有贯穿情节、结构全书的重要作用。与此同时,《列国志传》卷一中的姜子牙形象还明显具有从《武王伐纣平话》向《封神演义》过渡的性质。《列国志传》卷一中子牙率兵伐纣的过程,基本上是照搬《武王伐纣平话》所编造的于史无征的情节,承袭之迹显明。但在具体描写中,较之《武王伐纣平话》,《列国志传》卷一中的姜子牙形象有两点显著的不同:一是剔除其占卜猜物、孝养老母、割股疗人等源于民间、显系生造的情节,使其初具正统叙事的理性色彩;二是着力刻画其超乎常人的智慧与道德,使其初具正统儒家的道德理想主义色彩。这两点,尤其是后者,已经比较接近《封神演义》中的姜子牙形象了。

在第一主角易位的同时,《列国志传》卷一的整个人物形象体系也做了相应调整。在正面阵营中,文王、武王成为仅次于姜子牙的重要角色,辛甲、南宫适、雷震子等人分担了原属殷郊的很多"戏份",《武王伐纣平话》中殷郊一枝独秀的局面在转化为《列国志传》卷一中的全面开花。在反面阵营中,妲己由诸恶之源的第一主角变为辅助性的第二主角,若干关于其妖狐身世的怪诞情节也被删除；纣王则成为第一主角，其作恶的主动性大大增强了，成了一个彻头彻尾的暴君，不同于《武王伐纣平话》中在妲己、费仲怂恿下由善而恶的纣王形象；奸臣形象则由一而多，费仲的重要性和恶劣程度都降低了，蜚廉、恶来、崇侯虎、崇应彪等奸臣分担了他的一部分罪恶。经过这样的调整，《列国志传》卷一的民间色彩相应减弱，史传色彩则相应增强，至少在形式上达成了回归正史的初衷。

在人物形象的刻画方面，除上述姜子牙形象外，纣王、文王形象也明显具有向正史回归的倾向。如纣王，《武王伐纣平话》把他设置为一个由善而恶、由仁而暴的角色，始则颇有一些善端、仁政，但因修身不严，尤其是受到妲己、费仲一般乱臣贼子的怂恿，终于变成一个恶贯满盈的暴君。这与在《史记》等书中便已然定型的有能无德的纣王形象并不符合。《列国志传》卷一则基本承袭《史记》，把纣王塑造成一个才能出众、品行低下、出场便"好声色，不理国政"的角色；其作恶的主动性也大大增强，很多恶行并非出于妲己、费仲等人的怂恿，而是其主动为之，妲己、费仲等一般奸佞在这里都成了纣王作恶的辅助角色，恶的源头乃在纣王自身；其结局也由被儿子殷郊亲手杀死转变为兵败后逃到鹿台自焚而死，符合正经正史的记载。

2. 情节设计

《列国志传》卷一把姜子牙设定为伐纣故事的第一主人公，以姜子牙灭纣兴周的过程为全书的主要叙事线索，在一定程度上将《武王伐纣平话》中民间传说色彩浓郁的武王伐纣故事拉回到了正史的轨道上。与此相应，《列国志传》卷一在故事情节设计方面也体现出回归正史的倾向。这主要体现于删、增、改三个方面。

先看删。《列国志传》卷一删削了《武王伐纣平话》中大量荒谬怪诞、于史无征的内容。单以人物而论，在殷郊的故事中，删去了为惩纣恶而生，奶母与生母以神异方式诉冤，纣王建法场斩太子，胡嵩劫法场救太子，纣兵追杀太子，入"浪子神庙"得"破纣之斧"，入华山为寇，救文王脱难，以及在伐纣过程中屡立奇功和最后斩杀纣王等诸多情节；在姜子牙的故事中，删去了卖卦占卜、纣王赏识，做司户参军，捉放黄飞虎，老母被戮，纣兵追杀，以及文王封子牙恒檀公和东海龙女托梦文王等情节；在文王的故事中，删去了脱羑里之囚后吐子肉化兔子、纣王派兵追杀等情节；在纣王的故事中，删去了玉女观进香、调戏黄飞虎妻子等情节；在妲己的故事中，删去了九尾狐精的身世来历、设计陷害姜皇后、欲置太子殷郊于死地等情节。民间艺人虚构的黄飞虎反殷的故事则被完全删除。那些对《封神演义》影响甚大的诸将神名及死后封神的情节，也全在删除之列。大体而言，这些被删掉的内容都是源自民间传说、于史无征且荒谬怪诞的情节。做了这样简单的删削工作后，剩下的部分自然就更像信史了，但同时也失去了《武王伐纣平话》所具有的民间意趣。也许正是出于故事趣味性的考虑，《列国志传》卷一并未将《武王伐纣平话》中于史无征、怪异荒诞的情节完全删除，如狐精换妲己魂魄、妲己食生人以养颜、云中子进剑除妖、雷震子出世、殷郊反殷伐纣、子牙代武吉掩灾等情节，以及几乎全部伐纣战争故事，都在适度修改的基础上被保留了下来。

再看增。《列国志传》卷一于删削之外，又增补了一些《武王伐纣平话》所没有的内容，如文王檄降苏护、建灵台灵沼、仁及枯骨、虞芮争田、讨伐崇侯虎等事，如杜元铣、梅伯谏君死节，商容辞官，伯夷、叔齐让国归周等事，如胶鬲、辛甲等人物。这些新增补的内容都是言辞雅训、史有明文的历史掌故，同时编者似乎特别注重这些增补内容的功能性，并非漫无目的的随意填充。如文王伐崇，《诗经·大雅·皇矣》云："执讯连连，攸馘安安。"即捉来的俘虏接连不断，从容不迫地割下敌人的耳朵。可见战争是惨烈的，没有什么人道可言。在《列国志传》卷一中，作者以横云断岭法，分两次写文王伐崇。首次伐崇，文王因"不忍见生民被害"而退兵；聘子牙为相后再次伐崇，一战而捷。这种横云断岭的写法有一石三鸟的艺术效果，一是使故事更为曲折生动，二是体现了文王的仁德，三是凸显出子牙的谋略及其在战争中的决定性作用。其构思立意之妙，非但《武王伐纣平话》难以望其项背，《封神演义》亦有所不及。

最后看改。对《武王伐纣平话》中史有明文的情节，《列国志传》卷一在予以保留的同时，又做了程度不同的修改。这种修改主要体现在两个方面：一是剔除《武王伐纣平话》中富于民间色彩的荒诞不经的情节，一是修改文字、变动情节以使其与历史记载相符合。这两种情况又通常交织在一起。

如苏护送妲己进宫的故事。根据史书的记载，妲己是苏姓部落的女子，但并未言及其父的名讳。《武王伐纣平话》借这一由头，杜撰出苏护这样一个人物来。但在《武王伐纣平话》中，苏护的形象十分单薄。纣王命天下官员进献美女，华州太守苏护有女妲己，不敢隐匿，遂亲自护送妲己入朝歌。在故恩州馆驿，九尾狐精夜换妲己魂魄。至晓苏护见妲己越发光彩精神，心中大悦思之："我女有分与天子为皇后。"纣王见妲己后，果然大悦，敕令苏护为上父之位，赐宅一所，苏护遂成皇丈，享受荣华富贵。这只是一个唯王命是从、贪图富贵的地方太守形象，毫无异彩可言。

《列国志传》卷一虽然承袭了平话中苏护进献妲己的故事，但赋予这一形象以正直、刚烈的性格特征。因纣王不理国政，喜好声色，崇侯虎投其所好，奏冀侯苏护女美貌无双。纣王即诏苏护归冀，送女入朝。苏护出于爱女之心和对纣王的不满，谓同僚曰："主上无道，贪淫女色，必有亡国之患，吾女岂作宫廷之妾，而陷丧身之祸乎？"遂回冀州，绝贡不朝。

一年后，纣王因苏护不进宫女，又绝朝贡，遂令姬昌、崇侯虎两镇合兵，以征苏护。姬昌修书一封，派散宜生到冀州说服苏护送女入宫，苏护义正词严、据理力争："主上失道，闻吾辱女颇有姿色，前岁入朝，挟吾进女于后宫，此吾所以恶其失道，故绝进贡，今召西伯征吾，吾宁死于西伯台下，岂肯更入无道之朝？""夫妇乃人伦之首，口口不选令德，而强夺官民之女，弃礼失道，必有亡国丧身之咎。吾岂贪富贵而陷爱女哉！"表现出宁为玉碎不为瓦全的凛凛气节。最后散宜生晓以"普天之下，皆是王臣"的道理，苏护才同意送女入宫。编者经过这样的改造，一方面塑造出一个正直、刚烈、富于反抗精神的苏护形象，这与历史上那个敢于反叛纣王的苏氏多少有几分相似；另一方面也刻画出纣王的荒淫暴虐，进一步表明其最终的国丧身死完全是咎由自取、乱自上作的必然结果。同时，崇侯虎的奸佞邪僻和姬昌的仁厚通达也得到了较为充分的展现。后来的《封神演义》正是承袭《列国志传》卷一的写法，将苏护刻画成正直刚烈、不慕富贵，最终反殷归周的义士形象。此外，通过对苏护形象和故事的改造，还使得这一情节具有前后勾连的功能。由纣王好色，引出崇侯虎、蜚廉，由崇侯虎、蜚廉引出苏护、妲己，由苏护、妲己引出姬昌，由姬昌引出崇侯虎妒恨，由妲己引出姜皇后被害，进而引出四大诸侯进朝歌和整个殷廷的忠奸斗争，最后导致姜桓楚被醢、鄂宗禹被斩、文王被囚于羑里，忠正者见黜，奸佞者当道，从而形成前后勾连、联系紧密的叙事链条。

（二）"凿为空言以炫人听闻"

熊猫虽然长得像猫，但其种属是熊。历史演义亦是如此，看起来像是历史，但本质上是文学。而既然是文学，就少不了艺术的虚构和想象。《列国志传》虽然从艺术构思到行文风格都极力向史传靠拢，但就其文体实质而言，毕竟是文学而非史传。编者对这一点似乎也有清醒的认识。在《题全像列国志传引》中，余邵鱼颇为自得地写道："庶几后生小子开卷批阅，虽千百年往事莫不炳若丹青，善则知劝，恶则知戒。其视徒凿为空言以炫人听闻者，信天渊相隔矣。继群史之遐纵者，舍兹传其谁归？"可见他深受正统史家信史观念的影响，对"徒凿为空言以炫人听闻者"颇为不屑。但同样是在《题全像列国志传引》中，他又为"假设一种孟浪议论"的《三国》《水浒》等多有虚构的小说辩护，认为这些作品皆是沉郁草莽的骚人墨客"写其胸中蕴蓄之奇"，"往往有所托而作焉"，与正经正史同样具有"维持世道，激扬民俗"的作用。余象斗在《题列国序》中进一步指出《列国志传》的具体编撰方法："旁搜列国之事实，载阅诸家之笔记，条之以理，演之以文，编之以序。"可见编者在编撰的过程中参阅的材料非常广泛，既有正经正史，也有野史笔记，实际上宋元以来与之相关的各种平话、杂剧也都在参阅之列。因此，就《列国志传》卷一编者的艺术构思和叙事策略而言，是采取一种近乎折中的方式；就《列国志传》卷一的文本形态而言,则呈现出一种近乎杂糅的艺术风貌:一方面秉持"按先儒史鉴列传"的编撰原则,史有明文者多依从历史记载,对《武王伐纣平话》中许多虚构人物与神异情节予以删削,在人物设置、情节设计上皆表现出回归正史的倾向;另一方面又不完全排斥"徒凿为空言以炫人听闻者",对《武王伐纣平话》中一些于史无征的虚构情节予以继承,同时又酌情处置,使其行文风格向史传靠拢,并尽力赋之以"维持世道,激扬民俗"的教化功能。这使得《列国志传》卷一在删削《武王伐纣平话》中部分荒诞怪异、于史无征的情节之外,仍留有大量"凿为空言以炫人听闻"的内容。这部分内容主要包括狐精换妲己魂魄、妲己食生人以养颜、云中子进剑除妖、雷震子出世、殷郊反殷伐纣、子牙代武吉掩灾等故事情节,以及几乎全部的伐纣战争故事。以下主要以伐纣战争的故事为例,考查《列国志传》卷一对《武王伐纣平话》中"徒凿为空言以炫人听闻者"的继承和改造。

关于武王伐纣的战争,史书上的记载非常简略,周军系以急行军的速度赶至牧野,一战而捷,中间并无许多曲折阻碍。但在《武王伐纣平话》中,伐纣故事已被杜撰成大大小小十余次战争,且极尽铺张渲染之能事。面对史传与《武王伐纣平话》这两种故事形态,《列国志传》卷一的编者无疑处于一种两难的尴尬处境中,若是坚持"记事一据实录",严格按照史书的记载来写,则只得寥寥数行而已,根本无法敷衍成一部铺张扬厉的战争史诗,也无法达到动人视听、观者快意的效果;若是完全袭用《武王伐纣平话》的情节,则又成了"假设一种孟浪议论,以惑世诬民"之举,违背了其"按先儒史鉴列传"的编撰原则。

面对这种两难处境,编者一方面并未将这些虚构的战争故事悉数删除,而是基本承袭《武王伐纣平话》战争故事的整体框架。如《武王伐纣平话》伐纣的路线是从岐州出发,历经殷商境内的潼关、负容城、渑池、洛阳、汜水关九项渡、黄河,最后包围朝歌,《列国志传》卷一的伐纣路线也大致如此,而攻城略地的谋略、阵法也一仍其旧,基本没有太大的变动。

另一方面，虽然在这些十九虚构的战争故事上，《列国志传》卷一对《武王伐纣平话》的承袭之迹明显，但也并非毫无原则地照单全收，而是根据其回归史传的编撰理念做了很多加工改造的工作，使得《列国志传》卷一中的战争故事无论是在思想内容上还是在叙事风格上都更接近于史传。这项加工改造的工作主要体现在以下几个方面。

1. 整体框架及战争结局

据《史记·周本纪》，武王九年①曾"东观兵，至于孟津"，但并未发动进攻。又二年，纣王杀比干、囚箕子，武王认为灭商时机已到，才发动了真正的伐商战争。武王十一年元月周师出发，二月甲子日在朝歌郊外的牧野和商军决战，结果纣王兵败，逃奔鹿台自焚而死。

在《武王伐纣平话》中，箕子佯狂、比干剖心、微子出奔是在武王伐纣之前，伐纣是一战而捷，八百诸侯会孟津的情节插入其中，牧野之战则只字未提，纣王是死于太子殷郊的斧下，凡此，皆与历史记载相乖违。

《列国志传》卷一则将伐纣战争改作两次，第一次进军至八百诸侯会孟津、大风吹折子牙伞柄、武王命周军回师而止，并将《武王伐纣平话》中发生在整个战争之前的箕子佯狂、比干剖心、微子出奔等事插入此处；第二次进军与第一次进军在时间上被分成两段，但在进军的路线上，并未从头写起，而是接续第一次伐纣路线，自孟津写起，前面的战斗，只以哨马"一路关隘尽被打破"等语略做交待。其中大风吹折子牙伞柄之事，最早见诸晋崔豹《古今注》②；《武王伐纣平话》将其采撷入书，以为花絮，只是增加趣味而已；《列国志传》卷一则赋予其功能性，武王因此事而退兵，编者构思的痕迹由此可见一斑。《武王伐纣平话》中规模最大的战斗是"五武寨"与"五星寨"的较量，发生于围攻朝歌之前，但并未言明此役是否即为历史上著名的牧野之战；《列国志传》卷一则将此役作

---

① 按：武王九年系武王即位后第二年。
② （晋）崔豹《古今注》卷上《舆服》："曲盖，太公所作也。武王伐纣，大风折盖，太公因折盖之形，而制曲盖焉。"（《汉魏六朝笔记小说大观》，上海古籍出版社，1999，第233页）

为牧野之战的一部分，且言"东兵阵上，虽有精兵八十万，皆怨商王之残虐，连损三将，东兵皆无斗志，倒戈自相攻击，以致血流漂杵"，这是以通俗的语言杂钞史书的结果。至于战争的结局，《武王伐纣平话》中纣王和妲己被殷郊杀死，《列国志传》卷一则改为纣王兵败后登鹿台自焚，妲己被殷郊杀死；《武王伐纣平话》写到殷郊杀死妲己便戛然而止，《列国志传》卷一则以较多的篇幅继续写武王登基和分封天下。可见，《列国志传》卷一虽然只是糅合了正史记载和《武王伐纣平话》情节，并未使故事完全与历史记载相符合，但经过这样一番改造，整个故事无疑更接近历史的本来面目了。当然，《列国志传》卷一这种写法显然是把《武王伐纣平话》中在时间和路线上都很连贯的一次进军在时间上分成两段，且对第二次进军的前半部分完全不予描写，这就给人以文气断裂、详略失当之感，虽然合于历史事实，但并不符合具体的故事情境，在艺术效果上也打了折扣。后来的《封神演义》虽然将箕子佯狂、比干剖心、微子出奔等事穿插在八百诸侯会孟津之后，但并未采取《列国志传》卷一分两次进军的写法，而是承袭《武王伐纣平话》一次进军的写法。

2. 殷郊、南宫适作用下降，其他将士平分秋色

在《武王伐纣平话》中，殷郊是伐纣战争中立功最多的战将，他几乎参加了所有重要的战斗，杀死和捉到很多商营中的重要人物；南宫适亦凭借高超的箭术屡立奇功，其活跃程度和战功都仅次于殷郊。但在《列国志传》卷一中，殷郊杀敌立功的次数较之《武王伐纣平话》大为缩减，只斩杀彭矫一人，活捉萆廉、妲己二人，最后手刃妲己；南宫适的地位也有所下降，在第一次伐纣战争中没有什么突出的表现，在第二次伐纣战争中表现较为突出。他们在战争中出现的频率虽然仍然很高，但已非独当一面的英雄人物，而仅是英雄群像中的一员而已。雷震子、辛甲等人物则分担了他们的很多"戏份"。

如雷震子，虽然历史上并无其人，但在《武王伐纣平话》中，他已经是一个颇具传奇色彩的人物，只是在伐纣战争中的作用并不突出，直到围攻朝歌时，他才出现，而且没有什么杀敌立功的表现。这大约是《武王伐纣平话》的编者太喜爱殷郊，以至于让他独揽全部功劳，不希望雷震子这样厉害的角色出场太早，以至于抢了殷郊的风头。但在《列国志传》卷一中，雷震子则成为与殷郊同等重要的角色，在子牙橄降潼关之前，他便加入了伐纣队伍；而在《武王伐纣平话》中，在子牙橄降潼关之后，加入伐纣大军的正是殷郊。在伐纣战争中，他总是与殷郊同时出现、协同作战。在渑池遇千里眼高明、顺风耳高觉时，子牙又令雷震子着青袍、执铜锤，殷郊着红袍、带火箭，立于天门左右，以按雷电二神，因为殷郊连放数支火箭，高明、高觉将露本相，雷震子抡起铜锤打高明，二将抵敌不过乘空逃走。周军渡黄河下五武寨，纣王派崇应彪率兵八十万迎敌，崇应彪特别称赞姜子牙"谋谟用兵，神出鬼没"，殷郊、雷震子"智勇绝伦"，嘱咐手下人不得轻举妄动。最后雷震子活捉费仲，殷郊活捉妲己，双双立下大功。二人一个是文王的义子，一个是纣王的亲子，却共同加入伐纣大军，民心向背由此可见一斑。总之，较之《武王伐纣平话》，雷震子在战争中的作用大大增强了，他分担了很大一部分殷郊的功绩。

总之，《列国志传》卷一的编者在描写伐纣战争时，不再将焦点集中于一两个核心人物，尤其是殷郊的身上，而是让其他将士分担他们的角色，着力塑造出众多英雄人物的群像。这是民间文学和史传文学的一个很重要的差别，因为前者是以编者的想象和观者的兴趣为中心的，而后者则更多考虑所写的人物、场景与历史事实的相似程度。当然，这种相似仅是看起来很像而已，并不等于真正的历史事实。

3. 强调伐纣大军仁义之师的性质

《武王伐纣平话》虽然也沿袭正统叙事话语方式，表彰伐纣战争的正义性，但因其更突出强调血亲复仇意识和善恶报应观念，民间思维占据压倒性的地位，所以对战争正义性的认识和表彰还相对较弱。但在《列国志传》卷一中，编者特别强调伐纣战争的正义性，极力表彰伐纣大军仁义之师的性质。

如武王念及"先君羑里之囚，吾兄醢酱之惨"，又闻知纣暴滋甚，"剖胎斮胫，民陷既极"，是以"欲举吊民之师，东伐商辛"。姜子牙认为

"商德滋昏,生民陷极,若举兵东伐,乃代天救民",进一步申明伐纣的正义性,坚定了武王伐纣的决心。可见在战争正式开始前,就已为战争定下了仁义之师的基调。再如天下诸侯闻武王伐商,皆不期而会于孟津,告武王曰:"商德滋昏,侯伯合宜征之,以救下民!"进一步申明伐纣战争的正义性质。但因狂风吹折子牙盖伞之柄,武王认为这是因为自己德政未孚,所以天命不佑,遂令即日班师,退修德政。可见在编者的意念中,伐纣战争的正义性是建立在德政的基础上的,若德政不足,则战争既不可能胜利,也没有继续的必要。待纣益为暴、万姓怨望,而武王勤修德政、三分天下有其二时,伐纣大军卷土重来,一路势如破竹,兵至牧野,子牙檄传纣王,数其十恶,再宣"以仁道而基天下"、"天命人心恶恶归仁"之理;在牧野之战中,纣王虽有精兵八十万,但皆怨商王之残虐,倒戈自相攻击,以致血流漂杵;朝歌百姓亦久怨纣王之虐,一闻西兵入城,各各牵羊担酒,争来相劳,是以伐纣大军无所拦阻、轻而易举地进入朝歌。纣王的行虐政、失民心与武王的行仁政、得民心形成鲜明的对比,伐纣战争的正义性在鲜明的对比中被凸显出来。再如武王登天子位后,即"传旨令闳夭奉太牢,祭王子比干之墓,召公奭释南牢箕子之囚,毕公高奉敕旌表商容之闾,及释百姓之囚,令南宫适除去酒池肉林,推去虿盆炮烙之刑,散鹿台之财,发钜桥之粟,赈济黎民,大赉于四海",且"立纣王之子名武庚者为商之后,以存商祀",用事实表明伐纣大军乃吊民伐罪的仁义之师,伐纣战争具有除残去暴的正义性质。

综上所述,可见《列国志传》卷一对《武王伐纣平话》中伐纣战争的描写既有承袭又有改造,改造的结果是使得该部分的叙事风格在一定程度上脱离了民间叙事的俚俗失真,回归史传文学的雅训信实。

(三)叙事风格的折中取向

史传的叙事,以平实、简约、雅正为尚,忌讳夸张失实、繁文缛彩。《武王伐纣平话》作为民间通俗文艺作品,虽然文辞浅陋,艺术水平不高,却仍具有夸张、繁复、俚俗的特征。《列国志传》卷一出于文化水平相对较高的底层文人之手,秉持"按先儒史鉴列传","编年取法麟经,记事一据实录"的编辑宗旨,所以在叙事风格上有意向史传靠拢,对于《武王伐纣平话》粗疏鄙俚的文风自然要做一番大刀阔斧的改革。同时,《列国志传》卷一毕竟是给普通百姓看的通俗读物,文辞不宜过于深奥,是以《列国志传》卷一的编者"又惧齐民不能悉达,经传微词奥旨复又改为演义,以便人观览"①,即注重文字的通俗易懂,避免因模仿史传而过于佶屈聱牙。② 这样就形成了《列国志传》卷一半文半白、简约流畅,折中于史传与演义之间的叙事风格。为了使《列国志传》卷一的叙事风格尽力向正史靠拢,其编者主要做了两方面的工作:一是史有明文者,文字风格上多从史书之雅训,同时予以通俗化的改造;二是于史无征、仅见于《武王伐纣平话》者,则弃《武王伐纣平话》之鄙俚,按史传的行文风格予以雅化的处理。以下从这两个方面分别举例予以说明。

1. 化微奥为晓畅

余邵鱼在《题全像列国志传引》中指出,《列国志传》主要取材于"五经并《左传》《十七史纲目》《通鉴》《战国策》《吴越春秋》"等经传,但经传的"微词奥旨"不易为普通民众所接受和理解,所以编者为了"便人观览",还做了将经传通俗化的工作。这个工作主要包括两方面内容:一是化经传艰深晦涩的文字为明白晓畅,一是化经传过于简略的文字为丰富生动。后者是因为经传的文字往往过于简洁,只有叙述而缺乏具体的描写,为了达到引人入胜的艺术效果,编者在对经传文字作通俗化处理的同时,还需益以细节的描写,以使故事更为曲折生动。当然,这方面的改造又通常是以《武王伐纣平话》为参照的,是在史传与《武王伐纣平话》之间相为折中的结果。

---

① (明)余邵鱼:《春秋五霸七雄列国志传·题全像列国志传引》,上海古籍出版社,1990,第4页。
② 参见明余邵鱼《列国源流总论》:"然其数百年间人物臧否,国势强弱并吞得失,又非浅夫鄙民如邵鱼者所能尽知也,邵鱼是以不揣寡昧,又因左丘明氏之传以衍其义,非敢献奇搜异,盖欲使浅夫鄙民尽知当世之事迹也。"(余邵鱼:《新镌陈眉公先生批评春秋列国志传》,《古本小说丛刊》第四十集,中华书局,第133~134页)

如《武王伐纣平话》《列国志传》二书开篇都有对纣王才能的描写,为便于比较,兹将《史记》《武王伐纣平话》《列国志传》三书的描写罗列于下:

> 帝纣资辨捷疾,闻见甚敏;材力过人,手格猛兽;知足以距谏,言足以饰非;矜人臣以能,高天下以声,以为皆出己之下。好酒淫乐,嬖于妇人。(《史记·殷本纪》)

> 若说三皇五帝,皆不似纣王天秉聪明:口念百家之书,目数群羊无错;力敌万人,叱咤[易]柱,声如钟音;书写入八分,酒饮千钟,会拽硬弓,能骑劣马。纣王初治世时,有德有能……纣王有感,招得忠臣烈士,文武百官……纣王初登帝位,归朝治政,前十年有道,八方宁静,四海安然。天下皆称纣王是尧舜。(《武王伐纣平话》卷上)

> 纣王为人聪明、勇猛,才力过人,手能格禽兽,身能跨骏马,智足拒谏,言足饰非,常自以天下之人皆出己下……当时纣王好声色,不理国政,及诸侯来朝,纣令四方诸侯各举美女五十名,选入后宫洒扫。(《列国志传》卷一)

可见《武王伐纣平话》对纣王的描写虽然也在一定程度上因袭《史记》,但却带有鲜明的民间色彩,文字也颇为繁复,其"有德有能"的形象特征显然与《史记》有能无德的描述相龃龉,而其才能竟然还包括"目数群羊无错"、"酒饮千钟"这样的项目,更显得不伦不类。对于这样的文字,《列国志传》卷一自然弃而不用,从纣王的性格到行文的风格,《列国志传》卷一基本都是承袭《史记》的文字,只是略作通俗化的处理而已。这与编者"经传微词奥旨复又改为演义"的编辑初衷正相一致。

又如摔死姜皇后、醢姜桓楚、斩鄂宗禹、囚文王于羑里的故事。《史记·殷本纪》对此事的记载颇为简略：

> （纣王）以西伯昌、九侯、鄂侯为三公。九侯有好女，入之纣。九侯女不熹淫，纣怒，杀之，而醢九侯。鄂侯争之彊，辨之疾，并脯鄂侯。西伯昌闻之，窃叹。崇侯虎知之，以告纣，纣囚西伯羑里。[①]

《武王伐纣平话》中言纣王有八伯诸侯，前四路是东伯侯姜桓楚、西伯侯姬昌、南伯侯杨越奇、北伯侯祁黄广。前两路与《列国志传》卷一所写相同，但并未言明姜桓楚系姜皇后的父亲，在姜皇后被害后，他仍正常朝拜纣王，还一度为姬昌求情，使其免于死罪；后两路在《列国志传》卷一中则分别是鄂宗禹和崇侯虎，二人在《武王伐纣平话》中无任何突出的表现。可见《武王伐纣平话》重点突出姬昌的故事，对其他几路诸侯未作具体深入的描写。但到了《列国志传》卷一中，由纣王摔杀姜皇后所引发的东伯侯姜桓楚、西伯侯姬昌、南伯侯鄂宗禹、北伯侯崇侯虎四大诸侯之间的分裂，及以姜桓楚、姬昌、鄂宗禹为代表的清流和以纣王、妲己、费仲、崇侯虎为代表的浊流之间的斗争，成为开卷后的第一个高潮段落。编者以浓墨重彩展现出殷廷里惊心动魄的忠奸斗争，最终姜桓楚被醢、鄂宗禹被斩、文王被囚于羑里，崇侯虎、费仲、蜚廉、雷开、恶来等一班佞臣则受到提拔重用，从此纣王更无忌惮，无所不为。这一忠臣道消、奸佞道长的结局，预示着殷廷不可挽回的颓势。编者通过对史传的扩充和对《武王伐纣平话》的改造，既使这一段故事更符合正史的记载，也使这一段故事更具有惊心动魄的艺术效果和领起全篇的叙事功能。

其他如比干、箕子、微子、伯夷、叔齐等人物，斫平民之胫、剖孕妇之胎的故事，以及对牧野之战的描写等，大都是依据史传，参以《武王伐纣平话》，畅其文字、扩其篇幅，作折中化的处理，既使其更接近于史传的风格，又使其避免过于晦涩、简略的弊端。

[①] 《史记》，中华书局，1959，第106页。

2. 化俚俗为雅训

《武王伐纣平话》虽有若干杂钞史传的地方，但整体文字风格较为散漫俚俗，尤其是那些于史无征、凭空杜撰的情节更具有这样的特点。这无疑与《列国志传》卷一力求贴近史传的艺术取向有较大的差距，是以《列国志传》卷一在继承这些情节的同时，对其散漫俚俗之处予以相对精致化、雅化的改造。

如《武王伐纣平话》和《列国志传》卷一对狐精换妲己魂魄的情节的描写：

> 夜至二更之后，半夜子时，忽有狂风起，人困睡着不觉。已无一人，只有一只九尾金毛狐子，遂入大驿中，见住人浓睡；去女子鼻中吸了三魂七魄和气，一身骨髓，尽皆吸了。只有女子空形，皮肌大瘦，吹气一口入，却去女子躯壳之中，遂换了女子之灵魂，变为妖媚之形。有妲己，面无粉饰，宛如月里嫦娥；头不梳妆，一似蓬莱仙子。肌肤似雪，遍体如银。丹青怎画，彩笔难描。女子早是从小不见风吹日炙，光彩精神；更被妖气入肌，添得百倍精神。（《武王伐纣平话》卷上）

> 将及半夜，忽有一阵怪风，从户隙而入中堂。侍妾有不卧者，见一九尾狐狸，金毛粉面，游近卧榻，其妾挥剑斩之，忽然灯烛俱灭，其妾先被魅死。狐狸尽吸妲己精血，绝其魂魄，脱其躯壳而卧于帐中。（《列国志传》卷一）

较之《武王伐纣平话》的重复啰唆、袭用套语，《列国志传》卷一的文字更为简洁雅训，接近史传风格。但《武王伐纣平话》在细节描写上则更为出色，其写狐精一吸一吹之间换妲己魂魄，怪异恐怖的景象使人有历历如在目前之感，这是说书人所独具的本领；《列国志传》卷一则仅以"狐狸尽吸妲己精血，绝其魂魄，脱其躯壳而卧于帐中"一语出之，有叙述无细节,不像《武王伐纣平话》那样具体生动,这是史家惯用的笔法。

再如《武王伐纣平话》和《列国志传》卷一对邬文化的描写:

> 有将是乌文画,此人身长一丈七尺,腰阔数围,拳打万人,不可常敌。长食万人之饭。纣王游黄河时,有一只大船,名曰"和州载",二名"七里州",万人不可拽动。被乌文画独拽此船,逢间道岗坡或旱地,刀如水中,拽亦然。乌文画者,即奡荡舟,本是东海人也。(《武王伐纣平话》卷下)

> 忽阶下一人,身长九尺,腹阔有围,怒目填胸,而进曰:"大丈夫当横行天下,与国家出力,奈何效儿女子缩首待擒耶?"众视之,乃东海人氏,姓邬名文画,能在陆地行舟,勇名盖世。(《列国志传》卷一)

《武王伐纣平话》中邬文化又名奡荡舟,盖出自《论语·宪问》"羿善射,奡荡舟,俱不得其死然"一语,朱熹《论语集注》注曰:"奡,春秋传作'浇',浞之子也,力能陆地行舟,后为夏后少康所诛。"① 可见"奡荡舟"的意思是说奡这个人力气很大,能陆地行舟。《武王伐纣平话》的编者不明文义,以奡荡舟为人名,化用得不伦不类,此段文字亦是反复罗列、夸大失真。《列国志传》卷一则舍奡荡舟之名不用,只言其"能在陆地行舟,勇名盖世",且仅以寥寥数语,便塑造出其刚烈勇猛的性格特征,行文风格也较为整饬雅训。

可见,《列国志传》卷一在折中正经正史与《武王伐纣平话》的叙事风格方面有得亦有失,得者在于文字简约流畅,达到了向史传风格靠拢的意图;失者在于丢掉了《武王伐纣平话》所具有的民间意趣与浑金璞玉之美。

---

① (南宋)朱熹:《论语集注》卷七《宪问》,《四书章句集注》,中华书局,1983,第140~150页。

最后再对《列国志传》卷一与《武王伐纣平话》二书的关系从总体上予以总结。《武王伐纣平话》的整体故事框架系采用"两分法",以第三十二目"武王拜太公为将"为分割点,分成两个大的故事单元,此前讲述殷纣暴虐、自乱天下,义王仁政、聘贤兴周的故事,此后讲述周军伐纣、商灭周兴的故事,此前重在朝野变乱、政治纷争,此后重在战场厮杀、过关斩将。就整体故事框架而言,《列国志传》卷一全面承袭《武王伐纣平话》的衣钵,以第十三节"武王与子牙说伐商辛"为分割点,也可分成两个大的故事单元,两个故事单元的大体内容也与《武王伐纣平话》基本相同。就具体故事内容而言,在《列国志传》卷一的前一故事单元,改造的因素大于承袭的因素,究其原因是有很多相关资料可供参考,编者遂据以改造《武王伐纣平话》中荒诞怪异、于史无征的内容;在《列国志传》卷一的后一故事单元,承袭的因素大于改造的因素,究其原因是没有多少相关资料可供参照,编者只能整体袭用《武王伐纣平话》中的相关故事而略作加工改造。《列国志传》卷一前后两个故事单元中的矛盾龃龉、扞格难通之处,正因前半部分多参史传、后半部分多袭《武王伐纣平话》,而又缺乏统一构思和加工润色所致。这是书坊主为牟利而草率编成此书的结果。

二 《列国志传》卷一的思想文化特征

形式因素总是关涉着思想内容,形式的变化必然引起思想内容的相应变化,甚至形式变化本身就是由思想内容的变化所引发的,两者互为表里、密切相关。《列国志传》卷一所标举的"按先儒史鉴列传"的编辑原则,一方面意味着具体内容、叙事风格由野史传说向正经正史靠拢的趋向,另一方面也意味着故事主旨、话语方式由民间形态向正统儒家的回归。在这种回归中,必然要面对一个不容回避的矛盾,即革命与忠君的矛盾。这一矛盾的实质是民间立场与正统思维、原始儒家与宋明理学之间的矛盾,前者认为君若无道则臣民可以伐之,可以取而代之;后者认为君若无道则臣民当忠谏至死,而绝不可以伐君、弑君。面对这一矛盾,《列国志传》卷一采取的是一种折中的策略,即把忠君归之于文王,把革命归之于武王,从而使得具有强烈的民间色彩的革命思想相对弱化,具有鲜明的正统特征的忠君观念相对强化,兼具民间色彩与正统特征的仁政思想相对深化。这是《列国志传》卷一思想文化特征的三个主要方面,以下分别予以说明。

(一) 革命思想:一定程度的弱化

革命一词的具体含义不但因中西方语境的不同而不同,即便在中国历史上也因时代和使用者的差异而有种种歧义。本文在使用革命一词时,取的是其在古代最一般的含义:去暴立仁,改朝换代。较之正统叙事对汤武革命犹疑不定的态度,《武王伐纣平话》具有强烈而鲜明的去暴立仁、改朝换代的革命思想倾向,虽然这种革命思想是以血亲复仇意识和善恶报应观念为其底蕴的。较之《武王伐纣平话》,《列国志传》卷一的革命思想呈现一定程度的弱化。这主要体现在文王革命思想的弱化、武王革命依据的变化以及伯夷、叔齐形象的演化三个方面。

1. 文王革命思想的弱化

在《武王伐纣平话》的前半部分,文王是一个忠臣,在后半部分则转变为一个叛臣,有着强烈的复仇意识和革命思想。但在《列国志传》卷一中,文王虽然也遭受了囚禁之苦和丧子之痛,但对殷商的忠心却始终不渝,没有丝毫的复仇意识和革命思想。纣王以莫须有的罪名将他囚于羑里,百姓知其冤,愿上表请赦其罪,文王止曰:"吾罪当诛,赖天子圣明,免死以谪此城,岂敢再渎圣颜。"进入羑里城中,又仰天自叹曰:"七年之厄,诚有定数,吾敢怨君而私民乎?"全然一副近乎迂腐的忠臣形象。甫脱羑里之囚回到西岐,辛甲进言"举西岐之众,打入朝歌,与民除害"。文王大惊曰:"商王乃君也,孤乃臣也,君虽失道,臣子当尽守其职,岂敢兴兵犯上?卿等无得再言伐商!"在临终前尚嘱武王曰:"商虽无道,吾之家世称臣,必当尽守其职。"作者亦盛赞其"终尽守臣节,不遑伐商谋",引孔子语赞其"至德",引程子语谓其"德似尧舜"。可见《列国志传》卷一中的文王形象正与儒家经典著作对文王形象的定位相吻合,并初步具有了理学化的特征,《封神演义》中的文王形象正是沿着这一思路演化而来的。

但这样写,必然会产生上文所述的革命与忠君的矛盾,同时也使武王伐纣失去合理性,成了不忠不孝之举。为此,作者为文王设计的遗命中便多了"见善勿怠,时至勿疑,去非勿处"三句话,而后来武王伐纣,正是以"时至勿疑"一语为口实的。这样写,文王的形象便又类似于《史记》中"阴行善"以图商的文王了。其实在燕山得雷震子、渭水访子牙等情节中,这种矛盾便已显现出来。云中子谓雷震长大"必能荡扫商家氛秽",文王对此番公然犯上作乱的话竟无异议。文王一访子牙不遇,所留诗中有"宰割山河布远猷"一语,足见其图殷自立之志。文王二访子牙,子牙认为目前"只宜尽守臣节","若夫商纣不悛,民陷既极,一举吊民伐罪之师",则"商都不攻而破矣"。文王听后曰:"善!谨奉教。"可见文王完全同意姜子牙的判断和主张,同时也可以看出,无论是姜子牙还是文王,谨守臣节都只是不得已而为之的战略步骤之一,其最终目的是倾商而代之。

在《列国志传》卷一中,文王形象的矛盾性不是其性格逻辑使然,而是作者在艺术构思上的矛盾性的体现,作者在既要写出文王的忠心又要写出伐纣的合理性的问题上陷入了两难的境地,最终,作者把对殷商的忠心赋予了文王,而将革命的任务委之于武王。

2. 武王革命依据的变化

《列国志传》卷一的编者虽将革命的任务完全交给了武王,但革命的终极依据发生了变化,《武王伐纣平话》的依据主要是血亲复仇意识,是为私仇;《列国志传》卷一的依据则是吊民伐罪、代天救民,是为公义。在《武王伐纣平话》中,武王是经姜子牙的提议后才兴兵伐纣;在《列国志传》卷一中,则是武王得知纣暴滋甚后,主动提出伐纣。其欲伐纣,既是出于私恨:"先君羑里之囚,吾兄醢酱之惨,此仇未尝少置,然先君之命不敢违";又是出于义愤:"忽今闻商王剖胎斫胫,民陷既极。欲举吊民伐罪之师东伐商辛"。子牙则进一步为伐纣正名曰:"臣曾对先君有言,不可行下弑上之兵。然商德滋昏,生民陷极。若举兵东伐,乃代天救民,何所不可。况先君临崩曾嘱主公谓'时至勿疑'。今商命当改,民心西归,正其时也。东征之举不可迟疑。"武王闻言大悦,即令子牙准备东征。可见《列国志传》卷一之武王伐纣,一私一公两个动机交织在一起,而最后的行动,主要是因为后者,即吊民伐罪,救民于水火。在殷乱既平后,众诸侯拥戴武王为君,武王辞之再三,诸侯奉册坚制曰:"四海臣庶,奉天承运,咨尔姬发,乃值商纲之季,德坠政衰,慨生民涂炭,奉天命所归,吊民伐罪,拯溺亨屯,上应天心,下合人意,理合代商而有天下,率德以司兆民。"进一步表明革命的动因是吊民伐罪,救民于水火。将革命的动因归之于公愤而非私仇,在宣传策略上自然更高一等,也更能得到民众的认同,同时也更符合孟子等儒家学者为革命的合理性所作的辩护。

3. 伯夷、叔齐形象的演化

关于伯夷、叔齐之事,古代典籍多有记载,而以《史记·伯夷列传》为集其大成者。在《史记·伯夷列传》中,武王闻伯夷、叔齐之谏,并未表态,仅写左右欲兵之,太公曰:"此义人也。"扶而去之。《武王伐纣平话》的写法有所不同,武王不纳夷、齐之谏,历数纣王之恶,义正词严地申明"朕顺天意,伐无道之君;禀太公之智,东破不明之主。若不伐之,朕躬有罪"之旨,二人又谏,武王大怒,遂贬二人去首阳山下。《列国志传》卷一中的写法又有所不同:"武王心知其贤人,亦不致罪。左右欲杀夷、齐。太公曰:'不可!此义人也!'命左右扶而去之。"较之《史记·伯夷列传》,武王虽未明言,但内心持尊重、宽容的态度;较之《武王伐纣平话》,武王态度温和,几乎没有一点火气,也无怪罪之意、贬谪之举;太公的言行,则既是出于己意,表明太公的宽厚仁德,又是按照武王的意愿行事,凸显出武王的宽厚仁德。《武王伐纣平话》中强烈的革命思想在这里几乎踪影皆无。伯夷、叔齐后来饿死在首阳山下,编者引后人古风以昌其义,其中"商泽涸,商民苦万状,呻吟思乐土。独夫之心日益骄,周家布作援民雨"几句,显然是对武王伐纣在事实层面上的肯定;"谆谆秉义留车舆"、"至今千古扬芳誉"等句,则是在价值层面上对伯夷、叔齐的肯定。既肯定伐纣的正义性,又肯定伯夷、叔齐谏止武王伐纣的正义性。前者肯定的是具体行为,后者肯定的是普遍价值,这无疑是文人辩证思维的产物。这种双向肯定虽然并未彻底消泯忠君与叛逆的矛盾,但其革命性较之《武王伐纣平话》无疑是大大削弱了。

综上所述,可见较之《武王伐纣平话》,《列国志传》卷一中的革命思想相对弱化了。而就"封神"系列作品而言,《武王伐纣平话》中的文王、武王形象直率失真,文王形象尤其与历史记载不符;《封神演义》则欲状文王、武王之仁德与忠君而近愚近伪,令人难以置信;只有《列国志传》卷一中的文王、武王形象与史书所载基本吻合。

(二) 忠君观念:一定程度的强化

在关于武王伐纣是否具有合理性这一问题的讨论中,革命思想与忠君观念处于此消彼长的态势中。在同一话语系统或叙事情境中,若推崇革命思想,则必然压抑忠君观念,《武王伐纣平话》即是如此;若鼓吹忠君观念,则必然压制革命思想,《列国志传》卷一就有这种倾向。这主要体现于文王与纣王的关系、殷郊与纣王关系以及殷廷忠臣的言行中。关于文王,其革命思想的弱化与忠君观念的强化,本是一个问题的两个方面,前文已有具体论述,兹不赘言。以下仅以殷郊及殷廷忠臣为例予以说明。

1. 殷郊与纣王的关系

《武王伐纣平话》中的殷郊具有强烈的复仇意识,其矛头所向不仅在妲己,而且直接指向纣王,最后亲手杀死纣王和妲己,报了杀母之仇。让纣王死于亲子之手,这是基于民众对暴君极度愤恨的写意。但在以儒家思想为主导、极度重视家庭伦理关系的社会中,这种做法很难得到社会的普遍认同。孔子讲父有过,子为父隐[①],孟子说瞽叟如果杀人,舜便会弃君

---

① (清)刘宝楠:《论语正义》卷十六《子路第十三》,中华书局,1990,第536页。

位而背着他逃到海边①,都是把孝作为无条件的道德伦理要求。而殷郊与纣王,不但是君臣,而且是父子,殷郊亲手杀死纣王,非但是不忠,而且是不孝。这样一个不忠不孝的罪名,无疑会损害作为正面人物的殷郊形象。因此,《列国志传》卷一对《武王伐纣平话》中的殷郊和纣王形象都予以一定程度的改造。就纣王而言,他并没有完全听信妲己的谗言,执意诛杀太子殷郊,只是贬谪太子去守潼关。因此殷郊与纣王虽有杀母之仇,但无杀身之恨,而纣王杀姜皇后又主要是因妲己而起,这样一来,殷郊诛杀纣王的动机自然也就减弱乃至消失了,其矛头所向全在妲己。妲己做蛋盆残害姜后宫女,殷郊进谏曰:"此皆妲己误惑圣聪,使天下谈父王为无道。请斩妲己,以正朝纲!"纣王听信妲己谗言,谪太子去守潼关,梅伯谏不可往,殷郊但言"君命已出,不可有违",驱马直奔潼关。在《武王伐纣平话》中,殷郊是主动聚兵华州造反,子牙破潼关后即来投军;在《列国志传》卷一中,则是先由子牙游说致生反念,数年后得子牙书而献关造反。当子牙与一起逃民欲过潼关西投文王时,殷郊始则不允,后在子牙的劝说和姜文焕的感召下,才决心反殷,但其矛头所向,依然只是妲己,而非纣王。在伐纣战争中,殷郊被封为东征大将军,最后活捉并诛杀妲己,报了杀母之仇;但并未如《武王伐纣平话》所写,活捉并亲手杀死纣王,而是按照史传的记载,还纣王一个兵败自焚的结局。可见《列国志传》卷一中殷郊的故事与《武王伐纣平话》存在很大的差异,究其原因,是源于编者对忠孝观念的强烈认同,是编者充分权衡现实伦理道德对人物可能产生的影响和制约的结果。《封神演义》中的殷郊形象正是沿着这一思维路线发展演变而来的,是忠孝观念极度膨胀的产物。

2. 殷廷忠臣的言行

唐李泰《括地志》云:"比干见微子去,箕子狂,乃叹曰:'主过不谏非忠也,畏死不言非勇也。过则谏,不用则死,忠之至也。'"② 比干的

---

① (清)焦循:《孟子正义》卷二十七《尽心上》,中华书局,1987,第930~931页。
② (唐)李泰等著,贺孙次辑校《括地志辑校》卷二,中华书局,1980,第88页。

话颇能代表汉代以来的新儒家对忠君观念无条件服膺的态度。《列国志传》卷一塑造的很多忠臣形象,都是这种"忠之至"的忠臣形象的典范,我们从中可以见出《列国志传》卷一对忠君观念的强调与认同。如纣王醢姜桓楚后,下令群臣再谏者枭首示众,群臣皆退,独北伯侯鄂宗禹会集姬昌、崇侯虎曰:"吾等世食国禄,今主上溺于酒色,妄废皇后,而醢大臣,岂可惧死,而陷君主乎?"拟定三人次日合表冒死谏君。姬昌以"只恐主上执迷不悟"劝其慎重行事,宗禹曰:"天命虽有常数,然为人臣不可不尽其职,吾必冒死而谏!"第二日因崇侯虎惧死畏诛而退出,他与姬昌二人进表直数纣王之过,劝其痛改前非,纣王撕碎表章,以"妄进谤言"的罪名将鄂宗禹推出斩首,幸有群臣担保,姬昌才免于一死。又如纣王谪太子殷郊去守潼关,梅伯叩住马头,谏曰:"殿下请回东宫,臣奏主上。倘有疏虞,臣甘代死!"遂解下衣冠,延颈入见纣王曰:"我主若不追回太子,复立东宫,臣愿解还冠带,甘代其死!"妲己乘机进谗言,说梅伯与太子是同党,并献炮烙之刑,将梅伯解衣抱柱,化为飞灰。再如箕子见纣王游宴不息、日益为暴,乃叹曰:"社稷倾如朝露,尚且游宴不止。"即具表追至离宫,直言进谏。纣王不从其谏,令囚箕子于南牢,经群臣力谏才予赦免。箕子出离宫,即佯狂为奴,隐而不出。比干见纣王无道至极,叹曰:"君王有过,为人臣不尽死而谏,与其陷害生民,则百姓何辜?"乃以杀皇后、谪太子、嬖妲己、陷百姓等数十件暴行进谏纣王。纣王大怒,妲己乘机陷害,将比干剖心验窍。这些殷廷的忠臣形象,都是"过则谏,不用则死"的忠君理念的艺术化身。

此外,如文王命散宜生为使喻苏护以"普天之下,皆是王臣,公当曲从王命"之理,如编者借古人之诗盛赞伯夷、舒齐二人谏止武王伐纣的义举,从中亦可见出《列国志传》卷一对忠君观念的强调与认同。

(三) 仁政思想:一定程度的深化

仁政思想植根于民本思想和民心史观,是统治阶级爱惜民力、重视民生、让利于民的思想。这一思想经先秦儒家学者提出后,成为其后历朝统治阶级的指导思想,同时也得到社会各个阶层的广泛认同,影响极其深远,以至于历朝的史家总是把一个王朝的兴衰系之于统治者能否施行仁政。在这一社会共识的笼罩下,文学作品凡涉及王朝兴衰,几乎都会归因于统治者行仁政与否。《武王伐纣平话》即是如此,《列国志传》卷一则非但如此,而且还有一定程度的深化。这一方面体现于具体的理论表述中,另一方面体现于具体的故事情节及其所隐含的褒贬倾向中。

1. 具体的理论表述

就具体的理论表述而言,《列国志传》卷一仁政思想的深化主要体现于书中有很多关于民本思想和民心史观的具体言论。仁政思想所倡扬的爱惜民力、重视民生、让利于民,皆植根于民本思想和民心史观。民本思想即以普通民众为国家存在之根本的政治思想,民心史观即以民心向背为历史兴衰之决定力量的历史观念。这三者是三位一体的关系,仁政思想及施行仁政的前提是对普通民众在历史兴衰、国家存亡中的重要性有充分的认识。

在《武王伐纣平话》中已有"国本人民"一类的民本之论,在《列国志传》卷一中类似的言论更多。子牙未遇时曾发"国以民为本"、"得天下者得其民"之论,既遇后又进"爱民"、"富民"之策。殷廷忠臣的谏词中民本之论更多。如鄂宗禹与姬昌合表进谏曰:"且臣闻明王不自治,而听治于民;不自德,而信德于天。今大王废朝纲,变典法,上激天变,下兴民怨,社稷危亡,在于旦夕。"又如殷郊进谏曰:"天子者,民之父母也;刑法者,国之治具也。民不可虐,法不可变。"再如箕子进谏曰:"夫民犹赤子也,慈爱保惜,尚恐不悦,焉有惨酷煅炼,而能得赤子之欢心乎?"凡此,皆是编者民本思想的反映。

《武王伐纣平话》系讲史平话,《列国志传》卷一系历史演义,所涉及题材都是历史上武王伐纣的故事。既然涉及历史,就必然涉及历史观的问题。《武王伐纣平话》中已有初步的民心史观的倾向,但因出于文化水平较低的民间艺人之手,着重强调的是血亲复仇意识和善恶报应观念,所以对民心史观又有所冲淡。较之《武王伐纣平话》,民心史观成为《列国志传》卷一主导性的历史观念,历史发展、王朝兴衰皆取决于民心的向背。子牙闻伯夷、叔齐欲投西岐时所谓的"得天下者得其民",子牙数纣王十罪的檄书中所谓的"天命人心恶恶归仁",皆是民心史观的反映。而上文所述的民本之论,也可视为民心史观的反映。《列国志传》卷一对纣王虐政的批判,对文王、武王、子牙仁政的表彰,正是建立在民本思想与民心史观的基础之上。

2. 具体的故事情节

就具体的故事情节及其所隐含的褒贬倾向而言,《列国志传》卷一仁政思想的深化主要体现于对肆行虐政的纣王的批判和对施行仁政的文王、武王和子牙的赞扬这两个方面。

（1）对纣王虐政的批判

在《武王伐纣平话》中,编者将诸恶皆归诸妲己与费仲,几乎没有哪一件罪行是完全由纣王自作主张的;但在《列国志传》卷一中,纣王作恶的主动性大大增强了,妲己、费仲、崇侯虎等人只是其肆行虐政的催化剂而已。他一出场,便被定型为"聪明勇猛,才力过人,手能格禽兽,身能跨骏马,智足拒谏,言足饰非,常自以天下之人皆出己下"的有能无德的形象,并已然一是个"好声色,不理国政","令四方诸侯各举美女五十名"的昏君。其讨伐苏护,摔死姜皇后,醢姜桓楚,斩鄂宗禹,囚西伯于羑里,杀比干,以及聚敛民财、滥用民力,广建楼台庭院等,皆出于己意。尤其是摔死姜皇后一事,纯系自己有意为之,是其色令智昏、主动施虐的结果。更有甚者,当妲己献酷刑残害臣民时,纣王常常是抚掌大笑,说出"此刑极美"、"此乐尤称吾意"之类的话。妲己杀害平民,尚事出有因,是为了至夜吸食膏血,以益花貌;纣王则纯粹是将被杀者的痛苦当作乐事来欣赏,其残忍暴虐已然到了灭绝人性的变态程度。经过这样的改造,《列国志传》卷一的女祸论色彩在一定程度上减轻了,而对于暴君暴政的批判则在一定程度上增强了。

（2）对文王、武王、子牙仁政的表彰

《列国志传》卷一中的纣王和妲己的统治具有法家暴政、霸道、尚刑的特点，以为只有严刑酷法才可以使国家长治久安，妲己亟称大臣进谏、民众叛逃"皆由刑罚薄故也"，纣王屡用炮烙、熨斗、虿盆、醢、斩等酷刑以儆臣民。文王、武王的统治则恰与纣王相反，具有儒家仁政、王道、尚德的特点，具体表现在薄刑简赋、节制用度、礼贤下士、视民如伤等方面。《列国志传》卷一正是以这种正反对比的笔法，表达了批判暴君暴政、赞扬仁君仁政的思想倾向。

关于文王的仁政爱民，在《武王伐纣平话》中亦有表现，但笔墨不多。至《列国志传》卷一中，则加大了这方面的篇幅，增补了文王檄降苏护、建灵台灵沼、仁及枯骨、虞芮争田、讨伐崇侯虎等《武王伐纣平话》所没有的内容，对文王的仁政爱民予以强调和表彰，同时也写出了文王的智慧和忠正。其中文王修建灵台灵沼之事，与纣王建鹿台形成鲜明的对比。纣王建鹿台，完全是出于个人享乐的需要；文王建灵台，则是为了"观望灾祥"，造福于民。纣王建鹿台，"焚燎天下之财，疲苦万民之力"，耗时七年才建成；文王建灵台，百姓争先搬泥运木，西伯乃以酒食亲赏百姓，灵台不日而成。鹿台建成后，纣王给崇侯虎、费仲等奸佞之徒加官晋爵，使其重敛民财，以充鹿台之库；灵台建成后，百姓主动开凿池沼，文王仁及枯骨，又以金钱散赏百姓。编者通过纣王建鹿台与文王造灵台这两件事，将纣王的暴虐与文王的仁德对比鲜明地呈现在读者面前。

《武王伐纣平话》中写武王施行仁政的笔墨极少，逮至《列国志传》卷一，描写依然不多，但较之《武王伐纣平话》还是有明显的增加。文王死后，武王"继志述事，尽遵先王之政"，所行的自然是仁政。当他闻知纣暴滋甚，民陷既极，乃欲举吊民之师，东伐商辛，这自然也是出于爱护生民之心。伐商大军至孟津，忽起狂风将子牙伞柄吹折，武王望见急令班师，退修德政。这个情节也折射出武王对于德政的重视，甚至连战争的胜利与否都取决于德政施行得是否完满。伐纣战争胜利后，武王表彰先贤，废止酷刑，"散鹿台之财，发钜桥之粟，赈济黎民，大赍于四海"，大行仁政于天下。编者借后人之诗所盛赞他"不如桀纣私天下，八百乾坤有自由"，正是表彰他除残去暴，使仁政复行于天下的丰功伟绩。

在"封神"系列作品中,子牙皆以兵谋见长,施行仁政不是表现的重点。但在《列国志传》卷一这部倡扬仁政的书中,编者也给子牙贴上了仁政的标签。他在未遇时,便多次发出"国以民为本,民以食为天","得天下者得其民"等民本之论。文王二访子牙,子牙向文王进言,把"增修德政,抚字枯〔怙〕民"看作得民心、灭商纣的不二法门,而不专以武力取胜。文王引子牙归朝后,子牙献"一敬天,二爱民,三亲贤"的治国三策,指出"王者之国富民",建议文王"行仁政之实",西伯即日发仓廪之粟以赈鳏寡孤独,与子牙共议大政,使得西方一年之间便臻于大治。武王筑坛拜将,命子牙伐纣,子牙接过金印说:"天命靡常,惟德是归。惟愿爱民敬事。"将赴疆场,仍不忘嘱武王行仁政,而其伐纣的主要目的,也正是要把仁政推行于天下。

综上所述,可见无论是在具体的理论表述方面,还是在具体的故事情节及其所流露出的思想倾向方面,较之《武王伐纣平话》,《列国志传》卷一的仁政思想都有了较大程度的深化,这对《封神演义》的人物形象和思想特征的形成都产生了较大的影响。

三 过渡性叙事特征的成因

《列国志传》卷一以正统叙事整合民间叙事的特征的形成,与该书编者的身份、成书的时间以及成书时的历史文化语境皆息息相关。下面拟首先讨论《列国志传》的编者及成书时间问题,认为初编者为余邵鱼,余象斗系万历三十四年(1606)重刊本的编辑评点者,成书时间当在嘉靖元年(1522)至万历三十四年之间;然后对当时历史演义编撰中的信史观念予以简要说明,以期解释《列国志传》"按先儒史鉴列传"的编撰原则及其过渡性叙事特征的成因。

(一)编者与成书时间

《列国志传》原刊本未见,今存明万历年间重刊本数种,其中较为重要的是万历三十四年刊本和万历四十三年（1615）刊本。

潭阳三台馆余象斗万历三十四年刊本，全名《新刊京本春秋五霸七雄全像列国志传》，八卷二二六则，藏日本蓬左文库，系现存最早的《列国志传》刊本。内封上图下文，上图左右题"仅依古板校正批点无讹"，下文左右题"按鉴演义全像列国评林"。卷首有《题全像列国志传引》，署"大明万历岁次丙午孟春重刊"、"后学畏斋余邵鱼谨序"。次有《题列国序》，署"大明万历岁次丙午孟春重刊"、"后学仰止余象斗再拜序"。次有《列国并吞凡例》和"新锲史纲总会列国志传目录"。诸卷均题"后学畏斋余邵鱼编集"、"书林文台余象斗评梓"。正文分上中下三栏，上栏为评，中栏为图，下栏为文。上海图书馆藏万历四十六年八卷刊本，系此本的重刊本，卷首亦有余象斗《题列国序》，但序文正文无"是书著"以下一段，署"万历岁次戊午季秋重刊；□□□□余象斗序"。八卷本还有古吴文盛堂刊小字本、四川扬氏刊本、题"李卓吾评点"的文锦堂刊小字本等。

万历四十三年刊本，全名《新镌陈眉公先生批评春秋列国志传》，十二卷二二三则，藏中国国家图书馆。卷首有陈继儒《叙列国传》，朱篁《列国传题词》。考目录叶后的《列国源流总论》，当为原刊本所有，则此版本所依据的是原刊本，而非余象斗重刊本。此本系析八卷本的八卷为十二卷，正文文字相同。十二卷本还有明万历年间姑苏龚绍山刊本，题"新镌陈眉公先生批评列国志传"，藏日本内阁文库，除图版外，卷一、卷二系万历四十三年本的覆刻，卷三至卷十二用万历四十三年本旧版重印。[①]

关于《列国志传》的编者与成书时间，可供参考的材料主要有四种，其一是余象斗《列国志传》扉页小识：

> 《列国》一书，乃先族叔翁余邵鱼按鉴演义纂集。惟板一付，重刊数次，其板蒙旧。象斗校正重刻，全像批断，以便海内君子一览。

[①] 参见孙楷第《中国通俗小说书目》，作家出版社，1957，第 24~25 页；江苏省社会科学院明清小说研究中心文学研究所：《中国通俗小说总目提要》，中国文联出版公司，1990，第 76 页；石昌渝：《中国古代小说总目》，山西教育出版社，2004，第 208~210 页。

买者须认双峰堂为记。余文台识。①

其二是前引余邵鱼《题全像列国志传引》，末题：

时大明万历岁次丙午孟春重刊后学畏斋余邵鱼谨序。②

其三是余象斗《题列国序》：

粤自混元开辟以来，不无纪载，若十七史之作，班班可睹矣。然其序事也，或出幻渺，其意义也，或至幽晦。何也？世无信史，则疑信之传，固其所哉。于是吊古者未免簧鼓而迷惘矣，是传讵可少哉！然列国时，世风愈降，事实愈繁，倘无以统而纪之，序而理之，是犹痛迷惘者不能药砭，复置之幽窔也。不穀深以为恫，于是旁搜列国之事实，载阅诸家之笔记，条之以理，演之以文，编之以序，胤商室之式微，埒周朝之不腊，炯若日星，灿若指掌。譬之治丝者，理绪而分，比类而其，豪无舛错。是诚诸史之司南，吊古者之鹡寿也，讵可少哉？是书著，幻渺者跻之光明，幽晦者登之显易，宁复簧鼓迷惑之足患哉？谨序。

时大明万历岁次丙午孟春重刊后学仰止余象斗再拜序。③

其四是余邵鱼《列国源流总论》：

《春秋列国志传》者，因左氏传记而衍其义也。西周之前，王化

---

① （明）余邵鱼：《春秋五霸七雄列国志传》，上海古籍出版社，1990，第1页。
② （明）余邵鱼：《春秋五霸七雄列国志传·题全像列国志传引》，上海古籍出版社，1990，第1～5页。
③ （明）余象斗：《春秋五霸七雄列国志传·题列国序》，上海古籍出版社，1990，第1～3页。

尚行，诸侯无衅，是以略举其大纲。殆至东迁之后，王政不行，诸侯多叛，故孔子作《春秋》，起自平王四十九年，鲁隐公之元年也。《春秋》之文，虽是当时史语，但孔子笔削其义，以定褒贬，然非富学之士，不能少达其旨，故左丘明氏因经而作传，大义明矣。然其数百年间人物臧否，国势强弱并吞得失，又非浅夫鄙民如邵鱼者所能尽知也，邵鱼是以不揣寡昧，又因左丘明氏之传以衍其义，非敢献奇搜异，盖欲使浅夫鄙民尽知当世之事迹也。然其间国多事繁，难以悉举，姑取其大国为主，小国之政有干大国者，则旁搜引出，若不干于大国者，则置而不录。……《列国志传总论》终。①

前三种材料出自潭阳三台馆余象斗万历三十四年重刊八卷本《新刊京本春秋五霸七雄全相列国志传》。第四种材料出自万历四十三年重刊十二卷本《新镌陈眉公先生批评春秋列国志传》。

依据余邵鱼《列国源流总论》"邵鱼是以不揣寡昧"，余象斗《列国志传》扉页小识 "《列国》一书，乃先族叔翁余邵鱼按鉴演义纂集"等语，研究者一般认为余邵鱼系《列国志传》的编者。但细考以上四则材料，我们会发现这一说法疑窦尚多。

其一，据余邵鱼《题全像列国志传引》所言，"抱朴子性敏强学，故继诸史而作《列国传》"。那么《列国志传》的编者系"抱朴子"。但目前尚无材料可以证明"抱朴子"系余邵鱼的别号。而从序文的语气来看，又似乎确系为他人之书作序。到底"抱朴子"系余邵鱼的别号抑或另有其人，还有待进一步考查。

其二，余象斗的"扉页小识"与《题列国序》亦有矛盾龃龉处。"扉页小识"言"《列国》一书，乃先族叔翁余邵鱼按鉴演义纂集"；《题列国序》却言"不穀深以为憾，于是旁搜列国之事实，载阅诸家之笔记，

---

① （明）余邵鱼：《新镌陈眉公先生批评春秋列国志传·列国源流总论》，《古本小说丛刊》第四十集，中华书局，1991，第133~138页。

条之以理,演之以文,编之以序"。"不穀"系我之谦称。"扉页小识"说编者是余邵鱼,序文中又说编者是自己,这也颇令人费解。我们若以余象斗的话为判断的依据,那么编者到底是他的先族叔翁余邵鱼还是他自己呢?这也是有待进一步考查的问题。

  从上述情况来看,《列国志传》可能的编者至少有抱朴子、余邵鱼、余象斗三人;而从《列国志传》中屡次出现的余邵鱼、余象斗的诗赞来看①,后两者确曾参与过《列国志传》的编辑工作。虽然从《列国志传》的文本形态来看,必定有一位最后的加工写定者,但作为一部世代累积成书的作品,又加之相关材料的匮乏,其流传写定的具体过程和具体的写定者均已无从判断。我们只能依据现存材料,尤其是诸卷卷首"后学畏斋余邵鱼编集","书林文台余象斗评梓"的题署,大致认为其初编者为余邵鱼,余象斗系万历三十四年重刊本的编辑评点者。具体问题的解决,则有待于新材料的发现。

  《列国志传》的初刊本已佚,今人所见到的最早版本系万历三十四年重刊本,而此本并无初刊时间的明确记载,是以《列国志传》的成书时间殊难判断。今人所持成书于嘉靖说或隆庆、万历说,皆推测之辞,并无具体材料以为佐证。但因该书成书时间与《封神演义》成书时间关系紧密,不容忽略,这里仅就目前所见材料略陈己见。

  因余象斗在《列国志传》扉页小识中称余邵鱼为"先族叔翁","先"系生者对死者的尊称,而余象斗活动的年代在万历初年,所以多数研究者据此推测其"先族叔翁余邵鱼"活动的年代当在嘉靖年间。其实未必。万历三十四年重刊本前有余邵鱼《题全像列国志传引》与余象斗《题列国序》两则序言。余邵鱼序末题署曰:"时大明万历岁次丙午孟春

---

① 《列国志传》卷一"纣立酒池肉林"、"西伯侯脱囚归岐周"、"西伯侯再访姜子牙"、卷三"公孙枝独战六将"、"宋楚泓水大战"中皆有署名"余邵鱼"、"邵鱼余先生"、"后邵鱼先生"的诗。卷一"子牙收服崇侯虎"、"子牙收服洛阳城"、卷三"鲁村妇秉义全社稷"、"十英杰辅重耳逃难"、卷五"楚平王信逸灭伍氏"、卷六"楚昭王奔郧入随"中皆有署名"后仰止"、"余仰止"、"后仰止余先生"的诗。"仰止"系余象斗自谦之辞,《题列国序》末署"后学仰止余象斗再拜序"。

重刊","后学畏斋余邵鱼谨序"。余象斗序末题署曰:"时大明万历岁次丙午孟春重刊","后学仰止余象斗再拜序"。从余邵鱼序末题署来看,"万历岁次丙午孟春",即万历三十四年初春他应尚在世,并亲为该书的重刊本作序。概言之,这两篇序当是同时之作,两个作序之人亦当是同时在世。由此我们可以大致推断,至少在万历初年,余邵鱼仍然在世,而非仅活动于嘉靖年间。那么余象斗为什么在扉页小识中称余邵鱼为"先族叔翁"呢?可能的解释是两序写作及该书的重刊的时间都是在万历三十四年春,但刊刻完成时,余邵鱼不幸辞世,余象斗在扉页小识中遂有"先族叔翁余邵鱼"之语。

据万历三十四年重刊本扉页"仅依古板校正批点无讹"及"惟板一付,重刊数次,其板蒙旧。象斗校正重刻,全像批断,以便海内君子一览。买者须认双峰堂为记"等语来看,该本所依据的版本当为《列国志传》的初刊本,且初刊本问世后,便有其他书坊盗版刊刻,十二卷本很可能就是这一盗版行为产物。重刊本刊刻于万历三十四年,那么初刊本的写定及刊刻的时间自然早于此时,是以万历三十四年当为《列国志传》成书时间的下限。而据余邵鱼《题全像列国志传引》:"故自《三国》《水浒传》外,奇书不复多见";可观道人《新列国志叙》:"自罗贯中氏《三国志》一书以国史演为通俗,汪洋百馀回,为世所尚。嗣是效颦日众,因而有《夏书》《商书》《列国》《两汉》《唐书》《残唐》《南北宋》诸刻,其浩瀚几与正史分签并架。"[①] 可见《列国志传》的成书时间当在嘉靖本《三国志通俗演义》之后,而嘉靖本《三国志通俗演义》的刊刻时间是嘉靖壬午年,即嘉靖元年,这是《列国志传》成书时间的上限。综上,我们可以大致判定《列国志传》的成书时间当在嘉靖元年至万历三十四年之间。而万历三十四年本系初刊本的重刊本,万历四十六年本系万历三十四年本的重刊本,由两个重刊本之间十余年的时间差来推断,

---

① (明)可观道人:《新列国志叙》,载丁锡根编著《中国历代小说序跋集》,人民文学出版社,1996,第 864 页。

《列国志传》的成书及初刊时间很可能是在万历前期。当然，这仍是猜测之词，问题的最终解决，尚待新材料的发现。

（二）叙事特征的成因

《列国志传》初步具有以正统叙事整合民间叙事的叙事特征，这一叙事特征与当时的政治、经济、思想文化状况皆紧密相关。因为《封神演义》与《列国志传》两书的成书时间相去不远，是在几乎完全相同的文化语境中产生的，所以这方面的情况留待讨论《封神演义》叙事特征的成因时一并予以说明。以下仅就当时历史演义编撰中的信史观念予以简要说明，以期解释《列国志传》"按先儒史鉴列传"的编撰原则及其过渡性叙事特征的成因。

古人写史，讲求"书法不隐"[1]，秉笔直书，以确保历史记载的真实可信。《穀梁传》的作者一再称赞《春秋》"信以传信，疑以传疑"[2] 的实录精神。司马迁在《史记·三代世表》中提出"疑则传疑，盖其慎也"[3] 的撰史原则。刘勰《文心雕龙·史传》反对"传闻而欲伟其事，录远而欲详其迹"的错误倾向，强调"文疑则阙，贵信史也"[4]，第一次提出了"信史"这个概念。宋人吴缜进一步指出："必也编次事实，详略取舍，褒贬文采，莫不适当，稽诸前人而不谬，传之后世而无疑，粲然若日月之明，符节之合，使后学观之，而莫敢轻议，然后可以号'信史'。"[5] 这是对信史原则最详明的表述。这一撰史原则不仅是史家追求的目标，也是人们评论史家的标准。

中国古代文史不分，所以除史学领域外，这一传真求实的传统对文学领域亦有深远的影响。尤其是明代中叶历史演义初兴时，信史观念是编撰

---

[1] 杨伯峻：《春秋左传注》，中华书局，1990，第662页。
[2] （战国）穀梁赤撰，（东晋）范宁注，（唐）杨士勋疏《春秋穀梁传注疏·桓公五年》，《十三经注疏》（阮元校刻本），中华书局，1980，第2374页。
[3] 《史记·三代世表》，中华书局，1959，第487页。
[4] （南朝梁）刘勰著，范文澜注《文心雕龙注》卷四《史传》，人民文学出版社，1958，第287页。
[5] （北宋）吴缜：《新唐书纠缪》序，《知不足斋丛书》，中华书局，1999。

和评价这类作品的一个重要理论原则。张尚德以"羽翼信史而不违"概括《三国志通俗演义》的文体特征,认为历史演义只是将较为艰深的史料"以俗近语,檃括成编",提出历史演义应忠于正史的艺术要求,启历史演义信史观之端绪。[①] 林翰在《隋唐两朝志传序》中进一步明确指出,历史演义应当是"正史之补",不允许有艺术的虚构。[②] 甄伟《西汉通俗演义序》阐明自己的编撰原则:"予为通俗演义者,非敢传远示后,补史所未尽也",所以其工作主要是"因略以致详,考史以广义",而非艺术的虚构与审美的诉求[③]。当然,此时也有提倡必要的艺术虚构的思想,但这类思想也往往是以忠实历史真实为前提的。如蒋大器在《三国志通俗演义序》中指出,历史演义虽然"事记其实",但只是"庶几乎史",即大致像历史而已,所以作者对史料可以"留心损益",对历史材料进行加工取舍,"其间亦未免一二过与不及"。[④] 蒋大器虽然不排斥艺术虚构,但毕竟还是以"事记其实"、"庶几乎史"为前提的,这与后来袁于令等人提出的"传奇者贵幻"[⑤],"文不幻不文,幻不极不幻","言真不如言幻,言佛不如言魔"[⑥] 等极力鼓吹虚构的主张是有所区别的。

在信史观念的影响下,历史演义的编者提出了"按鉴演义"的编撰原则。这一编撰原则的提出,是历史演义文体特征的内在要求,既然是历史演义,那么自然是按照历史记载来进行通俗化、艺术化的处理;也与读者的阅读心理需求有关,读者在阅读历史演义时,总是抱有在消遣娱乐中获得历史知识的心理。"按鉴演义"的编撰原则既符合历史演义的文体特征,又顺应了读者的阅读心理,是为历史演义的编撰者所普遍推崇和遵循

---

① (明)张尚德:《三国志通俗演义引》,《明清小说资料选编》,南开大学出版社,2006,第59~60页。
② (明)林翰:《隋唐两朝志传序》,《明清小说资料选编》,南开大学出版社,2006,第132页。
③ (明)甄伟:《西汉通俗演义序》,《明清小说资料选编》,南开大学出版社,2006,第13页。
④ (明)蒋大器:《三国志通俗演义序》,《明清小说资料选编》,南开大学出版社,2006,第58~59页。
⑤ (明)袁于令:《隋史遗文序》,《明清小说资料选编》,南开大学出版社,2006,第138页。
⑥ (明)袁于令:《西游记题词》,《明清小说资料选编》,南开大学出版社,2006,第427页。

的。嘉靖、万历年间编撰的《新刻按鉴编纂开辟演绎通俗志传》《新刻按鉴通俗演义列国前编十二朝》《按鉴增补全像两汉志传》《京本通俗演义按鉴全汉志传》《新刻汤学士校正古本按鉴演义全像通俗三国志传》《全像按鉴演义南北两宋志传》等历史演义,皆以"按鉴演义"相标榜,这既是书坊针对读者的阅读心理而自高身价、招徕顾客的手段,也是编撰者在实际运作中所采取的编辑原则,虽然这些所谓的"按鉴演义"多名不副实,普遍存在"演义"有余而"按鉴"不足的现象。

这种以信史为尚的观念和"按鉴演义"的编撰方法,无疑会影响到既是书坊主又是编撰者的余邵鱼、余象斗,因此,《列国志传》题名《按鉴演义全像列国评林》,《题全像列国志传引》中提出"编年取法麟经,记事一据实录"的编撰方法,正文采取"按先儒史鉴列传"的编撰原则就是顺理成章、自然而然的事了。当然,虽是"按鉴演义",但毕竟是"演义",既然是"演义",就不能完全剔除无鉴可按的民间传说。就武王伐纣的故事而言,一方面各种民间传说久经流传,以致达到以假乱真的地步;另一方面古代典籍中相关记载简略分散,不足以敷衍成为长篇故事。因此,《列国志传》的编者虽然秉持"按先儒史鉴列传"的编撰原则,但在具体处理武王伐纣这一故事题材时,又不得不大量取材和借鉴于野史传说,并予以适当的加工改造,使其在思想内容和叙事风格上更接近于史传。正是编撰原则与题材特征之间的这种矛盾性,造成了《列国志传》卷一以正统叙事整合民间叙事的叙事特征。虽然较之《封神演义》,这种整合尚不充分,仅处于初级阶段,但这一叙事特征对《封神演义》的艺术构思、人物形象及思想倾向的形成都有一定的影响。

作者简介

李亦辉,男,文学博士,黑龙江大学文学院讲师,黑龙江大学明清文学与文化研究中心研究人员,从事明清小说戏曲研究,曾发表《从词话本到刊本——论〈封神演义〉的成书、版本及作者问题》《吕天成"当行"观探微》等文。

作为"副文本"的明清小说插图研究*

陈才训

摘　要：中国古代左图右史的文化传统、明清书坊主的营销策略、插图本身的独立自足性及其导读功能，都使插图成为明清小说重要的"副文本"。明清小说插图包括"全像"、"偏像"、"出像"、"绣像"等多种形式，其表现形态更是繁复多样，不同区域的书坊、文人清赏清玩习气以及书坊主或插图者各自不同的审美趣味、构图心态、插图动机、构图方式等因素，都对明清小说插图形态的生成及演变产生了显著影响。

关键词：明清小说插图　表现形态　生成及演变

"副文本"是指"指围绕在作品文本周围的元素：标题、副标题、序、跋、题词、插图、图画、封面"[①]，它主要相对于小说情节文字而言。明清时期，小说尤其是白话小说几乎到了无书不图的地步，此时插图已成为小说最重要的"副文本"之一。以《三国演义》为例，叶逢春本、双峰堂本、诚德堂本、忠正堂本、联辉堂本、乔山堂本、评林本、杨闽斋本、朱鼎臣本、黄正甫本、种德堂本、藜光堂本、杨美生本、周曰校本等皆为插图本；未见插图者主要包括目前所见刊行年代最早的嘉靖本、钟伯

---

* 本文系国家社科基金项目"明清小说文本形态的生成与演变研究"（11CZW042）、黑龙江大学杰出青年基金项目研究（JC2011W1）的阶段性成果。

① 〔法〕弗兰克·埃尔拉夫：《杂闻与文学》，谈佳译，天津人民出版社，2003，第51页。

敬评本及夏振宇刊本，而夏振宇刊本情节文字与周曰校本相同，它每叶上栏有横排六字标题，应为图题，书坊只删去周曰校本插图而未将图题删除。同一部小说也往往因有无插图及插图样式的差异而呈现不同的文本形态，如熊大木《唐书志传通俗演义》，嘉靖间建阳清江堂刊本即《新刊参采史鉴唐书志传通俗演义》无插图；万历间余氏三台馆刊本《新刊按鉴演义全像唐国志传》为上图下文、每页一图的"全像"；万历间金陵世德堂刊《新刊出像补订参采史鉴唐书志传通俗演义题评》则为"出像"，有二十四幅插图，每图有两个相对半叶合成。显然，插图对明清小说的文本形态产生了显著影响。因此，作为明清小说"副文本"的插图，其生成原因、表现形态及其演变情况是一个值得深入探讨的问题。

一

明清时期，插图能成为小说"副文本"，有着多方面原因。首先，明清小说插图的繁荣与中国古代悠久的插图传统密切相关。我国向有左图右史的文化传统，插图乃是文本的重要组成部分，故郑樵《通志略》之"图谱略"指出："见书不见图，闻其声不见其形；见图不见书，见其人不闻其语。图，至约也；书，至博也。即图而求易，即书而求难。古之学者为学有要，置图于左，置书于右；索象于图，索理于书。"他认为图与书原本"相错而成文"。[①] 对此，叶德辉亦谓"古人以图书并称，凡书必有图"[②]，他也认为文本由图与文共同组成。小说之有插图，至少可以追溯至对白话小说影响较大的变文，变文一般有与情节内容相配合的图画，故《大目犍连变文》标题为"大目乾连冥间救母变文并图一卷"；而吉师老《看蜀女转〈昭君变〉》一诗便有"画卷开时塞外云"[③]之语，这也表明变文中确配有插图。再者，变文中经常出现"铺"这一术语，如《汉

---

① 郑樵著、王树民校点《通志二十略》，中华书局，1995，第1828页。
② 叶德辉：《书林清话》，中华书局，1957，第218页。
③ 彭定求等：《全唐诗》卷七七四，中华书局，1999，第8858页。

将王陵变》中有"从此一铺,便是变初",其卷末还题有"汉八年楚灭汉兴王陵变一铺"①;《王昭君变文》中则有"上卷立铺毕,此入下卷"②,这些迹象也表明图文相配是变文的基本形式体制,因为在唐代人们一般称佛像一幅为一铺。而且,当时人们有时直接称这种图文相配的变文为"画本",如《韩擒虎变文》卷末就标有"画本既终,并无抄略"③,由此亦可确认图画是变文不可分割的一部分。特别是作为明清白话小说的近源,元代"平话"已有"全相"本,这就是至治年间建安虞氏刊刻的《新刊全相平话五种》,其上图下文、每叶有图的插图形态使图文结合更为紧密。及至明清,特别是万历以后直至清末的数百年间,插图本小说更是风行天下,如崇祯间清白堂刊《蔬果争奇》载朱一是跋云:"今之雕印,佳本如云,不胜奇观。诚为书斋添香,茶肆添闲。佳人出游,手捧绣像,于舟车中如拱璧。"④ 由此看来,插图本小说在当时深受读者喜爱。可以说,晚明以后的小说尤其是白话小说几乎到了无书不图的地步,这从小说标题中屡屡出现的"全像"、"出像"、"绣像"之类醒目字眼即可看出。而且,明清一些小说刊刻者也认为小说插图继承了我国左图右史的文化传统,如清代四雪草堂本《隋唐演义》"凡例"在强调该书插图精美的同时,便指出"古称左图右史,图像之传由来久矣"。白话小说如此,文言小说也多以插图为尚,如《玉茗堂摘评王弇州艳异编》所载无瑕道人"识语"称"古今传奇行于世者,靡不有图"⑤,这里所谓"传奇"指的就是文言小说。尤其是那些出于名家妙手的小说插图本,其中文字与插图

---

① 王重民编《敦煌变文集》,人民文学出版社,1984,第36~47页。
② 王重民编《敦煌变文集》,人民文学出版社,1984,第100页。
③ 王重民编《敦煌变文集》,人民文学出版社,1984,第206页。关于变文相关内容可参见胡士莹《话本小说概论》(中华书局,1980,第34页)。另,金维诺《〈祇园记图〉与变文》亦云:"伯希和盗窃到巴黎去的四五二四号卷子,一面是变文,一面是图画,这一变相正是表现劳度差与舍利弗斗法的故事,而每节图画都以变文相应。图文的结合,就象明清的插图本小说一样。"(周绍良、白化文:《敦煌变文论文录》,上海古籍出版社,1982,第353页)。
④ 邓志谟:《蔬果争奇》卷首,《明清善本小说丛刊初编》(第七辑),台湾天一出版社,1985。
⑤ 王世贞:《玉茗堂摘评王弇州艳异编》,全国图书馆文献缩微中心,1986。

称得上是相互倚重，难怪有论者称"名画为小说之功臣，而小说亦为名画之良师也"。① 咸丰七年（1857），王世贞《剑侠传》重刊本插入著名画家任熊所作人物画像三十三幅，王锡龄为该选本作序云："予友渭长任君，因心摹手追，点画成象，凡三十三人，对之奕奕有生气，亦与此书同妙。"② 出于任熊之手的剑侠形象风神奇古夸张，确与剑侠小说"同妙"，实为小说不可或缺之文本要素。明清时期小说家本人也将插图视为小说文本的构成因子，如王韬即认为小说文字与图画"两美合并，二妙兼全，固阙一而不可者也"，惯于阅读插图本小说的他指出"有奇书，而无妙图，亦一憾事"。③ 概言之，明清时期插图已成为小说文本的重要表现形态。

其次，明清时期，小说一般既是精神产品又是文化商品，为招徕读者，一些书坊主便将插图作为一种促销手段，从而使小说插图的"副文本"性质得以强化。例如，嘉靖壬午本《三国志通俗演义》本无插图，而万历间金陵周曰校在此基础上刊刻的万卷楼本《三国志通俗演义》插入图像二百余幅，封面"识语"还以"节目有全像"招徕读者。二者虽然同出一源，但万卷楼本为坊刻小说，故书坊主为促销而设置了插图；而嘉靖元年刊本乃司礼监刊刻，不像书坊主那样具有强烈的商业意识。再如，万历间克勤斋刊《全汉志传》，其《叙西汉志传首》称小说"加之以相，刊传四方，使懵然者得是书而叹赏曰'西汉之出处如此'"④；其后《东汉志传》也"如西汉增之以相，俾四民俯亲之下，□晓东汉之所以为东汉者"⑤。这些都表明小说插图对读者尤其对那些文化程度不高的读者来说很有吸引力，因为"文义有深浅，而图画则尽人可阅；纪事有真伪，而图画则赤裸裸表出。盖图画先于文字，为人类天然爱好之物，虽村夫稚

---

① 胡寄尘：《小说名画大观》，上海文明书局，1916（上海师范大学图书馆影印本）。
② 陈平原：《看图说书》，三联书店，2003，第76页。
③ 王韬：《镜花缘图像叙》，载《中国历代小说序跋集》，人民文学出版社，1996，第1443页。
④ 《叙西汉志传首》，见《古本小说集成》，上海古籍出版社，1991，第2页。
⑤ 《东汉志传序》，见《古本小说集成》，上海古籍出版社，1991，第2页。

子,亦能引其兴趣而加以粗浅之品评"①。鲁迅也认为插图本小说是"用图画来济文字之穷的产物","大概是在引诱未读者的购买,增加阅读者的兴趣和理解"②,他回忆称"欢迎插图是一向如此的,记得19世纪末,绘图的《聊斋志异》出版,许多人都买来看非常高兴的。而且有些孩子,还因为图画,才去看文章"③。晚清确实刊行过不少《聊斋志异》绘图本,像《聊斋志异图咏》就配有插图四百四十幅。书坊主在刊刻小说时插入数量不等的图像,纯为迎合读者之好尚。如康熙年间刊本《绣屏缘》"凡例"称"小说前每装绣像数叶,以取悦时目";嘉庆十年金谷园刊本《红楼复梦》"凡例"亦谓"此书照依前书绘图,以快心目"。至于以刊刻通俗小说闻名的建阳书坊所推出的上图下文、每页一图的全像本,就是为帮助读者尤其是那些文化层次较低的读者很好地理解小说内容,并提高其阅读兴趣。如嘉靖二十七年建阳叶逢春刊本《新刊通俗演义三国志史传》为全像本,其中有元峰子《三国志传加像序》称"三国志,志三国也。传,传其志;而像,像其传也。……传者何?易其辞以期遍悟。而像者何?状其迹以欲尽观也。……书林叶静轩子又虑阅者之厌怠,鲜于首末之尽详,而加以图像",认为直观的图像既可悦读者之目又有助于其"因像以详传,因传以通志"。比较而言,清代小说插图不如明代繁盛,因官方更加严厉地禁毁小说,很少有著名画家、刻工致力于小说插图,但插图并未因此而在小说文本中消失,只是其艺术质量明显下降,因此戴不凡云:"自清初以降,虽'绣像'小说大行,而'全像'、'出像'之制几废,其中竟罕有稍具艺术价值者。"④ 然而,及至晚清,随着石印技术的推广,小说插图再度繁盛,例如"光绪初,吴友如据点石斋,为小说作绣像,以西法印行,全像之书,颇复腾踊"⑤,吴友如为晚清最著名的小说插图

---

① 戈公振:《中国报学史》,民国丛书第二编49,上海书店。
② 鲁迅:《且介亭杂文·连环图画琐谈》,《鲁迅全集》(第6卷),人民文学出版社,1981,第27页。
③ 鲁迅:《鲁迅致孟十还信》,《鲁迅全集》(第13卷),人民文学出版社,1981,第134页。
④ 戴不凡:《小说见闻录》,浙江人民出版社,1980,第298页。
⑤ 鲁迅:《北平笺谱》序,《魏晋风度及其它》,上海古籍出版社,2000。

画家,曾为《三国演义》《东周列国志》《镜花缘》等多部小说做插图。此时,诸如"补像"、"增像"、"补图"、"全图"之类名目充斥小说题目①,像《增像全图三国演义》《五色增图列国志》《精绘全图校补隋唐演义》《绘图增像西游记》《增评补像全图金玉缘》《增评补图石头记》等,皆配有繁复多样的图像,可见插图已成为书坊主的重要卖点。同时,随着《绣像小说》等小说期刊的出现,插图更成为小说文本不可或缺的构成要素,徐念慈曾云:"以花卉人物,饰其书画,是因小说者,本重于美的一方面,用精细之图画,鲜明之刷色,增读书者之兴趣。"②《小说时报》创刊号"本报通告"亦云:"本报每种小说均有图画,或刻或照,无不鲜明,不惜重资,均请名手制成。"③ 这些都表明插图作为小说文本表现形态之一,已成为书坊或报刊招徕读者的主要手段。而有的小说作者也乐见名家妙手为自己的小说插图,如王韬自称其《淞隐漫录》在《点石斋画报》连载时配有出于"善丹青者"吴友如之手的精美插图;其《淞隐续录》也连载于《点石斋画报》,"仍延精于绘事者,每一则为之图,渲染点缀,以附于前"④,显然王韬已将插图视为自己小说文本的表现形态之一。还需指出,明清时期那些一味牟利、缺乏社会责任感的书坊主所刊刻的趣味低下的艳情小说,更是以淫秽插图迎合世俗大众。如乾隆间的《浓情快史》配有淫秽插图,故《金石缘》第八回写林爱珠"枕边一本《快史》,反折绣像在外,像上全是春宫";万历间邺华生《素娥篇》叙武三思与素娥床笫之事,配以数十幅插图描绘性交姿势,附议解说,缀以诗词。难怪清代以禁毁小说闻名的江苏巡抚汤斌斥责当时一些小说"绣像镂版,极巧穷工,致游侠无行与年少志趣未定之人,血气摇荡,淫邪之念日生,奸伪之习滋甚"⑤。要之,明清时期由于书坊主的积极引入,也使

---

① 阿英:《清末石印精图小说戏曲目》,《小说三谈》,上海古籍出版社,1979,第126页。
② 《小说林》第十期,1908。
③ 徐念慈:《余之小说观》,《小说时报》第一年第一号,1909。
④ 王韬:《〈淞隐续录〉自序》,载丁锡根《中国历代小说序跋集》,人民文学出版社,1996,第627~631页。
⑤ 王利器:《元明清三代禁毁小说戏曲史料》,上海古籍出版社,1981,第100页。

得插图成为小说文本的重要组成部分。

再次，插图之所以成为明清小说"副文本"，还在于它们本身就是独立自足的表意系统。以《红楼梦》插图为例，程本系统插图第一幅皆为"石头"，第二幅是宝玉绣像，这强化了"石头"在小说中的象征意义及叙事功能，明确了宝玉作为小说主人公的重要地位及其与"石头"之间的渊源关系。同时，《红楼梦》程本系统插图的最后一幅是"僧道"绣像，这样安排，使僧道在小说情节结构、主题创设方面的意义也得到凸显。位于插图之首的"石头"与最后的"僧道"遥相呼应，这与小说结构布局完全吻合，小说开头写位于青埂峰下的这块"石头"是经由一僧一道幻化后带入尘世，而小说结尾仍有一僧一道导引宝玉重归青埂峰下，由此"石头"完成了出世——入世——出世的人生历程。再者，《红楼梦》程本系统的绣像皆以女性形象为主，像卧云山馆本、宝兴堂本、藤花榭本、凝翠草堂本等，除宝玉外其他人物绣像皆为女性；东观阁本、本衙藏本、抱青阁本、善因楼本的人物绣像包括宝玉、贾政两位男性，其余也都是女性。不妨看一下《红楼梦》程本系统中卧云山馆本插图的内容及顺序：石头、宝玉、太君、元春、迎春、探春、惜春、李纨、王熙凤、巧姐、秦可卿、宝钗、林黛玉、史湘云、妙玉、薛宝琴、尤三姐、香菱、袭人、晴雯、僧道。由此不难体味，《红楼梦》程本系统的插图本身也是独立自足的表意系统，它们与小说情节发展、结构逻辑及主题意蕴配合得相当紧密。再如，道光十二年据芥子园藏版重刊本《绣像镜花缘》插图主要为一百位才女的绣像，其中第一幅插图主页为武曌绣像，副页为挂于花丛中的因百花齐放而制作的金牌；最后一图主页为毕全贞绣像，副页为一束百合花，象征着一百才女的聚合，显然具有象征意蕴的首图与最后一图的副页是遥相呼应的。宣统元年简青斋刊《绘图增像第五才子书水浒全传》中有些插图的人物组合颇有意味，如将石秀、杨雄、西门庆、武大郎集于一图，显然这四人分别与潘巧云、潘金莲偷情之事相关；将潘金莲、潘巧云、阎婆惜三位淫妇集于一图，将孙二娘、顾大嫂、扈三娘三位女英雄集于一图，由此可见人物组合并非随意，而是有着明确的意义指向。小说插图能成为独立自足的表意系统，终究离不开画工的艺术匠心与审美再创作，像上述道光十二年据芥子园藏版重刊本《绣像镜花缘》插图者谢叶梅，他"少时癖嗜画学"①，自称在为《镜花缘》人物绘像时"神凝梦想"，依据人物言行而"要其精神所注，结而成象"②。正是在这个意义上，我们认为明清小说插图者与小说作者一样，也是小说文本的"制作者"。

最后，插图的导读功能也是其能成为明清小说"副文本"的重要原因。与抽象的文字符号相比，插图的优势在于形象直观、具体可感，能起到阐微发幽的作用，故明代戏曲家汪廷讷云："夫简册有图，非徒工绘事也。盖记未备者，可按图而穷其形；记所已备者，可因图而索其精。图为贡幽阐邃之具也。"③ 对于图、文的互补功能，张彦远《历代名画记》亦云："记传所以叙其事，不能载其容；赋颂有以咏其美，不能备其象。图画之制，所以兼之也。"插图之于文字的阐发意义也得到众多明清小说刊发者的高度重视，因为插图本小说以图释文，有助于将抽象的文字转化为具体可感的故事图景与人物形象。清人何镛在论及小说插图时曾慨叹："图之为用大矣哉！"他认为对小说内容"加以图绘"，可使"阅者披其图而证其说"④。袁无涯刊《忠义水浒全传》卷首"发凡"对小说插图的功用论之更详："此书曲尽情状，已为写生，而复益之以绘事，不几赘乎？虽然，于琴见文，于墙见尧，儿人哉？是以云台、凌阁之画，《豳风》《流民》之图，能使观者感奋悲思，神情如对，则象固不可以已也。"⑤ 他认为插图并非可有可无的累赘，它可以使读者更直观地感受到插图所传达的意蕴，触发其"感奋悲思"。《禅真逸史》的刊行者夏履先也非常重视图、文的互补性，他在小说刊刻"凡例"中道："图像似作儿态，然

---

① 麦大鹏：《镜花缘绣像序》，《古本小说集成》，上海古籍出版社，1991，第7~9页。
② 谢叶梅：《镜花缘绣像·自序释文》，《古本小说集成》，上海古籍出版社，1991，第21~22页。
③ （明）汪廷讷：《坐隐先生精订捷径奕谱》，《坐隐奕谱·坐隐图跋》，环翠堂万历己酉（1609）刊本。
④ 何镛：《详注聊斋志异图咏序》，《明清小说资料选编》，南开大学出版社，2006，第1034页。
⑤ 朱一玄：《水浒传资料汇编》，南开大学出版社，2002，第132页。

《史》中炎凉好丑,辞绘之,辞所不到,图绘之";"昔人云诗中有画,余亦云画中有诗。俾观者展卷,而人情物理,城市山林,胜败穷通,皇畿野店,无不一览而尽。其间仿景必真,传神必肖,可称写照妙手,奚徒铅椠为工。"① 具有表意功能的插图的确可以弥补文字表达的不足,因为它在形象再现人物影像及其活动背景的同时,还有可能使小说文本产生显著的增值效应,促使读者通过画意来深入理解文意。如崇祯间《新刻绣像批评金瓶梅》第四十八回写曾御史上本参劾夏提刑与西门庆,于是他们急忙派来保、夏寿进京拜见翟管家疏通关系;二人赶到东京后,翟管家告知曾御史参本尚未到京,翟管家通过蔡京将曾御史参本压下,西门庆平安无事。来保回来告诉西门庆:"俺们一去时,昼夜马上行去,只五日就赶到京中,可知在他头里。俺们回来,见路上一簇响铃驿马,背着黄包裹,插着两根雉尾、两面牙旗,怕不就是巡按衙门进送实封才到了。"② 与此对应的插图为"走捷径探归七件事"(图1),它描绘的是归途中来保、夏寿与那一簇进送参本的公人不期而遇的情景,来保与夏寿侧头望着那一簇进送参本的公人指指点点;而公人一行则风尘仆仆,催马急行,他们哪里会想到"更有早行人"呢!这幅画面的讽刺意味何等强烈!绘画者眼光独具,他抓住典型一瞬,大大彰显、深化了小说内容。其实《新刻绣像批评金瓶梅》插图的写实性也有助于读者深入认识这部现实主义小说,郑振铎即认为这部小说中的二百幅插图"横恣深刻地表现出封建社会的现实生活",集中描绘了"平平常常的人民的日常生活,是土豪恶霸们的欺诈、压迫,是被害者们的忍泣吞声,是无告的弱小人物的形象,实在可称为封建社会时代的现实主义的大杰作,正和《金瓶梅》那部大作品相匹"③。《金瓶梅》作为一部暴露之书,一部"哀书",它"寄意于时俗"④,展现了发生于

---

① 方汝浩:《禅真逸史》,《古本小说集成》,上海古籍出版社,1990,第4页。
② 兰陵笑笑生:《金瓶梅》(会评会校本),中华书局,1998,第643页。
③ 郑振铎:《中国古代版画丛刊总序》,《郑振铎全集》第14册,花山文艺出版社年,1998,第275页。
④ 欣欣子:《金瓶梅词话序》,见兰陵笑笑生《金瓶梅词话》,人民文学出版社,2000,第1页。

市井阶层的许多无告的沉冤和难雪的不平，使人看不到理想的光芒，而这些极具写实色彩的图画进一步增强了这部现实主义小说的批评力度。再如光绪十八年石印本《红楼梦》中"滴翠亭宝钗戏彩蝶"一图（图2），画面展示了身处大自然的宝钗作为青春少女天真烂漫的一面，这有助于引导读者全面认识宝钗这一形象，对于扭转清代以来"扬黛抑钗"的批评倾向不无裨益。

图1　　　　　　　　　图2

明清插图本小说中带有连环画性质的插图，其导读功能最为显著。其中，全像本中那些具有连环画性质的系列插图，可以帮助读者尤其是那些文化水平较低的读者全面系统地了解人物性格或情节走向。如朱鼎臣本《西游记》用"行者登途唐僧投宿"、"高才寻师途遇三藏"、"高老说妖行者往看"、"行者变妇猪精来戏"、"闻请大圣猪妖惊走"、"齐天大圣大战妖精"、"高老下拜乞除灭妖"、"猪妖愿降行者带见"、"三藏准降取名八戒"九幅插图,形象集中地展现了八戒加入取经队伍的过程。《水浒传》评林本以"众军山岗睡到不动"、"七人见杨志等众军"、"汉子担酒上岗子来"、"卖枣客人乱抢酒吃"、"众军取银买酒吃"、"众军皆被药酒醉倒"六幅插图,来表现"智取生辰纲"这一情节。熊佛贵忠正堂刊《三国演义》从"关云长诛文丑"到"关云长斩蔡阳"连续十三幅插图皆以关羽为描绘对象,便于读者了解关羽性格特征。对于文言小说而言,插图的导读意义尤为重要,如刊行于万历间的《万锦情林》所收《传奇雅集》,为明代著名中篇传奇小说,在不到两万字的篇幅中竟有九幅插图,分别题为"幸生洛阳访亲"、"云姐私访问疾"、"生玉纸牌角胜"、"幸生内庭乍遇"、"紫英对镜画眉"、"娥珠属垣窃听"、"幸生鹹寇获姝"、"燕容酒酣起舞"、"幸侯鞋杯流饮",这九幅插图基本概括了这部中篇传奇小说的主要故事情节,即幸逢时遇艳、擒贼的传奇经历。《传奇雅集》虽为传奇小说,但呈现出明显的俗化倾向,因此才被收入通俗类书《万锦情林》,对于文化层次不高的中下层读者来说,这九幅插图的导读意义是不言而喻的。

小说插图的导读功能从图赞上也得到充分显示。有的小说首幅插图为主人公绣像,往往通过像赞对其主要性格特点及事迹作出评价,如嘉靖间建阳杨氏清江堂刊《大宋中兴通俗演义》卷首岳飞像赞语为:"维武穆王,天锡勇智,气吞强胡,力扶宋季,桓桓师旅,元戎是寄,行将恢复,遭谗所忌,生既无怍,死亦何愧,万古长存,惟忠与义。"[①] 既对岳飞一生功德称颂,又对其不幸遭遇深表同情,从而为全书确定感情基调,引导读者以一种特定的情绪欣赏小说。隆庆间四香高斋平石监刻、王龙刊《钱塘湖隐济颠禅师语录》卷首"济颠语录像赞"云:"非俗非僧,非凡非仙,打开荆棘林,透过金刚圈,眉毛厮结,鼻孔撩天,烧了护身符,落纸如云烟,有时结茅,晏坐荒山巅,有时长安市上酒家眠,气吞九州岛,囊无一钱,时节到来,奄如蜕蝉,涌出舍利八万四千,赞叹不尽,而说偈

---

① 熊大木:《大宋中兴通俗演义》,《古本小说集成》,上海古籍出版社,1991,第1页。

言,呜呼,此其所以为济颠者耶?"这里对济颠禅师的性情做派予以评论,有助于读者理解这一怪诞的高僧形象。对于一些有争议性的人物,插图者也通过赞语表明自己的态度,如清代善美堂藏板《绣像汉宋奇书》中《水浒传》之"呼保义宋江"一图的像赞:"一代大侠,起刀笔吏,畴驱迫之,纵横若是,或曰奸民,或曰忠义,青史不诬,付之公议。"这样的赞语必定会引发读者对宋江复杂人格的深入思考。有的像赞带有很强的主观情绪,如《绣像汉宋奇书》中《水浒传》之"豹子头林冲"一图的像赞:"一闻豹子头,千军辟易,何不斫高俅,君真不了事!"插图者对林冲的软弱性格大为不满,这很容易引起读者的共鸣。再如明末刊本《西湖二集》第五回插图题语"杀人少不得偿命,何苦纵这般淫欲";顺治元年刊《贯华堂第一才子书》貂蝉像赞"殄灭国贼,不辱主命,汉世簪缨,不及妇人",插图者这些主观抒情色彩很浓的赞语,无疑会影响到读者对相关小说人物的认识评判。除人物形象外,插图者还往往通过图赞对故事情节加以评论,如崇祯间人瑞堂刊《隋炀帝艳史》第三回"侍寝宫调戏宣华"一图,主页画的是杨广调戏宣华夫人,宫房内是病卧榻上的隋文帝,副页赞语来自《诗经·鄘风·墙有茨》:"墙有茨,不可束也。中冓之言,不可读也。所可读也,言之辱也。"该诗讽刺卫宣公夫人宣姜与公子顽私通的丑事,插图者借此嘲讽杨广调戏宣华夫人之事,可谓贴切自然。应该说,插图赞语起着画龙点睛的作用,可以引导读者更好地理解小说,这是书坊主和作者看重插图而将其作为小说"副文本"的重要原因。

  需要指出的是,有时官方的文化政策会在一定程度上影响到小说插图的兴衰。例如,小说文化地位本来就低,加之清初文网日密,实行严厉的小说禁毁政策,作为小说文本形态之一的插图必定会受到一些影响,如道光十一年刊《第六才子书西厢记》"例言"称"《西厢》绣像,前人刊本有诋为稗官小说家恶习而删之",这从一个侧面暗示了小说插图重要性有所下降。但是,从实际情况看,清代小说禁毁政策执行效果不佳[1],小说

---

[1] 参见石昌渝《清代小说禁毁述略》,《上海师范大学学报》2010年第1期。

禁毁法令往往被视同具文，因此其对小说创作与传播影响有限，坊刻小说依然盛行，插图仍以小说"副文本"的形式存在，只是与明代相比，很少有名家致力于插图创作，因此插图的艺术性大大降低。对此，戴不凡曾云："自清初以降，虽'绣像'小说大行，而'全像'、'出像'之制几废，其中竟罕有稍具艺术价值者。程伟元刻《红楼梦》，其绣宝哥哥、林妹妹之像，一团俗气，固无论矣，刻工刀法之粗率，雪芹见之，必将痛哭九泉，然亦竟为红学家所欣赏，报刊翻印无已，诚为怪事！然又有甚焉者，清代坊刻小说多小本，前附绣像多不倩人绘制，而往往以'缩放尺'自金古良之《无双谱》、上官周之《晚笑堂画传》、《芥子园画传四集·百美图》诸书中剽窃翻刻者。此等图谱中之人像与小说本来毫无关系，益以缩尺既不精密，刻工又复了草，往往成为奇观亦可哂矣。"① 从专门图谱中选择图像以敷衍塞责，当然会导致小说插图数量减少、艺术质量下降。

从插图数量多少、画幅大小、画面内容等方面看，明清小说插图主要包括"全像"（"全相"）、"偏像"、"出像"（"出相"）、"绣像"等形态。对此，鲁迅《且介亭杂文·连环画琐谈》云："古人'左图右史'，现在只剩下一句话，看不见真相了，宋元小说，有的是每页上图下说，却至今还有存留，就是所谓'出相'；明清以来，有卷头只画书中人物的，成为'绣像'。有画每回故事的，称为'全图'。"② 这里鲁迅对"全图"即"全像"的界定是正确的，但对"出相"、"绣像"的解释并不符合明清小说插图实际。所谓"全像"或"全相"，指小说每叶都有插图，情节与图画相互对应，这在以上图下文为基本插图形态的建阳书坊中十分常见，如建阳书坊刊本《三国演义》便多"全像"或"全相"本，故余象斗双峰堂《音释补遗按鉴演义全像批评三国志传》所附《三国辨》云："坊间所梓《三国》何止数十家矣，全像者止刘、郑、熊、黄四姓。宗文

---

① 戴不凡：《小说见闻录》，浙江人民出版社，1980，第298页。
② 《鲁迅全集》第6卷，人民文学出版社，1981，第27页。

堂人物丑陋,字亦差讹,久不行矣。种德堂其书板欠陋,字亦不好。仁和堂纸板虽新,内则人名、诗词去其一分。惟爱日堂者,其板虽无差讹,士子观之乐然。今板已朦,不便观览矣。本堂以诸名公批评、圈点,校正无差,人物、字画各无省陋,以便海内士子览之。"也就是说《三国演义》"全像者"包括"刘、郑、熊、黄四姓"的宗文堂、种德堂、仁和堂、爱日堂,至少还有余象斗的双峰堂。因"全像"或谓"全相"耗时费工,一般书坊还是多采用"偏像"形式,即文本中插入数量不等的插图,主要是对重要情节或高潮部分予以图绘。万历间余象斗双峰堂刊刻《京本增补校正全像忠义水浒志传评林》卷首之《水浒辨》云:"《水浒》一书,坊间梓者纷纷,偏像者十余副,全像者止一家。"可见当时《水浒传》插图本中不乏"偏像"。必须指出,全像本插图繁多而书坊主为节省成本或求速售却又不愿费时耗财,于是有的坊刻小说插图本便出现名实不符的情况,即一些小说虽名为"全像"却实为"偏像"。例如,万历间金陵万卷楼所刊《新刻全像海刚峰先生居官公案传》以"全像"标题,但实际上却是"偏像";更典型的是成化年间北京地区刊刻的"全相说唱"系列词话体小说,除《新刊全相说唱足本花关索传》是名副其实的"全相"外,其他如《新刊全相说唱包龙图公案断歪乌盆传》、《新刊全相唐薛仁贵跨海征辽故事》等皆非每叶有图的"全相"[1]。

对于"出像",戴不凡称"明人刻小说戏曲恒多整页之'出像''全图'"[2],也就是说"出像"主要指单面或双面整幅插图。这符合明清小说插图实际,特别是金陵、杭州等江南书坊的小说插图本多为"出像",像金陵世德堂刊《新刻出像官板大字西游记》、崇祯间《峥霄馆评定出像通俗演义魏忠贤小说斥奸书》、翠娱阁刊《新镌出像通俗演义辽海丹忠录》,等等,皆为"出像"。采用"出像"的小说插图本,一般每回都有一到两幅插图,但也有特殊情况,如袁无涯刊本《李卓吾先生批评

---

[1] 参见程国赋《明代书坊与小说研究》,中华书局,2008,第155页。
[2] 戴不凡:《小说见闻录》,浙江人民出版社,1980,第294页。

忠义水浒全传》插图原则为"别出心裁,不依旧样,或特标于目外,或叠采于回中,但拔其优,不以多为贵"①,它不再拘泥于每回配图的形式体制,而是从全书出发为那些最为精彩的情节插图,因此有的章回无图,而有的章回不止一图。有时"出像"也是插图的泛称,如建阳熊龙峰忠正堂刊《新刊出像天妃济世出身传》为上图下文,却也号称"出像"。

"绣像"并非仅指人物画像,也可指故事情节插图,如万历间武林书坊刊刻的《绣像云合奇踪》,虽以"绣像"标榜,但其插图都是描绘故事情节而非人物形象;崇祯间《新刻绣像金瓶梅》二百幅插图主要表现西门庆的家庭生活场景,也不是人物绣像。但是,明末尤其清代插图本小说以绘制人物肖像为主,此时"绣像"本小说插图主要指人物肖像,如苏州长春阁刊《新镌批评绣像列女演义》、金陵文润山房刊《绣像玉闺红全传》等都是如此。其实,在很多情况下"绣像"只是一种泛称,它既可指"全像"又可指"出像",如宝华楼刊《新刻按鉴编辑二十四帝通俗演义全汉志传》,其封面署《绣像东西汉全传》,而其版心又分题"全像西汉志传"与"全像东汉志传",这里"绣像"指的就是"全像"。有时"出像"与"全像"混用,如万历间周曰校万卷楼《三国志通俗演义》,版心题《全像三国演义》,卷八、卷十一题《新刊校正古本全像大字音释三国志传通俗演义》,位于卷首的"叙"、"引"皆称名为《全像三国志通俗演义》;卷二、三、四、五、七、九、十、十二则题为《新刊校正古本出像大字音释三国志传通俗演义》或《新刊校正古本大字音释出像三国志传通俗演义》。再如,名山聚藏版《隋史遗文》,封面题"新镌绣像批评",文中则署为"剑啸阁批评秘本出像隋史遗文",这里"绣像"又指"出像"。可见,"绣像"既可指"出像"又可指"全像",只是"插图"的代称而已。

---

① 《出像评点忠义水浒全传全书发凡》,石昌渝:《中国古代小说总目》(白话卷),山西教育出版社,2004,第349页。

二

明清小说插图形态的生成及演变是由多方面原因促成的，不同文化区域的书坊以及书坊主、作者或插图者各自不同的审美趣味、构图心态、插图动机、构图方式等，造就了形态各异的小说插图。

明清小说插图带有地域性特征，也就是说不同地域的书坊所刊刻的小说插图形态是有差异的。相较于金陵、杭州等江南书坊，建阳书坊刊刻的小说更重视插图，故多以上图下文、每页有图的"全像"标榜，如万历间三台馆刊《按鉴演义全像列国评林》在封面"识语"中即以"全像批断"招徕读者，其他如三台馆刊刻《全汉志传》《南北宋志传》《新镌全像东西两晋演义志传》《新锲承运传》，双峰堂刊《北方真武祖师玄天上帝出身志传》《新刻皇明诸司廉明公案》，熊龙峰忠正堂《天妃娘妈传》，朱氏与畊堂刊《新刊京本通俗演义全像百家公案全传》、清白堂刊《新镌全像达摩出身传灯传》，清江堂刊《新增全相剪灯新话大全》《新增全相湖海新奇剪灯余话大全》，西清堂詹秀闽刊《京板全像按鉴音释两汉开国中兴传志》，等等，皆是如此。至于余象斗三台馆刊《新刊京本春秋五霸七雄全像列国志传》《三国志传评林》、双峰堂《京本增补校正全像水浒志传评林》等所采用的"上评中图下文"的插图形式，只不过是"上图下文"这一传统形式的变通而已。建阳书坊之所以以上图下文为主，是因为这种插图形态类似连环画，能做到图文并茂，且它们大多出于民间艺匠之手，古朴稚拙，真挚自然，能迎合文化层次较低的读者，也能雅俗共赏；其缺陷是因节约版面而画幅窄小，构图简单，线条粗犷简约，人物活动及故事发生的背景反映很少，且画面缺乏层次感、立体感。无论如何，建阳刊本小说"上图下文"的基本插图形态使图画与文字合刻在同一页，这本身既已表明插图是构成文本的要素之一。

相对而言，金陵、杭州、苏州等江南书坊刊刻小说多以舒朗开阔的单面或双面整幅大图的"出像"为主，其画面内容更为丰富细腻，且它们多出自名手。如万历间金陵世德堂刊《新刻出像官板大字西游记》《新刊出像补订参采史鉴南北宋志传题评》、周曰校万卷楼刊《新刻校正出像古本大字音释三国志传通俗演义》《新镌朱兰嵎先生批评三教开迷归正演义》《新刻海刚峰先生居官公案传》、周如山大业堂刻《唐书志传》，富春堂刊《新镌增补出像评林古今列女传》《三宝太监西洋通俗演义》，金陵杨明峰刊《新刻皇明开运辑略武功名臣英烈传》等，均为双面插图。单面尤其双面大幅插图使人物神态及其活动背景得到充分表现，如杭州容与堂刊本"林冲棒打洪教头"一图，不止画出人物神态举止，还对周围环境有细致描绘，如柴进等与庄客观看比武的情态，以及天上的月亮、北斗七星、云彩又表明时间为晚上，而地上的一大块银子、一副枷锁，又表明比武的背景；而建阳余象斗所刊《忠义水浒传评林》采用上评中图下文形式，画面狭窄，缺少对比武环境的细致描绘。另外，与建阳刊本小说不同，江南书坊小说插图在文本中的位置也比较灵活，多将插图置于卷首正文之前，或置于每卷（回）正文前，或置于卷末，如杭州泰和堂刊《新镌出像东西晋演义》、金陵九如堂刊《新镌批评出相韩湘子》、苏州舒载阳刊《新刻钟伯敬先生批评封神演义》等都将插图置于卷首；而杭州容与堂《李卓吾先生批评忠义水浒传》则将插图置于每回之前；万历间苏州龚绍山所刊《隋唐两朝志传》则将图画置于卷末。

当然，各地书坊间存在相互影响的现象。一方面，嘉靖时期，建阳插图本小说开始广为传播，建安派粗犷雄健的画风对金陵书坊小说插图产生影响，因此以单面或双面整幅插图见长的金陵坊刻小说插图"大抵线条较粗，动作甚复杂，人物则皆大型，表情皆甚显露，尚具民间艺术草创豪迈，大胆不羁之作风"，以致"金陵版之通俗书渐有夺建安版之势"。[①] 同时，万历后期金陵版画又借鉴了徽派婉约精美、隽秀雅致及细腻繁丽的画风，像周氏万卷楼刊《海刚峰先生居官公案》，卧松阁刊《杨家府世代忠

[①] 郑振铎：《郑振铎全集》（第14卷），花山文艺出版社，1998，第241页。

勇通俗演义志传》，周氏大业堂刊《东西晋演义》《新刻全像音诠征播奏捷通俗演义》等小说插图，其画面阔大而又不失细腻工丽之美。另一方面，建阳书坊对江南小说插图形态的借鉴也有迹可循，毕竟金陵、杭州等地书坊的单面或双面大图比建阳图幅狭窄的上图下义形式，能更为充分地展示故事情节发生的背景及人物神态表情。因此，建阳主在以"上图下文"为主导插图形式时还表现出一定灵活性，如余象斗双峰堂刊《新刻按鉴通俗演义列国前编十二朝》《三国志传评林》是传统的上图下文，但各卷前还有单面整幅图画；万历间朱鼎臣辑《新刻音释评林演义三国志史传》卷首为单面插图"桃园结义"；还有个别建阳插图本小说采用双面插图形式，如嘉靖间杨氏清白堂刊本《新刊大宋演义中兴英烈传》为建阳刊本现存最早双面插图本小说，万历间建阳萃庆堂所刊《萨真人咒枣记》《吕纯阳得道升仙记》《许旌阳擒蛟铁树记》也是双面插图。

另外，即使插图形态相同，不同书坊在插图风格上也存在比较明显的差异。例如，同为单面大幅插图，同样出自江南书坊，杭州容与堂本《水浒传》"大闹野猪林"一图（图3），照应了小说所写野猪林"烟笼雾锁"，是"一座猛恶林子"，除捆绑林冲的大树清晰可见外，其余带有象征性的两棵树只见根部，树冠俱被浓雾隐去，野猪林环境之险恶得到表现；地上三个包裹则照应小说中所写"三个人奔到里面，解下行李包裹，都搬在树根头"。同样是"大闹野猪林"这一插图，苏州人袁无涯刻本的画面内容（图4）则更为细腻繁丽，画出了野猪林茂密之景，但"烟笼雾锁"、地上包裹等细节并没有得到体现，人物画像也偏小。袁无涯本与容与堂本插图风格的差异在"鲁提辖拳打镇关西"、"小霸王醉入销金帐"、"洪太尉误走妖魔"等情节的插图中也表现得异常鲜明。

明清某些小说插图形态的形成还与晚明以来的清赏清玩习气息息相关。明清时期，文人热衷于清玩清赏活动，他们以审美的眼光将日常生活艺术化，从而为自己的世俗生活营造一种古雅的文化氛围，张岱《自为墓志铭》所谓"好精舍"、"好梨园"、"好古董"、"好花鸟"等，就

图3　　　　　　　　　　　　　　　图4

是对文人这种生活雅趣的反映。在这种风气影响下，一些书坊主或文人画家便将这种清玩清赏习气带入小说插图领域。于是，晚明以来，许多书坊主往往敦请名手为小说绘图，如陈洪绶、仇英、李翠峰、吴友如等画家名手都曾涉足小说插图领域，陈洪绶的《水浒叶子》曾被清初许多《水浒传》刊本袭用，吴郡长春阁刊《新镌批评绣像烈女演义》中的插图出自仇英之手，李翠峰也曾为叶昆池刊《南北宋传》绘制插图，晚清点石斋所刊精美小说插图多为吴友如所绘。如此一来，明清小说插图愈趋精致工巧，这就导致小说插图的叙事功能逐渐弱化，其审美功能却因受到格外重视而明显增强，此时插图已成为文人品鉴赏玩的艺术品。天启五年武林刻《牡丹亭还魂记·凡例》云："戏曲无图，便滞不行，故不惮仿摹，以资玩赏，所谓未能免俗，聊复尔尔。"这虽是就戏曲而言，但同样适用于同为通俗文学的小说，供文人雅士"玩赏"成为小说戏曲插图的重要功能。叶德辉《书林清话》卷八"绘图书籍不始于宋人"便

提到许多插图本小说如《隋炀艳史》《水浒传》《隋唐演义》《三国志演义》等，其中插图多为"名手所绘"，故其"图绘字画极精"，"颇为博雅君子所赏鉴"①。叶德辉所云绝非虚言，以崇祯间人瑞堂刊《隋炀帝艳史》为例，其"凡例"云："坊间绣像，不过略似人形，止供儿童把玩。兹编特恳名笔妙手，传神阿堵，曲尽其妙。一展卷，而奇情艳态勃勃如生，不啻顾虎头、吴道子之对面，岂非词家韵事，案头珍赏哉！"② 由此看来，刊刻者是有意将这些出于"名笔妙手"的小说插图变为文人的"案头珍赏"，以迎合其清赏清玩趣味。这部小说插图也确实做到了"写宫殿，曲折深奥；写人物，须眉毕现；写曲折流水，则气韵高雅；写山水树影，则翠意欲流，差不多无往而不得其宜"③，满足了文人雅趣。崇祯间雄飞馆刊《名公批点合刻三国水浒全传英雄谱》"识语"宣称："本馆上下其驷，判合其圭，回各为图，括画家之妙染；图各为论，搜翰苑之大乘。较雠精工，楮墨致洁，诚耳目之奇玩、军国之秘宝也。识者珍之。"④ 刊刻者所谓"耳目之奇玩"显然是将小说插图视为清赏清玩之精品，希望"识者珍之"。清代小说插图的独立审美价值仍为人所重，如四雪草堂本《隋唐演义》"凡例"便称"今稗史诸图，非失之秽亵，即失之粗率，秽亵既大足污目，而粗率又不足以悦目，甚无取焉。兹集图像计五十帧，为赵子同文所写，意景雅秀，又刊自王子祥字、郑子予文之手，镂刻精工，似当为识者所赏"，这里刊刻者以"意景雅秀"、"镂刻精工"来强调其小说插图的观赏性，这无疑是抱着清赏清玩的心态来安排小说插图的。

及至晚清，因石印技术的推广，小说插图不仅数量增加而且其独立审美功能被推向极致。晚清"书肆翻印小说多倩名手作画"⑤，许多"长篇巨制，插图往往多至数百幅，至今为藏书家所珍"。⑥ 很明显，藏书家珍

---

① 叶德辉：《书林清话》，岳麓书社，1999，第181页。
② 齐东野人：《隋炀帝艳史·凡例》，《古本小说集成》，上海古籍出版社，1990，第8页。
③ 郑振铎：《郑振铎全集》（第14卷），花山文艺出版社，1998，第13页。
④ 《名公批点合刻三国水浒全传英雄谱》，《古本小说集成》，1990，第1页。
⑤ 戴不凡：《小说见闻录》，浙江人民出版社，1980，第298页。
⑥ 阿英：《小说三谈》，上海古籍出版社，1985，第126页。

藏这些小说在很大程度上是出于对其中插图的欣赏。王韬为味潜斋石印本《新说西游记图像》作序称"此书旧有刊本，而少图像，不能动阅者之目。今余友味潜斋主人，嗜古好奇"，"特倩名手为之绘图"，其中图像"意态生动，须眉跃然见纸上，固足以尽丹青之能事矣。此书一出，宜乎不胫而走，洛阳为之纸贵"①。味潜斋主人"嗜古好奇"即耽于清赏，因此才"特倩名手（吴友如）为之绘图"，"以尽丹青之能事"。说到底，作为张书绅《新说西游记》的一个刊本，《新说西游记图像》以"图像"嵌入标题，并能"不胫而走，洛阳为之纸贵"，很大程度上是因为其中精美插图满足了文人雅士的清赏清玩趣味。光绪间，以名家妙手之插图吸引读者的小说广告屡屡见诸《申报》，如光绪十二年十一月廿三日，《申报》载"《增像绘图东周列国志》启"，以"图像精细，令人爱不释手"② 相号召；光绪十四年三月三十日，图书集成局于《申报》刊登"《增像三国演义》出售"广告，声称出于"工于写生者"之手的小说插图"集艺苑之菁英"③，此皆意在以精美插图招徕文人雅士。④ 同样，同文书局石印《详注聊斋志异图咏》中"图画荟萃近时名手而成，其中楼阁山水，人物鸟兽，各尽其长"，力求所绘人物"嬉笑怒骂，确肖神情，小有未恰，无不再三更改，以求至当"；而且"每图题七绝一首，以当款字，风华简朴，各肖题情，并以篇名之字，篆为各式小印，钤之图中，尤为新隽可喜"。刊行者之所以"不惮笔墨之劳"，绘制画、书、诗兼善的精致插图，

---

① 王韬：《新说西游记图像序》，载丁锡根《中国历代小说序跋集》（下），人民文学出版社，1996，第1363页。
② 《申报》影印本，上海书店，1983。
③ 《申报》影印本，上海书店，1983。
④ 其他如光绪八年十一月四日《申报》"石印《三国演义全图》出售"称小说插图"工致绝伦，不特为阅者消闲，兼可为画家取法"。光绪十一年十一月三十日同文书局于《申报》刊登《增像三国全图演义》广告号称"画法精美，纸张洁白远胜应时画图三国之上"。光绪十三年七月初六日《申报》"新书出售"广告，称《淞隐漫录》"每篇之又绘有一图，皆倩名手为之。出自吴君友如之手者亦复不少"。光绪十九年十一月二十日图书集成局在《申报》刊登"新印绘图《续今古奇观》出售"广告，称"复倩名手绘图传神阿堵，一展卷而如见其人"。光绪二十年十一月十六日《申报》刊登申昌书室"新印绣像《醒世姻缘》告成"，称"更延名画师绘成绣像，冠诸卷端，不特郁鞸如闻，抑且须眉毕现"。

目的就是希望其能"餍阅者之意"①,这里所谓"阅者"当指热衷于清赏清玩的文人雅士。还有一些小说"绘印甚精,每面文图均加印花外框"。②种种迹象表明,晚清小说插图作为装帧符号的"形式"意味更重,其叙事功能已让位于审美功能。

更甚者,清代有的小说竟然出现了彩色插图,如康熙间金陵王衙藏板本《西湖佳话》,其卷前所附西湖全图及西湖佳景十图,共十二叶,皆用五色套印,其内封框内右栏还特意标明"精绘设色全图";康熙间刊《李笠翁评本三国志演义》也是彩色套印本;光绪间《五色增图列国志》中图像"每页印一种颜色,六色替换。文字页,间有加图案边另色印者。书签阴版绿印,美观别致"。③所有这些现象都说明,小说插图已成为文人案头清赏清玩的珍品。

既然明清小说插图已浸染文人清玩清赏之风,因此古雅的钟鼎彝器、书画、石印、镌刻、窑器、漆器、琴、剑、镜、砚等文人清赏清玩的器物便成为小说插图描绘的主要对象。这种插图的主页或为情节故事图或为人物绣像,与其他插图形态无异;而其副页则或为出现在小说中的特定器物,或为以篆隶行草各体写成的前人诗词赞语,皆带有显著的清玩清赏意味。崇祯间《七十二朝人物演义》中插图为书画名家项南洲、洪国良刻绘,插图由主页与副页合成,主页所画乃小说中情节或人物;副页所画为琴、瑟、鼎、簋、瓶、剑、印、爱居、虎符、夜光珠、合卺杯等器物,它们与小说人物或情节密切关联,如卷十三"羿善射"一图副页所画为"玉兔",卷四十"若太公望"一图副页为"纶竿蓑笠"。副页所画器物与主页画面情节内容也配合紧密,如卷十"澹台灭明"一图副页画的是白璧;正页是立丁舟上的澹台灭明手持白璧与兴风作浪的蛟龙相对,欲献璧以拯救船中人。芥子园藏版道光十二年刊《镜花缘》插图也非常典型

---

① 广百宋斋主人:《详注聊斋志异图咏例言》,《明清小说资料选编》,南开大学出版社,2006,第1035页。
② 阿英:《小说三谈》,上海古籍出版社,1985,第137页。
③ 阿英:《小说三谈》,上海古籍出版社,1985,第126页。

地显示了文人清赏清玩习气,该书插图主页为人物绣像,副页则为鼎、簋、盉、彝、尊、盦、鬲、罍、簠、壶、瓿、釜、匜、觚、斝、铏、瓮、盘、罂、甗、杯、甒、珪、舟、虎符、玉簪、虎节等器物,如第二幅为女魁星绣像,其副页上画的是七星、宝剑、斗、卷轴、纸笔、鱼龙等,与其"专司下界人文"的职责相合。值得注意的是,芥子园藏版清道光十二年刊《镜花缘》插图中有的副页图像取自明人王圻、王思义编辑的《三才图会》,如"白丽娟"一图副页所画"方明"(图5)即袭取《三才图会》中器用部分的"方明"(图6),而《三才图会》也带有文人清玩趣味。其后,光绪十四年上海点石斋石印《镜花缘》插图仍带有清玩性质,故王韬《绘图镜花缘序》云:

> 首册所绘图像工巧绝伦,反复细视,疑系出粤东剞劂手,非芥子园新镌本也。后虽有翻版者,远弗能逮,特有奇书,而无妙图,亦一憾事。予友李君风雅好事,倩沪中名手,以意构思,绘图百,绘像二十有四,于晚芳园则别为一幅,楼台亭榭之胜,具有规模,诚于作者之用心,毫发无遗憾矣。悔修居士谓北平李子松石竭十余年之力而成此书,功固不浅哉,然今之绘图者,出于神存目想,心会手抚,使其神情意态活现楮上,当亦非易,两美合并,二妙兼全,固阙一而不可者也。①

所谓"妙图"、"名手"云云,无非强调小说插图精美,能满足文人雅士的清玩清赏口味。除古雅的器物外,一些小说插图的副页还饰以各种花卉,如芥子园藏版道光十二年刊《镜花缘》中的部分插图副页就是莲、菊、梅、桂、葵、芙蓉、芍药、山丹、百合等,而双清仙馆本《红楼梦》插图副页则皆为花卉。总之,这些带有装饰性、艺术性的插图副页所画器

---

① 王韬:《镜花缘图像叙》,载丁锡根《中国历代小说序跋集》(下),人民文学出版社,1996,第1443页。

物或花卉，都与晚明以来文人的清赏清玩习气有着密切的渊源关系，插图者与耽于清赏清玩的文人一样，喜欢"从山水园林、风花雪月、楼台馆阁，乃至膳食酒茶、文房四宝、草木虫鱼、博弈游戏、器物珍玩等事物上，获取清玩清赏的文化精神"。①

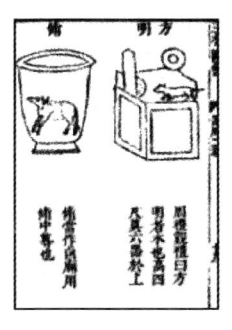

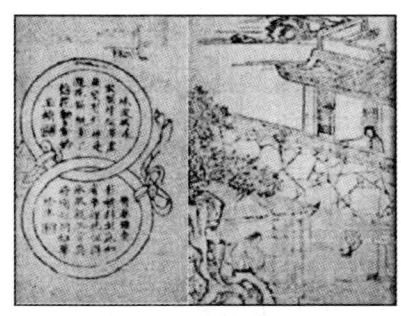

图 5　　　　　　图 6　　　　　　图 7

一些小说插图诗笺式副页的出现也是文人清玩清赏习气的产物。笺纸是古代文人用于写信、题写诗文的特制精美纸张，为历代文人所钟爱，如李商隐《送崔珏往西川》云"浣花笺纸桃花色，好好题诗咏玉钩"，这里所谓"浣花笺"指的就是著名的"薛涛笺"②，北宋苏易简《文房四谱》云："（薛涛）好制小诗，惜其幅大，不欲长，乃命匠人狭小为之。蜀中才子既以为便，后裁诸笺亦如是，特名曰薛涛焉。"薛涛本能诗，又精于书法，故"薛涛笺"便成为诗笺的代称。此后，古代文人雅士也往往自制饰有各种纹样的笺纸，以标榜高雅，如李渔《闲情偶寄》"器玩部"云：

> 既名笺简，则笺简二字中便有无穷本义。鱼书雁帛而外，不有竹刺之式可为乎？书本之形可肖乎？卷册便面，锦屏绣轴之上，非染翰

---

① 吴承学、李光摩：《晚明心态与晚明习气》，载《晚明文学思潮研究》，湖北教育出版，2002，第 355 页。
② 薛涛笺是唐代女诗人薛涛设计的一种小彩笺，它以胭脂染成，花纹精巧，颜色鲜丽，因薛涛曾居成都浣花溪而被称为"浣花笺"。

挥毫之地乎？石壁可以留题，蕉叶曾经代纸，岂意未之前闻，而为予之臆说乎？至于苏蕙娘所织之锦，又后人思之慕之，欲书一字于其上而不可复得者也。我能肖诸物之形似为笺，则笺上所列，皆题诗作字之料也。①

显然，古色古香、高雅脱俗的笺纸寄托着文人雅士的清赏清玩之趣，而这正好为明清小说插图者所利用。李渔《十二楼》顺治间消闲居刊本插图便以精致的笺纸为副页，如《合影楼》一篇插图（图7）主页是各视对方倒影的男女主人公；副页画的是系有丝带的两两相扣的玉环，象征二人永结同心，呼应小说中所谓"这幅同心带儿已结在影子里面了"，副页双环中为以隽秀字体书写的诗歌，完全可以将其视为精巧的诗笺。将诗笺式副页的审美价值推向极致的当属崇祯间人瑞堂刊《隋炀帝艳史》卷首的八十幅双面插图，其副页被设计成形式多样的诗笺，也即该书"凡例"所谓"诗句皆制锦为栏，如薛涛乌丝等式，以见精工郑重之意"，"锦栏之式，其制皆与绣像相关合。如调戏宣华则用藤缠，赐同心则用连环，剪彩则用剪春罗，会花荫则用交枝，自缢则用落花，唱歌则用行云，献开河谋则用狐媚，盗小儿则用人参果，选殿脚女则用蛾眉，斩佞则用三尺，玩月则用蟾蜍，照艳则用疏影，引谏则用葵心，对镜则用菱花，死节则用竹节，宇文谋君则用荆棘，贵儿骂贼则用傲霜枝，弑炀帝则用冰裂，无一不各得其宜"。② 其副页"制锦为栏"而成雅致的薛涛笺、乌丝笺等诗笺，以隶楷行草各体书写诗词赞语于其上；而且其别致多样的"锦栏之式"处处关合小说情节，插图者用心之良苦由此可见一斑。如第一回"独孤后梦龙生太子"一图（图8）副页题语为"乃寝乃兴，乃占我梦。吉梦维何，维熊维罴"，出自《诗经·小雅·斯干》，锦栏饰以产卵极多的昆虫"螽斯"，以对应独孤皇后生下杨广这一情节。再如第十九回"宇文谋

---

① 李渔：《闲情偶寄》，上海古籍出版社，2000，第255页。
② 齐东野人：《隋炀帝艳史·凡例》，《古本小说集成》，上海古籍出版社，1990，第7~9页。

君"一图（图9）刻画的是宇文化及等大臣密谋杀君的场景，副页题语为"人心失去就，贼势腾风雨"，出自李白《经乱离后天恩流夜郎忆旧游书怀赠江夏韦太守良宰》，锦栏饰以"荆棘"，以象征隋炀帝荒淫废政导致民心失散、天下大乱的危势。

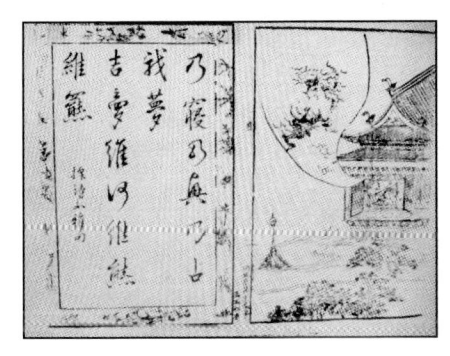

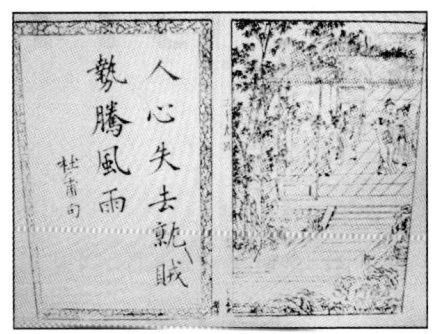

图 8　　　　　　　　　　图 9

崇祯后尤其是清代的大量人物绣像本小说的流行仍与文人清赏清玩之习息息相关。这里我们主要以受《水浒叶子》影响甚巨的《水浒传》插图本为例来说明这一问题。问世于崇祯间的《水浒叶子》出于著名画家陈洪绶之手，是他与徽派著名刻工黄君倩、黄肇初合作的艺术精品，它共绘有四十位梁山好汉肖像，他们是宋江、林冲、呼延灼、卢俊义、鲁智深、史进、孙二娘、张顺、李俊、燕青、杨志、朱仝、解珍、施恩、时迁、雷横、扈三娘、张清、朱武、吴用、董平、阮小七、石秀、安道全、关胜、穆弘、樊瑞、戴宗、公孙胜、索超、柴进、武松、花荣、李应、刘唐、秦明、李逵、顾大嫂、萧让、徐宁。每幅画像右边为缀有人物绰号的题名，左边为赞语，如朱武画像题为"神机军师朱武"，赞语为"师尚父友孙武"。陈洪绶《水浒叶子》深得小说人物神髓，故清初顾苓《塔影园集》卷四《跋水浒图》云："山阴陈洪绶画《水浒图》，实崇祯之末年，有贯中之心焉。"正因如此，蕴含文人清赏清玩意味的《水浒叶子》在社会上广泛传布，以致清初许多《水浒传》插图本都从中选择人物绣像，清雍、乾时人阮葵生曾云："《绣像水浒传》，镂版精致，藏书家珍之，钱遵王列于书目，其像为陈洪绶笔。"① 他所谓 "镂版精致，藏书家珍之"，即是对其所见《绣像水浒传》画像之清赏清玩价值的肯定，而该本画像袭用了《水浒叶子》。再如，顺治间醉耕堂刊《五才子书水浒传》扉页特别标明 "陈章侯画像"，其卷首画像四十幅及其赞语皆取自《水浒叶子》，只不过将《水浒叶子》中的题名删除，又将赞语移至画像背面而已。雍正间光霁堂本《绣像第五才子书》卷首四十幅绣像也完全袭自陈洪绶《水浒叶子》，每叶前面为绣像后面为赞语。道光间重庆善成堂刊《水浒传》及晚清许多石印本中人物绣像，也多由《水浒叶子》化出。同时，受《水浒叶子》影响，崇祯后《水浒传》插图本多以人物绣像为主，而以描绘小说情节为主的插图则退居次要地位。其他如双清仙馆本《红楼梦》、芥子园藏版清道光十二年刊《镜花缘》、咸丰三年常熟顾氏重刊顺治本《绣像三国志演义》等，都是精美的人物绣像本。其实，光绪间《红楼梦图咏》、《水浒全图》②、《三国画像》、《水浒画谱》等专门小说人物绣像画册的出现，也从一个侧面表明以人物绣像为主的小说插图本在晚清的盛行。

有的小说插图 "题咏" 以集句诗形式出现，与插图者的炫才意识不无关系。集句诗的创作需要作者具备较高的诗歌素养，需对前人诗 "猎涉弘博"，且 "平日涵养不离胸中"③，才能信手拈来，自然天成，故徐师曾称集句者 "必博学强识，融会贯通，如出一手，然后为工。若牵合傅会，意不相贯，则不足以语此矣"。④ 正因集句诗难以为工，所以作者往往会流露出一定的炫才意识，集他人诗句为小说图赞者也不例外，如崇祯间人瑞堂刊《隋炀帝艳史》卷首的八十幅插图以名家诗句为题语，刊刻者在 "凡例" 中便不无自诩地称 "绣像每幅，皆选集古人佳句与事符合

---

① 阮葵生：《茶馀客话》，商务印书馆，1936，第58页。
② 光绪六年，臧修堂刊行的《水浒全图》为一百零八位梁山好汉绘像，清末一些《水浒传》刊本直接从中选取人物绣像，如宣统元年简青斋刊《绘图增像第五才子书水浒全传》中的人物绣像即出自《水浒全图》。
③ 陆游：《杨梦锡集句杜诗序》，《陆游集》，中华书局，1986，第2108页。
④ 徐师曾：《文体明辨序说》，人民文学出版社，1962，第111页。

者，以为题咏"。① 其中涉及诗人包括王昌龄、崔颢、李白、刘长卿、卢照邻、张说、张九龄、花蕊夫人、宋璟、岑参、李峤、王维、杜甫、陆龟蒙、韦应物、王建、王珪、陈子昂、许伯阳、韩愈、高适、孟浩然、柳宗元、苏轼、黄庭坚等。其中不少题咏是以集句诗形式出现，如第五回"黄金盒赐同心"一图副页题咏乃集自花蕊夫人与李白诗，第十六回"明霞观李"一图副页题咏集杜甫、朱庆馀、黄庭坚、王绩诗句；有的插图副页题咏甚至明确标明"集唐"字样，如第十九回"大金仙改葬"、第二十九回"清宵玩月"及第三十回"买荔枝二仙警帝"、第四十回"烧迷楼繁华终"等插图皆如此。当然，崇祯间人瑞堂刊《隋炀帝艳史》有了这些以篆隶行草各体题于插图之上的题语，其文本真正做到了书画兼善，正如刊刻者在"凡例"中所谓"诗句书写，皆海内名公巨，虽不轻标姓字，识者当自辨焉"，这无疑会对那些耽于清赏清玩习气的文人更具吸引力；而从其插图题咏的来源看，明代文学复古思潮在小说插图领域也有所体现。

有的小说插图题语来自戏曲曲辞，这在某种程度上反映了文人"好梨园"②的生活雅趣，因为晚明以至清末，士大夫观剧赏曲成为一时风尚，吕天成《曲品》曾云："博观传奇，近时为盛。大江左右，骚雅沸腾；吴、浙之间，风流掩映。"③ 在这种文化氛围影响下，曲辞被纳入文人插图者的视野也是情理中事。以《红楼梦》插图本小说为例，双清仙馆本即王希廉评本《新评绣像红楼梦全传》中六十四幅插图题语皆来自《西厢记》曲辞，如尤三姐绣像（图10），其题语"斩钉截铁"出自《西厢记》第二本第二折中〔耍孩儿〕，由此不难想到尤三姐在爱情已逝后毅然决然以死明志的刚烈性格。而插图副页所画虞美人花与"斩钉截铁"

---

① 齐东野人：《隋炀帝艳史·凡例》，见《古本小说集成》，上海古籍出版社，1990，第8页。
② 张岱：《自为墓志铭》，《琅嬛文集》，巴蜀书社，1998，第540页。
③ 吕天成：《曲品》，《中国古典戏曲论著集成》第6册，中国戏剧出版社，1959，第211页。

这一题语的配合也极为恰切，据传虞美人草乃是项羽爱姬虞姬自刎后鲜血所化，因此宋代著名女词人魏玩《虞美人草行》有云："三军散尽旌旗倒，玉帐佳人座中老。香魂夜逐剑光飞，青血化为原上草。"画家通过有着特定文化意蕴的虞美人草将尤三姐与虞姬联系在一起，使人们对尤三姐自刎殉情时"揉碎桃花红满地，玉山倾倒再难扶"的悲壮与斩截有着更为深切的感悟。再如，妙玉绣像题语为"真假"，出自《西厢记》第三本第三折中红娘称莺莺"真假，这其间性儿难按纳"，是说莺莺对张生用情却又遮遮掩掩，真真假假，令人难辨。而《红楼梦》中作为"槛外人"示人以高洁清雅的妙玉，实则不能忘却世俗之情，联系其判词"欲洁何曾洁，云空未必空"，显然"真假"这一题语符合妙玉实情。其他如林黛玉绣像（图11）题语"多愁多病身"，刘姥姥绣像题语"真是积世老婆婆"，薛宝钗绣像题语"全不见半点轻狂"，等等，也都选自《西厢记》，它们都恰到好处地反映了人物性情风貌。其他小说如隆庆三年四香高斋平石监刊本《醋葫芦》中插图题语亦皆选自戏曲曲辞，如第一回插图题语为"归休晚，莫教人凝望眼"，出自《琵琶记》第五出［川拨棹］；第三回插图题语"颠不刺见了万千，是这般庞儿罕见"、第十七回插图题语"一重愁番作两重愁"，皆出自《西厢记》，分别见第一本第一折［元和令］、第五本第一折［醋葫芦］；其他插图题语则出自《玉簪记》《玉合记》《宝剑记》《杀狗记》《绣襦记》《玉环记》等戏曲。无疑，以戏曲曲辞为题语的小说插图带有显著的文人化特征。

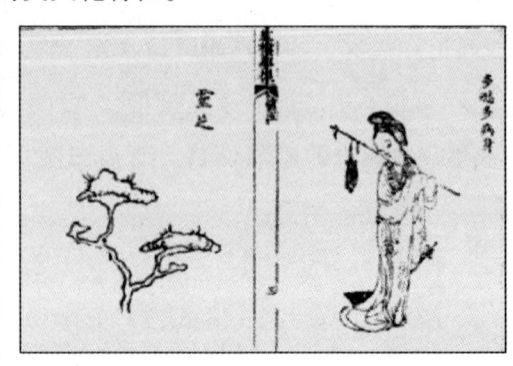

图 10

图 11

除上述小说外，像崇祯间笔耕山房刊《宜春香质》与《弁而钗》、康熙间瀚海楼刊《豆棚闲话》、康熙间名山聚镌本《女开科传》、康熙间刊《后三国石珠演义》以及崇祯间刊《西游补》《玉娇梨》《平山冷燕》《闪电窗》《赛花铃》等插图本小说，其插图副页中种类繁多的器物或花卉也表现出很强的装饰性、艺术性与独立性，这无疑是为迎合小说读者群中文人雅士的清赏清玩趣味。

文人趣味还导致明清小说插图题语形式的楹联化。明清时期，楹联与诗词歌赋一样，凝聚着文人墨客的审美情趣，明世德堂刊《绣谷春容骚坛摭粹嚼麝谭苑》中即专门设有"奇联摭粹"，李渔《默识名山胜概联》《笠翁对韵》《闲情偶寄·联匾第四》则专门探讨楹联艺术，清人梁章钜《楹联丛话》更是对楹联的起源、发展及其门类等有着系统论说。文人撰写楹联的雅好在小说插图题语上得到充分反映，如周曰校万卷楼刊《三国志通俗演义》有插图二百四十幅，每幅插图的题语均以楹联的形式出现左右两侧，像第一则《祭天地桃园结义》插图两侧分题"萍水相逢为恨豺狼当道路，桃园共契顿教龙虎会风云"；第二则《刘玄德斩寇立功》插图两侧分题"寇斩黄巾羽骑杨威花外转，功成赤字霓旌带采日边回"，这些楹联化的题语既揭示情节内容，又带有评论性质。其他如万历间熊龙峰刊《天妃娘妈传》、万卷楼刊《三国志通俗演义》、三山道人刊《三宝太监西洋记通俗演义》、萃庆堂刊《咒枣记》《铁树记》《飞剑记》、佳丽书林刊《刻全像音诊征播奏捷传通俗演义》、卧松阁刊《杨家府世代忠勇演义志传》等小说的插图题语亦皆以楹联形式置于图之两侧。

有的小说插图既不描绘故事情节，也不描绘人物绣像，而是对小说中的山水风景加以浓墨重彩，使插图的独立审美功能越发彰显，显然这种插图浸染了文人清赏清玩之风尚。康熙十二年金陵王衙本有东谷老人《西湖佳话序》称"今而后有慕西子湖而不得亲面见者，庶几披图一览即可当卧游云尔"，此乃以《西湖佳话》插图的清赏清玩功能向读者夸示。确实，该刊本所绘"西湖全图"、"十景分图"及"苏堤春晓"（图

12)等图都十分精致,并配有诗词题咏,诗与画相得益彰,其"识语"云:

> 苏公、白传以通灵之笔描写湖山,可谓诗中有画。淡妆浓抹,且能工画家渲染所难工之意,句句是荆关着色山水。何作此图者,率遇笨伯施之楮缯,已削频上三毛,齐以梨枣,益觉唐突西子,安得起萧照、马远辈一开生面耶!余畜此志有年矣,广搜精订,得页若干。画汇名贤,句综往哲,即景拟皴,对山设色,若心剒剧,着意渲染,是工乃苏、白之工,非仅发萧、马之秘。向谓诗中有画,今则画中有诗。勿哂东方自赞会看西子如生可也。①

刊刻者"广搜精订","画汇名贤,句综往哲",是抱着迎合文人读者清赏清玩的心态来精心设计小说插图的。同样,乾隆五十六年自愧轩刻本《西湖拾遗》仍将"西湖全图"与"西湖十景图"、"西湖人物图"置于卷首,编选者陈树基称"绘图卷首",可于"尺幅之内","庶几观西湖之秀,不啻揽天下山水之奇而知钟灵毓异,寄迹栖心者之宝非无所自也云尔"②,这里流露出来的仍是文人的清赏清玩心态。而光绪七年《申报》馆出版的《西湖拾遗》正文前除"西湖全图"与"西湖十景图"外,又增加了"西湖古迹图"。再如,顺治刊本《豆棚闲话》有题为"豆棚架下"的双面插图(图13),从总体上再现了众人围坐于"豆棚架下"以"闲话"古今的场景,并非具体展示小说情节或人物形象。画面洋溢着丰盈的田野趣味,而这恰符合文人雅士的清赏清玩口味。

明清小说插图一般多为方形布局,但是随着晚明清赏清玩之风的盛行,苏州书坊率先推出了精巧别致的月光式插图。它外方内圆,如镜中取

---

① 古吴墨浪子:《西湖佳话》,见《古本小说集成》,上海古籍出版社,1990,第24页。
② 陈树基:《西湖拾遗序》,见《古本小说集成》,上海古籍出版社,1990,第9~10页。

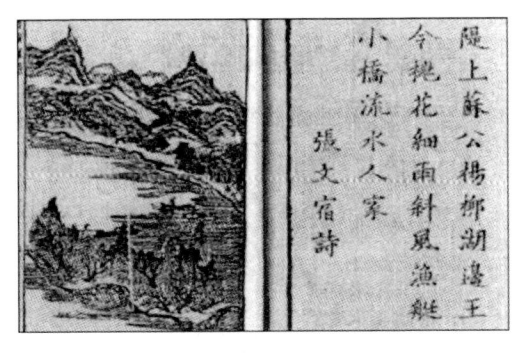

图 12 　　　　　　　　　　　图 13

影，所有图像尽摄于圆中，打破了以往方形插图一统插图本小说的单一局面。像崇祯间刊《西游补》、建阳余季岳可《有夏志传》《盘古唐虞传》、吴郡宝瀚楼刊《今古奇观》、金阊叶敬池刊《石点头》（如第四回插图，图 14）、康熙间写刻本《玉娇梨》（如第一回插图，图 15）及《生绡剪》《醒梦骈言》等，皆为月光式插图。

图 14 　　　　　　　　　　　图 15

总之，晚明尤其是清代一些小说插图者开始以清赏清玩眼光观照插图本身，不再满足于单纯的故事情节或人物形象描绘，由此插图本身的审美功能得到凸显，这意味着插图的独立性逐渐受到人们重视，插图本身已成为人们清赏清玩的对象，由此便孕育了上述那些带有文人审美趣味的小说插图形态。

三

　　插图者为增强插图的叙事功能,推出了画面内容丰富的复合式插图。复合式插图指构图者不受任何视点的束缚和时空限制,将前后相关的情节、事件与人物绘刻在一幅画面之上,如此便做到了情理相合、事义互配①,使情节的连贯性得以保证,也拓展了读者的阅读视野。对复合式插图运用最成功者当属袁无涯本《水浒传》,如第七回"菜园中演武"一图(图16),画面左上方画的是高衙内调戏林冲娘子的情景,右下方为林冲于端墙边观看鲁达演武的场景,刻工巧妙地将同时发生于两个不同空间内的故事情节集中于一个画面,情节的连贯性、共时性得到很好体现。第六十六回写梁山好汉为救卢俊义而智取大名府,围绕这一中心事件,同时发生了时迁火烧翠云楼,刘唐、杨雄棒杀王太守,孙二娘火烧鳌山,梁中书在李成护送下逃亡,燕青与张顺捉拿贾氏、李固等一系列情节。与该回对应的插图题为"火烧翠云楼"(图17),它将上述几乎同时发生于不同地点的多个情节场景集中于一个画面,形象立体展示了众好汉智取大名府的全过程。再如,黄诚之、刘启先刻《水浒全传》中"史庄义释"一图(图18),右上方为被史进缚于柱上的少华山头领之一陈达,左中下方为少华山另两位头领朱武、杨春跪拜史进场景,被安排于同一图中的两个场景代表着前后相承的两个故事情节。其他小说如崇祯本《新刻绣像金瓶梅》、李卓吾评点本《西游记》、光绪十四年味潜斋石印本《新说西游记》等小说也多采用复合式插图。

　　为节省空间,降低成本,一些小说插图采用上下两截式插图或合相。两截式插图是将不同两个场景集中于半叶,两个场景间一般有线条作为界线,如晚清广益书局《详注聊斋志异图咏》四百四十幅插图中

---

①　李致忠:《古代版印通论》,紫禁城出版社,2000,第275页。

作为"副文本"的明清小说插图研究 | 331

图 16 　　　　　图 17 　　　　　图 18

"其有二则三则者，亦并图之"①，其中《考城隍》和《瞳人语》两篇小说即采用合图（图19）。其他像万历间天德堂藏版《武穆精忠传》、崇祯间赏心亭刻本《欢喜冤家》、明末清初刊本《今古奇观》等皆多两截式插图。合相指相对的两个半叶的上层合成一图，这仍是出于节省版面的需要。对于《三国演义》《水浒传》之类长篇巨制，如果采用上图下文、每叶一图的全像式插图，插图数量巨大，所占版面空间也多，因此采取合像式插图可以节省不少版面，像忠正堂熊佛贵刊本《新锲音释评林演义合相三国史志传》、书林与耕堂费守斋刊本《新刻京本全像演义三国志传》、天理本《新刻京本按鉴演义合像三国志传》等皆属此类。

不同构图技法也会影响到明清小说插图形态。事实上，无论如何画工也不可能以有限的画面空间来表现小说家用文字所描绘的所有内容，他们往往按照中国版画的传统技法，先提炼、概括以确定"画题"，然后"依题作图"，作画时也只能采取象征、暗示、虚拟、以少总多等手法，做到传其意，摩其神。以《西游记》为例，杨闽斋本第二十八回题为"众猴

---

① 广百宋斋主人：《详注聊斋志异图咏例言》，见《明清小说资料选编》，南开大学出版社，2006，第1035页。

叩头参见大圣"的插图，第三十回题为"众猴参见齐天大圣"的插图，皆以一猴代"众猴"；第三十八回有紧密相连的两幅插图，题为"三藏昏倦案上盹睡"与"乌鸡国王托三藏梦"，画工用曲线将乌鸡国王这一虚拟形象环绕，以此来象征性地表示这是出现在三藏梦境中的画面；世德堂本"魏征对弈斩龙"一图（图20），左上角也以曲线表示魏征斩龙之梦境，而画中鹿、鹤则象征道家仙境。再如，容与堂本《水浒传》第六十五回"托塔天王梦中显圣"一图，崇祯本《新刻绣像批评金瓶梅》第六十八回"李瓶儿梦诉幽情"一图（图21），也皆以虚线将梦境与现实联结。晚清，随着西方石印技术的输入，借助于近大远小的透视现象来表现物体立体感的透视法被引入小说插图领域。透视法构图虽然精确，但它缺少中国版画所注重的会意性与象征性，因而运用透视法所绘插图明显因其"科学性"而缺乏艺术生气，很少给读者留有审美再创造的空间。不妨以《水浒传》中"劫法场石秀跳楼"一图为例，光绪间上海同文书局石印本（图22）采用透视法，画面布局符合近大远小原则，但人物却土偶而显得呆板僵硬；而袁无涯本插图（图23）则运用中国版画会意传神的传统技巧，人物神态鲜活灵动，特别是右下角房屋比人像还要低矮，这显然是会意性的处理方法。

图19　　　　　　　图20　　　　　　　图21

明代建阳的一些插图本小说多为全像，插图任务繁重，一些书坊主为节省成本或急于求成，往往因袭模仿其所刊小说早出版本中的插图。

图 22　　　　　　　　　　　　图 23

例如，《西游记》写到玉帝下旨命泾河龙王降雨，对于这一情节，杨致和本《新锲唐三藏出身全传》（图24）、朱鼎臣本《唐三藏西游释厄传》（图25）、杨闽斋本《新镌全像西游记传》（图26）都配有插图，三幅插图描画的都是龙王接旨场景，除皆分列于插图两侧的图题长短不同外，三幅插图的人物造型、条案式样、空间布局等基本相同；对唐太宗入冥这一情景的图绘，杨致和本、朱鼎臣本、杨闽斋本的插图也大同小异。再如，杨致和本描画悟空向龙王借金箍棒的插图（图27），与杨闽斋本描画悟空向龙王借衣甲的插图（图28）基本相同；朱鼎臣本（图29）与杨致和本（图30）图绘二郎神射落花鸨的插图也大同小异。杨致和本、朱鼎臣本、杨闽斋本这三部《西游记》插图本皆出自建阳书坊①，皆为上图下文、每页一图的全像本，比较它们对同一情节的插图设计情况，可以断定后出刊本因袭了早出刊本的插图。

图 24　　　　　　　　　　　图 25

图 26

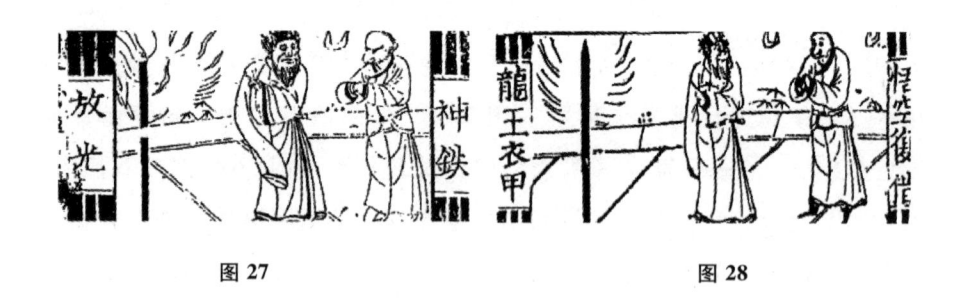

图 27　　　　　　　　　　　图 28

同样由于全像本插图数量大，书坊主又想将小说快速推向市场，这使得画工无暇仔细构思，遂导致同一版本小说中的插图也存在前后雷同的现

---

① 杨闽斋本见《古本小说集成》第四辑，上海古籍出版社，1990。杨致和本、朱鼎臣本见《明清善本小说丛刊初编》第五辑，台北天一出版社，1985。

图 29　　　　　　　　　　　　　图 30

象。如《京本增补校正全像忠义水浒志传评林》有插图一千二百三十六幅，其中有两幅插图，分别题名为"老金父子拜谢鲁达"（图31）、"李二夫妻林冲事报"（图32），而画面内容皆为座中一人接受一男一女跪拜，画面背景也极为相似，若非图题则很难将二图区分开来。再如，杨闽斋本《西游记》共有插图1238幅，其中插图雷同化的现象更为突出，如下面四幅插图，"行者腾云追赶功曹"（图33）与"行者到涧边索白马"（图34）为一组，"三藏哀求伯钦救命"（图35）与"行者剥虎皮遮下体"（图36）为一组，每组中的两幅插图都对应不同的故事情节，可画面内容基本雷同。

图 31　　　　　　　　　　　　　图 32

受戏曲插图艺术影响，有的小说插图还呈现显著的程式化、舞台化倾向。对于作为表演艺术的戏曲，古人对其插图有所谓"遂出绘像，以便照扮冠服"[1]的观点，也就是说戏曲插图对演员的舞台表演及造型应具指

---

[1] 《新镌蓝桥玉杵记·凡例》，《中国古代戏曲序跋集》，中国戏剧出版社，1990，第117页。

图 33　　　　　　　　　　图 34

图 35　　　　　　　　　　图 36

导功能。现代著名学者郑振铎也认为"戏曲脚本之插图,原具应用之意也"①,他所谓"应用"仍强调戏曲插图之于演员舞台演出的示范意义。对此,周心慧表述得更为明确:"戏曲版画的功用,并不仅仅在于从审美角度来提高图书的艺术欣赏价值,同时也是梨园搬演的图释指南。"② 对于那些以刊刻插图本戏曲为主的书坊来说,当它们同时刊刻插图本小说时,便有意无意地将戏曲插图的这种"导演"功能引入小说插图,这种情况在世德堂本《西游记》插图中得到充分反映。金陵世德堂的前身为富春堂,郑振铎认为"世德堂唐氏和富春堂似是一家而分立出去的,其分立似在 1600 年左右"③;王伯敏则认为"世德堂似在万历十七年(1589)左右由富春堂分立出来的"④,虽然二人对于世德堂何时从富春堂中分立出来持不同观点,但他们都认可世德堂与富春堂之间的渊源关系。

---

① 郑振铎:《郑振铎艺术考古文集》,文物出版社,1988,第 257 页。
② 周心慧:《古本戏曲版画图录·序》,学苑出版社,1997,第 1 页。
③ 郑振铎:《中国古代木刻画史略》,上海书店出版社,2006,第 62 页。
④ 王伯敏:《中国美术通史》(第五卷),山东教育出版社,1996,第 236 页。

富春堂以刊刻插图本戏曲闻名,它所刊刻的戏曲插图本达一百余种,如《绣刻演剧十种》即出自富春堂①。由此不难理解,世德堂在刊刻《西游记》时,其插图风格便与戏曲插图一样,画面中的人物像在舞台上进行程式化的表演,如"行者与猪刚鬣大战"(图37)、"名注天齐"(图38)两幅插图中的人物都非常典型地体现了这种插图特征。与"行者与猪刚鬣大战"一图对应的小说文字为:"行者金眼似闪电,妖魔环眼似银花,这一个口喷彩雾,那一个气吐红霞,气吐红霞昏处亮,口喷彩雾夜光华。"与"名注天齐"一图对应的小说情节是哪吒与悟空皆化为三头六臂,二者之间展开一场厮杀恶斗。而呈现在读者面前的这两幅插图更像两个戏曲舞台"表演"画面。

图 37　　　　　　　　　图 38

多数情况下插图内容与小说所传达的思想倾向一致,但有时画工并不完全受制于小说文字,他会依照自己的思想观念及审美意识,来对小说情节及人物作出有倾向性的价值判断,这最终会在小说插图内容上显示出来。以《三国演义》为例,尊刘贬曹是其重要的思想观念,与此相应,像双峰堂本、评林本、杨闽斋本、联辉堂本、黄正甫本等许多《三国演义》插图本中的插图都反映了这一观念。然而,叶逢春本《三国演义》中的插图对曹操表现出明显的回护倾向。如曹操杀吕伯奢一家显示了其凶

---

① 参见马华祥《万历金陵富春堂刊本传奇版本考》,《华侨大学学报》2010年第4期。

暴的性格特征，但叶逢春本此处插图为"曹操陈宫见吕伯奢"，画的是吕伯奢在自家门首拱手与曹操、陈宫相见的情景，而避开曹操杀吕伯奢一家的情节。与此形成鲜明对比的是，万历间忠正堂本、朱鼎臣本《三国演义》此处插图皆题为"曹操误杀吕伯奢"，汤宾尹本此处插图题为"曹操拔剑杀吕伯奢"，黄正甫本此处插图题为"曹操杀吕伯奢全家"，这些插图都将曹操凶残的一面作了程度不同的展示。叶逢春本卷二第八则《曹操兴兵击张绣》插图为"曹操与邹氏游赏"（图39），而小说中写到"曹操每日与邹氏取乐"之淫亵事，插图对此采取回避态度，这也是回护曹操；而到了双峰堂本，此处插图则为"曹操因淫逃难"，画面中是曹操被张绣追击的狼狈情境；联辉堂本此处插图为"操与邹氏取乐帐中"（图40），从图题即可看出贬曹意味。① 再如，世德堂本《西游记》第十五回写悟空听闻菩萨到来"急纵云跳到空中，对他大叫道：'你这个七佛之师，慈悲的教主！你怎么生方法儿害我！'"而该回插图题为"行者涧边迎接菩萨"，画的是悟空对菩萨跪拜相迎，这与悟空当时的心态与行径不符，倒是杨闽斋本与闽斋堂本将世德堂本此处的"对他大叫道"改为"对他礼拜大叫道"，却与图画内容吻合。其实这是画工的思想观念左右了小说插图的内容，如闽斋堂本《西游记》所绘插图中多次出现悟空跪拜情景，它们大多与小说情节不符，属于画工的自我作意，这分明是画工将儒家伦理加诸悟空这一形象的结果，有违悟空的叛逆性格。而从另一个角度看，作者创意与画工画意的重叠交汇，可使小说文本因产生增值效应而变得意蕴更为丰富。

  导致小说插图与情节内容脱节的原因是多方面的，并非都源于画工的思想倾向。例如，为快捷省工，有时画工从其他现成小说插图中任意选取，致使插图与小说情节并不相配，如崇祯刊本《皇明中兴圣烈传》插图五叶共十幅，其中有五幅分别袭用了叶敬池刊《警世通言》中《老门生三世报

---

① 参见张玉梅、张祝平《明代三国版画对曹操的褒与贬》，《乐山师范学院学报》2011年第6期。

图 39　　　　　　　　　　　　　图 40

恩》《乐小舍拚生觅偶》《三现身包龙图断案》《赵太祖千里送京娘》《小夫人金钱赠年少》五篇的插图。有时，画工可能并未认真阅读小说，或因插图数量过多而草率成图，这也会导致插图与小说情节内容出现脱节。以《三国演义》为例，叶逢春本写刘备第一次拜访诸葛亮时"勒马唤农夫而问之"，而此处出现题为"玄德问牧童卧龙何往"的插图。双峰堂刊《新刊京本校正演义全像三国志传评林》写赤壁之战前曹操遣使送信给周瑜，周瑜在军帐中将其斩首，此处有题为"周瑜喝斩曹公来使"的插图，但画面中将地点换为船上；题为"周郎听赋奋志大怒"一图（图41），并非描绘周瑜大怒情态，而是展示周瑜礼送诸葛亮的情境，此乃"大怒"之后的情节。再以《西游记》为例，朱鼎臣本第十二回"玄奘递榜谕孤魂"一图，显示的是玄奘宣读榜文的场景，而与该图对应的小说情节则是"玄奘法师引众僧罗拜唐王，礼毕，各安禅位。法师献上《济孤榜文》，递与太宗观看，太宗就当案宣读"。显然，画面上出现的应是太宗。杨闽斋本第三十八回有题为"八戒芭蕉树下开井"的插图，画的是八戒用耙子刨芭蕉树，而"开井"这一中心环节未得到显示，这既与图题不符，更游离主要情节。因为八戒"筑倒了芭蕉，然后用嘴一拱，拱了有三四尺深，见一块石板盖着"，接下来的"开井"才使他们发现了乌鸡国国王的尸体。

总之，作为明清小说"副文本"的插图已成为明清小说文本的构成要素，其生成、表现形态及其演变情况既离不开中国文化传统的影响，更与明清时期不同区域的书坊、文人清赏清玩习气及书坊主或插图者各自不同的审美趣味、构图心态、插图动机、构图方式等因素息息相关。

图 41

作者简介

陈才训，男，文学博士，黑龙江大学文学院教授，黑龙江大学明清文学与文化研究中心研究人员，主要从事明清文学与文化研究，曾出版《古代小说家、评点家文化素养论》等专著。

明末清初小说戏曲题材类型的相谐互借*

——以时事小说与时事戏、世情小说与世情戏为例

胡元翎

摘　要：小说戏曲文体互动的一个基本表征即体现在题材类型的相谐互借上。明末清初随着小说戏曲都日渐成熟与繁荣，这种表现更加突出，不仅体现于常见的历史演义和英雄传奇题材，更扩而至于时事题材与世情题材。本文从明末清初时事题材与世情题材的相互承续方面予以初步梳理，以证二文体经常互相参定、相互作用、同步发展的交融状况。

关键词：时事小说　时事戏　世情小说　世情戏

中国白话小说以类相从的特点很明显。比如从宋元时期即有"家数"之提法。此后，明清两代白话小说在题材的分类化方面一直延续下来，并形成中国白话小说从文体到流派的类型化格局。而中国戏曲，由于在叙事方面与小说的相似，以及中国小说与戏曲间扯不断理还乱的密切关系，导致人们在创作和欣赏时形成思维惯性，在题材类型上多有相重合之处。只是与小说相比，戏曲更是一门综合艺术，同时戏剧的特性决定了其主题的发散性，从而导致题材的多重性，但是主导情节或主导题材类型还是存在的。因此，小说戏曲的文体互动亦在此基点上得以展开。

通过研究发现，明清时期许多小说尤其是历史演义和英雄传奇小说在

---

* 本文系国家社会科学基金项目(12BZW047)的阶段性成果。

成书之前，就已有大量相关题材的戏曲剧目存在。金元时期，三国故事就有《赤壁鏖兵》《襄阳会》《骂吕布》《关大王独赴单刀会》等金院本及南戏剧目被搬上舞台，以三国剧目为题材的元杂剧更多至40余种。"水浒戏"在傅惜华《元代杂剧全目》中就收有30余种，如康进之的《梁山泊黑旋风负荆》、高文秀的《黑旋风双献功》、李文蔚的《同乐院燕青博鱼》等，可见明初长篇小说的诞生即有戏曲的催生作用。而伴随着小说戏曲的不断成熟与发展，此类互动更扩展到更广泛的题材与范畴，明末清初小说戏曲题材方面的相谐互借，即属于小说戏曲文体互动的一个重要风向标。我们且选取这一时期相对活跃且学界关注较少的时事小说与时事戏、世情小说与世情戏来略作梳理。

一　时事小说与时事剧

明清之际动荡的社会现实，为时事题材的创作提供了丰富的素材，涌现出了许多时事小说与时事剧。如果追溯文学与时事的关系渊源，应该与史传文学密不可分，中国文人特有的史录精神，从关注于前代转移到关注当下，并呈现一种强烈的对家国命运的参与意识及可贵的战斗性。可以说将原有的史录精神又提升了一个品级。时事小说作者衢逸狂说：《征播奏捷传》之作，"大抵皆彰善殚恶，非假设一种孟浪议论以惑世诬民"。[1] 吟啸主人亦说："忠孝节义兼之矣，而安得无录？""因纪邸报中事之关系者"，"间就燕客丛谭，详为纪录，以见天下民间，亦有此忠孝节义而已"。[2] 李清说，作《梼杌闲评》是为了"按捺奸邪尊有道，赞扬忠孝削逸人"（《卷首总论》）。[3] 可见，彰显忠孝节义、宣扬传统的纲常伦理亦是时事小说的宗旨，只是所投入的对现世的热情和针砭的力度更为引起人

---

[1] 衢逸狂：《征播奏捷传·卷末自记》，《古本小说丛刊》第一八辑，中华书局，1991，第540页。
[2] 平啸主人：《平房传序》，《古本小说丛刊》第五辑，中华书局，1991，第1422~1423页。
[3] 李清：《梼杌闲评·总论》（《古本小说集成》本），上海古籍出版社，1990，第1页。

的兴趣。

所谓时事小说时事戏,顾名思义,即采用时事题材,反映一定时间内(通常以从时事发生到剧作问世之间的二十年左右时间为限)发生的重大的富有政治性和轰动性的史实,具有信息传播和艺术欣赏的双重价值的小说戏剧。相比来说,时事剧出现得更晚一些,大约产生于万历初年的《鸣凤记》,是戏曲界公认的时事剧的开山之作,总之时事剧属于我国戏剧发展史上的重要分支,它伴随着戏剧艺术的萌芽、形成、发展、演变而逐渐成长,表现出由原来的娱乐至上的俗文学而跃升为欲与史学相比肩的诉求。清代吴伟业在著名的时事剧《清忠谱序》中曰:"逆案既布,以公(指周顺昌)事填词传奇者凡数家。李子玄玉所作《清忠谱》最晚出,独以文肃(指文震孟)与公相映发,而事俱按实,其言亦雅驯,虽云填词,目之信史可也。"[①] 吴伟业虽然未直接提出"曲史观",然而"虽云填词,目之信史可也",可见已将剧作与史学著作等量齐观,说明曲史观念已经为许多剧作家和戏曲理论家所接受。从而也对从事时事题材创作的作家们提出了新的要求。时事文学作家只有在把握生活真实的前提下,站在社会历史的高度,才能抓住时代症结,揭示生活的本质,以立场鲜明的情感态度塑造人物灵魂,把生活真实与艺术真实完美地结合起来,才能写出社会历史的"真",人生价值的"美",才能真正实现戏曲探求社会因果、人生真谛的本意,发挥时事文学的战斗性。当时很多作家创作目的非常明确,乐舜日在《圣烈传小言》中说:"特从邸报中与一二旧闻,演成小传,以通世俗,使庸夫凡民,亦能批阅而识其事。"[②] 陆云龙自序《斥奸书》云:"唯次其奸状,传之海隅。"[③] 很明显,传时事、通世俗、导庸民成了这些作品的主要功能。总的说来,在时事剧与时事小说身上,新闻性与文学性共生。有时虽然对于时效性、写实性和宣传性的追求,一定程度

---

① 吴伟业:《清忠谱序》,李玉著、王毅校注《清忠谱》,人民文学出版社,1990,第2页。
② 乐舜日:《圣烈传小言》,《古本小说丛刊》第四辑,中华书局,1991,第1527~1528页。
③ 陆云龙:《斥奸书自序》,吴越草莽臣《魏忠贤小说斥奸书》(《古本小说集成》本),上海古籍出版社,1990,第10页。

上破坏了它作为文学作品应有的艺术性、虚构性和娱乐性的特性。但不容否认的是，时事作品的出现和兴盛也给明清之际的文坛注入了新鲜血液，有其存在的时代意义和价值。

从天启、崇祯年间直到清初，如火如荼的农民起义、社会各阶层和权宦的斗争及与清初民族矛盾乃成为大众瞩目的焦点。这些内容不仅成为当时时事小说的素材，也在戏曲中得到了及时反映。《鸣凤记》之后，明代天启到清代顺治年间，时事剧的创作进入了它的全面繁荣时期。据记载，明后期《鸣凤记》传奇的演出也一直不衰，《群音类选》《乐府菁华》《醉怡情》等戏曲选集，均收录此剧散出。清初周亮工《书影》卷九记载，海盐戏曲演员张金凤，少以色幸于严世蕃，严败，金凤粉墨扮《鸣凤记》中的严世蕃，举动酷肖，名噪一时。侯方域《马伶传》记载，明末某大盐商同时请来金陵梨园兴化、华林二部演戏，都演《鸣凤记》，摆擂台比优劣。李伶扮演严嵩，得到观众喜爱；而马伶扮演严嵩，观众甚寥寥。于是马伶潜身匿迹，不知去向。三年以后，马伶突然出现，要求大盐商再搞一次擂台赛，演出《鸣凤记》。他仍扮演严嵩，惟妙惟肖，终于把李伶比下去了。可见时事剧之热度。当时可考知本事的传奇作品就有42种之多，几乎所有重大的政治斗争都有相应的时事剧加以反映。小说也同样，明万历朝，随着创作的渐趋繁荣，所述时代也愈来愈近，演述明前期事的有《英烈传》《续英烈传》《女仙外史》等，演述明中后期事的有《于少保萃忠全传》《于少保萃忠传》《正统传》《皇明大儒王阳明先生出身靖难录》《戚南塘剿平倭寇志传》等。短篇白话小说中也出现了《沈小霞相会出师表》等描述近代事件的作品。

相关热点素材的小说戏曲篇目胪列如下。[①]

魏忠贤系列

出于对阉党的切齿仇恨，对国泰政清的向往，关于魏阉乱国的作品层出不穷。小说方面，长安道人国清写了《警世阴阳梦》，痛骂魏阉乱政，

[①] 相关戏曲篇目情况主要参见庄一拂《古典戏曲存目汇考》，上海古籍出版社，1982。

残害忠良，并让其死后备尝地狱之苦，以泄胸中之愤。吴越草莽臣则作了一部《魏忠贤小说斥奸书》，以抒发其"睹忠贞之受娴则涕泗欲零，见奸恶之横行则目眦尽裂"的满腔悲愤。明亡后，又有佚名氏难遏亡国哀痛、胸中郁恨，写下《梼杌闲评》，作品"深极哀痛，血透纸背"。其他作品还有《皇明中兴圣烈传》。其中《警世阴阳梦》从成书到出版仅用了七个月，具有相当的时效性。然时事剧在时效性上比起小说更有优势。虽然现在大部分创于明代的反阉时事剧本已经难觅芳踪，但从时人的一些记录中可以窥知端倪。仅见于祁彪佳《远山堂曲品》注录的传奇就有三吴居士的《广爱书》、白凤词人的《秦宫镜》、王元寿的《中流柱》、王应遴的《清凉扇》、穆成章的《请剑记》、高汝拭《不丈夫》、陈开泰的《冰山记》、工玄旷的《諴隼记》、盛干斯的《鸣怨记》、鹏鹦居士的《过眼浮云》、阳明子的《冤符记》、同甫的《磨忠记》、无名氏的《孤忠记》，另有《远山堂剧品》注录的史槃的《清凉扇》，达 14 种之多。除了《磨忠记》一种尚存，其余俱已散佚，此外未被祁氏著录的还有清啸生的《喜逢春》，袁于令的《玉符记》以及清初问世的《清忠谱》等，约 7 种左右。及时地传达了对阉党的斗争信息，产生了广泛的影响。张岱说："魏珰败，好事者作传奇十数本，多失实，余为删改之，仍名《冰山》。"① 而改编过的《冰山记》崇祯二年秋就已经在济南演出，那么作于改编的《冰山记》之前的这"十数本传奇"应该不会超出崇祯二年。再一点，祁彪佳《远山堂曲品剧品》应该在祁彪佳死节前，即弘光元年（1645）前已完成。那么它注录的 14 种剧本应该也是在此之前就已写成。另据吴伟业的《清忠谱序》："逆案既布，以公事填词传奇者凡数家，李子玄玉所作《清忠谱》最晚出。"② 李玉的《清忠谱》完成于明末清初，在表现周顺昌与阉党斗争的作品中已经是最晚出，其他"数家"显然成于明亡之前，可是，虽然魏忠贤戏不少，但存世的仅有 4 种：《磨忠记》《清忠谱》

---

① 张岱：《陶庵梦忆·西湖梦寻》，上海古籍出版社，1982，第 70 页。
② 吴伟业：《〈清忠谱〉序》，李玉著、王毅校注《清忠谱》，人民文学出版社，1990，第 2 页。

《喜逢春》《飞丸记》。

其中《清忠谱》是最杰出、最具影响力的作品。它选取了明末天启年间，东林党人和苏州人民反阉党魏忠贤及特务统治而抗议示威的斗争题材，在戏曲史上是第一次着力展现市民阶层政治斗争的作品。张溥的《五人墓碑记》即记此事。剧中成功地塑造了市民领袖颜佩韦的形象。作者确切地把握了人物的时代特征，始终把他放在人民群众中来展开剧情。他不同于只凭血气之勇的绿林好汉，是植根于市民群众中的英雄，能意识到群众的力量。他还与文士东林党人不同，具有毫不妥协的战斗精神。如剧中东林党人周顺昌，作者赞美周顺昌的"清忠风世"，所以题名《清忠谱》。周氏虽节操清廉，刚正不阿，疾恶如仇，但当颜佩韦带市民示威，欲救其出狱，周顺昌害怕群众头号争反陷他于"不忠"之地。这就真实地反映出当时文士的阶级局限和软弱的一面，所以作者是秉着严格的现实主义精神为人们展现了一个真实可感的世界。在艺术上，作者同样秉现实主义原则，真实地展现出了一场轰轰烈烈、声势浩大的群众斗争场面。这对于台上仅走一生一旦，场面仅限闺阁花园的传统曲目来说是不可同日而语的，特别是《毁祠》一出，市民群众喊着号子，全力拉倒石牌坊，冒火抢出魏贼雕像的头颅来祭周，这样如火如荼、气吞山河的巨大声势，是以前戏曲舞台上绝无仅有的，有很强的感染力。

范世彦《磨忠记》为《远山堂曲品》著录，现存明崇祯间刻本，《古本戏曲丛刊二集》据之影印。剧叙明代涿州人魏进忠，先前潦倒落魄，后入宫为阉宦，与熹宗乳母客氏勾结，结党营私，陷害忠良，后被治罪事。剧本邸报笔记，并杂采民间传闻，《明史》卷三〇五《魏忠贤传》、卷三〇六《崔呈秀传》《田尔耕传》、卷二四四《杨涟传》等都有记载，此外，亦多杂采明季野史笔记点染而成。作者自述作意云："是编也，举忠贤之恶，一一暴白，岂能尽罄其概……则是编未必无益于世云。"[①]

[①] 范世彦：《磨忠记·自序》，《中国古典戏曲序跋汇编》，齐鲁书社，1989，第1360页。

清啸生《喜逢春》演毛士龙忤魏阉事。后被禁，实由于金堡《遍行堂集》所连累，乾隆四十年闰十月上谕，略云：检阅各省呈缴应毁书籍，内有僧澹归所著《遍行堂集》，系韶州知府高纲为之制序，兼为募资刊行。今于高纲之子高秉家，又查出《喜逢春》传奇一本，亦有不法字句，系江宁清笑生所撰，一并传谕高晋、萨载于江宁、苏州两处，查明所有刷印纸本、板片，概行呈缴。事见《东华录》。此剧当时虽连带遭禁，但事实上仍然传留于人间。

张景的《飞丸记》，叙易弘器与严世蕃女玉英事。易几死于世蕃，略见之《鸣凤记》，其提纲作："严世蕃挟仇坑士，易弘器报德谐姻。严玉英守贞霜烈，叩郡实结义兰馨。"

李自成张献忠系列

小说有《末明忠烈传》六卷四十回，应是康熙十三年前刊刻。书叙明末李自成、张献忠等起兵作乱，朝廷剿灭无方，连连兵败，终至京师失陷，崇祯帝自缢煤山，以及吴三桂引清兵入关，剿灭李、张等事件。其中李自成是贯穿全书的中心人物，作者详述了他起兵、建大顺朝至兵败的始末。书中有不少丑化歪曲之笔，并非都是实录。而西吴懒道人、蓬蒿子、松滋山人则把满腔怨愤发泄到最终摧毁明王朝三百年基业的李自成身上，他们分别作了《剿闯小史》《新世弘勋》和《铁冠图》《新史奇观》。

此类戏曲不算很多，反映明朝政府镇压农民起义的，有李玉的《两须眉》、刘键邦的《合剑记》、朱葵心的《回春记》、沈嵊的《息宰河》、蔡东《锦江沙》、邱园的《蜀鹃啼》、李元玉与朱良卿合作的《一品爵》、无名氏的《铁冠图》等。曹寅有《虎口余生》，为遗民外史，写明末流民之乱，全据其所作《表忠记》节删为四十二出，并插入《铁冠图》二出，以《虎口余生》命名。而现存戏曲选本中《铁冠图》各出，则多出自此剧。全书分四卷，计四十四出，今《昆曲粹存》中载有十八出之多，别题《铁冠图》。今尚盛演《对刀》《步战》《别母》《乱箭》《撞钟》《分宫》《守门》《杀监》《刺虎》等出。

民族纷争系列

小说有反映郑成功事的《台湾外记》和《三春梦》。

《台湾外记》三十卷,江日升撰。康熙四十三年本。作者江日升,字东旭,福建珠浦人。写郑成功事。据说,江之父江美鳌曾是郑成功下属,跟随郑氏征战多年。江撰写此书,主要得自其父"口授耳传"和某些当事人的回忆。书叙自天启元年郑芝龙起于海盗,迄于康熙二十二年郑克塽降清。作品没有一般历史演义小说和英雄传奇小说那种夸张的描写和出于虚构的细腻描写,与其说它是一部小说,毋宁说它是一部纪实体的郑氏始末。文中所记,虽非作者亲身经历,却是得之于其父的口传耳授,因而具有较高的史料价值。

《三春梦》叙述清代康熙初年,派驻广东潮州的续顺公沈瑞手下旗人兵将奸淫掳掠,民众不堪其扰。潮州总兵刘进忠为明降将,较仁慈爱民,屡向沈劝谏,沈部下坚持为恶,竟然侮辱刘。刘不能忍受,向台湾郑成功称臣,又联系占据福建反清的耿精忠,在潮州起义,杀尽沈部下,沈逃走。此剧揭露了清军兵将对汉族人民实行残酷的民族压迫,赞扬了反清义举,叙述了坚持三年之久的一场反清起义的全过程,但作者并未否定清朝,也未摆脱忠君观点。小说据史实叙述,人物、情节均不生动,语言文白夹杂,艺术水平不高。

此外还有反映辽东事件,揭示民族矛盾的作品,如《辽东传》《辽海丹忠录》《平虏传》《东隅恨事》《镇海春秋》五部。其中,《辽东传》和《东隅恨事》二书已佚。像平原孤愤生(陆人龙)的《辽海丹忠录》,痛感于抗清英雄毛文龙功高被戮,"犹获垢詈之声",故本着"如椽之笔,亦能生忠贞于毫下"的信念,为其表功雪怨。吟啸主人则为鼓舞抗清斗志,作《平虏传》,宣传"虏酋之无能,可制梃以挞之也"(《平虏传序》)。

清军破关南下后,对江南抗清民众血腥屠戮,七峰樵道人和漫游野史目击尸横遍野的血淋淋惨状,挥泪写下了乱世悲歌《七峰遗编》和《海角遗篇》,"以存当时悲歌慷慨、屈辱投降之诸多史实,隐寓褒贬,以昭全面描写南明史事,具有史料价值的有江左樵子作的《樵史演义》。

关于南明史事的戏曲有著名的孔尚任《桃花扇》。现存明康熙戊子初刻本,《古本戏曲丛刊五集》据之影印,凡二木四卷四十出。剧以明朝末年河南归德人侯方域与秦淮名妓李香君悲欢离合事贯穿南明覆亡之事。剧中明季及南明史事,大率据实敷写。卷首详列《考据》一项,一一示所据文献之细目。南明史实之真、之细,因孔尚任对南明遗老遗少们访谈的如实纪录,其时事性很强。

相关戏曲还有许以忠的《三节记》、徐应乾的《筹虏记》、朱葵心的《回春记》、李玉的《万里圆》、沈应君的《去思记》、夏□□的《大刀记》、陈德中的《赐剑记》、隐求的《灌城记》、吴大震的《龙剑记》等。路迪的《鸳鸯绦》在才子佳人的悲欢离合中,描写了清兵攻明的社会背景。

几乎所有重大的政治斗争都有相应的时事剧作品。如关于"万历民变",有阙名的《蕉扇记》和李玉的《万民安》等,不一一赘述。

建文帝于谦等帝王与臣子史事

明代前期,曾发生过两桩政治惨案。一为燕王朱棣起兵夺了建文帝之位,并杀戮了方孝孺等贤臣;一为英宗复辟,杀了于谦等重臣。这两桩惨案给明清两代的文人以极大的震惊。小说创作方面,因出于对建文帝的深切同情,纪振伦创作了《续英烈传》,将建文帝写成颇具文人之风的仁孝淳厚之君,而对骄横跋扈的燕王则颇置微词,甚或直接指摘燕王"虽百世一篡字不能逃",并发出"谁知一味仁之至,转不如他杀伐神"的悲叹。他的这种悲叹,似又传染了清初的吕熊,吕也作了一部泄愤之书《女仙外史》。与纪振伦不同的是,吕熊在此书中拥戴建文帝,否定永乐帝即位的合法性,似又寓含反清之意,故该书行世不久,即因触时忌而被禁毁。

关于于谦事也多有小说传世。于谦(1398~1457),字廷益,号节庵。明代政治家、军事家。祖籍考城(今河南民权县),故里在今民权县程庄乡于庄村。于谦的曾祖于九思在元朝时离家到杭州做官,遂把家迁至钱塘太平里,故史载于谦为浙江钱塘人。于谦少年立志,十二岁时便写下明志"石灰吟"。永乐十九年(1421)进士,任监察御史,为宣宗皇帝看中,迁兵部侍郎,巡抚河南、山西。在河南、山西近二十年间,他平反冤狱,赈济灾荒,政绩卓著,深得民心。正统十四年(1449)土木之变后,从兵部侍郎升任尚书,拥立景帝,反对南迁。他调集重兵,组织指挥了历史上有名的京城保卫战,因功加少保。于谦为官勤政、爱民、廉洁、刚直,深得景帝的信任,也因此获罪于一些朝中大臣。景泰八年(1457),代宗病重,英宗发动"夺门之变",于谦以谋逆罪被杀。天顺八年(1464),英宗的儿子朱见初即皇帝位。不久,他下令为于谦平反。弘治二年(1489),赠特进光禄大夫、柱国、太傅,谥"肃愍"。万历中,改谥"忠肃"。与于谦同为钱塘人的沈仕俨,则痛感于谦"功高不赏反罹刑"的不幸际遇,故"慨忠不惜万言",演成一部旌扬于公忠勇卫国之伟勋的《于少保萃忠传》。

同类题材的戏曲有李玉《千忠戮》。剧叙明代建文帝朱允炆继位后,燕王起兵靖难,建文帝与程济削发为僧,入山隐居,后朱棣身死,洪熙、宣德相继登位,建文帝乃入朝自首,宣德帝迎入宫中奉养事。作者自叙作意云:"填词往事神悲壮,描写忠臣生气莽,休错认野老无稽稗史荒。"(《千忠戮自序》)

此时段戏曲作品虽没有像小说那样集中描写建文帝、于谦等事,但明代有故事的皇帝与臣子之事也不时地进入戏曲作品中,如写正德皇帝的《玉搔头》,一名《万年欢》,编剧者李渔。剧叙明武宗与太原妓女刘倩倩、纬武将军范钦女、范淑芳事,以武宗纳两女为妃作结尾。明武宗取太原妓刘氏事,见《明武宗正德实录》卷一六九、明陈洪谟《继世纪闻》(见《历代小史》)等,剧中所记正德事,虚实参半。杜浚评云:"但曲帝王之尊,而为荡子无赖之事,此必亡之势也,其所以不亡者何故?岂非辅弼之有人,而弥缝之多术耶!若不揭出此义,昭示于人,则天下浪游而国事无恙,几谓可幸之事矣。""以此劝示于臣,则臣责愈重,以此示诫于君,则君体不愈严乎?作是剧者,原具此一片深心,非漫然以风流文采长也。"①

再如写明代徐晞五代登荣事的《五代荣》。作者朱佐朝。事本《国朝征献录》卷三十八、《毗陵人品记》卷六及《皇明世说新语》卷一,作者自云:"歌谣本是从人愿,五代荣华名宦,惟愿千载同声笔下传。"(《五代荣》第二十七出《尾声》)

二 世情小说与世情戏

世情小说正如鲁迅先生所论,"大率为离合悲欢及发迹变态之事,间杂因果报应,而不甚言灵怪,又缘描摹世态,见其炎凉,故或亦谓之'世情书'也"。②而明中期《金瓶梅》的出现可谓世情小说的开山。《金瓶梅》虽成书于明中期,但具体刊刻还是在万历四十五年,称《新刻金瓶梅词话》,而经过改写并广为流行的本子是崇祯本《新刻绣像金瓶梅》,附有张竹坡评。《金瓶梅》虽然取材于《水浒传》武松杀嫂的故事,但第九回后,作者即开始全新创作,完全属于"托宋写明"之书。它运用借古讽今,影射暗示之法,写的全然是明中晚期的社会心态、商品经济、文化思潮,是那一时代城镇生活、风俗人情的展露。它是我国第一部以现实日常生活为题材,描写世俗人情的小说。它是以具体丰富的生活细节和细致生动的笔触来表现日常的社会和家庭的,所以它在取材和立意上与它之前的历史演义、英雄传奇和神魔小说等完全不同。它是第一部将普通生活、市井生活、城镇生活作为主要描写对象的长篇小说,脱去了演义小说所具有的历史大舞台的风云变幻和英雄传奇小说、神魔小说所具有的奇诡光环,在平常中显示深厚,在平凡中显示哲理,在凡人世情琐事中观察大千世界。它写这个家庭的日常起居、饮食宴饮、社会交往、喜丧礼仪,夫

---

① 杜浚:《〈玉搔头〉总评》,《李渔全集》第五卷,浙江古籍出版社,1992,第314页。
② 鲁迅:《中国小说史略》,中华书局,2004,第110页。

与妻、妻与妾、妾与妾、主与奴、奴与奴之间的琐琐碎碎，展现明末一个商人家庭的状况，并通这个家庭的兴衰变化，反映整个社会的状貌，从而暴露出当时的官僚制度、奴婢制度、家庭婚姻制度及人性的种种罪恶，如实地展示出了那个特定时代的社会风貌，可以说是一部明代后期的风俗史、众生相、世情图。

继《金瓶梅》之后则出现一系列类似小说，大致分为五个子系统。一曰家庭盛衰小说，如《醒世姻缘传》；一曰才子佳人小说，如《平山冷燕》《玉娇梨》《好逑传》《铁花仙史》等；一曰教育小说，如《歧路灯》；一曰狭邪小说，也可称之为艳情小说，如《玉娇李》《品花宝鉴》等；最值得称道的是《红楼梦》，可称为人生小说，是世情小说的升华，是世情小说走向成熟、走向高品位的标志。[①]

属于明末清初较有影响的长篇小说有《续金瓶梅》（丁耀亢作，成于顺治十八年）、《醒世姻缘传》（据山东师范大学所藏木刻本，里面不避康熙、雍正之讳，估计应成书于顺治末）。特别是《醒世姻缘传》，也是以家庭为轴心，揭示出世态炎凉与人情冷暖的小说。虽然定了两世姻缘，有着浓厚的宿命论—因果报应的迷雾，但整个一百回大书中，我们可以看到一幅幅斑斓多彩的封建社会中后期城乡生活的历史风俗画。作者对城乡社会生活及其风俗习尚的观察与描摹都十分翔实、精到、深细，对畸形的家庭关系亦有洞幽烛微的体悟与表现。这个时期的狭邪小说即艳情小说此处略而不说，因为在戏曲舞台上此类内容尚无法充分表现，而才子佳人小说倒是一个重要的小说戏曲共同热捧的题材。

这个时期的才子佳人小说虽然具有刻板的套路，但其作品中所洋溢的对纯情的礼赞，对才男才女相悦成婚、历尽波折的细致描摹，都使世情小说在表现婚姻爱情方面得到了最大限度的发挥。其中也有很多小说能够展现社会生活，比如《锦香亭》《麟儿报》《铁花仙史》《情梦柝》《合浦珠》等，不仅有世态炎凉、人性美丑、科场失意，也有神仙鬼异、百姓

[①] 刘敬圻：《中国古代文学史略》下，黑龙江教育出版社，1997，第377页。

疾苦、动荡战争等。比较全面表现这一点的是《金云翘传》等。

这个时期，世情关涉面广泛的还有数量众多的白话短篇小说。"三言"、"二拍"、《欢喜冤家》、《鼓掌绝尘》、《连城璧》、《十二楼》等。文学反映生活的面从此越来越广阔，可以说是无所不包，从而也影响到人们的欣赏习惯和观赏期求。同为叙事文学的戏剧也随之向世情内容集中。特别是明中叶以后，自上而下的腐败，令社会底层道德败坏、人心不古之事也比比皆是，人们更有一种将现实与内心愿望表达于小说戏曲中的诉求。

欧阳光曾定义世情剧，他认为"在元明清戏剧中，有不少着力于以家庭生活为背景，通过日常生活的细致描绘，表现个人与家庭（族）、与社会制度，乃至与社会伦理之间种种矛盾冲突的作品，这就是人情世态剧，或简作世情剧。""关于人情世态剧，大体说来，可分为广义和狭义两种情况：一种是世情描写间杂于剧中，但全剧却非通体写世情或以世情为旨归，姑且称其为广义世情剧；一种则纯然以描写家庭日常生活取胜，以世态人情来揭示某种现实关怀的作品，是为典型的（亦即狭义的）人情世态剧。"[①] 明后期产生的这一批戏剧更具代表性。它们是以世情为描写对象，抒发作者的愤懑牢骚的世情讽刺剧。有的揭露官场的结党营私，贿赂公行，有的抨击科场的良莠不分，袖璧输金；有的嘲讽世态人情的浇漓凉薄，趋炎附势，以及吝啬小气、吹牛作大、寡妇思嫁、兄弟相谋等人情百态、世相千种。题材之广泛，内容之深刻，表现文人、人格苦闷之淋漓尽致，在戏曲史上是前所未有的。现胪列剧目如下。

写世情百态、洞察世情的

《苏门啸》十二种，傅一臣作，有明崇祯敲月斋刊本。多取材于凌濛初的"二拍"。描写了当时形形色色的行骗术。与《金瓶梅》描写人欲是一脉相承的，只是没有小说那样厚重深刻。其中《人鬼夫妻》改编自"二拍"《大姐魂游完宿愿　小姨病起续前缘》；《死生仇报》改编自"二

---

① 欧阳光：《元明清戏剧分类选讲》，高等教育出版社，2007，第37页。

拍"《满少卿饥附饱飏　焦文姬生仇死报》;《没头疑案》改编自"二拍"《程朝奉单遇无头妇　王通判双雪不明冤》;《买笑局金》改编自"二拍"《沈将仕三千买笑钱　王朝议一夜迷魂阵》;《智赚还珠》改编自"二拍"《伪汉裔夺姜山中　假将军还珠江上》;《义妾存孤》改编自"二拍"《张福娘一心贞守，朱天锡万里符名》;《钿盒奇姻》改编自"二拍"《权学士权认远乡姑　白孺人白嫁亲生女》;《截舌公招》改编自"二拍"《酒下酒赵尼媪迷花　机中机贾秀才报怨》;《卖情扎囮》改编自"二拍"《赵县君乔送黄柑　吴宣教甘偿白镪》;《贤翁激婿》改编自"二拍"《痴公子狠使噪皮钱　贤丈人巧赚回头婿》;《错调合璧》改编自"二拍"《错调情贾母詈女　误告状孙郎得妻》;《蟾蜍佳偶》改编自"二拍"《莽儿郎惊散新莺燕　龙香女认合玉蟾蜍》）。

《逍遥游》，王应麟作，有明天启间刻本。又名《衍庄新调》，写庄子事，题目正名曰："小道童挖金钱惹祸，刁骷髅夺包伞成空；梁县尹拨利名楔子，庄周子透生死关中。"对世情生死多有感慨。

《东郭记》，孙钟龄作，最早有明万历间白雪楼刊本，取《孟子》齐人有一妻一妾、乞饮东郭墦间事。

《醉乡记》，孙钟龄作，有明崇祯间刊本。王克家序曰："苏子瞻遇不豸，志托《睡醉乡记》以寄牢骚，吾友孙仁孺，才未逢知，更谱《醉乡传》以写情事。"① 此剧设乌有生、无是公一辈人，啼笑纸上。题目作"乌先生醉乡痴态，焉小姐墙角春情；穷鬼每棘闹难作，毛颖辈文苑成名"。

《邯郸记》《南柯记》，汤显祖作，分别取材于唐人小说，抒发的是对富贵云烟的感慨。

《真傀儡》全名为《杜祁公藏身真傀儡》，作者王衡，取唐杜佑事。宣染散淡滑稽之风。

《博笑记》，传奇，沈璟作，明天启间刊本。合编十个故事，皆取前

---

① 王克家：《刻〈醉乡记〉序》，《中国古典戏曲序跋汇编》，齐鲁书社，1989，第1338页。

代题材，包括：《巫举人痴心得妾》，改编自"二拍"《张溜儿熟布迷魂局　陆蕙娘立决到头缘》；《乜县佐竟日昏眠》，取自张东海作《睡丞记》；《邪心妇开门遇虎》，写老虎夜间叩寡妇门，寡妇以为情人来约会，开门被虎吃；《起复官遘难身全》，写僧人陷害官吏；《诸荡子计赚金钱》，写荡子男扮女装，勾引道士；《安处善临危祸免》，写船家谋财害命，为虎所吞；《穿窬人隐德辨冤》，写盗贼恶有恶报；《卖脸客擒妖得妇》，取自"二拍"《陶家翁大雨留宾　蒋震卿片言得妇》；《英雄将出猎行权》亦写二盗为恶，恶有恶报。

《金刚凤》，张彝宣作，演五代吴越王钱镠与金刚女相逢事。《古今小说》有"临安里钱婆留发迹"，剧似据以缘饰之，正史无其事。杭州有婆留井，吴越王生时，父母见火光满室，惧而欲弃之，邻国劝留，故小字婆留。

写家庭婚姻问题的

《奈何天》，李渔作，根据李渔自己的小说《丑郎君怕娇偏得艳》改编，写一富商因行善积德而改变婚姻状况及命运，以丑人为主人公，不应算作才子佳人戏。

《双冠诰》，陈二白作，本事见李渔《妻妾抱琵琶梅香守节》。相传明时实有其事。常演者有《蒲鞋》《夜课》《前借》《后借》《舟讶》《荣归》《赍诏》《诰圆》诸出。中以《夜课》一出最动人。无名氏编有《双冠诰弹词》亦本此。

《十醋记》，范希哲作，演唐郭子仪事。有《醋表》，分义、成、感、授、功、锦、阻、致、慨，适占其十。子仪进封汾阳王，八子七婿，奉觞上寿，堆笏满床，中间点出节度使龚敬惧内情形。李渔阅定。

《女昆仑》，裘琏作，写长安镇进士梅文正事。梅有婢女寿春，能救主母难。

写才子佳人的

此时期才子佳人戏数量颇多，以汤显祖《牡丹亭》为代表的爱情剧展现出夺目的艺术光辉，除《牡丹亭》外，一些著名的才子佳人戏还有：

《郁轮袍》，传奇，张楚叔作，有明崇祯间《白雪楼五种曲》刊本。剧叙唐代诗人王维得第娶妻事，本事见唐薛用弱《集异记·王维》，亦见《太平广记》卷一七九。应属才子佳人戏。

《双锤记》，李渔阅定。自序谓："本小说《逢人笑》，演博浪沙力士，误中副车，以双锤投海中，为琉球国女主姊妹各得其一，后招以为婿，故名。"①

《钗钏记》，月榭主人作，或谓松江王玉峰，明时旧本，演皇甫吟、史碧桃为韩时忠诳取钗钏，致生无限波澜。本事出《湖海搜奇》阎自珍与柳鸾英故事。清人小说《义夫节妇皇甫吟钗钏记》，弹词《钗钏记》皆本传奇而作。

《大雅堂乐府四种》，汪道昆作，有万历原刻《大雅堂杂剧》本。其中《楚襄王阳台入梦》写楚襄王高唐梦会神女，《张京兆戏作远山》写张敞画眉，《陈思王悲生洛水》写曹植洛神赋，《陶朱公五湖泛舟》写范蠡、西施泛舟五湖。

《昆仑奴》，全名为《昆仑奴剑侠成仙》，梅鼎祚作，最早有明万历间山阴徐氏刊本。存本题目正名云："汾阳王重贤轻色，红绡妓手语传情，崔千牛侯门作婿，昆仑奴剑侠成仙。"还是以写爱情为主的，只是带点剑侠之气。然《剧品》评曰："阅梅叔诸曲，便觉有一种妩媚之致。虽此剧经文长删润，十分洒脱，终是女郎之唱晓风残月耳。"②

《四艳记》，叶宪祖作，最早有明崇祯间原刊本。是四出剧的合编，按春、夏、秋、冬，以分四艳，分别为：《夭桃纨扇》，写石中英、任夭桃事，正名作"赖三舍千担春兴，刘令公智宠红妆；石秀才首登龙虎，任夭桃巧合鸾凰"；《碧莲绣符》，写章斌、陈碧莲事，正名作"仲夫人妒害佳人，秦公子契合嘉宾；章解元佣书寄迹，陈碧莲出阁成亲"；《丹桂钿合》，演权次卿、徐丹桂事，正名作"向氏母错认宗枝，妙通尼来说因

---

① 李渔：《双锤记·自序》，《中国古典戏序跋汇编》，齐鲁书社，1989，第1512页。
② 祁彪佳：《远山堂剧品》，《中国古典戏曲论著集成》第六集，中国戏剧出版社，1959，第143页。

依；权学士兴怀旧事，徐丹桂重配新知"；《素梅玉蟾》，演凤来仪、杨素梅事，正名作"宝二郎惊散姻缘，金三舅别聘婵娟；凤司理登科归娶，杨素梅守志重圆"。皆写青年男女的风流遇合。

《花舫缘》，卓人月作，明末前后在世。该剧全名为《唐伯虎千金花舫缘》，写唐伯虎点秋香故事。

《玉簪记》，高濂作，最早有明万历文林阁刊本。演潘必正、陈妙常两情相悦故事，当时盛演不衰，其中《茶叙》《琴挑》《问病》《偷诗》《姑阻》《失约》《催试》《秋江》等出都很著名，成为后世戏曲不断演出的单出。

《鹔鹴裘》，袁晋作，现存明末剑啸阁原刻本，剧叙司马相如、文君故事。情节多与《琴心记》同。《远山堂曲品》云："传长卿者多矣，惟《鹔鹴裘》能集众长。"①

《秣陵春》，又名《双影记》，吴伟业作，现存清顺治间振古斋刻本，剧叙南唐亡后，南唐学士徐铉之子徐适，与后主宠妃保仪之兄黄济之女黄展娘得后主荫佑结成姻缘事。剧以残山剩水之秣陵之春，令人频增故国之思，故称《秣陵春》。"字字皆鲛人之珠，先生寄托遥深。"

《意中缘》等"李笠翁十种曲"，李渔作。《意中缘》剧叙明末名士董其昌、陈继儒与才女杨云友、林天素婚姻事。情节故事系李渔虚构而成，概李渔以为二女子善画，乃绝代佳人，自应配天下才子善书者如董、陈辈。"十种曲"中的《比目鱼》《凰求凤》《蜃中楼》《玉搔头》《怜香伴》《慎鸾交》也属才子佳人戏。

《御袍恩》又名《百福带》。剧叙宋朝书生曹孝威与泰安盛宦女淑容婚姻波折事。

《凤求凰》，陈玉蟾作，明崇祯间刊本。演相如文君事。本事出《西京杂记》，与《警世通言·卓文君慧眼识相如》题材同。戏剧取此作题材

---

① 祁彪佳：《远山堂曲品》，《中国古典戏曲论著集成》第六集，中国戏剧出版社，1959，第16页。

者迭出,弹词亦编有《凤求凰》。

《三社记》,其沧作,明崇祯间必自堂刊本。标李笠翁评定。叙孙湛结社遨游,并娶妓周文娟。以富春情社、西泠艺社、秣陵侠社故名"三社"。文人的雅兴与才子佳人的浪漫相融合之作。

以上只是粗略地列出世情戏的大致情况,从中我们会发现,世情戏改编自"三言"、"二拍"的戏曲很多,除了以上我们提及的,还有如《双鱼记》,改编自《喻世明言》的《单符郎全州佳偶》;《读书声》,取材于《警世通言》的《宋小官团圆破毡笠》;《人兽关》,改编自《警世通言》的《桂员外穷途忏悔》;《二奇缘》,取材于《醒世恒言》的《张淑儿巧智脱杨生》;《天马媒》,改编自《醒世恒言》的《黄秀才徼灵玉马坠》;《快活三》,取材于《初刻拍案惊奇》的《陶家翁大雨留宾 蒋震卿片言得妇》;《景园记》,取材于《初刻拍案惊奇》的《通闺闼坚心灯火 闹囹圄捷报旗铃》等。

另外,还有一些小说与戏曲都集中表现的故事题材。例如冯小青题材。最早有戋戋居士的《小青传》,后冯梦龙《情史》、张潮《虞初新志》、"古吴靓芬女史贾茗"的《女聊斋志异》等书中皆有收录,此外支如增、陈冀飞的《小青传》、支琳的《吊小青文》也多为人们提及。而更多的作家则以小青的事迹为题材,创作戏曲、小说。据焦循《剧说》载:当时"演小青故事为传奇者,有《疗妒羹》《风流院》两种,当以徐野君《春波影》为最。"又载:"卓人月,字珂月,作《小青》杂剧,序云:'天下女子,饮恨有如小青者乎?小青之死未几,天下无不知有小青者。而见之于声歌,则有若徐野君之《春波影》,陈季方之《情生文》,斯岂非命耶?传小青之事者,始于戋戋居士。居士之文,淋漓宛转,已属妙手;而野君复从而填北剧焉,季方复从而填南曲焉。'"① 可见剧目之丰,剧种之多。小说如《女才子书》卷一《小青》、《孤山再梦》等,也是写

---

① 焦循:《剧说》卷三,《中国古典戏曲论著集成》第八集,中国戏剧出版社,1959,第125~126页。

冯小青题材的名篇。烟水散人《女才子书》把小青列为首篇，在"引"中，"雪庐主人"还把小青比作三闾大夫屈原，以为"千百年来，艳女、才女、怨女未有一人如小青者"。① 运用不同的创作方式对小青表示同情、赞美，这是本时期作家的共同倾向。

再例如选取古代名士才人之风流逸事的作品也很多。如上面所提及的司马相如卓文君事，以及王维、唐伯虎、董其昌、陈继儒等人的故事。

总之，小青等故事的流传与才子佳人小说戏曲的兴盛，与明末清初的风气是分不开的。当时受思想解放思潮的影响，文人中盛行一种"才女崇拜"的风气，并在这种风气的影响、鼓舞下，出现了像柳如是、王薇、杨宛、黄皆令、叶小鸾等名倾一时的才女。郑振铎曾评明代杂剧的选材倾向说："以取材言，则由世俗熟闻之《三国》、《水浒》、《西游》故事，《蝴蝶梦》、《滴水浮沤》诸公案传奇，一变而为《邯郸》、《高唐》，《簪髻》、《络丝》、《武陵》、《赤壁》、《渔阳》、《西台》、《红绡》、《碧纱》，以及《灌夫骂座》，对山《救友》诸雅隽故事。因之，人物亦因由诸葛孔明、包待制、二郎神、燕青、李逵等民间共仰之英雄，一变而为陶潜、沈约、崔护、苏轼、杨慎、唐寅等文人学士。"② 这类剧作不重戏剧冲突，而重在树立一种理想模式，是在对现实的否定中激发出的一种文人自我意识的思考。同时佳人形象既承袭了历史文化传统中才女名姝的性格中美好的因子，又濡染了时代的精神风习和审美趣味，所以她们才会成为投合时人审美口味的理想之花，盛放在当时的文学园地里，亦因此小说戏曲中此类题材层出不穷。

此类题材由小说改编成戏曲的现象很普遍，但其中又有一个特别的现象，即有的题材是经由小说到戏曲改编再折回到小说改编。

如李渔的《比目鱼》《奈何天》分别改编自他的小说《谭楚玉》，据中国文联出版公司的《中国通俗小说总目提要》著录的小说《戏中戏》

---

① 烟水散人：《女才子书》卷一引。烟水散人：《女才子书》（《古本小说集成》本），上海古籍出版社，1990，第1页。
② 郑振铎：《清人杂剧初集自序》，《中国古典戏曲序跋汇编》，齐鲁书社，1989，第533页。

和《比目鱼》二条目可知。北京大学图书馆藏有《新刻比目鱼》一种，不提撰人，十六回。该书第一至第七回又名《戏中戏》。《比目鱼》与《戏中戏》两部小说似二实一，共演谭楚玉、刘藐姑的爱情佳话，完全脱胎于李渔传奇《比目鱼》，甚至直接引用了传奇中的原文。比如，谭楚玉、刘藐姑二人投水殉情之后，土地神向平浪侯禀报情况，用《西江月》词一首，便一字不差地抄录了传奇。黑龙江大学图书馆所藏的四卷八回小说《痴人福》，不题撰人，是书"就李渔《奈何天》改作"，仅将《奈何天》中主人公阙里侯及其仆阙忠易名为田北平、田义，其余情节未作改动。北京大学图书馆所藏八回小说《风筝配》（一名《错定缘》）系由李渔传奇代表作《风筝误》改编而成，情节完全一致。中国社会科学院文学研究所图书馆所藏十二回小说《意中缘》，题"南陵居士戏蝶逸人编次，松竹草庐爱月主人评阅"，乃由李渔同名传奇改制而成，叙才女杨云友、林天素因才择偶，如愿以偿的故事。小说完全脱胎于传奇。《奈何天》及《比目鱼》传奇既以小说为蓝本，而又成为中篇小说的蓝本，这是十分耐人寻味的文艺现象。

现将明末清初戏曲改编成后世小说的作品约列下表[①]：

戏曲			小说		
名称	作者	创作年代	名称	作者	创作年代
《春波影》	?	?	《女才子书·小青》；《孤山再梦》	烟水散人；渭滨笠夫	顺治十六年（1659）；康熙十五年（1676）
《燕子笺》	阮大铖	明，序于崇祯十五年（1642）	《燕子笺》	玩花主人	清初
《红梅记》	周朝俊	明，万历三十七年（1609）	《红情快史》	阙名	清道光（1821~1850）后
《玉合记》	梅鼎祚	明，万历二十年（1592）后	《新编章台柳》	阙名	清乾隆（1736~1795）

---

① 参考徐文凯《有韵说部无声戏：清代戏曲小说相互改编研究》，中国传媒大学出版社，2001。

续表

戏曲			小说		
名称	作者	创作年代	名称	作者	创作年代
《霞笺记》	阙名	明,存万历(1573~1620)刊本	《霞笺记》	阙名	清初
《蕉帕记》	单本	明万历三十八年至四十一年(1610~1613)之间	《蕉叶帕》	阙名	清
《和戎记》	阙名	明,存万历(1572~1620)刊本	《双凤奇缘》	雪樵主人	清嘉庆十四年(1809)序
《荔镜记》	阙名	存明嘉靖四十五年(1566)刻本	《荔镜传》	阙名	清,存道光丁未(1847)春刻本
《钗钏记》	月榭主人	存清康熙抄本	《义夫节妇皇甫吟钗钏记》	阙名	清
《风筝误》	李渔	清顺治九年(1652)	《风筝配》	阙名	清
《比目鱼》	李渔	清顺治十八年(1661)前	《戏中戏》;《比目鱼》	松竹草庐爱月主人	清
《比目鱼》	李渔	清顺治十八年(1661)前	《跻台春·比目鱼》	刘省三	清,存光绪己亥(1899)序
《奈何天》	李渔	清(1648~1657)	《痴人福》	阙名	清,存嘉庆十年(1805)自序
《意中缘》	李渔	清	《意中缘》	松笔草庐爱月主人	清

繁盛的小说戏曲发展的大环境下,两文体间的互动呈活跃状态。以上我们从两类题材的相互承续方面予以初步梳理,此外在两文体间的创作手法、审美特征、文化内涵、鉴赏和批评等方面,亦都有惊人的相似之处。这一切都基于明末清初小说戏曲文体观念上的相互交融。金圣叹的"六才子书"把分属经史子集不同门类的作品典籍甚至不登大雅之堂的小说戏曲归入同一门类——"文"。李渔曾有小说集名《无声戏》,在他的另一部小说集《十二楼》中的《拂云楼》第四回结末,又一次提醒读者:"各洗尊眸,看演这出'无声戏'。"在李渔看来,小说乃无声之戏曲。仅从这两位明末清初的大家的选择与表述,即可透视出此阶段小说戏曲的相

融度有多高。凡此种种,皆说明二文体经常互相参定、相互作用、同步发展的交融状况,小说中的戏曲因素,戏曲中的小说因索,都是显而易见的。

作者简介

胡元翎,女,文学博士,黑龙江大学文学院教授、博士生导师,黑龙江大学明清文学与文化研究中心研究人员,从事明代诗词研究,曾出版《李渔小说戏曲研究》《拂去尘埃——传统女性角色的文化巡礼》等专著。

冒襄家班与明清之际戏曲活动

——以观剧诗为中心

李 碧

摘 要：冒襄身为"明末四公子"之一，少年时便蜚声文坛，后为复社重要成员，为挽救没落的明王朝积极奔走。入清后，冒襄没有出仕，而是隐居水绘园并将注意力投射在戏曲上，他所蓄养的冒氏家班在清初影响广泛。自宋代起，文人往往将看戏听曲的感受付诸笔端，形成大量的观剧诗作，这些诗歌不仅沿袭了诗歌的抒情传统，同时又将诗歌与戏曲紧密结合起来，因此观剧诗的功能远远超出了"诗言志"本身。从观剧诗的视角切入冒襄及其家班的戏曲活动，有助于揭示观剧诗在戏曲传播过程中的价值所在。

关键词：冒襄 家班 观剧诗 传播

观剧诗，戏曲批评样式之一。观剧诗多作于戏曲演出现场，以诗歌的形式对戏曲演出、文本、演员、审美及传播等多方面进行评点，以其随机性、即时性的表达展现出文人对戏曲的审美关照和思想观念[1]，较专门的戏曲评点作品更突出对细节的捕捉。清初戏曲家班众多，演出频繁，家乐

---

[1] 齐森华、陈多、叶长海：《中国曲学大辞典》，浙江教育出版社，1997。原文为："戏剧批评样式之一。系以诗歌方式对戏剧文本及演出、戏剧作家及演员、戏剧审美与传播等戏剧化现象予以咏叹或点评，从中体现出作者的审美情趣和思想观念，也透露出丰富多彩的文化史信息。"

演剧的基本功能是家班主人自娱自乐,进而发展为文人雅集和交往的重要手段之一。观剧诗第一时间记录了家班活动中戏剧演出的情况、伶人技艺以及文人对戏曲的审美引导等诸多方面的内容,且不同于其他文体形式的戏曲评点,观剧诗多以第一人称视角进行创作,是诗人内在感受的直观表达,这也为清初戏曲研究提供了重要史料。现学术界公开发表的与冒襄相关的论文二十馀篇,与冒襄家班活动相关的主要有夏太娣、黄语、施晔、顾启、姜光斗、王染野、汤宇星等人的论文。① 这些成果多从史料笔记中整理冒襄家班的发展轨迹,至今尚未有学者对冒襄家班演出中所产生的观剧诗及其功能进行探讨。现存与冒襄家乐活动相关的观剧诗两百馀首,几乎囊括了观剧诗创作内容的各个方面,因此,笔者拟以观剧诗为切入点,探讨冒襄及其家班的戏曲活动,进而揭示观剧诗在戏曲传播过程中的价值所在。

一　自寄:与曲结缘与诗中寄情

冒襄②出生在一个世宦之家,同时也是一个文化世家,他自幼聪慧,五岁授大学,十四岁以诗见赏于董其昌、陈继儒,董其昌亲为冒诗序而刻之,十六岁开始参加乡试,成绩可圈可点。③ 入清之后,冒襄一直未出仕。他不仕二主的立场坚决,但并不迂腐,他不排斥与为清王朝服务的文

---

① 夏太娣:《冒襄借曲归隐考辨》,《艺术百家》2006 年第 6 期;黄语:《冒襄文人雅集对家乐戏曲的影响》,《河北学刊》2010 年第 2 期;施晔:《清代名伶三曲述略及士优男风文化解读——以〈王郎曲〉、〈徐郎曲〉及〈李郎歌〉为考察对象》,《浙江师范大学学报》2006 年第 5 期;顾启、姜光斗:《冒辟疆家乐班的戏剧活动》,《韩山师专学报》1984 年第 1 期;王染野:《冒襄昆班演剧考及其它》,《苏州科技学院学报》2010 年第 1 期;汤宇星:《冒襄的遗民世界——文化赞助:陈维崧与冒氏家乐班》,《荣宝斋》2011 年第 1 期。
② 冒襄(1611~1693),字辟疆,号巢民,一号朴庵,又号朴巢,江苏如皋人。本文涉及冒襄本事均参见《冒巢民先生年谱》,《北京图书馆藏珍本年谱丛刊》,卷七十,第 359~497 页。
③ 据年谱记载,冒襄十六岁(天启六年)始赴郡试,二十岁(崇祯三年)科试一等第六名,二十一岁(崇祯四年)岁试一等第十五名,二十二岁(崇祯五年)岁考一等第一名补廪膳生员⋯⋯直至崇祯十五年,冒襄每年都参加科考,均为一等。

人交往，也并不反对自己的子女做官①，而他自己排遣消闲的方式便是观戏听曲。

冒襄对戏曲的爱好并不是入清之后为转移注意力而选择的，早在冒襄尚未出生之时，冒氏家班便已具规模。明代戏曲家班世代相传是一种风气，当时较大的家班还有沈璟家班、张岱家班、申时行家班等。冒襄年幼时，因太祖（朱元璋）喜爱《琵琶记》剧，冒府无论大喜大寿，必点《琵琶记》一出。成年后的冒襄曾与多位秦淮歌姬交往②，互相谈论切磋戏曲。明清鼎革之后，冒襄将祖上别业重新翻修并隐居于此，因此地水流相通，桃柳交荫，宛若一幅水墨画，故名"水绘园"。③

隐居后的冒襄以研究戏曲为一大乐趣，与红颜知己董小宛度过了九年的幸福时光。董小宛对冒襄一见钟情，曾"不辞盗贼风波之险"追随冒襄，冒襄终被感动，二人于明崇祯十五年（1642）秦淮中秋日定情，《虞初新志·冒姬董小宛传》记载："辟疆于河亭演怀宁《燕子笺》，时秦淮女郎满座，皆激扬叹羡，以姬得所归，为之喜极泣下"④。董小宛懂剧，也有一定的演剧功底，在水绘园中经常与冒襄一道指点家班伶人演出《燕子笺》剧，嫁与冒襄后的董小宛不便经常亲自登台，便由家中伶人徐紫云替代，《燕子笺》也成为徐紫云擅长的剧目之一。李雯曾作《壬午秋辟疆纳秦淮董姬小宛归复寄》诗回忆秦淮谯集，冒襄与董小宛以《燕子笺》定情一事。但董小宛并未能陪伴冒襄至白头便撒手而去，成为冒襄一生追怀的梦里人。冒襄直到生命的最后仍命家班演《燕子笺》剧，作诗《忆壬午春亡姬坚持欲归余时五木在几祷神后一掷得全六即用全六诗为首句》⑤ 怀念董氏，诗云：

---

① 康熙二十二年朝廷欲聘冒襄纂修《江南通志》，冒襄以老病推辞，并推荐自己的儿子丹书应聘。同年丹书被聘纂修《江南通志》。
② 现资料所见与其交往的有顾媚、李香君、陈圆圆、李贞丽、董小宛等人，这些歌姬都懂戏演戏，如陈圆圆擅《西厢记》，顾媚擅《西楼记》，董小宛擅《燕子笺》等。
③ 冒襄：《同人集》卷三，清康熙间冒氏水绘庵刻本，《四库全书存目丛书》集部第 385 册，第 83~84 页《水绘庵记》。
④ 张潮：《虞初新志》卷三，文学古籍刊行社，1954，第 41 页。
⑤ 冒襄：《巢民诗集》卷五，北京图书馆藏清康熙刻本，第 28 页。

　　　　三十六宫都是春，美人深拜问良姻。崭新一掷成抛散，绝色全身有鬼神。鹃梦夜残空宛转，药房春杳忆横陈。天荒地老歌长恨，好忆应为再世因。

　　董小宛与《燕子笺》对冒襄来说是他生命中意义非凡的两个符号，首先，董小宛对冒襄的深情与悉心照料可以说是冒襄渡过难关并重拾自我价值的推动力。现存最为完备的董小宛生平研究当属孟森先生的《董小宛考》①，文中考述了甲申之变时，冒襄奔波逃难而患重病，董小宛不离不弃，服侍在侧，"汤药手口交进，下至粪秽，皆接以目鼻，细察色味，以为忧喜……余病失常性，时发暴怒，诟谇之至，色不少忤。越五月如一日，每见姬星靥如蜡，弱骨如柴，吾母太恭人，及荆妻怜之感之，愿代假一息。姬曰：'竭我以心力，以殉夫子。夫子生而余死犹生也，脱夫子不测，余留此身于兵燹间，将安寄托？'"②可见二人之情深义重。其次，《燕子笺》是二人定情之剧，文人墨客多赞其伉俪之情，却鲜少提及观演《燕子笺》时发生的骂座一事。康保成先生《〈燕子笺〉传奇的被罢演与被上演——兼说文学的"测不准"原理》③一文揭示了冒、董二人定情时众人皆唾骂阮大铖这一突发事件，可从。康先生文中所举姚北若所作的观剧诗"柳岸花溪澹泞天，恣携红袖放橙船。梨园弟子觇人意，队队停歌《燕子笺》"，便是当年罢演《燕子笺》的有力证据。我们将两个因素合而观之，便可探求冒襄在鼎革之际的心理动态：因定情之剧的作者而受离乱之苦，又因定情之人的照拂而对生活充满希望，看似是命中注定的纠缠，实则是冒襄创作中只谈避乱，不谈避仇背后复杂的心路历程。因此我们就不难理解壬午观剧忆董小宛的诗中为何会提及"药房"，"天荒地老"为

---

① 孟森：《董小宛考》，《心史丛刊》三集，台湾河洛图书出版社，1980，第280~326页。现《北京图书馆藏珍本年谱丛刊》对董小宛生平记载亦采用此文。
② 孟森：《董小宛考》，《心史丛刊》三集，台湾河洛图书出版社，1980，第301~302页。
③ 康保成：《〈燕子笺〉传奇的被罢演与被上演——兼说文学的"测不准"原理》，《中国戏剧史新论》，台湾"国家出版社"印行，2012，第404~431页。

何会有恨了。

此诗虽是观演《燕子笺》时所作,但并未提及《燕子笺》,只因这是冒、董二人定情之剧,观剧时能够引起共鸣并勾起冒襄的更多回忆,这又与以往的悼亡诗不同,戏曲演出成为了悼亡的纽带。冒襄此类诗还有《忆壬午春与亡姬董小宛欢饮锡山下》《忆乙酉冬至后蒙难庚生履险还里时亡姬侍药舟中重泊锡山下》等,其特色亦同。此外,清初文人王崇简也有《观剧怀内》诗,在观看戏曲演出时怀念自己的夫人。中国古典诗歌中悼亡诗题材由来已久,其间亦不乏经典之作,而因观剧引起对往昔的追忆,抒发思念之情,为悼亡诗的创作提供了崭新的视角。

除悼亡追忆之外,观剧诗的抒情是多方面的。[①] 首先,观剧诗的创作从未脱离诗歌的抒情传统,因此借观剧以抒情是由诗歌自身的文体特点所决定的;其次,诗人在观看戏剧时抒发的感情也多种多样,或喜或悲,或表达人生态度;最后,观剧诗不同于戏曲评点或戏曲序跋创作,在客观描绘演出情况之馀,又融入了个人情感要求。

《巢民诗集》中所记录的观剧诗主要有《丁酉秋夜集许菊溪宪长紫筶山房同芝麓大宪于一与治于皇伯紫分赋四首》《清和望后一日谦集分赋得淡云笼月色其限晴字得二首》《马迁于约诸子往水绘庵看池荷雨阻不果行却携酒过得全堂听歌古采莲曲即席限韵》《花朝谦集水绘庵是日诸友沓至独颜子不践夙约座有姬人佐酒陈九挝鼓月下》《红桥谦集分得林字庵字》《甲辰闰六月望前一日扶病洗钵池泛月》等。本文试析几例以展示观剧诗所承载的情感元素,如《己酉榴月白璧双正五十过余弹琵琶数日于其归

[①] 王德威《现代抒情传统四论》将抒情传统梳理为"中国文学传统里的抒情定义丰富多姿。从儒家兴观群怨的诗教,到老庄的'心斋''坐忘'的逍遥,〈易传〉传统的生生不息、气韵生动,还有禅宗所启发出的羚羊挂角、天机自现,都代表表述抒情的不同意识形态面向。而'言志'和'缘情',不论作为抒情的认识讨论课题,或是修辞技术的指标,从情景交融,到物色比兴、神韵兴趣,更是千百年来诗学对话的焦点之一。当晚明的汤显祖声称'志也者,情也'时,抒情传统的辩论达到高潮"(台湾台大出版中心,2011,第3页)。因此笔者认为观剧诗亦为抒情传统辩论的文体形式之一,既承载了"言志"传统,又是戏中之情、观者之情、演者之情的延续,在时间上可忆往昔、观当下、展未来,可见其展示的情感要求是多方面的,所抒之情亦是多元的。

索诗寿其母夫人八十即席放歌赠之》①:

> 白君才隽毓名家,独躭声调弹琵琶。琵琶于技殊小巧,君弹琵琶狎瑶鸟。缑岭子晋下鹤听,飞琼双成不复道。手持琵琶上高堂,高堂母称八十觞。一觞一曲曲未央,庭帏真乐畴能方。况复君年正五十,榴花满把生红光。吾母今冬亦八十,朝夕承欢不如及。莱子七十始婴儿,我辈向母索饮食。人生万事堪一笑,钟鼎误人成不孝。君歌我舞绕膝前,世间谁者真神仙?

本诗本由白璧双弹琵琶而起,因白璧双母亲要过八十寿辰,由此引发了诗人对于孝行和人生真谛的思考,即有消闲的方式、有三五好友、上高堂健在、下儿女双全,这便是人生真正的乐趣,诗人也很向往做这样的快活神仙,可见其隐居后心态之豁达。此外,在冒襄写给吴伟业的诗中也明确了自己的精神追求:"岂不知无益,其如太有情。茫茫过岁月,恻恻送平生。笑我童心惯,怜君苦口争。酒旗歌板地,从此谢浮名。"②"茫"指模糊不清,"恻"在《说文解字》中解为"痛也",《广韵》中解为"怆也",冒襄深知生活之艰辛,会饱尝苦痛,对于遗民来说,他们的苦痛主要是政治的风云变幻,为"浮名"所累,因此承载他情感寄托的载体转化为"酒旗歌板地",可见其家班以及戏曲对冒襄来说意义不仅仅是单一的娱乐。从中我们也可看出,冒襄的生活态度与其同时期的吴伟业、龚鼎孳等人都不尽相同,吴伟业几度出仕,几度辞官,终究难以摆脱心灵的谴责,始终处于矛盾之中,龚鼎孳决定出仕,便坦然面对,其观剧诗中鲜有寄托家国情怀之作,多为纯娱乐性,冒襄对待戏曲首先源于乐趣与家传渊源,甲申之际经历了辗转避乱与疾病困扰后,他对生活有了更多的感悟,而恰恰戏曲可以与他的心绪产生共鸣,同时又能避开世事纷扰,于是成就

---

① 冒襄:《巢民诗集》卷二,北京图书馆藏清康熙刻本,第24页。
② 冒襄:《巢民诗集》卷三,北京图书馆藏清康熙刻本,第23页。

了冒襄坦然豁达的生活态度。

再如《冬夜水绘庵读书诸子招陪其年时小季无誉禾丹两儿在侍即席限韵三首》① 中的第二首：

> 何人寨艺苑，巨手驭班麟。旧失梁园雪，今归义府陈。乾坤僧有腊，岁暮覆无新。莫叹相逢晚，霜天指翠筠。

这组诗有小字注释"观剧有感"，因此可以判定是观剧所作。是次观剧的主要人物是冒襄和陈维崧，众所周知，冒襄十分欣赏陈维崧的才华，收留陈维崧寄居水绘园长达十年之久，其间陈维崧曾有短暂的离开，寻求仕途不果，又返回水绘园中，此为创作背景。由此可以推测，感叹"相逢晚"的人不是冒襄，很可能是陈维崧，冒襄作出的回应是"莫叹"，由此勾勒出两人对话的画面感。接着冒襄又以"翠筠"作比，"翠筠"即绿色的竹子，多借指君子，或君子之交，由此，冒襄对朋友的态度从此诗中也可以显现出来了。

由于篇幅所限，以上的例子虽不足以说明观剧诗所抒发的情感有多丰富，但可见观剧诗虽然是戏剧演出的衍生品之一，并未脱离诗歌的抒情传统一味地为戏曲服务，而是文人情感抒发的重要载体，亦是我们研究文士心态的重要史料。

二 细巧：色艺双绝与家班成长

在笔记史料中我们不难见到对冒襄家班的记载，如"紫云冠绝流辈"、"歌者杨枝度曲，紫云吹箫"、"秦箫、杨枝诸词真赏音者也"② 等，但紫云是如何演奏的？为何在同辈伶人中如此出众？秦箫的歌妙在何处？

---

① 冒襄：《巢民诗集》卷三，北京图书馆藏清康熙刻本，第13页。
② 《云郎小史》，《清代燕都梨园史料·下编》，中国戏剧出版社，1988，第958、961页。

杨枝的演出具体是怎样的？这一系列的问题在观剧诗的记载中都可以找到答案。

冒襄对水绘园中的家乐投入了许多精力，"百金买管弦，千金聘歌妓"①，即使冒家几度面临经济危机，他都没有放弃蓄养家乐和对家伎的培养。除冒襄自己度曲教家乐以外②，他还重金聘请当时著名的家乐教师，一个是陈九，另一个是苏昆生。

甲申之变后，阮大铖派伶人教师陈遇所前来劝说冒襄一同抗清，《冒巢民先生年谱》记载道："陈遇所来曰：若辈为魏学濂仇我，今学濂降贼授官，忠孝安在？吾虽恨，若实爱其才，肯执贽，吾门仍特荐为纂修词林。"③冒襄笑曰："祸福自天。"明亡之后，阮大铖的家班又几乎全部被冒襄所接纳，这位陈遇所即陈九，之后长期居于水绘园，只管执教戏曲。陈维崧亦居于水绘园，自然也认识这位陈九，在《满江红·陈郎以扇索书，为赋一阙》中，对这位陈郎有注释："父名九，曲中老教师"，还描绘这位陈九的技艺"铁笛钿筝，还记得，白头陈九。曾消受妓堂丝管，球场花酒。籍福无双丞相客，善才第一琵琶手。叹今朝，寒食草青青，人何有？"④在水绘画园谦集时亦有其他文人提及陈九，如刘梁高、刘雷恒等人互相唱和的观剧诗《奠两招同辟疆老盟兄即席限韵时张姬又琴歌者陈九在座》⑤等。

冒府中另一位享有盛誉的曲中教师是苏昆生，吴伟业赞苏昆生"得魏良辅遗响，四声九宫，清浊抗坠，讲求贯穿于微妙之间"⑥，也是吴伟

---

① 冒襄：《巢民诗集》卷一，北京图书馆藏清康熙刻本，第16页。
② 《冒巢民先生传》载冒襄"好交游，喜声伎，自制词曲，教家部，引商刻羽，听者竦异，以为钧天迭奏也。"参见《同人集》，清康熙间冒氏水绘庵刻本，《四库全书存目丛书》集部第385册，第14~15页。
③ 《冒巢民先生年谱》，第31页。
④ 陈维崧：《迦陵词全集》卷十一，清康熙二十八年陈宗石患立堂刻本，《续修四库全书》集部第1724册，第250页。
⑤ 冒襄：《同人集》卷五，清康熙间冒氏水绘庵刻本，《四库全书存目丛书》集部第385册，第233页。
⑥ 冒襄：《同人集》卷四，清康熙间冒氏水绘庵刻本，《四库全书存目丛书》集部第385册，第164页。另有王时敏赞苏昆生是"魏良辅遗响尚在"。

业将苏昆生推荐给冒襄的。① 苏昆生，原名周如松，河南固始人，明末昆曲名家，人称"南曲天下第一"，曾为李香君排《玉茗堂四梦》等剧。② 苏昆生早时曾到水绘园中作客，康熙四年（1665）水绘园中举行大型的雅集活动，苏昆生就曾出席，冒襄作《红桥谯集分得林字庵字》诗载苏昆生技艺高超。在苏昆生与冒襄早已相识的情况下，康熙六年（1667）吴伟业写信向冒襄推荐苏昆生，《冒巢民先生年谱》就记载了"康熙丁未，苏昆生来"之事。苏昆生到水绘园执教时值徐紫云随陈维崧北上的前一年，徐紫云也得到了苏昆生的指导，此后又将"魏良辅遗响"传播更远。

有了名师指点，冒氏家班涌现出了多位著名艺人，且各有所长，世人亦多以"色艺双绝"来概括他们。观剧诗作品中多用细节刻画的笔法记载了冒襄家班伶人的身段、长相、唱腔特点及成长记忆等内容，这些细节描写往往被长篇的戏曲理论所忽略。同时又因为观剧诗多伴随戏曲演出所产生，其即时性的特点更容易让人捕捉到细节，而不似长篇评点作品，在经过思想的提炼与沉淀之后，细节有可能被遗忘。因此，观剧诗以其即时性、随机性的特点抓住诗人灵感迸发的瞬间，为戏曲演出的细节研究提供了史料依据。

接下来我们来看上文列举的"紫云"、"秦箫"、"杨枝"的技艺究竟是怎样的。首先，徐紫云，一字九青，又号曼殊，人称"云郎"，工旦角，擅吹箫及演《邯郸梦》《燕子笺》等剧。③ 曾有人将他比作唐代杜牧的家姬紫云，陈瑚将两者比较云："徐郎窈窕十五六，覆额青丝颜如玉。昔之紫云恐不如，满座猖狂学杜牧。"④ 诗中勾勒出紫云十五六岁时候的样貌，额前青丝覆盖，皮肤白皙，后来又有"盈盈秋水翦双瞳，对值娇娘影未工"⑤ 之句，从紫云的眼光流动写起，通过不同视角的刻画，我们

---

① 参见《梅村家藏藁补遗·与冒辟疆书》，《续修四库全书》集部第1396册，第314~315页。
② 《江南戏曲志·扬州卷》，江苏文艺出版社，1996，第373页。
③ 《云郎小史》，《清代燕都梨园史料·下编》，中国戏剧出版社，1988，第959页。
④ 《云郎小史》，《清代燕都梨园史料·下编》，中国戏剧出版社，1988，第961页。
⑤ 毛文芳：《图成行乐：明清文人画像题咏析论》，台湾学生书局，2008，第427~428页。

就可以了解紫云大致的面部形象了。其次,描写紫云唱腔的诗句有"一曲清歌彻夜闻,妆成红袖更殷勤","歌声宛转落珠玑,放诞风流试舞衣","紫云紫云真妙绝,情怯心慵歌未歇"①等,描绘出紫云的歌声像玉落珠玑,给人以形象的感受,又"情怯歌未歇"的另一个侧面展示了紫云演唱时候对剧中人物情感的把握,增强了对其唱腔刻画的深度。现存咏赞冒襄家班伶人的诗中提及紫云的最多,吴伟业、龚鼎孳、王士禛、尤侗、许承钦等均有相关诗作,这些记载从不同的视角记述紫云,使这一伶人的形象更加丰富、生动。

水绘园中另一著名伶人名秦箫,陈瑚《得全堂夜宴后记》记载:"伶人者,即巢民所教童子也。徐郎善歌,杨枝善舞,有秦箫者解作哀音,每发一喉,必缓其声以激之,悲凉仓况,一座歔欷。"②秦箫擅长唱北曲,他的嗓音也比较独特,略带苍凉之感,所以他将这一声音的特点加以揣摩运用,每唱一句,必使声音悲怆动人,令观者潸然泪下。许承钦描绘秦箫的唱腔"含风细唾湿吴绵,字字微吟尽可怜"③,如"含风细唾",慢慢地浸湿柳绵,每一个字吐露出来都带着悲凉之感,字字流淌,敲打在听者心中,更显其悲凉。陈瑚评秦箫:"秦箫北曲响摩天,刻羽流商动客怜。拟谱唐宫凝碧恨,海青心事倩伊传。"④这首诗从一个转调的细节刻画秦箫演唱之动人,而且秦箫是在深深理解了所唱之曲的内容和表达的情感,才能将这一悲情演绎得更加淋漓尽致。

冒襄家班中还有一对父子以歌见长,即杨枝与小杨枝。《祝冒辟疆社盟翁先生双寿序》中所描述的"紫云善舞,杨枝善歌,秦箫隽爽"⑤,即

---

① 毛文芳:《图成行乐:明清文人画像题咏析论》,台湾学生书局,2008,第427~428页。
② 冒襄:《同人集》卷三,清康熙间冒氏水绘庵刻本,《四库全书存目丛书》集部第385册,第86页。
③ 冒襄:《同人集》卷十,清康熙间冒氏水绘庵刻本,《四库全书存目丛书》集部第385册,第448页。
④ 冒襄:《同人集》卷十,清康熙间冒氏水绘庵刻本,《四库全书存目丛书》集部第385册,第448页。
⑤ 冒襄:《同人集》卷十二,清康熙间冒氏水绘庵刻本,《四库全书存目丛书》集部第385册,第505页。

点出了杨枝所擅,钮琇也曾提到"歌者杨枝,态极妍媚,知名之士题赠盈卷"。① 王士禛曾欣赏冒氏家乐演出,作《杨枝紫云曲》二首,第一首描绘了杨枝的生动形象:"名园一树绿杨枝,眠起东风踠地垂。忆向灞陵三月见,飞花如雪贴轻丝。"② 诗中以树作比,用树枝随风摇曳的姿态来形容杨枝的妩媚之感。无独有偶,陈维崧的《赠别杨枝》也采用了相似的艺术手法:"漱金卮,阁金卮,不是尊前抵死时,今宵是别离。捻杨枝,问杨枝,花萼楼前踠地垂,休忘初种时。"③ 陈维崧将杨柳枝与伶人杨枝融合在一起,"捻"的是柳枝,"问"的是杨枝其人,更增添了别离时的缠绵之感,"踠地垂"三字便是借用了王士禛的"东风踠地垂"之句,二者有异曲同工之感。这些具体的表达较"善歌"二字的简单概括都要丰富得多。

杨枝风华二十年左右,其后他的儿子亦是绝色佳人,因此人称"小杨枝"。邵青诗云:"唱出陈髯绝妙词,灯前认取小杨枝。天公不断销魂种,又值春风二月时。"④ 可见小杨枝色艺均承袭其父真传,再度博得众人咏叹。在紫云、秦箫、杨枝逐渐老去,淡出舞台之后,小杨枝辈还有徐雏、金菊、金二菊⑤等伶人延续冒襄家班的鼎盛和艺术水平。正因冒氏家班历史悠久,优秀伶人辈出,使其对戏曲传播的贡献更多。

冒襄家班在戏曲传播史上的第一个贡献是因徐紫云随陈维崧北上而起,无意中促进了南北曲调的融合。"北曲之衰亡"与"南曲之隆兴"是戏曲史上经久不衰的论题,青木正儿先生曾论及:

---

① 钮琇:《觚剩》,上海古籍出版社,1986,第30页。
② 冒襄:《同人集》卷十,清康熙间冒氏水绘庵刻本,《四库全书存目丛书》集部第385册,第449页。
③ 冒襄:《同人集》卷十二,清康熙间冒氏水绘庵刻本,《四库全书存目丛书》集部第385册,第510页。
④ 《云郎小史》,《清代燕都梨园史料·下编》,中国戏剧出版社,1988,第976页。
⑤ 徐雏,字彬如,小字花乳。金菊,字芳男。金二菊,字韦杜。金菊至乾隆初年尚在冒襄家班,诗云:"水绘名园已久芜,酒旗歌板小三吾。此时白发谈天宝,弦断琵琶烛泪枯。""燕子春灯阮大铖,当年顾曲恨难平。紫云已去杨枝死,对尔犹然见老成。"参见《云郎小史》,《清代燕都梨园史料·下编》,中国戏剧出版社,1988,第976页。

> 元中叶以来改进复兴之南戏,至嘉靖间,更进飞跃之步,寻入万历间,沈璟、汤显祖两大家起麾曲坛,作家并辔驰骛,竞盛一时。由是至明末清初,诸家所作,尤极殷富灿烂,遂出现南戏之黄金时代,压倒北剧,南北易处,竟至完全征服。①

可见此时南戏之兴盛已经成压倒性的优势,青木正儿先生归结其原因主要为昆曲的勃兴与魏良辅之功。②陈维崧的《赠歌者袁郎诗》亦记录了魏良辅为南曲兴盛所作出的努力:"嘉隆之间张野塘,名属中原第一部。是时玉峰魏良辅,红颜娇好持门户。一从张老来娄东,两人相得说歌舞。"③这首诗后来还成为后人考证魏良辅生平的重要证据。再说吴中伶人北上之事,徐紫云之前并非无先例。顺治间吴伶王紫稼游京师便引起文人豪客的注意,吴梅村有《王郎曲》、钱牧斋有《辛卯春尽歌者王郎北游告别戏题十四绝句》等诗为证,钱牧斋诗作于辛卯,即顺治八年(1651),与徐紫云北上间隔不到十年。世人多关注王紫稼,而据观剧诗记载,徐紫云北上所带来的影响并不亚于王紫稼,甚至有所超越。王紫稼北上引起了当时文人争相观赏,徐紫云不仅达到此效果,更引来了业内伶人的注意,因此才有笔者所述其"促进南北曲融合"之效。

康熙七年(1668)陈维崧决定北上都门(今北京)游历,继续追寻他的仕途之梦,此行徐紫云陪同前往。两人一路颇受关注,一为陈维崧的文采,二为徐紫云的技艺。二人多次参与文人雅集,名流才子争相观看徐紫云的演奏。龚鼎孳曾写诗《云郎口号四绝句其年索赋》,称赞云郎的演奏:

---

① 〔日〕青木正儿:《中国近世戏曲史》,王吉庐译,台湾商务印书馆,1982,上册第165页。
② 〔日〕青木正儿:《中国近世戏曲史》,王吉庐译,台湾商务印书馆,1982,上册第165页。原文为:"今考其因,实由于自元以来所培植之南方嘉木,经历岁时,开花结实之机渐形成熟,固无论矣,然东风忽来,使万朵花蕾开放者,盖在于'昆腔'之勃兴。昆腔为嘉靖初昆山魏良辅首唱之腔调。南曲得此天才,使音乐上得一大进步,遂令他种南曲无颜色,竟至压倒北曲,使成广陵散,以是作家翕然向之矣。"
③ 徐釚:《本事诗》卷十二,清光绪十四年徐氏刻本,第168页。

春风丝管扬州路，曾见秦箫最少年。今夕云郎来对酒，长安花月更婵娟。不从水绘园中住，席帽轻衫到国门。自是主人能爱客，三千里外一寒温。陈郎文采惊天下，作客虽贫才足依。茶灶药囊秋雨夜，他乡伴好不须归。云郎态似如云女，缥缈朝云与暮云。听说绕梁歌绝妙，花前还许老夫闻。①

龚鼎孳与冒襄过从甚密，他也曾看过冒襄家班中秦箫的表演，而当见到紫云时，觉得紫云功力更深，诗中描绘了陈维崧和徐紫云的才华和技艺，更感叹两人感情深厚，称赞紫云歌声有"余音绕梁"的魅力。

徐紫云所习的是昆腔，即温婉绵长的水磨调，当时北方盛行的多是高亢的北曲腔调。他随陈维崧到北京之后，以个人的影响力对北曲唱腔形成了冲击，《云郎小史》载："当康熙戊申，云郎年才二十有五，随陈其年入都。日下胜流，震其声名，争欲一聆佳奏。南腔北播，菊部歌儿多摩其音。于是京邑剧风为之一变。"② 青木正儿先生曾提出"昆曲化之北曲"③ 这一概念，精准概括了明末清初南北曲之融突，然而未能展开论述，实为憾事。此处徐紫云北上之事例正是探求"昆曲化之北曲"流变的有力证据。

冒襄家班另一宗规模较大的艺术交流是与俞水文家班切磋演技，家班间互相切磋、互相学习大大有利于演员艺术水平的提升。值得注意的是，冒襄家班为男伶家班，旦角亦由徐紫云等男旦扮演，而俞水文家班为女伶家班。自古男伶与女伶虽然并存，但其渊源与地位均有差别④，男伶家班与女伶家班同台演出的记录并不多，可见冒襄此次艺术尝试颇为大胆。

---

① 龚鼎孳：《定山堂诗集》卷四十二，清康熙十五年吴兴祚刻本，《四库禁毁书丛刊》集部第117册，第444页。
② 龚鼎孳：《定山堂诗集》卷十五，清康熙十五年吴兴祚刻本，《四库禁毁书丛刊》集部第117册，第243页。
③ 〔日〕青木正儿：《中国近世戏曲史》，王吉庐译，台湾商务印书馆，1982，上册第177页。
④ 康保成：《先秦的'散乐'与'夷乐'》，《中国戏剧史新论》，台湾"国家出版社"，2012，第36～61页。康先生以《管子·轻重甲》篇"昔者桀之时，女乐三万人，端噪晨乐，闻于三衢"之语为证，说明女乐始于夏代，同时又根据《国语》《周礼》等记载分析男乐是被纳入周礼范畴的乐舞演出，女乐则不然，在未进入礼仪的各类歌舞中，又以女乐为代表。

从其演出效果来看，曹溶曾作《巢民先生过水文宅观女乐赋十绝索和》："江南江北聚优伶，耳淫哇几耐听不？不遇冒家诸子弟，梨园空自说娉婷。"① 曹溶以对比的手法称赞冒襄家班的演技在梨园行里是第一流的，其他的都是"淫哇"。许承钦则有《同曹秋岳侍郎巢民年长观水文女乐十绝》赞叹冒襄家班与俞水文家班的演出："一字清歌半柱香，销魂尽入少年场。莺喉缥缈谁堪并？剩有俞家众女郎。"② 曹氏与许氏的观点截然相反，曹氏认为冒襄家班极佳，许氏则更喜俞水文家班演出。从接受史的视角来看，由于审美心态的不同，即使同一作品对不同的审美接受者所产生的审美认同亦是不同的，这与西方戏剧中每位观众心中都有自己的哈姆雷特不谋而合。事实上，冒襄家班与俞水文家班伶人技艺均有高妙之处，其主要贡献在于此次演出带给观众更多的审美感受。而后冒襄作《和曹秋岳先生壬戌冬夜同过俞水文中翰宅观女乐十绝原韵》《再和许青屿先生同观俞水文女剧十断句原韵》诗作为响应，这样的一唱一和几乎与台上的演出同时进行，真实再现了家班合演、互相切磋的场面。

从上述的观剧诗记载中不难看出，观剧之作除了能够寄托文人自身的情愫之外，还有大量作品记录了演出实况、伶人技艺、艺术交流与融合等情况，以诗歌的语言真实再现了当时伶人的身段、唱腔、演剧的细节，为戏曲研究提供了不少线索。冒襄家班中徐紫云北上与冒、俞家班合演两事更是戏曲史发展过程中不可忽视的重要事件，为声腔源流史及优伶演出史研究提供了史料依据。

三　顾曲：艺术实践与审美引导

自明代曲种、曲调、曲艺的不断丰富，加之文人介入，戏曲呈现

---

① 冒襄：《同人集》卷十，清康熙间冒氏水绘庵刻本，《四库全书存目丛书》集部第 385 册，第 448 页。
② 冒襄：《同人集》卷十，清康熙间冒氏水绘庵刻本，《四库全书存目丛书》集部第 385 册，第 449 页。

雅俗兼取的文化格调，文人雅集伴之家乐演出成为当时喜闻乐见的文人交往形式。这种形式不但有利于提高伶人的演出技艺，促进戏曲的传播，更重要的是，文人对于家乐演出的顾曲评点不仅是文人自身的艺术实践，同时又使文人的审美趣味对戏曲文化起到了引导作用，这是观剧诗作为戏曲评点体裁之一的又一特点。此外，中国古代戏曲评论作品中鲜少有如《桃花扇纪事本末》这样的篇章，将戏曲创作的过程记述得如此详细，冒襄家班作为明末清初最大的戏曲家班之一，戏曲家们纷纷将作品带至如皋，请其家班排演，因此，冒襄家班的观剧诗中亦如《桃花扇纪事本末》一样，记载了诸如《秣陵春》《黑白卫》等著名剧作在排演中不断改编、完善，最终成为一出成形的戏曲的发展历程。

吴伟业①与冒襄同为遗老，与冒襄的豁达心态不同，吴伟业于新朝出仕，又始终受到内心的谴责，后丁母忧归乡②，冒襄曾作诗劝解吴伟业："盐官留滞叹蹉跎，遗老飘零事若何？万里烽烟横白雁，五都荆棘没铜驼。遥瞻吴苑乡关隔，近接邗江涕泪多。闻道子山消息在，白头红豆只悲歌。"③在文学创作上，吴伟业不仅以诗见长，独创"梅村体"，他创作的传奇《秣陵春》、杂剧《临春阁》《通天台》也颇受关注。顺治间，吴伟业作《秣陵春》剧④，初稿完成后曾写信给冒襄请求冒氏家班演出此剧，"闻巢民家

---

① 吴伟业（1609~1672），字骏公，号梅村，江苏太仓人，崇祯进士。
② 详参《吴梅村家藏藁》年谱，清宣统三年董氏诵芬室刻本，《续修四库全书》集部第1724册，第319~336页。
③ 冒襄：《巢民诗集》，北京图书馆藏清康熙刻本，卷五，第5页。全诗共四首，题为《寄吴梅村先生四首》。
④ 齐森华、陈多、叶长海：《中国曲学大辞典》（浙江教育出版社，1997，第490页）《秣陵春》条云："《秣陵春》又名《双影记》，吴伟业作。有《古本戏曲丛刊》三集影印本。写于清顺治三年或四年。二卷，四十一出。叙写南唐大臣徐铉之子徐适与黄济之女黄展娘在南唐亡后的爱情故事……剧本曲词典雅凄绝，但头绪繁多，结构松散。顺治年间，曾在苏州沧浪亭等处演出。"《秣陵春》杂剧的创作时间说法不一。郭英德《吴伟业〈秣陵春〉传奇作期新考》（《清华大学学报》2012年第6期）一文中认为此剧作于顺治八年（1651）至顺治十年（1653）之间；黄果泉《吴伟业传奇、杂剧撰年考辨》（《河南师范大学学报》2000年第6期）一文中认为此剧作于顺治十年；《梅村家藏藁·年谱（三）》记载此剧作于顺治九年（1652），本文仅以其为顺治间所作为准。

乐紫云、杨枝声色并绝,亟寄副本,为我翻出"①,而当时冒襄只收到此信,未见副本。直到康熙二十六年(1687)才得到《秣陵春》剧本,冒襄大为赞赏,诗云:"阮亭传话到江村,三十年前未细论。今日曲中传怨恨,一齐遥拜杜鹃魂。"② 随即安排家乐演出,自此《秣陵春》成为冒襄家班演出频率最高的剧目之一,甚至在雅集时出现了通宵演《秣陵春》的盛况。现存观剧诗史料中,顾曲评点冒襄家班演出《秣陵春》剧的诗歌创作十分丰富,涉及了伶人技艺、演出效果、剧目设置、蕴含寓意等诸多方面。

许承钦评价吴伟业的填词:"娄江才子气常增,大手填词《秣陵春》。慧句幽情笼幻影,西宫宛在玉壶冰。"③ 许大赞《秣陵春》的魔幻现实手法,虽然讲述了一个光怪陆离的爱情故事,但不失吴伟业的真心,借用"一片冰心在玉壶"的典故,称赞吴伟业的创作印合了"酌奇而不失真"的境界。冒襄则作《步和许漱雪先生观小优演吴梅村祭酒〈秣陵春〉十断句原韵》(第七首):"华音敢道发家伶,寂寞凝神始解听。昭惠小周皆绝代,保仪何独擅娉婷?"④ 这首诗后冒襄特意加了注释,他认为吴伟业不说飞燕、合德,而将不受宠的保仪作为主人公,是有他的用意的,冒襄的思考涉及了剧中人物形象的选择和设置,并不单单停留在艺术性的赏析,较许承钦更深入了一步。此外还有对《秣陵春》演出声腔的评点之作:"梦想歌喉一串珠,今宵何幸醉蟾蜍。当筵一阵清香绕,管领春风玉不如。""华堂坚坐酒徐倾,细听悠悠裛玉笙。神观虚凝娇不断,坐停银烛到天明。"⑤ 此二首诗便是通宵演绎《秣陵春》时所作,唐人有形容琵

---

① 冒襄:《同人集》卷四,清康熙间冒氏水绘庵刻本,《四库全书存目丛书》集部第385册,第164页。
② 徐釚:《词苑丛谈》卷九"吴祭酒题曲词"条,清海山仙馆丛书本,第126页。
③ 冒襄:《同人集》卷十,清康熙间冒氏水绘庵刻本,《四库全书存目丛书》集部第385册,第448页。
④ 冒襄:《同人集》卷十,清康熙间冒氏水绘庵刻本,《四库全书存目丛书》集部第385册,第448页。
⑤ 冒襄:《同人集》卷十,清康熙间冒氏水绘庵刻本,《四库全书存目丛书》集部第385册,第448页。诗题为《戊辰仲春偶游雉皋,兼再访巢民先生,先蒙枉顾,邀赴欢场。是夕演〈秣陵春〉达旦始别,殆生平仅见之乐也。率成十绝志感》,本文选用第三首和第十首。

琶"大珠小珠落玉盘"之句,这里将戏文的每一个字都比作珍珠,从演员的嘴里唱出来就像一串珍珠吐露芳华,笙伴奏的声音"悠悠"、"袅袅"都是轻柔绵长之意,且需细听,一个"细"字双关,一方面是指昆腔水磨调的特点有余音绕梁之感,另一方面则是指《秣陵春》曲调的优美,每一个字都想仔细品味。吴伟业较冒襄早逝,后来冒襄常令家班演出《秣陵春》并自己作诗悼念吴伟业:"我尚躭竹肉,非此无能生。菊影上歌床,周郎静不惊。日日演《秣陵》,歌哭吴司成。"① 此诗又再次印证了以观剧诗抒悼亡之情的特点。

大木康先生亦曾论及冒襄家班排演《秣陵春》事②,然其列举吴伟业"江左玲珑,亦有能歌一阕乎?望老盟翁选秦青以授之也"句,并分析道"玲珑即唐代歌姬商玲珑,秦青则是《列子·汤问》中记载的歌唱名家,此处皆代指冒襄家的歌女",此分析有误。"玲珑"、"秦青"虽均为历史上著名伶人,吴伟业此处用典不假。但从现存史料记载中未见冒襄家班有女伶,且明末清初尚未出现同一家班男、女伶人皆有蓄养的例子,文人豪客或偏好男伶,或偏好女伶,冒襄家班属于前者。若大木康先生从用典情况来分析此处指代歌女,亦有不妥。商玲珑确为女性,但我们看《列子》中对秦青的记载:

> 薛谭学讴于秦青,未穷青之技,自谓尽之,遂辞归。秦青弗止。饯于郊衢,抚节悲歌,声振林木,响遏行云。薛谭乃谢求返,终身不敢言归。③

《列子》中并未论及秦青的性别,从前文提及康保成先生所论男乐属周礼范畴,女乐不然的观点来看,秦青的性别为男性的可能性较大。因此,笔

---

① 冒襄:《同人集》卷十,清康熙间冒氏水绘庵刻本,《四库全书存目丛书》集部第385册,第448页。
② 〔日〕大木康:《冒襄和〈影梅庵忆语〉》,台湾里仁书局,2013,第123~126页。
③ 《列子》卷五,四部丛刊景北宋本,第46页。

者认为吴伟业所述并非指"冒襄家的歌女",而是指紫云、杨枝等人的旦角扮演,且前文有以杜牧歌姬比作徐紫云的观剧诗例为证,在此不赘述。

与冒襄交好的另一位戏曲家是尤侗,尤侗曾多次与冒襄雅集,与陈维崧等人亦是熟识。尤侗顾曲多从演员的视角进行评价:"侧帽轻衫古意多,乌丝栏写《懊恼歌》,红儿解唱《定风波》。翠管吟残倾一斗,玉箫吹彻敛双蛾,酒阑曲罢奈髯何?"①虽然这首词是尤侗对《迦陵填词图》的题咏,但并未停留在画面的表面。《湖海诗集》记载陈维崧确实曾作《懊恼曲》,《定风波》亦是紫云所擅曲目,紫云擅吹箫人人皆知,"玉箫吹彻敛双蛾"的这一细微的动作则是源于尤侗的细心观察了。从这首词中便可看出,虽然《迦陵填词图》是一幅静态的画,尤侗将长期在水绘园中雅集所得入词,使陈、徐二人的形象立刻生动起来,再现了水绘园中雅集的主要元素:饮酒行诗,红牙拍板。除上文中用"第一琵琶手"来定位陈九之外,尤侗又用了一个"第一"来定位徐紫云:"西园公子绮筵开,璧月琼枝夜夜来。小部音声谁第一,玉箫先奏紫云回。""璧月"一句从侧面暗示了水绘园雅集之盛、频率之高,之后对紫云唱腔、技艺给予了高度评价。

文人雅集之余还会将自己欣赏的曲本推荐给冒襄,尤侗《西堂乐府》记载王士祯曾将自己喜欢的《黑白卫》曲本携带到如皋,冒襄见到此剧本甚是喜爱,随即安排自己的家班排演此剧。

上述例证可以看出清初文人对戏曲产生兴趣的同时,逐渐介入戏曲创作和演出的痕迹,为进一步研究明末清初戏曲雅化现象、戏曲家创作的历程、改编剧本的种种思考以及演出史等提供了线索。

四 创获:家班特点与剧诗功能

从观剧诗作品中我们可以总结出冒襄家班的一些特点,这些特点也符

---

① 转引自毛文芳《图成行乐:明清文人画像题咏析论》,台湾学生书局,2008,第389页。

合明末清初多数文人家班的基本特色。一是世代承袭，冒氏家班经过几代传承，至冒襄发展繁盛，其间涌现出一大批色艺双绝的伶人；二是技艺超群，徐紫云、秦箫、杨枝等辈各有所擅，家班技艺堪比职业戏班[1]；三是文人雅集，冒襄经常组织并参加文人谯集，其间必佐以家乐演出，或丝竹，或折子，或全剧，为文人间交流唱酬提供素材；四是活动频繁，冒襄家班在清初十分活跃，且声名远扬，这与其家班高频率的演出是分不开的。

与家班演出几乎同时产生的观剧诗真实再现了家班戏曲的发展轨迹，是研究明末清初戏曲发展的第一手数据，其主要价值在于以下几个方面。

第一，从戏曲接受的视角来看，基于诗歌抒情之传统，观剧诗虽与戏曲演出活动相伴产生，但并不完全依赖于戏曲。观剧诗没有脱离诗歌这一体裁"言志"功能的主线，许多作品意在抒发家班主人或谯集文人自身的主观情感，情感寄托是观剧诗的基本功能。

第二，从戏曲演员的视角来看，笔记史料和长篇戏曲评点作品中对演员的具体情况所述不多，观剧诗弥补了这一不足。从观剧诗中我们可以看到演员的样貌、唱腔、舞蹈等诸多细节，使研究者的视角不再局限于"善歌"或者"善舞"的简单定位。

第三，从戏曲演出的视角来看，观剧诗既真实记录了演员演出的情况以及家班的不断成长，从南北曲唱腔的互相借鉴，到家班之间技艺的切磋；同时又呈现了家班演出的繁盛之貌，冒襄家班演出的主要剧目《燕子笺》《秣陵春》《浣纱记》《邯郸梦》等在观剧诗中均有记录[2]，为清初

---

[1] 赵山林《中国戏曲传播接受史》（上海人民出版社，2008）第七章第二节也对本文中特点一和特点二进行论述，详见第253~258页，原文为"家班的第一个特点是，有不少家班是世代相传型的"，"家班的第二个特点是，艺术水平一般都比较高，而且往往各有特色"。

[2] 参见杨惠玲《戏曲班社研究：明清家班》，厦门大学出版社，2006，第233页。冒襄家班经常上演的传奇剧目有《燕子笺》《邯郸梦》《紫玉钗》《牡丹亭》《清忠谱》《空青石》《秣陵春》《党人碑》；折子戏有《琵琶记》中的《汤药》《吃糠》《剪发》，《浣纱记》中的《采莲》；南杂剧有《义犬卢獒》；北杂剧有《黑白卫》。

戏曲的传播史研究提供了素材。

第四，从戏曲创作的视角来看，观剧诗记录了某些戏曲作品的生成过程，包含了文人对情节安排和人物设置等方面的思考，以及在不断演出过程中所作的调整，是文人对戏曲艺术实践的再现。

第五，从戏曲评点的视角来看，文人顾曲所作的观剧诗是戏曲评点的重要组成部分。且其创作的随机性和便捷性不同于专门的戏曲理论或序跋著作，观剧诗以短小的篇幅和精湛的语言勾勒出家班演出的情况，并对其艺术性进行概括，是实时性的文学评论。

最后，文人雅集伴随冒襄家班演出的始终，自汤显祖明确提出"至情"理论，明清传奇一直承袭这一文化传统，而诗歌的创作自古便是主情。两种"情"交织融合，使文人内心的情感可以得到充分的表达。从冒襄的自我寄托，到其他文人的唱和评点，观剧诗为喜爱戏曲的文人提供了艺术实践的平台。由此，文人进一步介入戏曲这种俗文学的领域，使清初戏曲形成雅俗兼取的文化格调，促进戏曲由俗至雅的发展。

附录：冒襄家班研究观剧诗史料编年[①]

明崇祯九年（1636）　丙子

周永年[②]《丙子秋秦淮社集夜泛同冒辟疆暨顾仲恭朱尔兼陆梦鳬陈则梁张公亮吕霖生赵退之周勒卣周兼臣及顾范二女史二史善画顾复善歌》《分韵无字得二首》；陈梁[③]《丙子桂月之朔同公亮霖生渔仲辟疆盟于眉楼即席放歌》；张明弼[④]、吕兆龙[⑤]《结交行同盟眉楼即席作》。

[①] 由于明清文人多有重名现象，笔者将与冒襄交往的文人本事略加考索，除徐颖、刘梁高、张照嵋三人尚未考定外，其他人均加笺注，共计40余位，以便研究。
[②] 周永年（1582~1647），字安期，江南吴江人。（出处：钱谦益《有学集》卷三十一《墓志铭》）
[③] 陈梁（1573~1619），陕西泾阳人。（出处：《大清一统志》卷一四六）
[④] 张明弼（1584~1652），字公亮，号琴牧，江南金坛人。（出处：光绪《金坛县志》卷九）
[⑤] 吕兆龙，江南金坛人。（出处：乾隆《江南通志》卷一二三《选举志》）

明崇祯十三年（1640）　庚辰

黎遂球①，茅元仪②，万时华③，陈丹衷④《庚辰午日同辟疆盟兄社集影园分韵》；陈名夏⑤，徐颖《和辟疆灯船曲六首》。

明崇祯十四年（1641）　辛巳

顾杲⑥《辛巳秋同辟疆观周完卿新剧赋赠》，时冒襄和顾诗。

明崇祯十五年（1642）　壬午

李雯⑦《壬午秋辟疆纳秦淮董姬小宛归复寄》。

清顺治五年（1648）　戊子

赵尔忭⑧《和戊子阳月望月社集三十二芙蓉斋看月即席限韵》；龚鼎孳⑨《戊子阳月望月社集三十二芙蓉斋看月即席限韵》；杜浚《和戊子阳月望月社集三十二芙蓉斋看月即席限韵》。

清顺治七年（1650）　庚寅

龚鼎孳《庚寅暮春雨后过辟疆友云轩寓园听奚童管弦度曲时辟疆顿发归思兼以是园为友沂旧馆故并怀之限韵即席同赋》，时杜浚、吴绮和龚诗；龚鼎孳《戏和檗子赠杨枝》，《和杨枝一泓秋水漾群鹅》，《戏送杨枝

---

① 黎遂球（1602~1646），字美周，广东番禺人。（出处：《启祯两朝剥复录》卷十）
② 茅元仪（1594~1640），字止生，号石民，浙江吴兴人。（出处：《续文献通考》卷一三四《兵考》）
③ 万时华，字茂先，南昌人。（出处：黄虞稷《千顷堂书目》卷二十八）
④ 陈丹衷（1610~?），字涉江，江南上元人。（出处：《崇祯十六年癸未科进士三代履历》）
⑤ 陈名夏（?~1654），字百史，江南溧阳人。（出处：《清史稿》卷二四五）
⑥ 顾杲，字子方，南直无锡人。（出处：钱谦益《牧斋初学集》卷二十）
⑦ 李雯（1607~1647），字舒章，号蓼斋，江苏华亭人。（出处：宋征舆《林屋文稿》卷十《行状》）
⑧ 赵尔忭，字友沂，长沙人。（出处：《国朝词综补》卷二）
⑨ 龚鼎孳（1615~1673），字孝升，号芝麓，安徽合肥人。（出处：董迁《龚芝麓年谱》）

并简水绘主人》；程周量①《杨枝词和龚尚书韵戏赠》，《听杨枝度曲和芝翁韵书赠七绝》；冒襄《雨后同社过我寓听小奚管弦度曲顿发归思兼怀一友沂即席限韵》。

清顺治八年（1651）　辛卯

陈维崧②《赠杨枝》，《杨柳枝本意长相思赠别杨枝玉人歌》。

清顺治十三年（1656）　丙申

刘梁嵩《奠两招同辟疆老盟兄即席限韵时张姬又琴歌者陈九在座》，时刘雷恒③、张照嵋、许承宣④、许承家⑤、宗观⑥和刘诗。

清顺治十四年（1657）　丁酉

冒襄《丁酉秋夜集诗菊溪宪长紫落山房同芝麓大宪于一与治于皇伯紫分赋四首》，《马迁于约诸子往水绘庵看池荷雨阻不果行却携酒过得全堂听歌古采莲曲即席限韵》。

清顺治十五年（1658）　戊戌

陈维崧《戊戌冬日过雉皋访冒巢民老伯燕集得全堂同人沓至出歌僮演剧即席限韵四首》，《冬至前五日畬公佑石尚卿许子公招谦得全堂即席赋》，《冬日马迁于诸子招谦集巢民先生得全堂即席限韵三首》，《置酒行得全堂即席分韵得四支》，《秦箫曲》，《徐郎曲》，《杨枝曲》；冒襄《冬夜社集芙蓉斋看月即席限韵》，《冬夜水绘庵读书诸子招陪其年时小季无誉禾丹两儿在侍即席限韵三首》。

---

① 程周量，南粤人。（出处：汪琬《尧峰文钞》卷三十七）
② 陈维崧（1625～1682），字其年，号迦陵，江苏宜兴人。（出处：徐乾学《憺园全集》卷二十九《墓志铭》）
③ 刘雷恒，字震修，无锡人。（出处：《国朝词综补》卷八）
④ 许承宣（？～1685），字力臣，号筠庵，江苏江都人。（出处：《江苏艺文志·扬州卷》）
⑤ 许承家（1647～？），安徽歙县人。（出处：《康熙二十四年乙丑科会试进士履历便览》）
⑥ 宗观，字鹤问，江都人。（出处：《国朝词综补》卷八）

清顺治十六年（1659）　己亥

瞿有仲①《观剧杂成断句呈巢民先生》，时陈瑚②和瞿诗；陈瑚《访巢民先生谳集得全堂即次元韵》，时瞿有仲和陈诗；邓汉仪③《徐郎曲》，《杨枝曲》。

清顺治十七年（1660）　庚子

陈瑚《访巢民先生谳集得全堂即次元韵》。

清康熙三年（1664）　甲辰

方拱乾④《甲辰秋夜集阮亭使君抱琴堂听辟疆年世兄歌儿曲》；黄周星⑤《鸳鸯梦引寄东皋冒子辟疆》，《后鸳鸯梦引再寄》；冒襄《甲辰闰六月望前一日扶病洗钵池泛月》，《与其年诸君观剧各成四绝句》（今存前两首）。

清康熙四年（1665）　乙巳

王士禛《三集洗钵池看月》；陈维崧，毛师柱⑥，许嗣隆⑦《洗钵池泛月歌》；王士禛，陈维崧，毛师柱，许嗣隆《四集夜游曲》；陈维崧《秦淮曲邗上河亭与巢民先生及青若同赋》。

清康熙七年（1668）　戊申

龚鼎孳《云郎口号四绝句其年索赋》；王士禛⑧《杨枝曲戏代其年》；

---

① 瞿有仲，字有仲，苏州人。（出处：同治《苏州府志》卷一百）
② 陈瑚（1613～1675），字言夏，号确庵，江苏太仓人。（出处：《清史列传》卷六十六）
③ 邓汉仪（1617～1689），字孝威，号旧山，江苏泰州人。（出处：《明清江苏文人年表》）
④ 方拱乾（1596～1667），字肃之，号坦庵，又号苏庵，江南桐城人。（出处：方于毅《桐城方氏诗辑》卷六十）
⑤ 黄周星（1611～1683），字景虞，号九烟，江苏上元人。（出处：乾隆《上元县志》卷二十三）
⑥ 毛师柱（1634～1711），字亦史，号端峰，江苏太仓人。（出处：《清人诗集叙录》卷十）
⑦ 许嗣隆，字山涛，江南如皋人。（出处：《清秘述闻》卷三）
⑧ 王士禛（1634～1711），字贻上，号阮亭，山东新城人。（出处：宋荦《西陂类稿》卷三十一《墓志铭》）

冒襄《红桥谯集分得林字庵字》,《花朝谯集水绘庵是日诸友沓至独颜子不践夙约座有姬人佐酒陈九挝鼓月下》。

清康熙八年（1669） 己酉

冒襄《听白璧双弹琵琶即席书赠》,《己酉榴月白璧双正五十过余弹琵琶数日于其归索诗寿其母夫人八十即席放歌赠之》。

清康熙九年（1670） 庚戌

许承钦①《仲冬晦日巢民同令子青若招饮湘中阁看雪同散木孝威嵋雪无声石霞永瞻再听白璧双琵琶续呼三姬佐酒歌》；许承钦，邓汉仪，陈世祥②《寒夜饮巢民得全堂观凌玺征手制花灯旋之张宅听白璧双琵琶歌》。

清康熙十八年（1679） 己未

冒襄《和山涛表弟听蔡生清歌四绝句原韵》。

清康熙二十一年（1682） 壬戌

曹溶③《壬戌冬夜同巢民先生过水文宅观女乐赋十绝索和》，时冒襄、许之渐④和曹诗，冒襄再和许诗；邓汉仪《壬戌冬日巢民先生招同曹秋狱诸公大集海陵寓馆即事》,《后演剧行为巢民先生作在维扬选楼秋雨中制有此歌付谷梁兄奉寄》。

清康熙二十二年（1683） 癸亥

同揆⑤《巢民先生招同天宁和上书翁护法湘草居士集山堂听新声即席戏占》。

---

① 许承钦（1605～?），字漱石，湖广汉阳人。（出处：冒襄《同人集》卷一）
② 陈世祥，字散木，通州人。（出处：《国朝词综》卷一）
③ 曹溶（1613～1685），字洁躬，号秋岳，又号倦圃，浙江秀水人。（出处：《疑年录汇编》卷八）
④ 许之渐（1613～1700），字仪吉，号青屿，江苏武进人。（出处：光绪《武阳县志》卷二十二）
⑤ 同揆，字轮庵，江南吴县人。（出处：《清诗别裁集》卷三十二）

清康熙二十三年（1684）　甲子

冒丹书①《荷花荡侍饮诗》；吴琠②《甲子王正十九日集嘉禾阁观剧调寄春从天上来巢翁夫子》，冒襄《次馨闻先生韵》。

清康熙二十四年（1685）　乙丑

黄云③《乙丑长夏得全堂观剧留别巢民先生》，时冒襄和黄诗。

清康熙二十六年（1687）　丁卯

冒襄《赠孔东塘先生》；冒丹书《石门山歌赠孔东塘先生》。

清康熙二十七年（1688）　戊辰

许承钦《戊辰仲春偶游雉皋兼再访巢民先生先蒙枉顾邀赴欢场是夕演秣陵春达旦始别殆生平仅见之乐也率成十绝志感》；冒襄《步和许漱雪先生观小优演吴梅村祭酒秣陵春十断句原韵》，《戊辰中秋即事和余羽尊唱歌原韵》，《九日扶病南城文昌阁登高同志狎至归演〈秣陵春〉再和羽尊长歌原韵》；薛开④《秋杪集巢民老伯还朴斋看菊步工部九日二首》。

清康熙二十八年（1689）　己巳

吴锦⑤《原倡》，时冒襄《和吴闻玮春夜得全堂观邯郸原韵》，顾道含⑥亦和吴诗；冒襄《己巳九日扶病招同闻玮诸君城南望江楼登高演阳羡万红友空青石新剧鹊桥仙三阕绝妙剧中唱和关键也余即倚韵和之以代分

---

① 冒丹书（1639~1695），字青若，号卯君，江苏如皋人。（出处：《明清江苏文人年表》）
② 吴琠（1679~？）字右将，号丰亭，浙江常山人。（出处：《康熙四十二年癸未科三代进士履历》）
③ 黄云（1621~1702），字仙裳，号旧樵，江苏泰县人。（出处：《明清江苏文人年表》）
④ 薛开，字本庵，如皋人。（出处：王豫《淮海英灵续集·巳集》卷四）
⑤ 吴锦，字闻玮，吴江人。（出处：《国朝词综补》卷五）
⑥ 顾道含，字同束，通州人。（出处：王豫《淮海英灵续集·庚集》卷四）

赋》；吴锵《巢民先生九日剧饮诸子于望江楼登高拈体分赋得七律》,《醉赋三律雏儿出扇索书因再题断句一首明月将沉漏鼓四下矣》《席上戏赠三小史》；吴球[①]《久别巢民老先生己巳花朝后闻得全堂燕集歌舞留宾管弦送月不禁神往因倚韵和之》；张圮授[②]《七夕得全堂观剧有怀玉川先生即次见寄原韵》。

顺康间（1644～1693）

李宗孔[③]《辟翁老社长剪蔬招能仁大宁两和尚出梨园子弟能仁即席赋诗因步原韵》；卢震[④]《广陵舟中寄和辟疆老年翁先生见赠原韵》；冒襄《次日剪蔬延轮庵雪悟两和尚出小优侑斋轮公即席赋诗同雪公书云湘草依韵酬和》,《吴园次水部》；王士禛《将赴金陵巢民先生远携歌儿见过邀龙眠先生于皇邵村敦四孝积不雕文在夜集同赋》。

作者简介

李碧，女，黑龙江人，香港浸会大学中文系博士研究生，主要从事明清文学与文化研究，曾发表《试论乾嘉观剧诗的整体风貌——兼俱金德瑛〈观剧绝句〉研究》《清初理学思潮与〈歧路灯〉研究》等论文。

---

① 吴球，字禹锡，秀水人。（出处：彭蕴璨《历代画史汇传》卷七）
② 张圮授，字孺子，如皋人。（出处：《国朝词综补》卷五）
③ 李宗孔（1618～1701），字书云，江苏泰兴人。（出处：《江苏艺文志·扬州卷》）
④ 卢震（1628～1704），字亨一，汉军镶白旗。（出处：陈奕禧《春蔼堂集》卷十五《行状》）

学术史研究

《红楼梦》：盘点2013

李虹 李晶 王慧 孙玉明

对于从未寂静过的《红楼梦》世界来说，刚刚过去的2013年，则又是一个热闹非凡的年份。虽然有关曹雪芹的生卒年问题学术界尚有争议，但若按"壬午说"，则2013年正逢曹雪芹逝世250周年。就在新一届党和国家领导人厉行节俭的这个年份里，有关《红楼梦》的图书、文章、艺术改编及相关的各种活动，却仍然显得如火如荼。由于论著、事件众多，头绪纷繁，今按照传播形式的不同大致分为图书、报纸杂志、网络及其他三大部分分别评述之。

一 2013年《红楼梦》图书出版物述评

作为中国古典白话小说的经典，《红楼梦》的图书出版物大致有两种：一是以文献文本为基础，对小说文本、作者家世、学术研究史以及作品传播所进行的学术研究。另外一种则是由通俗易读或微言大义入手，对红楼故事进行普及化阅读的改编或索隐化猜想的创作。由于读者群体与研究群体的广泛，两者每年均有许多出版物出版。下面即以书籍的内容类别与形式为标准，对2013年已出版的"红楼"题材书籍试作综述。

（一）版本与家世的考证

《红楼梦》的版本系统复杂而多样，几乎每一种版本都具有丰富的可论述性。卞藏本（或称眉本）是众多版本中出现最晚的本子，发现后即在研究者中引起很大争议。关于眉本的真实性与收藏者身份等问题，众学者各执一端，争论不已。其中又以中国社会科学院的刘世德与上海的王鹏撰文最多。2013 年，社会科学文献出版社出版了刘世德的《〈红楼梦〉眉本研究》，算是给这部新发现的钞本一个相对系统的介绍与分析。但毋庸置疑，有关这个版本的诸多问题，必将继续争议下去。

商务印书馆于 2013 年出版了张俊与沈治钧合力完成的《新批校注红楼梦》。这是一部以北京师范大学图书馆所藏的乾隆五十七年程伟元、高鹗萃文书屋活字本《新镌全部绣像红楼梦》为底本，以程甲本、桐花凤阁批校本、东观阁本、藤花榭本等刻印本以及甲戌、己卯、庚辰、梦稿、蒙府、戚序、舒序、列藏、甲辰等脂评本为参校的本子。

资深红学专家冯其庸、梅节及蔡义江等老先生也都在 2013 年再版或结集出版了红学研究著作。冯其庸的文集在去年被列入国家重点出版项目，由青岛出版社出版了精装本《冯其庸文集》共计 16 卷，今年以平装本重印再版。2013 年，国家图书馆出版社出版了香港学人梅节的《海角红楼：梅节红学文存》一书，其中包括对曹雪芹的画像、佚著《废艺斋集稿》以及生卒年、著作权、成书过程等问题的探讨，也有对红学界一些不良风气的批判，字里行间体现了前辈学者扎实的国学功底与凛然的学术风骨。从 2011 年开始，蔡义江即在《文史知识》以"答客问"的形式，对《红楼梦》的版本演变、作者家世、生卒年以及创作基础、人物分析、思想主旨等问题进行剖析连载，于 2013 年 2 月由龙门书局将其结集出版。

前辈学者凭借认真扎实的学术功底和朴素严谨的治学态度，在版本家世等需要深厚文史知识的考证领域，独领风骚。而随着文艺理论批评的发展，历史资料的日益丰富，对小说文本乃至续书文本以不同角度不同方法进行阐释的著作也日渐增多。这些著作对文本的阅读相对以往更加细致，视角独特新颖，眼光客观全面，常有另辟蹊径、令人耳目一新的成果。

（二）文艺批评下的文本研究

与早期学者较多运用西方文艺理论来阐释小说文本有所不同，近年来研究者对本土传统历史文化以及小说艺术的创作特点关注较多。

安徽师范大学出版社出版的俞晓红《红楼梦意象的文化阐释》固然运用了西方文论中的概念，却是从中国传统文化的视角，透析《红楼梦》中诸多意象的文化蕴含，以求得文本解读和文化阐释的融合。上海古籍出版社出版的陈诏《舌尖上的红楼梦》，全面观照了饮食与传统文化的联系，强调饮食的文化品位和高尚情调，对小说人物在饮食方面反映出来的气质和风度做了细致分析。另外，中国经济出版社出版的夏桂霞《〈红楼梦〉镜像下的清朝礼制文化》，尽管深度略欠，但研究者以礼制文化、法律制度等视角进行文本解读和分析，对小说中的居家服制、婚姻礼制、宗法礼制、奴婢制度等文化现象作了详细梳理，依然让读者可以从中了解小说创作的社会文化背景。

值得关注的是由台北大安出版社出版的余佩芳《新文类的诞生：〈红楼梦〉的成长编述》和台北花木兰文化出版社出版的林伟淑《明清家庭小说的时间研究：以〈金瓶梅〉、〈醒世姻缘传〉、〈林兰香〉、〈红楼梦〉为对象》与王欣泳的《〈牡丹亭〉与〈红楼梦〉的两种关怀："情"与"女性"》三部著作。余佩芳在认同曹雪芹为小说作者的前提下，选取"成长"视角，由小说对人物因年龄增加而改变的身心特征入手，借助心理学与文化人类学中对于成长的关注，以神话中的"生育"意象、青春期中"童年"与"成年"的交替、成年后"冠礼"与"笄礼"为讨论主体，结合清代风俗史料进行文本的分析佐证，探寻作品中的"作者本意"。而林伟淑与王欣泳均以现代视角选取明清时期的小说或戏曲作品，对存在于包括《红楼梦》在内的明清作品中的关于时间与自我的主观感受、关于"情"与"女性"的书写，进行了深刻细腻的分析。尽管两部著作都不是单纯以《红楼梦》为考察文本的研究课题，但这种纵向性的比较研究愈加展现出《红楼梦》在小说创作手法上的独特魅力。

　　中华书局出版的张云《谁能炼石补苍天：清代红楼梦续书研究》一书，尤其注重对清代《红楼梦》诸续书续写策略的研究，以具体的文本分析为基础，探寻并总结诸续书的接续要求、接续起点、接续逻辑及接续方式。与之相辅的安徽人民出版社出版的姜凌《红楼续梦》，则是一部红楼续作的节选本。其书梳理筛选了数十种《红楼梦》续作，在保留续作原书主要情节线索的同时，力图准确地再现续作原书故事的情节发展特点。此外，长江文艺出版社出版的周思源《周思源看红楼》、燕山大学出版社出版的雷广平《读红偶得：雷广平阅红楼梦笔谈集》、辽宁大学出版社出版的刘隆复《红楼梦探原》、厦门大学出版社出版的蔡伟强《红楼梦未完》、百花文艺出版社出版的孙昌万《红楼二辨》、中国书籍出版社出版的童力群、王晓辉合作完成的《红楼梦研究新论》、安徽教育出版社出版的蒋家平《怡红院里没有"巧宗儿"》、辽宁人民出版社出版的张丽红《大观园内外的梦幻与现实：红楼梦人物形象解析》、长虹出版公司出版的虎子《说红楼话性情》、世界图书出版西安有限公司出版的严安政《红楼赏珠：红楼梦名段赏读》、福建教育出版社出版的白坤峰《你我依然在红楼：白坤峰串讲红楼梦》、海燕出版社出版高方的《千古谁人共此梦：诗语红楼》、东南大学出版社出版的陈绍初《红楼寻径：解不尽读不完的红楼梦》、光明日报出版社出版的李岁虎《红楼心经》以及语文出版社出版的杜永道《说话的诀窍：解读〈红楼梦〉言语交际》，均是以小说文本为基础，或选取其中某些人物，或选取其中某些情节，或选取小说中的精美诗词，或关注于作者对言语的精妙运用，以通俗易懂的语言文字，对小说的精彩华章、典型人物进行分析与解读。这些著作大部分不是全方位的分析，而是有选择性地针对文本的某个选题进行论述，但研究者在叙述自己对《红楼梦》的阅读心得与感受时，也往往会涉及不同版本间文字的差异，在推动《红楼梦》普及阅读的同时，也使更多人意识到小说研究的学术意义。

　　另外，金城出版社出版了"七月派诗人"朱健的《红楼梦我》，以一种诗人的眼光，对小说人物、诗词曲赋、文化典故以及张爱玲、吴宓等学者名家与《红楼梦》之间的情缘作了自己的探究。而作为台湾家喻户晓的美学家、文学家和画家，蒋勋自20世纪90年代便开始于台湾设立"私家讲堂"，在各地逐页讲解《红楼梦》。《蒋勋说红楼梦》在2010年被首次引进大陆后，受到极大欢迎。2013年上海三联书店再次出版了全套三册的精装修订版。蒋勋以半个世纪以来对《红楼梦》不下数十遍的反复阅读，结合自己对中国文化美学的精深研究，从人性、文学的角度阅读《红楼梦》，还原小说的文学内蕴，从而让更多的读者真正感受到这部经典的魅力。

新世界出版社在2013年8月出版了陈艳涛的《花非花梦非梦：后来读懂的红楼梦》。作者将自己的阅读体验、成长经历、职场感悟熔为一炉，以感性犀利的文字对现世直接批判，对如贾母、探春、贾政、赵姨娘、宝钗以及刘姥姥等人物，进行了犀利、独到、深刻的观察与分析。这种极具现代视角的表达，将古典与传统和读者的现实生活拉近，很容易获得共鸣。而早在2007年时，安徽籍作家闫红的《误读红楼》亦因此而获得成功。2013年，安徽教育出版社也再次以《刹那芳华·误读红楼》为名，出版了闫红对自己阅读《红楼梦》的修订版。

另外，台海出版社出版的杨皓《跟红楼梦学职场情商》，抓住现代女性希望在职场获得成功的心理，通过分析小说人物的性格处事，为现代女性提供了一部职场生存宝典。现代出版社出版了宋嘉军《微百科红楼》，以微博体的形式讲述了红楼梦的雅文化、风俗礼仪、大家风范、管理智慧、饮食娱乐、诗词歌赋等。两书不论从形式还是内容上，都代表了现代社会对古典名著的生活化接受。其美学精神或许与原著相差甚远，与传统学术也基本不相干，但可以作为一种古典传统在现代生活中的延伸，成为作品传播过程的研究样本。

《红楼梦》是一部既可深入也可浅出的作品，这一点在如何阅读文本、如何表达阅读感受上格外明显。不同的阅读群体、不同的人生经历、不同的审美意趣、不同的感受能力、不同的知识结构和文化修养，都会引发对《红楼梦》不同的理解与分析。中国纺织出版社推出了叶心怡的《尺素寸心品红楼》,可以视作《红楼梦》在不同年龄的阅读群体中受到关注的最佳注脚。作为北京师范大学第二附属中学文科实验班的学生,作者自《红楼梦》第一回开始逐回分析至第八十回,既有向红学家们的致敬,也有自己挖掘出的不可忽视的细节。《红楼梦》某些情节并未那样简单,有些情节也并非那样复杂,作者独特的视角与眼光令人惊喜。

中国书籍出版社出版的王庆杰的《谁为情种——〈红楼梦〉精神生态论》,则由"生命美学"入手,从生命的视角看待经典,把人生当成书来阅读,是近年来少有的探求小说美学精神的著作。作者秉承王国维先生之学术风格,通过对小说中表现出来的现实的社会、黑暗的官场、贵族的腐朽,以及封建社会的科举、婚姻、奴婢、等级制度、社会统治思想等方面,表达了他对现实生活里生命现象的阐释。

(三)红楼题材的改编作品

以《红楼梦》为中心,不仅产生了大量良莠不齐的续书仿作,在其他艺术领域也出现了以小说文本为题材改编的艺术作品。2013年,中华书局出版的江苏昆剧院著名编剧张弘《寻不到的寻找——张弘话戏》一书中,收录了五折红楼题材的折子戏。安徽文艺出版社也出版了由连波选编的越剧《红楼梦》的唱腔作品集。浙江人民美术出版社与安徽人民出版社均再版了清代著名仕女画家改琦的《红楼梦图咏》,辽宁美术出版社再版了《画说红楼:清孙温孙允谟绘红楼梦》,中国书店出版社则出版了著名人物画家马泉的《马泉红楼梦人物》。

2013年,花木兰文化出版社出版的王欣泺《清代红楼梦绣像研究》一书,以清代出版的《红楼梦》绣像为考察对象,对各本绣像所用的底本、小说为图画创作所提供的灵感、绣像对文本取材的爱好与侧重、绣像与评点的相同功能以及绣像作为单独的艺术作品在其专业领域的地位和社会功能等问题进行了深入阐释。

(四) 学术史研究

2013年出版的著作中，对红学史的研究在延续以往整体回顾的同时，有学者开始尝试以学案建构红学史。例如，新华出版社出版的高淮生《红学学案》和台湾花木兰文化出版社出版的冉利华《红楼梦研究学案》。两本著作分别由不同角度选取红学史的不同片断，如高先生着眼于当代红学，以十二位学人的红学研究"综论"构成，对每位学人的红学研究加以"通观"和"通论"，通过对十二位学人进行整体的学术通观，以呈现当代红学之概貌。而冉利华女士则通过分析梳理红学研究中涉及的名人效应、媒体因素、小说文本的高度普及，以布尔迪厄文化资本理论的独特眼光，观察考量了《红楼梦》走向经典化崇高地位的建构过程。

另外，中国书籍出版社出版的王庆云《红楼梦与中国文学传统》在整体回顾红学研究中五次高潮的同时，侧重分析了在这些高潮中出现的作者与本事、《红楼梦》对传统文学的承继以及小说评点的传统与复归。浙江大学出版社出版了车瑞的《20世纪红楼梦文学批评史论》，以20世纪《红楼梦》文学批评发展史为研究对象，通过对20世纪《红楼梦》文学批评发展史的梳理、概括、归纳，探讨这一发展过程中各种批评话语所具有的历时性与共时性的关系。香港浸会大学张惠在中国社会科学出版社出版的《红楼梦研究在美国》一书，对1960～2000年美国汉学界的《红楼梦》研究成果和研究进程进行了系统的梳理和评述。

中国财富出版社出版的林同华《圆梦：红楼梦密码》，这部皇皇巨著约有50万字，在论述过程中旁征博引，其苦心经营让人尤其觉得可堪慨叹。然而，面对这样一部巨著，总是难掩那种做足了一切准备而结局在彼岸的遗憾。

(五) 猜谜式研究

更多的遗憾来自更多的猜想。近年来，在央视等强势媒体及人民出版社（东方出版社）、作家出版社等大型出版社的助推下，红学索隐类著作大量涌现出来。2013年，杭州出版社出版了土默热的《流香溪畔赏红楼》，进一步扩展了"土默热红学"的内涵和外延。东方出版社出版的宋云海《红楼梦的幽径：解密红楼梦里隐设曹家的真人真事》，则从小说文本中摘取所隐的事件依序排列成文，再将其解意与诗词及解意构成一卷，完整表现《红楼梦》隐喻的关于世袭曹家的起落兴衰及清代一些有史料记载的史实和无史料明确记载的史事。

另外，湖南人民出版社出版的谭建林《新揭"红楼"隐密》，知识产权出版社出版的徐绪乐、高铁玲合著的《石头记指归》，合肥工业大学出版社出版的王夕河校注《红楼梦原本文字揭秘》等，均以解读密码的方式，对《红楼梦》的文本以及与之相关的史料乃至石头的文化内涵，进行了解密式的研究。

当然，以上著作与刘心武在2005年推出的揭秘红楼三部曲相比而言，还是有点小巫见大巫的感觉。2013年，在揭秘三部曲与续书之后，作家出版社再次将刘心武的著作以《刘心武揭秘红楼梦》为名，分上下两册出版，并收录在"共和国作家文库"中。关于这部著作，因为刘先生自言并无修订，而以往已经有学者做过精彩评论，在此不再赘述。

另有一部虽然名气与反响无法与刘先生抗衡，但就著作本身而言可相媲美的是中央编译出版社出版的隋邦森、隋海鹰合作而成的"红楼梦索隐"三部曲：《清宫隐史：红楼梦索隐之一》《大观园里的替身：红楼梦索隐之二》《追踪谜底：红楼梦索隐之三》。三部著作分别着眼于明亡清兴长达半个世纪的血火纷杂的中国历史、明清皇宫内外的历史人物以及由文字狱逼出来的畸形变态的文化历史，为《红楼梦》设置了一个波澜壮阔又惊心动魄的故事背景。

不论大众有无真正读过小说文本，红楼故事对读者而言，多半是熟悉甚至是烂熟于心的。即便只是从其他渠道获知，如影视戏曲作品，甚至是长期以来流行于民间口头的文化符号，如林妹妹、宝黛爱情等，也可以证明《红楼梦》故事的高度普及。以揭秘的方式对小说文本进行情节上的重构，在已被人熟知的文本上添加陌生的人物与情节因素，从心理学的角度讲，拉开了读者与文本之间的距离，营造出一种类似于"熟悉的陌生人"一样的新鲜感，从而满足读者在反复阅读红楼故事之余的好奇心理。因此，这类揭秘式的研究很容易引起读者的阅读兴趣，获得轰动效应。

甚至对某些原本有学术价值的选题，也会因为这种探赜索隐的手法，而使选题本身变得面目可疑。如昆仑出版社出版的刘成贵先生的《红楼悲歌》，在曹雪芹隐笔自叙诗——妙玉续诗解析与曹雪芹"三春"悲情考析两部分的论述中，以小说文本来印证作者身世，拳拳之心可见，但很难界定其到底是学术研究还是虚构叙事。

另外，河海大学出版社出版的《红楼梦与南京》，同样以"谜书"与"迷书"来概括《红楼梦》的艺术魅力。研究者严中先生认为南京是曹雪芹的根，是《红楼梦》之源，是大观园主要原型之所在。作者对小说与南京之间的渊源作了多角度的研究和阐述，尽管其推论或有道理，但小说毕竟是小说，完全地落实或许有失学术研究之客观。

（六）翻译与传播

随着《红楼梦》在海外的流传，对小说文本的翻译以及对译本研究一直是研究者关注的课题。中国科学技术大学出版社出版的《解构主义视阈下的文化翻译研究：以红楼梦英译本为例》，从中西思维差异的视角，借助解构主义翻译观，通过对《红楼梦》中具体文化翻译文本的分析，论述了译者在处理文化因素中采取的不同翻译策略。

由宁波出版社出版的季学源《甬上悟梦：红楼文化重镇纪事》，从不同侧面论述了《红楼梦》与宁波的关系，介绍了红学人物中的宁波籍学者如袁枚、姚燮、土治本等，使读者在了解相关知识的同时，感受宁波与《红楼梦》的深厚渊源，体悟宁波文化资源之丰富、文化魅力之悠远。

（七）原著再版

作为一本雅俗共赏的小说，《红楼梦》经典版本和学术著作的再版率很高。一般来说，古籍原著的再版形式大致有两种：一种是原版影印，套色印刷，可以最大程度地保留原本的版本信息。另一种是重排本，一般以某版本为底本，对其进行重新排版印刷。由于《红楼梦》版本的独特复杂，各版本的文字与收藏状况对学术研究极为重要，近年来对各版本的影印出版是出版社与研究者都十分关注的动向。

2013年，国家图书馆出版社第一次以原本大小四色影印出版了《卞亦文藏残本红楼梦》，真实再现了这一充满争议的藏本原貌，为研究者考察版本文字尤其是页面图章情况，提供了最接近原貌的本子。国家图书馆出版社还与三希堂藏书联合对《红楼梦》古钞本进行系统的挖掘整理，准备整体影印推出《石头记古钞本汇编》十二种，为海内外红学研究提供一套可资借鉴的规范版本。本年度出版的是《蒙古王府本石头记》（4函32册），另有《脂砚斋重评石头记庚辰本》（套装共三册）和《俄罗斯圣彼得堡藏石头记》（套装共5册），也是石头记古钞本汇编之一，但装帧略有不同。尤其是俄藏本，高品质翻拍，增补了首次出版时遗漏的单页以及若干批语，为红学研究提供了一个全新范本。

此外，天津古籍出版社影印了《乾隆甲戌脂砚斋重评石头记》（套装共六册），中国书店则再版了《红楼梦》最早的刻印本程甲本、程乙本，宣纸线装，逼真再现了乾隆时期程本的原始风貌。

不过，原本影印受底本限制，且针对群体多为图书馆以及少量研究者，比较小众化，发行量也比较小。也有出版社仅出于装帧设计的考虑，以繁体竖版排版，手工宣纸印制，但多半不是影印原本，如岳麓书社今年出版的线装本（一套八册）。更多的出版社则选择重排本，如线装书局今年出版的六个脂评本，看上去阵容强大，但都是简体横排，有利于非专业人士的了解与阅读。

另有其他出版社也在今年推出或重印了《红楼梦》的简体横排本，如华夏出版社、燕山出版社、光明日报出版社、四川大学出版社、北方文艺出版社、安徽人民出版社、云南人民出版社、崇文书局、湖北辞书出版社、三秦出版社、吉林出版社、中州古籍出版社等。这些出版社出版的《红楼梦》偶尔以精装典藏本单独出现，其余的多以中国古典四大名著或中国古典名著百部藏书,或世界经典文学名著等丛书的形式出现。不过令人遗憾的是,这些出版社很多都没有标明重排本采用何种底本,对校对标准也并无说明。

除了对《红楼梦》文本的再版,2013 年各出版社也重新再版了以往学术研究著作中的经典作品。单就胡适而言,就有上海古籍出版社出版的《胡适红楼梦研究论述全编》,中国社会科学出版社"民国学术经典丛书"《中国章回小说考证》,华文出版社修订出版的精装典藏版《胡适文存》以及新世界出版社出版的包括胡适、王国维、鲁迅和蔡元培四位国学大师在内的评述合集《浮生若梦:红楼梦的前世今生》等四本著作。此外,译林出版社根据 1953 年第三版首次以简体字出版了周汝昌的《红楼梦新证》,北京出版社再版了吴世昌的《红楼梦探源》,贵州人民出版社再版了王蒙的《红楼启示录》,知识产权出版社选择李辰冬与寿鹏飞合并出版了《红楼梦研究两种》,作为民国文存第一辑。线装书局与时报文化出版公司相继出版的中国历代经典宝库中,也收录了台湾红学家康来新的著作《穿越大观园》。

这些经典的再版一方面证明了《红楼梦》作为一部经典小说,对普通读者群体而言,长期以来经久不衰的艺术魅力,另一方面也证明了前辈学者治学严谨、眼界开阔,许多论述历久而弥新,依然让后辈学人仰望。

(八) 教辅与儿童读物

2013 年,共有 58 种面向青少年的《红楼梦》读本在出版市场出现。《红楼梦》虽然是白话小说,但论及文字的微言大义,并不亚于那些艰深晦涩的国外名著。尤其是对青少年来讲,部头太大,篇幅过长,人物众多,情节有些琐碎,都会影响到他们阅读经典。因此,对小说进行一定程度的缩写、注音注释乃至配图,也是出版社普遍对原著进行处理的内容。

以被推荐为"最受老师和学生喜爱的课外阅读丛书"的青少版《红楼梦》为例,由北京市语文学科骨干教师张燕均主编,对原著中不易理解的词语进行了现代通俗化的改写,再配上专业插画师绘制精美插图,双色印刷排版,清晰详尽的知识点拓展,使这套由中国画报出版社出版的"成长书架·影响一生的中国经典"成为教育部推荐的最佳学生课外读物书目,甚至被梅子涵先生誉为"经典中的经典"。不过,梅子涵在序言中也说,即使是《红楼梦》,那里面也是有多少叙述和细节,是不能让孩子有兴致的,孩子总是孩子,他们不能深,只能浅,他们不能沉湎厚度,而只可薄薄地一口气读完。相比之下,以"全脑全能早教经典"为名的改编,难免让人觉得更加疑惑:《红楼梦》真的适合早教吗?

此外,2013年连环画作品也保持了一定的温度,大约有四家出版社出版了一套十九册或二十四册的连环画《红楼梦》。连环画作为流行于20世纪初叶的一种艺术形式,曾经在世纪中叶盛极一时。尽管这类作品早已没落,但作为一种图文并存,简单直观的艺术形式,仍不失为普及阅读中的重要内容。

总体来看,以《红楼梦》为题材的书籍是比较热门的出版选题。其中在相对艰深的版本研究、理论性较强的文本分析以及资料翔实、视野开阔的学术史研究领域,均出现了专业研究领域的重要成果。而在小说的传播领域中,如以戏曲、美术等为代表的作品改编,以及传统的古典作品与现代生活之间的接纳与碰撞等选题,尽管良莠不齐,也有值得关注的著作出现。介于虚构创作与学术研究之间的揭秘式作品依然火爆,这种现象是否可以从接受群体的心理角度分析,或许值得研究者思考。此外,针对青少年出版的教辅类图书相对混乱,究竟如何阅读经典,以及怎样培养下一代的阅读能力与兴趣,值得出版社与教育界等多方进行深入的共同思考。

二 2013年报刊类《红楼梦》文章研究述评

根据中国知网(CNKI)"中国重要报纸全文数据库"、"中国期刊全文数据库"在线统计,自2013年1月至2013年12月,全国共发表以《红楼梦》为主题的报纸文章近百篇;期刊文章千余篇,其中核心期刊300多篇,中文社会科学引文索引(CSSCI)期刊近200篇。"人大复印资料全文数据库"本年度以《红楼梦》为主题的文章则收录《红学史上的关键一环》《〈红楼梦〉与〈源氏物语〉英译史对比研究》两篇长文。

总体来看,传统的主流人文社科类期刊《中国社会科学》《文学评论》《文艺研究》等,本年度《红楼梦》主题的文章仍不多见,但几家专业期刊及社科期刊的特定栏目仍有不少文章涌现。《红楼梦学刊》仍是《红楼梦》研究成果发表与交流的主要阵地,刊登文章最多,全年六辑,共约140篇。其他以书代刊的有:北京曹雪芹学会主办的《曹雪芹研究》、在上海编辑由香港出刊的《红楼梦研究辑刊》。《曹雪芹研究》本年出刊总第5、第6两辑,共发表文章54篇。《红楼梦研究辑刊》本年出刊总第6、第7两辑,共发表文章50篇。地方红学会还定期或不定期地出版它们的内部杂志,比如,贵州省红楼梦研究学会的《红楼》(本年出刊四期,共发表文章近百篇)、江苏省红楼梦学会的《红楼文苑》,邓州市红楼梦研究会的《红学研究》、河南新乡市红楼梦学会的《中原红学》、甘肃清水县红楼梦学会的《清水红楼》、浙江杂文学会的《土默热红学研究》等。

此外,几家颇有影响的杂志,不约而同地编排了成组的红学文章,论题关涉红学的各个方面,比如,《明清小说研究》第2期有"红楼梦"专栏,编发长文4篇;南开大学的《文学与文化》第2期约发5篇红学专文;《文史知识》第11期编发"小说丛谈"3篇文章;《中国文化研究》第4期"学术新视野"栏目为纪念曹雪芹逝世250周年编发了一组海内外学者以《红楼梦》为主题的长文;11月,"天津市红楼梦研究会"重新成立并创办《红楼梦与津沽文化研究》专刊。《河南教育学院学报》(哲社版)全年发表红学文章近20篇,且以小说人物研究述评与当代学人研究成果综述类为主。

各家期刊的栏目设置各具特色,总体涵括了有关《红楼梦》研究的各个研究领域。值得一提的是《红楼梦研究辑刊》中有一个独具特色的栏目"红网选编",文章来源不同于传统的征稿、约稿或投稿,而是对"抚琴居红楼梦文学社区"网站文章的摘选。以阅读为主题的中文网站、网络社区由来已久，《红楼梦》主题的在线交流社区或资源库也为数不少，只是长期以来与传统报刊交流不多。这一专栏是一个值得关注的尝试。

报纸类成果方面，《文艺报》《中国文化报》《中华读书报》《东方早报》等报纸对《红楼梦》主题类学术活动的报道较多，也发表了不少深入评析的文章，其中又以《中华读书报》的长文为多，各类文章全年总计78篇。此外，尤其值得关注的是《人民政协报》"学术·讲坛"专栏，自7月到10月陆续刊出一组《红楼梦》讲座文稿，演讲人为蔡义江、陈维昭、孙玉明等资深研究者。文章涉及曹雪芹家世及著作权的争鸣与《红楼梦》海外译介史的梳理，内容也颇足观。

（一）作者家世生平与著作权问题研究

《红楼梦》作者的家世生平及相关文物史料问题，历来是红学界治学与争鸣的一个重点领域。本年度发表的文章中，这也是一个成果较多的领域。针对曹雪芹、曹寅、曹頫等人，均有专文结合相关史料进行探讨，其中又以曹寅研究相对较多。关于曹雪芹的研究，《红楼梦学刊》本年第6辑刊发樊志斌长文《曹雪芹家世生平研究述评》，系统梳理了从胡适以降的相关研究，兼及学术界对于《废艺斋集稿》等"曹雪芹文物"及"曹雪芹故居"的研究，是一种整体性的学术史回顾。

《曹雪芹研究》第1期有顾斌、赵立群《民国时期曹雪芹生平、家世研究述评》等文章。此外，该刊第2期还刊出与李煦研究相关的王伟波《苏州织造李煦的昌邑亲族》一文。《红楼梦研究辑刊》第7辑也集中刊发了一组文章：林同华《曹天祐与曹天祜——也说曹雪芹为马氏遗腹子》、詹健《"芹圃"考辨》、崔川荣《曹雪芹名和字异说》。

关于曹寅的研究，本年度成果也较多，尤其是台湾学者黄一农发表于《红楼梦研究辑刊》第6辑的《曹寅家族与满洲氏族的姻亲关系》，颇值得一观。他在《红楼梦学刊》2013年第1辑刊发的《嘉庆癸酉之变与曹雪芹家族》及在《中国文化研究》第4期刊发的《〈红楼梦〉中"借省亲事写南巡"新考》等，也颇值得细读。

涉红史料方面，《曹雪芹研究》第1期中刊发了蔡义江《明义〈题红楼梦诗〉的史料价值》、兰良永《曹雪芹卒年材料考释两则》等文章。比较集中的研究成果是《红楼梦研究辑刊》第6辑的一组文章：萧凤芝《红学的关键数字》、崔川荣《〈春柳堂诗稿〉及涉曹诗小考》、高树伟《曹寅四题题画诗小考》、张志《探春"家里自杀自骂"的骂语与曹家的家世经历》，以及段启明对于《续琵琶》的校读成果《曹寅〈续琵琶〉校读笔记六则》一文；第7辑又有顾斌《贵州图书馆藏〈种芹人曹霑画册〉考释》、樊志斌《国图藏〈续琵琶〉为曹寅所作——兼论曹寅对曹操的"家族"与政治认同》两文。

《红楼梦学刊》2013年第3辑刊发的郑幸《从〈随园诗话〉早期家刻本看涉红史料真伪问题》，考察出《随园诗话》版本异同的原因在于袁枚本人的修订，并非后人篡改。《红楼梦学刊》2013年第1辑刊发的沈治钧《再议〈小诗代简寄曹雪芹〉编年》，判定《小诗代简寄曹雪芹》的写作时间应为庚辰年，证实曹雪芹卒年仍应从"壬午说"。张云发表于《明清小说研究》第4期的《重读〈鸢坡居士红楼梦词〉》指出《鸢坡居士红楼梦词》并非针对小说《红楼梦》的题咏。

《人民政协报》7月29日发表蔡义江《〈红楼梦〉是曹雪芹苦难童年的梦》一文，从相关史料出发，重提曹雪芹的生卒年问题，阐明"不要把熟悉生活看得比感受生活、梦想生活更重要；不要把小说看成是写生画、肖像画，处处去寻找小说人物和故事情节的原型"等观点。该报9月9日又刊发孙玉明《曹公史料矛盾多——纪念曹雪芹逝世250周年兼与蔡义江先生商榷》，对蔡先生的许多观点都提出商榷。值得关注的是，两位学者的争鸣并未就此打住，蔡义江于《中国文化研究》2013年第4期再次撰文《曹雪芹卒于甲申享年四十重议》，仍以"甲申说"为准。时隔大半个世纪，争鸣仍未停息，《红楼梦》作者问题的复杂性，由此亦可见一斑。

与生卒年问题息息相关的，是曹雪芹的著作权问题。围绕曹雪芹是否为《红楼梦》的作者问题,曾经出现几次较大的争鸣,但对于曹雪芹的质疑和对于他人著书的提法,一直缺乏坚实的文献材料支持,也相应地较难令人信服。本年《红楼梦学刊》第6辑是"纪念曹雪芹逝世250周年"专号,刊发了一组资深研究者以学术史回顾与梳理为主题的文章。吕启祥、蔡义江的长文都从半个世纪以来红学学术史的发展出发,梳理脉络,理清问题,指出当代《红楼梦》研究中的浮躁与荒诞,再次倡导,将《红楼梦》的研究集中到文学问题上来,不要对已有史料证实、经过多方学术讨论的问题为争鸣而争鸣。

(二) 评点、版本与成书、续书研究

以脂砚斋与脂评研究为重点的评点研究,包括考证、推究评批者的身份,对于脂批的整理及综合研究,乃至探讨各家评批的艺术价值及其在古典小说评点史上的地位,以及结合评批信息考察《红楼梦》诸版本的流变情形。本年度的相关成果有《红楼研究》第1、第2两期发表的王玉林《脂砚斋考证》上下篇等。关于其他评批者的研究有《红楼梦学刊》2013年第2辑刊发的李永泉《王希廉家世生平补考》;《红楼梦研究辑刊》第6辑刊出的宋庆中《〈红楼梦〉评点家陈其泰与骈文名家钱振伦交谊考》、胡明宝、蒋艳柏《哈斯宝对红楼梦"忠奸斗争"主题的接受与阐释》等。而系统回顾既往研究,阐明"评点"实践与理论方向的,则有张俊、沈治钧在《红楼梦学刊》第6辑发表的《〈红楼梦〉评点断想》。文章虽为旧作新改,却简要梳理了《红楼梦》评点的历史、学术基础与研究现状。

版本方面较有代表性的文章有徐军华、胥惠民在《明清小说研究》2013年第2期发表的《从称呼看戚序本〈石头记〉回前回后评的作者问题》。文中系统比较了脂评和戚序本回前回后评的文字,发现二者在称呼方面存在的一个明显差异。另一对于脂本系统的考辨文章,是《红楼梦学刊》2013年第2期刊出的王鹏《眉盦生平考》,是针对"眉盦藏本"(卞藏本)的原藏者研究。

后四十回研究方面,重点主要在于续书的作者问题,"高鹗续书说"

历经挑战，至今未成定论。本年也有这个问题上的继续探讨，如《红楼梦研究辑刊》第6辑刊发的胡文炜《程、高"不作为"与"不作伪"》等。此外，本年度版本方面还有张立均的《抄本的"抄写链"》（一）、（二）（《红楼梦研究辑刊》第6、第7辑），曹震《黄山书社版程乙本小考》（《红楼梦研究辑刊》第7辑），刘广定《谈程高本的价值》（《红楼梦研究辑刊》2013年第1辑）等。

此外，法国学者陈庆浩与北京大学博士生蔡芷瑜在《中国文化研究》第4期上的长文《〈红楼梦〉后四十回版本研究——以杨藏本为中心》，从四个影印程本与杨藏本的影印本逐字对比的结果来分析，证实杨藏本确为程乙本出版后才可能产生，并非此前多数研究者所认定的"杨藏本为程乙本母本"，资料丰富，值得版本研究者关注。

续书研究是本年度的一个亮点。《红楼梦学刊》2013年第2辑刊发张云《红楼梦续书研究述评》一文，系统梳理了自首部红楼续书《后红楼梦》于嘉庆元年（1796）前后成书问世之后百年间十多部长篇续书的情形，分析了这一小说史上的奇特现象。她在《中国文化研究》春之卷上的《从〈红楼复梦〉之"复"看其续书理念与构思手法》则是对《红楼梦》续书进行个案研究的又一力作。

（三）小说本体研究

《文艺报》7月3日"理论与争鸣"专栏发表李希凡文章《〈红楼梦〉的杰出贡献》，开篇即表明观点："我们所以要纪念曹雪芹逝世250周年，绝不是因为他的《红楼梦》是一部写了自己贵族之家的精裁细剪的传记，也不是因为《红楼梦》现在已经成了特殊癖好者关于清雍正王朝夺嫡斗争的'索隐大全'，而是因为《红楼梦》是中国文学史上的最伟大的小说杰作。"在关于《红楼梦》文学本体性争论未休的氛围中，这是老一代研究者旗帜鲜明重申的立场与观点。回顾现代红学学术史，尤其是综合考量新时期以来的《红楼梦》研究的成果，也确实以人物形象、语言特色、文化内涵、叙事策略、美学特色、对后世作家的影响等文学研究最为突出。本年度的情况也不例外。因成果太多，不能一一评述，故以各个方面的重点文章为主，点到为止。

人物研究仍是《红楼梦》艺术研究的热点与重点。全年以贾宝玉为主题的文章超过百篇，以林黛玉为主题的有六十余篇，以薛宝钗为主题的有三十余篇，以贾母为主题的也有二十余篇。总体来看，从各个角度出发的宝、钗、黛研究仍为重点。《中国文化研究》第4期张惠的《当代美国红学界右钗右黛之文化思辨》梳理了以夏志清为代表的"右钗"派与以余国藩为代表的"右黛"派过去数十年间的争议及其背后的文化含义，是结合人物形象与文化思潮的一篇深入述评。此外，值得关注的是《读书》本年度第3期、第4期刊发的刘再复长文《贾宝玉论》上、下篇。文章从前辈学人聂绀弩晚年对于贾宝玉形象的痴迷与相关评述文章未能完工的遗憾谈起，转向从中国传统哲学中的"心学"理念来分析贾宝玉形象，归纳这一形象的"慈悲之心"、"不二之心"、"无量之心"特点，以及宝黛爱情纯粹精神属性的"心灵之恋"的特质。

与刘再复文章的哲学观照相对应的，是刘勇强《"宝钗扑蝶"的情思》（《文史知识》2013年第11期）等一组文学赏析类文章。文章抽取"扑蝶"这一画面唯美、动感鲜明的场景，结合"扑蝶"在宋代以来诗词、小说、戏曲、绘画中林林总总的展现，尤其明代高启题画诗《美人扑蝶图》、王瑀《题美人扑蝶图》等作品中的词句，层层解读了这一文学意象中蕴含的爱情色彩，并由此引申开来，为读者指引出《红楼梦》作为小说的经典意义所在。

其他人物研究的成果还有很多。个案分析如王青、刘朝谦《宝黛悲剧存在之源辨析》（《明清小说研究》2013年第2期）、刘奇志《〈红楼梦〉中疾病对于林黛玉和薛宝钗的意义之比较》（《红楼梦学刊》2013年第4辑）、段启明《论贾母》（《红楼梦学刊》2013年第6辑），胡晴《在夹缝中生存的贾姓爷们儿——贾芸》（《杂文月刊》2013年第12期）等。

美学与叙事学研究方面，《中华读书报》7月24日刊发林同华文章《毛泽东的红楼梦美学观点解读》，《中国社会科学报》7月25日也刊发林同华另一文章《红楼梦的美学密码》。期刊方面较有代表性的有罗伟文《李长之的〈红楼梦批判〉与德国古典美学》(《红楼梦学刊》2013 年第 1 辑)、任竞泽《〈红楼梦〉"好了歌"文体源流考》〔《海南大学学报》(人文社会科学版)第 3 期〕,属于文体学研究范畴;甄洪永《〈红楼梦〉的赋学叙事》(《红楼梦学刊》2013 年第 4 辑),则从外在风格与内在理路两方面分析《红楼梦》与汉赋的美学相似性;李英然《〈红楼梦〉的时间叙事策略》(《红楼梦学刊》第 2 辑),则分析了小说中"宏观时间的模糊化"、"微观时间的'节点'清晰化"、"价值时间的切割性策略"等。

《红楼梦》的传统文化内涵,历来也是研究的重点。本年度仍有不少关于小说中茶文化、园林文化、岁时节令文化、宗教文化等方面文章。《红楼梦学刊》2013 第 3 辑发表了吴刚《红楼梦与满族历史文化学术座谈会在京举行》的消息,传达出满族文化与《红楼梦》渊源方面的研究进展。

语言学研究也有一定的成果,如李大博、王晓羽《语文教学视域下〈红楼梦〉阐释空间的建构》(《教学与管理》第 15 期)、王霜梅《浅析〈红楼梦〉人物语言修辞的喜剧功能》(《红楼梦学刊》2013 年第 2 辑)。

(四)译介与改编研究

《红楼梦》译本众多,围绕各个语种译本的语言学、翻译学、比较文学、版本学等各方面的研究,也层出不穷。与过去相比,本年度出现了翻译研究相对集中、成果涌现较多的现象。关于翻译底本、译介史与文化传播史的回顾,对于具体译本作系统考察、客观评述其优缺点的文章,也比往年明显增加,形成《红楼梦》译介方面的一个亮点。

石剑锋《〈儒林外史〉、〈红楼梦〉构成现代中国小说的起点》(《东方早报》7 月 19 日),介绍了美国哥伦比亚大学中国文化讲座教授商伟在《剑桥中国文学史》中对于清中叶中国文学的书写,阐明了这两部名著的文人化过程及其在小说史上的意义。《中国社会科学报》10 月 30 日 A04

版"对话"栏目,则发表了记者对美国学者浦安迪的专访《透过评注理解中国古代思想文化》,将《红楼梦》等古典小说的翻译与研究纳入中国古代文化史的范畴中。

对《红楼梦》早期英译史的回顾,是本年度翻译研究中的一个特色。代表性的文章有王金波、王燕《包腊〈红楼梦〉前八回英译文年代新考》(《红楼梦学刊》2013年第1辑),王金波《〈红楼梦〉早期英译补遗之———艾约瑟对〈红楼梦〉的译介》及王雪娇《从马礼逊华英字典看〈红楼梦〉在英语世界的早期传播》(《红楼梦学刊》2013年第4辑)。而具体到整体性的《红楼梦》译介状况回顾,则有陈维昭的《20世纪的海外红学》一文(《人民政协报》2013年10月28日)。

《红楼梦》的英文、日文、法文等译本,都已吸引了不少学者去研究;而欧亚各国的小语种译本,过去不太见诸批评视野。本年《红楼梦学刊》第2辑刊发一组文章,可视为过去研究空白的一种填补。赵瑾《〈红楼梦〉缅甸语译本赏析》,以1988年出版的九卷本缅甸语《红楼梦》为考察对象,分析缅语译本的独特成就,尤其是在诗词曲赋方面的翻译特点。唐均《北欧日耳曼语〈红楼梦〉迻译巡礼》一文,则从各语种《红楼梦》的译作结构、译名、底本、转译可能性、与英译的对比研究、译者情形等几个方面,较为细致地考察了瑞典文全译本、挪威文、丹麦文、冰岛文摘译本的情况,介绍了于2005~2011年陆续出版的瑞典文译本是迄今所知最新的《红楼梦》异域语言译本。

具体到语言细节方面的翻译研究,仍是《红楼梦》翻译研究的重点,相关成果也较多。譬如刊于《红楼梦学刊》2013年第1辑的盛文忠《从〈红楼梦〉伊藤漱平(1969)日译本看中日认知模式差异》及刘名扬、马秋云《承袭与超越——95版俄译本对葬花吟的复译处理》;刊载于《红楼梦学刊》2013年第3辑的黎诗薇《红楼梦法译本翻译策略初探》及杨仕章、牛丽红《〈红楼梦〉中"姑娘"的俄语探究》等。

关于《红楼梦》英译本的底本考察,本年度陆续出现几篇长文,胡欣裕《霍克思的红学研究与底本处理方式的转变》(《红楼梦学刊》2013

年第 4 辑）一文尤其值得注意。文章将霍译本的翻译作为一个历史的动态过程来考察，结合译本序言、译者翻译笔记等资料，梳理出霍克思对程高本认识的转变及对于底本处理方式的前后态度变化，并针对这些变化及其得失做出探讨。此外，有关翻译底本的文章，尚有洪涛《作为"国礼"的大中华文库本》、李晶《底本歧异与杨译〈红楼梦〉的得失之探》《文字错讹与杨译〈红楼梦〉底本考辨：饮食医药篇》（以上分别刊于《红楼梦学刊》2013 年第 1 辑、第 2 辑、第 6 辑）等。

戏剧戏曲影视的改编与影响，是《红楼梦》传播的另外一个引人注目的领域。昆曲《红楼梦》的上演，是 2013 年的一个文化亮点。《中国文化报》在继 10 月 30 日报道了昆曲《红楼梦》在济南第十届中国艺术节上的演出盛况后，又于 10 月 12 日发表《谁解其中味》一文，回顾了昆曲《红楼梦》的前世今生。8 月 2 日的《文艺报》刊登安葵文章《关于〈红楼梦〉的昆曲改编》，回顾了自嘉庆年间开始的《红楼梦》戏曲改编尝试，从《红楼梦》本身的艺术特色、昆曲的表演特点、昆曲对原著故事情节的把握与选择等方面来梳理了昆曲《红楼梦》的流变。3 月 1 日的《中国艺术报》刊登郑荣健文章《昆曲、电影、红楼梦：一个都不能少》，报道了昆曲电影《红楼梦》开机、成为越剧电影版、黄梅戏电影版之后的第三个版本的《红楼梦》戏曲电影的消息，并指出这一电影版特色在于"尽可能地保留原著的文学性和社会性"。此外还有施旭升《论昆曲新编的经典化——以北昆新编〈红楼梦〉为例》（《戏曲艺术》第 2 期）等文章。孟凡玉《论"好了歌"在昆曲〈红楼梦〉中的结构意义与思想内涵》（《红楼梦学刊》第 3 辑），文章较为详细地介绍了昆曲《红楼梦》的演出台本内容及情节结构，以及"好了歌"穿插上下本之间，与"大荒山无稽崖"、"太虚幻境"两两对立的设置，使得这一版昆曲的各个情节之间有了内在的统一性，成为一个有机的整体。《红楼梦》的话剧改编研究也是许多人关注的中心，王慧在 2013 年 3 月 18 日的《人民政协报》上发表了《赵清阁、〈红楼梦〉及其他》，联系赵清阁的生平经历对其改编的《红楼梦》话剧做了简要探讨，并在《洛阳师范学院学报》

2013 年第 12 期上发表了《论吴天的话剧成就——从〈家〉到〈红楼梦〉》，对 20 世纪 40 年代"话剧黄金期"的有关吴天的创作进行了梳理及讨论。

关于《红楼梦》影视剧改编的深入探讨，有何卫国《二十世纪八十年代红楼影视与北京文化刍议》一文（《红楼梦学刊》2013 年第 4 辑），从民国时期与新中国成立后北京文化氛围的对比入手，透视北京地区《红楼梦》主题的电影电视生产状况，分析了 87 版电视剧与 89 版系列电影作为影视精品所具有的鲜明的北京文化特征。对于新旧版电视剧语言特色、文化内涵等各方面的对比与研究，本年度成果也较为丰富。如罗自文的《新旧版电视剧红楼梦的影视语言比较分析》一文（《红楼梦学刊》2013 年第 4 辑），便具有一定的代表性。

（五）史料钩沉与文学史研究

本年度第 6 辑《红楼梦学刊》上编发了一组资深研究者回忆 20 世纪 60 年代"纪念伟大作家曹雪芹逝世二百周年文物展"及筹备相关纪念大会的文章。刘世德身为当年筹备活动的亲历者，在《五十年前事——围绕着"曹雪芹逝世二百周年纪念展览会"》一文中提供了一份详尽的回忆，记述了当年与胡乔木、周扬、何其芳、王昆仑等文化界领导人多次开会并于会后向具体工作人员传达会议精神、布置任务的情形。张俊则在《曹雪芹逝世二百周年纪念展参观记忆》中回顾了当年身为青年教师，随同启功等资深教师、研究者，到故宫文华殿观看展览、抄录展品说明的情形。半个世纪前对于《红楼梦》及其作者相关文物史料的关注，对于当今的读者来说，都是难得的研究材料。

忆及大半个世纪前的曹雪芹纪念活动，就难以避免对 20 世纪更早时期从批判俞平伯开始的《红楼梦》研究大批判思想运动的回顾。报纸类文章以专题探讨为主，也有少部分史料钩沉，如《学习时报》11 月 11 日刊发的李秀潭《周扬与〈红楼梦〉研究批判》、《中华读书报》9 月 25 日商昌宝《文化部长茅盾在 1954 年"红学"批判运动中》等文章，后者回顾了当年批判运动中茅盾的温和态度及相关后果。《中华读书报》8月21日刊发周伦苓的长文《周汝昌与康生会面的前后左右》，回忆了周汝昌20世纪五六十年代从事《红楼梦》研究及引起当时中央领导关注的一段历史，其中涉及1963年前后国家筹备纪念曹雪芹逝世200周年活动的一些史料，并提到当年恭王府考察与《红楼梦》研究的渊源，颇足一观。

相对来讲，杂志文章对史料的回顾与梳理，内容则要丰富得多，也为不同角度、不同观点的文章提供了争鸣的空间。董志新《难得的红学"早春天气"——红学史上一段公案的探查》，忆及1956年春天"百花齐放，百家争鸣"文艺方针的提出与贯彻，提请学术界注意20世纪50年代末，主流话语对于1954年前后"批俞评红"大讨论的过失试图"补救"的"意图和努力"。而更为密集地梳理史料、深入剖析《红楼梦》研究与研究者在特殊历史语境下的命运与遭际的，是孙玉明分别在《新文学史料》2012年第4辑、2013年第1辑上发表的《"红楼梦批判运动"发生的偶然与必然》（上下篇）的长文。

回顾文首提到的几个热点，《红楼梦》研究的当代困境是无论如何都绕不开的一个话题。《东方早报》11月3日刊发了田波澜、沈杰群文章《王蒙谈当代语境下的〈红楼梦〉》。《红楼梦学刊》本年第1辑刊出的关四平《〈红楼梦〉明天还怎么说——从端木蕻良〈说不完的《红楼梦》〉说开去》一文，则借鉴端木蕻良的研究思路，认为今后尚有三个方面可以往下说：注重《红楼梦》人物心理描写的研究，拓展其心灵世界的广袤空间；抓准《红楼梦》人物作为"人"的人性特点深入开掘，摒弃简单化、绝对化的"文革思维"；提升阐释的哲学层次，追溯曹雪芹哲学思想的儒道渊源，透视《红楼梦》文本丰厚的文化意蕴。到了年末，学刊集中刊发抚今追昔的红学史回顾文章时，这个话题又有了更集中的探讨，更深入的观点。

20世纪60年代初期对于曹雪芹的纪念，属于世界和平组织关于"世界文化名人"逐年纪念活动的一部分，接下来即是多个国家对于英国文豪莎士比亚的联合纪念活动。五十年之后，学界发起纪念曹雪芹逝世二百五十周年活动的同时，也有多人将莎士比亚的文学成就及相关研究成果、普及情形等与曹雪芹的情形相对比。《红楼梦学刊》2013年第6辑上刊登的胡德平《寻找"中外文化比较"的共性与个性——从莎士比亚与曹雪芹的著作谈起》、吕启祥《文化名人的厄运与幸运——写在曹雪芹逝世250周年之际》，分别就莎士比亚和曹雪芹的研究状况展开对比，阐明莎学对于红学的借鉴意义。

《红楼梦学刊》2012年第5辑曾刊发应必诚《"红学"为何，"红学"何为》一文，重提"红学就是研究《红楼梦》的学问"。对此，陈维昭发表回应文章《"红学"何以为"学"——兼答应必诚先生》（《红楼梦学刊》2013年第3辑），对应必诚的诸多观点都做出了回答。

《红楼梦》的研究与传承，需要研究者的学术定力和操作规范，对学术基础工作一代又一代持之以恒的投入。当前过于强调量化、等级，排斥资料工作的学术评估体制，对于古典文学的基础研究存在严重的负面影响；而学人自身的学术积累和奉献精神，也需要长足的努力，才能期待有所进步。具体归结到《红楼梦》研究的学科定位上，还是应该把《红楼梦》还给小说，回归它作为文学艺术的本位。

三 2013年网络《红楼梦》相关问题及其他

当前，互联网已经成为影响我国经济社会发展、改变人民生活形态的关键行业。截至2013年6月底，我国网民规模达5.91亿人，互联网普及率为44.1%。网络对人们的信息传播和精神文化生活产生了越来越大的影响，并因方便快捷、双向传输以及传播面广而成为宣传大军中的重要一员。作为"二十世纪三大显学"之一的"红学"，更是在网络中走红，无论精英还是草根，以《红楼梦》的发展与传播而言，网络都是重要的资源。下面即将本年度网络红学中的大事作一大致的勾勒，同时综述本年度发生的围绕《红楼梦》的各项活动、演出、阅读及其他重要事件。

(一) 本年度网络红学面面观

网络中的红学阵地主要集中于抚琴居、夜看红楼、红楼艺苑、中国红楼梦在线、红楼星语、红学馆、百度贴吧中的红楼梦吧以及国学、新浪、搜狐、天涯社区等论坛中。这里聚集了大批钟爱《红楼梦》的读者，在这个虚拟的空间里，发表见解，交流心得，且时不时举办一些笔会、征文，随时把自己阅读《红楼梦》的感受公布于众，确实有指点红楼、激扬文字的气势。这是网络红学的优势，却也因之造成了网络红学的劣势，随意的言谈往往让问题的探讨浅尝辄止，无拘无束的天马行空更导致了结论的耸人听闻，良莠不齐，精华与糟粕并存是网络红学的一大特点。以下即对本年度网络红学中的各种现象加以归纳总结。

1. 学术红楼，严谨、科学地探讨曹雪芹与《红楼梦》

我们知道，红学中的许多热点问题，也是众多普通读者在大量接受红学研究成果之后喜欢思考、独出机杼的地方。如果对这些问题进行认真、严肃的思考，确实会得出有益的结论。例如，《红楼梦学刊》2013 年第 4 期上刊登了侯印国的《〈影堂陈设书目录〉与怡府藏本〈红楼梦〉》一文，介绍了南京图书馆所藏《影堂陈设书目录》乃清代怡亲王府藏书目录，著录有"《红楼梦》 四套 二十四本"，并认为"从著录为《红楼梦》而非《石头记》来看，可能并非是怡府钞本《石头记》，倒是从函数和本数来看，和程甲本或程乙本《红楼梦》相合"。此文在论坛上引起了热烈的讨论，署名为 fy 陈传坤的网友 8 月 30 日在抚琴居发表了《（最新发现）第一个著录〈红楼梦〉的书目史料》一帖，讨论了这个《影堂陈设书目录》中的《红楼梦》究竟是钞本还是印本，能否由此判断怡府没有钞本？并由此引发了对清代钞本、印本价值、对《影坛陈设书目录》是否是怡府书目以及抄录年代等问题的争论。此帖引来了众多网友围观，维西、burningsnow、梁三、空灵儿、yupeng 等人都参与进来，讨论一直到 10 月 10 日结束，长达 16 页，尽管其中不乏意气之争，也时常跑题，但毕竟引发了我们对这部目前为止最早著述《红楼梦》的书目的关注，发人深思。

其他诸如对"龟大何首乌"的讨论等，也都是红迷们对《红楼梦》的学术成果加以关注、吸收的地方。网络的虚拟空间不仅为红学爱好者提供了发表见解的园地，而且还让许多红迷在不断地争论中完善自己的观点、严谨自己的论证，让本来在网络中的随意阐发以正式的学术论文走入传统期刊的墨香中。许多网络论坛里的活跃分子，也在传统期刊中都有论文发表。另外，2013年10月，北方联合出版传媒股份有限公司万卷出版公司出版了由吴铭恩汇校的《红楼梦脂评本汇校本》（上中下）三册，之所以单独提出，是因为此书文稿首发于抚琴居论坛，集数年之功，广泛征求网友意见，终于编辑出版，可以视作网络红学的代表作，具有较强的参考使用价值。由网络文字变成印刷实体，拥有了更为固定的保存介质。这种趋势值得关注。

2. 品味红楼，细读文本，体会《红楼梦》的内涵与韵味

对《红楼梦》后四十回的探讨是《红楼梦》阅读中一个引人注目的焦点。署名"踏雪雪梅68354"的网友于2013年11月11日在天涯论坛发表《我看〈红楼梦〉后四十回》，对其中不符合曹雪芹原意的方面做了详细分析。文章分别从宝黛钗爱情婚姻悲剧的演绎不符合原意，王熙凤、贾元春、贾探春、香菱、巧姐、妙玉等人的结局牵强附会、不合原意，后四十回宣扬封建迷信、因果报应思想严重，有不少对宝黛的歪曲，贾府家道复初、兰桂齐芳的结局不合原意以及贾宝玉的人生悲剧不符合原意等方面进行论述，分析细致，有理有据。

但有时过分细读、纠结于文字的字面意思，也会给我们带来不必要的困惑。11月21日，署名"xishan"的网友在抚琴居发表了《癞头和尚送给宝钗的到底是什么？》一帖，提到癞头和尚送给宝钗的到底是这八个字，还是送的金锁？其实本来和尚送给宝钗的是八个字，还是金锁，都没有太大关系，可是由于在后人的解读中，金锁关系到宝钗和薛姨妈是否有成为宝二奶奶的阴谋，因此也才会引起读者的注意。xishan认为"这一点很重要啊，如果只送八个字，就根本没有金玉姻缘一说"。hunzi在回复中

认为"送的字,必须錾在金器上,不就是金玉姻缘了",并说"和尚送金锁,和又破又疯癫头和尚形象也不符……来历不明的癫头和尚送的东西,像宝钗这种身份的千金小姐也不会戴的"。而方山也从第一回"那僧托于掌上,笑道:'形体倒也是个宝物了还只没有实在的好处,须得再镌上数字……'"来说明宝玉所戴之玉上的字也是和尚送的。尽管 xishan 认为薛姨妈后来说金锁是和尚送的,不是文本抄错了就是别有用心,但方山的看法似乎更公允一些,即未必是抄错,也有可能只是因为说话简略甚至是作者偷懒而引起了歧义。

3. 匪夷所思的猜笨谜式解读《红楼梦》

网络之大,无奇不有,更别说本来就容易使人陷入猜谜状态的《红楼梦》了,这种承袭了以往索隐派猜笨谜式的解读《红楼梦》,在网络红学中是占有相当大的比例的。例如,署名"温文"的网友于 2013 年 1 月 4 日在抚琴居上发表的认为《红楼梦》的作者是奉天明玉和尚(崇祯皇帝),脂批就是"旨批"。逗红轩主也于 2013 年 1 月 17 日发帖指出《红楼梦》的作者是万斯同,也就是《红楼梦》中的"山子野"。大观园是万斯同以西苑三海为原型而虚构的人间仙境,是他为记载"明史"而搭建的历史大舞台,代指明朝(中国)。看来要想让全民承认,曹雪芹的著作权保卫战只能是持久战了。

与之有类似思路的还有署名祁生发表于中国红楼梦在线的《创立红楼隐史学——21 世纪红楼梦研究方向》,此帖最早是发于 2013 年 12 月 4 日,2014 年以来不断补充,作者认为《红楼梦》是一部空前绝后登峰造极的隐史,以通俗言情小说形式,隐写了明亡清兴血火纷飞的历史——囊括了天命大聪崇德顺治康熙时代(万历泰昌天启崇祯弘光到永历与大顺吴周),重点在崇德顺治康熙三代("三春")。而且《红楼梦》中的全体人物,都是演员角色,他(她)们只是扮演明清交接时代,皇宫内外,朝野上下著名历史人物的演员。一个演员可以演一个几个或几代人物,也可以演完这个再演另一个历史人物,而几个十几个甚至几十个演员,可以联合扮演同一个历史人物的不同历史阶段(如孝庄)。作者称《红楼梦》

这种隐写的艺术手段，叫作"天外书传天外事，两番人作一番人"，是中国戏剧表演技巧的传统手法。《红楼梦》只是发扬光大了中国戏剧的表演手段，又融入了《西游记》的变换技巧而已。

在网络中，还有一种现象值得注意，那就是网络"红楼同人"小说的兴盛。所谓的"红楼同人"小说，与我们平常所说的《红楼梦》续书类似，即基于《红楼梦》中的人物、故事情节等创作的小说，但这种创作并不全是未完的《红楼梦》的续补，而有可能只是借用了《红楼梦》中的某一人名或者情节，铺陈全新的故事，与原著的创作主旨及精神旨趣完全不同。尤其是当普通读者也可以毫无门槛地借助网络来表达自己对《红楼梦》的观点时，"红楼同人"小说便空前繁荣起来，红楼人物的穿越、颠覆常常成为各大原创网站排行榜的热门。以目前大陆最为有名的女性文学原创基地"潇湘书院"和"晋江原创网"为例，仅在2013年有更新或完结的"红楼同人"小说就有多部，比如潇湘书院的《红楼情缘》《穿越红楼之花开并蒂》《溶情黛韵补红楼》《红楼之重生缘》《再续红楼溶黛情》……晋江原创网则更多，《红楼之林如海重生》《红楼小婢》《黛玉的生活》《红楼世界求生存》《穿越红楼之庶长子》……这些小说关注的不仅有原著中的主角，也关心其中的小人物，尤其经常给黛玉一个哥哥或弟弟，以当今女性的心态与视角，改造原著中人物的悲苦境地和辛酸生活，让她们在家国大业中都游刃有余，活得风生水起，精彩纷呈。这些网络创作尽管并非严肃之作，但毕竟也会牵涉作者对《红楼梦》的理解，尤其这些作者以及读者大都是女性，她们在反映现实女性的生存状态与心灵倾向时，必然也会对现实女性的思想与行为产生影响与引导，而从中或许会引起我们对如何因之正确疏导女性的心理与人格健康的关注和重视。

4. 网络红学资源共享

这是网络红学中的重要内容，几乎各个红楼论坛都有自己的专门搜集《红楼梦》资源的版块。比如抚琴居中的红楼典籍，红楼星语中的红楼书院，中国红楼梦在线中的红楼梦文献，红楼艺苑中的资料文本等，都有很多关于《红楼梦》不同版本以及各种研究评论的典籍,给读者在查找资料方面提供了很大的便利。

然而网络中众多关于《红楼梦》各个版本的资源共享尽管可以给人们带来方便,但有一个问题要注意,那就是《红楼梦》版本本身的复杂性会对问题的研究思考产生的影响。不同版本中文字的差异以及上传到网络后有可能会产生的错误会让同一个问题的探讨产生完全不同的结果。我们都知道,《红楼梦》最初流传的本子大都是钞本,抄手在抄写过程中的随意性以及抄写的错误让本来就书未成且成书过程复杂的《红楼梦》在文字上差异更大。因此,《红楼梦》的钞本一直都有着独特的价值。因此,我们在研究《红楼梦》的有关问题时一定要注意所使用的版本及底本,如果是从网络中直接搜索的版本更是要注意核对原本,以免发生不必要的错误。

总体而言,在网络红学中,大多爱好者还是处于最初的读后感层次,所谈论的话题往往只见《红楼梦》,不见红学。如将"红学"定义为所有与《红楼梦》有关的学术研究,那么在三大显学中,"红学"的门槛是最低的,只要是读过《红楼梦》,或者是看过电视剧《红楼梦》的人,都可以来谈论《红楼梦》,甚至很多人参与讨论《红楼梦》的原因只是因为听过几首好听的《红楼梦》音乐。这就直接造成了网络上参与讨论的人知识、文化储备的参差不齐,不同阶层、不同经历、不同视角、不同世界观、不同审美观的人们从方方面面进入《红楼梦》,也决定了讨论话题的多种多样。谈阅读感受者有之,谈人物优劣者有之,索隐者有之,考证者亦有之。随着时间的发展,也形成了不同的"圈子",如在某某论坛,以严肃的学术研究为主;而某某论坛,则以索隐为主,等等。相同的是,关于"红学"的探讨总会是热烈的。号称"平民红学"、"草根红学"的《红楼梦》爱好者们,满载着无所畏惧的豪迈,充溢着"大众参与"、"平等对话"的激情,挑战权威、指点经典的时候,红学其实就已经成为了茶余饭后的谈资,也就有了学术娱乐的倾向。不过,这种自由同时也带来明显的弊端,那就是网络话题及发帖的自由与随意造成了论坛的不稳定与随意性,曾经热闹非凡的论坛往往会随着时间的推移,可能凝聚了一批忠心的拥趸,但也会有网民的流动与搬家,比如夜看红楼、红楼艺苑以及国学网论坛等如今都没有了以前的热闹景象,变得冷冷清清了,常常很久没有更新,即使有人发了个帖子,也很少有人回应。

而这种虚拟空间在让我们毫无顾忌地随意表达的同时,也需要我们注意信息的接受。网络的迅速互动与及时更新,便捷的链接与跳转让我们似乎无论需要什么,只要搜索一下即可,海量的信息源源而来以至于不经意中我们已经迷失在自己原本的问题当中。如何理性、冷静地攫取有用信息实在需要我们有一双慧眼。再者,网络中人们共同讨论、互通有无的过程之中,也常常会有负面的情绪存在,意气之争、语言粗鄙甚至爆粗口都会使原本正常的心平气和的研讨离题十万八千里。这里,就不仅需要我们有很强的鉴别力,还要能很好地控制自己的情绪,什么东西可以一笑置之,什么帖子值得深入思考,切不可一概而论。

(二)本年度红学热点事件追踪

2013 年是继 2005 年所谓"秦学"、2010 年"新版《红楼梦》电视剧"之后又一个"热热闹闹"的红学年,不同的是,这个"热闹"传递给人们更多的是正能量。在这一年里,围绕着曹雪芹及《红楼梦》发生了许多有意义、值得纪念的事情,以下分述之。

1. 纪念曹雪芹逝世二百五十周年

尽管对于曹雪芹的生卒年一直没有确定的说法,但大家还是倾向于"壬午说",即曹雪芹卒于 1763 年。再者,1963 年,为纪念曹雪芹逝世二百周年,学术界关于曹雪芹的生卒年问题展开了激烈的论争。后在周总理的关心下,最终确定在 1963 年召开纪念曹雪芹逝世二百周年大会。因此,今年即是曹雪芹逝世二百五十周年。从年初开始,大陆及台湾等地就展开了各式各样的缅怀曹雪芹、展望《红楼梦》的活动。

这其中有各地《红楼梦》研究机构及学会举办的各种纪念会议,如

2013年5月19日上午，"《红楼梦》与扬州——纪念曹雪芹逝世250周年学术研讨会"在天宁寺举行，来自全国各地的专家学者畅谈了他们研究红学的成果，并对扬州相关红学的历史遗迹保护和利用提出了中肯的意见和建议。10月18日，由台湾"中央大学"文学院明清研究中心、中文系古典文学"物"与"我"计划、红学研究室举办了"海上真真：2013红楼梦暨明清文学文化国际研讨会"，与会六十多名专家学者畅谈跨文化视野内的《红楼梦》研究，开拓人文新领域。11月13日，辽阳市红楼梦学会召开了"纪念曹雪芹逝世250周年座谈会"。这些会议不仅加深了《红楼梦》的研究、传播，而且促进了红学的发扬光大。

全国各地的纪念活动如火如荼，北京作为红学重地也掀起了纪念曹雪芹的重头戏。2013年2月28日下午，由中国艺术研究院、中国红学会、红楼梦研究所、文化部恭王府管委会联合主办的"红楼钗裙"金延林人物画作品展，在北京恭王府安善堂开展。3月28日，中国艺术研究院红楼梦研究所与中国社会科学院民族文学研究所联合召开了"纪念曹雪芹逝世250周年——《红楼梦》与满族文化学术研讨会"。4月17日，中国艺术研究院红楼梦研究所、中国红楼梦学会与河南教育学院共同在京主办了"'百年红学'创栏十周年座谈会"。6月18日，中国艺术研究院红楼梦研究所与河南省邓州红楼梦研究会主办了"邓州红楼梦研究会5周年学术年会暨郝新超红楼梦文化研究奖颁奖仪式"，著名作家二月河，中国红学会会长张庆善、副会长孙玉明、秘书长孙伟科，画家谭凤嬛应邀到会，并于6月19日与南阳市红学会的部分代表举行了座谈会。10月10日至25日，中国红楼梦学会与冯其庸学术馆联合主办的"谭凤嬛红楼梦工笔人物画展"在无锡开展，共展出70幅作品。11月21日，中国艺术研究院红楼梦研究所与天津市红学会在天津师范大学主校区会议中心大厅举行了"天津市红楼梦研究会"成立、《红楼梦与津沽文化研究》创刊暨曹雪芹逝世250周年纪念大会；以及11月27日与江苏省红学会联合举办了"纪念曹雪芹逝世250周年学术研讨会"，等等。

中国艺术研究院红楼梦研究所、中国红楼梦学会除参与、策划许多地方的纪念活动之外，还掀起了纪念活动的高潮，即于 2013 年 11 月 23 日至 24 日在河北廊坊举办了"纪念伟大作家曹雪芹逝世二百五十周年大会暨学术研讨会"，为期两天的学术研讨会得到了社会各界的广泛关注，冯其庸、李希凡、胡德平、二月河等近 130 位来自全国各地的专家、学者参加了此次会议。会议期间，在新绛贵宾楼还举办了红楼梦主题书画展览，这是继 1963 年纪念曹雪芹逝世 200 周年故宫文华殿展览后，红学史上意义最为重大的一次展览。此次共展出了六十多幅作品，展览还将在恭王府继续。

北京曹雪芹学会也举行了许多活动纪念曹雪芹，一年一度的曹雪芹艺术节今年已举办到第四届。2013 年 9 月 22 日由北京曹雪芹学会、北京市公园管理中心、海淀区政府、中国艺术研究院红楼梦研究所共同主办的"曹雪芹逝世 250 周年纪念活动、曹雪芹西山故里项目启动仪式暨第四届曹雪芹文化艺术节开幕式"在北京植物园举行。此前，即 8 月 15 日，还在植物园内曹雪芹纪念馆举行了一场别开生面的"曹雪芹小道"旅游标识系统发布暨红楼梦化装游园会。从 9 月 22 日至 10 月 25 日，艺术节举办了红楼梦诗词书法作品展、曹雪芹红楼梦文化发展联盟演出季等丰富多彩的文化活动。

2. 其他有关《红楼梦》的演出、展览、活动等

借着纪念曹雪芹逝世二百五十周年的东风，今年有关《红楼梦》的演出、展览等也特别多。2013 年 2 月 16 日，上海越剧院的《红楼梦》在温州平阳青街乡演出，拉开了本年度各类《红楼梦》演出的序幕，而且似乎冥冥中自有天意，这场乡镇演出也预示着《红楼梦》向大众普及的必由之路。此后，越剧《红楼梦》辗转全国，在南京、常州、香港、武汉、岳阳、长沙、泰州、太仓等地好评如潮。2 月 26 日，昆曲电影《红楼梦》在北京大学百周年纪念讲堂举行首映仪式，正式启动了在全国高校的巡映。此片改编自之前昆曲《红楼梦》舞台剧，该舞台剧由怀柔区文委和北方昆曲剧院携手创作。2011 年在国家大剧院首演后，曾经受到专家和观众的广泛好评。此片在今年 9 月 25 日至 28 日于武汉举办的第 22

届中国金鸡百花电影节暨第29届中国电影金鸡奖评比中获最佳戏曲片奖。而历来被认为是传统戏曲瑰宝的昆曲也不甘落后，通过《红楼梦》把自己带进了高校，为民族艺术在高校的传播、普及贡献力量。2013年10月5~8日，2013年民族艺术进校园北方昆曲剧院专场演出——昆曲《红楼梦》在天桥剧场演出，10月14~15日在济南省会文化中心大剧院演出，并于10月26日在"第十届中国艺术节"上斩获第十四届"文华大奖"。江苏省昆剧院创排的昆曲《红楼梦》折子戏共八折，在"2013东南大学新生文化季"中作为高雅艺术进校园系列活动的一项于10月9~10日演出，并作为纪念曹雪芹逝世250周年暨第四届曹雪芹文化艺术节闭幕式项目在10月24~25日于北京大学百年讲堂演出。昆曲艺术通过《红楼梦》与大众、精英紧密联系起来。

从2013年3月开始至5月结束，由林奕华导演、何韵诗担纲主演的当代音乐剧《贾宝玉》于2013年全国巡演，再掀高潮。2013年5月18日上午，由南京市演艺集团打造的大型音乐舞台剧《梦幻红楼》在江宁织造博物馆"红楼剧场"首演。全剧分为9个章节，依次演绎"顽石化玉"、"宝黛初会"、"梦游幻境"、"黛玉葬花"等《红楼梦》中的经典片段。此后，该剧将作为博物馆的常态演出项目，于双休日、节假日定期在"红楼剧场"上演，为《红楼梦》的普及增砖添瓦。10月13日至18日，由北京市曲剧团创排的《黄叶红楼》在天桥剧场进行首轮演出，此剧表现了曹雪芹晚年在北京西山创作《红楼梦》的心路历程，让曹雪芹与《红楼梦》中的人物同时出现在舞台上，颇为特别。从2013年10月25日~11月3日，由香港芭蕾舞团及德国多特蒙德芭蕾舞团联合制作的芭蕾舞剧《红楼梦》在香港文化中心大剧院一连进行10场演出，由香港小交响乐团负责现场伴奏。此剧由多特蒙德芭蕾舞团艺术总监兼首席编舞王新鹏担任编创岗位，通过芭蕾的独有语言，把《红楼梦》低回婉转的情感纠葛，转换成一幕幕触动人心的舞蹈，此剧还被选定为香港舞蹈节揭幕节目。

2013年11月26日，由北京东方文化资产经营公司出品，北京大学民族音乐与音乐剧研究中心、中共北京市东城区委宣传部及海淀区委宣传部、东方（北京）国际文化艺术中心有限公司联合制作的大型原创民族音乐剧《曹雪芹》在东方剧院隆重首演，采用"戏中戏"的舞台结构，讲述了曹雪芹晚年困顿之中创作《红楼梦》的经过。从12月1日至19日，"2013全国昆剧优秀剧目展演暨首届当代昆剧名家收徒传艺工程汇报演出"在京举行，汇聚了北方昆曲剧院、苏州昆剧院等七大昆曲院团，集中上演《红楼梦》等九台大戏。2013年12月3日晚上，随着一段告白引出了记忆中的歌声，当87版电视剧《红楼梦》片头的《引子》经郑绪岚充满情感的声音唱响在保利剧院时，观众们的心也立刻为大观园的少男少女们纠结起来。这就是"红楼梦境"——郑绪岚2013北京演唱会的魔力，其全国巡演也由此展开。

此外，2013年7月，由《世界都市iTalk》杂志发起，中国茶文化国际交流协会与北京圣富文化投资有限公司联合主办，人民中国杂志社协办的"红楼·中国梦2013年中国传统文化交流季"系列活动在北京盛大开启，由此拉开了以"红楼？中国梦"为主题的一系列中国传统文化交流活动的帷幕，为了更好推动中国传统文化时尚化、经典化的进程。12月9日的中国新闻网刊登了俄罗斯莫斯科国立语言大学孔子学院举办《红楼梦》——中国经典海外传递活动，引起了大家的极大关注，也是《红楼梦》更好地走向海外的有效途径之一。

3. 微博、微信引发的《红楼梦》讨论热

2013年6月20日11时多，"广西师大出版社理想国"微博发布了这样一条消息——【死活读不下去前10名作品】据近3000条读者微博微信留言统计，榜单上四大名著赫然在列，《红楼梦》更是位居榜首。此榜一出，舆论大哗，尤其以关于《红楼梦》的讨论最多，赞同、质疑者甚至展开了激烈的争论，《红楼梦》确是在国人心目中占有相当重要的地位。截至6月25日上午，此条微博已被转发21824条，被评论6532条。众多读者对于《红楼梦》居然成为"死活读不下去"榜首感到无法理解，著名作家王蒙先生更是很生气地说："《红楼梦》都读不下去，是读书人的耻辱。"而榜单的最初发起人——广西师范大学出版社营销宣传人员戴学林在谈到初衷时也不过是"图好玩，没想到最后榜单公布后，会有这么大动静，觉得挺意外的"，其信息采集的来源就是微博、微信。尽管"纯属吐槽，看看就好"，但当《红楼梦》等四大经典名著榜上有名时，恐怕就不能仅仅是好玩了。尤其是在大力提倡重拾文化经典甚至北京教育考试院颁布2016年高考语文提高到180分的今天，有关《红楼梦》类的经典阅读如何有成效地持续下去已然是一个需要严肃对待的问题。

此外，从2013年11月30日起，《新京报》书评周刊在微博、微信平台上发起互动"说说《红楼梦》打动你的一句话"，也招来无数《红楼梦》爱好者的留言。

4. 关于《红楼梦》后二十八回手稿问题

热闹的红学中总是不乏闹剧，今年又出现了《红楼梦》后二十八回手稿。其实这一条也不是什么新闻，而是早就被批驳过的旧闻，至于为什么又被重新拿出来炒作，只有造假的骗子和助推的记者自己知道。9月28日，光明网文化频道署名记者为任生心、通讯员为刘天琴的文章《〈红楼梦〉后二十八回手稿回到中国》，称《红楼梦》后二十八回当年因政治和其他原因被乾隆皇帝废除，但《石头记》的后二十八回并没有绝迹，其手稿在异国他乡几经辗转，被李约瑟收藏。遵照李约瑟的提议，张贵林重新改写了《石头记》的后二十八回，将其带回祖国，使其终于重见天日。这部续写的文稿和《红楼梦》前卷重合，成为一部完整的划时代的红学文献。

一石激起千层浪，诸多媒体纷纷转载。很多热心网友也参与讨论，盛赞、质疑、反对者皆有。仅仅两天之后，媒体的宣传便风向大变，在综合了专家的采访、网友的看法以及对公布的所谓"后二十八回"内容的分析之后，纷纷辨伪。光明网上也刊登了转载自中国广播网的《红学专家：归国〈红楼梦〉并非曹雪芹亲笔手稿》一文，央视网评频道也刊发了《〈红楼梦〉后28回回归？土豪和文学骗子们的闹剧！》一文，就张贵林所在的国际联合论科学院进行了深度考索，得出"这个团体只是保定的一个群众团体"这一结论。

　　10月2日，在《红楼梦》文物收藏家杜春耕先生家中，进行了一次小型的对于"《红楼梦》原名《石头记》后二十八回手稿回到祖国"的座谈。与会者还有北京师范大学黄安年教授，红楼梦研究所吕启祥研究员、孙玉明研究员，《红楼梦》学刊编辑卜喜逢，中国文化传媒集团的李海琪等。大家从所公布的回目的数量、版本及传播角度直斥这一闹剧，并对传媒的轻率提出批评。

　　《红楼梦》作为中国古典小说的高峰，作为几乎全民关注的经典，凡是与之有关的新闻，尤其是新材料、新证据的发现，总会抓住大众的眼球。不仅我们的红学家，我们的传媒、我们的精英与大众，都应该擦亮眼睛。

四　小结

　　《红楼梦》可以说是中国文化的一张名片，如何真正让它具有名片的效应，仍需要广大研究者、爱好者的共同努力，而如何推广《红楼梦》，推广红学成果，就是其中的重点。网络，将在其中占据重要的角色。利用好网络的宣传效应，与广大爱好者互动起来，这将成为红学研究者一个新的挑战。

　　在过去的2013年里，围绕《红楼梦》无论在网络里还是现实中都有着许多的研究与讨论、欣赏与回味，逝世于二百五十年前的曹雪芹，如果泉下有知，也当略感欣慰。尽管他老先生的"满纸荒唐言，一把辛酸泪。都云作者痴，谁解其中味"引得无数英雄沉浸其中，可毕竟真理越辩越明。我们相信，在对曹雪芹与《红楼梦》的研究之路上，还会有更优美的风景等待着人们去发现与欣赏。

作者简介

　　李虹，女，文学硕士，中国艺术研究院红楼梦研究所助理研究员，从事明清小说研究。

李晶，女，文学博士，国家图书馆馆员，主要从事语言、文学、艺术类英文文献采访工作，主攻《红楼梦》英文译介方向，有多篇相关学术论文发表。

王慧，女，文学博士，中国艺术研究院红楼梦研究所副研究员，从事古代小说、戏曲研究，曾出版专著《大观园研究》。

孙玉明，男，文学博士，中国艺术研究院红楼梦研究所所长、研究员、博士生导师，中国红楼梦学会副会长，《红楼梦学刊》副主编，从事明清文学研究，曾出版《日本红学史稿》《红学：1954》等专著。

后　　记

在经历了谨慎的自我定位和随后开始的结构性调整后，明清文学与文献研究已经成为黑龙江大学中国古代文学学科的科研工作重点，以此命名的研究中心、创新团队和忙碌于这两个平台的诸位老师为此而做的努力也日益获得学界的认可。目前，我们正在进行的13个国家社科基金项目中，一多半来自这个日渐获得开垦的学术领域，所发表的各类型的学术成果亦是如此。2014年11月，国家社科基金重大项目《清代诗人别集丛刊》获得批准，之于我们团队的科研工作转型而言，这是一种极大的鼓励和有些意外的支持；未来的五年甚至八年以上的时间里，以此为契机，我们将努力推出更为丰富、更为优秀的明清文学研究成果，文学与文献研究是路径和方法，而文化诉求则是一切相关学术活动的指向和精神归宿。

如今，《明清文学与文献》第三辑即将付梓，我们继续努力凸显这样的旨趣。在精心选发的13篇学术论文中，尽力表达作者专力之所在，特别彰显了文献、文本研究的价值和意义。努力杜绝对文献的滥用，追求稀见文献的发掘、习见文献的发现，致力于揭示文献之间的逻辑关系并将之化为学术研究的对象，是我们向往的一种境界、一种学风，也是进入明清文学与文献研究的最佳路径。我们始终认为，由文献进入文心，进而绾结文本与文化，促成文献、文本和文化的整合研究，或者更贴近文学研究的本质。

立足于黑龙江大学的学术优长，希望借此展现黑龙江大学明清文学研究的实绩，加强与学界的交流与对话，扩大中国古代文学学科的学术影响，是《明清文学与文献》编辑出版的主要学术宗旨。但同时，借助这个学术平台，与海内外学人开展更广泛的交流和更深层次的对话，并呈现明清文学研究的前沿动态和最新成果，是我们更为强烈的学术诉求。非常感谢第一、第二辑出版后学界同人的支持和鼓励，让我们有信心将一切做得更好。尤其铭感朱则杰先生等学者的厚爱，能够不计名利而愿意将原发学术论文交付给《明清文学与文献》发表，高情厚谊，公器之心，绝非一两句简单的致谢之语可以回应，希望用我们的努力回报各位先生的无私关怀。

为进一步提升辑刊的学术质量，努力成长为明清文学研究领域具有一定影响力的学术辑刊，《明清文学与文献》第三辑改由社会科学文献出版社公开出版发行。社会科学文献出版社正在整合优势资源，倾力打造一个规模空前的人文社科集刊出版平台，全国百馀家集刊已加盟其中，《明清文学与文献》能够进入这个平台，我们无比荣幸；感谢人文分社宋月华社长的慷慨接纳和责任编辑于占杰博士的辛勤付出。感谢始终给予经费支持的黑龙江大学的有关领导，尤其是丁立群副校长、李洪波处长。

又值岁末，感慨颇多。在变动不居的现实生活中，个体的渺小，宇宙的脆弱，都时常撞击着人类那份带有复杂自信的生存尊严，常常无话可说，无言以对，又不断纠结于价值与意义的黑洞之中，灵魂之苦，不胜其言。好在我们拥有对思想的向往，希望永恒成为话语，并努力将一切化为责任、理念和人类至高无上的权力。无论如何，与学界同人一道追求到达思想彼岸的知识、逻辑、话语，是黑龙江大学古代文学学科全体的荣幸；有朝一日，我们愿意将《明清文学与文献》打造成真正的思想的文本。

杜桂萍
甲午年岁末于哈尔滨

稿　　约

　　《明清文学与文献》系黑龙江大学明清文学与文化研究中心主办、杜桂萍教授主编的专业学术集刊。集刊重点以明清文学、文献以及文化方面的研究成果为主，并着力呈现明清文学研究的前沿动态和最新成果。稿件实行匿名审稿，论文发表后赠刊并付稿酬，诚邀海内外学人不吝赐稿。稿件撰写要求如下：

　　1. 字数以 10000～30000 字为宜，学术价值较高的稿件篇幅不受限制。

　　2. 稿件内容包括题目、作者署名、摘要、关键词、正文、注释，具体格式参照本刊最新一辑。基金资助的论文请在首页以注释形式标注，说明有关项目的具体名称、编号；文末附作者简介和联系方式。

　　3. 来稿 3 个月未收到本刊编辑部回复，可自行处理。

　　联系人：杜桂萍　李亦辉

　　联系电话：0451-86609268

　　收稿邮箱：hdyanjiuzhongxin@163.com

图书在版编目(CIP)数据

明清文学与文献.第3辑/杜桂萍主编.—北京：社会科学文献出版社，2014.12
 ISBN 978-7-5097-6993-5

Ⅰ.①明… Ⅱ.①杜… Ⅲ.①中国文学-古典文学研究-明清时代-文集 Ⅳ.①I206.2-53

中国版本图书馆CIP数据核字（2015）第000214号

明清文学与文献（第三辑）

主　　编／杜桂萍

出 版 人／谢寿光
项目统筹／杨春花
责任编辑／于占杰　周志宽

出　　版／社会科学文献出版社·人文分社（010）59367215
　　　　　地址：北京市北三环中路甲29号院华龙大厦　邮编：100029
　　　　　网址：www.ssap.com.cn
发　　行／市场营销中心（010）59367081　59367090
　　　　　读者服务中心（010）59367028
印　　装／北京季蜂印刷有限公司
规　　格／开　本　787mm×1092mm　1/16
　　　　　印　张：27.25　字　数：399千字
版　　次／2014年12月第1版　2014年12月第1次印刷
书　　号／ISBN 978-7-5097-6993-5
定　　价／98.00元

本书如有破损、缺页、装订错误，请与本社读者服务中心联系更换

版权所有 翻印必究